本书获得2022年"中国书稿大赛"一等奖

当代中国文学书库

守心记（上）

庞茂金 ◎ 著

九州出版社
JIUZHOUPRESS

图书在版编目（CIP）数据

守心记／庞茂金著 . -- 北京：九州出版社，
2023.1

ISBN 978-7-5225-1560-1

Ⅰ. ①守… Ⅱ. ①庞… Ⅲ. ①长篇小说—中国—当代
Ⅳ. ①I247.5

中国版本图书馆 CIP 数据核字（2022）第 231120 号

守心记
___

作　　者	庞茂金　著	
责任编辑	陈春玲	
出版发行	九州出版社	
地　　址	北京市西城区阜外大街甲 35 号（100037）	
发行电话	（010）68992190/3/5/6	
网　　址	www.jiuzhoupress.com	
印　　刷	唐山才智印刷有限公司	
开　　本	710 毫米×1000 毫米　16 开	
印　　张	33.25	
字　　数	562 千字	
版　　次	2023 年 1 月第 1 版	
印　　次	2023 年 1 月第 1 次印刷	
书　　号	ISBN 978-7-5225-1560-1	
定　　价	95.00 元（全二册）	

___

谨此献给"志在追求人生责任、使命与正道"和"已经并正在通过高考改变人生命运"的读者朋友们。

序言

初心尽不违

我和庞茂金先生相识于 2011 年，那时他刚调来北京，在河南省驻京办文化中心担任主任。之后因工作关系又有过多次交往，每次见面我们总是交谈甚欢，谈感兴趣的话题，谈工作与生活中的哲理，如此下来，庞先生留给我的印象不仅是为人热情诚恳，其思想也颇为深邃，说话富含哲理。

庞先生创作长篇小说《守心记》的过程我是比较清楚的。四年前，我们在京共同出席一个文化活动，其间我们谈到了这个话题，他把自己的打算和思路如数家珍地告诉了我，我非常赞同。我知道，庞先生不仅社会阅历十分丰富，对社会生活有着深刻的理解和认识，而且还有着数十年从事文字工作的过硬功底。这之后，我们见面时，总会聊到这个话题。一晃几年过去了，苦心人，天不负，他的汗水终于有了回报。作为好友，我见证了他的付出和艰辛，故不揣谫陋，为这部凝结着庞先生数年心血的作品写下自己的理解和感受。

《守心记》的样稿摆在我案头以后，我用了几个夜晚，认真地进行了品读。我不仅为庞先生笔下主人公遭遇目不暇接的意外苦难而扼腕叹息，也为主人公和他的青年小伙伴们在党组织、学校和家庭的及时教育培养与关怀鼓励下，不忘初心，牢记根本，迎难而上，砥砺前行，最终取得优异成绩并获得巨大成功而倍感欣慰与振奋！我觉得，庞先生精心打磨创作的《守心记》既是一部上乘的励志小说，更是一部充满哲理、启人深思的思想佳品。

《守心记》讲述的是以耿守心为主人公的一大批普通农民子弟在 20 世纪 70 年代中后期，依靠党组织、学校、家庭的培养教育和关怀鼓励，牢记"初心"和"根本"，直面困难和挫折，积极向上，发愤图强，不断取得进步和成长的动人故事。小说通过对那一时期某一农村局部的人物事件的精心刻画与细致描写，不仅在跌宕起伏、扣人心弦、峰回路转中引人入胜地再现了当时社会和人际关系的多个侧面、多个角度，而且在起起落落、悲欢交织、诙谐幽默中再现了当时一大批农村青年直面困难、勇于挑战的"阳光心态"与勇气、志气。小说在描述主人公耿守心接二连三遭遇意外困难和打击时虽有重墨，但作者并没有拘泥于此，而是把更多的激情沉淀和引伸到如何在社会各界的教育指导下直面困难，如何以"阳光心态"迎接挑战、愈挫愈勇，如何在困难面前抓住机遇、锲而不舍，如何在矛盾林立的环境中找到出路、砥砺前行，从而再次印证了那句"你若盛开，蝴蝶便来；你若精彩，天自安排"的哲理名言。此外，小说还有一条十分重要的"精神红线"做支撑，那就是"初心"和"根本"，这既是主人公的志向和力量源泉，更是党组织和众多父老乡亲的期待、教育和鞭策，有了这条"精神红线"的及时正确引导，才有了耿守心等一大批青年的挫而不馁和昂扬进取，也才有了他们的奋发有为和可喜成绩。

这部小说，不仅生动再现了那一时期某一农村局部的乡土文化、校园风貌、干群深情和邻里关系，而且鲜活地刻画了血脉深情、师生感情、恋人柔情和同学友情，小说的字里行间充盈着作者对党和人民的深情、对生活的执着热爱、对实事求是的矢志追求。小说的整个画面，时代特色鲜明，气势磅礴舒展，人物个性鲜明，情节细腻生动，笔墨着力深厚。作者通过对诸多错综复杂、变幻莫测、起起落落、明争暗斗、波谲云诡事件的丰沛贴切、诙谐生动的描写，深刻揭示了"人的命运，紧系于党运、国运"的天规正途，以及正义必然战胜邪恶、善良必然驱逐魔孽、勤奋必然赢得收获、执着必然无阻于天下的人间正道。

作者必须扎根于人民，文学必须来源于生活，创作必须富有责任和激情。在生活的万花筒中，采撷哪一片斑斓的花朵，这既是作品主题与艺术追求的需要，也是作者思想与艺术品格的反映和写照。庞茂金先生出生在农村，有着较为丰富的农村工作和生活经历，参加高考后进入高校学习，毕业留校后几易其职，既有大学任教的经历，也有基层和机关工作的经历，他热爱生活、勤于思考、执着于笔，在花甲之年的激情"百米冲刺"中，以对厚重生活的强烈责任与深刻理解，着力辨析钻研、去粗取精、去伪存真，这才成就了《守心记》这部上乘作品。

看过庞茂金先生创作的《守心记》样稿后，我们通了电话，在谈到"主人公面对挫折和困难为什么总能展现出挫而不馁和积极向上的阳光心态"时，他说："遇挫而馁、遇挫不馁都是客观存在的。在党组织、学校和家庭的及时教育关怀下，有'初心'和'根本'做引领，耿守心等一大批团员青年遇挫而不馁既符合逻辑，也符合现实生活。文学作品应该从纷繁复杂的社会现象中发现事物的规律和真谛，只有抓住了事物的主要矛盾和矛盾的主要方面，给人以正确的心理启示和可信的正能量输入，才能融入新时代、讴歌新时代、合拍主旋律。"

习近平总书记指出：要引导广大文化文艺工作者深入生活、扎根人民，把提高质量作为文艺作品的生命线，用心用情用功抒写伟大时代，不断推出讴歌党、讴歌祖国、讴歌人民、讴歌英雄的精品力作，书写中华民族新史诗。学习领会、贯彻对照这一重要指导思想，我想，庞茂金先生及其创作的长篇小说《守心记》，应该是一次积极的努力和有益的尝试。我衷心祝愿这部小说能够经受住时间的检验和考验，并受到广大读者的欢迎和喜爱！

孟云飞
2022 年 12 月 26 日（于北京）

（孟云飞：文化学者、教授，河南大学、上海交通大学博士研究生导师，现供职于国务院参事室。）

主要人物

（以出场先后为序）

耿广林：耿家口生产大队党支部书记

耿守才：耿家口生产大队革委会主任

耿广常：耿家口生产大队会计

耿守心：耿广常之子，县五中学生，县五中班长，耿家口大队团支部书记、第三生产队队长

爷　爷：耿守心祖父

奶　奶：耿守心祖母

守心他娘：耿守心母亲

耿广仁：耿家口大队第一队生产队队长

守平他娘：耿广仁之妻

耿守平：耿广仁之子，县五中学生，耿家口大队团支部委员

耿守信：耿家口大队第二生产队队长

耿广旺：耿家口大队第三生产队队长

耿广道：耿家口大队第四生产队队长

守昌他娘：耿广道之妻

耿守昌：耿广道之子，县五中学生

耿广实：耿家口大队社员

广实媳妇：耿广实之妻

耿守卫：耿广实之子，县五中学生

耿老三：耿家口大队社员

小二他娘：耿老三之妻

耿小二：耿老三之子，县五中学生，耿家口大队第三团小组长

耿老五：耿家口大队社员

老五媳妇：耿老五之妻

耿大牛：耿家口大队社员

王小红：县五中学生，县五中团支部副书记，前王庄大队团支部书记

王书记：王小红之父，前王庄大队党支部书记

王老师：片区联办中学教师

张校长：片区联办中学校长

耿守庆：耿家口大队社员、党员

蔡一庆：县五中教师、班主任

李老师：县五中教师、代班主任

史宜春：县五中学生、团支部书记

张庆文：县五中学生

李大壮：县五中学生

康在行：县五中学生

代又生：县五中学生、团支部书记

何文武：县教育局副局长、局长

刘维忠：公社党委书记

赵格文：公社革委会主任

李文元：公社革委会副主任、代主任

李一明：公社革委会教育组组长

马明芳：县五中党委书记、校长

李中宽：县五中教导处主任

李同学：县五中学生

代班长：县五中学生

高战力：县一中学生

管理员：县五中食堂管理员

高个子：县五中学生

张桂兰：耿家口大队团支部委员、第三生产队副队长

张桂兰她爹：张桂兰之父

张长远：公社团委书记

耿守柱：耿家口大队第一团小组长

耿守成：耿家口大队第二团小组长

耿守法：耿家口大队第四团小组长

耿守祥：耿家口大队第三生产队副队长

孙又廷：耿家口大队第三生产队会计

耿守群：耿家口大队第三生产队保管员

耿广来：耿家口大队青年、文艺骨干

王四有：公社党委组织办主任

田雷厉：公社武装部部长

魏农水：公社革委会副主任

李优秀：县五中学生

孙老师：片区联办高中教师

目录

01	人如山水	1
02	支书焦闷	9
03	女孩是谁	17
04	心急如焚	28
05	压心巨石	42
06	无助之泪	51
07	不能这样	64
08	啼笑皆非	75
09	不是尾声	89
10	云退日出	101
11	初心根本	115
12	羞愧难当	125
13	喜泪相伴	139
14	锋芒初露	150
15	弃戈结友	160
16	全乱了套	172

17 保护老师 ·························· 182

18 深夜教诲 ·························· 196

19 代班主任 ·························· 205

20 有一说一 ·························· 215

21 父亲暴怒 ·························· 231

22 原来如此 ·························· 239

23 不再沉默 ·························· 246

24 绝地反击 ·························· 262

25 毕业回村 ·························· 279

26 团支书记 ·························· 291

27 这可咋办 ·························· 308

28 铁杵磨针 ·························· 326

29 生产队长 ·························· 342

30 首战告捷 ·························· 355

31 辞职之困 ·························· 373

32 再回母校 ·························· 387

33 掌声响起 ·························· 399

34 一语成谶 ·························· 418

35 波谲云诡 ·························· 433

36 艰难日子 ·························· 445

37 天赐良机 ·························· 459

38 决不沉沦 ·························· 471

39 缱绻决绝 ·························· 482

40 感恩天地 ·························· 492

后 记 ·························· 509

01　人如山水

二十世纪七十年代初。

鲁西南广袤平原东北角的黄河滩上，有一个名不见经传、但在周围十里八乡久负盛名的小村子——耿家口生产大队。

耿家口生产大队不大，两三百户人家，七八百口农民，方圆不到几里，村子里百分之八十左右的耿姓人口，世世代代靠种地或捕鱼为生，往上数到十代，几乎没有出过名人。

但是，它在附近方圆数十里的百姓们心中，名声非常之好，可谓妇孺皆知、有口皆碑，但凡提到耿家口生产大队，几乎没有一个不竖大拇指的！

要问这是为啥？那一切还得从头说起：

耿家口生产大队北依黄河，东迎群山，南、西两侧则是一望无际的村庄、树林和麦田。村子沿上游湖水与黄河连接的清水河西岸而建，南北长四五百米，东西宽两三百米，整个村子栽满了密密麻麻的榆树、杨树、柳树、梧桐树等各种树木，从东面的高山向村子望过去，但见一片郁郁葱葱的树林，不见比肩而卧的高低土坯房屋。

若问耿家口生产大队的土坯房屋为啥高低不平？那是因为黄河河底连年不断淤高，社员们为防止黄河洪水侵袭淹没，只能逐渐抬高房屋地基的缘故。如此这般，也就有了耿家口生产大队、包括黄河滩地社员们相互攀比着不断抬高地基、翻盖住房、一处更比一处高的特别景状风物。

二十世纪六七十年代前，黄河时常闹大水，黄河滩上自然一望无际的浩渺汪洋。从东面高山上望下去，耿家口生产大队就像漂浮在无边洪水中的一抹青草或绿树。由此可以想见，耿家口生产大队乃至整个黄河滩上的农民，他们的日子该多艰难劫波、该多拮据凄苦！

那时，村里社员们的日子主要靠田地里的庄稼收成支撑，社员们的大头支出莫过于翻盖房屋。起早贪黑、辛辛苦苦的一年劳作，每遇黄河不期而至的洪水漫�)，绿油油的庄稼作物，眼睁睁瞬间化为乌有，但凡遭受十年不遇的洪灾巨水，田地里不仅颗粒无收，房屋院落也常常进水浸泡，这时的社员们无异于跌入灭顶巨灾之中！由此，耿家口的祖祖辈辈们都知道，一辈子活个六七十年，在同一地基上翻盖三茬房屋，完全在情理之中，这也倒应了黄河滩上的农民常常说的那句话："夏秋季节忙庄稼，春冬季节忙运土，一年四季不歇步！"

在黄河滩上翻盖房屋，那绝对是件非常艰难、特别辛苦的事情！首先要拆掉旧屋，从黄河滩上用独轮车或者地排车运来大量泥土，一层层地加高，直到堆成足以抵御更大洪水的高高地基，先用水浸实，再用夯砸实，然后从山上运来石头奠基，垒成一米高的石墙，上面用麦草和泥土混合墩垒成墙，再上面用圆木交叉着做梁，最后用水泥、白石灰或土草混合泥成圆弧状房顶。三间房屋从筑基到建成，在左邻右舍帮忙的情况下，少说也要半年有余，如果一家人单干，则需要更长的时间，甚至一年到两年。新房屋没有落成，家人们只能拥挤在临时搭起的窝棚里生活居住，冬天寒风凛冽，夏天蚊虫叮咬，雨天打伞做饭，深更半夜起来防水，好在村里的社员们早已习以为常、见怪不怪，小孩子们倒也觉得这是一派更加新鲜热闹好玩的特别景致。

面对如此艰难凄苦的环境，走亲访友的外乡人进到耿家口生产大队，总会百般不解地连连询问："你们为啥不搬迁到东面高山处居住？干吗非要在这里世代受穷受苦？"耿家口大队的社员们总会众口一词地笑答："这里是俺们老祖宗留下的地界，故土难离，感情深厚！这里的山水脾性，倒也很对我们性格脾气和生活习俗的路子！"

俗话说：人如山水，一方水土养一方人。耿家口生产大队的社员们对这方土地的执着热爱和世代坚守，确实与他们所处山水的性情有着天然的契合和内在的适应，或者说，耿家口生产大队的社员们就是这山这水孕育结合的产物。

耿家口生产大队迎面的群山，蜿蜒盘亘，嵯峨逶迤，连绵起伏，它们虽算不上陡峭险峻、峥嵘巍峨，但着实透露着这片山脉的厚重与质朴、低调与坚韧、深邃与逶迤、华美与壮秀。这片山脉没有太多的树木笼罩与绿色点缀，近乎光秃的山峦表面，一览无遗地袒露着巨大岩石的清澈与碧翠、坚硬与厚重，使人不难联想到它的坦荡、直率、坚韧与敦厚。

耿家口生产大队北侧的黄河，早已湮灭了上游数千公里的平静与安详，它似一条金色的泥沙巨龙，忽地腾身起跃，呼啸着在峭壁绝崖的山谷中汹涌奔腾，其势冲天蔽日，其声惊天动地，滚滚波涛中展现着一往无前、所向披靡、志达东海的磅礴气势与倔强追求！耿家口生产大队东侧的清水河，则是面平如镜、清澈见底，微风习习吹过，水面波光粼粼，岸边密林随风轻轻摇动……如果说，此处的黄河彰显的是勇往直前的执着，那么，清水河则完全可以用亘古如斯的纯粹静谧来描述。

其实，耿家口生产大队社员们的代代坚持与固守，既与这方山水坚忍不拔、忠实淳厚、怡然自乐的豪迈品性有关，也与他们生生不息、倔强顽强的历史传统、族群文化和村风民俗密不可分。

茶余饭后，或亲戚来客到访，或晚生幼童绕膝，耿家口生产大队的老人们总会不厌其烦地把村子里的那些历尽沧桑而又荡气回肠的陈年往事回顾——

"元末明初，华夏大地，兵荒马乱，哀鸿遍野，民不聊生，赤地千里。为求生存，爷爷的爷爷们和他们的部分异姓亲朋好友，相约举家外迁逃难，从遥远的外省沿黄河直下，几经周折，来到这里，面对挡住前路的连绵高山，回看逃难家人们的满身疲惫与病痛，他们没有了继续前行的力气和欲望，几经踌躇，最终停步到这里。"

"那时，这黄河滩上地广人稀、位置偏僻、杂草丛生、荒凉萧瑟，三年两头闹洪灾、发大水，官兵不来，土匪不至。爷爷的爷爷们说，我们就在这里落脚安家吧！这里少有人家，不会有人骚扰驱赶欺负，大家开荒种地，总可以养家糊口，如果洪水淹没了庄稼，我们还可以下河捕鱼为生，只要大家手不闲着，总能挣口饭吃，延续保全我们的万代子孙。如果天不睁眼，有官匪欺负骚扰我们，能躲就躲进山里，实在不行，我们就以命相搏、以死相拼！"

地理位置、自然环境、生存状态和求生欲望的有机结合，必然孕育、构成、铸造和产生与之相适应的族群文化和群体秉性，并在与外部的抗衡与斗争中得以升华和传承。

耿家口生产大队的老人们说："清末民初，来这里逃难建村的人逐渐多起来，围绕土地占有和农田划分闹出过不少矛盾和纠纷。邻村大姓家族勾结买通官府，自恃人多势众且有官府壮威撑腰，无端侵占了村里的许多土地。念及大家或多或少有一些亲戚关系，村里人一忍再忍。怎乃物极必反、忍极不忍！终于，在一个麦收的季节有了自然爆发：对方村子得寸进尺似乎尝到了甜头，趁村里人不备，深更半夜偷偷聚众割走了村里已经成熟的小麦，打死打伤前来劝阻评理的两名村里人。村民们闻讯怒不可遏，'报仇！血债血还！

不能再忍!'的口号霎时响彻全村,在宗族长的带领下,全村成年以上男人,人人身披孝布,腰扎白绫,个个手持长矛、砍刀、棍棒,两眼血红地连夜冲进了对方村子里,见男人就打,见还手的男人就砍,经过一夜的激烈厮杀,硬生生把多出一半人口的邻村村民,全部撵进了深山老林。这一仗,耿家口一战成名,几十年没有邻村人敢再骚扰欺凌我们!"

老人们又说:"新中国成立初期,土地改革后的那段日子,村里和邻村人也发生过一次集体械斗。起因是湖水河的水退下后,大片淤地裸露出来,土地的归属本应按照原订的契约划分,可邻村人硬是坚持'过去订的契约不算数,裸露出的土地一村一半!'村里人当然不干,'订好的契约,说出的话,不能说变就变!'官司打到政府那里,谁知邻村人的亲戚在政府里管事,调查一推再推,裁决一拖再拖,眼看到了夏种季节。这可是一季的收成和一捧捧的粮食啊!村里人焦急万分,大家不约而同地聚到大队部,连夜商讨对策。社员们的意见出奇一致:按原来订的契约划分,先种了再说,总不能把一季庄稼耽误了!大家说干就干,第二天就把河水过后裸露的滩地播上了种子。这下可捅了马蜂窝!邻村人不依不饶地向政府讨说法,政府三番五次来村里找大队干部们调查谈话。既然种子已经下了地,说什么也晚了,况且契约上写得清清楚楚、明明白白,政府也只能睁一只眼、闭一只眼地大事化小、小事化了。但对方村子不干了,他们依仗多出一半人口的男社员,连夜组织劳力把已经露出的苗芽给毁了,这下彻底激怒了村里的社员!第二天一大早,村里成年以上的男社员,人人手拿棍棒、刀叉和扁担,集体冲进对方村子就是一顿死命打拼,直到对方村支书同意按原定契约为界并当场签字画押才撤回了人。这次集体械斗发生后,虽然双方的村干部们都受到了上级的严厉批评,但私底下,无论政府官员还是左邻右村的乡亲们,从此都对俺们耿家口刮目相看,直翘大拇指!"

也有外乡人对耿家口这种"死板教条""不谙变通"的"极端反制措施"不以为然,但耿家口生产大队的社员们始终坚信:"生长在大山的脚下,就要向山石一样坦直坚硬!长在黄河岸边,就要敢于在滔天波浪中勇敢搏击!耿家口的子子孙孙,在任何情况下,都会按道理、按规矩办事,决不会当孬种、做孬孙!"

"我们耿家口的人,世世代代最讲诚信、最守规矩、最懂道理、最知分寸。只要按照契约办事,哪怕我们吃了天大的亏,赔得掉了裤子,也绝不耍滑赖账!如果对方不讲道理,毫无诚信,还要得寸进尺、仗势欺人,那我们只能奉陪到底！我们不惹事，也决不怕事！天大的事，我们全大队男女老少几百口人，提着脑袋，抬着棺材，一路跟着，一陪到底！"

耿家口人诚实守信、"吐口吐沫砸个坑"、敢当事、不赖事，不仅早已成为耿家口人妇孺皆知、人人身体力行的做人做事"第一准则"，而且在方圆几十里地的百姓们中，也早已名声在外、口口相传、有口皆碑。

有人举过一个例子：新中国成立前，耿家口村的耿二蛋到邻村大户当童工，因为年龄小，干不了重活，东家只能安排他每天到集市上卖馍，早饭、午饭东家管，一天卖一筐，卖完就收工。有一天，耿二蛋早晨贪睡起晚了，赶到东家已过了早饭时辰，他怕耽误了早市卖馍，谎称在家已经吃过早饭，空着肚子背起东家装好的馍筐，匆匆赶去了集市。谁知那天买馍的人特别少，太阳快落山时还没有卖完，已经两顿没吃饭的耿二蛋实在坚持不住了，饿得守着馍筐大哭起来。过路的村里人见状上前忙问为啥哭？他答已经两顿没吃饭了。村里人拉起他就要去找东家讨说法。他说这事怪不得东家，是自己贪睡怕耽误卖馍的好时辰，才谎称吃过了饭。村里人说那你先从筐里拿个馍吃了，回去再向东家吱一声。他答这是东家的馍，东家没发话，自己再饿也不能吃。无奈，村里人只好掏钱买下馍，先让他填饱肚子止住哭声。这事传到东家那里，东家叹笑道："二蛋这孩子心眼也太死了！不过，这孩子的确够实诚！"这事传回村里，人人都夸他"做得好！做得对！做人做事就应该实诚本分！如果偷奸耍滑，没了信誉，那就是辱没了耿家口的祖宗！"

其实，有关耿家口人"太实诚"的故事，十里八乡传开的还远不止这一件事情。早年间，黄河发大水，耿家口村被淹，村上穷得实在揭不开锅，不少青壮劳力相约去沿海盐厂打工谋生。盐场的工友们大多是背井离乡苦出身的农民，许多人家里急等钱用，时间一长，有人就悄悄打起了从盐厂私自带盐回家的主意，这事传到同样急等钱用的耿家口村民们那里，大家没人心动，大伙儿打定主意"再穷也不能做那偷鸡摸狗的事情"。盐厂一向对盐监管很严，对盗盐行为处罚得也很重，但农工们被逼无奈，有人还真找到了漏洞：他们把暂时不穿不用的棉衣棉被等物品用浓盐水浸湿，晾干后打在背包里，回家后取出重新浸水，再把浸完的盐水晒干，据说如此一次晒出的盐能换不少钱用。终于，盐厂发现了这个"盗盐猫腻"，趁着农工们春节放假回家的档口，来了一次彻底的检查，在所有盗盐的人群中，没有耿家口村的一名农工。这一下，耿家口人在当地盐厂可算出了大名！以至于到后来，凡是耿家口村的农工一律免检，求职者一律录用。

　　耿家口人的诚信品质，与他们打小受到的文化传统教育和村民影响熏陶有着密不可分的关系。耿家口有文化的人很少，但受儒家文化影响则很重很深。也许是耿家口人爷爷的爷爷们读过几年私塾，也许是耿家口离孔府孔庙比较近的缘故，总之，耿家口人虽然不是张口闭口的"之乎者也""仁义礼智信"，但孔孟文化精髓中的道德和礼仪确实在这里有了扎扎实实的自觉传承。多少年来，无论村上谁家有了婚丧嫁娶的红白喜事，乡邻们总是主动上门帮助筹办，真真切切展示着耿家口族群团结和睦、血脉相连的浓厚文化与和谐村风。每逢清明春节，更是集体祭拜祖先、挨家挨户磕头问安的日子，甚至外面轰轰烈烈地开展"文化大革命"和"扫除封建迷信"活动，耿家口人也总会静悄悄地固守着从祖辈们那里一代代继承过来的节日文化与祭祀传统。

　　说到耿家口的孔孟文化传承与自觉践行，那可真是妇孺皆知、人人身体力行！大自"仁义礼智信、温良恭俭让、忠孝廉耻勇"的高深道理，小到言谈举止、待人接物、一天的规程：在家早起，晚辈要主动向长辈请安；饭前，晚辈要先请长辈就座，长辈不动筷子，晚辈不能先动筷子；饭后，长辈不离饭桌，晚辈不能先离饭桌；吃饭时，不许吧嗒嘴，不许搅菜盘，不许筷插碗，不许抖落腿，吃菜要靠自己这边来，不能在菜盘里乱扒拉，不许吃饭咬筷子，不许拿筷子、勺子敲碗，不许壶嘴对人，不许反着手给人倒酒或倒水；长辈说话时，晚辈和小孩子不能随便插嘴；出入家门时，晚辈要主动向长辈打招呼；晚辈在路上遇见长辈时要主动上前问好；在长辈和长兄长嫂面前，不许直呼其名；众人扎堆聊天，晚辈要主动给长辈让位，坐要有坐相，站要有站相，不许叉着腿、罗着锅；晚辈在长辈面前说话不能大呼小叫、口出狂语，不能斜楞眼看人；与人交谈，不能说假话、说脏话、说大话、说空话；与他人共事，要说到做到、敢负责任；自己说过的话、做过的事，任何情况下不能赖账食言，不能偷三减四；别人家再好的东西，一不能偷，二不能骗，三不能抢；与他人共事要信誉当先、豪放仗义、肯于吃亏；借别人家的东西，要保质保量尽快还回；男人在女人面前，说话要持重得体、有度有尺；男人不能盯着女人特别是晚辈和未婚女人看……总之，这一套套的规矩和要求，几乎从小孩子们出生那天开始，村里的长辈们就不厌其烦地对其进行着全方位、全时制、全层次的重复灌输和教育，并细致入微、决不偷斤短两地以身示教并予以相互监督践行。

　　耿家口有亲朋好友来家做客串门了，邻居们相互借勺油、借碗面是常有的事，但还时要比借时多，村里人说，这叫"有借多还，再借不难"。村里人偶尔出门探亲访友，少不了向邻居们借几件整洁像样的衣服以"装点门面"，但还时一定要洗得干干净净，如果不小心开个线、挂个洞，也要先缝补好再还回，还时要向人家抱歉地吱一声，村里人说，这叫"以净换心，要有良心"。村里谁家的夫妻吵架斗殴了，邻居们都会不约而同地赶来调解规劝，直到怄气的夫妻言归于好、破涕露笑为止，村里人说，这叫"前邻后邻，都是家人"。村子里从老辈子开始就少有"秘密"可言，大家都觉得那样会活得很生分、很疲惫，"一家人没有什么不能说的"。谁家生了小孩子，谁家的小伙子、小闺女订了哪个村的媒，消息当天就能从村子南头飞快地传到村子北头，院子里、屋门外很快就会涌进一批又一批拎着红糖、鸡蛋、红枣、花生，登门道喜祝贺的村里人。

多少年来，耿家口的村民们一直恪守着"父母在，不远行""故土难离，乡土情深"的古训，即使新中国成立前"闯关东"盛行一时的那个年月，村上也只有几户实在揭不开锅的农民，依依不舍地携家带口去了东北逃荒，生活稍有改观起色后，又举家搬迁回到村子里。

村风民俗的形成，既有赖于多年文化传统习俗的传承，也与村里辈分最高或者最有威望者的个人性格、素养、学识的长期熏陶、感染和影响密不可分。

说到耿家口的宗族长，自然是耿太爷。他在整个耿家口生产大队，虽然年龄不是最大的，但辈分是最高的。不论他去谁家串门，主位都是他去坐，没人敢于造次。逢年过节，争着给他拜年磕头问安的人，每每排成一长串。他走在街上，无论男女老少，大家都会恭恭敬敬地叫一声"叔叔""爷爷""老爷爷"等尊称。

虽说耿家口社员们家的一些大事小情，有时还会听听宗族长的意见，但耿家口生产大队集体的事情，当然还是由大队党支部书记耿广林拿主意。耿太爷知道，要论文化、智慧、能力、水平和威望，比他小三辈的耿广林肯定在他之上，绝对的全大队正数第一！

提起耿家口生产大队党支部书记耿广林，那可是全大队最响当当的人物。

耿广林四十七八岁，中等个头，浓眉大眼，相貌堂堂，身体长得粗壮结实，黑黝黝的皮肤从上到下透着红光，一看就是十分健康、很有力气的样子。他脸上的褶皱不多，但因头发稀疏，看上去倒像五十开外的样子。他的眼神很有特点，炯炯中似有一股透视万物、让人不敢随便造次的神力，加上说话时面部肌肉很有节奏地震颤，总能让人陡生出不怒自威的莫名魔力。他说话不多，但逢说必会引起人们的侧目和注意。他说话条理清晰、很有逻辑，平和的语调中节奏感十分强烈、顿挫有序。他分析起问题来头头是道、入木三分。他讲起道理来入情入理、一语中的。村上的大事小情，他几乎明如指掌、了然于胸，街坊邻居们的烦心事，只要找到他，总能三言两语地让人顷刻释然、满意而归。

耿广林祖上家境不错，小时候爷爷给他请过几年私塾先生，新中国成立后土改那阵子，村里人念他和他的父辈侠肝义胆，爱打抱不平，才由富农改成了中农。上级工作组对他几次考察后，觉得这个年轻人好学上进有文化，正直仗义有魄力，很快发展他入了党，并选他任大队党支部书记。

耿广林确实没有辜负上级党组织和全大队社员们的信任和期待。他处事公道正派、敢作敢为，为人两袖清风、不贪不沾，遇到困难，性格坚毅，有一股不达目的誓不罢休的倔强勇气，遇到不公平、不公道的事，他敢于拍桌子骂娘，遇到仗势欺人的事，他敢于拔刀亮剑、舍身正义，即使再遭人唾弃讨厌的地痞无赖流氓，在他面前也决不敢胡搅蛮缠、胆大妄为！要知道，如果他发起脾气来，那可是山崩地裂、霹雳震天、雷霆万钧，让人心惊胆战地喘不过气。以至于许多年来，社员们彼此发生矛盾和冲突时，只要有人提出去找耿广林评评理，问题一般都会自行烟消云散、不了了之。

多年来，耿家口生产大队在党支部书记耿广林的带领下，民风淳朴，邻里和睦，四平八稳，一派升腾，社员们的日子过得十分和谐幸福、有滋有味。虽然耿家口生产大队很少受到公社或者上级领导的表扬奖励，但在附近生产大队和百姓们中，那可是收获了数不清的"口碑"和"美名"，十里八村的闺女和小伙子们，大都争抢着与耿家口结成"连理之好"就是例子！

谁知天有不测风云。随着耿家口生产大队五名初中毕业生的回村和"推荐谁上高中"这件事情的到来，让这个本来十分淳静、祥和、质朴的小村子，突然间热闹躁动起来。由此，一个荡气回肠、峰回路转、跌宕起伏而又精彩幽默、发人深省、又令人扼腕叹息的故事，正式拉开了帷幕——

02 支书焦闷

　　一九七三年元旦刚过。耿家口生产大队家家户户正在筹办年货、喜迎春节的时候，在邻村片区联办中学就读的五名初中学生毕业回村了。这对耿家口生产大队来说，那可是一件轰轰烈烈的大喜事！

　　耿家口祖祖辈辈缺少文化人，上过小学的没几个，更甭提初中毕业生了！多少年来，大队领导和社员们一直在为村上的文化教育，包括选谁当生产队会计而发愁……

　　这下可好了，一下回村了五名初中毕业生！

　　听学校校长和老师们介绍，这五名毕业生中，有三名团员、三名班干部，其中四名学生的学习成绩在班里个顶个的前五名。这下全大队四个生产队的会计人选可算有着落了，你说高兴不高兴！

　　高兴归高兴，可犯难的事情接踵而至——公社革委会教育组电话通知：耿家口大队按照比例，在这五名初中毕业生中，推荐一名学生到县五中上高中。条件嘛，自然是学生在校学习和表现，家长在大队的觉悟和表现，特别是在"文化大革命"中的现实政治表现。这"中了秀才又晋举人"的美事儿，而且还夹杂着学生他爹他娘在大队的现实政治表现，你说应该推荐谁？

　　这下大队党支部可真是遇到难题了！

　　党支部书记耿广林连续几天为这事儿愁眉苦脸地睡不着觉，心里一再翻腾着真是遇到了大难题：在这五名学生中，一个是大队会计耿广常的儿子耿守心：团员，班长，学习成绩不仅在班里而且在全年级也是名列前茅。如果不推荐他上高中，那肯定太不公道了，在社员们中也说不过去。另外两个学生，一个是第一生产队队长耿广仁的儿子耿守平，一个是第四生产队队长耿广道的儿子耿守昌，两个人都是团员和班干部，学习成绩都在班里名列前三名，如果不推荐，就冲这两个生产队队长的犟驴脾气，那还不翻了天！第四个学生是社员耿广实的儿子耿守卫，耿广实老实巴交，劳动积极，去年年底还被评为大队"活学活用毛主席著作积极分子"，耿守卫的学习也不错，总不能亏了人家吧？最后一名学生耿小二，既不是团员，也不是班干部，学习成绩比较差，总体表现不如前四个，不推荐他上高中，料想也不会有什么问题。眼下最困难的是——如何在前四名学生中，推荐出一个更好的，让家长们都能心平气和地接受，而且不在全大队造成不良的影响和议论。

唉！这推荐学生上高中的事，本来是学校自己的事，本来应该只看学生的学习和表现，可现在非要推到大队来，还要扯上学生家长的觉悟和表现，你说荒唐不荒唐、扯淡不扯淡、没劲不没劲！

耿广林的焦虑和苦闷，很快从参加大队会议的社员们那里，一夜间传到了全大队社员们的耳朵里。社员们人多口杂，议论纷纷，说啥的都有，一时间，竟成了全大队社员们白天黑夜、茶余饭后关注的最热门话题。

"让孩子上高中，那可是天大的事！说不定高中毕业后，还能赶上县里招工被安排到厂里当工人、吃商品粮，这可是关系孩子'鲤鱼跳龙门'的一辈子的大事儿！"

"上不上高中能有啥？上高中回来还不是和我们一样在生产队里'修理地球'？碰巧招工分配到县里当工人、吃商品粮的能有几个？倒不如不上高中，提前在家里多挣两年半工分。"

"推荐谁上高中可不是那么简单的事，这对正在上学的孩子们影响很大，咱们可不能稀里马虎地把孩子们给引到不好好学习的邪路上去！"

其实，最心烦意乱、焦躁不安的还是这五名学生的家长们。

"唉，咱这孩子还小，下队干活也挣不了多少工分，还不如让他去上学，说不定以后还有个好奔头。你看公社农机站的技术员，哪个不是高中毕业？"

"也不知广林书记咋想的，如果论学习、论表现，推荐大队会计的孩子上高中，咱也没什么话说。如果再论论家长，推荐了别的孩子上高中，人家一定说咱这家长表现有问题，以后在孩子面前落下埋怨不说，在大伙儿面前也抬不起头！"

"孩子他爹，你应该去找广林书记说说，咱们家劳动力多，不缺孩子挣工分，咱祖辈上也没有文化人，我们当家长的平时表现可是没有一点问题，看看大队里能不能推荐咱孩子上高中？"

"孩子他爹，听说有的学生家长已经开始活动了。昨天晚上，有人碰见四队队长耿广道去了广林书记家，咱可不能在家里傻等着，俗话说，当官的从来不打送礼的。"

社员和学生家长们的议论，很快传到了大队党支部书记耿广林的耳朵里。耿广林知道，这几天，几个学生家长明里暗里地和他套近乎，有事没事地找他汇报工作和思想，目的无非就是想让大队推荐自己的孩子上高中，他心里明镜似的知道这事还真是遇到了大麻烦、大难题。

晚上，耿广林躺在床上辗转反侧、难以入睡。他索性从被窝里爬起来，穿上衣服，摸黑点着煤油灯，泡了壶热茶，一个人坐在桌边喝了起来。

这一来一去的动静，惊醒了正在熟睡的老伴儿，她忍不住冲他嘟囔道："这大半夜的，你这么大动静，还让别人睡觉不？"

耿广林本想回敬几句，可想想老伴儿也够辛苦的，自己天天不着家，家里忙里忙外的事情全靠她，白天她要赶去生产队干活挣工分，放工回来还要没完没了地操持家务，人家过去可是大户人家的千金小姐，嫁给自己二三十年了，为自己生儿又育女，功劳苦劳都有份，自己却没让人家享过福。算了！还是到外面转转吧，透透空气也好，心里烦啊！他索性披上皮棉袄，拿起手电筒，推门走了出去。

耿家口的冬日夜晚，一片寂静漆黑，除了偶尔从远处传来的几声犬吠外，几乎没有一丝声息，劳累一天的社员们早已灭灯上床休息，完全就是静兮兮、黑黢黢。耿广林借着手电筒并不明亮的光柱照射，深一脚、浅一脚地向前走去。

这条路是他非常熟悉的小路，他闭着眼也能分出左右上下高低。他漫不经心地朝前走着，满脑袋涌出的都是如何推荐学生上高中的杂乱思绪。

他想：推荐谁上高中的事情，必须赶紧定下来，再这样拖下去，困难和麻烦只会像滚雪球似的越滚越大，搞不好还会横生枝节、惹出乱子，让上级领导、邻村同行、学校老师和大队的社员们看尽笑话、议论纷纷。

他还想：大伙儿平时看上去都还不错，人也厚道朴实，除个别社员外，几乎没有斤斤计较、贪图小利的人，怎么一到了这件事上，就显得不是那么回事？你看看那两个生产队队长，明捧暗贬对方，生怕自己的孩子吃亏！再看看耿广实的那个媳妇，一看就是横竖都要沾光的主。这世上哪有那么多尽如人意的好事，总要讲究个主要次要、公平公正、道理规矩，你退退，我让让，大伙儿相互照顾着才能过去。除大队会计耿广常外，四个学生的家长为这事都找过自己，也不知道广常兄弟是咋想的。他是不是觉得自己的孩子学习表现最好就没有问题？或者孩子上不上高中没有关系？如果守心这孩子不上高中，那可就真毁了这么一个好孩子……

就这样，他一边漫无目的地走着，一边在心里合计着自己的烦心事，不知不觉来到了大队部的院门口。

他原本只想在街上转转，绕个圈再回家休息。没承想，竟鬼使神差般地来到了大队部的院子。他今天可是在这里开了一天的会。

世间有时就是这么奇怪：当人的意识没有主动作用的时候，习惯就会神不知鬼不觉地悄悄支配着人的意识和行为。

耿广林自我解嘲地"嘿嘿"干笑了两声，顺手摸了摸大队部院门前的那棵老榆树，这是他每次来到这里后的固有习惯。多年前，这树是他亲手栽下的。他心里想，既然来了，那就到办公室里再坐一会儿吧，屋里总归比外面暖和，到那里再好好琢磨琢磨。想罢，他向院子里走去。

耿家口大队部坐落在整个村子的中部，这是一个五十多米长、三十多米宽的长方形院子。院子的北侧，一溜串的土石结构的土坯房屋紧紧排列，东边的三间屋子是大队部，中间的两间屋子是耿家口小学老师的办公室，西边的六七间屋子，是耿家口小学的一、二、三年级教室。院子的东、西两侧各有一排屋子，分别是耿家口大队卫生室、耿家口大队小卖部和耿家口小学四、五年级教室。在院子南侧的围墙下，长着两排树龄十年左右的榆树、杨树和柳树，在一棵比较粗壮的柳树弯枝上，悬挂着学校的大铁钟。院子的大门设在东北角，外面就是村里高低不平的南北主干道。这个院子从落成那天开始，就成了耿家口大队的会议、信息、文化、教育、医疗和商业中心，无论学生们是否放假，无论冬天还是夏日，无论白天还是晚上，这里都是全大队最具人气、人们最络绎不绝、最喜欢聚集玩耍和打探交流各种消息的去处。

刚建大队部那会儿，有人提议把小学建在别的什么地方，说是小学生们爱闹腾，会吵得大队部没法工作和开会。但耿广林不同意，他说，我看见孩子们读书心里高兴。再说了，村里土地紧张，小学生课间活动，全大队社员开会，"一个院子两用"很有意义。小学老师们很理解耿广林的心思，大队给教室泥黑板那会儿，他们特意嘱咐社员们在教室外面的墙上多泥了两块黑板。黑板泥好后，小学老师们经常把各年级学生的考试分数，用粉笔工工整整地誊抄在上面，耿广林只要路过，总是饶有兴致地盯上一会儿。这两块黑板自然也就成了全大队社员们会前会后、闲暇休息、购物路过时重点围观讨论和当面教导训斥孩子们的特别场地。

耿广林走进院子后，他看见大队部的灯还在亮着。是谁在里面？他快步推门走了进去。

"这么晚了，你还没有回家啊？"耿广林看着正趴在办公桌前边写边打算盘的大队会计耿广常问道。

"今天大队开会定下的几个事，我再记记。另外，上面下发的'救济粮''救济款'也拨下来了。咱大队的这些'五保户''困难户'每家该分多少，我再核对核对。这么晚了，广林哥你咋又回来了？"耿广常抬起头来应声回答。

"睡不着觉，你嫂子把我撵出来了！"耿广林说着话，"嘿嘿"干笑了两声，走过去坐在煤炉旁边的椅子上。

耿广常站起身，伸了伸腰，走到煤炉跟前，蹲下捅了捅炉子，加了勺煤。

"广常啊，你说这推荐学生上高中的事，该怎么办啊？这几天可把我愁坏了，你也不替我出出主意！"耿广林看着耿广常，笑着开门见山道。

耿广常没有接话。他站起身，拿过耿广林桌上的水杯，倒了点儿水涮了涮，加满开水后递给了耿广林。

耿广林接过水杯，看着耿广常继续道："我知道你不好说，因为你孩子守心也是被推荐的对象。咱们现在就权当你孩子不是这批初中毕业生，推荐谁上高中与咱孩子没关系。你说这事该咋办？"他脸上挂着微笑，语气尽显诚恳。

耿广常笑了笑，依旧没吱声。他走到桌边卷了支烟，划着火柴，点上抽了起来。他有抽烟的嗜好，夹烟的两个手指熏得又黄又黑，尽管今天开会时他已经抽了不少，可这会儿，他很想再抽一根。

耿广林继续道："这几天，我没少琢磨这事。各个生产队的议论咱们也都应该听到了，大伙儿吵得简直比这煤炉子还热！这么多年了，我还是头一回遇到这种事。老实说，咱们大队的这几个学生都不错，可公社给的名额只有一个，听说这几个孩子还都想继续上学，有的家长也去找过我，说起来各有各的理由，什么孩子想上学呀，家里不缺劳动力呀，自己在生产队的表现也不差呀，推荐不上没法给孩子和家里人交代呀，大队的社员们怎么看呀，到了学校一定好好学呀，高中毕业后一定回大队好好干活呀……简直是你不想听都不行！"

耿广林平时说话一直比较慢，可这会儿倒真像连珠炮似的来了一梭子。耿广林说完，他等着耿广常接话，可耿广常总是一个劲地抽烟，只是时不时地看看自己。

耿广林、耿广常俩人几乎同时进到大队工作。论年龄，耿广林年长几岁，论家境，耿广常显然不如耿广林。耿广常的祖辈比较穷，早年闯关东那会儿，耿广常跟着父亲去了东北，在城市上过几年学，新中国成立后土改前那阵子，又跟着父亲回到村子里。论文化，耿广常应该更胜一筹，他的毛笔字很有功底，每年春节，大半个村子的社员拿着红纸、排着队请他写春联，从村南头到村北头，几乎都是他写的红对子；耿广常打算盘的功夫更是了得，打起算盘来，那算盘子儿上下翻飞得让人眼花缭乱，十里八村没有一个不服的，公社每年组织账目会审，次次都要把他抽去。说起耿广常这写写算算的功夫和本事，耿广林从来都是打心眼里服气。这些年来，他俩一直配合得非常默契，加上两人秉性相近、意气相投、各自定位得当，从来没有红过脸，更没有斗过气，感情那是棒棒的。

"广常啊，你别光顾着抽烟，说说你的想法和意见。"耿广林一边催促着、一边站起身来，在屋里踱起了步。

耿广常没有答话，依然若有所思地抽着烟，偶尔看看耿广林。

耿广林一边踱步、一边再次说道："反正那几个学生的家长都找我说过了，就你没吭声。你孩子守心在学校可是学习表现最好的，如果这次推荐不上，耽误了孩子的前程，家里老老少少埋怨你，回到家里生闲气，你可别怪我没有提前问过你！真到了那个时候，可没有人再管你！"

耿广林边说边止住脚步，回过头来笑着紧盯着耿广常。他知道，"激将法"对耿广常最灵验、最管用，况且，在这夜深人静、只有他俩的当下，也许只有这个办法，才能撬开耿广常的嘴巴，尽快步入正题。

耿广常不是不想找支部书记耿广林谈谈这件事，只是一时还没有拿定主意。他觉得，自己的孩子虽说是推荐对象不假，但自己是大队会计，怎么说也应该主动回避。况且，广林书记是个明白事理的人，他主持公道，敢作敢为，可谓有口皆碑，其他学生家长为这事已经多次找过耿广林，该说的话都已经说清，自己找不找他，在广林书记那里应该都是一回事。他也知道，这事摊在了自己身上，既然别的家长都轮番找过了广林书记，如果自己不找广林书记谈一谈，总会给人留下"志在必得""舍我其谁"的"大牌"样子，让人总觉得不是那么舒服和惬意。再说了，有些事情，多一个人多一个主意，主意多了好办事，适可而止地表明一下自己的意见和态度，也不是不可以。既然广林书记已经把话说到了这个份上，再不谈谈自己的想法和意见，确实既不礼貌，也不合适。

耿广常想到这里，他提起水壶再次给耿广林水杯里加了些水，重又点燃一支烟后，咬文嚼字道："既然广林哥您让我说说，那我就谈点自己的想法和意见，也许您当书记和哥哥的，早就琢磨到了前面，有了更好的主意。"

耿广林笑道："我啥想法都没有，你只管说，这大半夜的，就咱两个人，说啥都行，没有关系！"

耿广常道："推荐学生上高中是咱们大队的大好事，也是大喜事！咱们大队的学生们争气，学习成绩、各方面表现普遍比其他大队的学生好，为咱大队争了光、抖了神、提了气，这也是你哥哥多年所努力和盼望的。我觉得，就冲这，咱们应该赶紧找找联办中学的张校长，请他出面给公社教育组反映反映，看看能不能给咱们再增加一个名额，你说是不是？"他边说边小心翼翼地看了一眼耿广林。

"好！"耿广林的脸上突然泛起红光。他显然没有想到用"增加名额"的办法"排解难题"这个好主意。

看到耿广林非常高兴的样子，耿广常接着说道："再一个，如果增加的名额要不来，咱们大队的推荐也应该有咱自己的具体标准和规矩，咱可不能照着葫芦画瓢似的拿着上面的通知生搬硬套，犯了教条主义。说到底，咱们推荐的是上高中的学生，不是在大队里干活的社员，把学生和家长不分青红皂白地完全绑在一起推荐，只会使推荐变得更加复杂和困难，搞不好，还会惹得学生家长们闹意见、生闲气。毛主席他老人家出身富农，哥哥你出身中农，可你们都是干革命的好党员、好干部，咱们可不能'一锅煮'地看着家长推荐他孩子。"

"对！对！"耿广林笑着频频点头。他觉得耿广常的意见完全符合自己的心思，如果不联系大队实际地生搬硬套，说不定推荐学生这事就会产生新的麻烦，闹出新的问题。

耿广常继续道："第三个，我觉得咱们大队的具体推荐也要有个好的办法和程序。既然上级有了原则性的条条和框框，那咱们也应该从咱大队的实际出发，看看具体先看什么，再看什么，先怎么办，再怎么办，是咱们大队的几个干部推荐？还是召集生产队队长们一块参加推荐？还是把学生家长们吸收进来一起推荐？还是用别的什么办法推荐？总之，这些大主意，只能由你当书记的哥哥拿，具体怎么办，我一切听你的。"

耿广常一口气说了三点意见，直到烟头烧到了手指头，他才停住了嘴。

"哈哈哈！广常兄弟说得好啊！你可是说到了我的心坎里！咱们兄弟，这叫不谋而合、所见略同！这几天，我一直为这事生闷气！现在上边有些精神真是叫人不舒服、憋得慌、心里烦！学生能不能升高中，学校直接考试不就行了！非要搞什么推荐！搞推荐也行，就让学校自己搞呗，学生们的情况，学校和老师们比谁都清楚，干吗非要推到大队来？推到大队里来，还非要结合学生家长劳动积极不积极、思想先进不先进、祖上什么成分，这是什么事嘛？简直是乱弹琴！是孩子他爹上学？还是孩子们上学？唉，不说了！不说了！说起来让人生气！"耿广林边说边两眼圆瞪，末了，他使劲儿地拍了一下桌子。

"我看这样吧，明天一大早，我赶去学校找找张校长，请他赶紧到公社帮咱们再要一个名额。回来后，我、守才主任、你，咱们三个赶紧开个会，定一下具体的推荐标准、规矩和程序。这事儿不能再拖了，要过年了，得赶紧办。时间不早了，咱俩赶紧回去歇息。"

耿广林说完，他看了看耿广常。耿广常点了点头。耿广常走近办公桌，吹灭了煤油灯。两人一前一后地离开了大队部，向各自家的方向走去。

大队党支部书记耿广林确实计划得很好，一切安排得环环相扣、井井有条。可大队会计耿广常家里这头，又冒出了不大不小的"问题"，让他和他的老伴儿，顿时不知所措、彻夜难眠、火急火燎——

03　女孩是谁

　　大队会计耿广常走在回家的路上，心里翻江倒海似的涌出一堆事。

　　说到今年推荐学生上高中这件事，耿广常比大队的任何人知道得都早。大队党支部书记耿广林不太愿意到公社里开会，上面的许多精神他听着心里烦、不顺耳，因此常常把到公社开会的差事推给大队会计耿广常，这一来，耿广常自然提前知道了上面的许多事，也认识了公社方方面面的不少人，从公社党委办、革委办、农业组、教育组、文化组，到县五中、农机站、供销社、卫生院等，耿广常都能找到说上话的熟悉人。教育组的一名干部两个月前就跟他咬过耳朵："耿会计，你那孩子初中该毕业了吧？今年升高中的推荐比例可能是四比一、五比一。如果孩子想上高中的话，你可不能下手太晚了，一定要提前做准备！"耿广常笑了笑没有接话，回到大队后既没有跟支部书记耿广林说，也没有对家里人提起，他觉得这不是上面的正式精神，没有必要见云就下雨地随便传开去。不过，对这件事，耿广常还是心里七上八下地专门找到了自己的好朋友、也是孩子的班主任王老师探了探口气。王老师悄悄告诉他，现在上面的形势很微妙，只能走一步、看一步地等精神。耿广常本来不认识王老师，只听说王老师过去是县一中的语文教师，因为家里地主成分，挨批斗后下放来到这里教初中。能和王老师交上好朋友，还是因为自己的孩子在学校学习表现突出，王老师来家走访，一来二去有了共同语言，才逐渐加深了彼此的感情和友谊。提到自己的儿子耿守心，是让耿广常最开心、最骄傲、最兴奋，也是眼下最揪心的人。孩子今年刚满十五岁，在大队的许多同龄孩子们还很淘气的时候，他已经很懂事，从村南头到村北头，传回家的都是赞扬声，甚至许多家长批评教育自己的孩子，总要拿他当标杆、做比较，来反衬自己孩子的缺点和不足。说到学习，自己的儿子从上小学开始，从来就是班上的第一名，没让家里操过心，特别是上初中以后，一张张的考试卷子，不是满分，就是 99 分、98 分，甚至 98 分、99 分的都很少，刚到了入团的年龄，就在学校入了团，班里选干部，同学们都投他的票。这孩子放学回到家，从来就没闲着过，不是看书写作业，就是不知道累地帮着自己下地干活，帮着他娘洗衣做饭，帮着他奶奶纺线织布，给他爷爷捶背揉肩，缸里没水了，跑着去河里担水，院子不干净了，忙着打扫院子，有时还要照看自己的弟弟们，帮着他们补习功课，教育他们不要惹大人生气。这孩子学习很自觉、很努力，大人们上床休息了，他一个人趴在桌上看书学习，直到深更半夜，大人催促几遍才上床休息……这样的好孩子，十里八村也难找啊。唉！这孩子的命也太苦了！也怪自己当初跟着父母从东北城市回到老家，要是这会儿还在东北城市工作，孩子升高中肯定意料之中，毕业后找个像样的工作，也不会是多大的难题……

想着想着，耿广常走进了自己家的院子。他习惯性地刻意大声咳嗽了两声，把抽烟后堵在喉咙里的黑痰吐在屋子外面，同时以这种方式告诉家人他回来了，不需要再惦记。

"谁呀？"随着一声问话的传出，屋门"吱扭"一声打开了半扇，耿守心从里面探出半拉身子，屋内昏暗的灯光顿时从门缝射向漆黑的院子。

"是我，你还没睡？"耿广常看着耿守心问道。

"噢！是爹回来了！"耿守心把门开大了一些，侧身躲在一边，让父亲先走进门去。

耿广常家的房屋非常简陋，迎面墙的正中间，端端正正挂着毛主席的画像，画像的两侧分别粘贴着《北京风光》彩色宣传画和革命样板戏《红灯记》的剧照图。下面摆放着一张长长的条几，条几上整整齐齐摆放着《毛泽东选集》一至四卷和《毛主席诗词》《毛主席语录》，两侧堆放着毛笔、砚台、墨筒、纸张、算盘、账本和书籍。条几的前面是一张三尺见方的八仙桌，桌上有煤油灯、水壶、几个茶杯和耿守心正在看的小说、笔记本和笔。八仙桌的两侧各摆放着一把葡萄椅，葡萄椅的边上，横放着两排长条凳，中间围成了一个方形的活动空间。这是一个坐北朝南的三间堂屋，东侧屋梁下放了两个橱柜，算作从中间隔开的屏风；里屋摆着两张床、一张书桌、一个柜子和几个装粮食的瓦缸；西侧屋梁下用土坯做了隔断，留出了一个小门，上面垂下布帘，方便进进出出，里面摆着一张床、一张桌子、一个柜子和几口粮缸。在西侧隔断的墙上，挂着两个镶满照片的镜框，剩下的空余地方，张贴着学校发给耿守心和弟弟们的十几张《喜报》和《奖状》。一看就知道，中间是待客和家人吃饭聊天的地方，东间是耿守心和弟弟们学习睡觉的地方，西间是耿广常夫妇休息的地方。这种结构和安排，在耿家口生产大队是很正常和普遍的。

耿广常没有直接进里屋休息，他径直坐到椅子上，他想找儿子耿守心问点事。

耿广常先看了看桌上摆放的几个晚上用过的茶杯，对正在低头看书的耿守心忽然问道："晚上谁来家里了？"

"广道大爷。"耿守心一边看书一边答道。

"他说什么事了？"

"他问推荐上高中的事有没有消息。"

"家里人怎么说的？"

"我们说不知道。"

"家里谁在场？"

"爷爷、奶奶和娘都在。"

"他还说了啥？"

"他说明天再过来。"

"再过来干啥？"

"可能想和你说说话。"

耿广常突然有些不高兴。他紧锁眉头，顺手卷了支烟抽起来。最近这段时间，虽说推荐学生上高中的事在全大队炒得火热也属正常，但学生家长们四处找大队领导打探消息，特别是私下里说些不该说的话确实不是那么回事。尤其是四队队长耿广道，为了推荐自己的孩子上高中，到处说些不三不四的话，有些还传到大队部，他听了总感觉不顺耳。

耿广常一边抽烟，一边看着只顾低头看书、回话也不抬头的耿守心，面带愠色道："你先停停！我问你，你今天下午去哪里了？"

耿守心急忙抬起头，怔怔地愕然道："王老师捎信让我去学校了。"

"去学校干什么？"

"拿考卷和奖状。"耿守心指了指放在条几上的一卷纸。

"还拿什么了？"

"一本书。"

"什么书？"

"《水浒传》。"耿守心边答边掀开书皮。

"我说过多少遍了，这种书你先不要看，看了也不懂，要看就看《红岩》

和《钢铁是怎样炼成的》!"耿广常有些生气地斥责道。

"那些书我看过了。这本书是王老师借给我看的。"耿守心怯生生地指了指小说扉页上王老师的名字。

耿广常瞄了一眼没有说话。他想,既然王老师让孩子看,自己当然不能再加干涉。

耿守心看着父亲没有继续追究的意思,心里顿时轻松愉快了许多,脸上露出了些许微笑和得意。

耿广常接着问:"王老师对你说什么了?"

"王老师问大队里有没有推荐上高中的消息。"

"你还见到谁了?"

"张校长。"

"他对你说什么了?"

"他在会上表扬了我。"耿守心紧盯着父亲答道。他觉得父亲听到这些消息后,应该像往常一样脸上泛起满意的笑容,可是今天,父亲的脸色冷冰冰的,没有一点高兴的样子。

耿广常继续问:"你今天和谁一块回来的?"

耿守心突然一怔,心里立刻一紧,连忙小心翼翼答道:"我同学。"

"男的?女的?"

"女的。"

"哪个大队的?"

"前王庄大队的。"

"哪个班的?"

"初二班的。"

"叫什么名字?"

"王小红。"

"怎么走到一起的?"

"她要借我的书,已经对我说过几次了,今天开会见了面,非要跟我过来拿,我拗不过她,只能让她在村口等着,我把书给她送过去后,我们就各自回家了。"

"有人看见吗?"

"没有!"

耿广常连珠炮似的发问,让耿守心着实紧张得不行。耿守心想:好在自己没说一句假话，不然早被父亲拍了桌子，搞不好还会挨了巴掌和板子。他知道，父亲可是最痛恨说假话的人，自己虽然没说一句假话，但并不是所有的真话都说了。这会儿，耿守心虽然有些庆幸，但紧张的手心早已潮潮的、湿湿的。

耿广常的脸色逐渐好起来，他不再像刚才那样有些阴森恐怖的样子。

耿广常是真心疼爱儿子的。他相信自己的儿子没有说假话，更不会做出格的事，儿子的解释和自己听到的消息没有出入，也完全合乎常理。他知道，自己的孩子还小，过早地与女孩子"关系密切"有害无益，虽说朦胧的青少年发育时期对异性有些好奇也属正常，但千万不能没有分寸地过度亲密，耗费了精力、影响了学习不说，如果被人传扬出去再添枝加叶地说三道四，就凭大队里这些顽固浓厚的封建意识，在这人多嘴杂、"唾沫星子淹死人"的大队人际环境里，要想推荐自己的孩子上高中，根本就没有可能和机会。

耿广常抽了口烟，语气和缓道："孩子啊，上学，咱就在学校好好读书。不上学，咱就回家好好种地！平时少跟女孩子们接触，千万不能让老师、同学和大队的社员们在后面瞎嘀咕、乱议论。不然，就一定会毁了你！"

"爹，我记住了！你放心吧！"耿守心突然意识到父亲今晚有些生气的大概原因——肯定是今天下午和王小红在一起的时候被人看见了，而且消息很快传到了大队部里。

"你早点睡吧！我先歇去了。"耿广常说着话，顺手拿起条几上儿子的奖状和考卷走进里屋。他想睡前仔仔细细地看一看，也好夜里踏踏实实地做个好梦。

耿广常的老伴儿自打院门口的那两声"咳嗽"就醒了。这是她多年的作息习惯，也是夫妻俩相濡以沫的特殊交流方式。耿广常不回来，她是睡不踏实的；耿广常回来了，任谁在门口"咳嗽"，也很难把她吵醒，因为她每天实在太累了！只有孩子他爹平安回到家里，她才能把心放回肚子里。

父子俩在外屋的对话，她一直在里屋静静地听着、想着，甚至偷偷地乐着。

前半部分的话题，她不感兴趣，她没有文化，也管不了孩子的学习，她只知道自己孩子的学习好、表现好，老师校长都喜欢。后半部分的话题，是她特别感兴趣的，所以她听得格外认真和仔细。世界上的许多母亲大概都是如此。

她觉得，自己生的孩子多，一连串地生了六个男孩，没有女孩，这孩子们娶媳妇的事可是家里天大的事，当娘的不操心、不着急，那怎么能行？虽然自己的孩子还小，但有女孩子喜欢，那肯定是大好事！今后大儿子娶媳妇可不用犯愁了，她从心里心外都是一个惊、一个喜。她听着、想着、合计着，自己"咯咯咯"地偷偷笑出声来。

耿广常走进里屋时，她还在笑。耿广常知道她醒着，耿广常也知道她为什么笑。

耿广常没有说话，他点着灯，把孩子的奖状和卷子铺在桌上认真看起来，脸上全是满满的骄傲和欣慰。

她小声问耿广常："那个姑娘怎么样？你打听过了吗？"

耿广常没有接她的话，依旧旁若无人自顾自地小声"嘿嘿"笑着，继而又自言自语道："这里怎么减了一分呢？这个字没有写错啊？"他顺手拿起桌上的《新华字典》翻看起来："噢，是错了！这大街上的标语也太坑人害人了，到处白字连篇，把我都给唬住了！能不把孩子给糊弄了？唉！"

她又小声问起耿广常："你说什么呢？什么白字、黑字的，我问你那个姑娘长得怎么样？"

"哪个姑娘长得怎么样啊？人家是同学，你别想太多了，快睡觉吧！"耿广常有些不耐烦地应付道。他最不喜欢别人给自己的儿子"拉郎配"，哪怕是自己的老伴儿也不行。

耿广常依旧仔细端详着儿子的考卷和奖状，不时自言自语道："不错！五门课，考了499分，临毕业了，又得了个'优秀班干部'，老子没有白疼你！"说着话，他心满意足地轻轻卷起考卷和奖状，小心翼翼地把它放在了柜顶上。他害怕自己的小儿子们把这些奖状和卷子偷偷拿去叠了啪叽。

她又开始小声说话了："我可没有多想。他们是同学不假，可不是普通同学。要是普通同学，那姑娘三番五次地找咱孩子借书干啥？在哪里不能借啊？他们又不是一个班的，用得着这样一遍遍地找咱孩子借书吗？再说了，一个姑娘家家的，这大冷的天，哪有跟着一个男孩子走这么远路的？而且还是专门绕道过来的，一个人在外面等了那么长时间！还有啊，要是普通同学，一切都大大方方、自自然然，她应该来咱们家里啊？过去孩子的同学来家借书不都是这样吗？如果他俩不是偷偷摸摸的样子，也不会有人告诉你啊？你也不会这么生气地审问孩子啊？是不？我看他俩的关系不一般，反正我们当爹当娘的心里应该有点数……"

"好啦，好啦！我困了，睡觉吧，别没完没了地瞎嘀咕！"耿广常生气地打断了她的话，脱掉鞋子和衣服，钻进了被窝，自顾自地把头一扭，闭上了眼睛。

她吹灭了灯，不再理他。

耿广常没有睡。他闭着眼睛琢磨起刚才老伴儿说的话。他觉得，她说的话确有几分道理，在这些问题上，女人的感觉有时真的更加细腻、更加敏锐，往往能够胜过男人几分。

他想：这件事情真的不能太轻视了，要不是今天下午耿老五去大队部偷偷向他"道喜"，他还不知道发生了这件事。耿老五这个人口风倒是挺严，可他老婆那张嘴太不把门，要是把这事当作"新闻"再添枝加叶、添油加醋地传扬出去，肯定弄得整个生产大队议论纷纷、满城风雨，如果那样就太麻烦了！不论自己的孩子学习表现多好，一个"和女同学关系密切"的名声，就很容易被人想象成"过早恋爱"并延伸出"作风和品质问题"，先不说能不能推荐上高中，就是以后在生产队里干活也不好混下去。不行！我明天早晨必须尽快赶去学校问问王老师，看看他俩究竟是个啥情况，如果下一步真的有人提起，也好做个万全的防备。广林书记说过他明天从学校回来后还要商量"推荐学生上高中"的事，无论如何也要赶在他头里……

就这么想着想着，耿广常不知不觉打起了呼噜，进入了沉睡。

她也没有睡。她一直想着自己的儿子和他女同学关系的事：孩子他爹是怎么知道的？是谁跟他说的？是谁看见自己的儿子和那个女孩子在一起？他还看到了什么？看到他俩说笑了吗？看到他俩拉手了吗？他俩是并排走的，还是一前一后走的？如果是一前一后走的，离着多远？姑娘长得啥模样？个头有多高？是胖还是瘦？头发是短发还是扎着小辫子？姑娘的父母是谁？家里有几个孩子？什么成分？她爹娘有文化吗？……如果他俩都有那种想法，这事应该怎么处理？不过，这孩子也太小了点，可农村的孩子时兴早早订婚完婚，只要双方家长没有意见，可以先请个媒人作中，再请人选个日子，先过门成婚，等到孩子们年龄到了再到公社登记结婚也是可以的。要说那旧社会，"童养媳"比这还早哩！……如果真能这样，那应该请谁当媒人？王老师知道这件事吗？如果王老师知道就好了，他肯定愿意当媒人！他那么喜欢俺孩子，这不感情更亲近了！这孩子怎么没有和我说过这件事呢？这事不该瞒着自己的爹娘啊？再说了，你爷爷奶奶那么疼你，你更不应该瞒着他们啊？看来明天是该找个时间，好好说道说道这孩子了……

就这么想着想着，窗户纸逐渐亮起来，院外的路上传来早起人们的走路声和车轱辘声。她索性穿上衣服，下床从里屋走出来。

"啊？孩子！这大冷的天，你怎么又趴在桌子上睡着了？快到床上去睡！都初中毕业了，还这么没白没黑地看书，哪有你这个样子的！"她心疼地对正趴在东屋书桌上睡觉的耿守心责备道。

她小心翼翼把压在耿守心手下的书抽出来。耿守心惊醒了，两眼眯眯瞪瞪地看了看自己的母亲，顺手拿过书签插进书里，紧抱着书本，没脱衣服就钻进了被窝里。她吹灭了灯，走出了屋门，她要去厨房做饭了。

耿家口冬日早晨的星空，很有一番别致的味道和景致。原本漆黑的苍穹，一眨眼的工夫，就从东边大山处的鱼肚白，自东向西，逐渐扩散洒满淡蓝色、蓝色、深蓝色、灰黑色和黑色。悬挂在天上的星星，更加明亮和耀眼，而且不断眨巴着眼睛，比傍晚跳跃得更加厉害，似乎催促着人们早起，也似乎告诉人们经过一夜的休息，它们已经完全消除了疲惫。从东边河面到远处的大山之间，飘浮着一层淡淡的晨雾，如果没有柴火烧燃过的浓浓味道，如果没有从片片村庄中冉冉升起的缕缕炊烟，倒真可以想象，这正是唐僧、孙悟空师徒四人西天取经游历过的仙境。随着天空的逐渐明亮，由远及近传来的鸡鸣声、犬吠声、人们的脚步声、地排车轮轧在路面的咯吱声，似乎更多、更重、也更密起来……

她已经做好了早饭。她进屋喊自己的丈夫起床。她看见自己的丈夫耿广常已经穿好衣服正要出门。他对她说："你们先吃吧，我有事要出去。"

她没有拦他，她知道他可能去哪里。彼此共同生活了十几年，他们已经非常默契，相互心领神会。

她去给在前边堂屋休息的公婆请安和倒尿盆了，待公婆起床后，她再帮助两位老人整理好床铺和衣物，打扫完房间的卫生。这是她嫁给耿广常后十几年的生活习惯，也是自己作为儿媳妇必须具备的传统礼仪和固定日程。

耿广常径直走到院门口，从帐篷下推出自家的自行车，就匆匆出了院子，他要去学校见王老师。

这辆自行车可是花了耿广常家不少钱，少说也有一百五十元，那可是省内产的名牌金鹿自行车，也是全大队唯一的现代交通工具，是他为方便到公社开会特意购买的。

路上有人向耿广常打招呼，他应了，但没有下车。他径直飞快地骑向片区联办中学，敲开了王老师的宿舍门。

"广常哥，起这么早啊？有什么急事吗？"王老师急忙打开房门，一边笑着热情邀请耿广常进屋，一边赶紧冲茶倒水。

"你先坐坐，我先洗洗。"王老师紧接着飞快地刷牙洗漱。

知识分子就是这样：他们从来特别注意把自己最整洁、最美好的形象展示给别人。按他们的话说：这叫文明素养，这叫以礼待人。

一会儿的工夫，王老师洗漱完毕，笑着对耿广常说："广常哥，是不是推荐孩子上高中的事遇到麻烦了？你说说，我听听。"

"这倒不是，是另外一件小事。王老师，咱们不是外人，那我就直说了。"耿广常坐在椅子上，开门见山道。

自从两个人成了好朋友，耿广常很少私下称呼"王老师"，而是直称"王兄弟"。他觉得，这样更显自然和亲近。当然，有他人在场的时候，他还是称呼"王老师"，这样既郑重也隐蔽，他不想让外人知道他俩的特殊关系，免得在学校给自己的孩子带来不好的影响或不必要的议论。可是今天，只有他俩的场合，他突然改变了称呼，他觉得自己的孩子"可能不争气"，自己不该再自不量力地"高攀"王老师。

王老师拿着梳子正在梳头，听耿广常这么一说，而且刚才的两句话也改变了对自己的称呼，心里多少有些七上八下、咯咯噔噔的。他紧盯着耿广常问道："广常哥，出什么事儿？这么着急？您说……"

"其实，也没啥急事。我就是想问问我那孩子最近惹你和其他老师生气没有？"

"没有啊！守心一向表现很好，昨天下午来学校领奖状和考卷的时候，张校长还在会上专门点名表扬了他一个人。他上台领奖的时候，老师和同学们的掌声可热烈呢！"王老师说这话时，一直面带着微笑，他显然在为自己教育培养出的学生而得意。当然，这会儿，他心里也有些嘀咕和着急。

"我是问他和女同学接触多不多？比方说，像初二（2）班的女同学……"耿广常这会儿有点单刀直入而且心里七上八下地问。

"初二（2）班的女同学？谁呀？……你是说王小红？"王老师若有所思又有些自问自答地说道。

"对，对！他俩的关系怎么样？"耿广常有点儿急不可耐地追问。

"哈哈哈！原来你为这事来的呀！"王老师终于如释重负地爽朗笑道。

"他俩能有什么关系啊！王小红倒是挺喜欢耿守心的。可是你儿子压根就没那个意思。人家向你儿子借书，借了几次都不给，非要我出面说情才同意，守心这孩子可真有意思。不过，他这样做也对，两个孩子年龄还小，眼下最重要的是专心致志好好学习，如果高中毕业后，碰到这么合适的好姑娘，人家有意接近咱，咱再考虑也不迟。"王老师一边大声说笑着，一边从抽屉里拿出一盒烟，抽出一支递给耿广常。

王老师从不抽烟，但他的抽屉里常常备着烟，那是专门为客人们准备的，不论对方抽不抽烟，他都要拿出来诚恳地让一让，这样既容易快速拉近彼此的感情距离，也便于打消可能的陌生和尴尬气氛。

耿广常接过烟，自己掏出火柴点上。他知道王老师从不抽烟，所以没有在王老师的宿舍里主动掏出自己的烟抽。既然王老师递了烟，那就不再客气。他觉得，不论多好的朋友，都要注意尊重对方的生活习惯，都要注意保持恰当的距离，这样才能在相互尊重中友好相处，友谊也才能万岁。

王老师接着道："王小红这个学生真不错！她是初二（2）班的团支部书记，学习成绩虽然没有耿守心好，但在他们班里也是前三名。她性格活泼大方，为人热情直率，能写会画，能歌善舞，人也长得非常漂亮，是学校宣传队的主要骨干，在同学中也有很高的威信。她爸爸是前王庄大队的党支部书记，过去我俩不认识，半年前，我在县革委会工作的学生来学校看我，王小红在县教育局工作的表舅也一起陪着过来，王书记请他俩去家里吃饭，也把我叫了过去，自那认识了王小红的爸爸，我们的谈话也很投机，当然比不上咱哥俩这种关系。王小红在家里是老大，下面还有一个弟弟。王书记这两口子挺能干的，家里的日子过得相当可以……"

王老师一口气说了许多，他似乎在告诉耿广常，你看我这老师还称职吧，虽然我只教他们语文，但也像班主任一样对他们这么熟悉。他看看耿广常没有多少反应，就主动停住了话题。

"王老师，我是说，大队那边好像对他俩的事有点议论和误会，现在又赶上大队推荐学生上高中，这事如果有人提出，会不会影响咱孩子？……"耿广常心事重重又有些欲言又止地说道。

"广常哥，我明白你的意思了。有些事情，不怕当面明说，就怕暗中拨弄是非。本来没影的事情，下面不负责任地胡乱一传，到时想解释都难。等到一切解释清楚了，时间和机会也过去了。"王老师果然厉害！一下子猜到了耿广常的心思，也洞穿了人世间种种莫名诽谤、谣传和误解的危害和本质。

王老师沉吟了一会儿后，接着说道："我看这样吧，我现在就写个东西，证明一下耿守心在校的思想政治表现，特别是能够很好地处理男女同学关系问题。学校的公章在我这里，我先把它盖上，回头我再向校长说一声，你看能不能解决这个问题？"

"能！能！那可麻烦王老师兄弟了！"耿广常忙不迭地连声笑着答道。这会儿，他已经不再叫"王老师"，而是改称"王老师兄弟"了！

中国的语言实在太丰富、太玄妙了！对一个人的不同称谓，稍做搭配和变动，就能表达出不同的情感、礼貌和距离。

不一会儿的工夫，王老师写好了"证明信"，再次仔细看过后，从抽屉里拿出学校公章盖上，交到了耿广常手里。

"广常哥，这个证明你拿着，没人提这事时不要拿出来，千万别给孩子使反劲。"王老师知道耿广常明白画蛇添足易使人浮想联翩的道理，但他还是忍不住叮咛了两句。

"那是！那是！就这样吧，我回去了！今天上午大队里还要开会。"说着话，耿广常推门走了出去。

王老师没有多留。他知道耿广常这阵子很忙，两人在门口只是握了握手。

耿广常这会儿心里踏实多了，甚至又陡增了些莫名的兴奋和底气！他知道了事情的全过程，也再次证明了自己的孩子是诚实的，至于王老师主动介绍王小红和她家里"怎么好、怎么好"的那些话，他压根就没听进去。他觉得，这些和自己没有什么特别关系。他不是一个好高骛远、想入非非的人，他喜欢脚踏实地地走好眼前的每一步。他也是这样教育自己儿子的。

虽说"王小红一事"让耿广常悬着的心终于放了下来，但大队部那边有关"推荐学生上高中"的事情还真不是那么简单和容易。这不，一件又一件意想不到的麻烦和困难，正在接二连三、不由分说地涌进了大队部里——

04　心急如焚

不一会儿的工夫，耿广常就回到家里。饭桌上已经摆满了饭菜，没有人吃，大家都在等他。耿广常向爹娘打过招呼后，就坐到了自己的位置。

一家人开始吃饭了。耿广常的老伴不时盯着耿广常，似乎要探出点什么。耿广常会意地朝她微笑着看了一眼，两人顷刻间心领神会，饭桌上的气氛顿时轻松欢快了许多。

耿广常匆匆忙忙吃了几口饭，起身向两个老人说大队部还有急事，就又出了门。这是他多年的习惯，家里人早已习以为常、见怪不怪。

大队部的门前已经围了不少人，大家七嘴八舌地嚷嚷个不停。耿广常打开门后，人们一股脑儿地涌了进去。

"广常会计，你看看，我们生产队的工分是不是合计错了？我们家出了这么多工，可不该就这么点工分！"

"耿大牛家今年挣的工分没有我们家多，可他家全年分的粮食怎么比我们家还多啊？生产队查过两次账也没查出毛病，大队里能不能帮我们算算？"

"推荐学生上高中的事，什么时间定下来啊？我们生产队里好赶紧开会选会计！"

耿广常没有接话。他从墙角处的柳条筐里抽出几张干烟叶，揉碎后放进桌上的铁皮大烟盒里，用割纸刀裁了一沓卷烟纸，递给那些喜欢抽烟的人。

拿到卷烟纸的人们，一个个走到桌前卷起烟来，相互说笑着点着后，顷刻间，大队部里烟雾缭绕、一片迷蒙，熏呛得几个不抽烟的男女社员，又是埋怨、又是咳嗽、又是笑地躲到了门外边。

屋里人正在过烟瘾的当口，大队革委会主任耿守才走了进来，有人主动让出座位，有人主动把卷好的烟卷递过去。

耿守才掏出火柴自己点着，猛劲儿地抽了两口，憋了一会儿后，只见两条烟雾转着圈地从他的鼻孔里断断续续冲出来，直直射向半米开外的地方。

耿守才的烟龄比较长，烟瘾比较大，耐烟力比较强，在耿家口是挂上号、出了名的。他抽烟的最大特点是先猛抽两口，让烟雾在鼻腔里先暂停一会儿，然后再从两个鼻孔里分期分批地喷射出来，剩余的烟卷则是缓缓地抽掉。

耿守才的年龄也有小五十了，他面部的皮肤虽然保养得比不上耿广林好，但脸上的层层褶皱里，依然白里透着红，红里夹着褐。他斑白的头发不算稀疏，天生的自来卷像烫过了一样弯曲。他的语速不快也不慢，虽然不像耿广林那样昂扬顿挫、很有节奏，但他层层剖析、句句推理、绘声绘色的说话功夫，绝对不在耿广林之下。他的性格非常温顺柔和，全大队的社员从没有见他发过脾气。虽说他在全大队的威信比较高，但因为性格平和、辈分较低，大伙儿喜欢和他开玩笑，以至于现今还没有达到耿广林那样受人尊重、令人敬畏的层次和高度。他没有上过学，靠着虚心求教、不耻下问的好习惯，特别是能随时随地向大队会计耿广常学习请教的缘故，早已半认半猜地看懂了上级文件中的一些主要精神。

在耿守才过烟瘾的工夫，社员们反反复复再次提起了刚才的那些话题。

耿守才看了一眼耿广常，俩人相视一笑，没有说话。他俩都知道，大伙儿话里话外的意思和症结在哪里。

大家见他俩不吱声，吵吵嚷嚷的声音更大了，你一句，我一句，搞得整个大队部里乱哄哄、热闹闹的。

总不能这样继续乱糟糟下去，待会儿还要开会呢！耿守才终于忍不住地开了口："大伙儿还有新问题吗？没有的话，你们就先去忙吧！待会儿我们还要开会呢！"他说着话，笑着站起身来，这是要撵大伙儿出去的样子。

有人依旧继续重复着刚才的话题，他笑着把他们一个个推出门去，院子里顿时传来一阵阵不知谁跟耿守才开玩笑后的一片哄笑声。

正在大家哄笑的时候，大队党支部书记耿广林走进了院子，社员们立刻止住笑声，自动让出一条路子，争先恐后地向耿广林打着招呼。

耿广林紧绷着脸，微微点头做了回应。他没有说话，径直走进了大队部里。

人们不再说笑，彼此面面相觑，他们从支部书记耿广林刚才不太高兴的眼神和表情里，似乎看到了什么。

大伙儿开始自动散去。他们觉得如果再继续留下来重复刚才那些话题的话，肯定会受到耿广林的严肃批评和狠狠教育。

片刻之后，耿家口大队部的院子里，又恢复了平时少有的冷清和静寂。

耿家口大队部是由东、西两个房间组成的。西边的一间是办公室，东边的两间是会议室。办公室和会议室的中间用土坯墙隔断，墙上安着装有暗锁的木门，支部书记、革委会主任和大队会计人手一把钥匙，这也象征着三个人在全大队的职务、责任和权力。办公室里很简陋，除悬挂在墙上的一幅毛主席画像外，只有比较陈旧的三张办公桌子、三把椅子、两个立式书柜和一个冬天取暖用的简易煤炉子。尽管桌柜已经比较陈旧了，但都安着合页锁，大概里面要放文件、钱、票据和账本的缘故。这些桌椅柜，还是大队部落成那年，用拆下的旧房梁锯成木板后做成的。当时大队部一共做了五张桌子、五把椅子和四个立式柜子，大队部留下这些后，把剩下的全给了隔壁的两个小学老师。当时有人因为送新桌椅给老师还有意见，被耿广林毫不客气地顶了回去。

比起西间的办公室，东间会议室的陈设布置要红火隆重和明亮阔气得多。除屋顶和地面外，四周的墙壁全用白石灰粉刷了一遍，屋顶的中间悬吊着一盏只有公家才肯用的煤油大汽灯，大队里平时只是把灯挂在那里，晚上人多开会时才偶尔用用。会议室正面墙的中间，张贴着全大队最大的一幅毛主席画像，画像两侧写着一副对联："幸福全靠共产党，翻身不忘毛主席。"字里行间映衬着耿家口人对伟大中国共产党和伟大领袖毛主席的无限热爱与无比忠诚，这是大队会计耿广常认认真真写了几遍后，从中挑选一副贴上的。在对联的两侧，围着墙壁横贴了一圈用红纸写成的标语口号："伟大的领袖毛主席万岁！""战无不胜的毛泽东思想万岁！""工业学大庆、农业学大寨"。再往下，是耿家口大队的"工作专栏"和"战斗园地"，它们用各种颜色的纸条镶边，或围成方形，或围成圆形，或围成菱形，里面的标题十分醒目："耿家口大队党支部工作专栏""耿家口大队革命委员会战斗园地""耿家口大队账目公开专栏""耿家口大队民兵连、团支部、妇联会战斗园地""耿家口大队狠斗私字'一闪念'战斗园地"等。在标题的下面或周围，粘贴或悬挂着各式各样的"上级文件""年度计划""工作措施""账目开支表""决心书""保证书""意见书"和"个人检讨书"等。会议室靠西墙的边角，摆着一张搁置茶水杯、煤油灯、烟叶盒和卷烟纸的小桌子，剩下的墙边，放了一圈既能坐又能躺的长条木楞椅，这是为党员、大队干部和生产队队长们开会准备的。如果没有会议，三五个人躺在长条木楞椅上睡觉也不成问题，夏天歇晌或者晚上开会遇雨不想回家的时候，耿广林、耿守才、耿广常没少在上面休息。

这会儿，耿家口大队部的办公室里，支部书记耿广林、大队革委会主任耿守才、大队会计耿广常正在紧张地开着会议。

耿广林紧绷着脸，端坐在办公桌前，双手捧着热水杯，冲着耿守才和耿广常问道："他们是不是还在说选生产队会计的事？"

耿守才、耿广常笑着点了点头。

耿广林接着道："这大清早的，一连串的不开心。咱先不管他们，咱先开咱的会。今天就一件事，看看如何从咱们大队这五名初中毕业生中，推荐一名上高中。有些情况，大家知道，有些情况，大家不一定知道。咱们三个先凑凑各自了解掌握的情况，然后再说说怎么办。你们看，行不行？"

耿守才和耿广常附和道："行，行！"

"那我先说说我掌握的情况。"耿广林喝了口茶，清了清嗓子，面色严肃道。

耿广林不抽烟，但有点怕冷，冬天他喜欢在屋里用热水杯取暖，出门喜欢戴个厚厚的棉手闷子。其实，许多农村人都有冬天戴棉手闷子出门的习惯，一为取暖，二为铺在地上坐着暖和、干净和方便。

"这几天，五个学生家长，我每人至少谈过一遍。有的是他们找我谈，有的是我找他们谈。总的情况是，大家都比较积极，态度也比较好，有的还比较恳切，也可以说想让孩子上高中的态度比较积极强烈。不管怎么说吧，这些都是好事情，要求上进嘛，总应该积极支持，不能说人家的不是！"

耿广林一边说着话，一边舞动着手臂，一边侧眼看了看正在认真听他发言的耿守才和耿广常。他知道，作为大队党支部书记这个"一把手"，自己必须首先对这些事情有个基本的判断和相对明确的定性，不然，自己下面的发言不好展开，其他人接下来的发言也会感到无所适从。

耿广林是个个性鲜明的大队党支部书记，他对自己的立场观点，从不藏着掖着，不仅语言上犀利鲜明，而且表情上也能淋漓尽致。这不，随着他面部肌肉的颤动和手臂的有力挥动，正在清晰生动地表现出自己的爱憎和喜怒。

"再一个，大队里的社员们对这件事情的议论也比较多，大伙儿说什么的都有，有的可以听，有的不能听！听多了，我们这事就没法办了！什么'对谁谁谁要照顾呀'、什么'家里从老爷爷那辈子开始就没有文化人呀'、什么'当干部的要发扬风格呀'、什么'好处不能全让一家人占了呀'、什么'生产队之间要搞照顾平衡呀'等等等等！我看，这里面的许多事情，都是捕风

守
心
记

SHOUXINJI

04

心
急
如
焚

捉影、牵强附会、生拉硬扯、狗屁不通！咱们既不能当真，更不能全信！有时还要旗帜鲜明地坚决反对！不然，咱们耿家口一向公平公道、风清气正的好传统就会变得没了踪影，就会搞得正气压不住邪风！"

耿广林说到这里，他下意识地停顿了一下，顺便端起桌上的水杯喝了口水，再次侧眼看了看面前的耿守才和耿广常。他要通过观察他俩的表情和反应，判断出两人对自己刚才的这番话是否认可和赞同。

一个有智慧、有心路、有节奏、有水平的领导往往就是这样的：他们阐述自己可能引发"争议"的"重大观点"时，往往选择"层层拨开"式地逐渐展开，而不是一上来就"全面兜底"式地"彻底暴露"。即便选择"开门见山"式的"完全兜底"，也会把"决战决胜"的"充分论据"和"雄辩证明"提前纳入囊中。通过"层层拨开"式的"渐进式剖析"，在恰当的时候施以"暂时停顿"，等待准确观察掌握周围的反应和动静后，在接下来的"补充和强调"中，及时做出"策应""修正"和"调整"，以便确保"预定目标"的圆满实现和最终达成。

耿广林停下喝水的工夫，耿守才动情地猛抽了两口烟，突地站起身来，提起暖水瓶给耿广林、耿广常和自己水杯里加了些水，然后坐回原位，静静等待着耿广林接下来的发言。耿广常没有动，他看着耿广林微微点了点头，然后默默抽了口烟，露出一副若有所思、感同身受的表情。

耿守才、耿广常的动作和表情，耿广林早已看在眼里，他瞬间判断出自己刚才的发言，已经引起了两人的共鸣。既然如此，那就按照预定方案，继续前行。

耿广林放下水杯后，接着说道："今天一大早，我赶去学校找张校长，想请他到公社帮咱们再要个指标，正巧他有事来找我，半道上碰面说了会儿话。没承想，我刚一开口，他就把我堵了回来，直说这事很难办、办不成！还说要是细算起来，咱们大队还沾着光呢！什么'前王庄的五个学生给了一个名额''后李村的六个学生也给了一个名额'。我当场就怼了他几句，他们大队的学生有几个团员？有几个班干部？有几个学习成绩超过我们大队学生的？你们这些当老师、当校长的光数学生人头、不看学生的学习和表现啊？你们给学生考试判分的时候怎么没按各大队学生的人头平均一下啊？你们还是培养学生、教育学生、鼓励学生'好好学习、天天向上'的学校吗？他当时就哑了火！我觉得，咱们请学校帮忙也不是没有道理，一来咱们大队的学生平均比别的大队的学生学习表现要好，二来去年学校盖房子，咱们大队分摊的木料和工钱最多，出的劳动力也最多，学校建成后，我们还主动给他们送去了不少桌椅和板凳，别的大队可是一张桌椅都没送！张校长为这事说过几次'要好好报答和感谢耿家口的支持'，现在咱们遇到困难了，他张校长当然不能袖手旁观！后来，我也说了，我知道这事很难办，不难办我们能找你？我们什么时候求过你啊？这事你不能推！最后，他还是答应去公社教育组再好好说说，看看能不能为我们再争取一个名额。不过，咱也别抱啥希望，张校长这个人一向很敞亮、很爽快、很仗义，今天整个人的脑袋和脖子都被我吵绿了，也没敢给我来个痛快话！如果上面给，咱就接着，不给，咱也不再找了！我就先说这么多，你俩再说说。"

耿广林说完这番话后，脸上终于露出了些许笑容。

一个强者往往就是这样：他们也许把自己的喜怒哀乐隐藏于内心深处，他们也许把自己的愁苦欣喜展露在外表之中。隐藏在内心深处，那是他容得下、不想或者没必要坦露。展露于外表之中，那是他想寻个痛快，或者让自己放松放松，反正一切尽在自己的掌控之中。当把这些愁闷苦乐倾倒完成之后，更换外表、放松心情，那是自然而然的事情，这也同时证明了他是一个容得下、藏得住、拿得起、放得开、敢爱敢恨、表里如一、心怀坦荡的斗士和英雄！

耿广林刚才的这番话还有另外一层意思，那就是他已经为"增加推荐名额"做了最大的努力，同时也表明：大队这些年对片区联办中学的贡献是值得的、是能说得出口的、也是今后应该继续发扬和坚持的。

耿广林停下话后，耿守才和耿广常相互对视了一眼，但都没有立刻要说话的样子。

他俩知道：多少年来，支部书记耿广林几乎没有张嘴求过谁，若不是因为这件难办的事，若不是因为大队的孩子们上高中，他断然不会拉下面子去求张校长。谁知道，耿广林的这次"首次求人"，居然以"碰了一鼻子灰"告终。

说到"求人"，但凡有一些社会经历的人都知道，这是一件很烧脑、很费脸、很失尊的事。求人，意味着自己首先要降低身份、拉下脸面、失去尊严。如果成功了，一切倒还好说，以后总有挽回补救的机会。如果不成功，被人驳了面子，那代价就太大了，甚至追回起码尊严都没有可能。在耿家口，不少人问过耿广林，你为啥不求人？他总是说，我的脸就那么大，用一次，少一点，用两次，少两点，最后成了没脸的人，你们说，我还有没有继续活下去的勇气和可能?!

耿守才、耿广常当然知道这些,当他们听到耿广林被张校长"驳了面子"时,心里感到一阵阵的发紧酸痛,对耿广林的由衷敬佩也油然而生。

耿守才、耿广常的情绪变化,自然逃不过耿广林的眼睛。他喝了口水,看着频频猛劲儿抽烟、低头默默不语的耿守才、耿广常,笑着说道:"不就是求人吗?咱又不是没理没据,现在难受的不是我们,而是他张校长!为了咱们大队多一个孩子上高中,这条路咱不能不走。走了不通,但咱们也没有白走,总算心里弄了个明白和清楚。心里踏实了,也就肃静了,下一步,咱们好好做好自己的事情。"

耿守才、耿广常抬起头来,先后说道:"这也倒是。不过,心里总不是滋味。"

会议进行到现在,已经达到了非常理想的状态。这当然是在耿广林前期的积极准备和会中的有效掌控下实现的。

耿广林不愧为耿家口大队最有威望、最令人敬佩的"带头人"和"主心骨"。他在会前的认真调查、积极准备、周密策划,以及会中的循序渐进、步步为营、环环相扣,使会议很快步入正题,并持续按照他设计的方向快速推进。他是会议的主持人,当然必须提前谋划好会议的节奏和进程。他是耿家口大队的"当家人"和"一把手",自然必须旗帜鲜明地表达自己的立场、观点和喜怒。当然,他也可以只提出问题,由别人率先发表意见,然后自己再做结论,但那不是他的脾气和秉性。他觉得,只要自己出以公心、调查翔实、积极做好准备,率先做出某种判断和引导,也不是不可以,因为他要确保会议的质量和效率。正是由于这样,他才以自己掌握的"大量翔实材料""一线调查证据"和"相关措施的努力",畅快淋漓地表达出自己的鲜明立场和观点,也才能情理交融、绘声绘色地描述出他和张校长的谈话过程,并由此得出某些合情合理的判断和结论。他的这个发言,无疑为接下来的会议讨论,把正了舵、拨正了向、指明了路、鼓足了劲。

同样具有丰富社会工作经验的耿守才、耿广常,自然明了这些。所以,当耿广林率先发言时,他俩一直认真倾听。他们知道:会议主持人抑或"一把手"的率先发言,往往对会议讨论事项以及将要形成的意见和结论,具有特别重要的"导向性"和"规范性"作用。耿广林刚才发言中展示出的立场、观点、判断和语气,把握的尺度和分寸,形成的认识和意见,无疑对自己接下来的发言,具有很好的指导、规范、借鉴和参考作用。

会场沉默了一会儿后，耿广林再次微笑道："你俩再说说。"

早已陷入沉思的耿守才，下意识地看了耿广常一眼，见耿广常仍在低头抽烟，他重重抽了一口烟，站起身来，往前蹭了两步，在烟雾尚未完全从鼻孔里冒出来的时候，就开了口："那我再说说。刚才广林叔说的这些情况，让我很受启发、感染和感动。这几天，我也听到了一些情况，半夜半夜地也在琢磨推荐学生们上高中的这件事情。说到学生们上高中，这对咱耿家口大队确是一件大好事，但现在看，也是一件非常棘手难办的事。昨天中午回家吃饭的时候，我在路上碰见广仁、广道时，还说起了这件事。他们说，自己的孩子小，家里不缺劳动力，希望大队领导多操心，推荐他们的孩子上高中。我当时就说了，咱大队就一个名额，你们两个生产队队长的孩子都想上，怎么办？要么你们两个'锤包锤'，谁赢了谁的孩子上？其他的孩子靠边站，你俩看，行不行？当时就把他俩弄了个大红脸！前几天，我还听说，好几个生产大队的支部书记去公社教育组要指标，都没弄成，有的支部书记还被公社革委会分管教育的李副主任给臭骂了一顿。不过咱们大队的情况跟他们不一样，十里八村的生产大队，哪个不知道咱们大队的学生好?！哪个不知道咱们大队重视教育、对学校的投入多?！这在公社教育组那里都是挂上号、出了名的！为什么公社就不能鼓励先进、鞭策后进?！上高中的指标有那么死吗？我就听说公社和教育组的主要领导个个手里都有机动指标，为什么不能拿出来？可话说回来，咱们生气归生气，骂娘归骂娘，还是应该赶紧把推荐学生上高中的事情搞完成，别让咱大队里外的人说闲话、看笑话！我听说全公社五十一个生产大队，一半的大队已经推荐完了，咱们这个联办中学所属的几个生产大队，大多也都基本定下来了，有的生产大队这两天就要上报公社教育组。我刚才路过村头听聊天的人讲，前王庄大队推荐的是支部书记的女儿王小红，后李村大队推荐的是哪个生产队队长的儿子，咱们可不能太晚了……"

说到这里，耿守才下意识地看了看耿广林和耿广常。他生怕自己突然提到"前王庄书记"和"后李村生产队队长"引起误会，没有继续说下去。

耿守才说话有个特点，无论多么激动的场合，无论多么亢奋的心情，他都能始终做到"面不改色心不跳"。但他的肢体动作，则是他内在情绪的"晴雨表"：平和时坐着说话，激动时站着说话。刚才说这话时，他的屁股始终没有粘过椅子。

听耿守才说了这些，耿广林的脸色顿时更加好看了许多。他觉得耿守才刚才的发言有不少"信息"和"干货"，特别是耿守才拿两个生产队队长

"开玩笑"的那句话，当时就让他笑出了声，几个大队支部书记到公社要指标挨批的事，也让他多少有了如释重负的感觉。至于耿守才提到"前王庄支部书记女儿被推荐上高中"的事，他压根儿就没往心里去，因为他现在根本不存在"避嫌"和"被隐喻"的条件和可能。

耿广常的脸色没有多少变化，他依旧低头抽着烟，静静思考着刚才耿守才提到的那些情况和问题。耿守才说到"别的大队要指标"的事，他早就有所感觉和耳闻。他昨晚之所以还是向耿广林提出增要名额的建议，那是因为他和耿广林俩人都有"不撞南墙不回头、撞了南墙爬墙过"的性格和执着。再说了，大队不向上要，公社肯定不会主动给，如果别的大队要到了，自己大队再向上要，可能就没了指标。只要理由合情合理，要到了，那是应该的，要不到，那是公社欠着的，无论如何，要总比不要好。不过，他没有建议耿广林直接去公社要，而是建议请张校长出面向公社要，他不想因为这事让耿广林在公社难堪，也因为有时"间接"比"直接"效果更好。至于耿守才提到"前王庄支部书记女儿被推荐上高中"的事，他不认为这有什么不正常，自打他从王老师那里听到王小红的表现后，打心眼里觉得这样的好学生就应该继续升学深造。至于耿守才话里是否含有"影射"和"隐喻"的意思，他从来就不这么想。他知道：他们三人的合作非常好，而且耿守才私下里几次说过希望自己的孩子继续深造上学。

耿守才发言后，耿广林接上道："守才刚才说得不错！向公社要求增加指标的事，咱就不想了。下一步应该怎么推荐？你俩再说说。我看啊，广常先说说吧？"耿广林边说边笑着看了看耿广常。

耿广林自打昨晚和耿广常谈过后，他发现耿广常在这件事上与自己的意见高度契合，他想让耿广常按着昨晚的路子再说一遍，以便三个人尽快达成共识、形成默契。

耿广常昨晚被耿广林"激将"后说出了自己的心里话，他很高兴自己的意见被耿广林全部采纳。但耿广林按照自己的建议去找张校长增加名额碰了钉子、生了闷气，这会儿，耿广常还在惴惴不安地深刻反思检讨着自己昨天提出的这个建议是否合适。他知道，刚才耿广林的发言中虽然没有半点责备埋怨自己的意思，但他更觉得，当"助手"和"参谋"的，决不应该把做人做事的标准仅限于此，同事间、上下级间，如果没有了相互的负责、保护和担当，就不可能有铁打的感情、友谊和信任。耿广常还想：为了避嫌，也为了不再使耿广林接下来出现可能的难堪和困难，自己在这件事上，应该更多听听支部书记和革委会主任的意见。拿定主意后，他就只是坐在那里抽闷烟，并没有接下来准备发言的样子。

谁知道，耿广林直接点了耿广常的名，而且让他围绕最核心、最要紧、最关键的问题谈谈自己的意见。耿广常犹豫踌躇了一会儿后，他看了看耿广林、耿守才投来的催促目光，小心拘谨甚至有些隔靴搔痒地微笑道："两个领导说得都很好。关于下一步应该怎么推荐的问题，我的意见是，应该先定个具体条条和框框。有关推荐的条件和标准，公社教育组的电话通知已经做了明确，咱们大队是不是还需要再具体一下？如果需要具体，怎样具体？具体完了以后怎么办？这些问题我还没有想好。依我看，还是请两个领导定个调子、拿个主意、说个意见，需要我做什么，你们说，我去办！"说完，他又低下了头，抽起了烟。

"别介啊！你可不能有避嫌的想法和念头。咱们现在是集体开会拿意见，不是讨论你儿子守心上不上高中的事。如果真到了对号入座的时候，你不参加、不拿意见也没关系。可现在还没到那一步，只是先讨论个章程，定个路子，大家都出出主意，想想法子，怎么才能把这件事情办得更好、更圆满。"

耿广林、耿守才一前一后地交叉着说完，高声笑了起来。耿广常也随着歉意而拘谨地笑了笑。

耿广林的笑声十分爽朗，看得出，他对耿广常刚才拘谨不安的原因心知肚明，也特别理解，因此，他的笑声充满了对耿广常的特别宽慰和信赖，这笑声和它蕴含的特殊意义，耿广林、耿广常俩人都能听得出、也看得出。

三个人的笑声，一扫耿广林笑脸上残存的阴云，让他时有紧绷的面庞骤然舒展开来，会议的气氛也随之更加轻松、活跃起来。

耿广常看着耿广林面容逐渐"多云转晴"的样子，心里非常释然，他边笑边站起身来，从墙边拿过暖水瓶，给耿广林和耿守才杯子里加满了水，顺便从墙边的柳条筐里又抽出两片干烟叶，揉碎后把它放在已经快要露底的烟盒里。

耿广林想：既然耿广常这会儿不想发言，那就先听听耿守才的意见也行。如果耿守才的意见与他和耿广常的意见完全一致，那就借坡上驴、顺势而为，尽快形成会议结论；如果耿守才的意见有高招，那就充实吸收，完善会议共识；如果耿守才的意见不可取，那就安排耿广常再见缝插针地说一遍昨天的意见，自己最后做个综合和结论。总归必须公道、公平、公正地推荐出最优秀的学生。

耿广林想定以后，他看着耿守才，微笑道："守才啊，你刚才说得很好！看来掌握的情况还真不少。我看啊，这几天你也没少动脑筋，下一步咱们应该怎么办？定个什么框框？搞点什么标准和条条？怎么推进更好？你先带头引个路子，来个'抛砖引玉'！"

他的话里有些不容推辞的味道，当然也比较客气。他特别调侃地用了"抛砖引玉"这个玩笑词，因为他是耿家口大队的"一把手"，也是耿守才"叔叔"辈的人。

耿广林没有直说"拿个意见出来"，而是用了"引个路子"和"抛砖引玉"，显然是为下一步可能的"纠偏"和"扬弃"留下"后手"和"余地"。这当然不是耿广林的为人权谋和狡诈，而是面对全大队人人都十分关心的"热点问题"的讨论和定夺，在坚持公平和公道的原则面前，而不能不有的"智慧"和"驾驭"。

耿守才卷了支烟，点上后重重抽了一口，他边抽烟边紧锁眉头道："广林叔啊，我哪有什么办法和路子？谁都知道广常叔的脑袋特别好使，可现在又碰巧遇到这'避嫌'的麻烦事，你这当书记、当叔叔的又点了我的名、将了我的军，看来我是不说不行了！"他脸上呈现出勉为其难而又无可奈何的"痛苦"样子。

"哈哈哈！你可是咱们大队有名的'诸葛先生'啊，你就先说说吧！"耿广林、耿广常两人哈哈大笑着，一前一后鼓励道。

"好！那我就先说说，权当抛砖引玉。"

耿守才显然感受到了刚才耿广林话中的味道，他已经准备用自己的"砖"，引他人的"玉"。

"什么事情都是这样，原则性的话好说，一具体就困难。这上面的精神也是，有时大话说得挺多，具体该怎么办很少。当然，上面的文件也实在没有办法太具体。越具体，漏洞越多，毛病越多，问题越多，落实起来困难也越多，搞不好，把上面文件规定的原则和精神都否了！"

耿守才边说、边哈哈大笑起来，耿广林、耿广常也随着一起哈哈大笑起来。

多年的基层工作实践，使他们三个反复认识到：传达上级文件容易，落实上级文件难。如果不从文件明确的原则和精神出发，进行实事求是、科学合理、因地制宜、有时是机动灵活的恰当处理，往往很难坚持文件明确的原则和标准，坚守文件提出的规定和要求，完成文件下达的指标和任务，有时还会诱发导致许多新的矛盾、困难和问题。

耿守才的这些话显然说到了耿广林的心坎里，他的脸上有了更多的光彩，他感觉如果耿守才这样思考和认识问题，形成一致意见应该是十分自然的。他猛地拍了一下桌子，脸上红光熠熠，情绪兴奋洋溢，这是引发共鸣、面部发热、释放激动心情的反应和标志。

耿广常对耿守才的这段话也深有同感，他把手中卷好的烟卷递给了还未抽完的耿守才，耿守才笑着接过顺手夹到了自己的耳朵缝里。

也许是耿广林、耿广常两个人的鼓励和共鸣，也许是多年来他们之间的相互了解、友谊和信任，耿守才显然受到他俩的激励和感染，他要把自己心里的话全倒出来，但似乎又感觉应该把握好尺度和分寸。

耿守才笑道："我看这样吧！我先说说目前看到、想到的一些主要困难和问题，具体下一步应该怎么克服、怎么推进？还是请广林叔这个'一把手''大当家'，最后做决策、下决心、拿主意。"

耿广林哈哈大笑着点了点头，示意他继续讲下去。

"第一个是，不论家长是主动说的，还是被动说的，都不能否认这五个学生想上高中的事实，如果换成是我，我也想上高中，可这名额只有一个。第二个是，大队干部的孩子有一个，生产队队长的孩子有两个，'老先进'的孩子有一个，普通社员的孩子有一个。学生们的学习表现先不说，就说这五个家长，谁先进，谁落后，怎么个评判法？我看是个难题。第三个是，虽然学校把每个学生的情况给我们做了介绍，但到今天为止，学校也没给个谁先谁后的排名顺序。有些事，平时说说可以，一到了关键时候，有人就喜欢较真，咱们应该怎么处理？是不是应该让学校给个明确意见？他们能不能给？这也是个问题。第四个是，这件事眼下在全大队的影响很大，也是大伙儿茶余饭后、扎堆聊天议论最多的事，推荐好了，大伙儿都没话说，推荐不好，这'闲话'还不知要说多久，影响有多不好，你们说是不是？"

耿守才说到这里，他看了看耿广林和耿广常，发现他俩听得特别仔细。

耿广林若有所思地紧锁眉头，似乎正在紧张思考着什么问题。耿广常依旧坐在那里默默抽烟，虽说脸上不急不躁，但显然有了很大兴趣。

耿守才担心自己说的问题太过沉重，因为"谁都会发现问题，目前最重要的是解决问题"，既然有些问题已经比较敏感，自己还是先听听书记或者会计的意见再说不迟。想到这，他没有再继续说下去的意思。

"说完了？"耿广林笑着问道。

"说完了。"耿守才笑了笑。

"你说的那些是问题，怎么解决这些问题？你还没有说呢。"耿广林笑着提醒道。

耿守才笑道："怎么解决可是大主意！大主意只能您当书记的叔叔拿。这么多年，咱们大队遇到的这些大大小小的麻烦事，哪次不是您广林叔叔最后拿的大主意?! 您拿主意，全大队的老少爷们放心，我和广常叔紧跟。"说完，他冲耿广常做了个鬼脸，三个人相视片刻，大家不约而同地哈哈大笑起来。

耿广林是个性情中人，只要对方态度诚恳，他决不会步步紧逼，既然耿守才把话说到这种程度，如果自己再坚持让他发言，或者让耿广常重复昨天晚上说过的那些意见，都不合适。想了想后，耿广林站起身来，在屋里踱起了步。

耿广林知道：组织推进工作的方法多种多样，其中最基本、最重要的就是"目标导向""原则导向""任务导向"和"问题导向"，解决耿守才刚才提到的这些问题，再说下去也不会偏离他和耿广常昨天已经商量沟通好的那些措施和主意，现在的关键是：由谁来捅破这层窗户纸。

他想：说一千，道一万，其实就是一个"条件标准"和"推荐程序"问题，或者说，选什么人、引什么路的问题。他知道，即使条件标准完全一样，落实中的不同程序、方式和方法，最后仍会推荐出不同的人。他想，既然自己的目的是公平、公正和公道，那就像往常一样，自己不妨先拿个方案、说个主意，再听听他俩有没有异议。

想到这，耿广林停住脚步，清了清嗓子，一字一句说道："守才刚才说的这些困难和问题，都是真实存在的。下一步，我们应该怎么办？我的意见是：按照上级精神，联系咱大队的实际，确保公道公平公正，确保推荐出最优秀的学生，不听个别人的闲话，一定对得住咱们自己的良心！你们同意不同意？"

耿广林边说边猛地拍了一下桌子。他的情绪慷慨激昂，他的语气铿锵有力。他就是这样：旗帜鲜明，斗志昂扬，勇于担当，敢作敢为。

耿守才、耿广常显然受到了耿广林的感染和振奋，连声应道："同意！同意！"

耿广林接着道："既然这样，我就再提个杠杠和路子：第一，这条件和标准问题，我看以学生的学习和表现为主，以家长的表现为辅。推荐时，主要看学生的学习和表现，两个学生差不多的时候，再看家长的表现，谁优推荐谁。你们同意不同意?"

耿守才若有所思地低头想了想,抬起头说道:"广林叔,这学生的学习表现'差不多'应该怎么评?考试分数好说,都摆在那里,这学生的表现,应该怎么判定?"

耿广林笑道:"这正是我要说的第二点。今天下午张校长可能去公社,明天上午,守才你去学校找找他,请学校务必把咱这五名学生的学习表现排个顺序、列个名字。明里不好说的话,暗里也行,不需要他写在纸上盖公章,咱们自己掌握就行。你们同意不同意?"

耿守才、耿广常连连点头:"同意!同意!"

耿广林接着道:"第三点,关于推荐的方式和方法。我看啊,咱们先民主,再集中。既然全大队社员们都关心这件事,那咱们就把生产队队长和家长们都叫来,先听听大伙儿的意见,再确定哪些人参加投票推荐。投票现场进行,在大伙儿投票的基础上,咱们再开会研究,最后决定。第四点,明天晚饭后在这里召开推荐会,广常负责通知生产队队长和学生家长参加。注意:不要提前通知,明天下午通知就行。另外,广常把公社教育组的电话通知和五个学生的在校鉴定、考试成绩提前找出来,推荐会上先念给大伙儿听听。要搞,咱就搞个公开、公平、公正和透明!我就是这个意见,你俩有没有异议和补充?"

耿守才、耿广常高兴道:"好!好!咱们就这么定!"

推荐学生上高中的事,大队党支部书记耿广林、大队革委会主任耿守才、大队会计耿广常三人确实商量筹划得很好,也很严密。但随着大队会计耿广常家里那边陈年旧事的泛起,一个压在心底多年的沉重"石头",又让耿广常一家讳莫如深、战战兢兢、欲罢不能——

05　压心巨石

大队部散会后，已经到了晌午吃饭的时间。

耿广林、耿守才离开后，耿广常又找了一会儿明天晚上开会需要的材料，收拾停当后，才往家里走。

耿广常觉得，明天晚上开会前，自己必须赶紧把全家人的思想再统一统一，孩子推荐上了怎么办？推荐不上又该怎么办？尤其是孩子的爷爷奶奶，两个老人千万不能再犯早年犯过的那种错误，当然，也不能犯与早年相反的错误。一想起两个老人早年犯过的错误，就像大石头一样压在全家人的心头，耿广常心里就格外地难受。

他又想到了四队队长耿广道晚上要来家里的事。最近他心里只要涌出四队队长耿广道的影子，就有些莫名其妙的烦闷。这几天，耿广道为他孩子推荐上高中的事，可是上上下下折腾了不少回，说了一大堆不该说的话，好几个人私底下早把这些话传给了他，听得耳朵都难受。

耿广常回到家后，桌子上已经摆满了饭菜，家人们都在等他回来吃饭。他看了看桌上的饭菜，突然想喝两杯酒。他对今天上午开会定下的事情比较满意，他觉得这是个好兆头。

男人就是这样：高兴和不高兴的时候，总喜欢用酒陪伴，或者是"庆贺"，或者是"消愁"。

他笑着看了看两个老人，后冲着老伴说道："老伴儿，你再去炒两个鸡蛋、夹盘咸菜过来吧。我想陪着咱爹咱娘喝两盅酒。"

守心他娘赶紧站起身来，但没有移步，她在看着公公婆婆。那意思是：公公婆婆，你们看行吗？有长辈在场的时候，懂礼节、守规矩的晚辈，总要向长辈请示请示。

爷爷没有说话，老人像往常一样端坐在自己的葡萄椅专座里闭目养神。

奶奶说话了："这饭都快凉了，你喝什么酒啊？又没啥喜事，你快吃完饭，早点上坑歇会儿吧。"

奶奶知道自己儿子的生活习惯，儿子今天起得早，她更希望耿广常饭后多休息一会儿。

"娘，今天有点冷，我也有点累，就让我喝两杯暖和暖和身子、解解乏吧。"耿广常笑着对两个老人说道。

"家里断酒好几天了，这外面又这么冷，你还真舍得让我大孙子再跑去买啊？"奶奶最心疼自己的大孙子了，她真不想让耿守心顶着刺骨的寒风再跑一趟大队的小卖部。

"娘，就让孩子跑一趟吧？也好让孩子他爹中午陪爹娘喝两盅，你们可是有日子没喝酒了。"守心他娘笑着说这话时，爷爷脸上突然堆起微笑，老人眯着双眼顺手捋了捋自己的胡子。那意思是：我没啥意见，喝点也行。

奶奶见状笑了："那行吧！我去拿钱，大孙子啊，你先别看书了，快去小卖部给你爹打半斤酒来，顺便再打点酱油和醋，快去快回啊！"她向正在里屋看书的耿守心喊道。

耿守心听到奶奶的呼唤，急忙放下手里的书本走出来，接过奶奶从自己包裹得很紧的小手绢里拿出的两块钱，拿起父亲递过的空酒瓶，转身跑了出去。

守心他娘把炒过的鸡蛋已经端到桌上多时了，耿守心买酒还没有回来。

奶奶焦急道："这孩子今天怎么了？应该早就回来了才是啊？看看这刚炒过的鸡蛋又要凉了！"

守心他娘接过话："说不准又遇见谁了呢？"

正说着话，耿守心气喘吁吁、脸颊通红地跑进了屋。

奶奶问："大孙子哎！你看这脸冻得通红，今天怎么这么慢啊？又遇见谁了？"

耿守心答道："先碰见了两个同学，后又遇见了四队队长广道大爷！"

奶奶问："你广道大爷又说啥了？"

耿守心答："广道大爷说他今天晚上过来吃饭，让俺爹在家等他。"

"我昨天晚上就知道他想说他儿子上高中的事，见你不在家，就吞吞吐吐地没有说。今天晚上他来咱们家，肯定还是这件事！这个人也真是的，推荐孩子上高中的事就由着大队的领导们定呗，非得自己到处跑，背后净说些让人听了不舒服的话，大队的好多人都在背地里说他不是呢……"奶奶一边接过耿守心剩下的钱，一边对着自己的儿子耿广常说道。

一直没有开口的爷爷说话了："好了！好了！你就别说了！大家快吃饭吧！"他边说边埋怨地瞪了奶奶一眼。他显然对自己老伴儿背后猜测议论别人不认可。

奶奶小心地看了爷爷一眼，没再吭声。

在这个家庭里，爷爷的地位是至高无上的，几乎每个人都要看着他的脸色说话行事。爷爷平时很少说话，但凡高兴或者生气的时候，总是皱起鼻子眯着眼睛笑一笑，或者皱起鼻子满脸怒容地吼上几句。但他对自己唯一的儿子总是退让一步、忍上三分。他一想起儿子小时候跟着自己闯关东，在东北城市不让他继续上学的事就充满愧疚。当时，耿广常在班里学习出类拔萃，上完一年级直接跳升三年级，上完三年级直接跳升五年级，正当小学毕业的时候，学校选荐他直接到省城高等学校免费攻读深造。自己为了赶紧着挣钱回老家购置土地，他不顾学校老师、校长们三番五次来家里做工作，坚持让自己的儿子退了学。他说过，读那么多书有啥用？还是赶紧挣钱回家买地要紧。土改前，爷爷带领全家回到老家后，为了给自己的老伴儿和岳父母家挣面子，他用大把的血汗钱，专门在岳父家的山脚下买了一大片土地，一年后土改充了公不说，还差点儿被评为富农，老伴儿为这事多次埋怨他。可这又怪得了谁？谁让咱不识字，看不懂上面的文件和报纸？这还不全是因为没有文化才上的当、吃的亏？

话是这么说，可爷爷把这苦水深藏在了自己的肚子里。在这之后的许多年里，他只要想起没让耿广常继续上学这件事，心里就特别难过，打心眼儿里觉得对不住自己的儿子。可这世上从来没有"后悔药"，他只能在家里家外的大事小情上忍让儿子几分。

要说这些年来最让老人家宽慰、开心、知足的事，就属娶了一个知礼懂规、知冷知暖的好儿媳妇。他对自己的儿媳妇，那可是格外的满意。

儿媳妇是旧社会县城里长大的闺女，虽说没有上过学，但她心里透亮、知情达理，她对自己和老伴儿就像亲爹亲娘一样孝顺。她嫁到耿家这十几年来，为自己一连生养了六个宝贝孙子，就那吃的苦、受的罪，里里外外处理打点得利利索索、周周到到、齐齐美美，亲戚朋友、街坊邻居都夸好，自己心里确实非常非常地感激和满意。

要说这不太满意的，还是自己的儿子。念他起早贪黑的辛苦，念他没有继续上学深造，自己也只能闭起眼睛、皱皱鼻子，或者私下里对自己的老伴儿发发脾气。

这会儿，耿守心已经把酒烫好，给爷爷、奶奶和爹的杯子里倒满了酒，他陪爷爷、奶奶和爹在大桌上吃，娘和弟弟们在下面的小桌子上吃。爷爷、奶奶不时把小孙子们轮流唤过来，把大桌上的鸡蛋和菜夹给他们。

耿家口当地的就餐习俗，与城里和其他许多地方不一样。在这里，儿媳妇和小孩子们是不能上大桌吃饭的。在大桌上吃饭的只有老人和成年男子。在大桌子的旁边，常常摆上一个小桌，小桌上饭菜的数量和质量虽然少些、差些，但大桌上摆放的好菜，往往中途或者快吃完的时候，总要转移到小桌上去。坐在大桌上的老人或者客人，有时为了表示对小孩子们的关心和亲近，常常把大桌上正在吃的好饭好菜夹给或者提前端给他们。大桌上的老人或者客人没有吃完饭的时候，除端菜端饭、端茶倒水外，全家人一般是坐在原位不动的，直到老人或客人们吃饱吃好要求撤桌的时候，坐在小桌上的媳妇或者孩子们才会站起身来，把大桌小桌上的残羹剩肴、盘子碗筷一起端出屋外涮洗。

耿广常两杯酒下肚后，很快提起了原定的话题。他边夹菜边看着两个老人说道："爹，娘，今天上午大队开了会，把咱大队怎么推荐学生上高中生的事定了下来。我的想法是，如果下一步推荐的是咱孩子，咱别太高兴，免得让没有推荐上的孩子家里难受，平平淡淡就行，该干什么还干什么。如果推荐的不是咱孩子，咱也不要太难过，让孩子早点在生产队里干活也不一定是坏事。咱大队的这几个孩子都挺争气，不论推荐谁上高中，以后学习都不会差，千万别说咱孩子最好，大队推荐得不公平、不公道这样的话。现在是人民公社了，靠劳动挣工分，靠勤劳挣饭吃，只要咱孩子好好干活，总不会混得特别差。"

爷爷奶奶听后有些发怔，甚至有点不高兴。他俩相互对视了一眼，沉吟了一会儿后，一前一后问道："你这是什么意思？回来做俺老两口的思想工作了？俺大孙子学习表现最好，他怎么可能推荐不上？有谁说什么了吗？你这是什么意思？上午大队开会的时候，广林和守才是怎么说的？"

耿广常一听两个老人误会了，赶紧补充道："我是说万一推荐的不是咱孩子，咱应该怎么做。我可没说咱孩子一定推荐不上啊？"说完，他赶紧笑了笑。

"那也不能这么说！这大过年的，要说就说推荐上了应该怎么办。如果推荐的不是咱孩子，我去大队找广林当面问问，他这个书记是想当主持公道的好书记，还是想当不主持公道的孬书记！"爷爷皱着鼻子，突然满脸不高兴起来。

自打没让自己儿子继续上学那件事发生后，爷爷就铁了心的一定要让自己的孙子好好学习，谁拦着都不行。

"就是，就是！他们平时都说俺大孙子最好，到了推荐上高中的节骨眼上了，如果推荐的不是俺大孙子，那怎么行?! 要是这样的话，到时候我去广林家里找他媳妇评理去！"奶奶和着爷爷的话，也有些生气地愤愤道。

耿广常的脸立马涨红了。他还想接着向两个老人解释什么，但被站起身来给公公婆婆盛碗倒酒的守心他娘制止了。

守心他娘赶紧接过话茬笑道："爹，娘，你俩先别着急。孩子他爹刚才没说清楚。他是说啊，这万一推荐不上的话，我们应该怎么办，逢事总有个万一吧，咱们做好了准备，兴许这万一就没有了呢，你们说是不是？"

"还是俺大孙子他娘会说话！哪像我那儿子，说的话净让人心里打扑通、不踏实！"奶奶说着笑了起来，爷爷也有些如释重负地捋了捋自己的胡子。

"她说话好听，我说话不好听，可我说的都是真话啊！我知道你们疼孙子，可我也疼啊?! 我毕竟是他的亲生父亲，亲爹哪有不愿意让自己的孩子上学的……"耿广常笑着继续解释时，突然意识到自己"说走了嘴"，立马把话停住。

耿广常本来是个说话十分谨慎而又咬文嚼字的人，也许这会儿喝了酒，也许在家说话缺乏思考和戒备，当他意识到"亲爹哪有不愿意让自己孩子上学"这句话出口时，赶紧歉意地笑了笑，随即端起酒杯向两个老人敬酒，打算尽快搪塞遮掩过去。

"你这是什么话？你小时候我没有让你继续上学，我就不是你亲爹啦？你爷爷也没有让我上过学，他就不是我亲爹啦？这几天我就觉得你无精打采的不对劲，现在你又惹我生气！这酒还怎么喝？这饭还怎么吃？不喝了！不吃了！"

爷爷显然听清了自己儿子刚才的话，他一边厉声呵斥着耿广常，一边把酒杯和碗筷推到一边，并用手重重地拍了一下桌子，满脸怒容地闭上眼睛，皱紧了鼻子，生起了闷气。

奶奶见状，立即生气地站起身来，手指着耿广常大声责备道："儿子啊，你可真够孝顺的！这么多年前的事了，你还提它干什么？我给你说过多少次了，你爹他这一辈子不容易。他为了你的事，多少年一想起来就睡不着觉，私底下对我唠叨个没完，总觉得对不住你。他这么大年纪了，你还这样气他！

你也有孩子，你也有做得不对的地方，你总不能没完没了吧？这大过年的，你看你把你爹气的，这饭他不吃，我也不吃了！"

奶奶说完，也把碗筷一推，生气地重重坐回椅子里。

耿广常顿时手忙脚乱、不知所措起来，他没想到自己一语不慎，竟把两个老人气成这个样子。他尴尬且脸色涨红地看了看自己的老伴，守心他娘立刻明白了什么。

守心他娘站起身来，走到桌前，她先把公公的酒杯拿过来斟满，恭恭敬敬道："爹，都是孩子他爹不对！他说错了话，惹您老人家生气了！您老人家可千万不要生气啊！我知道，您老人家和娘都是最疼你大孙子的，现在大队里要搞推荐，孩子他爹为这事又惹您生了气，这要是让外人听见看见再传扬出去，人家得多笑话咱啊！您大孙子还怎么参加推荐啊？这杯酒，就是我和孩子他爹向您老人家的赔罪酒，您赶紧喝了吧！"

爷爷略一迟疑，睁开依旧愤怒的眼睛，缓缓接过酒杯，看了看自己的儿子耿广常，余怒未消道："还是我孙子他娘会说话，你就是不行，差得远哩！"说完一饮而尽。

守心他娘又转到婆婆那边，同样端起杯子斟满酒，说了同样的话，奶奶同样满意地一饮而尽。

儿媳妇这个角色真难当啊！承上启下，连左接右，上要让公公婆婆满意，下要让儿女们乖巧听话，中间还要对自己的丈夫千般理解、万般恩爱，有时还要默默地当好绿叶、配好红花、吃尽苦楚、奉献一生！同样的生命，同样的魂灵，同样的为人儿女，同样的为人父母，怎么不同的性别，就不一样的付出呢？怎么做女人这么难呢！这也许是人们常常把祖国比作母亲，高喊"祖国母亲万岁！"的缘由吧！

守心他娘姓王，叫王秀兰，自打嫁到耿家口后，就没人再叫过她的名字，也很少有人知道她的名字。家里家外的人都叫她"守心他娘"，就这么一叫，叫了十几年。她像自己的婆婆一样，也是个小脚女人，因新中国成立后女人不再裹脚，她把快要裹好的脚又放开了，现在看上去还有缠裹过的痕迹。她很瘦，身体不是很好，多半是因为生了六个孩子、吃苦耐劳了多年的缘故。她很能干，从来不知劳累辛苦，一家人的棉衣、单衣和被子，包括平时的缝缝补补、洗洗涮涮，全是她一个人干。她和孩子他爹把粮食从地里运回家里晒干后，由她一个人把粮食分门别类地装进粮缸里，然后再分期分批地拿出来，起早贪黑地用石磨碾成面粉。推石磨可是个力气活、遭罪活，可她很少找人帮忙，她常说，孩子他爹在地里干活、在大队里操心太累，大孩子上学忙，小孩子年龄小，自己能磨多少是多少。全家人一天三顿饭，从年头到年尾，从烧火到做饭，几乎全是她一人干。街坊邻居见到她后，总是可怜又心疼地说道："守心他娘啊，你可是太累、太辛苦了。"她总是笑着回答："孩子们长大就好了。"她和自己的丈夫不是没有红过脸、拌过嘴、怄过气，但她总是主动和他和好，她常说："男人是天，女人是地，两个人不能总怄气。气生多了，既伤天，也伤地。"她还说："女人要学会服软，男人是家里的顶梁柱，男人要是软了，就像顶梁柱软了一样，这房子早晚都会塌下来，家也就完了……"

经过守心他娘的劝解调和，一家人总算顺顺当当地吃完了饭。耿广常向两个老人打过招呼后，就去里屋休息了。耿守心和弟弟们陪着娘一块儿收拾洗刷完锅碗瓢勺后，重又坐回里屋看书。

这会儿，爷爷奶奶没有立刻要去前屋歇息的样子，他们心里还在为刚才儿子说过的话不踏实。他俩一前一后地来到里屋，坐在耿守心旁边的坑沿上，一脸慈祥而又心神不宁地问道："大孙子哎！听你爹刚才那话的口气，这推荐上高中的事，是不是又遇到麻烦了？"

耿守心一边看书，一边心不在焉答道："我也不知道啊，还是等等再说吧。爷爷奶奶，你们去歇息吧！我还要把这本书赶紧看完，明天还给王老师呢。"

说话间，守心他娘走了进来，看着坐在坑沿上的公公和婆婆，说道："爹，娘，你们是该好好说说你大孙子了！"

奶奶一脸茫然道："大孙子哎！怎么回事啊？你哪件事做错惹你娘生气了？"

耿守心不明就里地抬头看了看爷爷、奶奶和娘，一脸无辜的样子，尔后重又低下头，继续看书，没有作声。

守心他娘继续道："昨天下午，你大孙子和他的一个女同学回村时，被人家看见了，而且还传到了大队部里。你说说这是怎么回事？"她边说边看着耿守心。

耿守心突然抬起头来，睁大眼睛笑道："娘，你说什么呢？我还以为自己哪里做错了呢！那个女同学是跟着我过来拿书的。"

守心他娘继续审问道："拿书不来家里？这大冷的天，还专门在村口等着你？"

"我想让她少走点路……"耿守心心不在焉地刚刚说完,立刻意识到自己回答得十分欠妥。他知道娘的厉害,他相信娘肯定听出了什么。

"你唬谁呢?她和你什么关系啊?你还怕她累着?过去你同学借书,哪个不来家里?她一个姑娘家家的,这么冰天雪地的大冷天,还专门一个人站在村口等你,就不怕人家看见了笑话,让外人说三道四?"娘果真厉害,一下子抓住了儿子说话的漏洞,劈头盖脸地追问起来。

"我和她能有什么关系啊?她是初二(2)班的,我是初二(1)班的,她又不是咱们大队的,她等就等呗,与我有啥关系?!"耿守心既有些慌不择言又有点"身正不怕影子斜"地笑嘻嘻道。

"没有关系她来咱们大队干啥?没有关系你去给她送书干啥?没有关系你爹昨天晚上问你那么多干啥?"娘继续连珠炮地发问。

奶奶笑着插话道:"就是嘛,你娘说得对!没有关系你娘也不会问你呀?大孙子哎,那个姑娘是哪个生产大队的?她长得什么模样?多大了?快跟奶奶说说!"奶奶似乎更关心大孙子女同学的相关信息。

爷爷这会儿也提起了精神,他睁大了眼睛,捋了捋胡子,笑眯眯地从火柴盒里抽出一根火柴棒,边看着自己的大孙子,边笑呵呵地放进嘴里剔起牙来。

"我是说啊,不论什么事,你不跟你娘我说,也总该跟你爷爷奶奶说吧?自打你出生,你爷爷奶奶最疼你,有块糖自己舍不得吃,偷偷摸摸留给你。你现在长大了,没见你多么孝敬爷爷奶奶,倒学会和你爷爷奶奶捉迷藏了。若不是昨天晚上你爹问你,我和你爷爷奶奶还蒙在鼓里!"娘一口气说完后,看了看公公婆婆,又看了看自己的儿子。

奶奶立马笑着接上道:"大孙子哎,你娘说得对!你可不敢瞒着我和你爷爷啊!要不然,我们可就白疼你了。哎,那个姑娘长得究竟怎么样啊?哪个大队的?快说说让我们听听?都快急死爷爷奶奶了!"

爷爷剔过牙后,笑眯眯地看着耿守心说道:"大孙子哎,你别让我们着急,这是好事儿,快说说,让爷爷、奶奶和你娘都听听!"

尽管耿守心已经做出解释,爷爷奶奶仍然对大孙子女同学的情况很感兴趣。大孙子是爷爷奶奶的"心头肉",前几年还让大孙子跟着自己睡,他们早就盼望着大孙子快快长大成人,结婚后好给自己多生几个重孙子。

耿守心这会儿实在没辙了。他索性放下手里的书本,一本正经地对爷爷、奶奶和娘说道:"我和她真的没有什么关系!她过去找我借过几次书,我都没给，要不是昨天王老师让我借给她，我还不想借给她。她这个人学习表现都挺好，就是有点太闹腾，反正我们又不是一个班、一个生产大队的。"

"噢，要是这么说，看来我大孙子说得是真的！小闺女闹腾点倒也没啥，长大了就好了，闹腾的小孩子长大了聪明，哪像你这个样子，见了姑娘说话就脸红，以后怎么娶媳妇给我生重孙子啊？"奶奶哈哈大笑着说道。

"以后像这样的事，要多给家里说，你也老大不小了，别总让你爷爷奶奶、你爹和我操心！"守心他娘说完这些话后，向公公婆婆打过招呼就走了出去。

她的脸上挂满了有些放心，但更有些怅然若失、无可奈何的样子。

无论"隔辈亲"，还是"可怜天下父母心"，说的都是"亲情亲""血脉亲"，其实，这让爷爷奶奶、父亲母亲心如刀割、艰难取舍的事情才刚刚开始。随着四队队长耿广道的晚间到访，一项痛苦的艰难选择，正在硬邦邦、活生生、鲜灵灵的瞬间摆在了耿广常和他全家人的面前，而且别无选择、难以躲避——

06 无助之泪

西边的太阳还没有落山，四队队长耿广道就提前来到了耿广常的家里。

耿广道进门后，他把随手提的柳条篮子放在了门口的小饭桌上，顺手从里面抽出两瓶"景芝白干"，放在了八仙桌子后面的条几上。

耿广常一家赶紧站起身，热情相迎，嘘寒问暖，端茶递烟。

耿广道微笑着冲两个老人和耿广常说道："我上午去公社赶集，割了两斤猪肉，又买了点家里用的东西，这年还没到，集上人多得跟过年似的。"

爷爷热情客气道："他广道大爷，你过来就过来呗，还非要花钱买东西，太外气了！"

耿广道谦辞道："要过年了，叔叔婶婶是长辈，总不能空着手过来吃饭吧？再说了，我也没买啥东西，都是今天在集上顺道捎过来的，不成敬意！"

奶奶笑着问："他广道大爷，这大冷的天，集又这么远，你咋去的？"

耿广道说："孩子他姨父前天过来走亲戚，把自行车放在我这里了，孩子非要骑车带着我去赶集，拗不过他，这不，路上还摔了两个跟头！"说着话，他笑着拍了拍棉袄和棉裤上残留的土迹。

奶奶跟上笑道："你那孩子真不简单！家里没车子，现在也会骑车了，也敢带着你去赶集！嘻嘻嘻！"

耿广道笑道："他比守心这孩子可差远了！学习学习赶不上，骑车骑车也不行。"他边说边笑着看了看耿广常和耿守心。

耿广常接上道："守昌这孩子学习也很好，我孩子回家常夸他呢！我看他哥俩差不多，都是好孩子！"

耿广道笑道："哪里，哪里！咱们大队的这几个孩子，就属守心这孩子学习最好，除了守心之外，可能我那孩子能排在那几个孩子头里。"

耿广道说完，他笑着看了看坐在旁边的耿守心，问道："守心啊，听说你们毕业考试的成绩下来了，这次你考了多少分，说给大爷听听。"

耿守心支支吾吾道："一般般，不是太好。"

耿广道微笑道："肯定比你哥哥守昌考得好。你哥哥守昌告诉我，他错了三道题，五门课考了470分。"说完，满面得意地看了看耿广常。

耿广常接上道："守昌这孩子考得还真不错！每门课平均94分，上优秀了！"

耿广道笑了笑，说道："刚才，我路过村头听聊天的人说，耿广仁的孩子耿守平考了455分，耿广实的孩子耿守卫考了450分，平均分数都超过了90分。最差的就是耿老三的那个捣蛋儿子耿小二，听说数学、语文不及格，五门课一共考了340分，哈哈哈！"说完，他情不自禁地哈哈大笑起来，耿广常一家也矜持而不失礼仪地陪着笑起来。

奶奶一边笑，一边回头追问耿守心："大孙子哎！你究竟考了多少分啊？我和你爷爷还不知道呢，你广道大爷问你还没说呢。"

耿守心不好意思地摇了摇头。他不想现在说出自己的考试分数，他怕说出来扫了耿广道的兴致。

守心他娘可不是这样想的。自打孩子他爹私下对他提到耿广道最近说了一些不三不四的话后，特别是刚刚看到耿广道说起别人的孩子考试成绩不如自己儿子时那种得意忘形、幸灾乐祸的样子后，她心里就有些莫名的不舒服。于是，她接过话茬说道："我昨天晚上听他爹说，咱孩子写错了一个字，考了499分。"

爷爷立刻高兴地捋了捋胡子，眯起眼睛看了看自己的大孙子。奶奶忍不住笑嘻嘻道："大孙子哎，你广道大爷又不是外人，这有什么不好意思说的？"

耿广道心里立马"咯噔"一下，他突然止住笑声，怔了怔后，有些意外且讪讪地看着耿守心说道："就是嘛，你和你守昌哥哥都是我们这些长辈们看着长大的，我对你就像对你守昌哥哥一样的亲近。"

接着，他扭过身看着两个老人和耿广常，若有所思道："还是守心这孩子考得分数最好！我早就说过，咱们大队的这五个孩子，哪个学习也比不过他，守心就是争气！"说完，他端起茶杯，一边喝水，一边尴尬地笑了笑。

耿广道是昨天上午从他儿子耿守昌那里得知毕业考试成绩和他儿子考了全班第一名好成绩的。为此，他高兴得不得了，随即决定第二天去公社赶集。赶集的途中，他还特意向儿子打听过耿守心的考试分数，谁知儿子不知道，路上摔了两个跟头后，也忘记了找别人问。他想，考试这事很难说，兴许耿守心这次的考试成绩不如自己儿子呢。

耿广道下午赶集回来路过村头的时候，听到人们议论其他几个孩子的考试成绩时，心里就更加兴奋。没想到，这一高兴，就忘了打听耿守心的考试分数，当他亲耳从守心他娘那里听到耿守心的考试分数比自己的孩子好许多后，头上顿时如泼了一盆冷水。他立刻意识到：今天主动高兴地提起孩子们的毕业考试成绩，是个十足的不当和败笔。

耿广常没有接话，他脸色平静地把烟叶缸递给耿广道，俩人各自卷了一支，点着后，抽了起来。

耿广道吞云吐雾了两口烟，继后咳嗽了两声，吐了口痰后，以切入正题的神态和口吻说道："守心这孩子，真是个好孩子！比我那孩子可强多了！我多少次对我那孩子说你能不能长点出息，好好向人家守心学习学习。今天，我在赶集的路上还问他，现在初中毕业了，你打算下一步干点啥？你猜他怎么说？下地干活呗！你瞧瞧这没出息的样子。难道你干活能比守心强？你看看人家守心这孩子，放了学，不是干这，就是干那，一点也不闲着，像个小大人似的，真要是下地干活，在生产队怎么也得拿个八分工，可不比生产队里的那些媳妇儿们差！你们这辈子可算生着了，我们大伙儿可都是羡慕得很哪！"说完，他笑着看了看耿广常。

耿广常也笑了笑，接上说道："你那孩子也是个好孩子。守昌若是以后回生产队干活，也不会差。依我看，他小哥俩以后肯定比咱老哥俩强，咱们可不能不信'长江后浪推前浪，一代更比一代强'这个道理！"说完，两人对视着哈哈大笑起来，一家人也陪着笑个不停。

耿广常心里清楚：耿广道埋怨自己的孩子"没出息"，无非是拐弯抹角地表达让自己孩子上高中的"强烈意愿"；明白无误地给耿守心"戴高帽"，无非是想让自己和全家明白耿守心上不上高中"没关系"。你耿广道想让自己的孩子上高中我不反对，可我也想让自己的孩子上高中，你绕来绕去地如此转圈，我也只能陪着你绕来绕去地如此应对。

耿广道是个颇有心计的人，他那心眼可是一串一串的。他心里想：既然我孩子学习不如你孩子，那我就先捧捧你孩子，大禹治水"疏堵结合"就是这个道理。我把你孩子不上高中同样"有出息"的路子指出来，你总不会硬生生地给我顶回去。即使真的顶回来，那我也知道了你的态度和虚实。没想到耿广常不软不硬的两句话，让他突然意识到在推荐孩子上高中这件事上，两个人的意愿都很坚定、很强烈，根本没有可能把参加推荐的机会让给别人。

农村人在一起聊天谈事很有意思。大家见面后，总是喜欢先谈天，再谈地，接着问候老人，然后再说孩子，气氛营造得差不多了，再逐步切入正题。

耿广道的到访，当然是为了推荐自己孩子上高中这件事。他知道，论在校学习和表现，自己的孩子不如耿守心，论家长在社员中的威信，自己也没法和大队会计比。只有耿守心主动退出这次推荐，自己的孩子才有可能和机会。他为此已经在村里做了许多舆论准备，今天他特意一反惯常地主动拎着东西造访，把"口头问候"变成了"拎东西孝敬"，把"谈论孩子"改成了"喜说考试成绩"，就是打算升高规格、步步为营、寸寸紧逼，实在不行的话，再使出自己早已准备的"杀手锏"，他不相信自己赢不下"推荐自己孩子上高中"这盘棋。

他也知道：耿广常一家都是明白人，只要把接下来的"那件事情"一五一十地摆出来，再动之以情、晓之以理，他完全相信耿广常一家就会在反复掂量、左右权衡后主动退出这次推荐，他也就理所应当、道貌岸然、自然而然地达到了此行的目的。

正在大家不紧不慢、聊东扯西、说笑不停的光景，天色逐渐暗了下来。

耿广常看了看自己的爹娘，对自己老伴说道："你去做饭吧，多给我们炒两个菜，今天晚上我陪着广道哥好好喝两杯！孩子啊，你去趟小卖部，看看那里有没有刚煮出送过来的猪杂碎，买两斤回来，顺便再打两斤'散装酒'。"

奶奶笑着掏出了自己包裹钱的小手绢，从里面抽出两张人民币，顺手递给耿守心。在这个家庭里，奶奶一手掌管着全家的零花钱。

耿广道笑着插话道："别让孩子再跑了，把我带过来的猪肉和菜都用上，家里有什么，再添两个就够了。今天我们哥俩好好陪着叔叔婶婶喝两杯。"

耿广道说的当然是客套话。作为客人，在主人张罗着盛情招待的时候，自己总不能坐在那里"听之任之"的不言语。

当然，耿广常一家和耿广道都知道：这大过年的，家里来了客人，怎么说也不能直接拿着客人带来的东西去做菜。再说了，冲着这么多人就餐，少说也得做上六个盘子。

守心他娘有些歉意地赶紧笑着接上道："广道哥，我们还没来得及赶集，家里剩下的东西不多了，就让孩子跑一趟吧！孩子，你再买瓶香油回来，快去快回啊！"她对正在跑出门去的耿守心连声嘱咐道。

不一会儿的工夫，六盘热气腾腾的菜肴端上了桌。耿广常打开耿守心买来的"散装酒"闻了闻："这酒还行！看来没有兑水，就是今天的菜有点简单了，广道哥，你可别在意！"

耿广道看着一桌子香喷喷的菜肴笑道："这还叫简单？三荤三素，在咱农村，这已经是很高的规格了。守心他娘的手艺真不错，要是我那口子，给她好肉好菜，也炒不出这个样子。"

耿广道一边说笑着，一边转身对耿守心说道："孩子啊，你也坐在桌上吧，好给我们倒酒倒水。"

按照耿家口当地的习俗，客人来家做客吃饭，未成年的小孩子是不能在主桌上吃饭的。既然广道大爷开口了，耿守心见父亲也没有反对的表示，就赶紧找了个凳子，挨着奶奶和父亲坐了下来。

酒过三巡之后，耿广道一边喝酒一边神秘兮兮地小声说道："广常兄弟，你听说没有？河东赵家庄的乔红普，前段时间被县上来的红卫兵抓走了，已经挨了几次批斗，现在还关在县里，他在县水泥厂上班的儿子也被退回来了，天天大门不出二门不迈地待在家里……"

"啊？这是什么时候的事儿啊？他犯了什么错？我怎么一点没听说呀？"闻听此言，全家人突然睁大了眼睛，耿广常更是分外焦急地追问。

说到乔红普，耿广常一家对他再熟悉不过了。早年闯关东那会儿，两家人结伴去了东北，落脚在东北城市后，两家又紧挨着居住。乔红普的爹比耿广常的爹长几岁，乔红普也比耿广常大几岁。乔红普虽然没上过学，但能说会道，豪放仗义，不到十多年的时间，他爷俩已经挣了不少钱。土改前，两家又相约齐齐回到老家，双方攀比似的各自买了不少土地。大队里划成分的时候，他家被评为富农，乔红普为此找到公社领导好说歹说，最后才改成了贫农。赵家庄不比耿家口，村上人多姓杂，离公社政府也近，乔红普不止一次说过，他家在大队里经常遭人欺负。为了让儿子离开村里，前年他去县上找了几次熟人，去年，他儿子终于进到县水泥厂成了一名合同工。虽然耿广常和乔红普两家分属两个地区，但由于过去多年的相处相知，耿广常和乔红普两家的关系一直保持非常亲密，逢年过节，两家人就像亲戚一样的相互探访走动。

耿广道点燃一支烟，继续不紧不慢道："我也是前几天才听说的，孩子他舅过来给你嫂子过生日，提到他们大队的人去县里参加批斗会时见到了乔红普，当时乔红普被两个红卫兵拧着胳膊，按在主席台上，乔红普头顶着白纸糊成的高帽子，上面写着'富农分子乔红普'，脖子上还挂着个大牌子，上面写着'是我把革命干部拉下了水'，后来上去几个小青年，没轻没重地打了他几巴掌，把牙都打掉了，鼻口流血，那个惨哦！就甭提了……我知道你们两家每年相互走动，我还以为你们知道这个事呢！哎，现在都是些什么事儿啊！让人心里一点不踏实！"他边说边流露出难过而又特别气愤伤感的样子。

很长时间没有说话的爷爷焦急地对耿广常说道："儿子啊，你明天去赵家庄看看吧。问问你红普嫂子是个啥情况，替我好好嘱咐嘱咐他们往开处想。再问问，怎么好好的贫农又改成富农了呢？"说完，他皱起了鼻子，一副特别难过而又心里实在没底的样子。

耿广道侧眼看了看老人，抽了口烟，慢声慢语补充道："唉！那还不是因为他们大队人多姓杂，多少年了，都是你整我、我整你，你告我，我告你！这'文化大革命'一来，斗了这个斗那个，抄了这家抄那家，简直没完没了，我小舅子说，原来乔红普他家是贫农，后来，也不知道是谁，借着乔红普的孩子到县水泥厂当合同工的事，向公社革委会新来的领导告了一状，说他家过去的土地多，找到'走资派''走后门'，最后才改成了贫农，结果把孩子整回了家不说，还把这成分问题弄得不清不白。不过还好，听说那成分的事，到现在还没有最后落实。"说完，他叹了口气，端起酒杯喝了一口。

"乔红普也真够倒霉的。这些年，他在他们大队可是遭了不少罪，现在他孩子又出了这种事。你说，这眼看就要过年了，这一家子该怎么过这个年啊？"奶奶愁眉苦脸、唉声叹气道。

好大一会儿没有抽烟的耿广常，这会儿又卷起了烟，独自点着抽起来。他紧皱眉头，脸色不太好看。他在紧张思考、推理和判断这事与推荐自己孩子上高中有没有"内在牵扯"或"必然联系"。

奶奶见自己的儿子没有请耿广道一起抽烟，心里有些不高兴。她从自己的小布兜里摸出钥匙，一边递给耿守心，一边小声说道："大孙子哎，我柜子里还有盒好烟，你拿过来，给你广道大爷点上。"

奶奶保管的好烟一般是舍不得拿出来给自己儿子抽的，既然耿广道提供了这么重要的消息，一家人应该感谢人家才是，她断然不允许"慢待"耿广道的情况出现。

片刻沉默之后，大家再次端起了酒杯。

耿广道一边抽烟，一边喝酒，一边接着说道："这世事无常、世事难料啊！说起乔红普，我也见过几次面，那可真是个见过世面、能说会道的敞亮人、仗义人。我听我小舅子说，前几年，他们县上有个领导挨批斗，调查组来大队里调查这个领导在他们大队蹲点时有没有'贪污腐败'和'男女作风'问题。他壮着胆子说了几句公道话，没承想倒管上用了，调查组回去后，那个领导就被'解放'了，也恢复了原来的工作。他后来去县里时，那个领导还专门请他吃了饭。乔红普的孩子高中毕业后，正赶上县水泥厂招工，县里来人到大队里调查后，就让他孩子到水泥厂上了班。听说那个领导中间说过话，不然哪有这么好的事？其实啊，这能算啥？到县水泥厂上班的平民百姓家的孩子多了去了，这又不是什么'特殊照顾'和'走后门'。你想啊，这下一家人总该从此平平稳稳了吧？谁知道，人要倒了霉，放屁都砸脚后跟。现在倒好，大人大人关进去了，孩子孩子退回来了，这一家人可真着难了。不过啊，广常兄弟，如果你去他家看看，我倒觉得时间可以缓一缓，现在去了，咱能说啥？搞不好还会给咱们自己添些意想不到的麻烦。现在许多人躲还来不及呢！依我看啊，还是先等等看看再说更好。"说完，他看了看两个老人和耿广常。

耿广道心里琢磨：只要耿广常和家里人着急就达到了目的，现在应该赶紧拉近彼此的感情距离，以免耿广常对自己主动提起这件事后，有所联想、猜忌和警惕。

奶奶插话道："既然他广道大爷这么说了，我看再等等也好。不过啊，还是先请他广道大爷的亲戚给捎个话过去，让红普他媳妇年前有时间来咱们家一趟，我和孙子他娘也好劝劝她。"

好长时间没有说话的守心他娘说话了："俺娘说的是，我也是这样想的。"

既然守心他娘说了，爷爷睁开微闭的眼睛，点了点头，算是同意了耿广道、老伴儿和儿媳妇的意见。

但耿广常始终没有表达"去或不去"的任何意思。

耿广道微笑着端起酒杯说道："这事我搁在肚里好几天了，本来不想说的，想了想，还是过来说了，看把两个老人和广常兄弟惹得不高兴了。来，我敬个酒，算是赔不是！"

说罢，他举起酒杯，高仰脖子，一饮而尽。大家也跟着端起酒杯，喝了进去。

耿广道放下酒杯，一边夹菜，一边说道："广常兄弟，咱们还是换个话题吧。我听说咱们大队推荐学生上高中的事情有眉目了？具体怎么回事？"他开始切入正题。

"是啊，应该快了吧，等通知吧。"耿广常不冷不热地回了句。

耿广常当然知道大队已经定了下来，但广林书记特别提醒不要提前通知，他当然不能现在透露消息。

耿广道接着道："不论怎么说，我那孩子可是你看着长大的，咱们大队除了你孩子学习表现最好外，就属我那孩子，到时候你可要多操心。我们家上三代没有一个文化人，在这点上，我那个家可就不如咱这个家了。谁都知道你是咱们这十里八村的文化人，我那孩子要是能赶上你这当叔叔的一半，我也就心满意足了。当然，我那孩子不跟守心争，他也争不过。如果这次推荐守心上高中，我没有意见，要是推荐了别的孩子上高中，那我真要说道说道了。说到家长的表现，我不跟你比，你是大队会计，大队里的三个领导之一，大队里开会讨论，你有发言的机会和参加决策的权利，但剩下的三个家长，我谁都敢比。他们先进，我也不落后；他们积极，我也不消极；大家谁也不比谁差，你说是不是这个理？"他的话，明显借助酒劲，清晰地表达着自己早已想好的"那几层意思"。

奶奶最喜欢别人表扬自己的孙子了，当她听到耿广道"我那孩子不跟守心争，他也争不过……如果这次推荐守心上高中，我没有意见"这句话时，心里特别高兴。于是，她紧接着说道："那是！那是！"

耿广道擦了一下嘴巴，立即慷慨激昂道："我还听咱大队的人说了，当干部的要发扬风格，要把指标让给普通社员的孩子。这是什么话？谁不是普通社员？你当大队会计，我当生产队队长，哪个不是靠挣工分分粮食？你天天在大队里忙活，我从年头到年尾和社员们一块起早贪黑，谁也没有多挣工分！这不是拿我们当傻瓜使吗？以后谁要在我面前再说这种话，我就对他不客气！"他很有些义愤填膺、仗义执言和寸步不让的样子。

耿广道说完，他主动端起酒杯和耿广常的酒杯碰了一下后，十分潇洒地倒进了自己的嘴里。耿广常若有所思地端起酒杯，也喝了下去。

"广常兄弟，我想请你给广林书记捎个话，要是大队投票推荐的话，要么全体社员参加，要么学生家长另加三个大队干部参加，可不能光让生产队队长和学生家长参加，那样我和一队队长的孩子就会各少一票，也就吃了亏！"耿广道一边说着，一边又端起了酒杯。

耿广道的手有些颤抖了，但他的脸上明显洋溢着大半斤酒下肚后仍能如此清醒镇定的洋洋得意。

耿广常平静地答道："行，我回头跟广林哥说说。"

四个人又喝了一会儿酒，见天色已晚，耿广道有些摇摇晃晃地站起身来，他从耿守心手里夺过酒壶，端过两个老人的酒杯倒满酒后，断断续续说道："叔叔、婶子……今天我特别高兴……多喝了几杯！耽误你们两个老人休息了……我给你们……敬个酒，算是赔不是。"

他边说边抖动着双手向两个老人递过斟满的酒杯。

两个老人赶紧接过酒杯，笑着说道："自己家人，不能这么客气。"

耿广道又拿过耿广常的酒杯，耿广常赶紧站起身来，耿广道左摇右晃地按住耿广常的肩膀，笑道："广常兄弟！你先坐下……今天，我就两句话，一是……咱孩子守心真不错，应该推荐上高中……二个，如果你兄弟想避嫌……发扬风格……让出推荐的话……咱大队的人都会说你好……我们……我们……全家感谢你一辈子！"话刚说完，身子不由自主地出溜下去。

耿广常、耿守心赶紧把坐在地上的耿广道搀扶起来。

爷爷立刻着急道："这酒不能再喝了。大孙子，你赶紧把你广道大爷扶回家去睡觉。别忘了把你大爷拿过来的酒，一块捎过去。"

依旧站立不稳的耿广道醉意熏熏地"嘿嘿"笑道："这酒……今天真是……喝多了……让弟媳妇和孩子们……见笑了……呕……呕……"话音未落，一大堆呕吐物直接从耿广道的口腔里喷射出来。

耿守心把耿广道送家回来后，桌子和地面上已经收拾得干干净净，耿守心的弟弟们也已经上床休息了。爷爷奶奶、耿广常夫妇正在愁眉不展、你一言我一语地谈论着今晚喝酒的话题。

奶奶忧郁道："广道今天喝得真不少，过去没见他喝过这么多酒啊？今天这是怎么了？他说那话是什么意思？"老人向来直言不讳、快言快语。

爷爷皱了皱鼻子，接上道："他提红普家的事是什么意思？怎么贫农又改回了富农？我听着心里就犯膈应！"老人家显然已经联想到自己"买地后充公、险些被评为富农"的那件窝囊事。

耿广常一脸平静道:"他还能有什么意思?就是想让我推荐他儿子上高中呗。"耿广常把老人的话往回里拉了拉,他不愿意让自己的爹娘着急生气。

守心他娘补充道:"我看也是,他想让咱孩子放弃参加推荐,想让孩子他爹推荐他孩子上高中。"她明显附和着自己的丈夫,而且更加直截了当、不遮不掩、一语中的。

奶奶立即生气地接上道:"那可不行,我大孙子学习表现最好了,他说让就让了?咱可不能动那个心思!"奶奶一下子把大孙子放弃参加推荐的路堵得死死的。

耿广常赶紧解释道:"不是动不动心思的问题,是他把那些事摆在这里,不由得咱不考虑。"这话显然经过了仔细推敲、深思熟虑。

爷爷立刻瞪起眼睛,对着自己的儿子怒责道:"什么事啊?不就是红普他家贫农又要改回富农的事嘛!不就是红普被弄到县上挨批斗的事嘛!我们家怎么了,几辈子穷得叮当响,拼死拼活挣了几个钱,回到老家刚买了块地很快就又充了公,我们又没剥削过人,还要重新给我们定个地主富农不成?他们要批斗就批斗我好了!"爷爷的思路很清晰。他已经开始动怒了。

奶奶接上怨愤道:"要是那样,就太丧良心了,这日子也没法过了!"奶奶向来坚定地站在爷爷一边,始终保持着高度一致。

守心他娘赶紧顺着自己丈夫的话再次补充道:"刚才广道哥说的都是实话,也是为咱家好。这人心隔肚皮的事,谁知道谁会怎么样?咱大队上没人说,兴许外大队的亲戚们还会向上说呢。我们还真应该好好盘算盘算、考虑考虑。"她显然和自己的丈夫一样也经过了仔细推理。

既然儿媳妇也这样说了,两个老人没有再次接话,但脸上明显带着强烈的抵触情绪。

耿广常见状赶紧冲自己的老伴说道:"这样吧!天色不早了,赶紧照顾咱爹咱娘睡觉去吧。孩子,你把你爷爷奶奶扶到前边屋里休息吧!"他对耿守心一边嘱咐着,一边站起身来向门外走去。

爷爷奶奶犹豫了一下,但还是一边站起身来,一边对着自己儿子的背影高声说道:"不管怎么说,我大孙子上高中的事不能让!推荐不上,咱没话说!推荐上了,谁拦着也不行!"

说完话,两个老人在耿守心的搀扶下,一前一后,气呼呼地走出了屋门。

两个老人和耿守心离开后,耿广常在院子里待了一会儿后,重又回到屋里。他和老伴儿没有上床休息的样子，俩人坐在桌边，四目相对，你看看我，我看看你，遇到这种难办的事情，他俩需要赶紧商量出个主意。

耿广常卷起一支烟，点着抽起来，他默默看着自己的老伴说道："今天广道哥是有备而来，而且说话一串一串的。事情已经这样了，咱们需要赶紧拿个主意。"

守心他娘给耿广常倒了杯水，接着自己丈夫的话说道："广道哥今天说话的意思再明白不过了。他先说红普哥家的事，后又说大队推荐学生的事，再后来又说发扬风格不让孩子参加推荐的事。其实啊，就一句话，让大队推荐他孩子！"

耿广常喝了口水，皱了皱眉头，说道："我也是这么想的。广道哥最近老在大队里提'上三代没有文化人'这件事，好像他家上三代没有文化人是大队造成的。也不知怎么的，这句话只要传到我的耳朵里，我心里就特别来气！"

守心他娘道："咱家过去买地充公的事，全大队的人都知道。要不是咱爹和你人缘好，要不是咱们家刚买过地后就充了公，说不定就会给咱家评个地主富农什么的。你看，红普哥他们家买的地和咱家的亩数差不多，大队里给评了个富农，要不是他到上面三番五次地找人，也改不回贫农，他儿子还上什么高中？初中也上不去啊！现在红普哥被关着，孩子又被撵回了家，这下红普哥可真是着难了！"

耿广常道："现在国家的形势，咱也说不好，一会儿一变。我就不明白了，这地主富农出身的孩子不也照样干革命嘛？毛主席他老人家咱不说了，在中央当大领导的好多人不也是地主富农出身的吗？说来也奇怪了，王老师这么好的一个人，怎么就因为家里是地主成分，本来在县一高老师当得好好的，非要下放到咱这里来教初中呢？"

守心他娘道："就是！王老师真够倒霉的！听咱孩子说，教他们的那几个老师，就属王老师的学问大、教得好。好几个老师在课堂上让学生们提问提得答不出来，光会说下次课再回答同学们提的问题，惹得学生们哄堂大笑，都说老师没有水平，不像个老师。"

耿广常道："这成分的事还真是个大问题。不过，咱也不用怕，咱买的地只种了一季，又没剥削过谁，过去家里穷得叮当响才闯了关东，挣了几个钱回到老家又全给了人家，就是到上面评理，领导也不能说咱的不是。"

守心他娘道："这倒也是。不过，真要到了往上面说理的时候，咱爹咱娘肯定生气，推荐孩子上高中的事也会耽误，就冲咱爹他老人家那火暴脾气，还不得气出病来？再说了，谁知道现在上面是个什么政策？你看看外边这没完没了的天天闹腾，谁知道最后又是个什么结果？红普哥家的成分不还是悬在那里吗？上了一年班的孩子不还是被撵回来了吗？"说完她叹了口气。

耿广常道："刚才我还在想，我是不是先到公社找领导说说咱家的成分问题。后来又想，这不是'此地无银三百两'吗？过去这么长时间没有说，现在去说，是啥意思？是不是心里有鬼？是不是孩子要推荐上高中了才过来说的？可这推荐上高中的事'八字还没有一撇'呢，那还不叫上面的领导笑话咱啊？再传回大队来，大伙儿还不得指咱的脊梁骨啊！就是到上面去说，也得等到有人反映之后再去解释啊，也才叫事出有因、合情合理嘛！"

守心他娘道："你当然不能现在去说，只能走一步看一步地先等着。其实啊，咱孩子上不上高中的事，我倒不是很在意，他现在的学问种地也够了，以后再当个生产队会计什么的，也能混口饱饭吃，高中毕业了还不是回来种地？我现在发愁的是，可别因为咱孩子推荐上高中的事，再弄出个什么岔子。孩子上不了高中不说，家里再改成富农成分，那咱们这些孩子以后娶媳妇可就犯难了！你看看那些家里地主富农成分的人，哪个不为自己孩子的婚事发愁？托过多少媒人介绍，只要女方听说男方家里成分不好的，就是男孩子再好，人家也不同意。"她显然更在意若干年后自己孩子们的婚姻大事。

耿广常道："不过，咱们大队的情况和红普哥他们大队的情况不一样，咱大队大都姓耿，兄弟爷们之前也没有那么多恩恩怨怨，你看外面闹腾得那么厉害，咱们大队像过去一样风平浪静，全大队的社员们又都这么夸咱孩子，咱孩子学习也很争气，如果咱孩子不参加推荐的话，是不是太亏了？以后咱们还不得落埋怨啊？再说了，他爷爷奶奶也不会同意的。他可是咱爹咱娘的宝贝孙子，他也是我们的宝贝儿子，我还指望着他呢！"

说完，耿广常重重叹了口气。他更喜欢有什么问题，就解决什么问题，一步一个脚印地继续前进，而不是扭头退回。

正在这时，门外传来阵阵呜咽声，耿广常和老伴急忙走出屋门一看——耿守心正坐在院子的石阶上，一把鼻涕、一把泪地小声啜泣。

耿广常和老伴急忙上前问道："孩子啊！你哭什么呢？出了什么事？你爷爷奶奶说什么了？"

耿守心哽咽着答道："爷爷奶奶没说什么。广道大爷今天来家说的话，我都听明白了。这高中我不上了，我想在家里陪爹娘干活种地，像爹娘一样好好孝敬爷爷奶奶，疼爱照顾我的弟弟……"

耿广常顿时心酸起来："这孩子，净说傻话，是谁让你这么说的?"

耿守心抽噎着答道："没人让我这么说……你和俺娘说的话，我都听到了……我不想让爹娘作难，我是你们的大儿子，我想做个好孩子……"

说罢，耿守心哭着跑进了里屋，上床蒙上了被子。

耿广常的眼睛里闪出了泪花，守心他娘难过地流下了泪水。

痛苦，有时并不一定是暂时的，特别是处在痛苦不断增加的阶段，就更是如此。接下来，耿家口一件意外事情的发生，一下子把耿广常和他的全家，推到了不能不继续遭受痛苦折磨、不能不做出艰难抉择的无奈境地——

07　不能这样

第二天，几乎一夜没睡的耿广常吃罢早饭就出去了。他没有去大队部，而是来到了村北黄河滩上的自留林里。

这片自留林，是耿家口生产大队分给社员们自个种树的地方，一为调动社员们的积极性，植树造林，防洪抗洪；二为社员们种树卖树后，自个儿攒点零花钱。

耿广常家的这片自留林，大多种着柳树和杨树。这里的每棵树木都是耿广常和他老伴辛辛苦苦种下的。尽管已经数九寒天，树木的叶子早已落去，但每棵树干的表皮依旧透着浓浓的翠绿，预示着来年迎春后的勃勃生机。

耿广常最喜欢来这里看树了。他喜欢一边看着，一边一棵棵地抚摸。他盼望着自己种下的这些树木由小变大、由细变粗、长大成材、树荫满地，他早已把这些树木当成了自己的孩子。心情愉悦的时候，他会对着茁壮的树木默默发笑，露出兴奋的快慰。心情郁闷的时候，他会呆呆地看着这些挺拔的树木，从它们与大自然的顽强抗争中，领悟感受到生命和生活的深刻哲理。

这会儿，耿广常摘下手套，他像往常一样，一棵挨着一棵地抚摸着自己种下树木的表皮。

他心里同时想着：我的大儿子耿守心多像这片茁壮成长的小树啊！如果还没有长大成材的时候，就硬生生地把它锯断刨掉，该多无情，该多可惜！我的大儿子也太懂事了，刚满十五岁的年龄，就能把爹娘的煎熬和苦楚猜透并装在心里，昨晚他说的那些话，怎能不让我这个当父亲的心如刀绞、如血在滴！自己小时候多想上学啊，可是父亲为了挣钱回老家买地，硬生生地让自己退了学，丧失了继续攻读深造的机会，难道我真要像爹那样留下一辈子的遗憾和伤痛吗？不！决不！我不能就这样把儿子上高中的机会轻易放弃！我要再想想办法，看看有没有两全其美的法子，我必须坚持到底！

想到这，他戴上手套，快步离开自留林，向大队部走去。

支部书记耿广林已经吃过早饭来到了大队部里，他正趴在办公桌上津津有味地看着报纸。

他见耿广常走进来，乐呵呵地说道："广常啊，国家的形势发展变化真快啊！你看，这好消息接连不断，就像老母猪下崽，一个接着一个的，真让人高兴得合不拢嘴！说不定哪天那，邓小平也会出来工作，到了那个时候，肯定又是一片新气象、新天地！"

耿广常笑着回应："邓小平可是老革命了，他和刘伯承千里跃进大别山的时候，就路过咱这里。前些年，咱们国家和苏联修正主义闹翻的时候，《人民日报》那些令人拍手称快的评论员文章，据说都是他组织人撰写的。"

两人正说在兴头上的时候，大队部外面突然传来一阵吵闹声。社员耿广实和他媳妇相互拉扯着走进了大队部里，身后跟了一群看热闹的小孩子。

耿广实涨红着脸，气不打一处来地抢先道："俺家自个儿的事，她非要到大队部来找领导。我不来，她就抓我的脸，我打了她两巴掌，她非要寻死觅活地往黄河里跳。你说，这让我的老脸往哪搁？"

耿广实一边脸红脖子粗地大声诉说，一边指了指被自己媳妇抓伤的脸。

耿广实媳妇哽咽着接上道："他就是个不开窍的榆木疙瘩。平时干活积极有啥用？到了该推荐孩子上高中的时候了，人家当干部的有权有势，有的不是请客，就是送礼，我让他再到大队里找广林书记说说推荐孩子上高中的事，他连个屁都不敢放。你说，这日子还怎么过？这人还怎么活？"她一把鼻涕一把泪，忙不迭地诉开了苦。

说到耿广实媳妇，那可是全大队没有一个不知道的主。她娘家在公社边上的大队里住，因为一些鸡毛蒜皮的小事，家里人和邻居们常年不和，老大不小了才"自降身价"嫁给了最偏僻大队的耿广实。过门后，她自觉传承了娘家的不良家风，凡事斤斤计较，遇事喜欢"鸡蛋里挑骨头"，搞得生产队里没几个人和她说话，若不是耿广实负疚似的在生产队里铆足劲儿地拼命干活，不图回报地为社员们做好事，她早就被耿家口人给轰了出去。也许全大队上下可怜老实巴交的耿广实，也许大伙儿不想让耿广实的家庭分崩离析，这才"鼓励加安慰"地把大队里的许多荣誉给了耿广实，也好让他那个又刁又钻的媳妇，好好受受启发和教育。

耿广林站起身来，端着水杯走到了耿广实媳妇面前，脸色和口气同样严肃地问道："你告诉我，哪一个当干部的以权谋私、仗势欺人了？哪一个又请客、又送礼了？"

耿广实媳妇依旧大声哭诉道："反正不是你，俺不说。"

耿广林突然厉声道："你要不说，你就出去！你要想说，现在就说！别在大队部里没事找事、吵吵闹闹、哭哭啼啼！"说完，他扭头重又坐回自己的座位上，双目冷峻地盯着她。

耿广实媳妇听着耿广林严厉的呵斥，再看看耿广林涨红的颤抖的面部肌肉和剑一样的目光，她有些怕了。她想：一不做，二不休，反正今天豁出去了！

想好以后，她突然停住哭泣，指了指耿广常，对耿广林说道："他是大队会计，他儿子也是推荐对象，谁能保证他不以权谋私？谁能保证他不投票选自己的儿子？"

耿广林冷笑道："你选不选自己的儿子？"

耿广实媳妇倒也利索："当然选！"

耿广林继续问："这算不算以权谋私？"

耿广实媳妇张了张嘴，翻了翻白眼，没有说出话来。看热闹的小孩子们一阵哄笑和嬉戏。

耿广实媳妇立马涨红了脸，转身大声训斥哄笑的孩子们，尔后重又转过脸来，对着耿广林高声申辩道："广常会计他昨天晚上请客喝酒了！"

耿广林回头看了一眼坐在办公桌边正看报纸的耿广常，转身继续冲着耿广实媳妇问道："广常会计请谁吃饭了？为什么请吃饭？你说清楚！"

耿广实媳妇道："俺昨天晚上看见他和四队队长耿广道在一块喝酒了！这大年关的，家家户户这么忙，他不为自己儿子推荐上高中的事请客喝酒，又为啥事请客喝酒啊？"

耿广林再问："那谁又送礼了？"

耿广实媳妇狡辩道："反正俺看见他俩喝酒了！这喝酒请客送礼还不都是一回事儿嘛！"

耿广林突然哈哈大笑起来，接着厉声怒斥道："亏你还是公社边上大队长大的女人，怎么一点脑子都没有？广常和广道的儿子都是这次推荐上高中的对象，咱大队就一个名额，广常请广道吃饭，难道是想让广道推荐他儿子？是他们俩傻啊？还是你傻啊？你们两口子还好意思为这事闹到大队部来？"说完，他站起身，愤怒地用手重重拍了一下桌子。

一直涨红着脸蹲在地上的耿广实赶紧站起身，冲着自己的媳妇瞪了两眼，然后对着耿广林和耿广常连连鞠躬赔不是："我就说嘛，人家广常会计根本不是那种人，人家的孩子学习表现最好，还用得着请广道吃饭拉票？我在家里说过她多少回，广道队长还想让自己的孩子上高中呢，可她就是听不进去，非要跑到大队部来丢人现眼，真是没有意思！"

说罢，他拉起面红耳赤、张口结舌而又呆若木鸡的媳妇，一起讪讪走了出去。

耿广实两口子离开后，耿广林仍然余怒未消地对耿广常说道："广实倒是个老实巴交的人，可他媳妇绝不是个省油的灯，要是什么事儿犯在她手里，非要把天捅个大窟窿不行。广实这颗好白菜，怎么让她这头猪给拱了？"说罢，俩人对视着哈哈大笑起来。

正在这时，大队革委会主任耿守才匆匆走了进来，人未落座，首先急忙开口问道："刚才，是不是广实和他媳妇来这里了？"

耿广林笑答："是啊！被我臭熊了一顿，刚刚离开。"

耿守才说："这两口子，真有他们的！我刚才在村头听大伙儿说，这两人从半夜里就开始又吵又闹，搞得街坊邻居睡卧不宁，一大早又跑到黄河边去了，女的要跳河，要不是有人硬把她拉回来，说不定现在早顺着黄河漂走了。这究竟是什么事嘛？大过年的也不肃静！"

耿广林顿时有些愕然："还有这么一出？其实也没啥大事，就是这俩人脑子不好使、瞎胡猜，一个闷瓜，一个傻蛋，俩人碰在一起了，比着看谁更笨。好了，咱不说他两口子的事了，你说说去学校见张校长的事吧。"

耿守才道："张校长今天说了两件事：一个是，他昨天下午去公社教育组了，给咱增加名额的事没戏了，不过，公社教育组对咱们大队重视教育、支持学校工作还是高度肯定的。二个是，张校长本来不想给咱大队的五个学生排名，我好说歹说，他才点了耿守心一个人的名字，其他的学生没有提。"

耿广林立刻高兴道："咱就一个指标，提多了也没用，提多了纯属浪费！"说完，他和耿守才一起哈哈大笑起来。

耿广常没有笑，也没有说话。他一个人坐在办公桌前默默抽烟，心思很沉、很重的样子。

耿广林看着耿广常问道："广常啊，你怎么啦？还在想刚才耿广实他那不长脑子媳妇的事情？"

耿广常答："没有，我是在想今天晚上开会的事。"

耿广林继续道："广常啊，既然守才从学校回来了，张校长也点过名了，今天晚上开会的事，你就尽快去通知吧！"

耿广常答道:"好,我现在就去!"说罢,急急忙忙走出门去。

耿广常通知完四个生产队队长和学生家长晚上到大队部开会后,就匆匆忙忙赶回了家里。

守心他娘正陪着公公婆婆说话,耿广常问大儿子去哪了,守心他娘回答去学校找王老师还书了。

耿广常还未坐下,奶奶就着急地问起了话:"儿子啊,刚才我听人说,广实他媳妇去跳黄河了,是真的吗?"

耿广常答:"这两口子也真是的,一大早去跳黄河,刚才又闹到了大队部里,让广林哥好一顿臭批,现在刚刚回家里了。"

奶奶又问:"什么事儿这么想不通啊?这大过年的,就要去跳黄河,也不怕街坊邻居们笑话!"

耿广常答:"还不是因为推荐孩子上高中的事。心里净胡猜、瞎琢磨,一点脑子也不长,把广实的脸都给抓破了。"

奶奶吃惊道:"这女的这么厉害啊!哪有老婆子打老头子的?这媳妇一点规矩也没有,亏她娘家还是住在公社边上大队的!"

守心他娘插话问:"她胡猜、瞎琢磨啥了?是不是又乱咬谁了?"

耿广常答:"那还用说!她怀疑我以权谋私,会在大队里推荐自己的孩子,她看见广道哥昨天晚上来咱家吃饭了,说我为推荐咱孩子上高中请客送礼。"话音未落,一家人情不自禁地笑出声来。

正坐在椅子上闭目养神的爷爷,听到这些消息后虽然有些意外和生气,但又感到广实这两口子确实十分搞笑和滑稽,他抬手轻轻捋了捋自己的胡子。

守心他娘继续问道:"这推荐会还没开呢,她怎么知道你投咱孩子的票啊?到时候,她不推荐她孩子?"

耿广常答:"刚才广林哥也是这样批评她的,惹得满屋子人哈哈大笑,后来他两口子自感没趣,这才灰溜溜讪讪回家去了。"一家人又哈哈大笑起来。

耿广常继续道:"广实媳妇可是个难缠的主,广林哥刚才也说,谁要是犯在她手里,她非把天捅个大窟窿不行。"

奶奶道:"就是!我早就听人说过,这媳妇可刁钻了,在生产队里干活偷懒耍滑不说,生产队队长要是给她分配点重活,她非得给队长吵翻天不行。一个女人家,怎么能这样没有教养、不懂礼数?"

守心他娘道:"刚才广林哥又说啥了?说没说推荐学生上高中的事儿?"

耿广常答:"刚才已经通知了,今天晚上,四个生产队队长和学生家长在大队部开推荐会。"

闻听此言，爷爷突然睁开眼睛，言辞凿凿道："我还是那句话，推荐咱孩子上高中的事，不能让！如果推荐不上，咱啥话也不说。如果推荐上了，谁拦着也不行！咱可不能亏了我的宝贝大孙子！"

奶奶立马跟上道："就是！就是！"

耿广常和老伴儿对视了一眼，没有说话。他们知道：就冲耿广实媳妇那刁钻蛮横、"有理没理都要争三分"的样子，如果自己孩子参加推荐的话，出现"岔子"和"意外"的可能性肯定大增；如果让孩子放弃推荐，除非孩子自己对爷爷奶奶亲口说，否则，他俩根本没可能做通两个老人的思想工作。

沉默了一会儿后，耿广常一边抽着烟，一边慢慢说道："爹，娘，我看这样吧，今天晚上大队开会推荐学生上高中的事，咱们四个老人都不拿意见，一切听你大孙子的。他想上，就让他参加推荐；他不想上，咱谁也没有辙，反正上了高中，还是他自己去学，他不好好学习，咱谁也拿他没法子。你们说，是不是？"

爷爷刚要说话，守心他娘抢先道："爹，娘，我看这样行。孩子想上学，咱就好好供他。他不想上学了，以后咱也不会落埋怨，那就让他在家里好好干活。"她顺着自己丈夫的意思，赶紧表达着自己的意见和想法，免得公公婆婆表态后，再生出新的麻烦和曲折。

爷爷皱了皱鼻子，没有再说话，他闭上眼睛，一脸很不高兴的样子。

奶奶接上道："你俩要是这么说，我和你爹也没啥说的。那咱们就听听我大孙子自己的意思吧。"

爷爷再次睁开眼睛，不满意地瞪了瞪自己的老伴，叹了口气，重又闭上眼睛。

在传统意识比较浓厚的家庭里，公公一般都很给儿媳妇面子，无论儿媳妇做得对与错，公公极少当面直接表达自己的意见，而是通过自己的老伴或者由老伴告诉儿子间接地表达和转述。在耿广常这个家庭里，守心他娘在公公婆婆心目中的地位，其实远不止这样，她享有更高的依赖和信任，甚至影响左右着全家人的意见、决策与和睦。

该吃中午饭了，耿守心还没有回来。直到太阳偏西的时候，耿守心才无精打采地回到家里。

奶奶心疼地上前询问："大孙子哎，你吃饭了没有？"

耿守心答："在王老师那里吃过了。"

奶奶又问："你王老师说什么了吗？"

耿守心答："他说明天上午来家里找我爹。"

守心他娘问："王老师有什么事吗？"

耿守心答："我也不清楚。"

正坐在葡萄椅里闭目养神生闷气的爷爷，听见大孙子回来了，立刻睁开眼睛，急急问道："大孙子哎，今天晚上大队部开会，推荐学生上高中，你是咋想的？快跟爷爷奶奶说说！"

爷爷早已经想好：他要赶在耿守心回来的"第一时间"，尽快问问他的想法，以便了结自己最揪心的事。

耿守心看了一眼爷爷奶奶，平静答道："我不想上高中了。我要在家里陪爹娘一起好好孝敬爷爷奶奶，和爹娘一起种地干活。"

奶奶立刻着急道："傻孩子，那怎么行啊？你爷爷奶奶还指望着你呢！你可得好好地给我去上学！"

爷爷更加火急火燎地接上道："傻孙子啊，你可不能这样想，你得好好给我去上学。你爹小时候想上学，我没让他上，现在还后悔呢！"

耿守心笑了笑，说道："爷爷奶奶，我已经想好了。你们看，我今天又借了两本书，累了我就看书，不累的时候我就下地干活，我一定会好好孝敬爷爷奶奶的！"他开始安慰爷爷奶奶了。

这会儿，坐在一旁的守心他娘，眼睛里已经浸满了泪水。

爷爷奶奶看后立即对耿守心责备道："傻孙子啊，你可不能这样想啊，看把你娘气的，你这叫孝顺吗？赶紧向你娘赔不是！"

两个老人显然不知道自己儿媳为啥没有插话而是直接流泪的原因，他们不愿意看到儿媳难过，当然，他们更不愿意看到自己的宝贝孙子放弃参加推荐上高中的机会。

耿守心依旧平静道："昨天晚上，我已经告诉我爹我娘不想上高中的事了。我现在是大孩子了，我想做一个最孝敬爷爷、奶奶和爹娘的人。"他当然知道自己的娘为啥流泪。

耿守心说完，径直走进里屋看起书来，任爷爷奶奶怎样呼唤，也没有出来。

耿家口大队部里，支部书记耿广林、革委会主任耿守才正在你一言、我一语地冲着大队会计耿广常发脾气。

耿广常坐在办公桌前，脸色平静，一口接着一口地抽烟，任耿广林和耿守才怎么说，他就是一言不接、闭口不语。

耿广林满脸怒容道："广常啊！你这样做，不是什么发扬风格！也不是什么高姿态、高觉悟！你这是想维护自己的所谓清白名声！你这是自私自利！你这样做，只会坑害了自己的儿子！让自己和全家后悔一辈子！"

耿守才边抽烟、边站起身道："广常叔，论起来，你比我有文化、有知识，也比我长一辈，我不该这样说你。可这话又说回来，你这事做得也实在太糊涂、太欠考虑！是不是广实他那不论理的媳妇说什么了？你要是听兔子的话，那咱们就不打猎了！你要是听猪的话，那咱们就不吃肉了！行不?"

耿广林满脸通红接上道："咱当大队干部的，身正不怕影子斜！谁要想说，当面来说！谁要背后说，我不理他，他还能翻天咋的?！守心这孩子的学习和表现，全大队哪个人不知道？从村南头到村北头，还有谁比他被夸得更多？谁想比，咱就摊开了比！比得过，你就上！比不过，你就让！啥话别说！"说着话，他脸上的肌肉也随之有节奏地颤抖起来。

耿守才接上话茬道："广林叔说得对，守心兄弟的学习和表现，在联办中学都是数一数二的，咱们大队的这五个学生，学校只点了他一个人的名字，按咱们昨天开会定的规矩，就应该推荐他。现在倒好，广常叔，你让守心兄弟主动退出推荐了，这不全乱套了吗？下一步怎么推荐啊？你这不是给广林叔和我出难题吗？你这不是让张校长他们看咱们大队的笑话吗?"他已经开始合情合理地上纲上线了。

耿广林猛地拍了一下桌子，发怒道："这事不能全听你耿广常一个人的！我还要当面听听守心这孩子是怎么说的。守心是咱们大家一块看着长大的，在这样的大事上，不能全由着你一个人！"说完，他站起来狠狠瞪了一眼耿广常。

耿守才接上道："我完全同意广林叔的意见。我现在就去把守心兄弟叫过来一起说说。"说罢，他和广林书记对视一眼后，就要出门。

耿广常见状，赶紧站起身来，拉住了耿守才，满脸歉意、感激而又动情地说道："广林哥，守才，你俩刚才的话，我全听到心里去了。我知道你们生这么大气，完全是为我好，为孩子好，为我们全家好，我打心眼里感激。这些天，为孩子是不是参加推荐上高中的事，我和爹娘他们可是商量过好多回。你们都知道，我爹我娘年纪大了，我老伴儿身体也不好，我每天在大队里和你们一块忙活，我又生了六个孩子，这全家人张口就要吃饭、伸手就要穿衣的事，对我来说可是个大问题。我也想让孩子上高中，可这两年半毕业后还要回到生产队里种地，要说他现在的文化也够了，倒不如让他现在就在家里陪陪我，多挣两年半工分，要不然，我这六个孩子越长越大，越吃越多，这以后的日子可怎么办……"说着话，他的眼睛有些湿润，声音有些嘶哑，没有再继续说下去。

耿广林是个性情中人，他最看不得人难过，更看不得人流泪，他是个外表勇猛强悍、内里菩萨心肠的人。当耿广常边说边眼里闪过泪花的时候，他的心已经酸楚起来。

"广常兄弟，你要是这么说，我也不好再说什么。但我这心里，总是空落落的难受，守心多好的孩子呀！真是可惜了，唉！"耿广林说完，伤感而又唉声叹气地颓坐在椅子上。他从不抽烟，这会儿，他主动向耿守才要了一支去找张校长特意买的好烟，耿守才为他点上，他坐在自己的办公桌前，很不自然地低头抽起来。

耿守才抽出一支递给耿广常，自己也点起一支，大口大口地抽起来。三个人坐在那里默不作声，大队部里一片烟雾缭绕、静寂无声。

终于，耿守才忍不住站起身来，在屋里来回踱了几步后，说道："唉，真是可惜守心兄弟了！这么好的一个学生，说不上学就不上学了！今天我去学校时，老师们还夸他呢，这要是让张校长和王老师他们知道了，还不知道怎么笑话我们呢？不过，话说回来，我也很理解广常叔的难处，他这一大家子人，也真够不容易的。唉，真是个难啊！"

耿守才唉声叹气地说完话，后又冲着耿广林问道："广林叔，既然守心兄弟退出推荐了，那咱们还得接着进行啊，你看，咱们下一步怎么个推进法？"

在这一点上，耿守才确实思路开阔、懂得变通，不像耿广林和耿广常那样，逢事喜欢顽强执着地"一条路走到黑"。

耿广林无精打采地抬起头，心不在焉道："既然广常已经通知了，那晚上的会就照常开吧。具体怎么个推荐法，到时候听听大伙儿的意见再说。"他的心思显然已经不在晚上的推荐会上，而是正在冥想着别的什么问题。

耿守才顺口应道："那好吧。"

没等大家再说什么，耿广林突然站起身来，没说一句话，径直走出门去。耿守才怔了怔，耿广常依旧坐在那里默默抽烟，没有抬头，也没有吱声。

耿广林边走边想：我不能把推荐的话说死，我应该尽快考虑清楚这究竟是咋回事情！为什么广常突然不让孩子参加推荐了？症结究竟出在哪里？怎样才能尽速排除？如果"有力回天"，我必须留下"后手"和"机会"。

耿广林离开大队部后，径直回到家里。这会儿，他想一个人躺在床上，好好静静，仔细理理——

耿广林对耿守心的印象太深了，也太好了。他喜欢大队里的孩子们，他知道孩子们是耿家口人世世代代延续传承的血脉骨肉，他更喜欢学习好、表现好的孩子们，他知道那是耿家口不断发展壮大的希望、支柱和根本。每次路过小学教室墙外的那两块大黑板，他总是不由自主地停下脚步看看老师誊抄在上面的学生考试成绩，每每看到第一行、第一名的耿守心，他心里总是情不自禁地涌出莫名的惊喜与兴奋。他也常常忍不住走进教室里，看看、听听上自习的学生们的读书和学习，再瞅瞅耿守心坐在哪里。他知道，任何一个善良正常的人都会如此，正像出门见到好看、聪明又乖巧的小孩子，尽管素不相识、非亲非故，也总会恋恋不舍地多看几眼，送块糖或者抱抱、逗逗人家什么的，这是人的善良本性，更何况自己是耿家口大队的党支部书记，肩负着全大队承上启下、继往开来的神圣重任。他关注耿守心可不是一天半天了，无论他的学习，还是在大队里的各方面表现，他都给予了特别的注意。他发现耿守心这个孩子和其他小孩不一样，懂礼貌、守规矩、有分寸、很勤奋，两只眼睛眨巴眨巴地总在学知识、想问题，这一眨眼儿的工夫，孩子长大了，虽然上学在外不常见面，但大队社员们对耿守心的一片赞扬声，总能不断地传到自己耳朵里……这个孩子要是上了高中，肯定会学习很好，说不定毕业后有机会的话，也能到县里、公社里谋个差事。真要到了那个时候，耿家口大队可就出了"名人"，也就给耿家口的老祖宗们争了光、抖了气、提了神。

可耿广常刚才说的也在理，虽说他家里孩子多，以后不缺劳动力，可眼下这几年，还真是很难顺顺当当地挺过去。尽管耿广常这么说，可自己这心里还是不踏实，虽说"家家都有一本难念的经"，可孩子的学习进步终归是家里天大的事。是不是另有别的什么原因？广常啊！你为什么不跟哥哥我说说？我也好结结实实地帮助你……

要说啊，这耿广常也是个聪明人，说不定他遇到了连我也解决不了的大难题。要不然，就他那百折不挠的执着劲儿，才不会让这么好的孩子放弃这么好的上学机会。

唉！守心这孩子的命苦啊！我这当书记、当大爷的，怎样才能帮助你？真是心有不甘啊，这可怎么办呢？

耿广林想着想着，他的眼睛渐渐湿润起来。

支部书记耿广林是公道和感性的，整个耿家口大队的领导班子也是公道和感性的，他们的眼睛里揉不进沙子，也决不允许不公道、不公平的事情出现在耿家口大队。但事情的发展并不完全以他们的意志为转移。这不！一场出人预料、事与愿违、令人啼笑皆非的荒唐推荐，还是活生生、硬实实地摆在了那里——

08　啼笑皆非

　　天刚擦黑儿，耿家口大队部的院子里，就陆陆续续涌进了许多人。

　　大伙儿当然不是来参加推荐会议的，也没有谁通知他们到场旁听、观摩或者列席。

　　在消息闭塞的偏僻村落，人们喜欢追逐聚集在"可能发生新闻"或者"可能看到热闹"的地方，以便打发单调的生活并寻求感官的刺激。

　　耿家口人当然不会例外，更何况今晚会议的主题，是全大队社员们都特别关心的大事。

　　进到院子里的男社员们，有的站着，有的蹲着，有的直接坐在了院子边的大石头上。他们相互热情客套地彼此打着招呼，拿着烟叶荷包相互让着卷烟抽烟，嘴舌不停地谈论着今天晚上的学生推荐，或者去公社赶集置办了些什么年货等话题。小孩子们则相互追逐着到处打闹跑跳，有的小孩子不慎跌倒后，又哭又叫，旁边的大人们赶紧跑过来扶起，又说又劝，拍打着孩子身上的尘土，提醒周围的大孩子们注意。女社员们则仨人一伙、五人一团地聚在一起，有的带着针线活，或织着毛衣，或纳着鞋底，家长里短、叽叽喳喳、欢欢笑笑地说个不停，聊着张家的媳妇，又说着李家的孩子，互相通报交流着各式各样的消息……

　　当然，大伙儿最关心、聊得最多的，当属今晚大队部开会推荐学生上高中的相关信息。

　　"今天晚上这会，也不知道怎么个推荐法？听说广实他媳妇为推荐自个儿孩子上高中的事，今天去跳黄河了。听说后来两口子还闹到了大队部里。"

　　"可不是嘛！那媳妇在大队部里撒泼放了一阵子，被广林书记臭骂了一顿。末了，连她自己都不好意思地灰溜溜地走了。哈哈哈！你说这是什么事嘛！"

　　"要说咱大队的这几个学生，就属人家守心那孩子最好。不过，他要是真上了高中，他爹他娘可就更辛苦了。他家里那么多孩子，一个比一个能吃，这孩子们越长越大，以后可咋养活啊？这地里的活谁干啊？"

"车到山前必有路，不就是上两年半高中嘛！再说了，孩子们星期天也可以回来干活啊？你看人家广常他老伴儿多能干，把两个老人伺候得周周到到，孩子们穿得干干净净、利利索索，咱们哪个能比得上啊？"

"听说这推荐的事，可不是只看学生的学习和表现，还要看学生的家长呢！要不然，广实他媳妇能那么闹腾吗？今天她儿子要是推荐不上，还不知道她怎么着呢？这下子可有好戏、热闹看了！"

这会儿，大队党支部书记耿广林、大队革委会主任耿守才、大队会计耿广常还没有到。因为晚上要开会，他们已经提前把大队部会议室的门敞开着。

不知道谁说了句："咱们把大队部里的汽灯摘下来挂在外面吧，也好让院子里亮堂亮堂。"

紧接着，有人就把挂在大队部会议室房顶上的那盏煤油大汽灯摘了下来，点亮后挂在了大队部门口的树杈上。

顿时，大队部的院子里明亮如昼。小孩子们兴奋地喊叫起来，男女社员们的脸上洋溢着特别的欢快和喜悦。耿家口没有通电，大队里的许多人还没有见过这么大、这么亮的灯。

不知谁家的孩子从小卖部买来炮仗，拿出来铺在地上，有人点着后，"噼噼啪啪"地响个不停，有迟燃断捻的鞭炮飞出后，直接窜进人群中炸响，惊得大人小孩儿忍不住地捂紧耳朵、四处躲藏……

若不是今晚有全大队高兴的大喜事发生，早有男女社员们赶过来，狠狠教育批评那些买炮、点炮的混账孩子。

院子里正在热热闹闹的当口，耿守才、耿广常一前一后地走进了大队部的院子，他们一边和社员们热情打着招呼，一边走进了大队部里。

耿守才看着耿广常笑道："广常叔，今天晚上可真够热闹的！来了这么多男男女女、大人小孩观摩，大队里也没有安排，大伙儿就主动把汽灯给挂出去了。通知大伙儿分个小土豆，他非要给你拿个大麻袋来盛不行，这积极性也忒高了！"

耿广常边笑边有些纳闷地接上道："没通知大伙儿都来啊，怎么来了这么多人啊？也不知道哪里出了岔子。"

耿守才说："哪有什么岔子？我看是大伙儿都关心这件事情，所以就提前

76

报到、不请自来了！当然，有些是参加推荐的学生家长，或者他们的近族，我看啊，更多的人是来凑热闹、探消息的。"

他边说边冲着耿广常抿嘴笑起来。那意思是：大伙儿都这么关心自己孩子上高中的事，你广常叔为啥如此狠心地让守心兄弟放弃推荐了呢？

俩人说笑间，支部书记耿广林走了进来，他脸色有些阴沉，但语气平和地问道："这院子里咋来了这么多人啊？"

耿守才笑答："刚才，我和广常叔还在说这事呢，大伙儿是不请自来、提前报到，积极性特别高。你看，没见我们通知，大伙儿就已经把大汽灯给挂出去了。"

耿广林看了看耿守才和耿广常，说道："既然大伙儿都来了，那就一块儿听听吧，在门口听听也好，省得回去各说各的，传歪了，再闹出个五花八门的离奇议论和意见来也不好。"

耿守才和耿广常笑着点头称是。

耿广林看着耿守才继续道："守才啊，你去把四个生产队队长和学生家长们叫进来吧！咱们在屋里说。"

耿守才应声走了出去。不一会儿的工夫，四个生产队队长和学生家长们陆陆续续进到了会议室。大队部的门口和窗下，很快挤满了围观、听会、看热闹的人。

耿广林坐在会议室中间的椅子上，喝了口水，亮了亮嗓子，面色严肃地朝会议室内外的人看了一圈后，继而一字一句说道："今天晚上召集大伙儿开个会。什么事儿，大家都知道了，就是推荐学生上高中的事。下面，先让广常会计给大伙儿念念公社教育组下发的通知和联办中学对咱们这五个学生的学习表现鉴定材料。然后，守才主任再给大家说说咱们大队的具体推荐标准和方法，你们大家再讨论讨论。最后，咱们再集中个法子，组织推荐。总的原则是：按照上面的精神，结合咱大队的实际，公平、公正、公开地进行，先搞民主，再来集中，你们同意不同意？"

四个生产队队长和家长们纷纷点头同意。

耿广林接着说："广常，你先开始吧。"

耿广常站起来宣读了公社教育组的电话通知、五个学生的毕业考试成绩和学校对他们的毕业鉴定。

耿广林看了看耿守才："该你了。"

耿守才也站起来说道："按照公社的精神，咱们大队做了研究，定了个框框和办法：一个是，以学生的在校学习和表现为主，以学生家长的表现为辅，如果学生的学习和表现差不多，再看各自家长们的表现，谁好推荐谁，这样推荐出的名单，再拿到大队会议上来研究，最后确定谁上高中。二个是，具体怎么个推荐法，是生产队队长和家长们一块儿推荐，还是五个学生家长们自己推荐，我们先听听大伙儿的意见。如果男爷们拿不定主意，可以出去找自己的媳妇好好合计合计、请示请示也行。大家都发表意见后，咱们再汇总一下，定出个法子。总之，就是要推荐出最好的学生，家里不闹矛盾，不生闲气就行。"

耿守才说完，他有意笑着看了看蹲在地上的耿广实，引来屋里屋外的一片会意笑声。

耿广林没有笑，他再次清了清嗓子，目光依然严峻地接上补充道："关于这五个学生在校的学习和表现，虽然学校有了分数单子和鉴定，我们觉得还应该再排出个一二三四的顺序。为这事，我专门安排守才主任今天早上代表大队去了学校，请学校的领导和老师对这五个学生排个了先后顺序，学校综合考虑后，只点了耿守心一个人的名字。其实，学校点多了也没用，咱就一个名额。不过，今天咱们不让守心这孩子'搞特殊'，这五个学生你们大伙儿一块评。谁好推荐谁，确保公道、公正和公平，你们大伙儿听清楚了没有？谁还有什么不同意见？现在就说，过时不等！"

耿广林边说边向参会的家长和社员们扫了一眼。他的眼神中透露着令人不寒而栗的赫赫威严。明眼人一看就知，这里面既蕴含着对"耿广实媳妇上午无理闹腾"以及其他相关人等"私下小动作"的斥责和警告，也折射着让人毋庸置疑、不容挑战以及如果"再生是非"或"再无理挑衅"后的"必然应战"与"凌厉杀气"。

此时的耿广林，早已经有了自己的盘算和主意。他之所以没有直截了当明说"按照推荐办法和学校排名，大队决定推荐耿守心上高中"这句话，而是在公布"学校只提出耿守心一人名字"的情况下，同时点名"耿守心不搞特殊"，仍然"和其他学生一起参加推荐"，就是要在众目睽睽、大庭广众之下，堵住可能惹事生非人的嘴。他料定耿广常之所以主动让孩子放弃参加推荐，肯定与"耿广实媳妇的无理闹腾"有关。他了解耿广常的为人处事特点，只要大伙儿公开、公正、公平地推荐，即使家里有天大的困难，相信他也会服从尊重集体的意见。真若因为这事捅出什么"大漏子"，或者惹出什么意外的"大麻烦"，他打算自己带头由大队党支部集体顶着，他就不信过不去这

"坚持公平公道"还能遇到的"火焰山"。如果耿广常真有说不出口的其他困难，非要坚持让孩子退出推荐，那也应该由耿广常自己在会上当着大伙儿的面，再说出个一二三。更何况"人算不如天算"，说不定这会儿，在家里两位老人、孩子他娘和孩子的重重压力下，耿广常的主意又有了改变。

耿广林的话音落地后，现场一片寂静和沉闷。四个生产队队长和学生家长们，你看看我，我看看你，没有人吭声，耿广道、耿广实他们的媳妇干脆羞红了脸，慢慢低下头，更多的人直接把目光投向了耿广常那里。

耿广常正坐在后面的椅子上低头抽烟。耿广林说的话，他字字句句听得清清楚楚，也十分明白这话里的意思。他知道，这会儿大伙儿正看着他。他也知道，只要他不说话，一切都会顺理成章、按部就班地进行，没有人会对支部书记耿广林话刚才的话提出反对和疑问。

但他是个"说话算数、坚持始终"的人。既然自己已经对广林书记和守才主任说过"孩子放弃推荐"的话，那就决不能改变和食言，既然事情已经走到了这一步，那就应该当着大伙儿的面，再次清清楚楚地说一遍。

想到这，耿广常站起身来，他先看了看耿广林和耿守才，然后面色平静地对大伙儿说道："我那孩子不参加推荐了，他在大队里跟着我干活。"

说完，他冲大伙儿笑了笑，重又坐下去，抽起了烟。

屋内屋外顿时一片愕然，社员们惊得睁大了眼睛，继而响起一片叽叽喳喳的小声议论。

耿广林使劲皱了皱眉，神情失落且有些生气地斜看了耿广常一眼。停顿片刻后，他慢慢站起身，挥手止住了大伙儿的议论，说道："守心这孩子不参加推荐的事，今天下午广常就跟我和守才说过了。我俩当时很意外，也很不甘，因为这事已经劝了他大半天。既然广常现在还是这个意见，那我也不能再说什么了。我看这样吧，剩下的这四个学生，学校没有点名，那你们就按公社的精神和咱们大队定的规矩，一块儿参加推荐。学生们的学习和表现，广常刚才也给你们大伙儿念过了，你们自己把握，从中挑最好的推荐。现在，你们都说说吧，看看还有什么意见？"

说完，他坐了下去，再次冲耿广常瞪了一眼。

一阵沉默之后，二队队长耿守信率先发言了："我看啊，我和三队队长就别参加推荐了！我们也没孩子上学，掺和进来也不好，大队领导比较了解情况，就由大队的三个领导和学生家长们一块推荐吧。"

耿守信说完，他特意多看了耿广林几眼。那意思是：我的话没毛病吧？

你可别生我的气，广常会计那里你都没脾气了，我们还能咋办？

三队队长耿广旺接上道："我看也是。这四个学生谁上我都没有意见，只可惜守心这孩子主动放弃了推荐，不然的话，我还真想投他一票，既然他不想上高中了，我也就不参加投票了，你们大队领导和四个学生家长看着办吧。"

耿广旺说完，他侧过身去瞅了瞅耿广常。那意思是：不让自己的孩子上高中，也不知道你是咋想的？

一队队长耿广仁觉着该轮到自己发言了。他站起身来说道："既然他们两个生产队队长不想参加推荐了，我看也别难为人家，让他们做个现场见证就行。还是我们四个学生家长自己投票算了。要么，你们三个大队领导也参加进来和我们一起推荐？"

耿广仁说完，他征求意见似的看了看耿广林、耿守才和耿广常。那意思是：我对你们可是恭恭敬敬的，如果你们愿意参加投票，可别忘了我那孩子。

耿广林插话道："我们三个大队干部就不掺和了，你们四个家长自己投票推荐吧！反正大队最后还要开会研究。"说完，他"征求意见似的"看了看耿守才和耿广常，俩人点头同意。

四队队长耿广道有意留在四个队长的最后发言，他站起身后，说道："我看这推荐是不是应该有个规矩和章程？比方说，如果两个人得票一样多怎么办？是投一轮还是投两轮？自己可不可以投自己的票？有没有规定和限制？"

耿广道说完，他笑着看了看三名大队领导。那意思是：你们看，我想得多仔细，这可是为了你们三位大队领导考虑的。不论我孩子能不能过了家长投票这一关，你们大队领导下一步研究时，可不能忘了俺。

四名生产队队长发言后，一直挤在门口人群中的耿广实媳妇突然大声喊道："广林书记，我说几句行不行？"

耿广林本来一直生着她的气，现在更是不屑地瞪眼道："要说，你就进来说，别在门口乱嗷嗷！"

顿时，门里门外一片笑声响起。

耿广实媳妇不为所动，她讪笑着一直走到蹲在会议室地上抽烟的耿广实身边，低头对耿广实笑嘻嘻道："老头子，今天你就别吭声了，一切由我来处理。"

耿广实斜眼看了看她没说话，重又低下头去，屋里屋外顿时又是一片嬉戏和笑声。

耿广实媳妇接着说："你们别笑，我先说两点：这第一点，我孩子他爹是个老实人、老先进。这'龙生龙，凤生凤，老鼠生的儿子会打洞'，选先进、选模范的时候，你们大伙儿都投俺孩子他爹的票，这到了推荐学生上高中的时候了，你们也应该投俺孩子的票。"

耿广实媳妇边说边笑着瞪了瞪坐在旁边的三位学生家长。那意思是：俺孩子他爹老实，俺可不好糊弄。待会儿投票的时候，你们可别欺负俺孩子。

这时，不知谁在外面说了句："这话在公社的批判大会上，已经被批判过八回了！"随即引起一片笑声。

耿广实媳妇笑了笑没有接话，她继续按着自己的思路说道："这第二点，是俺错怪广常会计兄弟了，都怪俺家这个老榆木疙瘩不给我拿主意，让我惹广林书记、广常会计生了气。人家守心那孩子学习表现多好啊，俺那孩子最服气他了。他现在不想参加推荐上高中了，以后可以当个好会计。"

耿广实媳妇说完，她笑着看了看耿广林、耿广常。那意思是：你瞅我这觉悟和水平，知错就改，当众检讨，你们应该原谅和满意。

耿广林没有接她的话，也没有看她。耿广常依旧低头抽烟。屋里屋外再次传出一阵笑声。

最后一个发言的是社员耿老三。自打进到会议室来，耿老三一直蹲在墙角处。这会儿，他重重抽了口烟，咂巴咂巴嘴，站起身来，无精打采地斜眼看着墙壁说道："大伙儿都知道，我那孩子的学习和表现，虽说在他们班里还算凑合，但和这四个孩子比起来，肯定倒数第一。这上高中的事儿，我和老伴儿压根儿就没有想过，今天要不是广常兄弟到俺家里专门通知，我才不来参加这个会呢！来到这里只能丢人生气。你们大伙儿说，我这是生的什么混账儿子。"

说完，耿老三谁都没看，重新蹲了下去，他把手里烟袋窝的残灰，重重地磕在地上。那意思是：你们愿意推荐谁推荐谁，反正跟我儿子没有一点关系。

外面不知谁又说了句："你儿子爬树爬得快，那可是正数第一！"随即，屋内屋外又是一片笑声响起。

耿老三接上话茬，低头说道："我那儿子，干正事不行，干歪事可行。昨天下午，不知道他把谁家母鸡下的蛋，拿去放在大杨树上的鸟窝里，让我和他娘生了一肚子的气。"

耿守才笑着插话问道："把鸡蛋放到鸟窝里干啥？"

耿老三低头答道："他想让喜鹊孵出像鸡一样大的鸟来。"

话音未落，门里门外再次响起更加热烈的一片笑声。

耿广林也忍不住笑出声来，他双手握住水杯，收住笑声后，高声说道："既然你们大家都说了自己的意见，我看这样办，推荐学生上高中的候选名单，就由你们四个学生家长投票决定！投票时，每人一票，只选一人，可以选自己，也可以选别人，一轮不行，再来一轮！守才、广常和两个不参加投票的生产队队长，全程负责监票计票，遇到问题，咱们再随时商量决定。你们看，行不行？"

大伙儿连声说道："行！行！行！"

耿广常把提前准备好的纸条分给四个学生家长后，耿广实媳妇拉起一直蹲在地上的耿广实，率先走出门去。

门口有人开玩笑道："广实媳妇，还需要出去商量啊？你在屋里写个名字不就行了！"耿广实媳妇哈哈大笑着答道："你这是笑话俺不识字！"说罢，屋内屋外又是一片笑声。

耿广实两口子出去后，剩下的三个学生家长，你看看我，我看看你，也都先后拿着纸条走出了会议室，分头寻找自己的老婆和孩子。

四队队长耿广道，径直拉着自己的老婆和孩子走到了院子边的大树下，他坐在石墩上若有所思说道："广常兄弟一家子真是好人啊！没想到他真把守心那孩子上高中的名额让出来了，看来我昨天在他家喝醉真值！"说完，他停了停，继而冲孩子他娘诡异地笑了笑。

守昌他娘一脸不高兴地撇起嘴，说道："你还好意思笑？我跟着你都嫌臊得慌。想让自己孩子上高中，也不该用这种下三烂的法子！"

耿广道立马涨红了脸，不服气地小声说道："我怎么了？我说的都是实话啊！这也是为了他们家好。我又没有非让广常把那个名额让出来。再说了，我儿子的学习表现也不差。"

守昌他娘接上道："孩子好不好让人家说，我刚才可是听得真真的，学校只点了耿守心一个人的名字，没有点你儿子的名字。"

耿广道很不高兴道："再点一个名字，肯定是我儿子。"说完，他求援似的看了看站在一旁的耿守昌。

耿守昌颇不耐烦道："你俩别吵了，人家守心学习表现就是比我好，推荐他上高中才合适。"

耿广道看了看老婆和儿子，若有所思问道："你们说，他们推荐谁？咱们该写谁?"

守昌他娘不屑道:"你管恁多干啥?管好咱们自己!"

耿守昌道:"咱们当然推荐耿守心!"他边说边从耿广道手里夺过纸条,要在上面写下名字。

耿广道连忙喝止:"你先别写!咱们再好好商量商量,仔细合计合计。"

守昌他娘生气道: "这有什么好合计的?孩子说了,咱就推荐人家耿守心。"

耿广道着急道:"可是守心这孩子已经退出推荐了,再写他不是让咱家这张票作废吗?"

耿守昌坚持道: "我不管,作废就作废!我就是推荐耿守心,不然太丢人!"

守昌他娘接上道:"我也是这个意思。就是咱这张票作废了,也不能让人家笑话咱,咱也得主持个公道和正义。"

耿广道这会儿脸都气绿了,若不是怕别人看见、听见笑话,他早就发了脾气。你瞅瞅这娘儿俩,真是让我白费了这么多周折和力气。他又想,耿广仁他们三家究竟推荐谁,这事必须得好好琢磨琢磨,弄不好自己真的会丢人。

正在耿广道低头猛劲抽烟,琢磨着应该推荐谁的时候,耿守昌早已经拿着写好的纸条,快步跑进了大队部里。

一队队长耿广仁,正在院子的另一个墙角处和媳妇孩子商量着填写谁的名字。

耿广仁的儿子耿守平抢先说道:"我觉得,虽然守心退出了推荐,咱们家还是应该写他。耿守心是我们班的班长,他学习好、威信高,老师同学都喜欢。上次后李村的李大蛋欺负我,别的同学全吓跑了,就他一个人过来帮助我,要不然,我那天肯定被那个坏家伙打惨了!"

守平他娘跟上道:"我看也是。人家守心那孩子这么懂事,全大队没有一个不说他好的,这到了推荐上高中的时候了,咱不写他,心里过意不去。"

耿广仁说: "可是守心已经退出推荐了呀,再写他,咱家的票可就作废了。"

耿守平说:"就是作废也要写!到了公布结果的时候,爹,你就说是我写的。我要让守心知道,他仗义,我也仗义!"

守平他娘笑着点了点头,耿广仁有些不太情愿地把纸条递给了自己的儿子。

耿广实媳妇离开大队部会议室后，径直拉着耿广实一直走到了大队部院子外面的榆树下，她叫过自己的儿子耿守卫，笑着说道："孩子，来，你把纸条拿着，上面写上你自己的名字，咱就推荐你自己。"

耿守卫一脸不高兴道："我才不干那丢人现眼的事。人家守心学习表现都比我好，刚才他爹说他放弃推荐上高中，我心里现在还难受呢！"

耿广实媳妇张了张嘴没有说话。她敢当众欺负自己的"窝囊丈夫"，但多少有点"惧怕"或者宠惯自己的宝贝儿子。

耿广实蹲在地上开了口："我也是这个意思。"

"啪"的一声，耿广实媳妇重重打了一下耿广实的头，把刚才对儿子的不满，全撒在了儿子他爹这里。

耿守卫实在看不惯娘的这种做派，生气道："娘，我就不愿意看见你这样欺负我爹，你也不怕人家看见后笑话。"

耿广实媳妇讪笑着接上说："外边这么黑，我又没在院子里，没人看见。好孩子，你赶紧写上自己的名字交到大队部里。"

耿守卫接过纸条，头也没抬，径直走回了大队部的院子。

耿老三拿着纸条走出会议室后，到处寻找自己的儿子耿小二。他没让自己的老伴儿来大队部参加会议，他的老伴儿也不想来。他千叮咛万嘱咐自己的儿子务必参加会议，耿小二这才跟着他一起来到了大队部里。可这会儿，也不知道这个混账孩子跑到哪儿去了，连个人影也没有。他前后左右找了半天，才看见满身灰土的耿小二，气喘吁吁地跑回到了大队部的院子。

耿老三气不打一处来地上前呵斥道："混账孩子，你又跑到哪里去了?"

耿小二嬉皮笑脸回答道："耿大牛家的墙上有个鸟窝，我把麻雀捉了下来。"说完，他把手里的麻雀递给爹看，意思是：我可没有骗你。

耿老三再次气愤地一边猛踢一边骂道："你这个不争气的东西，看我回家打死你！"

耿小二挨了两脚后，拍了拍屁股，没有说话。他早已习惯麻木了耿老三这种"张口就骂、抬脚就踢"的教育方法，他借着院子里大汽灯的光亮，继续抚摸察看着自己刚刚捉来的小麻雀。

耿老三无意当众继续惩罚教育自己的儿子，他无奈地叹了口气，把纸条甩给耿小二说："去！写上你同学中学习表现最好的名字，交到大队部里！"

耿小二拿着纸条离开后，耿老三在院子里找了个僻静的拐角处，一个人蹲下来，继续抽起了闷烟。这会儿，他真想回家睡觉，可支部书记耿广林还没有宣布散会，他只能耐着性子再坚持一会儿。

四张推荐票交齐后，大队部里很快报出了统计结果：耿守心四票，没有其他人的名字！

支部书记耿广林笑了！他笑得红光满面，笑得酣畅淋漓！

革委会主任耿守才也笑了，他笑得烟雾呛了嗓子，直打喷嚏。

许多学生家长和在场看热闹的男女社员们也都笑了！有人笑着鼓起了掌，也有人笑得岔了气！

但四队队长耿广道和耿广实媳妇没有笑，他和她的脸色一样，尴尬而涨红，有些不知所措、不明就里地向上翻着眼皮。

一阵欢笑之后，耿广林示意耿守才讲几句。

耿守才笑着走到会场中间，高声说道："四个学生家长的推荐结果出来了。耿守心得了全票，一致通过！"

门里门外顿时响起一片热烈的掌声。

正在大家鼓掌欢笑的时候，耿广实媳妇突然涨红着脸，焦急得大声说道："你们统计错了！俺可是投了自己的孩子！"

顿时，屋内屋外，鸦雀无声，一片错愕。

耿广林立即沉下脸来，高声问道："怎么回事？把票拿过来看看！"

耿守卫赶紧上前道："不用看了，是我写的！"

他边说边很不高兴地瞪了他娘一眼，耿广实媳妇顿时脸红红的没再出声，门里门外瞬即响起一片笑声。

四队队长耿广道这会儿也意识到，自己的儿子也搞了"瞒天过海、暗度陈仓"的把戏，他现在只能"将错就错"地承认，真要是挑明了，老婆、孩子再跟自己唱"对台戏"，那可就在大庭广众之下丢大了人。

他眨巴眨巴眼睛后，突然想到：既然耿广常已经提前声明自己的儿子不参加推荐，那这轮推荐就应该不算数，说不定下轮投票时，自己的儿子还有胜出的机会。

耿广道想好以后，他立刻满脸堆笑地站起身来，看着耿广常和大伙儿说道："守心这孩子是真不错，我们全家三口一致同意。守心得了全票，也正说明我们几个家长公平、公道和正义！只可惜刚才广常兄弟声明守心不参加推荐，我看啊，既然大伙儿全票推荐了守心，广常兄弟就应该成全了这个孩子。现在，广常兄弟应该当着咱大伙儿的面，再说句明白话，也好让我们大伙儿把心都放回肚子里。你们大伙儿说，是不是这个理？"

说完，他使劲看了一眼耿广实媳妇。那意思是：我话里的意思，你应该能听明白，下面可就轮到你了。

一阵子清楚、一阵子糊涂的耿广实媳妇，今天像中了邪似的突然回过神来，她立马心领神会地知道了耿广道这会儿使劲看她一眼的目的。于是，她忙不迭地接上道："是啊，是啊！守心这孩子是不错，可广常会计有言在先，广常会计刚才说的话、表的态，还算不算数啊？是不是要收回啊？我们大伙儿可都等着你表态说句明白话呢！"

耿广实媳妇的话音刚落，一直坐在后面抽烟的耿广常立即站起身来，他走到众人面前，一字一句说道："我谢谢大伙儿这么看得起我儿子耿守心。我也没想到你们四家都推荐了他，这也说明咱们大伙儿这么多年对他的教育和期望没有白费。不过，既然我事先已经声明他不参加推荐，这到了什么时候也不会收回和改变。咱们耿家口的人，无论男女老少，从来都是'吐口唾沫，掉在地上，也要砸出个坑'！广林哥，守才，我看，咱们还是重新组织投票，我孩子放弃推荐。"

耿广常说完，他看了看耿广林和耿守才，又侧眼看了看耿广实媳妇，他对她刚才说的"算不算数""收不收回"那些话，打心眼儿里觉得刺耳不舒坦。

大伙儿也向耿广实媳妇投来鄙视和不屑的目光。那意思是：你怎么能这么怀疑和看待俺耿家口的男人？你这个外村长大的女人，实在不懂俺耿家口的村风、人品和规矩。

耿广实媳妇这会儿才意识到刚才的话"出了格""犯了忌"，脸红红地低下头去。

会场短暂沉寂之后，耿广林再次站起身来，走到会场中间，不无惋惜同时口气异常严厉地说道："这票已经投了！名字是你们自个儿写的！算不算数？全由你们自己！咱耿家口的人，从来都是说话算数、唾沫砸地！"他说这话时，眼神像箭一样射向耿广实媳妇和在场的所有人。

停顿一会儿之后，耿广林继续道："不过，刚才广常声明退出在先，现在又说了一遍。既然这样，我们还是重新投票推荐。各家一张，只写一人。注意：不要再写耿守心的名字。另外，为了公正起见，也不要写自己孩子的名字。凡是写上自己孩子名字的推荐票，一律作废！这次家长们一定要当好自己孩子的家，实在不放心孩子的，自己拿进来让广常代笔。你们看，还有没有意见？"

耿广林说罢，他回头看了一眼耿守才、耿广常，俩人表示同意。四个家长也跟着点了点头。

大约过了半个多小时的工夫，四张推荐票终于从门外陆陆续续送进了大队部会议室里。

计票结果很快出来了，但没有立即宣布，大伙儿屏住呼吸，都在静静等待。

革委会主任耿守才脸色涨红地把写有计票结果的纸条递给了支部书记耿广林。

耿广林看后，霎时紧皱眉头，没有说话，他顺手把纸条还回耿守才，尔后突然起身，满脸怒容，铁青着脸，向门口走去。

拥挤在门口的人们愕然地快速闪出一条道路，耿广林怒气冲冲径直走出门去。

耿守才接过纸条，愣了愣神，瞬即追了出去。会议室里再次一片寂静沉闷。

耿守才追上耿广林后，俩人在院子门口低声商量了好大一会儿，耿守才又重新回到了会议室里。

耿守才坐在会议室中间的椅子上，点燃了一支烟，猛抽了两口后，面色严肃而又口气特别严厉地高声说道："投票结果出来了。很意外！很震惊！也很有意思！"

说完，他停住话，再次猛抽了一口烟，向着怔怔发呆、盼等结果的现场人们，继续说道："刚才，广林叔在外面和我说，咱们耿家口大队，这么多年，没有新闻，今天有了新闻，没有出过稀罕事，今天出了稀罕事！大伙儿平时个个都是光明磊落、公平正义！可是今天……"

他没等把话说完，就把写着计票结果的纸条，往桌上重重一拍，然后快步起身，径直走出了大队部的屋门。

不明就里的家长和看热闹的男女社员们，立刻涌到桌前，凑上一看：耿小二四票。

　　意料之外的推荐结果，必然伴随意料之外的后续发展。耿家口大队的"初升高"推荐，当然不会就此止步。随着这一荒诞无稽结果的出现，在强大的村民舆论和文化道德的重重压力下，各方不得不进行必要的调整和修正，与此相关的各类不由自主、意料之外的"续集"和"回场"，正在生动且忙不迭地一一登台演出——

09 不是尾声

头天晚上四名家长在大队部推荐学生上高中的荒诞搞笑结果，第二天一大早，就传遍了整个耿家口生产大队。

霎时间，有关这次推荐的前后过程、曲折起伏，以及各种消息、议论、感慨和传说，铺天盖地、五花八门、闻所未闻地纷至沓来。

"你说这是什么事吗？可把咱耿家口的人丢尽了。推荐谁不好，偏偏推荐了学习表现最差的耿小二。这要是传扬出去，还不得让外大队的社员们笑掉大牙啊！"

"听说广林书记昨晚气得够呛。会没开完就走了，连守才主任那么好脾气的人，也在会上大发了脾气。"

"听说广常会计的孩子提前退出推荐了，就那样，人家还得了全票！要我说啊，虽然广常会计声明退出在先，既然你们四家又全票推荐了人家，人家的孩子就该去上学。要说失信，也是你们四个家长失信在先，不关人家广常会计什么事。"

"听说昨天晚上广实媳妇一点脾气都没有了，回家的路上，耷拉着个脸，气得像吹猪似的。这个想跳黄河的女人，这回也算是白闹腾了。"

"你说这两个当生产队队长的也真够呛，一点觉悟素质都没有，算计来，算计去，最后把自己算进去了！"

"其实啊，人家耿老三两口子就没打算让自己的儿子上高中，最后反倒让这个不争不抢的混账小子捡了个大便宜。哈哈哈！"

"我看啊，这事还没完呢！会上说了，家长们推荐的不算数，大队领导还要重新开会研究呢。不过啊，这次可真给咱们耿家口大队抹黑丢脸了！"

支部书记耿广林自打昨天晚上在院子里和革委会主任耿守才聊过后，就直接回了家，他躺在床上，辗转反侧，难以入睡，晚上大队部开会的全过程，就像放电影似的，在他的脑海里放了一遍又一遍。

他非常了解耿广常诚实守信、说一不二的性格，但没想到给他铺垫了这么好的台阶，特别是在他提前声明退出推荐、孩子又得了全票的情况下，他依旧初衷不改、坚持退出。他也了解有的社员在面临个人重大利益挑战的情况下，有时会选择私心，但没想到两个生产队队长也这样丧失原则、缺乏风格、不顾大局，居然采用推荐最差学生的拙劣方法，以"此消彼长""偷梁换柱"的方法以期保全自己的孩子。他想到了应该给四个学生的学习和表现划个档次、列出名次，但没想到一步潦草，图个简单省事，反倒让这四个家长钻了空子！他想到了家长们的推荐结果可能有所偏差，好在大队开会时还能最后纠偏定夺，但没想到家长们的意见这么全体一致的荒诞无稽，为大队下一步的研究制造了困难……

这一夜，是耿广林难眠的一夜，也是他担任大队党支部书记多年来极其痛苦的一夜。

早晨起床后，耿广林简单吃了点东西，把碗一推，耷拉着脸，就匆匆赶去了大队部里。

耿广林刚刚打开大队部的门，耿守才、耿广常也前后脚地跟了进来，一见面，三个人不约而同地直接进入了正题。

耿广林气不打一处来地愤愤道："昨天晚上，我一夜没有合眼！咱们耿家口这么多年，还没听说过这么稀罕的事！耿广实媳妇推荐耿小二倒也意料之中，可一队队长耿广仁、四队队长耿广道也推荐耿老三的儿子耿小二，实在说不过去！"

耿守才点着烟，一边吞云吐雾，一边脸色特别难看地接上道："我也在想这个问题。他俩平时看着都还不赖，怎么一到了这关键的时候就漏气！"

耿广常倒是一脸的平静，他边给三个人杯子里加满水，边说道："昨晚你俩离开后，大伙儿叫来耿老三，问他为啥投自己孩子的票，就不怕推荐票作废？耿老三怔怔地回答道：'我现在还蒙在鼓里，是孩子自己拿去写的名字。'大伙儿又把耿小二叫进屋里，没想到这孩子手里拿着个小麻雀，一本正经说道：'大家都知道我学习表现最差，我知道他们肯定不投我的票，没有一票多丢人，所以我才写了自己的名字，反正现在你们都知道了，俺那张票作废就作废……'"

耿广常话音未落，耿广林、耿守才两个人忍不住哈哈大笑起来。

耿守才一边笑一边道："没想到耿小二这个捣蛋孩子还真是个闹鬼的货！"

耿广林端起水杯，在屋子里来回踱了几步后，问道："事情已经这样了，你们说，咱们下一步应该怎么办？"

耿守才猛抽了两口烟，说道："我的意见是，先开个党员和生产队队长会，把昨天晚上的事情好好说一说，让一队、四队队长先发言，然后再听听大家怎么看、怎么说，最后咱们三个再开会研究，不能就这么轻轻松松、大事化小、小事化了地把他俩放过去！"

耿广常接上道："我觉得这事咱也有责任。咱们原来研究制定的方案没有错，问题出在学校没有给咱划出档次、列出一二三四的名字，所以投票推荐时，四个学生一块评了，这才闹出洋相、出现问题……"

耿广常本来还想做些解释，他看了看耿广林、耿守才后，还是停下了嘴。

耿广林看出了耿广常欲言又止的样子，但没有继续追问，他微笑着看了看耿广常。那意思是：我已经感觉到了这一点，至于其他的，现在不想说也行，回头我再问你。

耿守才似乎刚刚意识到"没有给四名学生划出档次、列出顺序"这一点，不过，他很快回过神来，站起身，有些"歉意"甚至有些诡异地冲着耿广林笑道："张校长是该给咱们排个一二三四顺序，可我好说歹说，人家只点了守心兄弟一个人的名字，你说这事搞的？"

耿守才话里的意思再清楚不过：既然张校长已经点了耿守心一个人的名字，你广常叔干吗非要顽固坚持到底？

耿广林当然听出了耿守才话里对耿广常善意调侃的意思。耿守才的话音未落，两个人相视着哈哈大笑起来，这一笑，倒也扫去了许多因昨晚事情而生出的恼怒与烦闷。

耿广常自然也听出了耿守才话里"迁怒和调侃自己"的味道，但他没有跟着耿广林、耿守才一起笑，而是一个人坐在那里默默抽烟，回想着昨晚发生的那些曲折和故事。

他知道：如果昨晚自己不再三坚持，推荐学生上高中这件事，就应该已经圆满结束，根本不会出现后续的这些麻烦问题。他不知道此时自己应该表达歉意，还是应该表达其他什么意思。

耿广林看到了耿广常若有所思地坐在那里没有跟笑。他想，或许耿广常经过一夜的思考和家庭讨论，昨天的那个意见又有了新的改变也未可知，如果真是这样，那接下来的一切发展，倒也容易水到渠成，尽管中间出现了一些波折，也算是"历经劫波"之后的一个圆满结局。

想到这，耿广林立马有些兴奋地急忙问道："广常啊，你昨晚回去后，家里又重新商量合计了吧？两个老人什么意见？孩子他娘什么意见？快说说听听！"

耿广常知道耿广林误会了。但他非常理解耿广林此时的想法和好意，于是，赶紧答道："广林哥和守才的好意，我非常理解和明白，也很感谢！昨天晚上，我回去后家里人又一块说了说，我们还是昨天那个意见，让孩子在家里陪我种地。"

耿广林、耿守才失望地再次相互看了一眼，摇了摇头，叹了口气，现场一阵沉寂。

沉默了一会儿后，耿广林终于再次开口："既然广常还是那个意见，我看这事咱们这样处理：今天晚上，就按守才刚才说的办，召开党员和生产队队长会议，先让一队队长耿广仁、四队队长耿广道在会上讲讲自己昨晚是咋想的。看看究竟是哪里出了问题。该批评的时候，必须批评。一点也不能客气。然后大家再逐个发言，轮流对他们进行批评教育。同时也说说如果自己遇到这种事情，应该咋样处理。每个人都要现身说法，进行一下自我教育。再一个，守才今天再辛苦一趟，去学校找找张校长，请他无论如何再点个名字，回来后咱们再开会研究。这次千万不能图简单、图省事，再也不能出现昨天晚上那样的荒唐事。"

耿守才立即表态："我同意广林叔的意见！我现在就去找张校长，一定想法让他给咱们排个梯次顺序。"

耿守才出门后，耿广林看着耿广常问道："广常啊，我觉得你刚才没有把话说完，昨晚那事，你觉得还有什么蹊跷和问题？"

耿广常想了想，说道："我总感觉一、四生产队队长之间好像有点不太对劲，也许出现昨晚那样的情况，不全是他们个人的觉悟和风格问题。"

耿广林若有所思地点了点头，他端起水杯，站起身来，在屋里来回踱了几步后，回头看着耿广常说道："你说得很有道理。这里边或许还有其他什么事情。今天晚上，咱们先听听他们怎么说吧，然后再决定怎么处理。"

耿广常看了看放在桌子上的小闹钟，起身对耿广林说道："广林哥，王老师今天上午要来家里，我得赶紧回去！"

耿广林点了点头，耿广常快步走了出去。

耿广常赶回家时，王老师已经坐在屋里。爷爷、奶奶和守心他娘正在陪着王老师。

大家见耿广常回来了，爷爷、奶奶和守心他娘，知道王老师要和耿广常谈孩子上高中的大事，就赶紧分别借故走出门去。

受孔孟文化影响的家庭，大都有这样的礼节习惯：家里来了客人，为了不影响客人说话或者商谈正事，一般只有家里的主人或者成年人在旁陪同，老人、媳妇和孩子们一般都要找个理由躲出去回避。

当然，这客人也分三六九等，来者的目的也不尽完全一致，处理起来自然也会多种多样。总之，要让客人们受到尊重、感到满意。如果来客是比较熟悉的亲戚、朋友或近邻，或者谈论的话题比较客套、公开和随便，家里的男女老少自然可以全程作陪，这样显得热情和亲近。可王老师虽然和耿广常是好朋友，但毕竟王老师有文化、有地位，而且提前通知要来家里谈正事，所以，除耿广常之外，两个老人和守心他娘自然不便在场陪同，只能找个理由回避，这既是对王老师的礼貌和尊重，也是正常的待客礼节和应有规矩。

王老师见两个老人和守心他娘出去了，他喝了口茶，稍稍停顿一会儿后，直接开门见山道："广常哥，今天我来只有一件事，就是推荐耿守心上高中的事。昨天守心去了学校，我问了情况，他说不想上高中了，是咋回事？"

耿广常猜到了王老师的来意，既然王老师这样直截了当，他于是开诚布公道："王兄弟，我正要给你说呢，不想上高中是你学生守心自己拿的主意。再说了，你知道我家孩子多，我每天在大队部里忙活，你嫂子身体不太好，家里确实需要一个帮手陪我种地。"

耿广常没有明说事情的"真实缘由"，他怕扯出"成分问题"伤了王老师的自尊。再说了，自己说的这些情况也全是真的。

王老师叹了口气，继续道："广常哥，你说的也在理。不过，咱们做父母的生养孩子，可不是只为了让他陪咱种地，而应该让他有更大的发展、更好的出息和作为，以后为家里多挑担子，为国家多做贡献，你说是不是？"

王老师自然眼界更宽，而且话里话外充满着更深更大的道理。

耿广常连忙答道："那是，那是！"

耿广常当然同意王老师的意见，但他不能用这些道理佐证自己孩子放弃参加推荐这一问题。

王老师接着道："既然这样，广常哥，你说守心是继续好好上学有出息，还是现在在家里陪你种地有出息？守心是知识多了对国家贡献大，还是现在陪你在家种地对国家贡献大？"

王老师的推理正在一步步深入，而且条理分明、逻辑清晰。因为他判断，症结肯定不是出在耿守心那里，而是出在耿广常这里。

耿广常没有再次接话，他点着烟，喝了口水，然后默默地盯着地面发呆。

耿广常自然知道孩子继续学习的极端重要性，在上学这一点上，他打小就是个明白人。几天来，有关孩子是否参加推荐的事情，使他内心遭受了巨大的折磨，这种无奈的挣扎和痛苦，就像钉子一样时时刻刻戳扎着他的心。他很想把这种无奈选择的"真实原因"原原本本告诉王老师，可他知道"成分问题"已经严重伤害了王老师，好朋友之间断然不能去做"伤口上撒盐的事"。

沉默了一会儿后，耿广常终于十分难过而又无可奈何地说道："王兄弟啊，现在说什么也晚了。昨天晚上，我在大队的推荐会上，已经当着全大队老少爷们的面，让孩子放弃参加推荐了……"

王老师没有接话，他端起茶杯喝了口水，然后不紧不慢道："大队昨晚推荐学生的事情，我今天早晨已经听说了。我看这样，这个名额咱不要了，我现在就回学校，向张校长请假，然后去县革委会找我的学生。我就不信不能为耿守心这样的好学生争取个上高中的名额来！广常哥，我现在就听你一句话：如果我要来了这个指标，你能不能让守心去上高中？"

说完，他眼睛一眨不眨地紧盯着耿广常，等待着他的最后表态和决心。

闻听此话，耿广常傻了！也懵了！

他断然没有想到自己的好朋友、也是孩子的班主任的王老师，不为自己返回县一高任教奔走，倒为自己的学生上高中去卖人情。这是多么大的情义和恩惠，这是多么真挚的感情和厚意。又似乎重复着多年前老师和校长们来家恳求父母同意自己继续上学深造时的情景。自己当然不能再蹈父母如今还在深深懊悔的覆辙。为了孩子，不！也为了自己和全家，自己必须紧紧抓住这希望的缆绳和难得的机会。

耿广常想到这，在王老师话音刚落、正在直视并静静等待他回复的时候，他忽地站起身来，用自己的双手动情地紧紧握住王老师的双手，使劲儿地咬了咬自己的嘴唇，眼圈发红，声音哽咽道："全听兄弟您的！"

晚上，耿家口大队部的会议室里，党员和生产队队长会议如期召开。

十几个人围坐一起，有的抽着烟，有的喝着水，有的站着发言，有的低头聆听。从参会人员的面部严肃表情和会议的郑重紧张气氛，一看就知道，大伙儿正在讨论着十分重要的问题。

支部书记耿广林两手叉开，扶在桌子的边缘，面色冷峻地首先说道："昨晚在这里开会推荐学生的事情，想必大伙儿都已经听说了，今天把大伙儿召集来，就是想听听大家怎么看待这件事情！"

耿广林边说边用眼睛扫视了一眼会场，尔后，他看着革委会主任耿守才说道："守才主任，你先开个头吧。"

耿守才站起身，猛抽了两口烟，面色同样严肃地说道："我看这件事，就像这过年的炮仗，点着了火，它不响不行啊！咱耿家口这么多年，从祖祖辈辈开始，为什么这么团结和谐？为什么这么四平八稳？除了咱是一个老祖宗外，还有一个重要原因，就是公道、公正和公平！毛主席他老人家早就说过，要斗私批修。咱在这件事上有没有私心杂念？有没有想把咱们耿家口大队的好传统、好作风修正？还是有其他什么原因？为啥给耿小二这个谁都知道学习表现最差的学生投了全票？要不是耿小二得了全票，我们还搞不清楚究竟是谁投了他的票！现在倒好，秃子头上的虱子明摆着，想赖也赖不掉！我看，还是让两个当生产队队长的家长先说说吧，当时究竟是个什么情况？自己心里是咋想的？大伙儿也不要先急着下结论，免得让无辜人受了冤枉和委屈，你们说，是不是？"

说完，他看了一眼耿广林，然后坐回到自己的座位上。

会前，耿广林、耿守才、耿广常已经再次碰过头，商量好由耿守才开打"第一炮"，以引导好会议的方向、进程和节奏。耿广林同时叮嘱耿守才，千万不要一上来就下结论，以免让无辜人受了委屈，先听听两个生产队队长怎么说，然后再恰如其分、见缝插针地组织引导大家开展批评自我批评，以汲取深刻教训，统一好大家的思想和认识。

耿守才的话音刚刚落地，一队队长耿广仁就急着站起来发言："昨天晚上，我就憋了一肚子的话，也憋了一肚子的气！我看广林书记、守才主任提前走了，就没有和广常会计一个人提！"他边说边看了看耿广常。

耿广仁接着道："既然今天大伙儿都在这里，我就把话挑明了说。不是我耿广仁觉悟低、水平差，确实这里面有许多事情咱得提！按照大队的规定和要求，从四个学生里面推荐一个，不能选自己的孩子，那我只能从那三个孩子里面挑，看看哪个更合适。论学习和表现，广道和广实的孩子差不多，但这两个家长不太行，实在没有办法，我才点了耿小二的名字！再说了，大队和学校又没把这三个学生排个顺序、拉开档次，如果放在你们大伙儿身上，你们又该怎么推荐评比?"

他边说边看了看耿广林和耿守才,一副被人冤枉、备受委屈的可怜样子展露无遗。

耿广仁话音刚刚落地,四队队长耿广道很不高兴地忽地站起来,以不屑的眼神斜看着一队队长耿广仁,口气愤愤道:"你说这话我就不爱听!你对我有意见也就算了,你把我和耿广实媳妇那个老娘们儿放在一起、相提并论就不合适!"

一队队长耿广仁同样斜眼看了一眼耿广道,冷笑着回敬道:"我看你俩差不离!一个蛮不讲理,一个自私自利!昨天晚上,你俩在会上那一唱一和的默契样子,大伙儿哪个看不见?盲人都看得清清楚楚!再说了,你过去做的那些没有觉悟的私心事还少吗?我无论如何也没法高看你!"

说完,他冲着大伙儿撇嘴笑了笑。那意思是:你耿广道做的那些丢人现眼事,大伙儿谁不知道?难道真想让我一五一十地给你抖落个干净不是?

此时的耿广道,已经完全涨红了脸,他手指着耿广仁,愤怒且声嘶力竭道:"这你可得当着大伙儿的面,把话一个一个给我说清楚!这大过年的,你可不能胡说八道、血口喷人!"

耿广仁也不客气,接上话茬说道:"既然这样,那我就当众说说,你也好好听听是不是?这几年,大队里评'五保户'、定'救济粮',哪个有你争得厉害?到了大队里交公粮、卖余粮的时候了,哪个又有你往后闪得快、躲得急?我看啊,你这个人就是私心、本位主义太重!总想着让你们生产队多占国家和大队的便宜!"说完,他像没事人似的,"嘿嘿"冷笑着坐回了原位。

一听这话,耿广道火气更大了!他再次手指耿广仁,满脸通红高声道:"你要这么说,我也揭揭你的底!去年冬天,大队组织到外面修黄河大堤,就因为河务段少算了你们生产队的几方土,你就和人家测量土方的干部吵得脸红脖子粗,要不是大伙儿强拉着,说不定你在黄河滩上就给人家动起了手!你这叫有觉悟、有风格、不自私、不本位主义?"

耿广道一提这事,耿广仁的火气也上来了,他忽地重新站起来,手指着耿广道大声回敬道:"你还好意思说?给你们生产队多算了两方土,你不吱声,给我们生产队少算了五方土,难道我也不吱声吗?这人心都是肉长的,你们生产队的社员是人,我们生产队的社员就不是人?他给我们少算了,我为什么不吱声?我说你当时为什么拉着我不让吵,原来是怕给你们生产队多算的几方土露馅啊?我问你,你有没有在背后使坏耍弄、昧着良心?"

闻听此言，耿广道更加怒不可遏地再次抬起手来，指着耿广仁的鼻子说道："我怎么使坏耍孬了？我怎么昧着良心了？你把话给我说清楚！我当时又不知道他给我们生产队多算了两方土？你可不能当着这么多人的面造谣诽谤、无中生有！再说了，前年黄河洪水下去后，大队里分滩地的时候，你又是怎么做的？"说完，他也冲着大伙儿"嘿嘿"冷笑了几声。

耿广仁再次火起，高声质问道："我怎么做的？你说说听听！"

耿广道继续道："给你们生产队量地的时候，你是不是在地头拉皮尺的时候，故意把胳膊伸长了快1米？你说说，我是不是冤枉了你？"

耿广仁顿时更加火起，他涨红着脸色正要再次申辩，耿广林不轻不重地拍了两下桌子，咳嗽了两声，继而面色严肃地厉声说道："好了！你俩别说了！这扯得也太远了！再扯就扯到你们小时候光屁股打架的事了，也不嫌丢人！"

一句话，让在场的党员和生产队队长们，忍不住哈哈大笑起来。

耿广仁、耿广道见耿广林生了气，相互斜看了一眼，讪讪地各自坐回了原位，低下头，不再吭声。

大伙儿纷纷接上劝道："就别提过去那些事了，还是说说昨天晚上推荐学生的事吧！"

四队队长耿广道见状，重又站起身来，虽然压低了刚才的火气，但仍余怒未消道："我对耿广仁也有意见，就冲他那没有风格的样子，我就没法推荐他的孩子。耿广实的孩子是不错，但耿广实媳妇不行，昨天早晨闹着去跳黄河，这大过年的，成何体统？没有样子！实在没有办法的情况下，我才点了耿小二的名。要说咱们大队的这几个学生，就数广常会计的孩子守心最好，可是广常会计三番五次的不同意，昨天会上我也说了，让他当众表个态，既然你广常会计已表态在先，大家后又全票推荐了你孩子，你就应该站起来说句感谢大家的话，接受下来不就行了，大伙儿谁又能说什么？我看啊，这事广常会计最该负责任，要不然，哪会有后来这些乱七八糟的事！"

他边说边看了看耿广常。那意思是：别听耿广仁刚才说的那些挑拨离间、无中生有、胡乱猜忌的话，我这话的口气虽然冲了点，可我这是真心为你和孩子好，你可不能上了他的当，把我想歪了！

耿广常没有看他，也没有吱声，他依旧坐在那里继续抽烟。他明白耿广道这话的意思，他不喜欢那种见圈就跳、八面玲珑、抓巧卖乖、"横竖都是理"的投机样子。

耿守道说完坐下后，二队队长耿守信站起来，他看了看大伙儿，说道："现在看，出现昨天晚上那种情况的原因比较复杂，既有大队组织方面的客观原因，也有家长们相互交流不够、琢磨事情太多的主观原因。其中最主要的原因，我看还是上面的政策引导不够造成的，初中升高中，直接考试不就行了，非要让家长们掺和进来！这一掺和，没有毛病，也有毛病了，没有问题，也有问题了，不出问题才怪呢！你们大伙儿说，是不是？"

耿守信说完，他故意站着使劲盯了参会的大伙儿几眼。那意思是：你们大伙儿说说，我的话公道不公道？客观不客观？在理不在理？

有几个人立即响应道："守信说得在理！我也这么看！推荐学生上高中，可不能走'老子英雄儿好汉'那条路！学生们都在接受教育，没有哪个该继续教育、哪个不该继续教育的道理，还是按学生的学习成绩和表现推荐更合适。"

这时，一直端坐在长条椅上的退伍军人、党员耿守庆站起来发言了，他清了清嗓子，看了看耿广林，慷慨激昂道："毛主席教导我们说，学校的教育方针是培养德智体全面发展的革命事业接班人。我理解，毛主席他老人家话里的意思是，在学校学习的学生，既要思想好，又要学习好，还要身体好，只有这三个方面都做到了，学校的教育目标就实现了。所以，我赞成刚才大家说的话，咱们推荐学生上高中，就应该看学生这三条够不够，谁做得更好，咱就推荐谁，只有这样，我们才能培养更多又红又专的革命事业接班人，把毛主席他老人家开创的革命事业进行到底！"

说完，他又看了看耿广林。那意思是：经过部队革命大熔炉的锤炼，我的进步和水平，你看可以不可以？

耿广林冲耿守庆点了点头，笑了笑说道："守庆这几年在部队待得不错，学到了不少东西，进步确实不小，说得在理。你们大家还有什么要说的？"

耿广常看多数人已经发言了，他掐灭烟头，站起身道："我说几句吧！出现昨天晚上的那些问题，我有责任。我不想让孩子上学，主要是我和家里有些顾虑，包括孩子多、劳力少、眼下家里困难多，等等。我理解和感谢刚才大伙儿对我的批评。至于为什么出现昨晚那样的问题，我赞成刚才大伙儿的意见和分析。其实，广林哥、守才早就考虑到了这些问题，只是后来出现了一些新情况，没有来得及再次强调和应对。我看，咱们还是继续以全大队的大局为重，既落实好上级的政策，又结合好咱们大队的实际，尽快把这件事情处理好，让全大队父老乡亲和上级领导都满意。"

耿守才接上说："我赞成广常叔和大家的意见。我没有更多补充。"

几名没有发言的党员也纷纷跟着道："他们说得都挺好！我也没有什么意见和补充！"

耿广林见大家都发了言，他站起身来，微笑着走到桌前说道："刚才大伙儿都发了言，我看都讲得很好。不过，在这里，我还是要批评批评一队队长耿广仁、四队队长耿广道。"

他边说边脸色阴沉下来，口气也渐趋严厉："你们两个虽然推荐耿小二事出有因，但你们把那些陈芝麻、烂谷子的事情翻腾出来就是不对！他说因为今天的事，你说因为昨天的事，他说因为去年的事，你说因为前年的事，这没完没了的，怎么能说清楚今天的事？咱们认识和解决问题，有时候就是要打了盆说盆，打了碗说碗，别扯那锅和筷子的事！当然，有时候这事都是连在一起的，不扯也不行，但总要有个尺度和分寸，总要有个缘由和目的。扯多了，就把'为什么扯'给冲淡了，给冲没了。那以后还怎么和和气气地工作在一起？相处在一起？你们都是生产队队长，都是咱耿家口大队土埋了半截身子的人，以后这种事，绝对不能出现第二次！"

他边说边用犀利的眼光紧盯着耿广仁和耿广道，两个人脸红红地低下头去。

耿广林缓和一下情绪后，以非常惋惜和自责的语气继续说道："这件事之所以出现这些问题，我这个当支部书记的要负主要责任。原来商量好的规矩没有很好落实，后来出现了新情况，也没有及时研究和恰当应对，以至于把最不应该推荐的学生给推荐出来，好在这只是推荐工作的第一步，还有机会在下一步重新推荐、最后研究时进行弥补和修正。咱们大队出现这种事，确实很丢人，下面的议论肯定不会少，但回过头来看，也应该说是件好事，它提醒我们今后遇到这种人人都关心的事情应该怎么办，它告诫我们应该怎样保持和发扬好咱们耿家口的优良传统和作风。今天散会后，大伙儿回去再好好做做家人和街坊邻居的思想工作，不要再有那些乌七八糟的传言和议论，和和谐谐、高高兴兴、快快乐乐地过个祥和年、安稳年。你们大伙儿说，行不行？"

大家纷纷点头道："行！行！"

耿广林宣布散会后，党员和生产队队长们陆陆续续地向外走去。

耿广林特意留下一队队长耿广仁、四队队长耿广道，把他俩叫进里屋办公室，小声道："今天会上，我批评了你俩东拉西扯的问题，但没有批评你俩私心严重的问题，这并不代表你俩在这件事上没有私心。究竟有没有？有多少？你俩自个儿回去扪心自问。咱们当干部的，要想树个好形象，要想一碗水端平，图个公平、公道和公正，有那私心可不行！"说完，他没容两人解释，摆了摆手，两名生产队队长脸红红的讪讪低头走了出去。

大伙儿离开后，大队部里只剩下耿广林、耿守才、耿广常三个人。

耿守才一边抽烟，一边笑道："广林叔的水平就是高啊！如果让他俩一开始就直接承认错误、接受批评，还不知道这会要开成什么样子！"

耿广常也笑道："这俩人相互成见这么多，过去还真不知道已经到了这种严重程度。要不是广林哥及时制止，他俩再东拉西扯地继续掰扯下去，搞不好非得动手扒拉两下子！"

耿广林笑了笑没有接话，他意味深长地微笑着看了看耿广常，转过头来对耿守才说道："守才啊，你今天去学校找张校长，有啥情况，说说听听。"

耿守才答："去了，但没见到人，听说又去公社开会了，所以回来后没有向你回复。"

耿广林道："那你明天再去一趟，尽快让他给咱排出个一二三四。时间不早了，咱们赶紧回家歇息吧！"

说罢，耿广林、耿守才、耿广常三个人离开了大队部。

俗话说，久雨之后，必露日头。哲人说，量变产生质变。随着一个"天大好消息"的突然传来，耿家口大队的许多相关人等，瞬间破涕为笑、由悲转喜，他们以各种各样的方式，迎接并欢庆着"连阴天后太阳的突然升起"和"上天恩赐"的重大机遇——

10 云退日出

又过了两天，"初升高不再推荐，一律通过考试，择优录取"的消息迅速传遍了耿家口整个生产大队。

耿家口第一个得到这个好消息的是大队会计耿广常。王老师从县上赶回后，没有去学校，而是首先来到了耿广常的家里。

两人一见面，王老师就高兴得合不拢嘴："广常哥，好消息！好消息！今年初中升高中，不再采用大队推荐的办法，而是改由学校统一组织学生参加考试，择优录取！我去县上见到了我的学生，他说县教育局正在紧张下发通知。这样一来，守心上高中的事情就不用发愁了！只要咱孩子正常发挥，一定会考出好的成绩！"

耿广常震惊了！他不相信自己的耳朵，连忙再问："王兄弟，你说的是真的吗？"

王老师笑道："是真的！整个县城都传开了！"

耿广常立刻兴奋道："谢天谢地！谢谢王兄弟！这真是天大的好消息！是我儿子的福气！也是咱大家的福气！"

耿广常一边高兴地说着话，一边赶紧请王老师入座，端茶又倒水，接着十分动情道："王兄弟，你带回的这个消息太好了！我和全家太谢谢你了！你走之后，家里人天天都在念叨，你不为自己的事情求学生，反倒为我这孩子上学去卖面子！两个老人和孩子他娘都说，咱这孩子有福气，遇到你这个好老师！真是太辛苦你了！"

王老师笑道："哪里，哪里！我在县上工作的学生说了，如果硬让公社给个指标，他们也不一定那么痛快答应，搞不好还会借机到县革委会主要领导那里告上一状，越到上边，这关系越复杂。现在倒好了，省去了许多麻烦事。孩子能不能上高中，一切全靠守心他自己。"

两人说笑一会儿后，耿广常接上问："王兄弟，看来现在上面的形势和政策有些变了，你学生说没说，你什么时候调回县里工作的事？"

王老师立即收住笑容，答道："我没有问，他也没有说，我在这里工作挺好的。其实，我就是问了，他也不好说什么，一个初中生上高中的事，他都提到了公社这边可能向上告状的问题，更何况我这个麻烦事！我是他老师，他心里自然想着我，越是这样，我越不能给自己的学生出难题。"

耿广常若有所思地卷了支烟抽起来。他心里想：王老师这人心里真是很周全、很细腻，一事之前，首先想到的不是自己，而是别人。

停了一会儿后，耿广常突然意识到应该赶紧叫家人做饭，中午无论如何也要留下王老师喝几杯。想到这，他起身走到门口，高声喊过正在前屋和邻居说话的守心他娘，速速炒菜做饭，中午他要好好招待刚从县里赶回的王老师。

王老师连忙起身告辞，托词改日再聚。他正要急急出门往外走，耿守心高高兴兴怀揣书本跑进了屋里。

耿守心刚才去同学家借书了，他在村口碰巧见到了正来还书的王小红，俩人见面后，王小红兴奋地告诉耿守心，她在县教育局工作的表舅刚刚打来电话，说今年初中升高中不再推荐，而是一律通过考试。俩人高兴地在村头说了好多话，甚至说到了怎么复习、什么时间考试、她能不能和他坐在一起。耿守心担心俩人说话时间太长，怕别人看见后说闲话，借故天气太冷，小心感冒了影响考试，就急匆匆和王小红分手告别，各自向自己家的方向跑去。

耿广常和守心他娘见孩子回了家，更加热情地挽留王老师。耿广常反反复复劝道："王兄弟啊！孩子也回来了，你刚好嘱咐嘱咐孩子怎么复习、怎么考试。再说啦，咱哥俩有阵子没在一起喝酒了，今天少喝点，每人半斤，既给你接风，又庆贺你带回的这个好消息！"

王老师拗不过耿广常一家的盛情挽留，他一边笑着告诉耿守心"考试升学"的好消息，一边重新坐回了座位。

守心他娘得知"考试升学"的好消息后，高兴得合不拢嘴，她一边笑着，一边赶紧从屋里翻腾出家里存放的冻肉、冻鱼和木耳，嘱咐孩子们赶紧去找奶奶要钱，快快到小卖部多买些熟肉、豆腐、鲜菜和两瓶好酒来。

王老师笑着插话道："买一瓶酒足够了！我可喝不了那么多，一两脸红，二两就醉！"

耿广常笑道:"古人李白对酒当歌能作诗,王兄弟,你这么大的学问,这酒量可不咋的!不过,人逢喜事精神爽,今天咱哥俩放开喝,不醉不归!"说完,两人相视着哈哈大笑起来。

奶奶听到王老师来家而且带回"考试升学"的好消息后,急匆匆从前屋赶来后屋,连声笑着感谢王老师。

紧接着,老人家主动"破天荒"地陪着守心他娘一起择菜、洗菜、烧火、拉风箱。顿时,小小的厨房里,不断传出婆媳俩时高时低的欢声笑语和那节奏强烈的涮锅声、洗盘声、剁肉声、切菜声。

不一会儿,伴着厨房里"咣当咣当"的风箱声、"噼噼啪啪"的炸鱼声、"吱吱啦啦"的炒菜声,连同那诱人扑鼻的肉香味、刺眼熏鼻的柴火燃烧味,不断从那低矮的厨房门口、狭窄的厨房窗口,阵阵传出,滚滚涌出……

一家人团团忙活的时候,王老师则仔细叮嘱着耿守心怎样搞好复习和考试。从怎样审题到如何答题,从看清题意到慎重落笔,从先易后难到不急不躁,从专心致志到充满信心,从反复验证到认真核对,从把握时间到勿漏名字……

王老师讲得清清楚楚,耿守心听得认认真真。过去,王老师也曾无数次在课堂上对自己的学生们这样讲过。可是今天,他分明把耿守心不仅当成自己的得意学生,更当成了就要走向战场拼搏厮杀的儿子!

厨房的劳动成果很快堆满了桌子:红烧排骨、糖醋鲤鱼、鸡蛋木耳、四喜丸子、蘑菇炖肉、豆角肉片、白菜粉条、干炸鲫鱼……

爷爷一直在前屋睡觉。当小孙子们叫醒并请他吃饭,同时告诉他王老师已经来家,带回了今年"考试升学"的好消息后,老人家格外地激动与兴奋。

老人家急忙忙赶到后屋,紧紧抓住王老师的手,连说了一大串"辛苦!辛苦!谢谢!谢谢!……"

这会儿,爷爷又"破天荒"地亲自张罗着众人抬开桌子、摆好椅子、洗净酒杯、泡上好茶、烫热酒壶,一再热情地紧拉王老师的手,请坐上座。

王老师哪里能肯?他坚持着请两位老人坐在了上座。

众人落座后,爷爷催促着自己的老伴儿赶紧取出钥匙,从柜子里拿出好烟,让大孙子赶紧给王老师点上。

王老师架不住老人家的盛情好客,只能"破例"把烟点着,不自然地抽着、笑着。

爷爷又从洗干净的酒杯中挑选了个最大的，让大孙子先给王老师满上。

当村里传来"噼里啪啦"鞭炮声的时候，爷爷让孙子们赶紧拿出家里的鞭炮，挂在院子里点上。他要用这清脆响亮的鞭炮声，提前给王老师拜年，向王老师表示深深的感谢和敬意！

院子里的鞭炮声响过后，大家重新在屋里摆放的大桌和小桌上入座。

爷爷捋了捋胡子，满面红光地看着王老师，笑呵呵地首先说道："王老师啊！你可是我们家的大贵人！这么多年了，还属今天我最高兴！是你给俺大孙子和我们全家人带来了这天大的福气！俺可得好好谢谢你！"

说完，老人家举起酒杯，王老师和全家人也都笑着举起酒杯，大家一干而尽。

爷爷继续道："俺大孙子有福气，遇到了你这么一个好老师！大孙子哎，你可要好好地给我考，决不能辜负了王老师对你的培养教育，也为你爷爷奶奶、你爹你娘争口气！"

说完，老人家又举起了酒杯，王老师和全家人也都笑着举起酒杯，大家又是一干而尽！

奶奶放下酒杯后笑道："今天一大早，我就看见两只喜鹊站在咱家的树上叫得可欢了！我猜想着，这喜事和贵人今天一定会来咱们家里。你看，王老师这不就从县上回来了嘛？而且还带来了这么大的好消息！嘻嘻嘻！"

耿广常笑着接上道："娘，你那是迷信。喜鹊站在树上叫，好多家都听到了，哪能说家家都有喜事啊？"

奶奶和大家都笑了，但爷爷没有笑。虽说老人家今天特别高兴，可他从来不喜欢自己的儿子以任何方式追诘自己的母亲，特别是当众或者有外人在场的时候。他觉得，这不够孝敬和礼貌，也有失传统和礼仪。

老人家皱了皱鼻子，斜眼看了看自己的儿子后，冲着守心他娘和自己的大孙子耿守心微笑道："咱家有喜事，邻居家也要有喜事！孙子他娘，你去厨房里盛两碗肉菜，让大孙子给邻居们送过去，让兄弟爷们都跟着咱家一块沾沾王老师带来的福气和喜气！"

守心他娘和耿守心应声去了厨房，奶奶大声嘱咐道："大孙子哎！别忘了再带两个馒头过去！"

耿广常笑了笑没有作声。他知道，这是耿家口家有客人或者遇有喜事时常有的习惯和规矩，只不过自己父亲掌握的时间点，恰好表达了对自己刚才说话欠妥的某种不满情绪。

王老师也看出了老人的意思，他端起酒杯笑着说道："大爷今天听说'考试升学'的消息后，心里特别高兴。老人家，为您老生了这么一个好孙子，为您和大娘两位老人的身体健康，我先敬您老和大娘一杯！"说完，王老师站起身，双手托起了老人的酒杯。

爷爷笑着赶紧请王老师坐下，他端过酒杯，没有犹豫，一饮而尽。

守心他娘从厨房回来后，见公公这样一口一个地喝酒，很有些放心不下，赶紧插话道："爹，您年纪大了，一定要少喝才是！"

爷爷高兴道："没事的！王老师是咱们家的大贵人，他给我端的酒，我哪能不喝尽？"

说完，老人家笑着捋了捋胡子，拿过酒壶，要给王老师斟酒。王老师赶紧夺过酒壶，给两个老人斟满了酒杯。

耿广常笑道："王兄弟，我爹我娘年岁大了，要少倒一些才是，今天两个老人高兴，但不敢让他们多喝！"

爷爷看了一眼自己的儿子耿广常，笑了笑，说道："没有事的。我年轻的时候，也像你们一样，不高兴的时候少喝，高兴的时候多喝。后来年岁大了，压不住酒了，我老伴儿和我孙子他娘怕我身体不好，这才提醒我少喝。哈哈哈！"

老人家一边和王老师高兴地喝着酒，一边一句接着一句地说着话。他说到了自己小时候受的苦，说到了自己没有上过学，说到了带着全家闯关东，说到了让老伴儿和儿子、儿媳受了无数的苦，说到了大孙子遇到了好老师，说到了今后的日子一定会越过越红火。他越说越高兴，越说话越多，他边说边笑，边笑边说。

老人家一直在笑，而且是高声地笑。那爽朗的笑声，发自老人的内心深处。那淋漓的笑声，彰显着老人冲破了多年的精神羁绊和枷锁。那畅快的笑声，是老人家对过去多年沉重精神重负的永恒告别……

奶奶看着自己老伴儿的高兴劲儿，先是激动得眉飞色舞，后又泪水浸湿了眼角，她终于忍不住声音哽咽起来："多少年了，俺头一次见俺这个老头子，笑得这么痛快！喝得这么痛快！说得这么痛快！我可真是打心眼里高兴啊！"

奶奶流泪了，是笑着流出的！这是老人幸福的泪水，这是老人久盼的泪水，这是两个老人相伴多年、相濡以沫、相知相守、生死与共才会流出的泪水……

王老师和全家人感动了！王老师掏出手绢，擦了擦自己的眼泪。守心他娘也跟着婆婆一起流起泪来。

耿广常见状赶紧说道："娘，这大喜的日子，你和孩子他娘别哭啊？我爹他这是高兴，你娘俩这一哭，太扫王兄弟和全家的兴了！再说了，还没见咱孩子考得怎么样呢？"

一句话，提醒了大家。爷爷立刻笑道："我儿子说得对！你娘俩别哭了！王老师在咱这里，咱可不能让王老师笑话啊！大孙子哎！你赶紧给王老师满上！哈哈哈！"

耿守心给王老师斟满酒后，爷爷端起酒杯对王老师说道："王老师啊，让你见笑了！我孙子他奶奶高兴，我今天也喝得不少，我看这样吧，我们全家人再敬你一杯，喝完这杯酒，我和他奶奶先到前屋休息，你哥俩慢慢喝，吃饭的时候，我俩再过来陪你！"

王老师赶紧站起身，接过酒杯，全家人一饮而尽。

两个老人在孙子们的搀扶下去前屋休息了，后屋里只剩下王老师、耿广常、守心他娘和耿守心四个人。

耿广常怕王老师因两个老人提前离席产生误会，赶紧解释道："早年我上学那会儿，我爹让我退了学，多年来一直后悔和压抑，前几天因为孩子放弃参加推荐的事，他心里一直特别难过和苦闷。今天你带来了让他孙子'考试升学'的好消息，两个老人这才高兴得不能忍。我爹他酒量不大，像刚才那样喝酒，一会儿保准出事，等咱们喝完酒、开始吃饭的时候，我再请他们过来不迟。"

王老师顿时恍然大悟道："你这一说，我特别理解两位老人的复杂激动心情。本来，我一直猜想着他们为啥这么高兴和激动，原来这里面有这么多曲折难过的故事。我看这样吧，嫂子今天做了这么多菜，咱们也吃不了，让守心赶紧端几个给老人送过去，再拿壶热酒，让孩子们在前面陪着两个老人一块吃。"

守心他娘觉得这样也好，随即看着耿广常问道："既然王老师说了，我看也行，那就让孩子端些过去吧？"

耿广常点了点头。守心他娘拿过空盘空碗，从桌上的盘子里各拨出一些菜，让耿守心拿了壶热酒，送去了前屋。

一切安排妥当后，耿广常重又端起酒杯说道："王兄弟啊，我先敬你三杯！这第一杯酒，感谢你精心教导了我儿子，不是父母胜似父母！这第二杯酒，感谢你为孩子上高中的事，专门去县里托人情，情深义重，一路劳累！这第三杯酒，感谢你几年来对我的深厚感情和兄弟情谊，不嫌弃我一介农民，把我视为朋友和兄弟！"说罢，他端起酒杯，连干了三杯。

王老师见耿广常如此动情地说了三句话，而且利利索索地连喝了三杯满酒，没有推迟，也连干了三杯。

三杯酒下肚，耿广常脸色依然如故。王老师则满脸通红，嘴角颤颤巍巍。

守心他娘赶紧道："你们多吃菜，慢慢喝！不用着急！"

王老师喝了口水，耿守心递过热毛巾擦过脸后，笑道："我的酒力实在不行，让哥哥、嫂子见笑了！广常哥，我正想问你，前几天，你们大队开会推荐学生的时候，难道你们没想过那种投票方法，最后很可能出现优等生落选、差等生当选的问题？"

耿广常答道："当时事发突然，许多事情没有来得及考虑和应对。"

王老师笑道："为什么？"

耿广常答："起先，广林哥应该有了他的盘算和主意，所以，他安排守才通报大队推荐办法后，又当众宣布了学校的排序名字，只要我当时不提出咱孩子退出推荐，咱孩子出线应该没有任何问题，大家谁也不会有啥说的。可是我已经提前向广林哥守才他俩表明了咱孩子不参加推荐的态度，咱当然不能说变说变、食言收回，我只能当众再说说退出推荐的意见。问题是：第一轮投票后，在我声明咱孩子已经退出推荐的情况下，没承想他们四家又把推荐票全给了咱孩子，这一谁也没有想到的结果，不仅大出大伙儿的预料，恰恰正中了广林哥和守才的下怀，如果当时耿广道、耿广实他媳妇不逼着我立即表态，我也会赶紧站起来再次表态……"

王老师笑着插问："他们让你表什么态？"

耿广常说："问我刚才说话算不算数？需不需要收回？"

王老师顿时生气道："话怎么能这么问？实在没有道理！简直难以理喻、颜面尽失！"

耿广常笑了笑，接上道："事情发展到这一步，广林哥自然很意外、也很生气，他当时就瞪起眼、发了脾气。但他生气归生气，推荐的事还得继续，这才有了第二轮投票的仓促，因考虑得不周、准备得不足，也才最后出现了那些尴尬和搞笑的事。"

王老师笑着接上道："其实，第一轮投票后，尽管他俩逼你表态，你换个说法，譬如交由大伙儿评议或者大队集体研究，也不是不可以。因为你已经提前声明退出推荐了，他们还投了咱孩子的全票，如果有问题，也是他们有问题，如果说到不诚信，也是他们不诚信，与咱们没有任何关系，你说是不是？"

耿广常和守心他娘都笑了。耿广常接着说道："话是这么说，可事情不能这样办。在咱们耿家口，说话算数、诚实守信、一言既出、驷马难追，那可是老祖宗传下来的天大规矩！别人咋样我不好说，但咱们必须从头坚持到尾。"

王老师听罢，不由赞道："广常哥，你可真是个重情守诺的大好人！就冲这，我敬你三杯！"说着话，他站起身来，端过酒杯。耿广常赶紧起身。

王老师道："第一杯酒，感谢广常哥和嫂子对我的感情和友谊！你刚才的一席话，让我受益匪浅，也使我对广常哥表里如一、言而有信，有了更深刻的理解和认识！"

耿广常笑道："哪里，哪里！这在我们耿家口，那可是祖辈留传下来的传统风尚和铁打规矩！"

王老师继续道："第二杯酒，现在政策好了，初升高一律通过考试。我相信，只要咱孩子一切发挥正常，上高中应该没有任何问题，但我更希望耿守心能够考出自己的最好成绩！第三杯酒，感谢广常哥和嫂子几年来对我的友情与关心。说心里话，我的家和原单位在县里，来到这偏僻的地方教初中，心里确实痛苦失落了一阵子。现在想通了，也习惯了，只要组织需要，在哪里都是'三尺讲台'，在哪里都能培养出好的学生和革命事业的接班人！"

王老师说罢正要端酒，耿广常抢先把王老师杯中的酒倒进了自己的酒杯里，边饮边说："不论怎么说，我还是祝愿王兄弟早日调回县城，尽早和弟妹、孩子们团聚！我相信咱们国家的政策会越来越好，让咱们大伙儿一顺百顺！"

王老师的眼圈有些红了。他接上道："什么时候回去我不敢说，这需要组织和领导们的关心，也需要个人的等待和耐心。其实，我早已把联办中学当成了自己的家，把守心和他的同学们，当成了自己的孩子！"

闻听此话，耿广常很是百感交集，他拿过烟盒抽出两支烟，一支递给王老师，一支留给自己，点着抽了两口后，对耿守心说道："儿子啊，你该给老师敬酒了！王老师对你和同学们，可是像父亲一样的！"

耿守心立刻拿过酒壶和王老师的酒杯。王老师急忙拦住道："守心要敬酒也行，但应先敬你爹你娘，再敬老师！"

耿广常笑道："师徒如父子，都是一家人！这样吧，让孩子敬你，我们陪着，咱们一起干杯！"

王老师笑着点了点头。他明白耿广常的尊重和好意，他把耿广常的酒杯和自己的酒杯放在了一起。

耿守心给两个杯子酌满酒后，恭敬道："第一杯酒，敬给我敬爱的王老师！王老师教给了我知识，也教会了我做人，您的言传身教、谆谆教诲，我将深刻领会、永远铭记！第二杯酒，敬给我敬爱的父亲和母亲，你们养育了我，给了我肉体和灵魂，如今我正慢慢长大，我会加倍努力，不让你们更多操心！第三杯酒，敬给我敬爱的爷爷和奶奶，他们对我百般疼爱，他们压在心底的多年苦闷，我全理解和明白，我一定好好复习，努力考出最好成绩，让爷爷奶奶高兴，让王老师和爹娘自豪放心！"

耿守心说完，向三位长辈深深鞠躬。王老师、耿广常笑着举起了酒杯，一饮而尽。守心他娘笑得流出了眼泪。

这顿酒，王老师和耿广常都喝了不少，他们一边时紧时慢地喝着酒，一边轻轻松松地聊着天，从中午一直喝到了傍晚，但他们都没有醉！

"初升高一律通过考试"的消息，也同样从王小红那里飞快地传到了耿守昌那里。

耿守昌和王小红是初二（2）班的同学。王小红是团支部书记，耿守昌是学习委员。耿守昌总想和王小红套近乎，可王小红打心眼里不喜欢耿守昌，总觉得他城府太深，有些阴阳怪气。

王小红和耿守心分手后，在回家的半路上，遇到了骑着自行车回村的耿守昌。耿守昌主动向王小红打招呼，王小红爱搭不理地应了应。王小红本不打算把"考试升高中"的消息告诉耿守昌，可她往前走了几步后，还是忍不住回过头来对耿守昌说了句"今年升高中不再推荐，一律通过考试"。

耿守昌听到这个消息后，兴奋地调过头来追上王小红又连续问了几句。

王小红有些不耐烦地再三肯定并很快离开后，他才回过神来，飞也似的骑着自行车跑回家里，并立即把这个消息告诉了自己的父亲和母亲。

正在屋里发呆抽闷烟的四队队长耿广道，听到这一消息后，先是怔怔地发呆，尔后又让耿守昌重复说了几遍，这才兴奋地一扫满脸的阴霾，哈哈地大笑起来。

耿广道边笑边对着守昌他娘说道："老伴儿，这真是天无绝人之路啊！我儿子上高中有指望了！你赶紧给我做几个好菜，今天中午我要好好喝上几杯！"说罢，他站起身来，抬脚向外走去。

守昌他娘赶紧追问："你去哪里？"

耿广道笑答："我去大队部，看看大队里接到上级通知没有。"

守昌他娘还想说什么，耿广道已经抬头挺胸、满面堆笑地走了出去。

耿广道一路笑着、想着、走着，那个提气、抖神的精神劲哟，就甭提了！不一会儿的工夫，他就走进了大队部的院子，他先在小卖部买了盒好烟，打开烟盒递给小卖部售货员一支后，这才笑嘻嘻地走进了大队部的办公室。

正在大队部办公室一字一句看报纸的大队革委会主任耿守才，看到一边笑着一边从烟盒里抽出烟卷递给他的四队队长耿广道走进来，抬头问道："广道叔，今天遇到什么喜事了？这么高兴，还专门买了盒好烟？"

耿广道笑问："就你一个人？广书记和广常会计呢？"

耿守才接过烟，点着猛抽了两口后答道："这都什么时间点了，我也正要回家吃饭呢！怎么？有事吗？"

耿广道问："守才主任，公社今年'初中升高中不再推荐，一律通过考试'的通知下来没有？"

耿守才顿时睁大了眼睛："你说什么？初中升高中通过考试？大队不推荐了？我怎么没听说啊？"

耿广道的脸色立马晴转多云，将信将疑又有些自问自答道："没有通知下来？我刚才听孩子说今年上高中不用推荐，一律通过考试呢，这孩子们不会是听错了吧？"

耿守才着急地追问道："守昌听谁说的？"

耿广道答："听他同学王小红说的。"

耿守才又问："你是说前王庄大队书记的孩子？"

耿广道答："就是她！"

耿守才这才回过神来："要是这样，那不应该有假！王小红她表舅在县教育局工作，消息应该知道得早、知道得准！"

两个人正说话时，院子里突然传来耿广实媳妇的高声说笑声："哈哈哈！这真是老天开眼了！他二婶子，过去孩子们上高中要大队里推荐，这轮到我孩子要上高中了，又要通过考试了，这多好啊！我孩子真是福大命大，他就是不怕考试！如果还是推荐上高中的话，有那孬人使坏，我孩子还真不一定能上！这不，我刚从公社里回来，他二舅骑着新买的自行车把我送过来的。哈哈哈！"

立刻有人笑着搭话："广实媳妇，这可真是好事儿！你买这么多酒和好吃的，是不是要庆贺一下呀？"

耿广实媳妇高声笑答："是啊！是啊！我让俺那榆木疙瘩老头子中午陪着孩子他二舅多喝几盅，好好庆贺庆贺！驱驱邪气！哈哈哈！"

耿广道赶紧走出办公室，冲着耿广实媳妇大声问道："他广实婶子！你听谁说的学生们不再推荐、通过考试升高中的事啊？"

耿广实媳妇笑着回过头来高声答道："我听孩子他二舅说的，他二舅听公社教育组的领导们说的。兴许咱大队明天就能接到公社的正式通知。广道哥，你赶紧买点酒回去庆贺庆贺吧！"

说完，耿广实媳妇一手推着孩子他二舅新买的自行车，一手拎着刚从小卖部买回的一大篮子酒菜，兴冲冲、气昂昂、高声说笑着走出了大队部的院门。

耿广道刚才有些悬着的心终于落地了！他满脸堆笑又尽力掩饰兴奋地重新走回大队部办公室，对同时听到耿广实媳妇说话的耿守才说道："你瞧瞧这广实媳妇，真是没有一点素质。刚刚听说今年考试升高中、不用推荐的事，还没见上级通知正式下来，更没见自己孩子考得怎么样，就高兴得屁颠屁颠、不知道自己姓什么了。要是他儿子真的考上高中了，还不知道疯癫成啥样子呢？"

耿守才笑道："可以理解！可以理解！要不然，前几天要跳黄河的就不是她了！"

耿广道立刻赔上笑脸："就是，就是！守才啊，你今天中午去我家吃饭吧？咱爷俩好好喝上几盅！"

耿守才笑着推辞道："今天就免了，等守昌考上高中后，咱爷俩再喝酒庆祝不迟！说不定，学校张校长从上面开会回来，下午就通知我去学校开会呢，我可是咱们片区联办中学贫下中农管理学校委员会的委员啊！"说完，两人哈哈大笑起来。

耿广道走出大队部办公室后，转身再次走进了小卖部。他买了酒，也买了肉。他把酒、肉往棉袄里一揣，就匆匆走出了小卖部。

他想：我必须控制住自己激动兴奋的心情，千万不能太过暴露！这几天，自己一直闷闷不乐，突然间阴转晴，被人看见后肯定笑话，决不能像耿广实媳妇那样没素质、不成熟。他又想：有耿广实媳妇那个女人传播消息，保准一会儿全大队的人都会知道，自己再板着脸地装老成，只会让大伙儿说自己有城府，最好还是该说就说、该笑就笑、把握好尺度。他还想：中午一定要好好多喝几盅，驱驱邪、压压惊，让俺孩子他娘和我一起庆祝庆祝……

就这样想着、笑着，一路见人主动热情打招呼地回到了家，以至于坐在椅子上，他顺手摸了摸两侧的腮帮子，还感到阵阵酸疼和麻木。他知道，这是自己好几天板着脸、没有笑容，今天突然笑得太多、笑得太厉害的缘故。

一队队长耿广仁，从村头聊天儿的人们那里听到"学生通过考试、不再推荐升高中"的消息后，二话没说，直接赶回家里，破天荒地钻进厨房，和老伴一起忙活着烧火做饭。

守平他娘颇感意外道："这太阳打西边出来了？怎么你一个大老爷们，也钻来厨房做饭？"

耿广仁笑道："咱孩子如果上了高中，再让你一个人里外地忙活辛苦，我心里肯定不会舒服！"

守平他娘笑道："你还没喝酒呢，这就醉了？也不怕人家听见后笑话！"

耿广仁继续道："我刚才听村头人说，今年孩子升高中，不再组织推荐，一律通过考试。我相信咱孩子没有问题，他在班里考试成绩可是前三名呢！"

守平他娘顿时睁大了眼睛，半信半疑问："你说这话可是真的？"

耿广仁笑道："我啥时候骗过你？大伙儿都在街上说呢，耿广实媳妇刚刚从她娘家回来，在小卖部买酒买菜逢人就说这事，那高兴劲儿，就像他儿子已经考上高中似的！"

守平他娘笑了，边笑边说："看来这是真的！耿广实媳妇可刁钻了！听说上次开过推荐会后，她气得第二天就回了娘家，说是要去公社里找领导评理。

这事要不是真的，这会儿她能回来？还会给他老头子打酒喝？"

俩人正高兴说话的时候，耿守平急急忙忙跑回家里，人还没有进门，就高声喊叫自己的母亲："娘！我爹回来了吗？我有好消息告诉你们！"

守平他娘答道："你爹在这里！"

耿守平跑进厨房，气喘吁吁道："爹！娘！好消息！今年初中升高中，不再推荐，统一考试，择优录取！"

耿广仁笑道："我们都知道了。孩子啊，下一步能不能上高中，就全靠你自己了！"

耿守平点了点头，咬着嘴唇说道："我一定努力！"说着话，他把耿广仁从灶前拉起来，自己坐下拉起了风箱。

耿广仁站起身，紧盯着耿守平一字一句道："儿子啊，你看，你爹你娘多不容易！今年考试升高中，你一定要给我好好准备，一定要给老子和你娘争口气！不仅要考上，还要考出好成绩！"

耿守平答道："爹，娘，你们放心吧！我一定认真准备，好好考试！明天我就去找守心，和他一块复习！"

这会儿，耿家口五名初中学生的家里，四家都处在极度的惊喜兴奋之中，唯独耿小二的家里一如往常，耿老三正对着自己的儿子耿小二大发脾气："你瞧你这个熊孩子，一点也不学好！不是去爬树逮鸟，就是去人家屋檐下掏鸟！你娘上个月刚给你做的新棉裤，这年还没过呢，你就挂出了这么多口子！我说过你多少回了，让你好好向人家守心那孩子学习，你就是不听！我看啊，大队里千万别推荐你去上高中，你要是真上了高中，把我这人可就丢得更远了！"

骂完，耿老三气愤地瞪了一眼耿小二，蹲在地上继续抽起了烟。

耿小二一边拉着弹弓瞄准，一边顺口说道："不去就不去！我还不愿意上高中呢，在家里干活多轻松。再说了，还得参加考试，我可考不过他们。"

耿老三疑惑地抬起头来问道："参加什么考试？大队里不是说好的推荐吗？"

耿小二不耐烦地答道："我说考试就考试！说多了你也听不懂！"

正坐在床边做针线活的耿老三老伴儿，无可奈何地叹了口气，说道："唉！孩子他爹啊，你也别指望咱这孩子能有什么出息了。你看，他天天就知道玩，刚才又做了个新弹弓。在家里，因为他惹祸，咱们三天两头地出去给人家赔不是，如果他真上了高中，那你还不得天天到外面给人家磕头赔不是啊？生产队的工分谁挣啊？要我看啊，还是咱俩过去说的那些话，上不上高中都行，咱们还是随着他算了！"

耿老三抬头看了看老伴儿，没有吭声，又转眼看到儿子手里的弹弓，厉声骂道："混蛋玩意儿！快把弹弓给我拿过来！这大过年的，你想给我闯祸，是不是？"

耿小二没有理睬耿老三，依旧继续摆弄手里的弹弓。

耿老三立即火冒三丈，忽地站起身来，猛踢了儿子一脚，夺过耿小二的弹弓，连声骂道："你干啥啥不行，鼓捣这些破玩意怪在行！"说完，他折身出去，把弹弓狠狠地扔到了房顶上。

耿小二立刻大笑道："先放在那里也行！"

耿家口大队随着"考试升学，择优录取"消息的传来，顿时陷入奔走相告的惊喜气氛之中，尤其是相关学生的家长们更是觥筹交错、击掌相庆。其实，这欢乐的喜剧才刚刚拉开序幕，接下来的剧情发展，更是让耿家口人特别是党支部书记耿广林心花怒放、高兴得不行——

11　初心根本

消息说到就到。"考试升学"的通知，当天下午就正式下达到了耿家口生产大队。

片区联办中学张校长从公社开会回校后，下午紧接着召开贫下中农管理学校委员会会议，正式传达了上级"关于组织初中学生参加全县统一考试，择优选升进入高中学习"的有关精神，然后立即召开全校教职员工会议，就如何统一思想、如何组织学生迎考复习、怎样统一报名和到哪里参加考试等一系列工作，进行了认真动员和详细布置。

大队革委会主任耿守才参加联办中学会议赶回村里后，直接去了大队部，他向支部书记耿广林简要汇报后，广林书记高兴地说，咱们先回去吃晚饭，晚饭后，我、你、广常咱们三个赶紧碰个头，好好商量商量、合计合计。

晚饭后，耿广林、耿守才、耿广常三个人在大队部里见了面，话题直接进入"初中考试升高中"问题。

耿广林笑道："这是个大好事啊！说明咱们国家的教育正在走向正规，也省去了我们的许多麻烦事！"

耿守才抽了一口烟后接上道："下午我在学校参加会议时，老师们可高兴啦，一个个摩拳擦掌、跃跃欲试！感觉这冬天还没过去，春天就要来了似的！"

耿广常接上道："是啊，再不狠抓教育，再搞'读书无用论'那一套，对咱们国家来说，肯定要出大问题！"

耿广林站起身来，踱了几步后说道："你们看，咱们大队的这五个学生，是不是应该叫过来一块说说？让他们赶紧重视起来，抓紧时间，好好复习，在全公社、在咱们片区联办中学，力争考出最好成绩！"

耿守才道："我看很有必要。再怎么说，他们也都是咱们耿家口大队的孩子！"

耿广常道:"我看非常好!两位领导应该给他们提提要求、鼓鼓劲、打打气!"

耿广林道:"既然这样,咱们趁热打铁,事不宜迟,现在就把他们叫来,咱们三个好好给他们鼓励鼓励!"

说罢,耿守才、耿广常俩人分头去叫人。不一会儿的工夫,五名学生来到了大队部里。

耿广林慈祥地看着坐在面前的五个学生,微笑道:"孩子们,你们都应该听说了,今年初中升高中全部通过考试。有关的情况,先让守才主任给你们说说,然后,我和广常会计再给你们讲讲相关的道理。"

耿守才道:"今天下午我到你们学校开了会,会上传达了上级关于初中学生统一参加考试升高中的事。怎么复习,怎么报名,怎么考试,学校还要组织你们具体讲。我要说的是,你们学校的校长老师听到这个消息后都很高兴,都很振奋,都想让自己班的学生考出最好成绩。前几天,咱们大队围绕推荐升高中的事情,你们都知道了,我就不再说了。现在上级政策变了,对咱们大队,对你们几个学生,都是天大的好事。你们是咱们大队的孩子,是咱们耿家口的子孙,应该怎么学、怎么考、怎样才能不辜负咱们全大队人的希望,下面,请咱们大队党支部书记给你们讲讲道理。"

说完,耿守才带头鼓起了掌,大队部里顿时传出热烈的掌声。

耿广林笑着说道:"你们这五个孩子,都是我们三个看着长大的。从你们上小学开始,我几乎天天看你们写在外面黑板上的考试成绩。咱们耿家口从老辈子就缺文化人,现在你们初中毕业了,又要考高中,我和全大队父老乡亲一样,心里特别高兴振奋。论起文化来,你们都比我强,怎么复习和考试,我就不说了。今天我就说一点:你们每个人都要好好地考,每个人都要努力考出自己的最好成绩!不为别的,就为咱耿家口人争口气!你们谁考上高中了,我们在这里请你们吃饭,把你们的爹娘也叫来,你们同意不同意?"

耿广林说完,他笑着看了看耿守才、耿广常和五个学生。耿守才、耿广常一边点头同意,一边带头鼓掌,会议室里再次响起热烈的掌声。

耿广林接着道:"请你们吃饭的时候,说不定我还把学校的张校长和你们的任课老师一块请来作陪。"话音未落,会议室里又是一片掌声和笑声。

耿广林一边笑着一边对耿广常说:"广常啊,你也讲几句吧。"

耿广常笑着说道:"那我就代表学生家长们讲一句:感谢大队领导的关心和关怀!我们做家长的,一定支持好孩子的复习和考试,也希望孩子们抓紧时间，积极准备，不要辜负了全大队父老和大队领导们的希望，努力考出自己的最好成绩!"会议室里又是一片掌声。

掌声过后，耿广林一一点名让学生们发了言、表了态。轮到耿小二发言了，耿小二站起身来怯怯地问道:"广林大爷，要是我考不上高中，你请他们吃饭的时候，我能来参加吗?"

耿广林哈哈大笑道:"你先给我好好考，真要考不上，也来这里吃饭，不过，饭后要洗盘、刷碗、擦桌子!"

说罢，会议室里又是一片掌声和笑声。

考试说考就考。通知下发一个星期后，在公社教育组的统一组织下，全公社的六七百名应届初中毕业生，在五个考区，同时展开了自"文化大革命"以来的首次"初升高"考试。

耿守心、耿守昌、耿守平、耿守卫、耿小二、王小红和他们的同学们，都在公社第三考区也就是他们的片区联办中学参加了这次考试。

考试那天，片区联办中学的校园里贴满了大红标语，道路两旁插满了鲜艳的旗帜，校园和教室里打扫得干干净净，每块玻璃都擦得一尘不染、晶莹透亮，每个教室都贴着醒目的"考场编号"和"考生序号"，每块黑板上都写着"考试时间"和"注意事项"，每张课桌都贴着"考生编号"、放着"草稿用纸"。从外校交流来的监考老师们，一个个着装整齐、面色严肃，他们有的一遍遍地认真检查考场，有的站在教室门口，准备迎接即将进入考场的学生。

当铃声第一次响起的时候，考生们纷纷走进各自的考场，按编号坐在自己的考试位置。监考老师逐一检查核对后，宣布考试时间和考场纪律。

当铃声第二次响起的时候，一名监考老师赶到考场门口迎接考卷，然后在全体考生的注目下，两名监考老师当众撕开密封的考卷，检查无误后，按序分给坐在前面的考生，由前往后依次传去。

初二（1）、初二（2）班的学生们，原来分别在两个教室上课，这次考试，学校把大家全部打乱，分散在了六个考场里。耿守心、耿守昌和王小红在同一考场，但都没有坐在一起，他们每人一张考桌，耿守心、王小红坐在靠前的位置，耿守昌坐在靠后的位置。

监考老师宣布开始答卷后，耿守心的头就没抬起过，他一直在认真书写，一页页地飞速答题。坐在侧面的土小红看了看耿守心，见他没有任何回应，低下头继续答题。坐在后面的耿守昌，抬头看了看正在侧眼瞅看耿守心的王小红，眨了眨眼睛，继续埋头答题。

考试时间刚刚过半，耿守心第一个交卷走出了考场。监考老师吃惊地看了看耿守心，又看了看他的考卷。考场里顿时响起一阵有些慌乱的叽喳声，监考老师赶紧提醒道："保持肃静，继续答题！时间刚刚过半，千万不要着急！"

耿守心走出考场后，被一名戴眼镜的巡察老师叫住了，他问了耿守心几句，然后记下了耿守心的考号和名字。当耿守心进入高中学习后，这名老师正是他的另一位重要启蒙者，也是他的班主任——蔡一庆老师。

耿守心考完第一门课回到家里后，父亲耿广常问道："题目难不难？考得怎么样？"

耿守心答："比预想的容易。"

耿广常立即提醒道："千万不要提前交卷！一定要认真看清题意，注意多检查几遍！"

耿守心随口"嗯"了一声后，抱着还未考试的书本进到了里屋复习。

耿守心第一门考试"提前一半时间交卷"的消息很快传到了王老师那里。王老师第二天去其他考区监考前，专门委托一位留校的老师找到耿守心，特别叮嘱道："王老师说了，你做完卷子后，一定要注意多检查几遍，千万不能麻痹大意！"

耿守心记住了，可接下来的考试他做完卷子检查两遍感觉无误后，总觉得呆呆坐在考场里实在没有意思，在剩下的三门考试中，他还是提前了不少的时间，把卷子交给了监考老师。

又过了几天，一个"爆炸性"的消息很快传回了耿家口生产大队："公社发榜了！咱大队考上了四个学生！耿守心考了全公社第二名！"

耿广常是在大队部听到这一消息的。他相信自己的儿子耿守心能够考上高中，但不相信自己的儿子能够考出这么好的成绩！他实在放心不下，匆匆忙忙赶回家里，没跟任何人打招呼，骑上自行车就直奔公社而去。

耿广常今天的自行车骑得特别快，以至于路上许多熟人向他打招呼，他都来不及回应，就飞速离去。

当他来到公社那面平时张贴"通告""布告"和"大字报"高墙跟前的时候，现场已经挤满了人。

他挤到人群的最前面，在《一九七三年县第五高中新生录取名单》的"大红榜"前，他很快看见了排在第二名的"耿守心（耿家口）"的名字！

他笑了，笑得那样畅快！笑得那样淋漓！他的心落地了，落得那样自豪！落得那样平稳！

他笑着在人群中挤来挤去，继续寻找"大红榜"上熟悉学生的名字。他看到了"王小红（前王庄）""耿守昌（耿家口）"，也看到了"耿守平（耿家口）"和"耿守卫（耿家口）"。他知道，这些孩子都考上了高中，只是成绩不如自己的儿子。他在心里算了算，耿家口大队的学生考得真不错！远远超过了片区联办中学其他所属大队的升学比例，在全公社五十一个生产大队中，应该排名第一！

他回过头来重新挤到"大红榜"的最前面，再次看了看自己儿子的名字！他同时记下了排在儿子前面的那个学生叫"张一民"。他心里想，张一民这个孩子学习真不错，自己的儿子和人家相比，肯定还有不小的差距，回去后应该鼓励孩子更努力学习才是。

他不知道自己是怎样离开"大红榜"的。他看见周围有的人高兴，更多的人是失望和伤心。毕竟在全公社六七百名应届初中毕业生中，县五中只录取了一百三十几名。

耿广常在公社的供销社里匆匆买了些肉和菜后，骑上自行车就往家里奔。他想把这个好消息尽快告诉自己的爹娘和老伴儿，让家里人放心。

耿广常一边飞快地骑着自行车，一边回想着这短短十几天来的曲曲折折和喜喜悲悲：这真像一部电影啊！既是那么的跌宕起伏，又是那么的惊险刺激。他想让自己的儿子上高中，可平地里又涌出来那么多烦恼和焦虑。大队里的推荐过程他很清楚，但他实在不敢接受那些公道和好意。他的心痛过、碎过，他害怕儿子重复自己的过去……

可这一眨眼的工夫，太阳露出，乌云散去，真正的天赐良机！

国家让学生们统一参加考试，在同一个起跑线上，用成绩决定自己能否被录取。儿子不但考上了高中，而且考出了全公社第二名的好成绩。要知道，在全公社这六七百名学生中，在公社最偏远的一个小村子里，能考出这么一个好成绩，该是多么的不易！现在，自己再也不用为儿子上高中的事情发愁了。也不必再为儿子推荐上高中后可能引发的各种"并发症""后遗症"而担心。他觉得，自己哪里只是开心和兴奋，更是骄傲和扬眉吐气！

耿广常高兴的时候喜欢哼唱歌曲，尤其喜欢哼唱郭兰英唱过的《洪湖水，浪打浪》。他已经很长时间没有唱歌了，这会儿，他在骑车回家的路上，情不自禁地再次唱起了那首他非常熟悉和喜爱的歌曲：

　　"洪湖水呀，浪呀么浪打浪啊，洪湖岸边是呀么是家乡啊，清早船儿去呀去撒网，晚上回来鱼满舱……"

　　这歌声，飘向冬日的茫茫旷野，引得小鸟跟着他飞。这歌声，哼唱得那么亲切自然，那么令人神往陶醉。这歌声，发自耿广常的内心深处，更回荡、温暖、激奋在他的全身……

　　耿广常正在骑车回村的时候，耿广常的家里已经坐满了人。

　　爷爷、奶奶、守心他娘正在高兴地招呼接待着前来"道喜"的来来往往的乡邻们。大伙儿你一句我一句地高声欢笑着："祝贺！祝贺！恭喜！恭喜！"

　　大伙儿正在笑逐颜开、连声道喜的时候，支部书记耿广林、革委会主任耿守才一边笑着一边走了进来，大伙儿纷纷起身，让出座位。

　　耿广林坐下后，高声笑着对爷爷奶奶说道："叔叔，婶子，你大孙子守心可是为你们二老争了光！也为咱们耿家口大队争了气！"

　　爷爷高兴道："那是因为我大孙子托了你和大伙儿的福，要不是你这么多年关心孩子们的学习，我大孙子能考上高中吗？咱们大队的孩子们也考不上这么多啊！大伙儿说，是不是这个理？"

　　众人立刻接上笑着附和道："就是！就是！"

　　耿广林哈哈大笑道："叔叔，婶子，前段时间，我一直犯愁守心上高中的事，里里外外折腾了好几天，广常就是不同意！为什么？还不是怕人说闲话，还不是怕人说我们大队干部以权谋私。现在好了，守心这孩子硬碰硬自己考上了，而且考了全公社第二名，就是有人再有意见，再犯妒忌，他也说不出口，也不敢提！您看，还有比这更好的?!"

　　爷爷一边捋着胡子，一边笑道："广林啊，你说的是！说到这些，我还真得好好谢谢你俩和大伙儿！"说着话，老人两手抱拳，向众人作揖。

　　大伙儿赶紧笑道："哪里，哪里！关键还是靠了守心这孩子自己！"

　　耿守才道："这次考试，咱们大队五个学生考上了四个，前王庄六个学生考上了两个，后李村七个学生考上了三个，八里庄八个学生考上了两个，他们远远不如咱们大队的升学比例！咱大队的这四个孩子，真是给咱们耿家口大队添了光、争了气！"

大伙儿跟着笑道："就是！就是！"

有人问："咱们大队的那三个学生考了第几名啊？"

耿守才答："听说考得都不错，应该都在八十名以内！"

大伙儿说："这也行。这已经很不错了！咱们大队又小、又偏僻。"

耿广林这会儿早已是红光满面、神采奕奕。他知道，大伙这会儿夸的不仅是四个学生，更是在夸大队领导，特别是他这个党支部书记。

奶奶笑着对耿广林和大伙儿说道："他广林大爷可重视孩子们的学习了，听说你一到教室，那些孩子们都怕你，一个个都乖乖地看书学习，可打心眼里又都喜欢你！"

大伙儿也跟着笑起来。有人笑道："就是，就是！听说耿小二这次没考上，在家哭鼻子呢，问他怎么哭了？他说'就怕广林大爷批评俺，俺没考上，没给大队争上气'。"

耿广林笑道："论起来，这耿小二也是个聪明的好孩子！就是平时太贪玩，家里的教育不得法，临阵抱佛脚，才没有考上的！"

又有人笑道："听说广林书记要请客了，还要把考上的学生家长们一块叫去，是不是真的？"

耿广林笑答："是有这么回事。这两天，我就准备准备，抽个晚上的时间，把学校张校长和他们的班主任老师们一块请过来庆贺庆贺！也要给这四个要上高中的学生们讲讲咱耿家口的传统和规矩，要让他们知道，咱们耿家口人的'初心'是什么，咱们耿家口人的'根本'在哪里，无论走到哪里，都不能丢掉和忘记！"

大伙儿立刻争先恐后赞道："好！好！好！就是！就是！咱耿家口的孩子们一定要知道为什么去上学，任何时候也不能忘了咱们耿家口人的'根和本'！"

眼看到了午饭时间，爷爷立即安排守心他娘赶紧去做饭，把大伙儿留下来一块吃。

耿广林、耿守才笑着起身道："今天吃饭的事就免了！等过春节的时候我们大家再过来一块聚。到时候，咱们大伙儿不请自到，一定要好好多喝几杯！"

大伙儿一边纷纷站起身来跟着耿广林、耿守才往外走，一边连声响应道："就是，就是！"

第二天的晚上，耿家口大队部的会议室里，灯火通明，人头攒动，喜气盈盈，气氛热烈。

"欢庆耿家口四名学生考入县五中学习茶话会"正在这里隆重举行。

名曰"茶话会"，实则"聚餐会"。为了筹备这次聚餐，耿广林原打算自己掏钱筹办，耿守才和耿广常死活不同意，争来争去，最后改为三个人共同凑钱筹办。学生家长们知道后，自然不同意，他们分别从各自家里拎着酒、端着菜来到了大队部里。

片区联办中学的张校长、王老师和孙老师，在耿广林的盛情邀请下，作为学校领导和教师代表，也来到了这里。

大家落座后，支部书记耿广林笑容满面，站起身来，咳嗽了两声，说道："再过几天就要过年了。首先，我代表大队党支部、革委会和全大队的老少爷们以及在座的各位学生家长和学生们，向尊敬的张校长、王老师、孙老师和联办中学的各位老师们，表示新年的祝福和深深的谢意！"大家立即报以热烈的掌声。

耿广林接着道："要说感谢，千言万语！我今天只说一句话：我们大队这四个孩子能够考上高中，有你们付出的大量心血、努力和汗水！在这里，我先敬你们一杯！"

说完，耿广林端起酒杯，向坐在桌子对面的张校长、王老师、孙老师笑道："我平时很少喝酒，今天就为你们，先干一杯！"说完，他扬起脖子，一饮而尽。

张校长、王老师、孙老师和在座的各位家长们见状，也都纷纷站起身来，举起了酒杯，一饮而尽！

张校长放下酒杯，笑着说道："广林书记，要说感谢和敬意，我们学校应该首先向耿家口的领导和父老乡亲们表示感谢和敬意！你多年重视教育，关心支持学校工作，对自己的学生严格要求、关怀备至，这才成就了初升高考试的好成绩，为我们联办中学提了神、壮了威、鼓了气！"

张校长说完，他看了看身旁的王老师和孙老师，王老师和孙老师立刻举杯，三人一起向耿广林、耿守才、耿广常和家长们敬酒致意。大家欢笑着，再次一饮而尽！

大家坐下后，耿广林继续笑道："今天，我还要当着张校长和两位老师的面，特别向这四个孩子说一句：你们这四个考上高中的学生，一定要知道自己为什么去上学，也就是咱们耿家口人应该有的'初心'是什么，一定要知道咱们耿家口的'根'在哪里？'本'在哪里？咱们耿家口世世代代就缺文化人，如今你们成了咱们大队最有文化的人，这'初心'决不能忘！这'本'决不能丢，这'根'一定要扎深！咱们耿家口人的初心是什么呢？往小处说，就是为父母和家人增光，让自己多学本事，往中处说，就是为咱耿家口的父老乡亲们添彩，往大处说，就是为咱国家多做贡献！咱们的'根'和'本'是什么呢？我看既浅又深！往浅处说，就是一句话：老老实实做人，认认真真做事！往深处说，那需要你们努力践行一辈子！上要感恩党和国家，下要报效父老乡亲！讲忠诚、守信誉，讲孝道、守礼仪，尊传统、守规矩，尊师长、守纪律，重团结、讲风格，重感情、讲义气，爱学习、有韧劲，爱劳动、有干劲，有格局、有朝气，有觉悟、有志气，不骄傲、不奢侈，多求实、多谦虚，出大力、干大事，守住本、争第一……你们大伙儿，同意不同意？"

说完，他看了看耿守才、耿广常和学生家长们，大家立即报以热烈的掌声。

耿守才笑着站起来插话道："广林叔，我看还应该再加一句：人欺负、咱礼让，再欺负、咱退让，还欺负、拼到底！"话音刚落，现场立即爆发出更加热烈的掌声和笑声。

耿广林哈哈大笑道："守才说得对！不过，我还要再强调解释一下：咱们凡事要守规矩、讲道理。凡事能忍则忍，能让则让，实在不行的时候，再一拼到底！这拼到底，可不是不长脑子的胡拼乱拼、胡打乱打，还是要按规矩、讲道理！"说完，现场又是一片热烈的笑声和掌声。

张校长笑着站起来说道："广林书记啊！我早就听说你们耿家口的村风和传统，就是'没事不惹事，有事不怕事！事来了，讲着理，陪到底！'我今天可算是亲耳领教了，我们真是不虚此行啊！"

说完，张校长端起满满一杯酒，主动向耿广林、耿守才、耿广常抱拳作揖，并和纷纷站起来的老师和家长们一齐喝了下去。

耿广林一边喝酒，一边笑道："刚才我的话有点跑题了！不过，这也正是我今天要说的主题。哈哈哈！"

耿广林边笑边看着四个学生继续道："你们这四个学生，眼下最关键的就是好好读书、好好学习，专心致志听老师们的话，争取在学习上再拿第一！就像毛主席他老人家说的那样，好好学习，天天向上，德智体全面发展，为咱们耿家口的父老乡亲，再添新光彩！再争昂扬气！"

　　话音刚落，张校长、王老师、孙老师等带头鼓起了掌，现场每个人的脸上，都洋溢着特别的喜悦和兴奋。

　　酒过三巡之后，王老师笑着提议："你们四个学生选个代表发发言吧，表表你们的态度和决心！"说完，他看了看耿守心。

　　耿广林笑道："守心啊，你就代表他们三个说说吧！"

　　耿守心看了看坐在身边的三名同学和自己的父亲耿广常，站起身来，说道："我不知道守昌、守平、守卫他们怎么想的，反正我听了广林大爷、守才哥哥和张校长他们说的话，很受鞭策、鼓舞和教育。初中学习两年来，我们得到了张校长和各位老师的教育和关怀，我们永远感恩母校领导和老师们的精心教导、殷切期待和辛勤哺育！我们即将进入高中学习，我们一定永远牢记自己的初心和责任，永远不忘自己的根和本，永远铭记全大队人的嘱托和教育，好好学习，天天向上，全面发展，多学知识，以最好的成绩回报给各位在座的领导、老师和家人，为咱们耿家口再添新光彩、再抖精气神！我们离家到县五中住校学习后，请各位老师和长辈们放心，我们一定会很好团结，互助友爱，展示形象，遵守纪律！还有两天就要过年了，我们四个在这里向各位老师和长辈们拜年祝福！祝你们身体健康、精神愉快、阖家幸福、工作顺利！"

　　耿守心说完，他示意身边的三个同学起身，四个人并列一排，恭恭敬敬地向大家鞠躬致意！

　　耿广林、耿守才、张校长、王老师、孙老师和家长们纷纷笑着鼓起掌，会议室里再次呈现出更加喜庆欢乐的气氛！

　　崭新的剧目已经徐徐拉开了帷幕，一切都在顺理成章地进行。然而，故事的延伸，并不是一如预料的那样激动和兴奋。当耿守心和他的同学们，怀揣美好梦想，走进自己向往已久的县五中摩拳擦掌、跃跃欲试的时候，迎接他们的不仅仅有欢快、激动和憧憬，还有挫折、失落与羞愧——

12　羞愧难当

一九七三年的春节刚刚过去，村子里的鞭炮还在鸣响，街道上串亲访友的行人还在络绎不绝地奔走，"县五中一九七三级新生报到"就热热闹闹地拉开了帷幕。

耿守心、耿守昌、耿守平、耿守卫和王小红等同学，身着整洁的服装，怀揣《入学通知书》，背着大包小包的行李，一大早，就兴致勃勃地赶来学校报到了。

县五中的院子真大呀！今天偌大的美丽校园，装扮得更加多彩和靓丽！

学校的大门上面，悬挂着一幅鲜红的巨幅标语——"热烈欢迎七三级新生入校学习"。

大门的两侧，插满了鲜艳的彩色旗帜。走进大门的里面，中间是一条宽阔的水泥马路，马路的两侧栽满了大大小小的梧桐树、杨树和柳树。马路的右侧是一个巨大的运动场，里面有篮球场、排球场、足球场和老师学生们跑步的运动场地。

马路的左侧是一排又一排整齐的砖瓦房，房子的窗户全部由大大小小的玻璃镶嵌，那应该是老师们的办公室、学生们的教室和宿舍。在教师办公室的前面，有一个小花园，毛主席的巨幅塑像就坐落在那里，塑像的四周栽满了松树、柏树和冬青树，树丛的中间插满了红旗。

沿着校园的马路往前走，再拐个弯儿，依然是一排又一排整齐的房子，同样应该是教室和宿舍。再往前走，左侧是一片庄稼地，那应该是学生们的"学农实验田"，右侧是一排排的小房子，那应该是教职员工们的宿舍区。再往前走，有一片树荫遮地的小广场，广场里放置了许多石桌和石凳子，广场的后面是一座屋顶上冒出高高烟囱的大房子，进进出出的人们都穿着白衣服、戴着白帽子。哦！这是学校食堂，是教职员工、学生们就餐的地方。沿着这条路继续往前走，后面是一片很大的森林和农田，这应该是教职员工和学生们饭后散步的地方，也许是学生们晨读或者夏天课余时间来这里看书、谈心、散步的僻静之地。

在教室、办公室和学生宿舍紧邻路边的外墙上，都有用水泥做成的固定黑板或巨幅标语，上面写着"毛主席语录"和各种各样具有时代特征的巨幅标语。

这里的每一个办公室和教室都非常漂亮，每一扇窗户都比片区联办中学的大，而且全都镶嵌着铮明瓦亮的玻璃。

教室里摆放着比片区联办中学要大许多的整齐课桌，学生们坐的木凳也变成了木椅子。教室的黑板格外地大，有的还是上下推拉的。教室里悬挂着一排又一排的日光灯，片区联办中学靠太阳照明，这里的教室不知要比片区联办中学阔气明亮多少倍！

学生宿舍里摆着一张又一张的木板床，而且全是上下两层的。在学生宿舍的前面，建有一排长长的水池子，无数个水龙头从水泥墙里伸出来，那样子特别的壮观和整齐！

在离学生宿舍不远的围墙处，有两座很大的露天公共厕所，里边用石头和水泥砌着大便池和小便池。

整个学校到处栽满了各种树木，从远处望去，俨然就像一座郁郁葱葱、朝气蓬勃、密不透风的大森林……

耿守心、耿守昌、耿守平、耿守卫进到学校后，立刻有高年级老生热情迎上去。老生们接过新生的行李，引领着新生们来到教师办公室前的"新生报到处"。新生们交上《入学通知书》、填上表、缴上从家里带来的粮食或伙食费，拿到饭票后，又一批老生热情帮助新生们拿着大大小小的包裹和行李，引领着新生们走进早已腾空而且打扫得干干净净的学生宿舍，忙里忙外地帮助新生们铺展床铺、放置行李。

一切安排妥当后，又有老生过来引导着新生们到各自的教室认门，并一一介绍着哪是食堂、哪是厕所、哪是卫生室、哪是教师办公室、哪是实验室、什么时间上课、什么时间吃饭、什么时间熄灯、什么时间起床、该听什么铃声或哨音。

报到后，耿守心、耿守平分了在了高一（1）班，耿守昌、耿守卫分在了高一（2）班。他们分别跟随老生并在他们的一一介绍后，仍觉不过瘾，又相约一起，在校园里兴致勃勃地再次参观起来。

他们过去只知道县五中特别令人向往，今天自己居然成了梦寐以求的县五中学生，无论如何也要先对这所美丽的校园先睹为快，满足一下激动兴奋的心情，好好过一把眼瘾！

四个人一边高兴地走着、看着，一边兴奋地指指点点、啧啧称奇！

耿守昌笑道："县五中的校园这么大、房子这么多呀！比咱们过去的片区联办中学可强太多了！"

耿守平笑道："我刚才在教室里看到日光灯了！一开贼亮，特别晃眼！我过去只在电影和公社供销社里看到过！"

耿守卫笑道："我刚才去厕所解手的时候，里面干净得差点没让我撒出尿来！"

耿守心笑道："这里戴眼镜的老师特别多！他们都说普通话，一个个看着特别有学问！"

四个人正在有说有笑沿着马路朝前游走的时候，一个夹着课本、戴着眼镜的老师，突然在他们面前停下脚步。

老师看了看耿守心后，微笑道："你叫耿守心吧？耿家口大队的？报过到了吗？"

耿守心怔了一下。他立刻想起面前这位戴眼镜的老师，正是自己参加升学考试时在考场外遇到的那位巡察老师。

他于是赶紧恭恭敬敬回答道："是的。老师，我叫耿守心。耿家口生产大队的。刚才已经报过到了。"

戴眼镜的老师继续微笑道："我姓蔡，是你们的语文老师，也是你们班的班主任老师。"

耿守心赶紧再次恭敬道："蔡老师好！您有什么事需要我做吗？"

蔡老师微笑道："暂时没有。你们先在校园里转转吧，熟悉熟悉环境也好。下午上课后我再找你。"说完，他笑着看了看四名同学，转身离去。

蔡老师走后，耿守昌急忙道："守心，蔡老师怎么认识你啊？快说说听听。"

耿守平、耿守卫也跟上道："是啊，他怎么认识你啊？"

耿守心道："升学考试时，蔡老师去咱们片区中学巡考，在考场外见过我。"

耿守昌立刻吃惊道："蔡老师也太厉害了！这么多考生，他见一面就能记住名字，真不愧是县五中的老师！"

耿守平笑道："关键是守心学习好、交卷早，考的分数又这么高，所以老师才记住了他。"

耿守卫接上道："我看两个原因都有。如果蔡老师是我们班的班主任就好了。"

耿守昌又问："守心，蔡老师下午找你有什么事？不会是让你当班长吧？"

耿守平立刻道："如果那样就太好了！这样别人就不敢欺负我们俩了。"

耿守卫不无羡慕道："要是那样的话，我也想调到你们班去。守心，到时候你给蔡老师说说？"

耿守心笑道："别听守昌瞎猜！也许蔡老师让我帮着搬书或者打扫卫生呢。"说完，四个人哈哈大笑起来。

中午吃饭时，耿守心、耿守昌、耿守平、耿守卫四个人又凑到了一起。他们每人特意买了两份菜，荤素搭配，另加每人两个窝窝头，差不多每人花了三角钱。他们打了免费的菜汤，以汤代酒。他们要在进入县五中学习后的第一顿午餐时，好好庆祝庆祝。

王小红见他们四个人在一个桌上吃饭，也端着饭菜凑了过来。耿守昌主动让出座位，王小红没有坐，而是直接坐在了耿守心和耿守平中间的位置。

耿守昌故意不高兴道："王小红同学，我给你让出了位置，你不坐，非要坐在他俩中间，你是不是对我有意见啊？"

王小红有些爱搭不理道："哪里呀？我是怕把你买的好菜吃光了，让你省点还不行？"说着话，她把筷子伸到了耿守心买的菜盘里。

耿守昌哈哈大笑道："守心的菜还不够吃呢，你还吃他的？"

王小红笑道："没关系，我把菜分给他。"说着话，她把自己的菜拨出许多倒进了耿守心的菜盘里。

耿守心道："我的菜够吃了，别拨了！来，大家一块吃！"他边说边把自己的菜盘往中间推了推。

耿守平问："王小红，你分到了哪个班？"

王小红答："高一（3）班。你们分到了哪个班？"

耿守卫道："守心、守平分到高一（1）班，我和守昌分到高一（2）班。"

王小红顿时有些不高兴起来，撅起嘴道："为啥呀？我也想去高一（1）班！"

耿守昌笑道："学校已经分好了，哪能个人随便挑！"

耿守卫笑道："你在高一（3）班也没有关系！有我和大家在，你们班没有人敢欺负你！"

耿守昌接上道："就是，就是！我和大家保护你！"

王小红立马再次撅起嘴，斜眼看着耿守昌说道："说什么呢？谁稀罕你保护！我保护你们还差不多，少给我阴阳怪气的！"

耿守昌的脸霎时红起来，但很快缓过神来道："那也好啊，我们相互保护嘛！"说完笑了起来。

王小红没有理他，接着说道："同学们，我们是不是应该以汤代酒庆祝一下啊？"

耿守昌一边端起盛满菜汤的碗，一边忙问："庆祝什么呢？是分班还是升入县五中？"

王小红看着四个同学笑道："祝贺我们大家顺利考入县五中！祝贺你们两个分到高一（1）班！"

她边说边特意了看了看耿守心，猛地用自己的碗和其他四位同学的碗碰了一下，顿时，碗里的菜汤溢洒了满桌子。

五个人立刻哈哈大笑起来，引得周围就餐的同学们朝他们投来好奇的目光。

下午上课的铃声刚刚响过，蔡老师就把耿守心叫到了语文教研组办公室。

蔡老师所在的语文教研组办公室很大，里面有六张办公桌、六个立式书柜和一张乒乓球台。蔡老师的办公桌紧靠南面的窗子，从窗子里往外望去，整个运动场和前面的小花园一览无余。

蔡老师坐在椅子上，慈祥地看着耿守心，说道："你的升学考试卷子我看了，题答得不错，考分也挺高，就是出现了一些不该出现的小问题。如果你再谨慎细心点，好好检查检查，不提前那么早交卷子，应该还能多考些分。不过，这已经很不错了，比高一（2）班的张一民只少了2分，张一民可是每次都没有提前交卷哦！"

耿守心先是笑了笑，继而不安地臊红了脸，低着头没有说话。他心里既紧张又后悔，王老师专门找人特别叮嘱自己要看仔细，谨慎、谨慎、再谨慎，可自己还是争强好胜、粗心大意、自以为是、忘乎所以！

蔡老师看出了耿守心有些难过和羞愧的样子，安慰并鼓励道："聪明的学生都是这样，喜欢争强好胜、恃才傲物，有时就会洋洋自得、忘乎所以。希望你以后务必潜下心来、谦虚谨慎、好好学习、持续发力，力争更好的成绩！我相信你的潜力，我也很看好你！"

耿守心这会儿更加紧张了，甚至有些无地自容，他的脑门上溢出了汗水！他赶紧抬起头，小心翼翼、怯生生地答道："蔡老师，我记住了！我今后一定谦虚谨慎、认真学习。"

蔡老师笑了，接着说道："你在原来的片区联办中学当班长，现在我想让你当学习委员，目的就是让你静下心来、戒骄戒躁、潜心学习。如果这个学期你的表现让我满意，下个学期我再安排你当班长或者团支部书记。我的这种安排，不知道你满意不满意？"

耿守心顿时流出汗来，脸红红道："一切全听蔡老师的！我一定戒骄戒躁、努力学习！"

蔡老师笑道："既然这样，你先回宿舍吧。把你的同学史宜春叫来我的办公室。"

耿守心把同学史宜春叫到蔡老师办公室后，他没有回宿舍，而是直接坐在了教室门旁的石凳上。他想一个人静静，好好想想蔡老师刚才说的话，如果蔡老师通知大家到教室集合，自己也能很快赶到教室。

耿守心首先想到了升学考试。他知道那些题目并不难，自己完全可以考出更好成绩。可当时自己就想着尽快交卷，给外校来的监考老师一个惊喜，也想让初二（2）班的那些同学们不再小瞧初二（1）班的自己，以此告诉他们，过去自己多次受到张校长的点名表扬，那是名副其实！王老师安排留校老师特别叮嘱自己后，确实有了收敛和注意，但依旧按捺不住争强好胜的虚荣心，还是每次"出风头"地第一个交卷从考场走出去。他还想到过去王老师多次教导自己要谦虚谨慎、认真仔细，可自己就是没有彻底改正，引起高度的重视和注意，让这个只见过一次面的蔡老师就知道了根底。这个蔡老师也太厉害了！简直火眼金睛！见到我提前交卷又看了我的卷子，然后就发现了我存在的这些问题！现在倒好，班长当不成了，只当个学习委员，可耿守昌那家伙已经开玩笑似的把话说了出去，这场可怎么收？还不得让他们暗自笑话自己！他又想到蔡老师可能安排史宜春当班长，从刚才初次见面的印象看，这个同学倒是非常热情友好，但学习肯定不如自己，如果以后他像有的同学那样妒忌我，再时不时地到蔡老师那里打些"小报告"，这一学期的时间自己肯定过得特别漫长和不开心。唉！都怪自己贪图虚荣、骄傲自满不谨慎，如果自己当时反复检查、小心谨慎，不提前交卷，或者没有遇见巡查的蔡老师，不仅自己考的分数应该更高，而且现在当个班长也应该顺理成章、没有问题……

耿守心坐在石凳上苦思冥想，越想心里越难受，越想心里越后悔！在他人生十五岁的时候，第一次感受到了什么是羞愧，羞愧又是啥滋味！直到同学史宜春喊他到教室开会后，他才暂时打住了自己的连串检讨和反复推理。

高一（1）班的教室确实非常漂亮！所有的课桌和椅子都是新做的！大大的黑板分上下两层，可以上下自由滑动。黑板的板面也不像过去片区联办中学那样是由水泥做成的，而是毛面玻璃的。黑板的上方张贴着毛主席画像，画像的左右两侧贴着"好好学习，天天向上"八个大字。教室的左右两侧，有五个巨大的玻璃窗，玻璃窗晶莹剔透，干净得就像没有玻璃。教室的前后两侧各有一扇门，同样都是由上面玻璃、下边木板做成的。教室后面的墙上，有一个很大的"学习园地"，尽管上一班级张贴的部分纸张已经撕去，但依然留下了"领袖教导""范文展览""考试成绩""决心保证"等字样贴过的痕迹。教室的房顶上，整整齐齐悬挂着五排日光灯，完全可以想象，晚上自习时，这些日光灯发出的光亮，照射在白色的墙壁上，使得教室像白昼一样明亮……

耿守心进到教室后，先找了个靠边的位置坐下来。他知道，待会儿蔡老师一定会组织大家到外面集合，按高矮个排队，然后重新走进教室，由前往后安排座位。

果不其然！蔡老师走进教室后，让史宜春组织大家到外面集合，不分男生女生，一律按高矮个站队。经过蔡老师再次个别调整后，由低到高依次走进教室，然后按序一一坐好了座位。

同学们坐好后，蔡老师走上讲台，他首先看了看同学们，然后微笑着一字一句道："同学们，我叫蔡一庆，是你们的语文老师，也是你们的班主任老师！首先，我热烈欢迎同学们考入县五中高一（1）班学习！"同学们掌声如雷。

蔡老师接着道："从今天开始，我将和你们这四十五名新生一起，紧密团结，努力工作，坚持标准，搞好学习，我们不仅要夺取课程学习和思想进步的双丰收，而且还要在工作学习中，不断加深我们师生间的深厚感情和革命友谊！"同学们再次报以热烈的掌声。

蔡老师看了看同学们后继续道："同学们，为了搞好班级工作，根据你们个人在片区联办中学的学习和表现，下面这些同学暂时负责班级的管理和服务工作，下学期，我们再作适当调整。下面，我点到谁的名字，谁就站到前面来，让同学们认识认识。"

"班长史宜春，学习委员耿守心，文体委员张庆文，劳动委员李大壮，生活委员王节俭。同学们鼓掌欢迎！"

蔡老师说完，他看了看已经跑步站在前排的几名班干部，和同学们一起热烈鼓起掌来。

掌声过后，蔡老师笑着问："同学们，他们的名字好不好记？"

同学们高声齐答："好记！"

蔡老师点了一名回答"好记"声音特别响亮的胖胖的男同学，指着史宜春问道："他叫什么名字？"

胖胖同学起身回答："史宜春！"

蔡老师满意地点了点头。胖胖同学坐下后，得意地对同桌小声说："屎拉了一村子，哪能记不住？"同桌忍不住立刻笑出声来。

蔡老师看了一眼正在发笑的胖胖同学同桌，点名让他站起来，指着耿守心问："他叫什么名字？"

胖胖同学同桌站起身来挠了挠头，胖胖同学指了指自己的手心，小声提醒道："守心。"

胖胖同学同桌立刻指着自己的手心，大声回答："手心！"教室里立即响起一片笑声。

胖胖同学同桌脸红红地低头埋怨胖胖同学，胖胖同学笑着小声道："学习委员，耿守心，耿直，守心！"

蔡老师也笑了，他笑着让胖胖同学同桌坐下后说道："学习委员，耿守心！他的职责之一就是用双手为大家服务，这倒也好记。"说完又笑了起来。

蔡老师又点了一名坐在前面的女同学，指着生活委员王节俭问道："他叫什么名字？"

女同学答："王节俭！"

正在这时，胖胖同学的周围突然响起一片笑声。

蔡老师立刻转眼问道："这名女同学没有答错呀？你们大家为什么笑啊？你站起来说说。"他指了指胖胖同学旁边的另一名男生。

那位男生战战兢兢地站起来答道："刚才胖胖同学说王节俭不该管生活。"

蔡老师问："为什么？"

那位男生答道："因为他叫'忘节俭'，不节约！"说完，教室里顿时响起更大的笑声。

蔡老师也跟着笑起来，而且笑出了眼泪。

课间休息的铃声响过后。除少数上厕所的同学外，大部分同学都留在了教室里。同学们相互询问着对方的姓名和所在的生产大队，更有几名同学围着胖胖同学高声说笑着。

耿守心没有出去，他还在想着蔡老师上课前跟他说过的那些话，他的心情还在继续郁闷。

耿守心的同桌是一名看上去有点邋遢的男生，此刻正在不厌其烦、滔滔不绝地主动跟耿守心讲述着公社开榜那天和今天报到后看到、听到的离奇事情。耿守心虽然不想说话，但仍然不失礼貌地静静微笑着倾听。

上课铃声响过后，蔡老师再次走进了教室，通知团员到外面开会。耿守心和其他团员立刻起身往外走去。

有点邋遢的同桌睁大眼睛向前后桌的同学做了个鬼脸道："没想到我的同桌还是个团员呢。"

坐在后面的一名同学小声说道："耿守心学习可好啦，他升学考试成绩全公社第二名！"

立刻有几名同学转过身来："不会吧？没看出他有什么特别的……"

有点邋遢的同桌道："对，对！你这一说我想起来了，他的名字确实在红榜的第二名，我以后作业可不用犯愁了！"边说边得意地哈哈大笑起来，惹得坐在前面的两名女同学回过头来笑着看了他几眼。

不一会儿的工夫，蔡老师和高一（1）班的十五名团员重新回到了教室里，原本交头接耳、窃窃私语的同学们顿时安静下来。

蔡老师走上讲台说道："同学们，刚才我们班的团员开了会，成立了高一

（1）班团支部，希望同学们积极支持他们的工作，积极向班级团支部靠拢，争取早日加入团组织！下面，让我们以热烈的掌声欢迎新当选的团支部书记史宜春、副书记耿守心上台讲话，也算同学们再次认识认识！"教室里立刻再次响起热烈的掌声。

同时担任班长和团支部书记的史宜春，有些惶恐不安但也神采奕奕地走上了讲台，脸红着道："谢谢蔡老师和各位同学的信任和支持！我一定和副书记耿守心同学一道，紧密团结各位团支部委员，在蔡老师的指导下，努力把咱们班的团支部工作做好，让蔡老师和同学们放心满意！"说完，他看了看蔡老师，然后快步跑回到自己的座位。

同学们的掌声落下后，耿守心也走上了讲台，他虽然不像史宜春那样紧张，但多少也有些心跳加速。他向蔡老师和同学们深深鞠躬后，说道："我和同学们一样，非常高兴成为自己梦寐以求的县五中学生。我感谢蔡老师和同学们对我的鼓励和信任！今后，我将紧密配合团支部书记史宜春同学并和其他委员一道，在蔡老师的教育指导下，积极工作，努力学习，紧密团结，奋发前行，让青春在高一（1）班闪光，让汗水在高一（1）班流淌，让梦想在高一（1）班起飞！"

说完，他又向蔡老师和同学们鞠躬后，回到了自己的座位，教室里再一次响起热烈的掌声。

蔡老师微笑着走上讲台说道："他们两个人说得都很好！希望同学们紧密团结在团支部的周围，努力工作和学习，让你们的青春梦想，在高一（1）班起飞远航！"

顿时，教室里又一次掌声如雷！

蔡老师离开教室后，有点邋遢的同桌悄悄趴在耿守心耳边说道："耿守心，你可真有两下子！说得头头是道，还很押韵，不愧是考了全公社第二名！以后咱俩交朋友，我的作业和考试就全靠你了！"说完，他"嘿嘿"笑了起来。

耿守心看了一眼有点邋遢的同桌，笑了笑，但没有说话，他还在想着自己的心事。他心里盘算着：我一定要努力学习，好好工作，力争像过去一样，在县五中也要当个出色的好学生！

有点邋遢的同桌见耿守心没有接话，佯装不高兴道："耿守心，你干吗不高兴嘛？你刚才在讲台上讲话的时候，我可是把手都拍疼了呢！"说完，他伸出手来给耿守心看。

耿守心这才回过神来，赶紧抱歉道："对不起！我刚才正想别的事。你叫什么名字？家住在哪里？"他边说边紧紧握住了同桌的手。

有点邋遢的同桌顿时神采飞扬道："我叫康在行（xíng）！你就叫我在行（háng）吧！家住公社政府所在地的生产大队！"说着话，两个人一边紧紧握手，一边笑起来。

后来，耿守心很快知道了康在行的许多情况：他兄弟两个，家里还有一个弟弟。他在全公社考了第82名。再后来，康在行说到做到，他俩真的交成了好朋友，而且耿守心的作业和考卷，常常被康在行拿去照搬照抄，甚至有次考试，康在行心不在焉、稀里马虎地把考卷上耿守心的名字也一起抄上交给了老师。

报到后的第二天上午，学校在运动场上隆重举行"县五中七三级新生开学典礼"。

运动场上，巨大的横幅悬挂，彩旗飘扬。从教室搬出的桌椅，临时搭建起了简易主席台。参加开学典礼的教职员工们坐着学生们从教室里搬出的椅子，学生们坐着从宿舍搬出的小凳子。教职员工们坐在主席台前侧的右方，老生们坐在主席台前侧的左方，新生们坐在教职员工和老生们的中间。黑压压的参会人群，整整齐齐的会场排列，连同老生们在后侧广场敲起的阵阵锣鼓，以及大喇叭里传出的激昂乐曲声，让坐在中间的新生们格外震惊和好奇。

哇！县五中的人真多呀，你瞅瞅那些老师们，几乎人人戴着眼镜！你再看看那些高年级的同学们，个个生龙活虎、好不威风！这场面真是太大、太隆重了！新生们从来没有见过这么宏大壮观的场面，简直像在做梦！

耿守心、耿守平、康在行和他们的同学们，个个心情振奋激动！伴随着人们的欢笑声、锣鼓声和乐曲声，不断兴奋地睁大着好奇的眼睛……

这时，大喇叭里传出了"同学们，老师们，静一静！"的呼喊声，会场顿时安静下来，七八个领导和老师模样的人走进了会场，坐在了主席台上。

坐在主席台边上的一名老师对着麦克风说道："县五中一九七三级新生开学典礼现在开始！"会场里顿时爆发出热烈的掌声！

主持典礼的老师接着说道："现在，我介绍一下出席今天开学典礼的各位领导和老师：县教育局副局长何文武同志！公社党委书记刘维忠同志！公社革委会主任赵格文同志！公社革委会副主任李文元同志！公社革委会教育组组长李一明同志！县五中党总支书记、校长马明芳同志！县五中教导处主任李中宽同志！让我们以热烈的掌声，对他们的到来，表示热烈的欢迎并致以崇高的革命敬礼！"会场上再次响起热烈的掌声！

耿守心和他的同学们一样，挺直腰板坐着，一边认真聆听典礼上领导的讲话，一边热烈地鼓掌，脸上洋溢着兴奋而激动的表情！

教职员工代表上台发言了。那是一名女老师，她长得端庄秀丽，体形匀称，戴着金丝眼镜，一幅温文尔雅、从容不迫的样子。她的一口标准普通话，就像广播里的播音员一样说得十分动听！

老生代表上台发言了。他长得气宇轩昂，身着一身运动装，讲起话来慷慨激昂。末了，他举起拳头高喊了一句，引起了老生座席中的阵阵呐喊和连连叫好。

新生代表上台发言了。熟悉的声音传来，让耿守心立刻惊得睁大了眼睛。她正是自己的同学王小红，俊俏的面孔，优雅的举止，甜美的表情，让许多男生特别是老生座席中的许多男生，不时发出啧啧声。

学校党总支书记、校长马明芳讲话了。他同样的热情洋溢，同样的兴奋激动，不时挥动着有力的双手，表达着自己此刻的激动之情。他的讲话不长，但几次赢得来自教职员工座席中的叫好和热烈掌声！

最后一个讲话的是县教育局副局长何文武。他从容不迫的神态和铿锵有力的语调，着实让新生们大开了眼界，也头一次让他们见到了县里领导的风采。他的讲话不长，但高屋建瓴、层次分明，要求和希望并重，同样赢得了主席台和观众席上的热烈掌声。

开学典礼是在《让我们荡起双桨》的欢快乐曲声中结束的。耿守心和同学们兴高采烈地回到教室后，热烈讨论着刚才的所见所闻和激动心情。

胖胖同学捂着耳朵站起来高声说道："同学们，老生们把鼓敲得太响了！我坐在他们旁边，把耳朵都震聋了！后来大喇叭里说的什么，我一句也没有听清！"

后面一位同学拍了拍胖胖同学的后背小声道："蔡老师找你呢。"胖胖同学赶紧回过身来问道："蔡老师在哪里？"那名同学笑着跑开了，引得周围同学们一片哄笑。

班长史宜春站起身来说道："同学们，安静一下，刚才蔡老师说过了，我这里有张纸，请同学们按照自己的座位写上自己的姓名。注意：不要把位置和名字写错了！"

胖胖同学捂着耳朵说："史班长，我的耳朵震聋了，不会写自己的姓名，怎么办？"

另一名同学接上开玩笑道："你的耳朵震聋了，脑袋也震傻了？"

胖胖同学接过话道："是啊，我震傻了！小同学，你叫什么名字啊？这是什么地方？这是白天呢？还是黑夜啊？走！你跟着我回家放羊去！"

他一边正儿八经、装傻充愣地说着话，一边拉起那位同学的手，引得周围的同学前仰后合地哈哈大笑起来。

耿守心参加开学典礼后，心情好了许多。这会儿，他和康在行正跟前后桌的同学们聊着刚才见到、听到的开心事情。

这时，蔡老师走进了教室，他指了指史宜春和耿守心，示意他们出来一下。史宜春和耿守心紧跟着蔡老师来到了语文教研组办公室。

蔡老师看着面前的两名同学，说道："学校刚才通知了两件事情。第一件事：高一（3）班的王小红同学转到我们班学习，史宜春回去帮她安排一下座位，另外安排两名女生，帮助她把行李搬到我们班的女生宿舍来。第二件事：根据校团委的意见和安排，史宜春同学担任团支部书记，王小红同学担任团支部副书记，耿守心同学不再参加团支部工作，专心做好学习委员工作，回头我去班里宣布一下。"说完，他把耿守心留下后，向史宜春挥了挥手，史宜春走了出去。

蔡老师看着耿守心说道："耿守心，你不再担任团支部副书记的事，我是刚刚接到校团委的通知。希望你能正确对待，不要有思想情绪，专心致志做好学习委员工作，一心一意搞好自己的学习。"

耿守心默默看着地面，强打着精神，虽然心里很有些想不通，但脸上依旧保持着平静。蔡老师说完后，他抬头看着蔡老师说道："蔡老师，您放心！我服从学校的决定和安排，一定努力搞好自己的学习！"

蔡老师笑了笑，接着说道："王小红的表舅是县教育局的副局长，今天参加了咱们学校的开学典礼。前几天，何副局长和马校长通电话时提到过王小红，今天开学典礼前，王小红也见过他表舅。据我所知，她应该提到了转班的事情，但没有提到担任团支部副书记的事情。校团委听说王小红的文艺素质很好，人也活泼开朗，才指名安排她当班里的团支部副书记。我听说你们过去是一个片区联办中学的同学，相互都很了解，希望你能正确对待，积极支持她的工作，不要有什么意见和情绪，这既是对你的考验，也是对你的鞭策和激励，希望你能做得让我放心和满意！"

耿守心强撑着笑了笑，答道："蔡老师，您放心！我一定不辜负您的期望，一定做得让您满意！"

蔡老师停了一会儿后，他再次看了看耿守心，从抽屉里拿出一张纸，想了想，写下"艰难困苦，玉汝于成"八个大字，然后递给了耿守心。

蔡老师道："我把这八个字写给你，希望你今后遇到困难或者不开心的时候，多拿出来看看，不仅要理解字面的意思，更要牢记在心里。"说完，他笑着向耿守心挥了挥手，耿守心向蔡老师鞠躬后，走出门去。

到县五中报到后的两天时间里，耿守心经受了意料之中的喜悦与兴奋，也经历了意料之外的折磨与苦闷。他再一次切身感受到什么叫"跌宕与起伏"，什么叫"人生喜与悲"。然而，这一切算不了什么，因为忧忧喜喜、苦苦甜甜、起起伏伏、颠颠簸簸的日子才刚刚开始——

13 喜泪相伴

耿守心离开蔡老师办公室后，直接回到了宿舍里。他拿出蔡老师写给他的"八个字"反复看了几遍，然后小心翼翼地把纸叠好，夹在了自己从家里带过来的书本里。

他还不完全理解这"八个字"的全部含义，他只知道"艰苦"和"玉"连在一起后的大致意思。他想中午休息时找同学借本字典，好好查查这"八个字"的准确出处和深层含义。

已经把王小红安排妥当的史宜春赶来了宿舍。他知道耿守心这会儿心里不太好受，他也想知道校团委这样安排的具体原因和目的，包括蔡老师刚才单独把耿守心留下来后谈了哪些事情和问题。

史宜春见宿舍里只有他和耿守心，便走近问道："耿守心，刚才蔡老师跟你说什么了？是不是蔡老师对你还有别的安排和考虑？校团委这样做究竟是啥意思？"

耿守心答道："没有别的安排，也没有特别的意思。蔡老师让我好好支持你们的工作，努力搞好自己的学习。"

史宜春想了想后，说道："我非常理解你此刻的心情，我希望你心里不要特别难过。要是这么说，可能王小红家里有人认识学校的领导，刚才我问过她，她没有跟我说。看样子她很高兴调到咱们班来，但好像她还不知道自己要当咱们班的团支部副书记。"

耿守心笑了笑，说道："没有关系！我心里不难过。王小红和我是同一个片区联办中学考过来的，她文艺素质很好，人也活泼开朗，比我更适合做团支部的工作，我一定会好好支持她和你！"

史宜春立刻吃惊道："噢！原来你们认识啊？那倒挺好的！不过，我还是更喜欢和你在一起工作！既然蔡老师和校团委已经决定了，我们也只能服从，希望你多多支持我的工作！"说完，他笑了笑，拍了拍耿守心的胳臂。

耿守心笑道:"你是班长和团支部书记,希望多多给我关心和帮助,有需要我做的,尽管说,甭客气!"

两人说着话,一块回到了教室里。

教室里,王小红在耿守平和另外两名同学的帮助下,正在忙着摆放整理自己的课桌和书本。她的座位在耿守心的前一排,但不是前后桌,而是斜对过。原来坐在那个位置的男同学已经搬到了后面,正在闷闷不乐地朝着这边观望注视。

耿守心知道:大多数同学都喜欢坐在教室前面的位置,一是自习时干扰少,二是老师讲课时听得清楚,三是老师板书看得清晰,四是被老师提问的概率高,五是容易在后面同学的监督下养成自觉学习的好习惯,六是前面的同学普遍学习比较好,有利于在相互影响、感染和帮助下取得更好成绩……

耿守心没有主动和王小红打招呼,他看了看后面的那位男同学,就坐回到自己的座位上,从桌屉里找出一本书,边看边做起了笔记。

王小红收拾完自己从家里带过来的书本和文具后,回头看见了耿守心,高兴道:"耿守心,原来我们的位置靠得这么近啊!真是太好了!以后方便随时向你请教学习!"

耿守心抬起头,看了看王小红,笑着回应道:"欢迎你调来高一(1)班学习,咱们班又多了一只'百灵鸟',以后我要多多向你学习!"

康在行立刻吃惊道:"耿守心,原来你们认识啊?王小红刚才在开学典礼上的发言实在太棒了!声音超级好听,那你这个团支部副书记的工作以后可好做了!"

耿守心勉强笑了笑,没有接话。

王小红看着康在行和耿守心笑着说道:"耿守心过去在我们片区联办中学当班长,学习特别好,工作能力特别强,现在又是咱们班的团支部副书记,那我一定要好好支持你!"说完,她再次笑着看了看耿守心。

正在这时,蔡老师走进了教室。他先走到王小红的身边问了问搬宿舍的情况,然后微笑着走上讲台,教室里顿时安静下来。

蔡老师道:"同学们,我来介绍一下,我们班增加了一名新同学,她叫王小红,能歌善舞,性格活泼,让我们大家鼓掌欢迎!"教室里立刻响起热烈的掌声。

王小红站起身来,微笑着向蔡老师和同学们鞠躬行礼。

蔡老师接着道:"根据校团委的意见和安排,咱们班的团支部书记由史宜春同学担任，副书记由王小红同学担任！让我们大家用热烈的掌声表示祝贺和欢迎！"教室里先是一阵先紧后松的掌声，接着是一片"叽叽喳喳"的交头接耳。

蔡老师停了一会儿后，轻轻敲了敲讲桌，继续道："因为咱们班的学习任务很重，校团委的意见是，耿守心同学不再参加团支部的工作，专心做好班级学习委员的工作，希望同学们理解支持！"说完，他看了看大家，叫着班长史宜春走出了教室。

教室里一片寂静，没有人说话，没有人走动，许多同学都在悄悄往王小红和耿守心这边张望，而且眼神一个个特别奇怪。

突然，不知后面的哪名同学移动凳子时发出了像"放屁"一样的声响，胖胖同学借题发挥、故弄玄虚地捏着鼻子站起身来高声说道："这是谁放的臭屁啊？开学典礼没让你上台发言，跑这儿提意见来了？看把我熏的！"

他的话音刚落，教室里顿时响起一片哄笑声。

康在行站起来回身冲着胖胖同学笑着接上道："喂！臭屁不响，响屁不臭！这应该是庆祝什么喜事放的滚地雷吧？"

胖胖同学随口笑着回应道："应该是庆祝咱们班团支部正式成立！"

说完，教室里顿时又是一片笑声，有的同学甚至鼓起了掌，那情景和气氛显然是在表达或者发泄某种不满和情绪。

自从蔡老师离开教室后一直低头伏在桌子上的王小红，这时突然站起身来，捂着脸快步向外跑去。教室里立刻再次安静下来，然后是一阵阵嬉笑和窃窃私语。

自打蔡老师和史宜春离开教室后，耿守心一直坐在桌边静静看书，他没有参与后面同学们的嬉闹，也没有跟着大家哄笑。当康在行趴在他耳边小声说"王小红哭着跑出教室"后，他才意识到刚才教室里似乎发生了什么。

又到了中午吃饭的时间，耿守心、耿守昌、耿守平、耿守卫排队买过饭后，又坐到了一起。

耿守昌问道："守心，你们班的班长和团支部书记是谁啊？"

耿守心答："班长和团支部书记是史宜春。"

耿守卫道："我还以为守心是班长呢。那蔡老师昨天找你干什么了？"他看着耿守心问。

耿守平接过话道："守心是学习委员。如果王小红不调来我们班，守心就是团支部副书记。其实，昨天下午团支部开会选举后，守心和史宜春都在班上讲过话了呢！"

耿守昌顿时愤愤不平道："我就知道王小红能调到你们班去，因为她表舅是县教育局副局长，但没想到她把守心的团支部副书记也给挤没了！大家都是老同学，怎么能这么不仗义？"说罢，他又看了看耿守心。

耿守心有些不高兴地回看了耿守昌一眼，但没有吱声。他不喜欢在这种场合议论这种事情，他更不喜欢在没有经过认真调查和仔细思考的情况下，就近乎挑拨地给自己的同学匆忙定性下结论。

耿守平赶紧解释道："王小红好像并不知道她要当团支部副书记，刚才蔡老师在班上宣布后，她当场就表现出很吃惊、很不高兴的样子。"

耿守昌依然成竹在胸地坚持道："那也未必！咱们联办中学排演《红灯记》的时候，王小红扮演的李铁梅可像了！她演什么像什么，但可惜不是真的！"

耿守平、耿守卫看了看耿守昌没有说话。他们既为耿守心没当上团支部副书记感到惋惜，也为耿守昌那样背后议论王小红心里多少有点不太满意。

一阵短暂的沉默之后，耿守昌再次打开话题："我们班的班长是张一民，就是全公社考了第一名的那一位，昨天在班里讲话一套一套的。"

耿守卫接上道："张一民在班上说的话太多了，看上去有点不太谦虚。"

耿守昌笑了笑，说道："我看也是！要论说话的水平，他比守心可差太远了！"说罢，他又看了看耿守心。

耿守心依然没有吱声，也没有再次看他，他继续端着碗快速吃饭，他想饭后尽快离开这里。

耿守昌再次感觉到了尴尬和没趣。他吃了几口饭后，很快再次转移了话题："哎，我怎么没看见王小红过来吃饭啊？她是不是去教师办公室开会了？"

耿守平接上道："不会！她刚才在教室里哭了鼻子，现在这会儿应该在宿舍里。"

耿守昌立即意外道："她怎么会哭呢？今天调了班，又当了团支部副书记，应该高兴才是！"

耿守平道："我也不知道！反正我看见她捂着脸、流着泪跑出了教室。"

耿守昌立刻笑起来："要这么说，或许因为没有当上团支部书记！哈哈哈！"

耿守卫有些生气道："好了！别说了！咱们赶紧吃完饭回宿舍休息吧！"

下午上课的预备铃声刚刚响过，耿守心就来到了教室里。班长史宜春正在黑板上写着《以崭新的精神状态走进县五中学习讨论会——谈参加"县五中一九七三级新生开学典礼"的感受和体会》几个大字。写完后，他一边走下讲台，一边脸红红地对同学们说道："这是蔡老师安排的。等会儿蔡老师过来组织大家讨论。"

上课的铃声响过后，蔡老师没有来。又过了一会儿，王小红两眼红红地跑进了教室，坐到了自己的座位上。

耿守心这才发现，刚才教室里的四十六名同学，原来只少了王小红一个人。

又过了一会儿，蔡老师走进了教室，他没有走上讲台，而是把胖胖同学和康在行叫了出去。同学们不知道发生了什么，一个个小声嘀咕、交头接耳。

胖胖同学和康在行垂头丧气回到教室后，蔡老师又把史宜春和耿守心叫了出去。

蔡老师对史宜春和耿守心问道："今天上午我离开教室后，代又生和康在行说了什么？"

史宜春看了看耿守心，不解地回答："没有啊？我没听见说什么，当时我是跟着您一块出去的。耿守心，你听见他们说什么了吗？"

没等耿守心回答，蔡老师再次接上问："那为什么王小红哭啊？而且不想当团支部副书记了？"

耿守心道："我一直在看书，没听见说什么，但感觉好像同学们笑过两次。"

蔡老师又问："为什么笑？"

耿守心答："不知道。"

蔡老师道："你们先回去吧！以后要注意把握引导好班里的风气！"

史宜春和耿守心回到教室后，蔡老师也跟了进来。

蔡老师走上讲台，他先看了看史宜春写在黑板上的字，又看了看王小红，然后说道："同学们，根据学校的安排，今天下午，我们高一（1）班召开《以崭新的精神面貌走进县五中学习讨论会》，主要围绕上午参加学校开学典礼后的感受和体会进行，每个同学都要发言，时间可长可短，发言前先在黑板上写下自己的名字，发言的顺序从前往后依序进行。下面从前排的第一名同学开始。"说完，他看了看坐在前排左侧的第一名男同学。

第一名男同学是个小个子，他非常紧张地站起身来，脸红红地走上讲台，拿起粉笔写下自己的名字，然后有些磕磕巴巴地说道："蔡老师让我先发言……那我就抛玉引砖……"教室里立刻笑声响起。

蔡老师笑道："那叫抛砖引玉！"

小个子同学更紧张了，说话也更磕磕巴巴了："上午……参加开学典礼……很振奋！很提精神！……午饭我多吃了一个窝窝头……兴奋得中午觉也没睡……"

底下有同学小声说道："那是吃多了撑的！"立刻引起周围同学的一片笑声和掌声。

小个子同学也笑了，他犹豫了一下，终于止住话题走下讲台，坐回到自己的座位。

第二名上台发言的是名女同学，她走上讲台，写下自己的名字后，笑着说道："今天开学典礼的气氛特别好，特别热闹，特别鼓舞人心！我决心在这里好好学习，天天向上，让自己变得更有知识，也更加美丽……"

底下又有同学小声说道："想当校花吸引我们！"立刻又引起部分同学的笑声和掌声。

女同学脸红红地走下讲台后，没等第三名同学站起身来，蔡老师走上讲台说道："同学们，为了保证讨论会的质量，底下的同学不要小声说话，要认真听台上同学的发言！"说完，他示意第三名同学上台发言，自己走下了讲台。

几名同学发言后，轮到王小红上台发言了。王小红已经没有了上午兴高采烈的样子，她写完名字后，只简单地说了两句话："我希望同学们欢迎我来咱们这个班学习！我也一定加倍努力搞好自己的学习！"说完，径直走下台去。

又有几名同学发言后，终于轮到了耿守心。耿守心走上讲台，写下自己名字后，他看了看蔡老师和同学们，又特意看了一眼王小红，他发现王小红也在看自己。

耿守心道："今天上午参加开学典礼，使我感到骄傲和自豪，也感到使命和责任！我庆幸自己成为同学们中的一员，我感恩过去给我培养、教育和帮助的所有老师、同学、乡亲和家人。我和同学们一样，都是农民的子弟，我们大队的老支书和过去的老师们告诉我，人既要发奋图强、好好学习，又不要忘记自己的'初心'和'根本'。我决心和同学们一起，在县五中老师的培养教育下，刻苦学习，努力上进，争取做一名对社会有用的人！"

耿守心发言完毕，他看了看正在微笑的蔡老师，向蔡老师和同学们鞠躬行礼后，走下讲台，教室里立即响起一片热烈的掌声。

接下来，同学们又轮着一个个上台发了言……

胖胖同学走上讲台后，大大地写下了自己的名字，然后清了清嗓子，高声说道："毛主席教导我们说，好好学习，天天向上；下定决心，不怕牺牲，排除万难，去争取胜利！我的发言完了！"说完，他快步走下讲台，引起不少同学的笑声和掌声。

班长史宜春走上讲台后，他看了看蔡老师，多少有些紧张道："同学们刚才说得都很好，我很受鼓舞和教育。我希望咱们班的同学们，学习要好，纪律要好，思想表现也要好，既然咱们是高一（1）班，今后在学校的各项比赛和考试中，咱们就要勇争第一……"他似乎还想再说些什么，当看见蔡老师微微皱起的眉头时，就立即停住嘴，多少有些踌躇不安地走下台去。

剩下的几名同学发言后，蔡老师走上讲台，微笑着说道："刚才，同学们的发言都很好，我听了很高兴！你们是'文化大革命'开始后第一批通过考试进入县五中学习的高中生，你们应该为此感到骄傲和自豪，也应该为此感到担子和责任！捍卫毛主席等老一辈革命家开创的无产阶级革命事业，我们既应该有远大的革命理想，也应该有冲天的革命干劲，更应该有过硬的本领知识！这里是你们学习知识本领的沃土，这里是你们成长进步的摇篮，这里是你们驰骋翱翔的蓝天，这里是你们劈波斩浪的海洋！希望同学们牢记伟大领袖毛主席的教导，好好学习，天天向上！同学们像早晨八九点钟的太阳，希望寄托在你们身上！我祝愿同学们在这里苗壮成长，期盼同学们在这里青春闪光……"

说完，蔡老师有力地挥舞起胳膊和拳头，教室里顿时响起热烈的掌声。

讨论会结束后，蔡老师带着班长史宜春和几个男同学去领课本了，教室里立刻又热闹了起来。

胖胖同学对着邻桌的一名男同学高声嬉笑着埋怨道："喂！你以后再弄出什么动静，不要像放屁的声音好不好？我耳朵和鼻子过敏！为这事，害得我刚才让蔡老师狠狠批评了一顿！"

另外一名同学立刻笑着搭上话："哈哈哈！他弄出放屁的声音，蔡老师为啥批评你？"

胖胖同学立刻接着道："我也这样想啊？不过，也怪我同村的同学康在行，非要问我有什么喜事庆祝！这下可好了，庆祝我俩一块挨批吧！"话音刚落，立刻引起周围同学的一阵哄笑声。

又有同学凑上说道："代又生，你刚才上台发言，净背毛主席语录了，看来你《毛主席语录》学得不错啊！"

胖胖同学洋洋得意道："那当然，我可是我们片区联办中学的'学习毛主席著作积极分子'！"

几名同学跟着起哄道："净瞎吹！越吹越胖，越胖越吹！"

胖胖同学立刻一本正经道："不信？我现在就给你们背诵一首毛主席的诗词：'小小寰球，有几个苍蝇碰壁。嗡嗡叫，几声凄厉，几声抽泣。蚂蚁缘槐夸大国，蚍蜉撼树谈何易。正西风落叶下长安，　　　飞鸣镝。多少事，从来急；天地转，光阴迫。一万年太久，只争朝夕。四海翻腾云水怒，五洲震荡风雷激。要扫除一切害人虫，全无敌！'"

胖胖同学背诵完毕，潇洒地举起右手，猛地挥向王小红座位的方向，周围同学立刻掌声如雷、哄笑四起。

教室里本来很热闹，胖胖同学高声背诵毛主席诗词的时候，同学们逐渐安静下来，许多同学回头看着，有的坐在座位上听着。

耿守心没有回过身去，他在默默跟着朗诵，当胖胖同学朗诵结束后，不少同学热烈鼓掌和"不太正常"的起哄声音响起后，他立刻意识到了什么。他觉得应该是胖胖同学可能的"某种动作"正在对王小红到蔡老师那里"告状"进行着"幽默搞笑式"的报复和回击。

耿守心没有笑，也没有鼓掌。他斜眼看了看王小红的背影，发现王小红正趴在桌上写什么，似乎没有听到后面的掌声和笑声，他这才稍稍有了些庆幸和平静。

他想：王小红在写什么呢？是写日记？还是写辞职报告？或者写决心书？又或者写检举代又生他们的信？随便她写什么吧，反正与自己无关。自己和她是同一个片区联办中学的同学不假，但又没有什么特别关系，她虽然对自己一直表现出特别的友好和热情，许多同学对自己也都是这样的，又不止她一个人。男女同学绝对不能走得太近了，否则会让其他同学说闲话，也会影响自己的进步和学习。不过，王小红也太可怜了！刚刚调来高一（1）班，就受到这样的冷遇和排斥，如果再继续下去，还不知道下一步会发生什么事，如果自己不尽快帮助她渡过这个"难关"，就冲自己家和她家离得那么近，心里确实说不过去！再说了，她也不知道自己顶了我的团支部副书记，论起做团的工作来，她应该比我更有经验、更有水平、更有能力，将心比心，我应该赶紧帮帮她才是……

怎么帮呢？直接找胖胖同学说明情况肯定不好，我跟他还没有说过话，这样也太过莽撞和冒昧。哎！让我的同桌康在行找胖胖同学说说吧，他们毕竟是同村一块长大的，话深话浅都没关系。

耿守心想好以后，他悄悄趴在同桌康在行耳边说道："王小红当团支部副书记是我推荐的。她过去在我们联办中学是班里的团支部书记，多才又多艺，希望你能找代又生说一下，千万不要造成隔阂和误会！"

康在行立刻似信非信追问道："这是真的？"

耿守心答道："是真的！"

康在行想了想后，说道："那好吧！我现在就去找他，也不知道这个家伙给不给我面子。"

说完，康在行站起身来，走到胖胖同学身边拍了拍他的肩膀，和胖胖同学一块走出了教室。

不一会儿的工夫，康在行和胖胖同学重新回到了教室。胖胖同学没有走回自己的座位，而是直接走到王小红的座位前面，笑着小声说道："王小红同学，我叫代又生。听说你过去在片区联办中学当班里的团支部书记，多才又多艺，所以耿守心同学才推荐你当了团支部副书记，以后我一定全力支持你！"

王小红见代又生如此说话，她赶紧站起身来，有些错愕且十分激动地说了句："谢谢你！"说完，她回头用感激的眼神看了一眼正在低头看书的耿守心。

随着一阵突然而至的热闹声响传来，耿守心抬头看见几名同学搬着许多课本走进了教室。史宜春招呼大家把书全部放在讲台上，等着蔡老师一会儿过来发书。

同学们情不自禁地自动围上前去，兴高采烈地连声喊叫着"代数、几何、语文、物理、化学、政治……"，"哇！这么多书啊！比初中的科目多多了，这书皮也这么漂亮！"

蔡老师走进教室后，同学们主动坐回了座位。

蔡老师微笑道："同学们，我们现在发书，但要举行一个发书仪式。同学们在电影上看过解放军战士入伍后，大家排着整齐的队伍，一个个从首长手里接过钢枪时的情景吗？"

同学们高声齐答："看过！"

蔡老师依旧微笑但突然语气严肃道："钢枪，是解放军战士杀敌卫国的武器！同样，课本是同学们学习知识、增长本领、长大后报效国家的武器！所以，我希望同学们在领取课本时、领取课本后，一定要深刻认识自己肩负的光荣使命和神圣责任！"

蔡老师的话，让教室里顿时一片肃静，同学们一个个端坐整齐、神情庄重。

蔡老师接着道："下面，我按学号点名，点到谁的名字，谁上来领书。要发的课本比较多，班干部们上来协助。"

蔡老师说完，班干部们一个个走上讲台，一人负责一科课本，收齐后统一交给蔡老师，蔡老师再逐一发放给每名上台领书的同学。

同学们按照蔡老师点到的名字，一个个抬头挺胸走上讲台，鞠躬、接书、又鞠躬、然后坐回座位，把书整整齐齐摆放在桌上。那气氛，虽然没有掌声、笑声、欢呼声，但同学们个个精神抖擞、神情庄重、热血沸腾！那场景，虽然没有鲜花、标语、口号，但仍然强烈震撼着每个青春稚嫩而又朝气蓬勃的心。

耿守心已经上过八年学了，领过无数次的新课本。这一次蔡老师组织的发书仪式，使他的内心受到了强烈的震撼！他看着摆在课桌上整整齐齐的课本，心里默默立下誓言：一定要把这些课本上的所有知识学懂弄通，以不负自己担负的神圣责任和光荣使命。

下课的铃声响过后，同学们纷纷走了出去，教室里只剩下耿守心一个人，他还在兴致勃勃地整理翻看着新书。

王小红笑着跑进来，她拿着厚厚一打画报纸，走到耿守心身边，抽出一打递过来，笑着说道："耿守心，这些送给你吧，包书皮用！"

耿守心看了一眼王小红，没有接，顺口说道："谢谢你！我从不包书皮。"

王小红讪讪地拿回画报纸，从兜里掏出一张叠得整整齐齐的作业纸，放在耿守心桌上，转身走了出去。

耿守心打开纸条一看，上面写道："对不起！谢谢你！……"

耿守心笑了笑，想了想后，重新叠好，回身看了看教室里没人，把纸条迅速塞回到王小红的抽屉里。

耿守心觉得：一切都已经过去，今后应该从零开始。如果留下王小红的纸条，就冲她那没完没了的闹腾劲儿，只会影响自己的学习和精力，搞不好，还可能引起老师、同学们的误会和议论。

　　但令耿守心万万没有想到是：这反倒引起了王小红不大不小的折腾和误会，他不得不为此付出更大的代价和力气。

　　高中阶段的学习和生活，对于青春勃发的青年学生们来讲，永远是丰富多彩、深刻生动、难以忘怀的。因为这里有梦想、有追求、有懵懂、有脆弱、有青春、有朝气，一切的鲜活、茁壮和蓬勃，都将愉快而跌宕起伏地发生在这里——

14　锋芒初露

晚饭时，耿守心、耿守昌、耿守平、耿守卫又聚到了一起，他们端着买好的饭菜，找了一个靠边的桌子坐了下来。

耿守平端着菜汤提议道："同学们，我们是不是应该庆祝一下发新书啊？"

耿守卫一边端碗一边懒懒答道："一下子发了这么多书，头都弄大了，这该怎么学啊？"

耿守昌道："慢慢学呗！我们已经学了八年了，不也是这样过来的？我爹还嫌他的卷烟纸不够呢！"说罢，四个人哈哈大笑起来。

四个人边吃边笑的时候，王小红端着碗走了过来，她和大家的碗相互碰了一下后，高兴道："我们班的发书仪式可郑重了，我当时激动得差点落下泪来！"

她边说边特意多看了一眼耿守心，眼睛里充满了只有他和耿守心俩人才明白的那种"特殊"友好和感激。

耿守昌笑着问王小红道："王小红副书记，中午没见你来食堂吃饭，是不是在加班赶写团支部的工作计划？"

王小红斜眼看了一眼耿守昌，不耐烦道："我写什么东西还要向你汇报啊？你们高一（2）班的同学，少管我们高一（1）班的闲事！"

耿守卫接上笑道："王小红同学，你说这话可就不对了！咱们可是两年的老同学了，你就一点交情都不讲了？我们这可是关心你啊！"

王小红立马笑道："和你讲，和他不讲！"她边说边用嘴角朝耿守昌努了努。

耿守昌顿时红了脸，继而笑道："为什么不和我讲同学交情？"

王小红答："就因为你喜欢问为什么！"说完，她再次看了耿守心一眼，笑着走回了原来的桌子。

耿守昌放下碗，小声向耿守心和耿守平问道："喂，王小红今天这是怎么了？一天两变，是不是刚才又遇到了高兴的事情？"

耿守心摇了摇头："不知道！"

耿守平有些莫名其妙道："今天下午班里开讨论会的时候，她还在闹情绪呢，兴许是刚才发新书后高兴的？"

耿守昌道："王小红什么都好，就是爱耍小脾气！现在调到你们班去了，你俩可要躲远点，不然，非得黏住你！"

耿守卫笑着对耿守昌道："我看喜欢招惹黏糊王小红的是你！人家守心、守平根本不存在这个问题！"说完，他端起饭碗，笑着跑去了洗碗池。

耿守心、耿守平看着再次满脸通红的耿守昌，哈哈大笑不止。

晚上，教室里灯火通明，同学们都在上自习。耿守心一边翻看着新发的课本，一边在课本上写下自己的名字。

康在行趴在耿守心耳边悄悄说道："王小红好像又不高兴了，刚才我见她在教室外面流泪呢。"

耿守心看了看康在行，没有吱声，依然翻看着自己新发的课本。

又过了一会儿，蔡老师走了进来，把耿守心叫了出去。

耿守心跟着蔡老师来到了语文教研组办公室。他看见王小红已经两眼泪汪汪地站在那里。

蔡老师面露愠色地看着耿守心问道："耿守心，你是不是说过你推荐王小红当了班里的团支部副书记？"

耿守心看了看王小红，又看了看蔡老师，低下头去没敢吱声。他不知道究竟出现了什么问题。

蔡老师接着道："安排王小红当团支部副书记是校团委的意见和决定，我在班里宣布后，王小红才知道这件事情的。王小红后来找到我，说她不想当团支部副书记，她坚持推荐你，是我做了她的工作后，她才勉强接受和同意。你怎么能这么误会王小红？而且还说，她当团支部副书记是你推荐的？"

耿守心低着头，依然没有说话，他不想解释，而且也不能解释。因为他知道，如果把所有的事情和盘托出，很可能牵连误会到代又生和其他人。

蔡老师更加生气了："耿守心，你为什么不说话？是不是自己说了假话，做了错事，怕我批评你？"

耿守心最怕别人说他"说假话"。因为他知道"诚实守信"是做人的根本，这是父母的嘱托，也是广林大爷和过去老师们一再叮咛教诲的。可蔡老师已经"上纲上线"到这种高度，自己如果再不说出个真实可信而且不伤害其他同学的理由来，蔡老师和王小红的误会一定会继续下去。

耿守心低头认真想了一会儿后，缓缓抬起头来，语气平和地说道："蔡老师，都是我不好，是我惹您和王小红同学生了气！王小红同学调到咱们班里后，特别是担任团支部副书记后，同学们确实产生了一些议论和误会。我看着王小红同学挺难过，也想摆脱自己的尴尬和失落，所以主动告诉同桌，是我推荐王小红同学当了团支部副书记，并请他转告代又生同学，以澄清可能的歧见和误解。这样，同学们知道这个消息后，就不会再对王小红同学有看法、有意见，她也会鼓起做好团支部副书记的信心和勇气。王小红同学活泼开朗，多才多艺，做好团支部的工作，她比我更有条件、更有能力，而且她在我们片区联办中学是班里的团支部书记，取得过很好的成绩，我是真心支持拥护她的，没有一点虚的和假的。如果我不说是我推荐了她，我想部分同学的误会和猜忌大概还会继续，王小红同学也会总感觉是她欠着我的，心里难免有些不安和压力，这既不利于团支部的工作和咱们班的团结，也不利于咱们班树立更好的风气。以上我说的这些全是真话，还请蔡老师多多批评教育。"说完，他小心翼翼地看了看蔡老师和王小红，重新把头低了下去。

看来蔡老师比较满意耿守心的回答。他一边听着耿守心的解释，一边脸色逐渐好起来，继而笑着说道："耿守心，要是这么说，你做得好、做得对！看来是我和王小红误会了你！我还是那句话，你一定要好好学习、努力上进，我相信你不会辜负我的期望，一定会争取最好的工作和学习成绩！王小红，你要好好向耿守心学习，你很聪明，也很敏感，但不能随意误解自己的同学，更不能随便耍小性子！我希望你们要好好团结、共同进步，把咱们班的工作学习搞好，努力争取更大的进步和更好的成绩！"

蔡老师说完，他看了看依然低着头的耿守心和面庞微红但已逐渐高兴起来的王小红，摆了摆手，说道："如果没有什么事，你们就回教室自习吧！"

耿守心向蔡老师鞠躬行礼后，和王小红一起走了出去。

路上，王小红弱弱地向耿守心小声问道："你为什么把我写的纸条退了回来？我需要你的正面解释。"

耿守心看了一眼王小红，微笑道："我知道了上面写的内容，就达到了你的目的。你现在对我说的这些话，我听后，不照样像风一样飘到了空气里？"

王小红怔了怔，随后"扑哧"一下笑出声来。看来，她对耿守心合情合理的解释比较满意。

开学典礼后，新生班的学习、训练和教育，迅速走向正轨，一切显得更加井然有序。

县五中教导处专门下发了《课程表》和《教育训练大纲》，明确了每周开展入学教育、队列训练、课程学习和科目考试的具体时间以及授课老师。

蔡老师更忙了！他不仅忙着高一（1）班的组织和管理，而且忙着自己担负的高一年级各班语文课的备课、教学、辅导、作业批改等事宜。

高一（1）班的学生干部们也忙了起来。班长史宜春除上课和协助老师组织训练外，自习课上很少见到他的身影，他不是参加学校的活动，就是参加各部门组织的会议。学习委员耿守心忙着把全班同学的"座次表"逐一交到所有任课老师那里，同时按照各科老师的要求，广泛收集同学们的意见和建议，并一一写在纸上，分别交到各科任课老师那里。文体委员张庆文和团支部副书记王小红，俩人忙着布置教室后面的《学习专栏》和教室外面的《高一（1）班黑板报》宣传园地，王小红还按照校团委的安排，组织全班同学学唱具有鲜明时代特征的革命歌曲。劳动委员李大壮忙着组织同学们利用课余时间，仔细打扫教室、宿舍、饭堂、校园责任区的卫生，一遍遍地反复检查，生怕在学校公布的卫生批评栏里，有高一（1）班的名字。生活委员王节俭，则忙着组建"学生伙食管理委员会"，广泛收集整理同学们对改进伙食的意见和建议，并及时汇报反馈到学校后勤处和食堂管理员那里……

入学教育、队列训练的人员组织和集合站队，由班长史宜春具体负责。三个班的新生入学教育集中到学校大教室里统一进行，队列训练则全部在运动场里组织实施。

随着这些教育训练和日常活动的全面展开，高一（1）班同学们的情绪，由刚入校时的亢奋激动，逐渐转变为冷却平静，甚至在部分同学中产生了一些消沉低落情绪。

有同学说："在高中学习两年半后，还得回家种地，队伍站得那么整齐有什么用？真是没事找事！"

还有同学说："我在家里从来不扫地扫院子，来到这里倒好，几乎天天打扫卫生，这两年半时间可咋过？想想就没劲！"

更有同学说："天天累得腰酸腿疼，早晨起来还要集合站队跑步，上课的时候光想打瞌睡，这学习还咋学？看来上高中也就这么回事！"

同学们的反应和议论，很快从班干部们那里传到了蔡老师的耳朵里。

又到了星期六下午的团日活动时间。蔡老师来到了高一（1）班教室，他微笑着问道:"同学们,根据入学教育计划安排,今天下午的团日活动,我们改在校外组织,你们同意不同意?"

大家高声齐答:"同意!"

那声音,绝对像憋久的洪水打开闸门一样的澎湃激动。更像长时间锁困在笼子里的狮子老虎,在驯养员打开笼门瞬间那样呼啸兴奋。

蔡老师接着道:"今天下午,我们去邻村开展'忆苦思甜'教育,邀请老贫农张大爷为我们谈谈他为什么学习、怎样才能搞好学习的感人故事。"

同学们再次高声欢笑着鼓掌叫好,不少同学甚至拍起了桌子。

同学们的意思再清楚不过:忆苦思甜? 我家里正困难着哪! 大家出去放放风、看看人,倒还可以。

大家说走就走。在蔡老师的安排下,班长史宜春立即组织同学们到教室外面集合,大家排着整齐的队伍高高兴兴向校外走去。

同学们行进在乡间的路上,一边说说笑笑,一边精神抖擞、神采飞扬地朝四周观看。他们特别想看看县五中的学生们排队走出校门,究竟引起了周围社员们怎样的羡慕和注意。

队伍走到邻村村头,早有邻村大队党支部书记等候在那里。蔡老师上前与对方握手并交谈了几句后,大队支书把蔡老师和同学们引到了大队部的会议室里。

邻村大队部会议室里已经摆放了整整齐齐的长条凳子,大队支书一边招呼着大家坐下,一边把老贫农张大爷引见给蔡老师。

同学们坐好后,蔡老师走到会场前面,他先向大队支书和老贫农张大爷表示感谢,接着对同学们说道:"同学们,今天我们在这里举行'忆苦思甜报告会'。今天为我们做报告的是老贫农张大爷,他也是大队里的'学习毛主席著作积极分子'。他小时候给地主放牛放羊,吃不饱,穿不暖,常常受地主儿子的欺负。新中国成立后,他积极参加生产队的劳动,主动报名参加大队扫盲文化补习班,他现在已经认识了许多字,而且能够大段大段地朗诵《毛泽东选集》。张大爷的亲身经历和切身体会告诉我们,学习既需要朴素的阶级感情,也需要顽强的革命意志。下面,我们热烈欢迎老贫农张大爷为我们做报告,请他给我们谈谈自己的学习体会!"

在同学们的热烈掌声中,老贫农张大爷笑容满面地站起身来,他用十分羡慕而且特别动情的口吻说道:"同学们,你们是咱们公社的天之骄子! 是咱们公社五里挑一、十里挑一的高中学生! 咱们公社里的许许多多社员们都非常地羡慕你们！你们今天能够坐在明亮的教室里学习，将来成为咱们公社的希望之星和建设栋梁，全靠了共产党、毛主席领导全国人民打倒了国民党反动派，建立了人民当家做主的新社会！"说完，他停顿了一下，同学们立即报以热烈的掌声。

张大爷接着道："在万恶的旧社会，穷人的孩子要想上学，门都没有！更别提上你们这样好的学校了！我家是贫农，家里没有土地，我从小吃不饱、穿不暖，全靠在地主家当童工养活自己。地主的儿子和我同岁，他每天上学读书，我每天只能放羊喂牛，而且他还常常羞辱我、打骂我。有一次，他让我数牛圈里有几头牛，我不识数，他就一边骂我，一边把牛粪扔到我脸上，我忍不住回骂了几句，没想到他叫来一帮地主狗崽子硬逼着我吃牛屎，我忍不住动手打了他，这一下捅了马蜂窝！地主老财三天没有给我饭吃。新中国成立后，我家分了田、有了地，从此再也不用给地主当童工受那窝囊气！再后来，我家参加了互助组和人民公社，从此翻身做了主人。但我始终没有忘记自己吃过的苦、受过的罪，没有忘记自己没有文化吃过的亏。大队里组织农民扫盲文化补习班，我第一个报名参加，我发誓要做一个有知识、有文化的人，再也不受地主和他那狗崽子的气。参加文化扫盲班后，我一边劳动一边学习，白天学，晚上学，只要有空，我就学。这些年下来，我确实认识了不少字，也明白了书上讲的很多革命道理。生产队干活休息时，我主动给大伙儿朗读《毛泽东选集》，向他们宣传革命真理。我学习的体会告诉我，学习必须先知道为什么学，学会了干什么，才能真正把自己的学习搞好，学习有了目标，才会有动力、有毅力，也才能取得好成绩……"

老贫农张大爷侃侃而谈，同学们掌声阵阵。一个多小时的"忆苦思甜"教育结束了，讲者、听者仍然余兴未尽。

耿守心和同学们一样，原本对这次"忆苦思甜"教育没抱多大期待，认为顶多是一次外出参观和聆听，调解放松一下有些疲劳和烦闷的心情，或者感受一下县五中的学生们排队走在路上，是怎样引起周围社员们的羡慕、好奇和注意的。

说到"忆苦思甜"，耿守心并不陌生，他打小就接受着爷爷奶奶、爹娘和全大队父老乡亲诲人不倦、反反复复的灌输和教育。蔡老师刚才的介绍使他对老贫农张大爷产生了一些好奇，张大爷现身说法的报告，更引起了他的浓厚兴趣和高度注意。张大爷的曲折经历和学习实践，既震撼了他的心灵，也使他明白了更多更深的道理。

回学校的路上，同学们一路讨论着张大爷的报告和自己的感受。耿守心则沉默不语，他在反复琢磨回想着张大爷"忆苦思甜报告"中的那些话语。

史宜春紧走两步追上耿守心，并笑着问道："耿守心，你在想什么呢？你觉得今天的活动怎么样？"

耿守心看了一眼史宜春，答道："我觉得今天的活动特别好，我似乎觉得自己又明白了一些新道理。"

走在前面的蔡老师转过身来笑着问道："耿守心，你说说，你明白了什么新道理？"

耿守心答："我还没有完全想好。不过，我总觉得张大爷的学习动力和我们不一样，他应该还有另外一种动力。"

蔡老师微笑着继续问道："张大爷是一种什么动力啊？与你们的学习动力有什么不同？"

耿守心再答："我感觉张大爷的学习动力有阶级感情的成分在里边，而我们的学习动力，更多的则是新鲜和好奇。"

蔡老师笑了笑没有说话。史宜春插话道："我觉得张大爷的学习很不容易，他一边干活，一边学习，我们应该好好学习他的刻苦钻研精神。"

回到教室后，蔡老师安排大家撰写心得体会，围绕"从张大爷身上，我们学到了哪些东西"自行命题。

三天后，同学们把心得体会交到了蔡老师那里。又过了两天，班里召开学习讨论会。蔡老师点了十名同学上台交流发言，其中有史宜春、耿守心、王小红、李大壮、代又生……

史宜春的发言围绕"学习张大爷的顽强刻苦精神"展开，耿守心的发言紧扣"张大爷为了不吃二遍苦、受二茬罪的学习动力，是我们应该汲取的宝贵精神营养"进行，王小红的发言突出了"学习张大爷孜孜不倦地宣传毛泽东思想"，李大壮的发言重点是"学习张大爷边学习边劳动的优秀品质"，代又生的发言则是"学习张大爷提升革命觉悟，从背诵《毛主席语录》开始"……

同学们的发言，以张大爷"新中国成立前没有文化受尽屈辱"和"新中国成立后刻苦学习通读《毛泽东选集》"的生动故事为背景，从不同侧面畅谈着自己的感受、认识和体会，赢得了同学们一阵又一阵的热烈掌声。

十名同学发言后，蔡老师走上讲台，微笑着讲评道："同学们，刚才这十名同学的发言都很好！说明大家参加'忆苦思甜'教育后，都做了认真思考，都有了自己的收获和体会。你们这些同学，都是参加全县统一考试选拔上来的高中生，每个同学的知识基础都不错，也都有很好的学习方法和学习兴趣，但仅有这些还不够，还应该有更远大的抱负理想，更强大的学习动力。只有真正从根本上解决了'为什么学'这个大问题，才能在今后越来越艰苦、越来越枯燥、越来越单调的学习生活环境中，长久保持高昂的学习热情和学习动力。开学典礼以来，特别是进入正常的教育训练以来，同学们中出现了一些麻木、疲倦，懈怠、懒散等问题，关键是认识不清、动力不足、精神不振等原因引起的。希望同学们通过这次'忆苦思甜'教育和心得体会交流，再次振奋精神、激昂斗志，向着更新更远的目标奋勇前进。"

教室里立即响起同学们的热烈掌声。

蔡老师最后说道："为了更好总结推广这次'忆苦思甜'教育的成果，课后，上台发言的十名同学，每人上交两份发言稿，一份由团支部张贴在教室后面的《学习专栏》里，团支部组织评奖并进行公布，另一份由团支部上报校团委参加'学校入学教育征文'活动。"

蔡老师走下讲台后，直接来到耿守心桌边，他让耿守心再多抄一份。蔡老师是学校《五中文苑》的副总编辑，他打算把耿守心的稿子送到教导处主任也是《五中文苑》总编辑的李中宽那里。

史宜春收齐稿子后，很快和王小红一起在教室的《学习专栏》中张贴出来，同时把团支部对十篇稿子的评比结果也一并作了公布：一等奖史宜春；二等奖耿守心、王小红；三等奖李大壮、代又生……

两天后，由校团委组织的"学校入学教育征文"评比结果公布了：高一（1）班团支部获得"入学教育征文"活动组织奖；耿守心获"入学教育征文"一等奖，史宜春、王小红获"入学教育征文"三等奖，李大壮、代又生获"入学教育征文"优秀奖；其中，获一等奖的耿守心在两天后召开的"学校入学教育总结表彰大会"上做交流发言，耿守心的体会文章，同时在《五中文苑》上刊登。

王小红接到校团委的获奖结果通知后高兴坏了，她没来得及把这个好消息告诉史宜春，就急急忙忙把校团委的"评奖结果通知"贴在了教室后面的《学习专栏》里。

她觉得：高一（1）班获得学校"'入学教育征文'组织奖"是全班和团支部的光荣，这么多同学获奖更是一件了不起的事，特别是同学耿守心获得了一等奖，还要在全校大会上做交流发言，更是不容易！

她是一个心底透亮、热情洋溢、敢爱敢恨、风风火火的人。她压根儿就没想到甚至也不愿多想校团委和班团支部的评比结果"不一致"这个问题。

王小红没想到，但同学们看到了、也想到了。一时间，班里的同学们围在《学习专栏》面前，议论纷纷、评头论足。

有同学说："两个评奖结果真有意思！团支部评了二等奖，校团委评了一等奖，我看这'组织奖'有水分！"

还有同学说："班里一等奖，校里三等奖，明显的近水楼台、自私自利！"

胖胖同学说："毛主席教导我们说，立场问题是革命的首要问题。要叫我评，我的体会文章应该排名第一！哈哈哈！"

蔡老师看到《学习专栏》里的两个"评奖结果"不同后，非常意外，他很生气地让王小红赶紧把团支部的"评奖结果"揭下来，同时让她通知史宜春，俩人尽快赶到语文教研组办公室。

史宜春和王小红火急火燎赶到语文教研组办公室后，蔡老师直截了当责问史宜春："史宜春，这次'忆苦思甜'学习体会评比，你们是怎么组织的？"

史宜春丈二和尚摸不着头脑，他看了看蔡老师没敢接话，又看了看低头默默不语的王小红。

蔡老师接着问道："史宜春，我问你呢？你为什么不说话？"

史宜春一头雾水地弱弱答道："团支部的评比，是我安排王小红组织的。"

王小红猜到了蔡老师为什么生气，也知道其中的主要责任不在自己。当时，自己组织评委们评出了两个一等奖史宜春和耿守心，可交到史宜春那里，史宜春坚持一等奖只留一个人，迫不得已她才把耿守心降为二等奖，现在为此还怄着气。

蔡老师又问："王小红，你说说是怎么组织的？"

王小红看了一眼史宜春，然后把怎样挑选评委，怎样组织评比，先评出了几个一等奖、二等奖、三等奖，最后又怎样和史宜春一起决定减少一等奖人数，下推到二等奖、三等奖的具体过程，向蔡老师一一做了汇报。

蔡老师看了一眼王小红，又看了一眼史宜春，语气严肃地说道："史宜春，你们是学生，我当然理解你们的知识、能力和水平，但不能不批评你们可能从中作梗、存在嫉贤妒能的某种不健康心理。你是班长和团支部书记，应该胸怀广阔、海纳百川、容忍别人，特别要容忍学习比自己好、成绩比自己突出的同学。只有这样，你才能管理好一个班，带领好一个集体。这件事，你必须引以深刻的教训和高度的警惕，以后再也不能犯同样的错误。否则，会影响你的进步和成绩！"

史宜春没有答话，他满脸通红，甚至有些垂头丧气。他还不知道校团委已经下发了"评奖结果通知"，他甚至觉得蔡老师今天的批评有些莫名其妙得过于严厉。自己担任班长和团支部书记，理应在全班同学中树立和享有最高威信。耿守心的文章写得确实不错，可与自己并列一起，总感觉心里不太合适和惬意！给耿守心换成个"二等奖"又怎么了？这又没有什么具体严格的标准。

史宜春回到班里后，当他看到教室《学习专栏》里的校团委"评奖结果通知"和同学们的反应后，才感到自己进入县五中以来遇到了第一次"信任危机"和"沉重打击"！他觉得"既生瑜，何生亮"的感觉怎么来得这么快？如果没有耿守心，如果没有校团委的"评奖结果通知"，自己的文章评个第一名，谁又能有什么怀疑?！

有人说，妒忌是万恶之源。其实，妒忌有时也是好事，它虽然常常以不同寻常的力度和浓度，无孔不入地阻碍着别人的进步，但也往往以不同寻常的强度与深度，见缝插针地刺激着自己。随着时间的延伸，史宜春的"心理不平衡"很快衍生出多角度、全方位，或"以己之备，攻人不备"，或"以己之长，击人之短"的种种努力上，并由此展开了一个又一个更加生动、有趣的故事——

15　弃戈结友

　　史宜春考入县五中前，是公社另外一个片区联办中学的班长。他的学习成绩一直很好，每每考试名列前茅，刚满十四周岁就入了团。这次参加全县"初升高"统一考试，虽说他的成绩没有再次名列前茅，只取得了全公社第十五名的成绩，但在原来的片区联办中学仍然排在了前三名。他为此伤过心、流过泪。他向父母保证："进入高中后，一定好好学习，再拿第一！"

　　史宜春到县五中报到后，凭着同大队老生们的介绍和自己的结实健硕身体，积极主动参加迎接新生报到服务工作，跑前跑后热情帮助新生携拿行李，几次受到报到接待处老师和老生们的一致表扬和赞许。

　　根据新生报到接待处老师们的热情推荐，蔡老师安排他担任班长和团支部书记后，他激动兴奋的心情达到了顶点。他暗暗发誓：一定要在学习和工作上再拿第一！

　　入校这些天来，他是这样想的，也是这样做的，他的工作时常受到来自学校各个方面的表扬和赞誉。刚才，王小红通知他去蔡老师办公室前，他正和老生们一起忙前忙后地准备学校"入学教育总结表彰大会"的桌椅和场地。令他怎么也没想到的是，刚才，蔡老师一点情面不留地严厉批评了他，而且从根子上挖了他"心胸不够开阔，甚至有些嫉贤妒能"的底，他也因此看到了同学们投来的不信任、不友好目光，这一切都是因为遇到了耿守心这个比自己更加出色的同班同学，也怨王小红刚才实话实说，没有给自己留下一点面子……

　　他忽然感到自己面临着巨大的信任和形象危机，似乎自己的威信正在由峰巅跌往谷底。他过去从没有妒忌过任何人，身边的所有同学都在向他看齐。不知现在怎么了？居然有人超越了自己！不仅让自己这个班长和团支部书记威风扫地，而且今后的时光肯定会非常艰难、荆棘满地！他越想越难过，越想越生气，他既怨天，也怨地……

史宜春坐在教室里闷闷不乐，一再叹息。吃饭的铃声响过后，他也没有离开教室。下午上课的铃声响过后，他还在苦苦思索、反问自己。老师走上讲台后，如果不是同桌提醒，他甚至忘了喊"起立！"老师课堂上讲的什么，他一概没有听进去……

他要找出前行的路，他要找回过去充满自信的自己！

他想：只有灭掉了同学耿守心的威风，才能重塑自己的形象和威信，只有掐掉了耿守心的锋芒，才能重拾自己的信心和志气。至于同学王小红，自己没有必要特别在意，一是她表舅在县教育局当领导，自己再不开心也不敢顶她的芒、挑她的刺；二是就她那心直口快、敢爱敢恨的样子，搞不好会让自己更加被动和丢面子。

史宜春想好以后，他觉得自己找到了前行的路，也有了好的法子，而且用不了多长时间，就会达到目的，就会重新证明自己！

学校"入学教育总结表彰会"后，高一（1）班的同学们全部进入正常的课程学习。作为班长和团支部书记的史宜春，不仅自己学习更加刻苦，而且经常起早贪黑地加班加点学习。同时，他积极主动对外承揽社会工作，对内安排课余活动，比如，访贫问苦、打扫卫生、帮厨择菜、班级联欢、义务劳动、学习互助等，并把这些社会活动逐一安排给团支部委员和其他班干部们去独立组织、单独完成，他则把学习委员耿守心的一些职责揽过来，主动与各科老师接洽，联络任课老师组织"突击性"摸底考试，理由是：检验同学们的学习情况，不断提升同学们的学习动力。

不少同学对史宜春安排组织这么多课余活动很有意见，认为这不仅占用了大量课余和自习时间，造成了同学们的学习精力和体力分散，而且冲淡了正常课程的学习主题。最忍不住的还是王小红，她把意见直接提到了蔡老师那里。

蔡老师听后也觉得非常不妥，但考虑到方方面面传来的一片赞扬声，特别是学校里已经再次出现了"读书无用论""反对走白专道路"的思潮和倾向，他无奈地摇了摇头，叹了口气，没有找到史宜春更改和阻止。

令史宜春没有想到的是，各个科目的"突击摸底考试"，他虽然取得了全班总分前五名的好成绩，但总分和各科考试的第一名正是他最不愿意看到的耿守心。

史宜春心里想：这真是邪门了！连续摸底考试了六门课，耿守心门门成绩第一，除两门得了九十五分外，其他课程全部满分，而自己最多的一门才得了九十五分。看来自己的实力确实不如耿守心，这差距肯定不是一天两天能够弥补的。真是天外有天，人外有人，不服不行啊！甚至他还想到，如果老师出的题目再难一些、多一些，备不住耿守心还能考满分，而自己将会失去更多的分……

史宜春服了！他是在心里暗暗服气的。当然，也是在自己心里十分不愉快、不情愿的情况下服气的。他不想用这种办法再继续挑战耿守心，因为这样只能不断提升耿守心在全班同学中的威信，只能继续消磨打压自己的信心和志气。

他想，既然学习上比不过耿守心，那就在其他方面和耿守心比一比！

终于，机会来了，而且来得很快，让史宜春特别地开心和提气。

一年一度的学校运动会就要召开了，全校上下都很重视。"开展体育运动，增强人民体质"的巨幅标语在运动场上悬挂出来，各班级按照学校的统一部署，纷纷组织教育动员，号召同学们积极报名、广泛参与。

高一（1）班的同学们，在蔡老师和团支部书记史宜春的组织带领下，先是认真动员，要求班干部和团支委带头参加，每人至少报两个竞赛项目，而后由团支部具体组织，大力宣传报名、训练和参赛中的好人好事，再后来成立了"田赛训练组""径赛训练组""宣传报道组"和"后勤服务保障组"等管理和服务组织。

班长史宜春忙坏了，也高兴坏了！他一扫这段时间以来的阴霾郁闷心情，精神抖擞、跃跃欲试地组织全班的报名和训练，决心在这次运动会上一展自己出色的身体素质和运动成绩。

他知道，班内的任何一名同学，包括耿守心，根本没有可能和机会挑战自己。

运动会开幕那天，阳光高照，夏风徐徐，彩旗飘扬，鼓声阵阵。全校教职员工和同学们围坐在运动场的四周，一遍又一遍高声呼喊着口号，为运动员们加油、鼓劲、助威……

史宜春的身体素质和运动能力确实非常出色。他连续夺得男子 100 米第一名和男子 400 米第二名的好成绩。他站在高高的领奖台上，开心地笑着接过校长马明芳亲自颁发的奖状和奖品，向着全校教职员工，特别是高一（1）班同学们的呐喊叫好声挥手致意。

史宜春领奖后，迅速跑回高一（1）班的观众队伍，蔡老师和同学们立刻兴奋地围拢过去。

蔡老师拍着史宜春的肩膀笑道："史宜春，好样的！你为咱们班赢得了荣誉！"

王小红睁大眼睛惊叹道："没想到史班长这么厉害！轻轻松松就拿了100米第一！"

代又生说："史班长，你奔跑的那个样子，就像后边有个阶级敌人拿刀子追着要捅你！"说完，引得大家哈哈大笑起来，那气氛让史宜春特别舒服和满意。

史宜春春风满面、踌躇满志道："本来400米我也可以拿个第一名，因为下面还有5000米比赛，我需要保持足够的体力！"

代又生立即接上道："没有关系！我和耿守心也报名参加了5000米比赛。我们肯定没你跑得快，到时候，我们两在后面使劲用嘴吹你！"说完，又引起大家的一片笑声。

史宜春听出了代又生话里"揶揄"和"开玩笑"的意思，他红着脸刚想"还以颜色"，蔡老师笑着把话接了过去："运动会比赛的目的是锻炼身体、增强体质，从而更好地完成学习。所以，你们比赛中一定要量力而行，千万注意保护好自己的身体！100米、400米比的是速度和爆发力，5000米更多的则是比的体力、耐力和意志。你们的身体正处在发育阶段，希望同学们从自己的实际出发，切不可过度看重运动成绩。"

正在这时，运动场大喇叭里传来表扬史宜春的打油诗："我班同学史宜春，运动场上创佳绩。先拿百米第一名，后夺四百居亚军。要问为啥这般好，全赖宜春向上心。刻苦训练争上游，热爱运动有韧劲。脚上打泡不喊疼，肌肉拉伤不掉队。科学训练巧安排，集体荣誉揣在心。向他学习好榜样，勇创佳绩再鼓劲。鼓掌喝彩再加油，期待宜春再捧金！撰稿人：高一（1）班耿守心。"

蔡老师笑道："史宜春，你们团支部组织得不错嘛，这宣传报道也搞了上去！"

史宜春笑了，他朝四周看了看，没有看见耿守心的影子，他问王小红耿守心在哪里，王小红回答耿守心正在后面的宣传组写稿子。

史宜春转身走出人群来到后面写有"宣传报道组"字样的桌子旁边，对正在专心致志写稿子的耿守心说道："耿大秀才！谢谢你刚才的表扬和鼓励！"

耿守心笑道："不客气，应该的！你为咱们班赢得了荣誉，确实值得我们大家好好学习！"

史宜春笑了笑，说道："下午参加男子 5000 米比赛的时候，你跟着我一起跑，肯定也能取得好成绩！"

耿守心笑道："我可没有你跑得快，我怕跟不上你。"

史宜春拍了一下耿守心的胳膊："没关系！到时候我压住步子。只要咱们班再拿一个名次，稳获高一年级总分第一！"

耿守心道："赛场上的情况瞬息万变，你千万不要为了照顾我，影响了自己的成绩和咱们班的荣誉！"

史宜春挥了挥拳头，笑道："没有问题！"

耿守心当然感觉到了史宜春这段时间以来的情绪变化，也多少揣摩出史宜春"不平衡、不服输"的某种心理。但他觉得，史宜春的上进心和工作能力都很强，自己应该好好学习。因此，他对史宜春安排给自己的社会工作和课余活动，从不抵触排斥，而是想方设法、尽心竭力，他想在新的环境里更好地磨炼提升自己。班里开展迎接运动会训练以来，他虽然不像史宜春那样热情饱满、顽强刻苦，但也属积极参加、尽力而为。他按照蔡老师和班里的要求填报了两个比赛项目，一项掷铅球，一项 5000 米。没承想，自己掷铅球的水平根本不是高年级同学的对手，两轮比赛之后就被淘汰出局，白白浪费辜负了班上同学们的呐喊助威。他知道，自己的运动强项可能在耐力，但和其他班的同学们相比，自己心里实在没底。好在蔡老师在班上多次说过，运动比赛的目的在于磨炼意志、锻炼身体、增强团结、鼓舞士气。可集体荣誉感谁都有，所以他才猛着劲儿地为自己班里的运动员加油助威，特别是班长史宜春的出色表现，更让他惊喜不已，他利用自己宣传报道组成员的身份，一篇又一篇地向校广播站撰写表扬稿子，他想通过这种方式，为自己班的运动员们加油鼓劲！

史宜春当然没有忘记一定要好好利用这次运动会，充分展示自己的身体素质和夺优能力，以彻底压倒"对手"耿守心。他知道，自己的运动成绩非常突出，不仅过去参加片区联办中学运动会屡得第一，而且代表片区联办中学参加公社中学生运动会也获得过骄人成绩。他渴盼在这次运动会上大展身手，在为全班赢得荣誉的同时，也在同学们中重树和巩固最高威信。他对耿守心刚才表扬自己的稿件有些意外，所以他才主动找到耿守心，刻意表达自己的特别友好和真诚谢意。

下午的运动场上，依旧人山人海、呐喊如潮、气势如虹、鼓声阵阵。随着烈日的当顶直射，气温节节攀升，不少教职员工撑起了遮阳伞，有的教职员工干脆躲到运动场边上的树荫里。

在进行完男子、女子 1500 米比赛后，终于迎来了本届运动会的最后一个竞赛项目——男子 5000 米比赛。

高一（1）班的史宜春、耿守心、代又生等五名同学，和全校三十几名运动员一起，精神抖擞地站在了起跑线上，随着发令员的一声枪响，运动员们像箭一样射了出去！

跑过三圈后，运动员们彼此逐渐拉开了距离。史宜春本来和耿守心、代又生一前一后地跑在整个队伍比较靠前的位置，他们到达高一（1）班观众席的时候，不知那位同学高声喊了句："史宜春！加油！你要再拿个第一！"

史宜春听罢笑了笑，他回过头来，看了看不紧不慢跟跑的耿守心和代又生，咬了咬牙，自顾自地飞奔出去！

七圈后，几名运动员实在坚持不住了，主动退出了比赛。代又生看了看和他一前一后奔跑着、同样大汗淋漓的耿守心，气喘吁吁道："太累了！还跑吗？"

耿守心用手擦了擦脸上的汗，回了句："继续坚持！"

又跑了一圈，代又生实在跑不动了，他向耿守心打过招呼后，和前面的两名运动员一起退出了比赛。运动场上只剩下不到二十名运动员。

太阳越来越热了，而且没有一点风！耿守心一边用手擦着脸上的汗，一边倒数着自己剩下的圈数。他的两条腿似乎已经不听使唤，只是麻木机械地向前挥舞着摆动。他感觉到了自己的心脏正在加速跳跃，呼吸十分费力，来自观众席上的呐喊助威声也已经渐渐听不清晰……

比赛前，耿守心给自己定下的目标是以相对恒定的速度坚持跑完十二圈半，也就是 5000 米，而不是中途退出比赛。当他看到不少同学因为没有平均分配体力、天气太热而中途不得不退出比赛，代又生两次提出"退赛"的建议后，他曾有过犹豫，但他很快战胜了自己！他决心继续坚持，决不在运动场上当"逃兵"，哪怕跑道上只剩下自己！

他想，数圈数也要讲究"科学性"。他不想正着数，他觉得那是在爬坡；他要倒着数，他觉得这样有心劲、有盼头，而且省力气。

当耿守心倒数三圈的时候，跑在前面的一名同学跌倒了，被人迅速抬出了场地。

当耿守心倒数两圈的时候，跑在第二名的史宜春突然也跌倒了，而且摔得非常沉重！他看到史宜春被跑进场地的同学们搀扶着一瘸一拐地走向场外时的痛苦样子。

耿守心突然觉得自己有了些自责、内疚和惭愧……

耿守心加速了！这是他计划外的加速！他觉得自己必须超越前面的几个同学，才有可能把史宜春受伤退出比赛后的损失弥补和找回！

耿守心跑啊，跑！他连续超越了前面的两名同学！他心里想着，如果再超过前面的那名同学，他就有可能夺得第二名！

耿守心再次加速了！甚至有些踉踉跄跄、不顾一切地加速奔跑！跑在耿守心前面的那位同学，感觉到跑在后面的耿守心快要撵上自己的时候，也突然加速了……

观众席上立即爆发出一片热烈的掌声和欢呼声！

两个人你追我赶地拼命奔跑……终于，在距离终点不到 10 米的地方，耿守心超越了那名同学，以第二名的成绩冲过了终点！

在全场的热烈欢呐喊声中，耿守心跑出了运动场，他没有回到自己班的队伍，而是直接跑去了学校卫生室！他知道，史宜春应该正在那里紧急救治。

史宜春受伤了，是比较严重的膝盖摔伤。蔡老师和几个同学把他扶去学校卫生室后，校医正在紧急处理。

耿守心向蔡老师打过招呼后，直接走近史宜春身边着急地问道："史宜春，你怎么样？"

史宜春龇牙咧嘴答道："膝盖摔伤！疼！"

耿守心一脸歉意道："都怪我不好！如果你开始不陪着我们跑，把自己的体力分散开，应该不会出现这些问题。"

史宜春道："你说得对！刚开始跑得有些慢，后来为了追赶前面的同学，劲用得过猛，体力有些不支。"

耿守心再次抱歉道："实在对不住！让你受伤了。"

代又生挤到前面故意打趣道："史大班长受伤，主要是他这段时间训练太辛苦，而且总想着拿第一，所以才体力不支，与耿守心和我没啥关系！毛主席教导我们说，要奋斗，就会有牺牲，死人的事……"说到这，他突然停下，捂嘴笑着重新躲到后面，引起众人哈哈大笑不止！

蔡老师边笑边问："耿守心，你跑的成绩咋样？"

耿守心答道："可能是第二名。"

蔡老师立即笑道："不错嘛！比我预想得好多了！"

史宜春立即惊道："这是真的？"

耿守心笑了笑，说道："应该是。"

史宜春怔了怔，随即说道："这我可真没想到，耿守心居然还能跑出第二名！如果这样，这届运动会，咱们班年级总分第一名已经没有问题！"说罢，大家一起笑了起来。

正在这时，王小红急急忙忙跑来找蔡老师："蔡老师！组委会让咱们班推荐一名'精神文明运动员'，您看推荐谁？"

蔡老师看着大家问道："你们说，咱们应该推荐谁？"

王小红抢先道："咱们班观众席上的同学们一致推荐耿守心！刚才5000米比赛的时候，史宜春摔倒后，耿守心可勇敢了，拼着命地往前跑，连续超越了好几个人，现场好多班的同学们都站起来为他鼓掌叫好呢，那场面可激动人心呢！耿守心为咱们班夺得年级总分第一名拿到了最关键的一分，我们应该推荐他，你们说，是不是？"

代又生重新挤到前面说道："我看也是！刚才，我跑得实在没劲了，耿守心还在苦苦坚持，他的韧劲可赞可叹！最后居然还拿了个第二名，实在了不起！"

耿守心见王小红和代又生这么说，赶紧摇摇头，看着蔡老师说道："蔡老师，我觉得咱们班应该推荐史宜春！他平时训练最刻苦，组织同学们训练最热心，这次比赛拿的名次奖项最多，现在又受了伤，咱们应该鼓励成绩最好、最有贡献的人才对！"

蔡老师微笑着看了看耿守心，又看了看史宜春，问道："你们大家还有什么意见？"

史宜春一脸痛苦的样子没有吱声。其他同学一时也没了主意，大家纷纷道："他俩都不错，最好咱们推荐两个人！"

耿守心再次向蔡老师说道："蔡老师，我建议咱们班推荐史宜春！老实说，如果史宜春不摔倒，我今天或许不会取得这个成绩。"

蔡老师见耿守心如此苦苦坚持，他停顿了一会儿后，说道："既然耿守心这么坚持和发扬风格，那咱们班就推荐史宜春！"

耿守心笑了！史宜春龇牙咧嘴地笑了！蔡老师和同学们也都笑了！

耿守心觉得：做人做事要重觉悟、讲风格。老支书广林大爷早就说过，耿家口人要"不忘初心、守好根本"！平心而论，在运动会训练和参赛中，史宜春确实比自己付出更多、贡献更大！自己出以公心、合情合理的一再推荐并得到了蔡老师的最终认可和采纳，班里的推荐有了公平、公正、公道的结果，确实很开心。

史宜春觉得：自己被推荐为"精神文明运动员"，获得了运动成绩和精神文明的"双丰收"，达到了预期目的，确实很开心！当然，他由此对耿守心的认识和了解，也有了升华和质变。他开始觉得，自己不可能超越耿守心，不仅因为耿守心的学习成绩比自己好，更是因为耿守心的格局、觉悟和人品。

同学们觉得：一个大家都十分看重的评比，就这样轻松愉快地解决了，同学们既展示了风格，又加强了团结和友谊，当然很开心。

蔡老师觉得：自己的两个学生，各自表现出了不同的特点和素质，一个比较看重自己的形象和成绩，一个更注重风格、公平和友谊！他喜欢史宜春"见第一就争、见冠军就夺"的拼搏精神，这会儿，他更喜欢耿守心主动把荣誉让给史宜春的觉悟和人品！他感觉到耿守心已经认识到自己过去存在的缺点和不足，正在认真改掉自己不够虚心和有时贪图虚荣的毛病和弱点，面对自己学生的进步和成长，他自然是满意和开心的。

运动会后，高一（1）班重又恢复了往日的正常学习和生活。然而，有两点不同的是：第一，史宜春没有再次主动承揽校内的相关社会工作和组织班内的课余活动，他在认真搞好自己学习的同时，主动加强了与同学们特别是与耿守心的个人关系与友谊。他决心与耿守心结成班内最好的同学和朋友。他觉得：与耿守心这样的"强者"结为知心朋友，才能使自己更强大、更进步。否则，只会让自己更尴尬、更被动。第二，蔡老师没有像过去那样频繁地来到教室检查，而是除正常上课辅导外，每天一次地来到教室察看同学们的自习情况，或者找个别同学谈心。蔡老师把更多的时间和精力，似乎放在了他无力阻挡且又很不开心的某些工作和事务上。

期末复习考试开始了。学校非常意外地没有对这项工作进行专门的教育动员和布置。各任课老师根据自己科目的教学进度和时间安排，分别在班上进行简要动员后，按照《课程表》的统一安排，自行出卷、单独组织了期末考试。

同学们不知发生了什么情况，总觉得这次期末考试既有些味道异常，又有些松松垮垮，远不如预料的那样严格，更不像升学考试那样的正规严谨。

考试依旧在自己的教室里进行，依然和同桌坐在一起。有的同学偶尔作弊，监考老师权当没有看见。个别同学小声与前后桌同学核对答案，监考老师也只是提醒"不要交头接耳，注意考场秩序"。答完的考卷不需要直接交给监考老师或者放到讲台上，而是自行把卷子翻扣在课桌上，直接出去就是……

耿守心依然是第一个交卷，第一个走出教室。他不是不虚心，也不是想特殊表现自己。他觉得：与其在教室里陪着其他同学作弊，或者不得不听那些嘀嘀咕咕的"窃窃私语"，倒不如一个人回到宿舍看书或者休息更有意义。

有一次，史宜春也提前交卷回到了宿舍里。他俩见宿舍里没有其他人，自然聊起了学校正在发生的一些事情和问题。

耿守心问："史宜春，现在学校里是不是发生了一些新情况？我总是感觉有些不对劲。"

史宜春答："我听说高二年级的个别同学正在与任课的老师和学校的领导们搞辩论。"

耿守心问："辩论什么？"

史宜春答："他们不想闭卷考试，吵闹着要开卷考试。"

耿守心道："怎么会这样？怎样考试应该由老师说了算，学生们提意见实在没有道理！如果同学们什么都懂，也用不着来学校向老师们请教学习了。"

史宜春立刻有些慌乱地赶紧小声提醒："你可不敢出去说！他们听到后一定会找你的麻烦！说不定还会找你辩论！他们可不像我们，他们是靠推荐上来的，学习成绩不咋样，辩论起来可有劲头和精神！"

耿守心吃惊地睁大了眼睛，但没有说话。他觉得史宜春是在为自己着想，他说的话也确有道理。老支书广林大爷早就说过，人不犯我，我不犯人，这是耿家口人应该恪守的规矩和根本！

期末考试后，成绩很快下来了。蔡老师利用晚自习时间，专门来到教室进行讲评。他把考试总分和各科考试成绩前五名同学的名字写在了黑板上，也把考试成绩后五名同学的名字写在了黑板上。

教室里鸦雀无声。同学们都在静静等待蔡老师的表扬、批评和讲评。

蔡老师看了看同学们，有些动情又有些伤感地说道："同学们，你们入学后的第一次期末考试结束了，我们班取得了比较好的成绩，但也存在着本不该发生的一些问题。我要表扬这次考试成绩比较好的同学，特别是考出个人真实成绩的同学。我还要表扬这次考试成绩不够理想的同学，因为我相信他们的成绩没有水分。"

"毛主席早就说过，知识的问题是一个科学的问题，来不得半点的虚伪和骄傲，决定需要的倒是其反面——诚实和谦逊的态度。我们班的同学在这次期末考试中，有的提前写纸条，有的抄袭课本，有的和别的同学核对答案，有的同学甚至在抄袭同桌答卷的时候，把同桌的名字也一块抄了上去……这些违反考场纪律的作弊行为，对于我们来说，都是不能允许的，是应该受到严肃批评的！"

"毛主席还说过，没有文化的军队是愚蠢的军队，而愚蠢的军队是不能战胜敌人的。同学们正在学习和成长时期，国家建设需要你们去努力，如果你们不认认真真、踏踏实实地把学习搞好，将来怎么担负起建设祖国的使命和责任？现在社会上有一种思潮和倾向，企图干扰破坏我们党的教育方针，希望同学们排除干扰，明辨是非，始终坚定走毛主席为我们制定的德智体全面发展的革命道路……我是过来人，既是你们的老师，也是你们的长辈和同志，我希望我培养的学生坚持走'又红又专'的道路，始终把为国学习、报效人民，顶在头上，记在心里！"

教室里一片寂静，没有人交头接耳。同学们没有听到蔡老师声嘶力竭、痛心疾首的点名批评，大家都在静静聆听蔡老师阐述的深刻道理。

蔡老师停顿了一会儿后，他看着教室里的同学们，拿起一张表格接着说道："不论怎么样，我还是要在这里，特别表扬一下耿守心。这次期末考试，在高一年级的三个班中，他不仅取得了考试成绩总分第一名，而且五门考试，他夺得了四门第一，我相信这是他的真实成绩。今天马校长在教学讲评会上，特别点名对他提出了表扬，他为我们班赢得了好评和荣誉，我们应该用热烈的掌声向他表示感谢和祝贺！我希望同学们好好向他学习！"

蔡老师讲评之后，没有在教室里继续停留，而是把史宜春、耿守心、王小红和康在行一块叫出了教室。

蔡老师在教室的外面，嘱咐史宜春、王小红，尽快收集整理这次期末复习考试中的好人好事，假前在教室后面的《学习专栏》和教室外面的《黑板报》进行张贴和宣传。蔡老师安排耿守心从各科老师那里把考试卷子领回来，尽快发给同学们，同时写篇个人学习心得体会尽快交到他手里。

蔡老师把这些工作安排妥当后，叫着康在行，直接去了语文教研组办公室。

好大一会儿，康在行垂头丧气地回到了教室里。胖胖同学立刻走过来笑着问道："在行老弟，一块出去的他们三个都笑着回来了，你怎么像被蔡老师狠狠批了一顿似的?"

康在行哭丧着脸说道:"都怪我麻痹大意,考试时为了赶时间,抄耿守心卷子的时候,一不小心,把他的名字也抄了上去。"

"哈哈哈!"胖胖同学立马大笑着拍着康在行的肩膀道:"我的小老弟,那你以后再抄耿守心卷子的时候,一定要倍加小心!千万注意!哈哈哈!"

中学的生活,是多彩而欢乐的时光,对每一名学生来说,都有难以忘怀的愉快记忆。然而,当"政治风暴"来临或社会大环境突然改变的时候,这里绝不是一片净土,常常伴随着激情的燃烧、青春的冲动、无谓的投入和无知的盲动,呈现出各式各样或无愧历史、或有悔人生、或珍惜韶华、或吞嚼时光的故事和笑话来——

16 全乱了套

暑假过后，县五中如期开学。

校园还是那个校园，老师还是那些老师，学生还是那些学生，但学校原有的朝气蓬勃、师生友爱、秩序井然、环境整洁、书声琅琅的环境已经支离破碎、荡然无存……

进到校园里，铺天盖地的大字报、小字报，花花绿绿的巨幅口号标语，横七竖八地贴满了办公室、教室、宿舍外的墙壁上和教室外的宣传专栏里。许多教师行色匆匆，低头从学生们的身边小心快速走过，一副六神无主、担惊受怕、朝不保夕的样子。许多高年级的学生们，人人胸前佩戴着红像章，胳膊上挂着红袖章，挺胸抬头、趾高气扬、活灵活现地穿梭在校园里的马路上、教室里和教师办公室里。教室里、宿舍里、教师办公室里、树林里、马路边，不时传来或众或寡、忽高忽低的辩论声、争吵声和聚众讨论声……

高二年级的部分同学已经早早赶回了学校。他们提前赶回学校，不是忙着复习功课或者参加教学实习，而是在个别老师的组织、怂恿、支持和带领下，连续接待来自外校"走马灯"似的串联老师和学生，日夜赶写张贴着大、小字报，揭发批判着县教育局、公社和学校"走白专道路""迫害贫下中农子弟"的领导和老师……

耿守心、耿守昌、耿守平、耿守卫回到学校后，立即被眼前的混乱景象惊呆了！他们从没有见过这种阵势，不知道学校出了什么问题，他们赶紧把行李物品放到宿舍后，就急急忙忙走出来，和其他刚到校的同学们一起，四处观看着那些大、小字报上究竟写了些什么东西……

他们看着那些各式各样的大、小字报和标语口号，特别是那些无理取闹、信口开河、生拉硬扯、无限"上纲上线"、最后再附加一句"坚决把某某某打倒在地，再踏上一只脚，让他永世不得翻身！"的恐怖词语，心里一阵阵紧张、发毛和惊悸！

耿守昌边看边悄悄对耿守心说道："守心，你看，这张大字报是批判你们班主任蔡老师的。"

耿守平边看边满脸疑惑地小声插话道："我也在看。蔡老师对我们大家可好了，他怎么会挨批呢？"

耿守卫凑上前来说道："说来也真奇怪了！他们怎么什么都知道啊？刚才我听同学说，因为大字报上写的那些事，我们班有个同学差点和高年级的同学打起来，让先回来的同学们非常紧张和生气！"

耿守心没有接他们的话，他在认真观看揭发批判蔡老师那张大字报上的"事实证据"。

大字报写的事情，耿守心有些知道，有些不知道。他觉得，蔡老师狠抓高一（1）班的学习没错，学生不学习，来这里干吗！他觉得，大字报上写的"蔡一庆要把学生培养成资产阶级事业的接班人""要把学生们变成资产阶级温床里的弱苗"，简直是造谣污蔑、胡说八道，真是岂有此理！蔡老师主张劳逸结合、以学习为主，这是对同学们的深情呵护，绝不是"要断了无产阶级革命事业的根"！蔡老师狠抓考试纪律，旗帜鲜明地反对考试作弊，完全是为了培养同学们好的思想作风和纪律意识，根本与"迫害贫下中农子弟"毫无关系！蔡老师积极宣传毛泽东思想，经常引用毛主席语录教育同学们，绝不是"不思悔改的'臭老九'，妄图与无产阶级革命教育事业对抗到底！"……

耿守心一边看着，一边想着，一边在心里对大字报上的荒诞谬论和荒唐推理提出深深置疑和坚决反对！

正在这时，一名戴着红袖章的高二级同学拿着毛笔走过来，笑着对耿守心说道："你是高一（1）班的同学吧？"

耿守心看了一眼"红袖章"，答道："是。"

"红袖章"又道："这是我们揭发批判蔡一庆的大字报，欢迎你也签上名字。"

耿守心摇了摇头："我不了解上面的事实真相，我签上名字不合适。"

"红袖章"继续道："不了解没有关系，只要你签上名字，就代表你与学校的无产阶级革命阵营站在了一起。"

耿守心再次看了一眼"红袖章"，置疑道："我不同意你的观点。再说了，你的这种说法也不符合逻辑。"

"红袖章"突然笑意尽失，拉下脸来说道："怎么不符合逻辑？"

耿守心笑了笑："大字报上写的许多事情我不知道，你让我签上名字，那就是让我承认和证明上面写的东西都是事实，这能叫符合逻辑？"

"红袖章"更加生气道："那你是怀疑我们这些红卫兵革命小将了？怀疑我们说的是钢铁事实和革命真理！"

耿守心也严肃起来，反驳道："你这是无限上纲、胡乱拓展，用错了坐标和定义域！"

"红袖章"一脸困惑地向上翻了翻眼皮，脸色十分难看地问道："什么叫坐标和定义域？"

耿守心不无讥讽地笑道："那你应该去问你们的数学、物理和语文老师。你这个高年级的同学，不应该问我这个低年级的同学，这不符合道理。"

"红袖章"还想说什么，耿守昌、耿守平、耿守卫立刻围上来，边说边笑着声援耿守心，劝解"红袖章"。

"红袖章"见状，恼怒地瞪了耿守心一眼，气呼呼地转身离开，向着他自己的教室方向快步走去。

耿守昌立刻道："守心，刚才那个红袖章，是高二（1）班的学生，他姓李。"

耿守平、耿守卫也急着说道："守心，他可能去叫人了，咱们得赶紧离开，不能再待在这里！"

耿守心、耿守平回到高一（1）班宿舍后，史宜春、代又生、康在行等同学也已经回到学校，正在宿舍里整理自己的物品行李。

同学们假期后第一次见面，彼此热情地打着招呼，相互分享品尝着大家各自带来的食品，尤其热烈交流讨论着回校后看到、听到的各类"新鲜消息"……

正在这时，刚才和耿守心争论的那名"红袖章"，带着几名高年级同学走进来。其中一名穿着运动裤头背心的高个子同学和班长史宜春打过招呼后，在"红袖章"的指认下，直接来到耿守心的床前，虎视眈眈地盯着耿守心，质问他为什么不在大字报上签名。

耿守心笑了笑，说道："我不是你们班的同学，我签上名字不合适。"

高个子同学再问："那你为什么对他说坐标和定义域？你是不是在讥笑我们学习不如你？"

耿守心边笑边道："不存在这个问题。你们是高年级的同学，我们是低年级的同学，哪有你们不懂，我们先懂的道理？"

正在高个子同学和耿守心一问一答的时候，代又生拿着一个甜瓜走过来，一边塞给高个子同学，一边笑着插话道："代大班长好！毛主席教导我们说，学习的敌人是自己的满足，要认真学习一点东西，必须从不自满开始。我们低年级同学，就是要向高年级的同学们学习！代大班长是我们大队的'老革命'，咱们大家应该首先向他学习！"

代又生边说边向高个子同学做了个鬼脸，高个子同学立即笑起来，宿舍里顿时笑声一片。

高个子同学接过代又生递过的甜瓜，边笑边冲着"红袖章"和那几名高年级同学摆了摆手，说道："他们是低年级同学，咱们不和他们一般见识！"话毕，他向代又生和史宜春打过招呼后，带头走了出去。

同学们正说着话，蔡老师急急忙忙走进宿舍，没容同学们向他开口问好，首先着急地问道："刚才高二（1）班的同学们来宿舍了？你们吵架、打架没有？"

史宜春抢先道："没有打架，他们刚走！姓李的同学硬逼着耿守心在大字报上签名，耿守心不签，他们才追到宿舍要找他辩论！"

蔡老师看了一眼耿守心，眼神里充满了关切和问询。

耿守心赶紧接上道："蔡老师，我没事。他们只是过来问了几句。您挺好吧？他们为什么那样对待您？"

蔡老师笑了笑："我挺好的，没有关系。"

蔡老师安排大家继续整理宿舍后，叫上史宜春和耿守心，走出门去。

史宜春和耿守心跟着蔡老师来到了语文教研组办公室。蔡老师坐在椅子上，看着史宜春和耿守心说道："我找你们来，有两件事情要说，一是根据学校的安排，明天开学后，班里的骨干要进行调整和选举。不是由我直接提名，而是我提出候选人后，再由同学们无记名投票选举。我的意见是，史宜春不再兼职，究竟继续在班委还是在团支部工作，到时候根据同学们的投票和选举情况，再相机决定。关于团支部委员和班委的候选人问题，我打算安排你们两个人都参加，你们看，行不行？"

史宜春看了一眼耿守心后，微笑道："我没有意见。"

耿守心道："史宜春上学期干得很出色，我愿意继续在他的领导下工作。"

蔡老师笑了笑："既然你们没有意见，那就这样决定！"

蔡老师说完，他端起水杯喝了口水，静静想了一会儿后，有些踌躇终又下定决心同时神情严肃地小声说道："第二件事，我想对你们提些要求。目前，学校里出现了一些新情况、新变化、新问题，有些你们已经看到了，但这不是全部，实际情况比你们看到、想到的要复杂严重得多。我希望你们一切听从学校和老师的安排，努力把同学们组织、管理、带领好，继续专心致志搞好班里的工作和学习，千万不要受别的班级、特别是外校有关人员的挑拨、煽动和蛊惑，要始终坚信学校领导和老师们一如既往地坚持毛主席的革命教育路线，坚信我们正在一心一意地把你们培养成为无产阶级革命事业接班人。"

史宜春紧绷着脸，握了握拳头，说道："蔡老师，您放心！我们一定把同学们组织管理好，专心致志搞好班级的工作和学习！"

耿守心紧接着说道："蔡老师，请您务必保重身体！我会很好配合史宜春，决不辜负您的期望和信任！"

蔡老师赞许地点了点头，继续道："明天就要开学了，高二年级的个别同学，受外校学生的影响，很可能去咱们班联络、蛊惑你们。我希望你们保持高度警觉，同时要讲究方式、方法和策略，不要'硬碰硬'地搞对立。要用自己学到的知识和掌握的事实，去捍卫正确的东西。你们和高年级的同学，都是阶级兄弟和革命同志，如果在认识上有分歧，那也是人民内部矛盾，如果他们找你们辩论，你们能躲就躲，能不参与就不参与，实在没法躲避的时候，也要心平气和地和他们摆事实、讲道理。要坚持以理服人，千万不能无限上纲，用大棍子、大帽子压人唬人！更不能张口骂人、动手打人！否则，你们就违背了老师对你们的教导，也辜负了你们自己的父母亲人！"

正在这时，隔壁马校长的办公室里传来学生们的大吵大闹和高声喊叫声："马校长，你这是压制我们的革命行动！"

"马校长，你这是反对毛主席的无产阶级革命教育路线！包庇走'白专道路'的黑典型！"

"把马校长拉到校园里组织批斗！"

蔡老师立刻意识到校长办公室正在发生什么。他停住话题，对史宜春和耿守心急忙道："今天就谈到这里。你俩赶紧回教室，我现在过去看看！"说完，他起身快步走出语文教研组办公室，匆匆向校长办公室赶去。

史宜春和耿守心没有停留，他们简单商量后，各自飞快地赶去宿舍和教室。他们打算把到校的同学们尽快召集一起，由史宜春把蔡老师刚才提出的要求，迅速传达给全班每一个人。

高一（1）班的教室里，同学们正由班长史宜春组织大家传达刚才蔡老师提出的要求。突然，两名戴红袖章的同学走进了教室。一名是高二（1）班的代班长，也就是刚才在宿舍里找耿守心辩论的那名高个子；另外一名同学，大家不认识。

高个子同学和史宜春耳语了几句后，走上讲台说道："各位同学，占用大家一点时间。我是高二（1）班的班长，也是校团委的副书记。我和县一中高战力同学来到你们班，就是希望同学们和我们团结在一起、战斗在一起、胜利在一起！下面欢迎高战力同学讲话！"

说罢，他用手指了指那位戴红袖章的陌生同学，教室里响起一阵稀稀落落的掌声。

高战力走上讲台，脸色有些阴郁，看得出，他对刚才欢迎他的掌声不够热烈明显有些介意。

高战力环顾了一眼教室，停顿了一会儿后，操着一口不太标准的普通话说道："同学们，我叫高战力！高举旗帜的高！战斗的战！力量的力！我到你们学校，就是要把县一中的革命火花，带到县五中来，在你们学校燃起熊熊的革命燎原之火，把县五中的'资产阶级当权派'和'反动学术权威'，烧个一干二净！把欺压横行在我们贫下中农子弟头上的'白专分子'，彻底打翻在地！让他们永世不得翻身！……"

高战力正说得慷慨激昂、激情四溢的时候，不知哪位同学小声说了句："天气太热了，我不想烤火！"引得教室里的同学们一阵小声哄笑。

高战力微微皱了皱眉头，但依旧热血沸腾、旁若无人地高声道："我相信在座的同学们都是贫下中农的子弟！我们的无产阶级革命政权绝不是靠在教室里琅琅读书取得的，而是革命先辈们在腥风血雨的斗争中前赴后继、抛头颅、洒热血夺得的！我们应该向老一辈无产阶级革命家学习，走出教室，走向社会，走向公社，走向县里！去向'资产阶级当权派'和'反动学术权威'宣战！去把无产阶级'文化大革命'进行到底！……"

高战力一边激动陶醉地演讲，一边用力地挥舞着拳头！

不知哪位同学又小声说了一句："那你到教室外边去斗呗！"又引了一些同学的哄笑。

耿守心没有说话，也没有笑。自打这两名"红袖章"进到教室后，他一直趴在桌上看书。他不想刺激他们，也不愿没有必要的过于顺服。他觉得，这两名"红袖章"根本没有资格站在讲台上为他和同学们讲话，特别是没有经过蔡老师和学校的允许。当然，他也没有忘记蔡老师刚才的叮咛和嘱咐：

斗争要讲究艺术，重要的是搞好学习。不然，他早就提出了抗议，或者直接走出了教室。

高战力当然看到了一直趴在桌上看书的耿守心，教室里的两次哄笑让他的心情很是不爽，这会儿，他想拿正在看书的耿守心"开开刀"，以调整发泄一下自己的情绪，同时在同学们面前展示展示自己的"亲和"与"威力"。

想罢，高战力冲同学们笑了笑，指着耿守心问道："那位看书的同学！请问：你叫什么名字？"

耿守心听到了，但没有搭理。他依旧趴在桌上继续看书。

康在行捅了捅耿守心的胳膊，小声道："他在问你。"

耿守心抬头看了看康在行，问道："谁问我？"

高战力微笑道："我问你叫什么名字？"

耿守心看了一眼高战力，说道："我叫耿守心！耿直的耿！坚守的守！忠心的心！一句话：永远坚守对党、领袖和人民的耿耿忠心！"

话音未落，教室里立即响起一片热烈的掌声和笑声！

高战力的脸色立刻涨红起来，他没想到这名看书的同学像他一样地介绍自己，而且不给自己留下一点"发挥、指责或者调侃"的余地。

高战力稍稍停顿了一下，自我解嘲、又似乎装作不予计较地笑道："这位同学的名字也很好嘛！真诚欢迎耿守心同学和我们大家一起，加入到无产阶级的革命队伍中来！让我们共同迎接考验、夺取新的更大的胜利！"

说完，他直接走下讲台。教室里没有人鼓掌，一切安静得出奇。高战力回眼看了一下教室和耿守心，与高个子同学一起，匆匆且悻悻地走出了教室。

史宜春送走两名"红袖章"回到教室后，快步来到耿守心身边，小声说道："他们俩不太高兴！有可能会找你的麻烦，你可得小心注意！"

耿守心笑了笑："我又没说啥做啥？随他们的便，爱咋地咋地！"

假后开学的第一天，总算平静过去了。

第二天上午，上课的铃声刚刚响过，蔡老师就来到了高一（1）班教室。

暑假过后，许多同学还没有见过蔡老师，但大家都看到了教室外面大字报上被点名批判的"蔡一庆"名字，大家都很担心蔡老师。

当蔡老师刚刚走进教室的一刹那，同学们便报以特别热烈的持续掌声。

蔡老师一边向同学们挥手致意，一边微笑着走上讲台。同学们的掌声继续鸣响着，那里面有特别的思念和支持，也有特别的信任与宽慰。

蔡老师感动了，他忍不住向同学们弯腰鞠躬，当他重新抬起头的瞬间，眼睛里闪出了泪花，他掏出手绢擦了擦。

随后，蔡老师微笑着、深情地向同学们说道："同学们，谢谢你们的热烈掌声！我明白这掌声里包含的特别内容，这对我非常重要，我会倍加珍惜。我为有你们这些可爱的学生，感到由衷的自豪和欣慰！我会为党的教育事业努力奋斗，把你们培养成又红又专的合格接班人！"

他的话音刚落，教室里立刻再次响起热烈的掌声。

蔡老师接着道："同学们，新的学期就要开始了！根据学校的安排和刚才校长办公会议的通知，今天，我们利用这个时间，对班里的骨干进行选举和调整。候选人不再由班主任提名，而是由同学们自我推荐，大家既可以推荐别人，也可以推荐自己，候选人确定后，我们再组织无记名投票。我们先改选团支部，然后再改选班委会。我相信同学们的觉悟和水平，能够推荐选举出德才兼备、大胆泼辣、热心班级工作的同学为我们大家服务。下面，请团员们到外面来一下。"

蔡老师说完，团员们跟着蔡老师走了出去。

在教室的外面，蔡老师看着围成一圈的团员们说道："请同学们先推荐候选人！"他边说边看了看耿守心。

耿守心明白蔡老师的意思，他于是抢先说道："我先发言，我推荐上一届的史宜春他们五名支部委员。他们上学期的工作有声有色，配合蔡老师和班级学习搞了许多喜闻乐见的活动，受到了同学们的广泛支持和一致好评。"

史宜春笑了笑，接着说道："我觉得耿守心不错！他应该参加到团支部工作中来，这样团支部才会更有活力！"

王小红笑道："我赞成史宜春的意见！耿守心学习好、有文采，运动会上他投稿和被学校广播站采纳得最多！"

又有几名团员随声附和着推荐上届团支委和耿守心。

蔡老师见团员们都发表了自己的意见，接着说道："我看这样吧！团支部的候选人定六名，上一届的五名团支委另加耿守心。"团员们纷纷表示同意。

蔡老师说："既然大家都同意，我们现在就回教室选举！"

团员们跟着蔡老师回到教室后，蔡老师当众宣布了团支部候选人名单。史宜春给每名团员发下选票后，投票结果很快出来了：所有候选人的得票都超过了半数，其中史宜春和耿守心获得全票、并列第一。

教室里立刻响起热烈的掌声。

蔡老师笑道："团支部选举结果出来了，我们先不忙着确定团支委，等班委会选举结果出来后，我们再综合考虑，一起确定。下面，请同学们上台推荐、自荐班委会候选人！"说完，他看了看史宜春。

自打回到教室后，史宜春一直纳着闷：昨天，蔡老师说好由他提名候选人，怎么突然间改成由同学们自己推荐、自荐候选人。他想，也许学校有了新情况、新要求、新安排，也许正在遭受大字报批判的蔡老师不想连累自己的学生。如果这样，蔡老师这样做恰恰正是为了保护自己和耿守心。他回想起刚才团支部的推荐和选举，特别是蔡老师刚刚提出"暂缓确定团支委"的话，他认为自己的判断是正确的，不然，蔡老师也不会那么难掩激动与兴奋。

想到这，他突然生出些感动与亢奋，当看到蔡老师正朝他看时，他立即站起身来，走上讲台，大声说道："我先推荐！我推荐耿守心和上一届班委！"

蔡老师笑着问道："耿守心是上一届班委，你为什么特别点出耿守心的名字？"

史宜春道："耿守心是上届班委不假，但我想特别点出他的名字。我觉得耿守心同学学习好，为人正直，处事公道，荣誉面前讲风格，热心为大家服务，集体荣誉感强，群众威信高，特别值得我和大家学习！"

蔡老师笑道："既然这样！那你把这几名同学的名字写在黑板上吧。"

史宜春在黑板上写下耿守心和上一届班委的名字后，高兴地走下讲台，坐回座位。

蔡老师看着同学们问道："同学们，谁还上来推荐？"

胖胖同学站起来说道："我也推荐上一届的五名班委。如果大家不嫌弃的话，我也愿意为大家服务，不知道同学们给不给我机会？"同学们笑着鼓起了掌。

蔡老师笑道："那你上来写上自己的名字吧。"

胖胖同学走上讲台写上名字后，又在自己的名字下面特别画了一条线。

蔡老师不解地问道："画线是什么意思？"

代又生笑道："我是他们五个人的候选人！"话毕，教室里再次响起热烈的笑声和掌声！

代又生跑下讲台回到座位后，蔡老师又问："还有哪位同学上来推荐和自荐？"

同学们你看看我，我看看你，没有人吱声。

蔡老师笑着说："为班级服务，你们不愿意？"

同学们高声笑起来。笑声过后，又有几名同学走上讲台，写下了自己的名字。

蔡老师看着黑板上的人数差不多了，走上讲台说道："同学们，还有没有推荐和自荐的同学？请举手！"

有的同学相互嬉笑着鼓励撺掇着身边的同学，但教室里依然没有人举手。

蔡老师道："既然这样，我们就把黑板上的这些同学，全部作为班委选举的候选人，你们同意不同意？"

同学们高声齐答："同意！"

蔡老师道："下面，我们开始无记名投票选举！注意：每个人只能选五名班委；当然，也可以选这些同学之外的人！"

投票之后，黑板上很快出现了选举结果：上届班委和代又生的票数超过了半数，其中史宜春和耿守心获得全票，再次并列第一！

教室里又一次响起热烈的掌声和笑声！

蔡老师笑着走上讲台说道："同学们，班委选举的结果也出来了，史宜春和耿守心的得票数再次并列第一！怎样确定班长和团支部书记，我想先听听他俩的意见，你们同意不同意？"

同学们笑着高声齐答："同意！"

蔡老师微笑道："史宜春，你先说说吧！"

史宜春站起身来说道："耿守心学习比我好，我觉得他当班长更合适！"

蔡老师又看了看耿守心，耿守心站起来说道："谢谢同学们对我的鼓励和信任。史宜春热情高、能力强、工作细，我当他的助手更合适！"同学们笑着报以热烈的掌声。

蔡老师笑道："既然这样，我提议：耿守心担任班长。史宜春继续担任团支部书记！班委和团支部委员，按得票多少选取。同学们，你们同意不同意？"

同学们再次高声齐答："同意！"

按照得票多少，蔡老师一一明确了新的班委和团支部委员会组成人员。王小红继续担任团支部副书记，代又生进入班委担任生活委员……

一次简单而普通的班级选举，就这样愉快而顺利地结束了。然而，令人没有想到的是，这次班级调整和选举，却成了蔡老师再次遭受批判的"引信"和"证据"——

17　保护老师

高一（1）班班委和团支部改选后的第二天，教室外面的大墙上，突然贴出了两张崭新的大字报：一张是《蔡一庆究竟想干什么？——看蔡一庆是如何组织高一（1）班班干部选举的》，另一张是《"学习尖子"必须紧紧与无产阶级革命路线站在一起——对高一（1）班班干部们的几点建议》。落款均为"高二（1）班学生"。

高一（1）班的同学发现后，立即跑去报告蔡老师，也有人飞快地跑回教室传递消息。

高一（1）班的同学们闻讯后，纷纷从教室里赶过来，一边观看大字报，一边小声地气愤议论：

有同学说："这像什么话！蔡老师哪点做错了？上纲上线的没有一点道理！"

也有同学说："我们班的选举，完全是同学们自己推荐和选举的，根本就不存在蔡老师拉帮结派、培植亲信的任何问题！"

还有同学说："学习好还遭谴责和讽刺，难道在学校不好好读书就有道理？"

……

同学们正在大字报前义愤填膺、议论纷纷的时候，蔡老师快步来到这里。蔡老师看完两张大字报后，笑着摇了摇头，没做任何评论，他一边安排高一（1）班的同学们速速回到教室自习，一边匆匆向校长办公室赶去。

耿守心、史宜春、王小红、代又生和同学们回到教室后，大家自动围拢一起。

史宜春满脸涨红道："耿守心，你看怎么办？我们是不是也应该写张大字报反击？"

王小红义愤填膺道："高二（1）班的个别同学写的这两张大字报，明显违背事实！我们必须以同样的方式进行强烈谴责和抗议！"

代又生挥着拳头道："毛主席教导我们说，房子是应该经常打扫的，不打扫就会积满灰尘，脸是应该经常洗的，不洗也就会灰尘满面。彻底的唯物主义者是无所畏惧的！我们应该写出自己的大字报，陈述事实真相，进行坚决还击！这样既能保护咱们的蔡老师，也能保护我们自己！"

许多同学立即上前附和道："对！对！我们必须坚决反击！不然，他们还以为咱们班好欺负哩！"

耿守心想了想后，说道："我的意见是，如果写大字报应答，咱们也只能陈述事实真相，不对高二（1）班个别同学写的这两张大字报进行任何语言上的谴责和回击。蔡老师说过，我们毕竟都是同学，也是阶级兄弟，不能因此伤了和气。"

史宜春立刻接上道："我同意耿守心的意见！我的建议是由耿守心执笔，落款写我们高一（1）班全体！"

同学们纷纷表示赞成。耿守心没有推辞，他和史宜春、王小红、代又生等同学拿了毛笔和白纸后，一起赶去了男生宿舍。

很快，一张由"县五中高一（1）班全体同学"署名的大字报《我班班干部选举的全过程》紧挨着高二（1）班的那两张大字报贴了出去。

高一（1）班的大字报贴出后，立刻引来许多老师和同学们围观和议论，有人很快把消息传给了蔡老师。

蔡老师正在马校长办公室开会，他听说高一（1）班的学生们贴出大字报后，非常愕然和震惊！当即安排来人立刻把耿守心和史宜春叫到语文教研组办公室，他向马校长请假后就急急忙忙走了出去。

耿守心和史宜春赶到语文教研组办公室后，蔡老师正铁青着脸站在那里。他没有问为什么，就冲着耿守心和史宜春一顿猛批："是谁让你们写的？你们还嫌学校不够乱吗？我早就对你们说过，一切按照学校领导和老师的安排去做，一心一意抓好你们的工作和学习，不要参与和其他班的同学搞什么辩论，即使迫不得已的争论或者辩论，也要讲究方式和方法，决不能针尖儿对麦芒地恶语相向、出口伤人！因为你们是一个学校里的同学和阶级兄弟……"

蔡老师越说越激动，越说越生气，他用手指使劲敲着办公桌面，就差没有用巴掌猛拍桌子。

蔡老师用眼睛瞪着史宜春问道："史宜春，你是团支部书记，你说说究竟是怎么回事？"

史宜春怯生生地答道："这是我们大家一块商量的。我们不愿意看着他们无中生有、造谣滋事……"

蔡老师气愤地打断道："岂有此理！"

他瞪了一眼史宜春，又接着对耿守心厉声问道："耿守心，你说说，这是怎么回事？是不是你这个新任班长出的馊主意？"

耿守心自打进来看到蔡老师十分生气后，就一直低着头没有说话，他在紧张思考判断着蔡老师为啥这么生气。按理说，高二（1）班的个别同学贴出的那两张无中生有的大字报，明摆着就是造谣诽谤蔡老师，污蔑诋毁高一（1）班的同学和高一（1）班的良好学习风气，回击抗议一下应该没有问题，更何况，同学们并没有违反蔡老师提出的"只讲道理、不扣帽子、不打棍子"的原则，大字报通篇只是陈述基本事实，没有一句对高二（1）班部分同学进行谴责和反击的话语。既然这样，蔡老师生气或许另有原因，不妨先给蔡老师汇报一下详细情况再作处理。

想到这，耿守心拿过暖水瓶给蔡老师的水杯里加满水后，恭敬地答道："蔡老师，写大字报虽然是大家一块商量的，但稿子是我执笔起草的，我负主要责任。我觉得，我们没有违反您给我们提出的只讲道理、不扣帽子、不打棍子的原则，我们通篇只是陈述基本事实，没有一句语言上的谴责、讥讽和回击。我们是您的学生，我们有责任保护您，我们来学校的目的就是好好学习，我们也有责任维护好咱们班的良好学习风气，不受外部莫名其妙的诋毁、谩骂和攻击……"

他一边小心汇报，一边看了看脸色渐趋和缓的蔡老师，他又看了看仍在低着头的史宜春，末了说道："史宜春，你说我们是不是这样想的？这样做的？"

史宜春抬起头来看了看蔡老师和耿守心，答道："我们就是这样想的，这样做的！"

蔡老师没有接话。他想了一会儿后，突然一边说道："走！跟我去看看你们写的东西！"一边快速向门口走去。

蔡老师带着耿守心和史宜春，快步来到张贴大字报的教室墙外时，那里仍然围着许多人。

蔡老师走近大字报看了两遍后，脸色平静地对耿守心和史宜春说道："你们先回教室吧。我还是那句话，你们要全力以赴地抓好班里和你们个人的学习。"

在回教室的路上，史宜春仍然余悸未消道："耿守心，刚才蔡老师生气的样子，可把我吓坏了！我还以为咱们做错了什么事。"

耿守心道："蔡老师是为咱们好，他怕咱们陷入到不该陷入的旋涡中去。"

史宜春笑了笑，说道："你说得对！不过，我发现你这个人胆子挺大的。刚才似乎一点也不害怕，而且说话有板有眼、条条在理，蔡老师听后很快就消了气。"

耿守心笑道："谁说我不害怕？刚才手心里也冒汗了。史宜春，我总觉得这事应该不会结束，高二（1）班的个别同学和他们后边的人很难就此罢休。"

史宜春立刻面露不安道："你说咱们应该怎么办？"

耿守心道："我的意见是：兵来将挡，水来土掩，以逸待劳，坐等其变！首先把咱们班的学习抓好，不然，咱就失去了根本。"

史宜春笑着拍了拍耿守心的胳膊，说道："你这家伙真有主意！"说着话，两人回到了教室。

教室里，有的同学们正在看书，也有的正在三五成堆地小声议论，看着耿守心和史宜春走进来，不少同学立刻围拢过来，问道："什么情况？是不是蔡老师发了脾气？"

史宜春笑道："还好。他就问了问写大字报的事。"

代又生沉着脸道："我感觉蔡老师应该生气了。刚才高二（1）班的一个同学把王小红叫走了。我看他们没有完，他们肯定会找蔡老师和咱们班的麻烦，咱们必须做好准备！"

史宜春笑道："胖胖说得对！刚才我和耿守心也在商量这个事。"

有同学急问："咱们应该怎么办？"

史宜春斩钉截铁道："咱们就来个兵来将挡，水来土掩，以逸待劳，坐等其变，重要的是先抓好咱们班的学习！"

代又生和几个同学立刻附和道："对！咱们就这么办！"

大家正在你一言我一语不停议论的时候，王小红急急忙忙走进来，说道："刚才，高二（1）班的同学把我叫去问了几个事：一是咱们班的班干部是怎么选举的？蔡老师提没提候选人；二是班长耿守心、团支部书记史宜春各得了多少票；三是蔡老师最近组织大家学习报纸上有关'交白卷'的事迹没有。他们还特别提到：蔡老师是省城大学下放来咱们这里改造的'臭老九'，在思想认识和革命感情上一定要与他划清界限，千万不能与无产阶级革命路线产生距离。"

史宜春立刻吃惊道："蔡老师是省城大学下来改造的？"

王小红答："他们是这么说的。"

代又生笑道："怪不得蔡老师那么有水平！"

耿守心问："他们还说什么了？"

王小红答："他们说，耿守心也是'白专典型'，一门心思只想学习，这样下去很危险。他们还说，咱们班上的风气不好，只重视学习，忽视政治，应该引起高度警惕！"

代又生再问："是不是那个高战力说的？"

王小红顿时气愤道："就是他！仗着他和教导处李主任有点亲戚关系，就张牙舞爪、目空一切！那样子特别让人讨厌和生气！"

史宜春再问："他们为什么把你叫去说这些东西？"

王小红正要回答，一名同学慌慌张张跑进教室，对耿守心和史宜春说道："刚才我路过校长办公室时，看见高二（1）班的几名学生正在那里和马校长、蔡老师激烈辩论。有名同学还抓着蔡老师的胳膊。"

耿守心看了看史宜春和周围的同学们后，说道："我的意见是：咱们先过去两个人看看，发现有进一步激化或者情况不对时，赶紧回来通知！"

王小红和康在行相互对看了一眼，飞快地跑出了教室。

不大一会儿，康在行急急忙忙跑回来说道："有两名同学太不像话了！他们辩论不过蔡老师，正在拉扯蔡老师，看样子还想动手打蔡老师！"

耿守心和史宜春对视一眼后，果断道："走！咱们去看看！我们必须保护蔡老师！"

话毕，大家立即起身，教室里的同学们呼呼啦啦跟着耿守心和史宜春急急忙忙向校长办公室跑去。

校长办公室的门口已经聚集了许多人。门里，马校长、李主任和十几名老师正在开会，几名高年级学生正围着马校长辩论。门外，有人呼喊着："把蔡一庆拉到外面来辩论！"门口，有两个高年级学生，正在使劲拉扯着坐在椅子上参加会议的蔡老师。

耿守心、史宜春、王小红、代又生等同学赶到后，立即挤进人群，站在蔡老师身边护卫着蔡老师。

那两名拉扯蔡老师的学生立刻恼怒道："你们是哪个班的？为什么不让我们把蔡一庆拉出去辩论？"

耿守心笑道："我们和你们一样，都是县五中的学生，都是毛主席的好战士!"

高一（1）班的同学们立刻笑起来，纷纷跟着喊道："对！对！我们都是毛主席的好战士！"

正站在办公桌前一边急着跟围在他身边的学生们解释，一边有些不知所措的马校长，挤过围在他身边的几名学生，对拉扯蔡老师的两名学生和正拥挤在门口的同学们大声说道："同学们，我们正在开会，你们有什么问题，咱们会后再说。你们的革命觉悟和斗争精神，非常值得我们学习！这里是学校，学校和老师的任务是组织好教学，你们的任务首先是搞好学习，如果我们不能这样，就无法履职尽责，也就不能把你们培养成无产阶级革命事业接班人。我的意见是：你们现在都离开，各回各的教室！"

拉扯蔡老师的两名学生再次高声喊道："不行！我们强烈要求蔡一庆现在到办公室外参加我们的辩论会议！"

门外同时传来几声高声附和："不行！不行！蔡一庆必须出来参加辩论！"

马校长继续大声说道："蔡老师可以参加辩论，但必须先开完会。"

那两名学生依旧高声喊道："蔡一庆是下放到咱们县五中的'臭老九'！我们必须现在和他辩论！"

马校长接着道："蔡老师来咱们学校工作，是正常的工作调动，不存在其他问题！有文化、有知识、有水平、有成绩的老师，不代表就是'臭老九'，同学们千万不要误会。"

办公室的那几名学生，立刻再次走上前来围住马校长，并高声嚷道："马校长！你这是与我们革命小将唱'对台戏'！""你这是包庇'黑典型'蔡一庆！""我们要和你公开辩论！"这时，门外也同样叫嚷起同样的口号声。

马校长的脸立刻沉了下来，但很快笑了笑后，说道："你们要和我辩论可以，但要换个时间，我们现在正在开会。"

门内的同学们继续喊道："不行！先辩论，再开会！"门外再次有人附和着高喊："先辩论！再开会！"

马校长无可奈何地看了看高声喊叫的同学们，回身走到正坐在另一张办公桌旁看报纸的教导处主任李中宽面前，低头小声道："李主任，这是你们班的学生，你是不是说一下，让大家先回教室自习？其他的事情会后再说？"

教导处主任李中宽向上推了推眼镜，看了看马校长，笑了笑，没有动弹，也没有吱声。

马校长又环视了一圈参加会议的老师们，有的紧锁眉头、缄口不语，有的翻看书本和报纸……

马校长叹了口气，摇了摇头，有气无力地回到自己的办公桌前，在椅子上坐了下去。

站在门口的那两名同学见状，又要拉扯蔡老师。耿守心和史宜春使劲抓住他俩的手，说道："不行！你们不能这样拉扯蔡老师！有话说话，有理讲理！"

那两名学生抬起头来，怒目而视，厉声问道："为什么不能拉？"

耿守心满脸严肃，正色答道："因为蔡老师不是'臭老九'！"

那两名学生再问："你怎么知道的？"

耿守心看了一眼他俩，没有搭理，转身回头，对坐在办公桌前垂头丧气的马校长问道："马校长，我是高一（1）班的学生，我能不能说两句？"

马校长抬起头，看了看耿守心，说了句："好吧，你说吧。"

耿守心说道："蔡老师是我们的班主任老师，也是我们的语文老师，他每天和我们在一起，我们最了解他，也最清楚他的底细和人品！"

在场的老师和同学们立刻将目光投向耿守心。

马校长眼前一亮，不由自主道："是啊！"

耿守心继续道："他热爱自己的学生，热爱自己的本职，他经常教导我们要牢记毛主席的伟大教导，好好学习，天天向上！他教育我们既要学好知识，也要关心政治，要树立远大的革命理想，努力把自己培养成又红又专的无产阶级革命事业接班人！他对我们严格要求，倍加呵护，对学习漂浮、考试作弊的现象从不宽容客气，使我们班逐渐养成了团结紧张、朝气蓬勃、昂扬向上的良好学习风气！同学们，你们说是不是？"

高一（1）班的同学们高声齐答："是！"

马校长有些高兴起来。在场的老师和同学们也纷纷更加关注起正在有理有据、娓娓道来的耿守心。

拉扯蔡老师的两名同学也慢慢地松开了手，转而愤怒地盯着耿守心，说道："你不了解蔡一庆的过去！"

耿守心看了看那两名同学，继续对着马校长说道："马校长，我们确实不了解蔡老师的过去。但我们知道，他是我们的好老师！蔡老师过去犯没犯过错误我们不知道，但我们知道，没有人不犯错误，只要改正了，就是好同志！毛主席教导我们说，任何政党，任何个人，错误总是难免的……犯了错误则要求改正，改正得越迅速、越彻底越好。我们这些学生，都是从不懂事的少

188

年走来，不仅肚子里缺乏知识，而且身上还有很多毛病和问题。现在，我们来到县五中向老师们学习求教，就是要学习知识、增长本领，改掉那些坏的缺点和东西！您说，我们是不是好同学、好同志？"

马校长笑道："是好同学、好同志！"

那两名学生突然涨红了脸，仍继续争辩道："蔡一庆仗着自己学问多、水平高，喜欢卖弄自己！"

耿守心笑了笑，继续道："毛主席教导我们说，没有文化的军队是愚蠢的军队，而愚蠢的军队是不能战胜敌人的。钱学森同志的火箭技术，让我们国家的卫星飞上了天！阿基米德原理让我们知道了物体排开液体的重量等于它的浮力！中国的'四大发明'让我们享誉全球、自立于世界民族之林！马克思、恩格斯的鸿篇巨著，让我们认识了社会发展规律，增长了前进的信心和动力！毛泽东思想让我们懂得了中国革命的真理，伟大领袖的教导正指引我们从胜利走向更大的胜利！他们这些伟人，都是最有学问、最有知识的人，我们不能排斥文化、拒绝知识、把不懂装成懂，我们应该真诚地向他们致敬！虚心地向他们学习！同学们，你们说，对不对？"

高一（1）班和许多在场围观的同学们高声齐答："对！对！对！"接着是一片热烈的笑声和掌声！

马校长起身笑道："这个小同学说得好啊！我们可不能随便排斥知识和学问，更不能随便给自己的老师扣大帽子！我看啊，你们大家都回教室吧，我们还要继续开会呢！"

门内和门口拉扯蔡老师的那几名高年级学生，看到门外相继散去的同学们，你看看我，我看看你，没有动弹，也没有吱声，他们脸色羞红，不知所措，正十分尴尬地怔在那里。

教导处主任李中宽在门内门外一片欢笑和哄笑声中站起身，沉着脸，对着那几名高年级学生忿色道："都回教室吧！在这里瞎闹腾啥？我们还要开会呢！"

说完，他又看了一眼耿守心，同样有些生气地问道："你叫什么名字？"

耿守心恭敬答道："李主任好！我叫耿守心！"

同学们离开后，老师们继续在校长办公室开会。

耿守心、史宜春和同学们回到教室后，大家十分激动兴奋，同学们围拢着耿守心、史宜春，欢声笑语，说个不停。

史宜春挥舞着胳膊道："今天，耿守心的演讲太精彩了！驳斥得那两个高二同学一下子就蔫了！他们哪里知道钱学森的火箭技术和阿基米德原理！"

王小红手舞足蹈道："刚开始我看见了高战力，他站在后边带头喊口号。再后来，我看他时，他早就逃得踪影全无了！咯咯咯！"

耿守心赶紧道："同学们，咱们千万不能麻痹大意，高二（1）班的个别同学绝对不会善罢甘休。我们千万不能让人抓住把柄，现在是自习时间，请大家各回各位。"

史宜春立即接上道："耿班长说得对，咱们各回各位！"

同学们散开回到各自座位后，康在行小声对耿守心说道："耿守心，我总觉得高战力那个家伙还会找你的事，你可得小心提防！再出门的时候，一定得叫上我陪你！"

耿守心看了看康在行，若有所思道："好的。谢谢你！"

又到了吃饭时间，耿守心、耿守昌、耿守平、耿守卫几个人又坐在了一起。

耿守昌见周围没有外人，小声向耿守心问道："守心，今天你们班在校长办公室和高二（1）班的同学辩论了？"

耿守心轻描淡写道："蔡老师在校长办公室开会，他们硬拉蔡老师出去辩论，我们觉得不太合适，同学们一块过去说了几句。"

耿守昌再问："我听说当时的气氛特别紧张，好像你把高二（1）班的那些同学驳斥得没有一点脾气？"

耿守心看了看耿守昌，依旧淡淡道："也不全是这样。他们拉扯蔡老师，我们当然不能熟视无睹，只能当着校长、老师和同学们的面跟他们评评道理。"

耿守卫接上说："我听到的，可不像你这么说得这么轻松！许多同学都说了，高二（1）班的个别同学当时可嚣张了！不少人还喊起了口号，你接连说出一大堆道理来，把那几个同学驳斥得哑口无言，张校长当场就表扬了你，我们班都轰动了！大家都说，你和你们班这一炮开得好，省得高二年级那几个不知天高地厚的同学，整天没完没了地瞎闹腾！"

耿守平笑道："守心今天确实很出彩！为我们班抖了精气神！不过，我今天算看出来了，那几个高二（1）班的同学之所以敢乱闹腾，关键是他们后面有个别老师挑唆支持！不然，他们也没这个胆量和本事！"

耿守昌不无担心地对耿守心说道："守心，要是这么说，今后你可要当点心！高二班的同学比咱年龄大、个子高、力气大，咱惹不起！老师们咱更惹不起！依我看，只要没人欺负咱，咱还是少管点为好！"这会儿，他开始担心起比自己小一岁的耿守心。

耿守心笑了，他知道耿守昌在为自己好，想了想后，说道："你说得对！我本不想多管，可蔡老师是咱们的语文老师，又是我们的班主任，我这个当班长的不带头管，谁管？我实在看不下去他们蛮横无理、嫉贤妒能、没完没了欺负蔡老师的样子！"

耿守平道："我觉得守心今天做得没有错！他要是今天不带这个头，我们班里可能没人敢带这个头！蔡老师今天那可就惨透了！"

耿守卫道："守心、守昌说得都对！你们班的同学都比较激动兴奋，可我们班的同学都比较担心守心！"

耿守昌再次担心道："守心，我听说高二（1）班的个别同学想收拾你，你可得提高警惕，不怕一万，就怕万一！"

耿守平立刻瞪起眼睛，接上说道："他们敢！我以后天天和守心在一起！他到哪里，我到哪里！"

耿守心笑了笑："放心吧！没什么大不了的。他们那是吓唬人、不占理！如果他们真敢这样，那他们就会输得更加一败涂地！"

正说着话，王小红忧心忡忡走过来，递给耿守心一张小纸条，小声说道："耿守心，去不去你自己定。我的意见是：你最好不去！无论如何都得小心！"

耿守心打开小纸条，上面写道："如果你是勇敢的革命小将，请接受我们的革命辩论！时间：今晚自习时间；地点：高二（1）班教室。"

耿守心问："谁写的？"

王小红答："不知道。是高二（1）班代班长让我给你捎过来的。"

耿守心道："请你转告代班长，我准时去！"

王小红心事重重地再次提醒道："我的意见是你最好找个理由不去。如果你非要去的话，我和史宜春、代又生他们几个陪着你一块儿去。"

耿守平道："我也去！"

耿守心笑道："陪不陪再说吧。既然高二（1）班的同学有邀请，我不去没有道理。"

耿守昌、耿守卫立即担心道："守心！去不去，你都要小心点！千万千万不能大意！"

耿守心笑着看了看身边的几名同学，眼睛里顿时充满了特别的感激！他心里想：关键的时候，我的这几名兄弟和初中的老同学，还真是靠得住、重感情、讲义气！

晚饭后，耿守心没有回教室。他在饭堂后面的小树林里散起了步，他打算仔细想想今天晚上高二（1）班的同学们应该怎样和他辩论，会有哪些辩题，又会发生些什么意外，他应该做好怎样的准备。

耿守平也没有回教室，他正寸步不离地跟着耿守心。

耿守平说道："守心，你晚上真要去和他们辩论啊？如果真要吵起来，他们动手打你怎么办？"

耿守心想了想后，说道："我想不会。论年龄，他们都是哥哥。按道理，是他们约我去的。再说了，我决不会出口伤人、张口骂人，只是摆事实、讲道理。他们说得对，我虚心接受。他们说得不对，我也只是指出错在哪里，或者留在以后再行讨论。实在不行的话，我中途借故离开，他们总不会把我困在那里。"

耿守平道："你要坚持去，我陪着你！"

耿守心笑了笑："不用了！还是我一个人去合适。我们在教室里辩论，又不是去校外辩论，他们不会动手打我的。"

耿守平没有说话。他了解耿守心执着稳健的性格，也觉得自己的老同学讲得不无道理。

晚自习的铃声响过后，耿守心直接从小树林准时赶到了高二（1）班教室。

耿守心走进高二（1）班教室后，正坐在椅子上吃西瓜的代班长立即热情地对着耿守心喊道："耿守心！到这边来！欢迎！欢迎！过来一起吃西瓜！"

耿守心微笑着礼貌回应道："代班长好！你找我？"他一边说着话，一边走到正在吃西瓜同学们的近旁。

耿守心看到，正在吃西瓜的几个同学中，除了代班长外，还有坐在桌子上的高战力和坐在椅子上曾经当众拉扯蔡老师的一名同学，另外三名不认识。

代班长笑道："没想到你真来了！我们还以为你不会来呢！"他一边说笑着，一边用刀切了块西瓜递给耿守心。

耿守心接过西瓜，边吃边道："谢谢代班长！这瓜好甜啊！你叫我来，我哪能不来啊？你是学长，又是哥哥，哪有弟弟不听哥哥招呼的道理？"

代班长哈哈大笑道："我听代又生夸过你。现在看，他说得不错，你还真够意思！以后遇到什么事，只管过来找哥哥，我肯定全力帮助你！"

高战力吃完一块大西瓜，用手擦了擦嘴角后，说道："耿守心，咱们已经认识了，你这几天的表现，实在让我们不太满意！"

耿守心边吃西瓜边看着高战力没有吱声。他想让他把话说完，他不想破坏了目前比较友好融洽的气氛。他觉得，要赢得和高战力接下来可能的"辩论"，他必须尽快争取身边更多的同学、特别是代班长的支持。

耿守心想好以后，他顺手拿了块西瓜递给代班长。眼睛掠过后侧窗户的刹那，他看见史宜春、王小红、代又生、耿守平、康在行等同学正从窗户外面朝教室里面悄悄张望的样子，他冲他们会意地笑了笑，亦得到窗外同学们颇为紧张、但也微笑的回应。

代班长一边接过西瓜，一边不以为然地斜眼看了看高战力："其实也没啥！高战力是县城人，见多识广！咱们都是农村人，孤陋寡闻！"他边说边笑起来。

高战力没有接代班长的话茬，继续着自己的话题："你们班主任蔡一庆是省城大学的高才生，毕业后经他老师推荐留了校，担任了教师。他本应该在'文化大革命'中积极回报组织、冲锋陷阵，可他受他老师的影响太深，坚持走'白专道路'，特别是在他的老师受到群众批判后，他立场不稳、态度暧昧，甚至私底下为他老师鸣冤叫屈，这才受到了组织的处理。他下放到县五中后，不思悔改，紧跟县教育局和公社有关领导以及马校长的步伐，只抓教学，忽视政治，坚持走'白专道路'，与县五中的革命群众严重分离。你们高一（1）班的同学们不了解情况，丧失革命原则和斗争精神地保护蔡一庆，让我们大家很是难过和伤心。我们不反对你们搞好学习，但希望你们多多关心政治，特别是要与蔡一庆划清界限，绝对不能再和蔡一庆站在一起！"

说完，他顺手拿起两块西瓜，一块递给耿守心，一块留给他自己。

耿守心接过西瓜没有吃，直接送给了曾经拉扯蔡老师的那名同学，那名同学接过后，顺口说了声"谢谢！"

既然高战力说了一长段，耿守心再不接话没有道理。耿守心想了想后，微笑着问道："高战力，你说的这些情况是怎么知道的？"

高战力答道："我听别人说的。"

耿守心突然边笑边说道："我们大队的老支书广林大爷说过，同一件事情，公说公有理，婆说婆有理，如果你问另外一个人，很可能说出第三个结论。再说了，这话传来传去，如果偷斤短两，或者再添加些个人的感情成分，那失真是肯定的。今天马校长可是当众说过，蔡老师来这里工作，不是组织

| 193

守心记 / SHOUXINJI ...... 17 保护老师

处理，是正常的工作调动，你这怎么解释？"

高战力立刻激动起来："你可千万不能相信马明芳说的话！他们都是一伙的！"

耿守心继续笑道："那我们为什么一定要相信你的话？你既不是我们的领导，也不是我们的老师，更不是我们学校的学生，而且过去咱们互不认识。"

高战力更加着急道："因为我们是一个战壕里的革命战友和阶级同志！"

耿守心更加大声笑道："没有人说自己不是革命同志，我们当然不能因此相信每一个人，你说对不对？"

高战力立刻生气道："那你这是怀疑我，怀疑我这个革命同志！"

耿守心突然停住笑声，问道："那你说，我是不是革命同志？"

高战力答道："你当然是革命同志！"

耿守心再问："那你刚才是不是怀疑我了？"

高战力张了张口没有说话，脸色立即窘红起来。他突然意识到自己不知不觉中走进了耿守心给他设计的"逻辑怪圈"里！

耿守心再次笑道："那你可就是怀疑革命同志了。"

代班长和另外几名同学看着高战力脸色涨红的窘相，跟着一起哈哈大笑起来。

高战力缓和了一下情绪后，红着脸，接上说道："耿守心，我知道你挺能说，我也不想和你辩论。今天叫你来，就是想为你好，希望我们能够团结在一起、战斗在一起！"

耿守心笑道："你是县一中的学生，我们是县五中的学生，我们既不在一个学校读书，更不在一个教室上课，也不在一个宿舍休息，怎么能说在一起？"

耿守心一边说着话，一边拿起两块西瓜，一块再次递给代班长，一块递给高战力。

代班长笑着接了过去。高战力没有接，耿守心拿回，自己吃了起来。耿守心顺眼看了看窗外的几名同学，发现他们一个个都是很开心的样子。

正在这时，教导处主任李中宽走进了教室，同学们纷纷站起身来，热情围了过去。

李中宽看了看面前的几个学生，面露不悦，他抬眼看到耿守心，顿时吃惊道："你们没有上自习？"

耿守心赶紧回答："上自习了！我过来向代班长请教个问题。"

说完，他和代班长相视一笑，耿守心转身走出了教室。

耿守心是微笑着走出高二（1）班教室的，在教室背面窗户下等待和保护他的同学们，更是欢笑着迎接耿守心的。然而，他们谁都没有想到，同学们的一系列本能抗争和正当应对，并没有从根本上排解蔡老师的"麻烦"和"困难"。他们更没有想到，蔡老师在即将"离岗"和陷入"更大麻烦"的前夜，仍然把"教书育人"高顶头上，用心哺育教诲着自己的学生——

18 深夜教诲

假后开学虽然过去两三个月了，蔡老师除了上课时间到教室授课外，几乎很少抽出时间坐到高一（1）班的同学们之中。蔡老师讲课虽然仍像过去那样情绪饱满、热情洋溢、旁征博引、激情四射，但课间休息时，总能看到过去不曾抽烟的他，一支接着一支地猛抽。他的眼神里多了些郁愁，脸上添了些皱纹，白发从他的双鬓处冒出……

看得出，蔡老师正纠缠于一些无奈的精神折磨，他正在经受着别无选择的孤独、寂寞与痛苦。

耿守心、史宜春和高一（1）的同学们看在眼里，急在心头。他们不知道怎样才能为自己的老师分担，怎样才能使蔡老师像上学期那样开心愉快、摆脱忧愁。他们还是十五六岁的学生，他们只能私底下凭空猜想、悄悄议论，他们所能做的只能是抓好班里和自己的学习，不让蔡老师分心、担心和操心，或者不给他增添痛苦。

终于，有一天晚上，蔡老师把正上自习的耿守心、史宜春和王小红叫到了语文教研组办公室。

蔡老师有些疲惫地坐在椅子上，用近乎忧郁伤感的眼神看着面前的三个学生，声音嘶哑且又恋恋不舍道："我可能要离开学校几天，班主任暂时由你们的化学李老师兼任，希望你们支持她的工作，遵守纪律，好好学习，不要辜负了我对你们的期望和信任。"

史宜春急忙问道："蔡老师，您去哪里？"

蔡老师答道："可能去公社，也可能去县里……"

王小红接上问道："您走了，我们的语文课怎么办？"

蔡老师缓缓站起身来，朝着漆黑的窗外望去，停了一会儿后，默默说道："教导处李主任会有安排，也许拖几节课，等我回来后再补，也许安排别的老师兼任你们的语文老师。"

耿守心没有说话，他一直在静静地看着蔡老师的背影。他从蔡老师刚才沙哑的嗓音和忧郁的眼神里，似乎捕捉到了问题的严重性和复杂性。他知道，蔡老师的嗓音沙哑与他心情烦躁、抽烟过多很有关系。他判断，蔡老师可能去公社或者去县里做检讨。他判断，出现目前这种艰难的局面，很大可能与教导处主任李中宽有关。他判断，一切的发生和发展，蔡老师可能已经无法左右，什么时间回学校工作，能不能继续担任高一（1）班的班主任和语文老师，应该都是问题。

蔡老师盯着窗外，静静望了好一会儿后，才转回身来。他突然意识到自己眼睛里闪出泪花，很不好意思地笑了笑，慌乱地掏出手绢儿擦了擦，然后打起精神，微笑道："不好意思！让我的学生们见笑了！"

耿守心赶紧拿过暖水瓶给蔡老师杯里加满水，说道："蔡老师，您多喝点水，请您务必保重身体！需要我们做什么，请您告诉我们。"

蔡老师坐回椅子上，端起水杯，喝了口水，又点了支烟，边抽边微笑道："这段时间抽烟过多，声音有些沙哑。叫你们过来，只有一件事情，就是在我离校的这段时间里，请你们务必紧密配合李老师，抓好班里和你们自己的学习！另外，无论下一步出现什么情况，请你们务必相信我是一名好老师！"

三名学生突然惊愕惶恐地看着蔡老师，他们不知道究竟发生了什么，一向坚强乐观的蔡老师为什么对自己的学生说出这种话，他们非常紧张和担心，他们甚至明显感觉到蔡老师可能遇到了"只能苦苦挣扎""被动消极等候"的某种"严重问题"。

蔡老师看着三名学生惊恐不安的眼神，赶紧微笑着补充道："也没有什么大不了的问题，你们只管抓好班里和自己的学习。"

蔡老师稍稍缓了缓后继续道："我们在一起待了这么长时间，你们的情况我已经非常了解，可我的情况还从没有真正告诉过你们。今天晚上，我想破个例，给你们讲一点我自己的经历和故事，不知道你们有没有兴趣？"说完，他笑了起来。

三名学生立刻高兴道："那太好了！我们就想听蔡老师您的有趣故事！"

三名学生想：蔡老师刚才的言谈举止，表明他肯定遇到了某种难以排解的困难和问题，但蔡老师刚才的解释，又表明他已经有了应对的办法和主意。他们知道，蔡老师是一个特别有才华的好老师，他身上肯定有许多引人入胜的生动故事，蔡老师如果能把他的故事讲给自己听，那绝对是莫大的奖赏和信任。再说了，在当前的形势下，我们如果知道了蔡老师的真实故事，无论

守心记 ╲ SHOUXINJI

18

深夜教诲

对辨别学校里那些传言的真假，还是下一步对蔡老师可能的帮助与支持，肯定都有非常重大的意义。

蔡老师笑了笑，说道："我的老家在农村，我参加高考进入省城大学读书，毕业后留校任教。我很热爱自己的工作、老师和学生。后来由于一些原因调动工作来到这里。我的家在省城，我和爱人已经结婚十年了，她在省城工作，我们的孩子在省城上小学，我很少回家和他们团聚，除了寒暑两个假期，我的全部时间都在这里度过。来县五中工作五六年了，虽然我的工作和生活环境发生了很大改变，但'教书育人'的岗位没有改变，虽然我的学生由大学生变成了高中生，但职责和使命没有改变。我热爱自己现在的岗位和学生，我愿意把自己的全部知识、激情和热血，奉献给县五中的'三尺讲台'，奉献给你们大家！这就是我的全部，其实也非常简单，根本没有大家传说的那样复杂离奇。"说完，他腼腆地笑了笑。

史宜春立即接上道："蔡老师，我们知道您很不容易，我们更知道您是一个非常优秀的好老师，我们大家非常热爱您！"

蔡老师抽了口烟，笑道："如果说我是一个非常优秀的好老师，那还远远谈不上。因为这只是我的目标，而且还处在不断地努力完善过程中。但有一点，我可以肯定地说，自己确实把最大的热爱和精力，贡献给了党的教育事业，奉献给了'三尺讲台'和我的学生们！"

三名学生闻听蔡老师如此回答和解释，纷纷跟上笑起来。那笑声里分明蕴含着因蔡老师自谦而顿生的敬意！

蔡老师继续道："当然，对同一事物有不同看法，也很正常，因为不同的人有不同的立场和参照系，结论也就会常常不一。这也正像盲人摸象一样，处在大象前侧的盲人，摸到的大象是一根长长的大鼻子，处在大象侧面的盲人，摸到的大象是厚厚的一堵墙，而处在大象尾部的盲人，摸到的大象则是一条短短的小尾巴。学校师生们对我的评价，当然也是多种多样、五花八门，这个你们大家都是知道的。令我非常欣慰的是，我的学生觉得我是一个好老师，而我认为自己是一个愿意当好老师的老师，仅此已经足矣。"

说完，蔡老师再次笑起来。耿守心、史宜春、王小红也跟着笑起来。

王小红接上道："蔡老师，学校里那些胡说八道的话，我们压根就不相信！不过，我们确实感觉您挺难、挺累的！"

蔡老师默默点了点头，他喝了口水，重又点上一支烟，边抽边道："是啊，天底下哪有那么容易的事！在平路上行走，尚有动力和阻力并存，更何况向上爬坡呢？不过，我已经做好了充分的思想准备，不论前进道路上多苦、多难、多累、多凶险，我也要继续保持'春蚕到死丝方尽，蜡炬成灰泪始干'的那股责任和劲头，经受住困难的挑战和挫折的考验，以实现自己的人生夙愿和梦想追求！"

蔡老师说这番话时，面庞庄重而严肃，声音响亮而富激情。看得出，这是他心底里迸发出的轰鸣！

三名学生感动了！每个人的眼睛里充满了对自己老师的极端钦佩与深深尊敬。

耿守心再次提起暖水瓶，给蔡老师的水杯里加满水，然后，恭敬地看着蔡老师问道："蔡老师，您遇到的困难我们猜到了一些，可是，我们仍然不知道应该怎样正确认识、看待和克服这些困难？比方说，我们应该做些什么才能帮助到您？"

蔡老师笑了。他非常理解耿守心此时此刻的心情，他也清楚知道眼前的三个学生非常愿意帮助和分担自己的重负。但他不能把这些困难告诉他们，因为他们是自己心爱的学生，他们需要专心致志地搞好学习。

蔡老师喝了口水，微笑道："耿守心的这些话，让我很受感动！我相信，这也是你们三个或者全班同学们的共同心声。但作为老师，我不能告诉你们我遇到了哪些困难和问题。不过，对于普遍性的矛盾、困难和问题，在我们每个人的成长道路上都会遇到，如何正确认识、对待和克服它们，倒是个应该好好讲讲和努力解决的大问题。"

蔡老师把三名学生叫到办公室前，他已经反反复复想过这些事情和问题。自打上次耿守心、史宜春、王小红带领同学们在校长办公室，主动与高二年级的同学展开激烈辩论并有效保护自己后，不仅深深触动了他的内心深处，而且他已经开始不再"小瞧"自己的这些学生。他知道：自己这段时间遭受的折磨和痛苦，同学们肯定已经察觉，有些也可能比较清楚，把这些事情的来龙去脉原原本本告诉他们，不仅于事无补，而且肯定是错误的。他知道：学生们年轻脆弱的心灵极易受到伤害，保护他们并使他们继续健康成长是自己不能推卸的神圣使命。他打算从矛盾、问题和困难的普遍性讲起，点燃起学生自我辩证识别的智慧火花，在接下来可能更加模糊的学校政治环境中，增强学生自身的"政治识别力"和"政治免疫力"，以避免可能的误解和伤痛。他认为，作为老师，追求洁身自好，执着教书育人，既无可厚非，又地义天经。

199

　　蔡老师说到"矛盾、问题和困难的普遍性"问题时，顿时引起了三名学生的极大兴致，他们兴奋地睁大了眼睛。三名学生知道：学校里张贴的"大字报"上和大会上老师们的滔滔演讲里，常常看到、听到这些"陌生"而又"深奥"的词句，他们期待蔡老师能够透彻地给他们讲讲里面的道理。

　　蔡老师看着三名学生渴望的眼神，微笑道："我认为，对困难的认识和态度，首先要承认它的客观存在性。困难的存在，正如这世上的万事万物一样，是不以人的意志为转移的。马克思主义告诉我们，矛盾是客观存在的，矛盾具有普遍性，矛盾无时不在，矛盾无处不在。也就是说，我们在工作和生活中遇到的困难、矛盾和问题，它是无处不在、无时不在的，矛盾、困难和问题构成了整个世界，并伴随一切事物的始终。"

　　蔡老师侃侃而谈之时，突然看到三名学生有些迷茫的样子，他立即停下，笑着解释道："哦，我讲的是马克思主义哲学，这些你们还没有学到，不过，以后会学到的。现在你们只要知道矛盾和困难是无处不在、无时不在，是不以人的意志为转移的，也就足够了。"

　　三名学生相互对视了一眼，轻轻笑了起来。

　　蔡老师继续道："如何对待困难，不同的人有不同的认识、答案和态度。一个马克思主义者，或者一个积极向上的人，对待困难应该是积极的，而不应该是消极的；应该是勇敢的，而不应该是怯懦的。既然矛盾和困难是客观存在的，那么，我们就应该想办法去克服它，而不是在矛盾和困难面前畏首畏尾、回避逃避、败下阵来。爬山有没有困难？有困难！但志在巅峰的人，从来都是迎难而上、披荆斩棘、甘于冒险、勇往直前，最后到达胜利的顶端！在困难面前要勇于树立战胜困难的坚定决心，而决不能像懦夫那样在困难面前选择屈服和倒下。在困难面前选择逃避和投降，是对真正有价值人生的可怜背叛。一个真正的革命战士，是为征服困难而存在的！胜利者的脚步永远与迎接挑战和战胜困难紧密伴随、密切相连！"

　　蔡老师边说边有力地挥动着自己的手臂和拳头，俨然在课堂上对着几十名同学讲课一样充满活力、富有激情。他知道：这是在教导和启发自己的学生，同时也是在激励鞭策"身陷麻烦"的自己。一个即将走向或者已经投身"战场"的战士，需要这种昂扬和激奋！也需要在教导启示自己学生的同时，更使自己感动和振奋！

　　三名学生显然受到了蔡老师的强烈感染，他们的眼睛里闪动着火样的光亮，内心激昂，热血沸腾！

蔡老师再次端起水杯喝了口水，又抽了口烟后，继续道："至于如何解决困难，这可是一个大问题，也是一个大难题！或者说，人类活动的全部目的和意义，就在于解决各种各样的矛盾、困难和问题。在我们这个世界里，困难的来源无非是两种，一种是自然界客观存在的，或者说，是自然界赋予我们的，这就像数理化研究解决的那些问题一样；另一类，则是人们主观制造的，或者群体相聚后产生的，比如人和人之间的矛盾、分歧和意见，等等。因此，解决这些困难和问题，必须分门别类、对症下药、按科学和规律办事，才能达到解决困难和问题的目的。虽然自然界是千变万化的，人们的主观世界是千变万化的，由此产生或者赋予的各种矛盾、困难和问题更是千变万化的，但在解决和应对这些千变万化中，也有其内在的规律可以把握和遵循。因此，在解决这些矛盾、困难和问题时，必须坚持实事求是，必须坚持按客观规律办事，同时，还要机动灵活，因事、因地、因时制宜，切不可照搬照抄、千篇一律，这就是马克思主义哲学上讲的矛盾的'普遍性'与'特殊性'原则，也就是毛主席说过的'实事求是'和'活的灵魂'。但无论哪一种解决或者应对办法，都必须坚持'持之以恒的顽强精神'，都必须树立'坚持到底的坚定意志'，都必须具备'不怕艰难险阻的优秀品格'，都必须有'不达目的誓不罢休的英雄气概'！比方说，你们学习有没有困难？当然有！但只有坚韧不拔、锲而不舍地刻苦学习，才能最后赢得积极的进步和最好的成绩！再比如，社员们劳动有没有困难？当然有！但正是广大社员们'与天斗其乐无穷''与地斗其乐无穷'的不怕苦、不怕累的顽强精神，才夺得了庄稼的好收成、农业的大丰收，社员们才能一天天过上好日子！"

说到这里，蔡老师把话停下，微笑着看了看三名学生。

史宜春赶紧插话问道："蔡老师，自然界的困难看得清清楚楚，可人与人之间的矛盾和斗争实在太复杂了！怎样才能看得明白、分得清楚？"

蔡老师笑道："史宜春提的这个问题，确实是个很复杂的问题，也是一个需要认真学习研究的问题。一般来说，我们的工作或者行动受到障碍时，困难也就出现了。这个困难在哪里？问题出在谁身上？需要仔细研究和推理。自然界赋予的困难；用自然界的办法去解决；人为制造的困难，用人为的办法去解决；在医学上，这叫'对症下药'，在农业生产上，这叫'因地制宜'，在哲学上，则叫'具体问题具体分析'。马克思有一句非常著名的论断，叫作'批判的武器不能代替武器的批判，物质的东西只能用物质来摧毁'，讲的就是这个道理。史宜春刚才提到的这个问题，是人与人之间的矛盾问题，分析认识这个问题，需要具体问题具体分析。任何人的言行，都源于其自身的特定立场，真正共产党人的立场是党的宗旨和人民的根本利益，以及由此派生出来的党的各项路线、方针和政策。而有的人则不一样，包括那些披着共产党员外衣的所谓'党员'和'党的领导干部'，他们的立场是个人利益和小团体利益。站在这两种立场上的人，对事物的态度和认识肯定是不一致的，也就是有矛盾的。另外一个方面，表现矛盾或者实现矛盾抗争，其形态又是多种多样的，有明的，有暗的，有直的，有曲的，有激烈的，有和缓的，有公开宣战的，有暗度陈仓的，有表里如一的，有阳奉阴违的……总之，一句话，矛盾斗争的形态多种多样、数不胜数。所有这些，必然给我们的区分和辨别带来极大的困难和疑惑，也给我们解决这些矛盾和困难，带来巨大的麻烦和障碍。但无论怎么说，认识和解决这些矛盾和问题，以'立场'作为切入点进行分析和判断，总是科学和正确的，这也就是毛主席说过的'为什么人的问题，是一个根本的问题、原则的问题'。"

蔡老师说完，他再次停顿下来，他想从三个学生的眼神和表情中，判断出他们究竟明白理解了多少，是否需要再次强调和补充。

王小红伸了伸舌头，笑道："蔡老师刚才讲的这些道理，我只听懂了一部分，看来，认识一个人和人与人之间的矛盾问题，实在是太难了！没想到这里边还有这么大的学问！"

耿守心没有笑。他在静静琢磨着蔡老师刚才说过的话，特别是那些深奥的哲学道理。他甚至由此联想到课堂上老师们讲过的那些坐标系、定义域、公式定理、因式分解和物理化学实验等，他突然感到自己对世界的认识，又有了许多拓展和加深，对课程的理解、对人与人之间的矛盾和关系、对学校里正在发生的莫名一切，似乎有了更清晰的把握、判断和透视。

史宜春也没有笑。他在认真思考吸收着蔡老师对自己所提问题的回答。他想，社会上人与人之间的关系确实非常复杂！你看，蔡老师这么一个有水平的好老师，偏偏有人看着不顺眼，非要想方设法伤害他！

想到这，史宜春挠了挠头，再次问道："蔡老师，我似乎听明白了您刚才讲的道理。不过，我还有一个具体问题，一直不知道应该怎样处理？"

蔡老师抬头看了看史宜春，笑着问道："什么问题？"

史宜春道："高二年级的个别同学，总是公开或者私下里动员我们走出课堂闹革命，我们应该怎样对待、认识和处理这个问题？"

闻听此言，蔡老师立马沉下脸来，他静静想了一会儿后，突然抬起头，看着耿守心问道："耿守心，你是怎样认识和看待这个问题的？"

耿守心向上翻了翻眼皮，然后小心翼翼答道："我也说不好。不过，我总觉得社员们如果不种地的话，全国人民就没有粮食吃。我来学校如果不好好读书学习的话，就忘记了我们耿家口人的'初心'和'根本'！我父亲、我们大队支书广林大爷和大队里的父老乡亲们，他们不仅会狠狠批评我，而且还会特别伤心。"

"哈哈哈！"蔡老师脸色突然阴转晴，他高兴地笑道："耿守心说得好！也说得对！农民不种地，大家没饭吃，工人不生产，机器就要停下来，全国人民喝什么？吃什么？用什么？所以，毛主席一再强调要抓革命、促生产。我们学习领会伟大领袖毛主席的教导，一定要站在毛主席的无产阶级革命路线这个立场上。毛主席说过要关心国家大事。毛主席也说过要好好学习，天天向上。毛主席还说过，知识的问题是一个科学的问题，来不得半点的虚伪和骄傲。毛主席更说过，青年人好像早晨八九点钟的太阳，希望寄托在你们身上。毛主席一贯倡导实事求是，抓主要矛盾，抓矛盾的主要方面，抓纲带目，纲举目张。你们是通过全县统一考试进入高中学习的学生，你们肩负着党的期望，背负着家乡父老的重托，进入县五中学习。你们的根本目的和主要任务就是好好学习、天天向上，毕业后回村报效父老乡亲，为国家建设贡献力量，而不是其他的。当然，我不反对你们参加其他相关的政治和社会教育活动，但这些必须以促进学习、搞好学习、完成学业这个根本任务为前提，以德智体全面发展为遵循，否则，就是舍本逐末、买椟还珠，丢弃忘记了根本！"

三名学生也跟着笑起来。他们既为自己在迷茫彷徨中豁然开朗而高兴，也为下一步蔡老师离开学校后找到了正确的方向而欣喜。

蔡老师看着三名学生茅塞顿开、欢欣鼓舞的样子，欣慰地笑了笑。

借着蔡老师停顿喝水的工夫，耿守心、史宜春和王小红赶紧纷纷保证道："蔡老师，您放心！我们保证按您和学校的要求去做！一定不出任何问题，一定认真搞好学习！"

蔡老师笑了笑，接着说道："人生的道路非常漫长，但关键处只有几步。我希望我的学生们，务必特别珍惜这难得的学习机会和宝贵时光，务必尽一切可能排除来自外部的干扰和压力，集中精力，抓紧时间，搞好学习。你们三个都是班里的主要骨干，有很高的同学威信，我希望你们在抓好个人学习的同时，还要组织团结全班同学一起，认真抓好班里的学习和班内良好风气的保持。我希望我的学生们，时刻牢记毛主席的教导和党的嘱托，好好学习，天天向上，用火热的青春在浩瀚的知识海洋中奋勇搏击，用饱满的热情在大自然赋予我们人类的挑战中去经受洗礼，用坚忍的毅力去排除克服前进道路上的一切困难去赢得胜利，始终瞄准报效祖国和人民这个大目标，去努力做一个大写的人、有益于人民的人、对国家和社会有用的人……"

蔡老师侃侃而谈，深情嘱咐，谆谆教诲。耿守心、史宜春、王小红兴致盎然，如沐春风，如痴如醉……

一个多小时过去了。蔡老师仍在孜孜不倦地反复教导叮嘱着自己的学生。三个学生仍在默默地认真聆听，反复琢磨领悟着里面的深刻哲理。

学校的熄灯预备铃声响过后，蔡老师终于停住了话题，催促着仍在依依不舍的三个学生赶紧回宿舍休息。

王小红回宿舍后，耿守心、史宜春坐在操场边上的大树下又聊了好长一会儿。

他们聊到了蔡老师今天晚上说过的话，聊到了蔡老师讲过的那些深刻道理，聊到了蔡老师为什么要离开学校几天，聊到了蔡老师是不是真有问题，聊到了学校和上面的领导为什么这样做，聊到了蔡老师可能去哪里，聊到了李老师代理班主任后自己应该怎么做，聊到了当前情况下应该怎样抓好班里的工作和学习，他们甚至聊到了如果情况变得更为复杂后，他们应该怎样认识和面对……

直到巡夜值班的老师发现催促后，他们才急急忙忙回到宿舍休息。

蔡老师晚自习对耿守心、史宜春、王小红的特别叮嘱，既是对三个学生的深情教诲，也是对自己思路的整理激奋！蔡老师就要"出差"了，李老师就要上任了，一切都来得那样"自然"和"突然"。随着这一切的发生和发展，李老师、耿守心、史宜春、王小红和高一（1）班的同学们当然无法置身事外，他们只能在"波流涌动"中奋勇搏击——

19　代班主任

　　第二天上午，高一（1）班语文课，上课的铃声响过后，蔡老师没有来，化学李老师拿着课本和讲义走进了教室。她像往常一样，步履轻盈，衣着整洁，只不过端庄俏丽的面庞上少了微笑，金色眼镜框下的大眼睛多了几分惆怅和忧郁。

　　李老师环视了一眼教室里的同学们，用她那依旧悦耳动听的标准普通话说道："同学们，根据教导处李主任的安排和通知，今天的语文课改上化学课，你们班主任蔡老师有事要离开学校几天，班主任工作暂时由我代理。希望同学们按照蔡老师过去的安排和要求，严守规定纪律，认真抓好学习，确保这段时间不出现任何问题。现在，我们开始上课，请同学们打开课本。"

　　李老师转身在黑板上写字的时候，教室里的许多同学忍不住交头接耳地小声议论。

　　康在行趴在耿守心耳边小声问道："耿守心，蔡老师去哪里？是不是到公社做检讨、受批判？"

　　耿守心有些不高兴地回看了康在行一眼："谁说的？"

　　康在行答："昨天晚上，我听高二（1）班代班长他们说的。本来昨晚想告诉你，可你去了蔡老师那里。他们还说了，马校长已经靠边站了，下一步也有可能被处理……"

　　耿守心打断康在行的话："不说了，咱们赶紧听课吧！"

　　正在这时，有人推门走进教室，把李老师叫了出去。

　　顿时，教室里的议论声音大起来，有的同学干脆趴在窗边向外眺望。不知哪名同学说了句："你们看，蔡老师！"

　　同学们不约而同地站起身来向外张望，只见蔡老师和三名干部模样的人，各推着一辆自行车，向学校大门口走去。

　　蔡老师一边走着，一边回头向高一（1）班的教室看了看，那眼神很有些恋恋不舍，也很有些百感交集。

又过了一会儿，李老师快步回到教室。她的眼睛有些微红，似乎刚刚流过眼泪。她没有看学生，只说了句"下面自习！"从讲台上拿起课本和讲义，匆匆离去。

教室里，同学们的议论声音更大了，有的发布着各种猜想，有的传递着五花八门的消息……

耿守心和史宜春对视一眼后，站起身来说道："同学们，现在是自习时间，请大家各回各位，保持安静！"

中午吃饭时，耿守心、史宜春、代又生坐在了一起。

史宜春冲着代又生边吃边发牢骚："这菜又没洗干净，里面净是沙子！窝头也这么硬，这怎么吃啊？你这个生活委员也不向学校反映反映！"

代又生笑了笑："都反映好几回了！上次为这事，高二（2）班的同学差点和食堂管理员打起来。大家不提意见还好，一提意见，这伙食更差了！"

耿守心纳闷道："为什么要打架啊？管理员和食堂那边有什么道理吗？"

代又生答："食堂管理员说，他们人手本来就少，学校还要求他们天天学文件、读报纸、写心得体会，这一来二去的，没有足够的人手和时间择菜、洗菜和做饭，只能凑凑合合地赶时间、保饭点，哪还有饭菜质量可谈？"

史宜春笑道："没想到食堂里这些白白胖胖的师傅们也有这么多难事！"

代又生接上道："那天高二（2）班的同学也是说他们白白胖胖的，所以才差点打起来。"

耿守心看了一眼代又生，问道："咱们班帮厨的情况怎么样？"

代又生答："咱们班帮厨受表扬最多。不过，昨天帮厨时，王小红和食堂管理员吵了几句，看样子她挺生气。"

史宜春急忙问："为什么？"

代又生答："听说管理员要给王小红介绍对象，王小红不同意，就跟他吵了几句，还说管理员欺负人、不讲理！"

史宜春笑着再问："要跟她介绍谁呀？不会是高二（1）班的代班长吧？我知道代班长可喜欢她了！"

代又生神秘兮兮小声道："代班长让我问过王小红，可王小红根本不同意。昨天王小红走了以后，食堂管理员告诉我，他想把在县水泥厂工作的小舅子介绍给王小红，为这事他还专门去过王小红家里见过她父母，她父母倒是没说什么，可王小红就是不同意，听说男方的家庭条件可好了，也不知道王小红心里是咋想的？"

史宜春道："要说咱们食堂管理员，那可真是个大能人！他招工进来没两年就入了党，后来三混两混，居然混成了干部，他岳父在县里工作，他爱人原来是咱们学校的学生，他和他爱人谈对象那会儿，他岳父死活不同意，后来也不知怎么就又同意了，他俩结婚时，他岳父还高高兴兴地陪送了不少嫁妆，你说管理员厉害不厉害？"

耿守心笑了笑，说道："史宜春，你知道得可真多啊！"

史宜春笑道："我也是听别人说的。哪像你耿守心，就知道一门心事地读书学习！哈哈哈！"

代又生笑着打趣道："我看你史大书记应该是别有用心、另有目的！哈哈哈！"

史宜春立刻止住笑声，打了一下代又生的胳膊，低声道："不许瞎说，隔墙有耳！"说完，他下意识地朝周围看了看，那样子生怕别人听到了什么秘密。

下午上课后，李老师来到了教室。她安排同学们自习后，把耿守心和史宜春叫了出去。

耿守心和史宜春跟着李老师来到了理化教研组办公室。

理化教研组办公室比语文教研组办公室的房间要小一些，里面摆放着四张办公桌和四个书柜。因为房间里养了几盆花，墙上贴着一张很大的《化学元素周期表》，以及放置在办公桌上的化学试管、量杯和各种物理教学模型、电子演示器件等，倒也显得这个办公室比语文教研组办公室相对单调枯燥的环境，要温馨亮丽、科学专业得多。

李老师带着两名学生来到理化教研组办公室后，见里面的老师都去上课了，让最后进来的耿守心顺手关上了门。李老师用抹布擦了擦已经一尘不染的办公桌面后，招呼耿守心和史宜春搬过其他老师的椅子，和自己面对面坐下来。

李老师浅浅笑了笑，说道："我把你们两个叫来，只为一件事，就是想听听班里最近的情况，了解一下大家的思想和学习，你们谁先说都行。"说完，她看了看两名学生。

耿守心立即道："史宜春，你先说吧！"

史宜春冲耿守心笑了笑，说道："李老师，这两天班里有点乱，大家的议论比较多，学习精力不够集中。"

李老师皱了皱眉头，问道："为什么？具体什么原因？"

史宜春答："大概因为蔡老师的事情。"

李老师再问："因为蔡老师的什么事情？大家说了些什么？"

史宜春再答："同学们说什么的都有，有的说蔡老师去公社受批判了，搞不好还可能去县里。"

李老师的眉头皱得更紧了，继续问道："谁说的？"

史宜春答："可能大家听高二年级的同学说的。"

李老师停了一会儿后，又问："你们怎么看这件事情？"

史宜春张了张嘴没有说话，他侧眼看了看耿守心。

李老师把脸扭向耿守心，问道："耿守心，你是怎么看的？"

耿守心想了想，说道："上面的事情我们不知道。我们只知道蔡老师很有水平，是个好老师！他对我们特别好，他对我们的要求很严格，对我们的学习抓得特别紧。"

李老师笑了，接着问道："蔡老师说没说过上次你们写大字报的事情？"

耿守心答："说过。他批评我们不该写大字报与高二年级的同学们搞辩论。"

李老师继续笑着，似乎自言自语又似乎意有所指地说道："蔡老师确实是个好老师！如果今后有人问起这些事，希望你们有一说一、实话实说、实事求是！"

耿守心、史宜春连声回答："李老师放心！我们一定会的！"

李老师接着道："蔡老师这些年很不容易，也很不顺利。他是从农村考上省城大学的学生，毕业时因为成绩优异留校当了老师。他本想干一番事业，没承想，后来，他的老师挨批斗，他作为'反动学术权威'的得意弟子，自然无法置身事外。再后来，他被调离了省城大学，直接来到咱这里。他来县五中工作五六年了，工作任劳任怨、勤勤恳恳，业务水平、工作能力更是无人可比，可有人偏偏对他妒忌得要死！马校长爱惜人才想方设法保护他，可有人非要不依不饶地打压迫害他。其实，蔡老师这个人非常平易、谦虚和低调，从不愿意显山露水地张扬自己。我从省城师范学院毕业来这里工作两年多了，和他朝夕相处、并肩工作，非常了解他的人品和能力，可有的人天天高喊口号，业务水平不咋地，天天挖空心思地嫉贤妒能，想方设法地整人害人！"

李老师说这话时，先是语调平缓，后逐渐变为愤怒生气，最后干脆柳眉怒挑、双颊涨红、犀利的话一句接着一句！

耿守心一边听着，一边不时看着李老师。他心里想：李老师确实不像蔡老师。他们虽然都喜欢微笑着说话，但蔡老师说话总是充满深奥哲理，让人在明白道理后自我找到解决问题的方法和钥匙。李老师则是就事论事、快人快语，把看到的现象和想到的问题，一股脑儿地说出来，让人刹那间明白了她的立场、观点和心思，也让人迅速知道了应该怎样看待和处理。虽然我们在他们面前都是学生，但蔡老师有时更把我们当成自己的孩子，而李老师则更多的是把我们当成自己的朋友和弟弟。蔡老师思想深刻、稳重成熟、表达含蓄；李老师则是敢言敢语、不遮不挡、痛快淋漓！没承想，刚刚进来这么一小会儿，李老师就直截了当地一下子给我们说了这么多学校里、老师们之间的复杂事和蔡老师下一步可能遇到的麻烦事、困难事！这个李老师真的挺有意思！

史宜春心里也在想，但他想的和耿守心不是一回事儿。李老师说的不少事情，他从高二（1）班代班长那里已经听到过，经李老师现在这么一说，他断定这些事情全是真实的。他打心眼里喜欢蔡老师，但从内心深处，他也很理解那些嫉妒蔡老师的老师。他不想在保护蔡老师这件事上冲在最前面，但他愿意积极紧跟或者暗中支持耿守心和同学们保护蔡老师。他从高二（1）班代班长那里知道了李老师的许多事：李老师虽然是工农兵大学生，但她肯钻研、爱学习，从省城师范学院毕业后，组织上本来已经安排她在省城工作，可当过老红军的爸爸非要让她到基层锻炼"接受再教育"，这样她才来到了最基层的县五中当了一名化学老师。李老师根红苗正、敢作敢当，上次教职员工开会批判蔡老师时，她在会上仗义执言说了蔡老师的许多成绩和优点，搞得主持会议的教导处李主任没有一点脾气。

李老师看了看面前的两名学生，继续说道："我知道你们都很喜欢蔡老师。他比我有水平、有能力，李主任让我代理你们的班主任，其实，是给我出了个大难题！但话说回来，这也是对我的挑战和考验，我一定会把这个责任和压力变为自己的强劲动力……"

李老师正在滔滔不绝说着话，突然一名老师推门走了进来，李老师立即转开话题，微笑着对两名学生说道："蔡老师不在校的这段时间，我希望你们积极配合支持我这个代理班主任的工作，各项工作和学习一定要抓紧、再抓紧，继续保持过去的好班风、好学风，团结向上，严格要求，全面发展，千万千万不能滑下去！今天就谈到这里吧！有事我再找你们。"

两人在回教室的路上，史宜春问："耿守心，李老师给咱们说了这么多事情，你是不是感觉很有压力？"

耿守心摇了摇头："我倒没想那么多，我觉得咱们的任务就是好好学习！"

耿守心对李老师说的话还没有仔细考虑，他不想冒冒失失把自己刚才已经有所考虑但仍朦朦胧胧的想法说出去。

史宜春继续道："李老师刚才说的那些事，前几天我已经断断续续听高二年级的同学们说过，现在看来全是真的。李老师本来不想代理咱们的班主任，是教导处李主任硬压给她的。听说李老师很快就要调回省城工作了，她也许在调走之前不想和李主任太对立。"

耿守心扭头看了一眼史宜春，笑着问道："你知道的可真不少！要是这么说，李老师会不会写材料批判蔡老师？"

史宜春摇了摇头："那倒不会。我听说李主任找李老师谈过话，只要她写材料批判蔡老师就立即同意她调离。没想到李老师为此一怒之下给她爸爸打了电话，她爸爸直接把电话打给地委领导，教导处李主任为这事挨了好一顿批！"

耿守心下意识地松了口气，笑着说道："没想到李老师这么厉害，她还真很正气、很仗义！"

史宜春接着道："耿守心，我感觉上面肯定有人来找我们，我们是不是应该好好商量商量，统一统一说话的口径和分寸？"

耿守心本能地怔了一下！他看了看史宜春，没有接话。他从刚才李老师的谈话中，已经意识到上面可能来人调查蔡老师，不然李老师也不会提出"如果今后有人问起这些事，希望你们有一说一、实话实说、实事求是"的明确要求。可让他想不明白的是，史宜春为什么这么"肯定"地说出这件事，他是不是已经提前知道了什么？他还有没有别的"新鲜消息"没有告诉自己？

史宜春看着耿守心发怔的样子，笑道："我已经听高二年级的同学们私下说过这件事。原以为他们只是随便说说、吓唬吓唬咱们而已，没承想，经李老师刚才一说，我才知道这事肯定是真的！"

史宜春如此解释后，耿守心立即接上道："既然这样，我的想法还是刚才李老师说的那个意见，有一说一，实话实说，实事求是，不来一点假的！到时候，如果学校找咱俩，你主说，我配合，你看行不行？"他已经感觉到史宜春在这些事上有些莫名的躲闪和畏惧，他打算借机试一试。

史宜春听耿守心这样说，立马收住笑容，想了一会儿后，看看四周没人，凑近耿守心耳边，小声道："耿守心，有件事情我正想告诉你。前两天，校团委副书记，也就是高二（1）班的代班长找我谈过话，他说主持学校工作的教导处李主任打算在高一年级发展两名新党员，希望我能主动向组织靠拢、积极争取。他说了，在当前的政治斗争中站稳立场、经受考验，对我至关重要，希望我一定好好把握这次机会。我想，他指的可能就是让我在批判蔡老师这件事上与他们保持一致。他还说了，在发展党员这件事上，李主任原来也想到了你，可惜你年龄太小了，很遗憾暂时不能考虑，希望你一定要正确理解李主任和学校党组织对你的关心和好意。"

史宜春说的这个情况，耿守心已经有所感觉，上次他们和代又生一起吃饭时，代又生说过"史宜春别有用心、另有目的"的玩笑话，但他没想到竟是这回事。

史宜春刚刚说完，耿守心立即颇感意外地笑着接上道："你能入党是好事啊！我先提前祝贺你！不过，你才十七岁的年龄，他们会不会是忽悠你?"

史宜春笑了笑："代班长说了，过完年，我的年龄一到就考虑。这件事，你可千万不能往外说，因为你是我最好的同学和兄弟，我才告诉了你！"

耿守心笑了笑："那当然！另外，这件事与蔡老师眼下的事情有没有关联，你可一定要仔细考虑。"

史宜春怔了一下，点了点头，说道："我考虑过了，但没想那么多。蔡老师的事情咱们左右不了，眼下主要是抓好班里的学习，再说了，如果上级来人调查，找咱们大家了解情况，你在前面主要汇报，我在后面积极支持，不就全有了？反正在这件事上，我特别需要你的理解和支持！"

耿守心没有接话。他想，作为班长，自己理应事事做在头里，蔡老师是个好老师，自己更应特别秉持公道和卫义，如果上级真的来人调查，自己就应该带头按照李老师的要求"实话实说、有一说一、实事求是"，这也是耿家口人的"规矩"和"根本"！史宜春如能入党自然是好事，同学们都想入党，如今他有了这个"可能和机会"，自己理所应当积极支持，怕就怕这里面别有什么"弯弯绕"，把史宜春绕进去不说，可别因此也害了蔡老师！自己上高中的唯一目的就是好好学习，至于在校期间入党的事情，压根就与自己没有任何关系。

耿守心就这么想着想着，他和史宜春走进了教室。

王小红见耿守心回来了，侧身回过头来，对耿守心小声说道："耿守心，我爹来学校了，现在学校外面的小树林里，他想和你说几句话，你能不能和我一块过去？"

耿守心点了点头，想了想后，站起身来，向门外走去。王小红停了一会儿后，也跟着走了出去。

俩人一前一后地走出校门，若无其事地保持着不大不小的距离，就这样一直走到了校园外的小树林里。

王小红她爹推着自行车已经等在那里。他见王小红和耿守心一前一后走过来，脸上立刻堆起笑容，高兴道："你就是耿守心啊？我常常听小红提起你，你俩是初中的同学，现在又是高中的同班同学，你学习好，又是班长，你可一定要多多帮助她才是！"

耿守心不好意思地笑了笑，恭敬答道："谢谢王叔叔！我们相互帮助、相互学习。"

王小红她爹道："你们还在上自习，我就长话短说了。小红已经两个星期没回家了，是你们学习忙啊？还是她遇到了什么不开心的事情？"

耿守心看了一眼低着头的王小红，不明就里地想了想后，有些自问自答地说道："王小红已经两个星期没回家了？我们的学习也不是特别紧张啊？王小红应该没有什么不开心的事情啊？"

王小红她爹瞪了王小红一眼，说道："你不是说学习忙嘛？看看人家耿守心怎么说的！我就知道你不是因为学习忙，而是回家怕我和你娘嘟囔你！"

王小红抬起头来埋怨地瞪了一眼耿守心，把头扭到一边，说道："他学习好，自然轻松！我学习不如他好，当然忙了！"

耿守心赶紧满脸歉意地补充道："王叔叔，要说我们的学习，确实也很紧张，蔡老师对我们的要求可严了！"

王小红她爹立刻说道："蔡老师的情况我知道了，他哪有时间管你们学习的事？今天我去公社开会的时候，听说他正在公社教育组做检查呢。"

王小红生气地瞪了她爹一眼，说道："你别乱说！蔡老师可好了，他做什么检讨啊？他那是到公社里出差办事！"

耿守心没有吱声。他想：看来王小红还不知道蔡老师的具体情况，或许她已经知道了，但不想让人伤害蔡老师。

王小红她爹叹了口气，自言自语道："这好人不一定好当啊！也不知道下一步蔡老师会怎么的？"

王小红看着时间差不多了，对她爹说道："爹，你也问过耿守心了，我们还要上自习呢，你赶紧回家吧。"说着话，她向耿守心使了个眼色，就要往学校回。

王小红她爹怔了怔后，突然道："小红先回去吧，我和耿守心再说两句。"

王小红看了看她爹，又看了看耿守心。那意思有些莫名其妙地不解和怨气，也似乎是对耿守心有些特别的警告、戒备和不放心。

王小红离开后，王小红她爹笑呵呵问道："耿守心啊，叔叔问你件事，小红平时和哪个男同学最好？"

耿守心眨巴着眼睛想了一会儿，答道："都差不多。她对每名男同学都挺好的。"

王小红她爹再问："我是说，她是不是和哪个男同学私下特别亲近，或者谈恋爱了？"

耿守心笑了笑，果断地摇了摇头："王叔叔，这我可不知道！应该没有吧？没见过王小红和谁特别要好？"

王小红她爹笑了："那就好！我这孩子太任性，你帮我好好看着她，千万别让她和别的男同学走得太近！"

耿守心赶紧道："王小红学习可努力了，她对自己的要求特别严格，工作特别积极上进，和同学们的关系都很好，我相信她不会有任何问题。"

王小红她爹笑道："那就好！你们这些初中的老同学一定要相互帮助、共同进步。我常常和你爹见面，我们都希望你们好好团结、好好学习！我回去了，你也回去自习吧！"

耿守心和王小红她爹分手后，急忙往学校大门走去。

快到学校大门口的时候，王小红突然从树后闪出来，一脸焦急道："耿守心，我爹和你说了什么？他那么神神秘秘的！"

耿守心笑道："他问你和哪个男同学最好？"

王小红再问："你怎么说的？"

耿守心答："我说都差不多。"

王小红又问："他还问什么了？"

耿守心答："他问你有没有谈恋爱。"

王小红仍问："你怎么说的？"

耿守心答："我说不知道，应该没有吧。"

王小红突然生气道："我就知道你这样说！你可真笨！这下你可给我惹了

大麻烦!"

耿守心一脸无辜道:"你也没有事先告诉我应该怎么回答啊?再说了,你和谁谈恋爱了?我怎么一点不知道啊?"

王小红道:"有人想给我介绍对象,我不愿意,他就找到我爹我娘,我这两个星期没有回家,就是不想听他们没完没了地唠叨!"

耿守心笑道:"这么说,你是骗家里人说你自己有对象了,是吗?对方是谁啊?可不可以告诉我?"

王小红撇了撇嘴:"想知道吗?"

耿守心答:"想。"

王小红把头一扭,突然脸蛋绯红起来,娇嗔道:"就不告诉你!你是个大傻瓜!大笨痴!"说完,她头也不回地快步向学校大门走去。

耿守心怔了怔。心里想:这个王小红也真有意思!莫名其妙地说使性子就使性子,我问你话,那是同学相互关心,你说与不说,与我有啥关系?男同学不和女同学一般见识。想到这,他也快步向学校走去。

蔡老师到公社做检讨,李老师调离前代理班主任,代班长传话史宜春希望他积极向党组织靠拢,食堂管理员主动给王小红介绍对象……这一系列看似孤立的偶然现象,其实有着内在的某种联系。接下来的发展,不仅再次印证了事物相互联系的普遍真理,而且也使耿守心、史宜春、王小红和他的同学们,不断深入到他们这个年龄本不应该涉足的陌生天地——

20　有一说一

蔡老师去公社一个多星期了还没有回来，同学们都很担心，也很着急。

其实，最担心、最着急的还是李老师。

眼看到了期末复习考试，主持县五中工作的教导处主任李中宽在教职员工会议上反复强调，既要抓好正常的期末复习考试，更要抓好反对"师道尊严"的斗争和教育。

李老师刚刚代理班主任没有几天，还叫不出所有同学的名字，到哪里去找班里存在的那么多"师道尊严"问题？他很为难地找到教导处李主任，看看能不能从本班的实际出发，在抓好反对"师道尊严"教育的基础上，把重点放在全力以赴迎接期末复习考试上去。

教导处李主任当即否定了李老师的建议，批评她这是态度和认识问题，就这一点，就应该好好自我检查剖析。李主任同时强调，高一（1）班的工作重点，就是反对"师道尊严"的斗争和教育，一定要认真查找蔡一庆在班级管理中存在的严重问题。比方说，他把同学们既当学生又当孩子，这本身就是封建主义"师道尊严"的表现和残余；又比方说，他对考试中不太遵守纪律的同学，要求太过严格，批评太过严厉，没有耐心细致地做好正面引导，严重伤害了学生们的自尊，是"师道尊严"的典型例子⋯⋯

李老师从教导处李主任办公室出来后，生了好几天的闷气。她本想和李主任激烈争辩一番，但考虑到自己调动的事正卡在学校，她只能硬生生地把火气压了回去。

她当然知道，教导处李主任让她代理高一（1）班班主任，看上去自然而然、合情合理，其实，是给她挖了一个不大不小的"坑"，让她"接受"和"不接受"都是难题。目的就是"杀一儆百"，让其他老师看看"维护蔡一庆、不顺从自己"的下场和结局。

接受这种安排，就等于把自己和蔡一庆"公开示众"似的"绑在一起"。如果自己继续维护蔡一庆老师，就等于明目张胆地和上级组织、有关领导"对着干"，出了问题、造成的影响，自然已经不只是县五中范围内的事。如果自己反过来与蔡老师"划清界限"，揭发蔡老师，不仅与班里的同学们形成对立，而且也会和他的好朋友蔡一庆"友情尽失"，更重要的是，这将是对自己内心深处"一贯坚持"的"彻底反叛"，她为此将在县五中乃至上级的一定范围内"颜面尽失"。不接受这种安排，那就是和组织、领导对着干，工作调动自然就会"名正言顺"地搁浅，或者在个人档案里记上"不服从组织分配"的一笔。

她为此专门给她爸爸打过电话，可老人家总是教育她"要服从领导、听从安排、相信组织、经受考验、磨砺自己。"

她也想像上次一样找耿守心、史宜春说说话，彼此年龄相近，大家心地单纯，不会有后顾之忧，但考虑到学校越来越复杂的关系、没有不透风的墙、班里的复习考试已经非常紧张等原因，她决定还是拖一拖、放一放，也许时间会解决一切问题。

她现在日夜盼望着蔡老师赶紧回校恢复工作，她也好赶紧放下高一（1）班代理班主任这个"烫手的山芋"。她此时最担心的是蔡老师千万不要出现任何问题。否则，自己调动的事情不仅会无休止地"搁浅"，而且很可能把自己也"拖进去"。

王小红自打上次和耿守心一起见过她爹后，整个像变了一个人似的，平时喜欢说笑、没有一点愁事的她，整天闷闷不乐、心事重重的，除了吃饭和睡觉，她几乎每天都待在教室里，要么想想心事，要么做做作业，要么看看课本，有同学喊她一块出去散步聊天，她要么笑笑，要么爱搭不理，反正就是不去。这个星期天她依然没有回家，饭票、菜票没有了，借了好几次同学的。她有时也打发寂寞地回过头去看看教室里的同学们，当她看到耿守心时总是一闪而过，那样子好像"特别没有兴趣"。她几乎没有主动和耿守心说过话，但康在行或别的同学和耿守心说话时，她总是特别留心和在意。她对团支部的工作已经不像过去那样主动热情、风风火火、竭尽所能，但对李老师或者团支部书记史宜春安排的任务，仍能不打折扣、量力而行、本分为之。

她似乎在和命运的某种安排进行着顽强的抗争，又似乎无可奈何地随波逐流、任其下去……

史宜春的精神状态和王小红完全不是一个模式和等级。他的工作热情更加高涨，对学校特别是来自校团委的工作和任务，总是不折不扣、意气风发、斗志昂扬、雷厉风行地接受和组织。教室后面的《学习专栏》和教室外边的黑板报，在他的亲自策划、筹备和操办下，始终紧跟学校形势、任务和要求，办得红红火火、图文并茂、惹人眼耳。他和耿守心依然保持着密切的个人关系，每逢离开教室参加团的会议或者学校的什么活动，他总是走到耿守心跟前，和颜悦色地高声打个招呼，潜移默化地让同学们都知道"在班里，耿守心排在我头里"。课余休息时，他常常拉着耿守心谈天说地，传播透露着各种各样的"小道消息"，巩固深化着两个人的感情和友谊。

有一次，耿守心建议他多抽点时间赶紧复习、迎接考试。史宜春笑了笑后说道："我再怎么复习也考不过你，只要你始终把我当成好朋友、好兄弟，我就心满意足。"

一天晚上，同学们正在上自习，李老师走进教室把耿守心、史宜春、王小红和代又生叫了出去。

李老师说道："公社教育组来人了，他们想找几名同学了解一下蔡老师的情况，我打算安排你们四个人过去。希望你们在教育组领导们面前，有一说一，实话实说、实事求是。"

史宜春看了一眼耿守心，有意把身子往后退了退。

李老师接着道："你们说的话，对蔡老师很重要，对咱们班也很重要。希望你们代表好咱们班的同学们，把握住这次难得的机会，不要辜负了老师和同学们。"

说完，她起步带着大家向校长办公室走去。

四名同学愣了愣，史宜春推了推耿守心："耿守心，你走前头，我们在后面跟着你。"

耿守心迟疑了一下，带头快步向李老师追去。

校长办公室里已经坐着三名中年人，他们全是干部模样，一个个文质彬彬。李老师把带进来的四名学生向他们一一介绍后，就走了出去。

一名年龄稍大的干部微笑着看了看四名学生后，说道："同学们，我们是公社教育组的干部，今天把你们叫来，就是想问问蔡一庆老师的有关情况，希望你们不要拘束，谁先说，说什么，都行。"

四名同学你看看我，我看看你，没有人吱声。

那名干部笑着补充道："哦，我们就是想问问蔡老师对你们怎么样？比方说，关心不关心你们的思想和学习？有同学上课打瞌睡的时候，他是怎么批评教育的？再比方说，考试的时候，有的同学递纸条、小声对答案，蔡老师发现后一般是怎么处理的？"

说完，他看了看有些拘谨的四名学生，指着史宜春笑着说道："你个高，就你先说吧！"

史宜春顿时红起脸，急忙说道："领导，还是让耿守心先说吧！他是班长，了解情况最多最全面。"说完，他向那名干部朝耿守心努了努嘴。

那名干部先是微笑着皱了皱眉头，然后看着耿守心微笑道："也行，那班长先说吧！"

耿守心看了看三名同学，稍稍停顿后，向那名干部说道："那我先向领导们汇报，不对的地方，请领导和你们三位批评纠正。"

那名干部再次微笑道："没有关系，你说吧。"

耿守心道："蔡老师是我们的好老师，同学们都很喜欢他。他上课的时候特别认真有激情，旁征博引地讲出许多课本上没有的故事和道理，同学们都特别爱听他讲课，教室里常常鸦雀无声。他对我们的要求特别严格，他常常用毛主席语录或者古人的名言警句教导我们，如果有同学上课打瞌睡了，他会不失时机地讲个笑话给我们听，同学们一笑，这瞌睡也就没有了。他对我们的考试纪律抓得特别严，他最反对考试作弊。他说，如果现在允许我们考试作弊，就等于默认我们弄虚作假、违反纪律，同学们不仅学不到知识，还会沾染上不实事求是、偷奸耍滑的坏毛病，人如果没有了诚信和真诚，就不可能成为无产阶级革命事业的接班人……"

耿守心正在一五一十汇报的时候，一名年轻干部突然插话问道："耿守心，你能不能举个有同学上课打瞌睡的时候，蔡一庆老师在班上讲笑话的例子？"

耿守心答："有一次，班里上语文课，有名同学打起了瞌睡，蔡老师走到那名同学身边轻声问道，你说什么东西最沉？那名同学迷迷糊糊地惊醒后站起来，他不知道蔡老师刚才问的是什么，看了看黑板上写的'愚公移山、智叟、太行山、王屋山'等字后，一边揉着眼睛一边答道'智叟最笨'。同学们听后哄堂大笑。蔡老师一边笑着一边再次问道'我问你什么东西最沉？'那名同学想了想后答道'王屋山最沉'，同学们又笑了起来。蔡老师让那名同学坐下后，又点名问了两个同学同样的问题，两名同学回答不知道。蔡老师一边走回讲台一边说道，打瞌睡的时候，上眼皮最沉。同学们听后，立刻哄堂大笑，那名同学也跟着笑起来，直到下课，他也没有再次打过瞌睡，一直听得非常认真。"

三名干部闻听，和在座的同学们一起笑了起来。

另一名年轻干部也插话道："耿守心，你能不能举个有同学考试作弊被发现后，蔡老师严肃批评教育他的例子？"

耿守心答道："我们班有个同学考试作了弊，他把同学卷子上的名字也一起抄了去，蔡老师发现后非常生气，专门把他叫去办公室批评了一顿。具体过程我不清楚，但我知道那名同学因此很受教育……"

那名年轻干部再次打断道："那名同学叫什么名字？"

代又生笑着插话道："应该是耿班长的同桌康在行。"

那名年轻干部立刻说道："你们去个人，把康在行叫过来，我们现在问问。"

代又生出去不大一会儿，他和康在行一起回到了校长办公室。

那名年轻干部说道："康在行，你把上次考试作弊后蔡一庆老师严肃批评你的过程详细说说，可不能添加水分！"

康在行看了一眼耿守心，小心翼翼答道："考试时，我抄了同桌耿守心的卷子，因为赶时间，没有注意，把他卷子上的名字也一起抄了上去。蔡老师发现后，把我叫到了他的办公室，狠狠批评了一顿。他说，毛主席说过，知识的问题是一个科学的问题，来不得半点的虚伪和骄傲。他还说，党和人民给你们创造了这么好的学习条件，你不好好学习，对得起谁？许多人想上高中，但没有条件，你现在考入县五中，说明自己的基础比较好，人也聪明，为什么不能脚踏实地地再加把劲？为什么不能像过去一样好好学习？少小不努力，老大徒伤悲，如果现在不能好好学习，总有后悔的那一天。他让我好好向同桌耿守心学习，靠脚踏实地获取真实成绩。被蔡老师批评后，我当时也有些抵触和抗拒，但后来很快想通了。再看看同桌耿守心和班里的其他同学们，大家都是那样刻苦学习，我觉得蔡老师对我的批评是正确的，是对我是真正的关怀、爱护和教育，我打心眼里特别感激蔡老师！"

康在行边说边看着代又生和耿守心，生怕自己说错了什么，对不住蔡老师，对不住刚才代又生的一再嘱咐，也怕耿守心回去后埋怨自己。

那名年龄稍大的干部笑着说道:"康在行,你讲得很好!我看就是这么回事儿,不存在蔡老师伤害康在行同学个人尊严的任何问题。"

康在行立刻得意扬扬地笑着主动插话道:"蔡老师哪里伤害过我的尊严?只不过我从心里特别尊敬畏惧蔡老师而已……"

另外一名年轻干部当即插话道:"畏惧?怎么回事?"

代又生赶紧解释道:"康正行的意思是说他特别尊敬喜欢蔡老师,特别害怕或者畏惧自己犯错误!"

康在行跟上补充道:"就是!就是!我就是这个意思!"

话毕,五名同学一起笑了起来。

那名年轻干部看了看代又生和康在行,没有继续追问。

年龄稍大的干部微笑着说道:"康在行,你现在可以回教室了。"

康在行走后,年龄稍大的干部看了看其他三名同学,微笑着问道:"耿守心刚才说得很好!你们哪位同学再说说?"

王小红身子向前倾了倾,一边举手一边说道:"我说说吧。"

年龄稍大的干部微笑道:"好啊。你说吧。"

王小红自打进到校长办公室后,原本有些冷漠地一直坐在那里,也许耿守心刚才的发言触动了她,这会儿,她也有了发言的愿望和冲动。她看了一眼仍在低着头的史宜春,又看了看正在看她的耿守心,对着三名干部说道:"我觉得蔡老师有些事情管得太严,我对此挺有意见!"

三名干部和在座的同学们立刻惊得睁大了眼睛。一名年轻干部急切地插话问道:"你说说怎么回事?"

王小红道:"这学期刚开学的时候,有的同学对我们班选举班干部有意见,他们贴出了大字报,说蔡老师别有用心,说我们班干部们'只抓学习、不问政治',我们全班同学看后愤愤不平、议论纷纷,大家一致决定写大字报澄清和还击。可大字报贴出去后,蔡老师不问青红皂白地把班长和团支部书记叫去狠狠批了一顿,说他们不该挑动学生斗学生,还说这样做损害了同学之间的革命感情和友谊。其实,我们写的那张大字报,没有一句是批驳和反击的话,只是陈述选举过程,全部罗列事实,就想让老师和同学们评评理……"

另外一名年轻干部立刻打断道:"你是说蔡老师不让你们写大字报?"

耿守心赶紧插话解释道:"那倒不是!蔡老师说,同学间发生意见和分歧，要心平气和地摆事实、讲道理，既不能打棍子，也不能扣帽子，要按照毛主席他老人家说的，惩前毖后，治病救人。"

年龄稍大的干部立刻微笑道："这么一说，事情就清楚了。这名女同学，你讲得也很好嘛，你叫什么名字？"

王小红答："我叫王小红。"

两名年轻干部听后立刻相互对视了一眼，接着问道："县教育局副局长何文武是不是你舅舅？"

王小红答："是表舅。"

那两名干部还想再问什么，耿守心赶紧插话解释道："王小红是我们班的团支部副书记，她学习好、团结好、同学威信高，过去在我们片区联办中学担任班里的团支部书记，还是学校宣传毛泽东思想的积极分子。"

三名干部笑了笑没有再次问话。王小红微笑着怔了一下，她用感激的目光看了一眼耿守心。

王小红心里想：我在片区联办中学担任班团支部书记不假，可并不是学校"宣传毛泽东思想积极分子"，虽说参加片区联办中学毛泽东思想宣传队几次，受到老师们的表扬，但没有发过奖状，与"积极分子"的"名称"和"荣誉"存在根本的距离。那两名干部主动问我和表舅的关系，肯定"怀有他意"，耿守心如此主动地"拔高介绍"，倒也间接证明了我上高中和现在所取得的成绩与进步，全是依靠的我自己，耿守心虽然夸我夸得有点过分，不过非常管用和及时，听后确实心里美滋滋的。

年龄稍大的干部笑着说道："你们大家谈得都很好！如果没有新的补充。我看，今天咱们就先谈到这里。"说完，他看了看两名年轻干部，两名年轻干部笑了笑，表示同意。

耿守心、史宜春、王小红、代又生站起身来，向三名干部告别后，走出了校长办公室。

在回教室的路上，四名同学都没有说话，大家都在默默回想着刚才的事情。

史宜春终于忍不住问了句："耿守心，咱们是不是应该去告诉一下李老师？"

代又生立刻插话道："告诉什么？你团支部书记刚才一句话都没说，换成是我，都不好意思！"

史宜春立马涨红了脸："耿守心比我说得好，我后来想发言，可是没有了机会。"

代又生笑着指责道："我看不是这样的！你这个家伙耍滑头，有点胆小怕事！"

史宜春再次解释道："耿守心确实比我说得好，我打心眼里服气！"

代又生继续道："我看耿守心不仅说得好，关键是他正像毛主席说的那句话……"

史宜春追问道："哪句话？"

代又生笑道："一个毫无自私自利之心的纯粹人！"

王小红"咯咯咯"地笑起来。史宜春面红耳赤的没再吭声。

耿守心没有参与他们的说笑，他在静静想着刚才史宜春提出的问题。他往前走了几步后，突然停下问道："你们说，这三名干部找我们谈过后，接下来会做什么？"

史宜春答道："他们应该去找李主任，也可能去找李老师。"

代又生道："他们见过学校领导和李老师后，应该直接回公社去见蔡老师。"

耿守心笑道："既然这样，我们现在不能去找李老师，应该直接回教室。"

史宜春、代又生立刻恍然大悟、连连点头笑道："对！对！对！"

王小红再次"咯咯咯"地笑出声来，眼神里充满了对耿守心考虑问题细致周到的特别钦佩。

四个人回到教室后，同学们纷纷向他们投来询问的目光。耿守心坐回座位后，康在行趴过来悄悄问道："耿守心，今天我说的还行吧？我真怕给蔡老师和你们使了反劲！"

耿守心小声说道："平时看你邋邋遢遢、窝窝囊囊的，关键的时候还真给力！"

康在行笑道："我这可是燃烧了自己，奉献给了高一（1）班和正义！"

又过了两天，是周六下午"雷打不动"的团日活动时间。团支部书记史宜春正在教室里组织同学们读报纸。李老师笑着走进来向同学们说道："同学们，蔡老师回来了！从下星期一开始，我正式卸任你们的代理班主任！"

同学们自发地鼓起了掌，一个个兴奋地交头接耳、欢声笑语。

李老师待同学们稍稍安静后，笑着问道："是不是同学们不欢迎我当你们的班主任？"

同学们高声齐答："不是！"

李老师笑着再问："那为什么你们这么高兴啊？"

站在李老师旁边的史宜春赶紧插话道："我们欢迎两个老师都当我们的班主任！"

同学们欢笑着再次鼓起了掌，教室里顿时掌声如雷。

李老师示意史宜春继续给大家读报纸。她走到耿守心身边说了句，"你爸爸刚才捎信过来，让你周末回家一趟"，然后走到教室后面找了个空位坐了下来。

正在大家继续读报、听报的时候，蔡老师微笑着走进了教室，同学们顿时以热烈的掌声相迎。蔡老师微笑着向坐在后面的李老师打过招呼后，走上讲台说道："占你们一点团日活动时间，我就说三句话：第一句是，李老师这段时间很辛苦，我们应该向她表示感谢和敬意！"同学们热烈鼓掌。

"第二句是，同学们这段时间表现很出色，学习管理井井有条，与李老师管理有方和同学们的紧密配合很有关系！"同学们再次热烈鼓掌。

"第三句是，期末复习考试已经开始了，希望同学们加油鼓劲，千万不要辜负了我和李老师！"同学们的掌声更加热烈。

蔡老师笑着走下讲台后，向坐在后面的李老师走去。李老师微笑着站起身来相迎，俩人说笑着一起走出了教室。

团日活动结束后，耿守心急忙收拾打算带回家的作业和书本。

康在行见状说道："耿守心，咱俩一块回家吧？路上我好陪陪你。"

耿守平匆忙走过来问道："守心，你是不是要回家？"

耿守心点头称是。耿守平说："你等等我，我跟你一块儿回去！"

王小红回过头来对耿守平说道："耿守平，你在学校大门口等我一会儿，我也回去！"说完，他看了一眼耿守心。

耿守心一边收拾东西，一边想着：家里究竟出了什么事？非要捎话过来让我回去，过去可从来没有这样过，是不是爷爷奶奶的身体出了问题？还是有什么其他事情？

耿守心和康在行、耿守平从教室抱着作业和课本，飞快地跑回宿舍，拿起换洗的衣服，向耿守平说了声"你等王小红吧，我俩先走一步"后，就和康在行一起飞快地向学校大门口跑去。

耿守心在前面大步流星地快走，康在行在后面一路小跑地紧跟，离开学校大约两三公里的样子，康在行实在跑不动了，气喘吁吁地对耿守心说道："耿守心，咱们能不能跑慢点？我哪能比得过你这个学校长跑亚军？"

耿守心笑着夺过康在行的背包："把包给我，咱们走快点，或许我家里有急事！"

康在行笑道："那好吧！你帮我背着包，我从家里拿过来好东西请你吃！"

他们两个边说边快步向前跑去的时候，突然，两名骑自行车的高年级同学飞快地追了上来，挡住了他俩的去路。

耿守心看了一眼挡在前面的两名同学，一名是高二（1）班的李同学，也就是开学后要求他在大字报上签名的那一位；另一名是个高个子，在运动场上见过面，但不知道他叫什么名字。

李同学停下自行车后，对耿守心说道："耿守心，你先别走，我俩要和你辩论！"

耿守心愣了愣，笑道："要辩论什么？我家里有急事，现在需要赶回去，等回学校再说吧。"

高个子凶言恶语道："不行！你现在必须和我们辩论！"

耿守心莫名其妙道："你是谁？为什么要和我辩论？辩论的题目是什么？"

高个子倒也直截了当："我是高二年级的学生！你为什么保护蔡一庆？我就要和你辩论这个问题！"

康在行赶紧上前插话道："耿守心家里有急事，你想辩论，这事好说，咱俩辩论。"说着话，他推了推耿守心，转身把耿守心挡在身后，扭过头来说道："你快回家吧！你家里有急事！我和他俩辩论！"

李同学立即上前拦住耿守心的去路，对康在行说道："那可不行！我们只和耿守心辩论！"

康在行见状，当即哈哈大笑道："你俩真是岂有此理！蔡老师是我们的班主任，保护蔡老师是我们大家的共同主意，其中也有我的一份，耿守心已经答应和你们辩论了，只不过换个时间和地点，他现在家里有急事，你们拦住不让他走，是何道理？"

高个子生气地瞪了康在行一眼，猛地把他推到一边，对着耿守心凶神恶煞地说道："我听说你嘴皮子挺硬！好多人都说不过你！公社教育组来人调查，你把蔡一庆吹得跟花似的！今天我倒要好好听一听，他蔡一庆究竟好在哪里？你把我说服了，你就走，说不服，你哪里也甭想去！"说完，他把两只袖子往上拉了拉，又把两只粗壮的胳膊掐在了腰里。

耿守心看了看眼前两个情绪莫名激动而且似乎要动手打架的高年级同学，突然觉得十分滑稽和好笑，他于是微笑道："好！我同意和你辩论。但前提是，你必须先告诉我你的名字？是谁让你来找我辩论的？你想达到什么目的？"

李同学急忙道："我们为什么要告诉你？"

耿守心笑了笑说："那我还是要说坐标、参照系。我们做代数几何题，必须首先选择坐标、参照系，明确定义域。我们讨论或者辩论问题，也必须首先明确辩论对象，确定辩论题目、原则、方法和规矩，不然，就不知道对方是谁，需要讨论、辩论什么问题，咱们也没办法交流和沟通、判断和解决问题。"

康在行再次笑着插话道："你们总不能让我们哭了一阵子，最后还不知道谁死了，是不是？"

高个子再次猛推了一把康在行，瞪圆双眼，怒气冲冲道："这里没有你什么事！你给我闭上臭嘴！"

说完，高个子重新双手掐腰，继续蛮横地对着耿守心说道："我告诉你！我才不管你什么坐标、参照系、定义域，说不清楚你和蔡一庆的关系，你哪里也甭想去！"

耿守心笑了笑："你如果这样，那就是不讲道理！我虽然不知道你叫什么名字，但我知道你是高二年级的同学，我认识他，他姓李。"他边说边指了指身边的李同学。

李同学对高个子刚才两次蛮横推搡康在行实在不太满意，这会儿，当他听到耿守心知道自己姓李时，立刻有些心虚地对高个子说道："你别推他！咱们只和耿守心辩论！"

高个子没有搭理李同学，继续对耿守心高声吼道："你必须和我辩论！否则，你哪里也甭想去！"说完，他把一只掐在腰里的手抬起握成拳头，在空中猛地挥了挥。

耿守心看着高个子蛮不讲理还想动粗的样子，昂起头来，语气平和地笑道："你说蔡老师好不好？"

高个子立即高声回答："不好！"

耿守心问："那你举个例子？"

高个子答："他学问太多，看不起别的老师！"

耿守心再问："还有哪些？"

高个子答："他不关心政治！"

耿守心又问："那你举个例子？"

高个子答："他总抓你们的学习！"

耿守心继续问："你怎么知道的？"

高个子答："是李主任……"

高个子正想说下去，李同学急忙上前拦止道："你别说了！你问他，别让他老问你！"

高个子突然回过神来似的说道："差点上了你这小子的当！你说，你为什么说蔡一庆好？"

耿守心笑道："人人都是好与不好的综合体，如果你说不出蔡老师的不好来，那剩下的就应该是好。"

高个子向上翻了翻白眼："别给我扯什么综合体的绕来绕去！我听不明白！你再跟我绕弯弯，别怪我不客气！"说完，他又挥了挥拳头。

耿守心继续笑道："我知道谁叫你来的，你想达到什么目的。我们都是学生，我们来学校的目的就是好好学习，你要讲理，我陪着，你要动手打人，应该先想想自己和家里人能不能承受得起！"

高个子突然抓住耿守心的脖领说道："我就打你了，你能怎么的？挨我打的人多了！"他边说边扬起拳头。

康在行见状一个箭步冲上来，使劲抓住了高个子的胳膊，大声说道："你要敢动手，明天就让你蹲监狱！你信不信？"

高个子迟疑了一下，缩回拳头，但仍恶狠狠地说道："去你的！净扯淡！没那回事儿！"

耿守心脸色平静，但斩钉截铁说道："他说得没有错！你打我，我肯定还手，除非你打死我，否则咱俩的打斗不可能停止！你打死了我，你会不会蹲监狱？不仅蹲监狱，还得被枪毙！"

李同学也赶紧上前，紧紧拉住高个子的胳膊，打圆场似的说道："算啦！

算啦！怪不得他们都说耿守心像个'破毡帽头子'，打不烂，摔不破，谁拿他都没有脾气！"

正在这时，耿守平和王小红急急忙忙跑过来，边跑边高声喊道："不许打人！不许打人！耿守心，我们来了！"

高个子见状立即松开了手，窘迫得满脸通红，竟不知所措地赶紧往后退了两步，颇为尴尬地站在那里。

王小红狠狠瞪了高个子一眼，厉声道："你的胆子也忒大了！跑这里来耍流氓了！星期一我非到学校告你们不行！我看你们还能不能继续留在学校，拿到毕业证书！"

高个子立马讨饶似的向王小红笑着解释道："你千万别误会！我们和耿守心闹着玩儿呢！"

李同学见王小红一脸气呼呼而且要到学校告状的样子，立马胆怯起来。他赶紧把耿守心拉到一旁，赔着笑脸，小声说道："今天的事，都是我俩的错！我求求你了，你能不能可怜可怜我们，千万千万别告诉学校的领导和老师？"

耿守心笑道："那你先说清楚今天是咋回事？"

李同学小声道："食堂管理员是他姐夫，他姐夫叫我俩来吓唬吓唬你，没承想，竟闹成了这个样子！"他边说边用手指了指高个子。

耿守心又问："食堂管理员为什么要这样做？我和他又没有冲突和矛盾？"

李同学神秘兮兮道："食堂管理员和教导处李主任是一条线上的。"

耿守心再问："李主任知道今天这事吗？"

李同学摇了摇头："李主任不知道！其实，食堂管理员也只是随口一说，他小舅子就信以为真，非要拉着我来找你辩论，我们哪能辩论过你？"边说边再次赔起笑脸。

耿守心接着问道："他怎么认识的王小红？"边说边指了指高个子。

李同学笑了笑："如果不出意外的话，王小红应该是他未来的嫂子。"

耿守心也笑了笑："既然这样，那这事到此为止！不过，也请你回去向食堂管理员说一声，高一（1）班的同学们和我耿守心，不参与任何派别和个人之间的斗争，我们只听毛主席、学校领导和老师们的话，凭良心做事，专心致志搞好我们自己的学习。"

李同学连连点头道："一定！一定！谢谢！谢谢！"说完，他拉起高个子，两个人急忙推起自行车，调转方向，向着学校飞快骑去。

康在行冲着他们逃也似离去的背影，吐了口吐沫，高声骂道："呸！什么东西！"

耿守心拉了拉康在行的衣服，笑道："走吧，我家里还有急事！"说完，他看着耿守平和王小红说道："谢谢你们！没想到你俩来得这么及时！"

王小红依旧余怒未消道："星期一我必须告诉蔡老师！他们真是蛮横霸道，岂有此理！"

耿守平愤愤不平道："就是！这也太无法无天了！大白天的就要动手打人！"

康在行扭过脸来争辩道："什么叫'要动手打人'？他们已经动手打人了好不好？耿守心让那个高个子抓住了脖领子，我让那个高个子猛推了两下子，如果你俩不及时赶到的话，那还不得头破血流、鲜血遍地啊！"他边说边夸张地回头指了指。

耿守心哈哈大笑道："在行同学！你也太夸张了！事情没有那么严重，他们只不过吓唬吓唬咱俩而已。我觉得，这事咱们还是'冷处理'更好，如果反映到学校，报告给老师，事情可能会更加麻烦和复杂，也不利于咱们今后的学习，有时复杂问题简单处理，往往是最好的解决方法，事情能够过去，还是让它尽快过去，这样也许对咱们大家更为有利。"

耿守心了解王小红"说一不二、风风火火"的执着性格，也理解康在行、耿守平对刚才事情的判断和定性，他之所以没有把李同学刚才小声对他说的话告诉大家，就是不想事情进一步复杂化、扩大化。他清楚记得广林大爷、守才哥哥和父亲一再嘱咐的"人要宽容""人要守信"这句话，也清楚记得大队座谈会上广林大爷一再强调"人欺负、咱礼让，再欺负、咱退让，还欺负、拼到底！"这句话的次数和含义。他觉得：既然自己已经答应了李同学"到此为止"，就应该言而有信。既然自己只受到了"第一次欺负"，就应该用"礼让"去解决问题。王小红、康在行、耿守平的"坚持"，自有他们个人的判断和道理，自己还是应该坚守耿家口人应该有的"原则"和"根本"。

耿守心说完后，王小红没有接话。她知道：耿守心考虑问题有时比自己更加全面和仔细。她判断：李同学刚才可能对耿守心说过了"她与高个子的关系"，如果这样，今天对这事的讨论应该赶紧打住，决不能在同学中传播开去。但她同时知道：今天的事情，决不能善罢甘休、到此为止！

耿守心哪里知道：他对耿家口人"原则"和"根本"的片面理解和僵化坚守，他的这种与人为善、息事宁人的处理方法，虽说是最简单、最省事、最稳妥的办法，但在有些情况和特殊对象下，往往适得其反、事与愿违。当他回到家，见到大发雷霆的父亲，特别是再次聆听耿广林、耿守才和他父亲耿广常的一番教导后，既使他受到了不小的惊吓，也使他霍然间明白了更多更深的道理——

本书获得2022年"中国书稿大赛"一等奖

当代中国文学书库

守心记（下）

庞茂金 ◎ 著

九 州 出 版 社
JIUZHOUPRESS

图书在版编目（CIP）数据

守心记／庞茂金著 . -- 北京：九州出版社，
2023.1

ISBN 978-7-5225-1560-1

Ⅰ.①守… Ⅱ.①庞… Ⅲ.①长篇小说—中国—当代
Ⅳ.①I247.5

中国版本图书馆 CIP 数据核字（2022）第 231120 号

守心记

作　　者　庞茂金　著
责任编辑　陈春玲
出版发行　九州出版社
地　　址　北京市西城区阜外大街甲 35 号（100037）
发行电话　（010）68992190/3/5/6
网　　址　www. jiuzhoupress. com
印　　刷　唐山才智印刷有限公司
开　　本　710 毫米×1000 毫米　16 开
印　　张　33.25
字　　数　562 千字
版　　次　2023 年 1 月第 1 版
印　　次　2023 年 1 月第 1 次印刷
书　　号　ISBN 978-7-5225-1560-1
定　　价　95.00 元（全二册）

21　父亲暴怒

耿守心、耿守平回到耿家口时，天已经完全黑了下来。

夜幕下的耿家口大队，灯光点点，行人稀疏，劳累一天的人们早已经赶回家里，忙着烧火做饭。家家户户拉风箱做饭的声音，不断传出院外，涌向街头，不绝于耳。随着家家户户厨房门窗涌出和烟囱里缕缕升起的炊烟，烧火做饭的柴烟味、油香味，不断向外扩散，弥漫了整个村子。

刚才急急赶路的耿守心和耿守平，这会儿真感到了饿肚空空、饥肠辘辘的滋味。他俩在村口分手后，各自向自己家的方向跑去。

见到路上的行人，耿守心忙不迭地热情打着招呼，当路过大队部时，他下意识地感到应该先去看看父亲是否还在那里，一来问问家里究竟发生了什么情况，二来叫上父亲赶紧回家吃饭，也好早点填饱肚子。

他一边这样想着，一边快步向大队部跑去，正要跑进大队部院门口的时候，遇到了刚从小卖部打酒出来的四队队长耿广道。

耿守心急忙问道："广道大爷，我爷爷奶奶怎么样？"

耿广道笑道："他们都很好！今天下午我还见过他们。"

耿守心悬着的心一下子咽回到肚子里，没等耿广道再说什么，他立马笑道："广道大爷，我先进去了，回头再去看您！"说完，飞也似的跑进了大队部的院子。

大队部里，耿广林、耿守才、耿广常三人正说着话，见耿守心气喘吁吁跑进来，耿广林笑道："耿家口的人说话避邪！说谁谁就到！这不，孩子回来了！"

耿守心向耿广林、耿守才问好后，急着向父亲耿广常问道："爹，家里出了什么急事？"

耿广常抬眼看了看耿守心，一脸愠色道："家里能出什么事？还不都是你惹的好事！"

耿守心丈二和尚摸不着头脑，一脸无辜地怔怔问道："我能惹什么事儿？"

耿广林笑道："也没什么事儿！孩子刚刚回来，跑得上气不接下气，你先让他坐下喝口水，慢慢说，是不是？"说着话，他责备地看了一眼耿广常，从桌上找了个水杯，耿守才提起暖水瓶倒上了水。

耿守才边倒水边道："我看守心兄弟做得不赖！要是我，我也会这么处理！"说着话，他把水杯递给了耿守心。

耿守心赶紧接过水杯，仍然一脸迷茫地看着耿广林、耿守才和自己的父亲耿广常。

耿广常气不打一处来地继续道："上学，你就好好地读书！少领着同学们管那么多闲事！老师们之间的情况你又不了解，公社派人去调查情况，你不问青红皂白地乱说一通！现在倒好，公社革委会的领导找到咱大队来了，让我好好管管你！人家说了，如果你不立即改正，直接按退学处理！你说说，这究竟是怎么回事？"

耿守心立刻惊得睁大了眼睛，他不相信这事怎么这么快就传回了大队里。他更不相信为了这点小事儿，竟然惊动了公社革委会的大领导，而且还专门找到大队里，特别提到"如果不立即改正，就按退学处理"！他的心猛地收紧了，也慌乱了！简直无异于晴天霹雳！！

他知道，自己上高中是多么的重要，而且是多么的不易。爷爷奶奶、父亲母亲为了自己能上高中，日夜盼望、愁苦忧虑，流下了那么多的眼泪。王老师对自己恩重如山，为自己上高中争取指标，专门去县上求学生。眼前的广林大爷、守才哥哥为了推荐自己上高中，想方设法，绞尽脑汁，而且打小就一直关心着自己的学习。还有大队里的许许多多父老乡亲，他们一直对自己倍加宠爱，从自己上小学开始，就一直鼓励着自己的学习。特别是，国家给了自己这么好的考学、上学机遇和条件，县五中的老师和同学们又是那么的喜欢自己，难道眼前这大好的一切就要瞬间丧失、一挥而去？

他又想到了这些天来发生的一桩桩、一件件事：自己凭着耿家口人应有的良心、正直和正义，单单就是为了自己和全班同学的学习，单单就是为了保护应该保护的自己班主任蔡老师，自己和同学们从来没有揭发、批判过任何人，有的只是迫不得已地陈述事实、讲清道理，本能地保护老师、同学和自己，可这一切都是按照做人的良知、学校领导和老师的要求做的呀？自己从来就没有违反过学校的任何纪律，这些问题究竟出在了什么地方？是谁这么无中生有、不讲道理地随便欺负伤害自己？这天下还有没有道德和良心？

还有没有公道和正义？他越想越迷茫，越想越生气……

耿广林看着耿守心发呆、难过和生气的样子，心疼地微笑道："孩子啊！你先别着急！我先问你：你的学习成绩怎么样？在班上能排第几名？现在是不是班里的干部？老师喜欢不喜欢你？同学们支持不支持你？"

耿守心静了静神，抬头看着耿广林答道："学习还是过去那个样子，这学期还没有考试，上学期期末考试总分全年级第一，现在担任班长，和同学们的关系还可以。"

耿广林猛地拍了一下大腿，高声笑道："这就好！我们的孩子就是优秀！我就喜欢咱孩子这个样子！"

说完，他回过头，看着耿守才和耿广常，继续笑道："我就说嘛，咱孩子在县五中的影响肯定小不了！要不然，就这么一丁点儿小事，很少来过咱这里的公社革委会李副主任，怎么可能专门跑来咱们大队里？"

耿广常依旧铁青着脸，愤愤道："孩子啊，你广林大爷、守才哥哥早就对你说过，在学校要好好学习，团结同学，尊敬老师，遵守纪律，可现在公社领导找到咱大队来了，而且还说了，如果不立即改正，就要退学，你说怎么处理？"

耿广林微笑着接上道："广常啊，我看你也别太较真了！他就是那么一说，我看也是嘴边上吓唬人的话。我看啊，这事咱还得好好再问问孩子，究竟发生了什么？如果孩子确实错了，咱们一块批评教育他，让他立即好好改正。如果不是孩子的错，是老师、领导误会咱了，咱们也别冤枉了自己的孩子！"

耿守才笑着接上道："我看也是！咱先听听守心兄弟怎么说，先看看究竟是咋回事，再说咋办也不迟！"

既然广林书记和守才主任都这么说了，耿广常没有再次说话，他点起一支烟，低着头，使劲抽了起来。

耿广林看着耿守心微笑道："孩子啊，最近你们学校发生什么事？比方说，你们蔡老师是怎么回事？你又做了哪些事？你都说给我们听听，省得你爹生气。"

耿守心这会儿一点也不饿了，满肚子全是气。他打小不喜欢把学校发生的事情告诉家长，他觉得那样缺乏担当，有点"太碎"，也没有出息，甚至多少有些"女孩子"或者"小孩子"的样子。

可是现在，一切的情况全变了。既然事情已经闹到了这一步，既然广林大爷和守才哥哥这样关心地询问，既然父亲如此生气，那就干脆向广林大爷、守才哥哥和自己的父亲说说清楚。

耿守心想好以后，他把蔡老师如何狠抓班里的学习，如何组织班里的选举，高二（1）班个别学生怎样贴出大字报造谣诽谤，全班同学又是怎样写出大字报说明和解释，高二（1）班的个别学生如何围攻正在开会的蔡老师，他和全班同学又是怎样赶到校长办公室全力解围，高二（1）班的个别学生如何向他发起辩论挑战，他又是怎样在同学们的保护下被迫应对，蔡老师后来又是怎样到公社检讨和接受批判，公社教育组的干部们找学生调查时他和同学们又是怎样说的，等等，一一做了如实汇报和解释。

但他没有说刚才回家的路上"高二年级两名同学强行拦住辩论、抓住脖领要打他的事"，他怕说出来让广林大爷、守才哥哥和自己的父亲更加担心和生气。

耿守心一五一十说完后，大队部里一片寂静。耿广林、耿守才、耿广常没有说话，他们默默抽着烟、喝着水、低头沉默不语。

耿守心起身拿过暖水瓶，给耿广林、耿守才和父亲耿广常的水杯加满水后，继续说道："我要上高中的时候，就在这个会议室里，广林大爷和守才哥哥一再嘱咐我们，咱们耿家口的人，要牢记'初心'，要守住'根本'，要知恩图报，要明白事理，要重情讲义，要好好学习，要遵守纪律。蔡老师是我们的班主任，他最关心我们的学习，他经常教导我们要认认真真学习、老老实实做人。他被人诽谤了、嫉妒了、诬陷了、欺负了，他受到了伤害，也影响了对我们的教育。你们都说过，师徒如父子，父亲被人无辜欺负了，做儿子的哪有不管不问的道理？我和同学们凭着自己的良心和正义，去做了应该做的事，我和同学们从来没有批判攻击过任何人，我们只是被迫无奈地摆事实、讲道理，目的只是为了我和同学们更好地学习，我和同学们的一切言行都是按照学校领导和老师的要求去做的，从来没有触犯过学校的任何纪律。为什么有人把我告到公社里？为什么公社里的领导不问青红皂白、不听说明解释地就找来大队部？还要我'立即改正，不然就做退学处理'？这天底下还有没有公道和正义？……"

耿守心越说越激动，恨不得一下子把这些天来的所有问号、迷茫、困惑和挣扎，全部倒出来。他知道，在他面前的这三个人，是看着他长大、也是他最为尊重信任的人。

耿广常看着自己儿子没完没了还想继续说下去的样子，猛地拍了一下桌子，声色俱厉道："好啦！你别说啦！你就没有一点错误？"

耿守心惊恐地赶紧停住嘴。他怔怔地看着自己的父亲，不知道自己刚才说错了什么，还是自己说话太多的原因。

耿广林生气地瞪了一眼耿广常，厉声责备道："你这么大声干什么？吓着咱孩子！我看咱孩子说得都在理，这事就是这么回事！咱孩子没有犯错误，干吗非要找出一个错误来？你找个错误出来给我看看？"

耿守才也立刻接上道："广常叔啊，我是真不同意你这种教育孩子的方法。我看守心兄弟刚才说得没有一点错，问题应该就出在县五中的哪个领导那里！"

耿广常急忙争辩道："我看这孩子过去回家不主动给我汇报这些事，就是错误和问题！"

耿广林笑了笑，说道："你希望咱孩子每次回来跟你没完没了地唠叨那些婆婆妈妈的事情？记住了：那是闺女！不是儿子！"

耿广常立刻笑起来。他知道耿广林说的是对的！他当然希望自己的儿子是个"男子汉"，而不是整天围着家人婆婆妈妈、絮絮叨叨的"小女人"！他之所以强词夺理地提出"没有提前回家告诉"这个问题，是不想儿子在场的时候"丢面子"。要知道：耿广常是一个非常传统的人，他虽然非常关心疼爱自己的儿子，但几乎从来没有正眼看过自己的儿子。

耿广林接着道："我看刚才守才说得合情合理。全公社那么多人，工作千头万绪，一个县五中的一年级学生，能有多大的能量和能耐？如果不是学校里的哪个领导出面到公社里胡乱一说，李副主任能放下那么多工作不管不问，破天荒、大老远地跑来咱大队里说这个事？这官当大了也不得了，屁大的小事儿也犯主观主义、官僚主义，还拿'退学'吓唬人。他要是真敢这么干，我就带着咱全大队的社员们，去公社找党委书记、革委会主任评评理！"他边说边瞪圆双眼、目光犀利。

耿守才立马接上道："就是！这就没王法了？贫下中农的子弟可不是那么好欺负的！还是我们过去常说的那句话：没事不惹事，有事不怕事！事来了，弄到底！"他边说边站起身来，猛地把手一挥，一副"坚决弄到底"的视死如归样子。

耿广常看着两个领导为自己孩子的事动了气，赶紧笑着说道："广林哥，守才，你俩先消消火、消消气！我看这事儿咱们还是冷处理，咱们是不是应该嘱咐嘱咐咱孩子，如果需要的话，让他自己回去找老师说说，看看应该怎么处理。"

耿广常如此一说，耿广林、耿守才很快恢复了笑脸。他们知道：无论接下来怎么办，都少不了学校和老师的出面参与，用"冷热交替"的办法处理，最有利于问题的解决，也是目前最好的法子。于是，他俩一前一后地笑着说道："看来还是你冷静，脑子更好使。"

耿广林端起水杯，喝了口水后，说道："既然这样，我也同意。守才啊，刚才孩子说的这些事，咱们都听到了，你有什么想法和高见？说来听听。"

耿守才猛抽了两口烟，笑着说道："我还是来个一二三吧！这第一点，守心兄弟的进步真大啊！也证明了咱们慧眼识真金，过去的工夫没有白费！广林叔，你说是不是？"

耿广林笑道："那是当然！去年推荐学生上高中那会儿，我就一心想着推荐他上高中，虽说后来上级的政策变了，咱没使上劲，可咱们没有看错人！"说完，俩人哈哈大笑起来。

耿守才边笑边接着道："这第二点嘛，我同意刚才广常叔的意见，让守心兄弟回学校自己找老师说说，看看应该怎么处理，不能再让这件事情继续往前走，既要守住守心兄弟做人做事的原则，也要守住决不让守心兄弟退学这个底线！你们说，是不是？"

耿广林哈哈大笑道："我同意！广常啊，你有什么意见？"

耿广常点了点头，没有说话，他又低头抽起了烟。

耿广林笑道："守才，你继续说第三点！"

耿守才道："第三点，我还是重复过去咱们说过的那句话：没事不惹事，有事不怕事！守心兄弟，天塌不下来！天要真塌下来，我和你广林大爷、你爹我们一起陪你顶着！"说完，他再次用力挥了挥手。

耿广林满意地点了点头，他的眼睛里闪烁着兴奋的光亮，面部洋溢着引发共鸣后的光亮色彩。

耿广常继续低头抽着烟，默不作声。耿守才说这三点时，耿广常一直在认真听着，他心里有说不出的激动和感动。但他打心眼里不愿意看到"第三点"的出现，因为如果那样，自己、孩子和全家，就太对不住广林书记和守才主任了。自己和孩子也会难过愧疚一辈子。

耿广林看出了耿广常的心思，他喝了口水，接过话题说道："广常啊！我看你的心思也别太重了！守才刚才说的这些话，正是我想说的！咱孩子做得没有一点错，如果非要给他找点错的话，我看就是咱孩子太单纯、太善良、太把有些人当好人看了！你们说，是不是？"

耿守才连连点头道："就是！就是！"

耿广常没有接话，但他的情绪明显好了许多，与耿广林对视后，顺便瞅了一眼自己的儿子。

耿广林继续道："孩子啊！你们学校的那些事，我看啊，有时还真不像那么回事！一味地消极防守不行，有时还得好好盘算盘算、合计合计！这贴'大字报'、搞辩论，就像战场上打仗一样，既要讲究积极防守，也要讲究主动进攻，有时进攻就是最好的防守。当然了，防守还是进攻？这一切都必须符合整体的战略战术需求，千万不能没了章法、乱了方寸、影响了全局和根本。你们蔡老师说得也对，同学之间要团结，出了意见和分歧也是人民内部矛盾，即便争论或者辩论也不能随便上纲上线、扣大帽子、打大棍子，也要讲道理，以理服人。但如果对方不和你讲道理怎么办？对方非要动手打你怎么办？你还坚持着跟他和颜悦色地讲道理？那你就是个书呆子、傻孩子，没出息！遇到这种情况怎么办？依我看，最好的办法就是据理力争、主动进攻、以其人之道还治其人之身！只有让他怕你了，接下来的事情才好办，也才有机会和可能坐下来慢慢地讲道理，你说是不是？关于眼下的这件事情，你明天回到学校后，赶紧去找蔡老师，把公社领导专门来咱大队的情况一五一十地告诉他，他也一定会很快地向学校领导汇报，也一定会拿出好的意见和主意，我就不信这睁着眼睛说瞎话、无法无天、伤天害理的事情，就没人敢管、畅行无阻、得不到应有制止！"他边说，边猛地拍了一下桌子！

耿守才、耿广常都没有说话，但他们的面部表情表明：完全同意！

耿广林继续道："另外啊，这退学的事情，我看公社李副主任也就是吓唬吓唬咱们，没什么大不了的！你们想啊，他为什么不让学校或者老师们直接去找孩子谈？为什么偏偏赶来咱大队里谈？搞不好连他们自己都没有好好商量合计。李副主任来到咱这里，话说到兴头上，领导的大架子一摆，情绪再一上来，就那么顺口说了一句。真要摆到桌面上，说不定连他都不敢承认。退一万步讲，就是他们真商量了，也敢放在桌面上说，又能怎么的？咱这孩子一切表现优秀、没有违反学校纪律，你凭什么让我们退学？凡事总要讲个规矩、说个道理！我现在的判断是：他也就是吓唬吓唬咱们。什么情况下才会用吓唬这个招数？我看无外乎三种情况：一是理屈词穷；二是做贼心虚；三是摆摆架子。总而言之，理亏心虚。既然他李副主任这样做了，来而不往非礼也，这两天，我就去公社党委书记刘维忠和革委会主任赵格文那里，找他们问个明白、说个清楚。我就不信这正理咱板不直!"

耿守才赶紧插话道:"广林叔说得对,我们现在不能被动防守,必须主动进攻。到时候我陪你一块去。"

耿广林笑道:"我最后再说一句:孩子啊!我对你的侠肝义胆、知恩图报、果敢坚决、认真仔细,非常的满意!"

耿守心这次回家真值!虽说他受到了父亲从未有过的愤怒呵斥,但他在支书耿广林、主任耿守才和他父亲耿广常的教导下,霍然明白了许多道理。他打算尽快赶回学校,按照耿广林嘱咐的那样,把这一切详详细细报告给蔡老师。然而,事情的发展并不像预想的那样简单顺利,这里面确实包藏着许多曲里拐弯、鲜为人知的离奇关系和怪异故事——

22　原来如此

第二天一大早，耿守心简单吃了点早饭，让父亲耿广常转告耿守平自己先回学校了，向爷爷、奶奶和娘打过招呼后，就一路小跑地匆匆向学校赶去。

他一路跑着，一路想着昨天晚上广林大爷、守才哥哥和爹说过的那些话。

他想：这里面的事情还真够复杂的！就这么一点点小事情，怎么就惊动了公社里的大领导呢？而且还专门赶来大队部里说了那样的话，看来这公社里的大领导也不是什么火眼金睛，有时候也蛮不讲理！他又想：广林大爷和守才哥哥说的那个到公社里告状的学校领导，应该就是教导处李主任。可李主任为什么要这样做呢？自己可是从来对他都是很尊重的。再说了，他也没有当面批评过我啊？如果不是他去公社告的状，那又是谁呢？他还想：广林大爷、守才哥哥让我向蔡老师报告这件事，蔡老师听后一定很难过。蔡老师刚刚从公社回来，他在公社的这些天里一定很痛苦、很烦闷，我如果告诉他这些事，那不是往蔡老师的伤口上撒盐吗？可是，如果不告诉蔡老师的话，那不是没听广林大爷和守才哥哥的话吗？这可怎么办呢？

想到这，他飞快的脚步突然放慢下来，往前走了几步后，他索性坐在路边的石头上，呆呆地看着脚下的小草发怔。

他想：广林大爷和守才哥哥多次说过，耿家口人"做人做事一定要仗义"，蔡老师对自己和同学们那么好，他又吃了那么多的苦，从省城来到这里教书不容易，自己和同学们虽然竭尽全力保护他，但那都是应该的，因为"师徒如父子"。再说了，蔡老师从来没有做错事，他不愿意伤害自己的老师，才被调动来到这里。他学问大、能力强、有成绩，才被人妒忌。自己和同学们保护蔡老师，就是维护公平和正义，自己应该向蔡老师学习，个人再难也不能做给自己老师"伤口上撒盐"的事，今后即便提起"自己没向蔡老师报告"的事，想必广林大爷、守才哥哥也不会为此生气，说不定还会再次夸我呢。

想好以后，他站起身来，向着学校的方向走去。

他走着，想着，忽然感觉不对！昨晚，广林大爷不是说过"有时进攻就是最好的防守"吗？如果要进攻，就应该有充分的"由头"和"道理"。如果自己不把这件事情告诉蔡老师，就有可能丧失进攻的"绝佳机会"！广林大爷还说过，"一切都必须符合整体的战略战术需求，既要讲究积极防守，也要讲究主动进攻！"公社大领导为了这些小事专门赶到大队部来，又说了那样的话，实在没有道理，如果紧紧抓住这一点，据理力争，攻其不备，也许就是维护公平正义的突破口，从而很好地保护蔡老师和我自己。对！广林大爷、守才哥哥实在太厉害了！我必须按照他们说的去做，牢牢抓住这次反击的最好时机！

对！就这么做！我必须尽快报告蔡老师！说不定蔡老师知道这件事情后，不仅不会难过，很可能会特别开心！

耿守心再次校正自己的想法后，不由自主地重新加快了步伐，高高兴兴地向着学校方向跑去。

正在这时，王小红骑着自行车飞快地追了上来，她一边骑着自行车，一边笑着说道："耿守心，你跑得可真快啊！没想到这一小会儿的工夫，你已经跑到这里了！"

耿守心立即纳闷道："一小会儿？你怎么知道的？"

王小红突然脸红起来，笑道："就不告诉你！"

原来，王小红她爹早起在村头遛弯儿，看见耿守心背着书包急急忙忙赶去学校的样子。回到家后，对仍蒙头睡懒觉的王小红埋怨道："你看看人家耿守心，这么早就往学校赶，而你还在睡大觉！"王小红闻听，立刻折身起床，简单洗漱后，背起书包就往外走。她爹问她去哪里，她说回学校。她娘劝她吃完饭再走，她说到学校再吃。她爹说把你表舅的自行车捎上，过两天他去学校自己骑。王小红笑着推出自行车。刚走两步，她爹又喊住她："告诉耿守心，再回家的时候，过咱家坐坐！"她高高兴兴地答应了，然后骑着自行车飞奔而去。

耿守心看到王小红脸色羞红的样子，没有再问，他继续大步流星地朝着学校方向快步跑去。

王小红一边猛劲骑着自行车，一边喊道："喂！耿守心，你坐上来，我带着你!"

耿守心头也不回地说道:"不用了!你自己先走吧,我早晨跑跑步,锻炼锻炼身体!"

王小红笑道:"我知道你回学校有急事,别不好意思。这大清早的没有人看见。你的脑袋也别太封建了,是不是?"她的话音未落,自个先咯咯咯地笑起来。

耿守心立刻满脸通红道:"没有不好意思,我就是想锻炼锻炼身体!"

王小红再次笑道:"你的脸都红了,还说自己没有不好意思?"说完,她又咯咯咯地笑起来。

耿守心没有答话。这会儿,他的步伐哪里是小步快跑,简直是大步如飞。

王小红一边骑车追着耿守心,一边说道:"耿守心,我想好了,昨天高二的那两个同学在路上要打你的事,我回学校后,就去报告蔡老师!"

耿守心扭头看了一眼王小红,突然放慢了步子,说道:"我想这事你是不是再考虑考虑?听说那个高个子下一步很可能和你有关系。"

王小红立刻瞪起眼睛,愤愤道:"谁和他有关系?他家想得倒美!"

耿守心没有接话。他想:从王小红的语气和表情看,李同学告诉他"王小红有可能成为高个子他嫂子"的话应该不是真的。他又想,女同学的婚姻大事终究是个人问题,作为男同学,自己千万不能过多介入,否则不够检点和礼貌,还有可能引发其他问题。

想到这,耿守心再次加快了脚步。谁知王小红猛蹬了几下自行车,超越了耿守心后,突然跳下拦住后,说道:"耿守心,有件事我得告诉你。"

耿守心立刻止住脚步,问道:"什么事?"

王小红道:"食堂管理员他不是人,你得格外小心!"

耿守心已经从李同学那里知道了食堂管理员的有关情况,但仍忍不住吃惊地问道:"为什么?"

王小红道:"昨天要打你的那个高个子,就是他老婆的亲弟弟!"

耿守心道:"我听说了。"

王小红道:"还有,他和教导处李主任是一伙的!"

耿守心道:"我知道。"

王小红道:"他们想伤害你!"

耿守心道:"我也知道。但不知道为什么?"

王小红道："因为你带领我们大家保护了蔡老师，因为马校长特别喜欢蔡老师，因为……"她突然脸红红的欲言又止。

耿守心有些着急地追问道："因为什么啊？"

王小红立刻咯咯咯地笑起来，慢条斯理道："你猜？"

耿守心一脸茫然地失望道："我猜不到！"

王小红磕磕巴巴地笑道："因为……因为……我……我和同学们都很喜欢你！"

耿守心如释重负道："我知道你们大家都喜欢我，我还以为因为什么呢！"

王小红突然止住笑声，失望道："我就知道你是个大傻瓜、书呆子！"

耿守心没有接她的话，抬步向前快步走去。他在想着食堂管理员、教导处李主任和公社革委会李副主任之间的"可能事情"。他知道王小红有时思路跳跃得特别厉害，表述时也喜欢一惊一乍的。

王小红见耿守心没有理她，不打招呼地自顾自地往前走去，顿时有些生气。她默默停了一会儿后，还是赶紧骑上自行车，追上耿守心后，高声喊道："耿守心，你别走。我问你个事，是大事。"

耿守心再次放慢脚步，扭头问道："什么大事？"

王小红跳下自行车，边走边说："你说这世上谁对我最好？"

耿守心答："当然是你爹娘！"

王小红摇了摇头，撅起嘴道："可我不觉得俺爹俺娘对我最好，我觉得俺表舅对我最好！"

耿守心道："那是你的暂时错觉！"

王小红道："俺表舅可疼我了，他说的话也可在理！"

耿守心道："他们都疼你，但有时表现方式不一样。"

王小红道："也许是吧。但我最不愿意听俺爹俺娘没完没了地唠叨！"

耿守心道："那是因为你是他们亲生的，他们最操你的心。当然，你也最担他们的事。"

王小红突然咯咯咯地笑起来，而且笑得非常开心。笑罢，她突然贴近耿守心身边，小声说道："喂！耿守心，我跟你说件事……"

耿守心立刻下意识地向外躲了躲，顿惊道："你说吧，什么事？这么神秘兮兮的！"

王小红笑道："你躲什么？我又不咬你！"

耿守心笑了笑，赶紧解释道："我怕……我怕我害怕的样子吓到你！"

王小红咯咯咯地笑得更厉害了。耿守心的脸突然羞红起来。

王小红止住笑后，小声说道："管理员想把他内弟介绍给我当对象……"

耿守心兴味索然道："我知道了。"

王小红立刻有些不高兴起来："你什么意思？"

耿守心赶紧扭头笑答："那不是挺好吗？"

王小红紧接道："我才不想和那个没有一点文化教养的纨绔子弟在一起。"

耿守心再次味同嚼蜡道："这事刚才也说过了。"

王小红扭头瞪了一眼耿守心，见他并未继续调侃和嘲弄的样子，笑了笑后，继续道："管理员打听到俺家后，专门去俺家找俺爹俺娘，俺爹俺娘也不知道中了哪门子的邪，硬逼着我答应这门亲事，幸亏俺表舅知道后严肃批评了俺爹俺娘，我这次回家，他们才没敢再提这件事。"说完，她咯咯咯地又笑起来。

耿守心吃惊地看了一眼王小红，颇感意外道："你表舅也知道这事了？还批评了王叔叔和婶子？"

王小红笑道："俺爹俺娘知道我最听俺表舅的话，前两天专门去公社里找到他，想让俺表舅做做俺的工作，没承想，反倒被俺表舅狠狠批评了一顿，直说他们光想着攀龙附凤，没想到外面的事情太复杂，直说他们光想着老了沾女儿的光，没想着给自己找个好亲家、好女婿。俺表舅还说了，管理员和他岳父都不是好东西，就想着和俺表舅攀上亲戚后，得好处、走后门、提拔他！"

耿守心不明就里地插话道："可是你表舅现在也遇到麻烦了啊？"

王小红道："俺表舅这次来公社待了这么长时间，其实就是管理员和他岳父捣的鬼。他岳父是县水泥厂的小头头，和县革委会的某个领导有点私人小关系，他知道俺表舅没有啥问题，故意向县里告状，让咱公社里的人写大字报，说俺表舅在我考高中时给我透过题。俺表舅这次到公社来，其实就是向公社里的领导和群众说明情况、做出解释。他们借着俺表舅被调查的时候，就想趁机确定我和那个混蛋的婚事，等到俺表舅结束调查回到县里工作后，他们也好攀上俺家这门亲戚。"

耿守心突然恍然大悟道："哦，原来这事这么复杂！"

王小红撇了撇嘴，接着说道："你想呢？这事哪有那么简单！俺表舅说了，咱们学校的马校长和他是同学，可教导处李主任的关系也在县里。不然，李主任哪敢和马校长对着干？不过，马校长现在还不能恢复工作，只能先由李主任暂时代为主持。"

耿守心不解道："为什么呀？"

王小红看了看四周没人，继续小声道："那还不是因为他喜欢和支持蔡老师，听说蔡老师的事情已经传到了省城大学里。"

耿守心立即惊讶道："是谁向省城大学说的？为什么这么做啊？"

王小红答："那还不是明摆着的事！俺表舅说了，他们就是想把蔡老师的事情搞大，同时借助省城大学的影响和威力，先把蔡老师搞臭再说下一步的问题。"

耿守心再问："可是蔡老师已经回学校正常工作了啊？"

王小红笑了笑，说道："俺表舅说了，咱们前几天对公社调查组说的那些话管上了用，公社没有办法了，才让蔡老师先回学校工作，可这件事情还没有结束，蔡老师只能一边接受调查，一边给咱们上课。"

耿守心继续问道："他们为什么要陷害蔡老师？"

王小红道："俺表舅说，一是因为蔡老师表现出色，他们特别妒忌，二是因为蔡老师从省城来到咱这里是受迫害，他们觉得搞臭蔡老师比较容易，三是因为马校长特别喜欢和支持蔡老师，只有先搞臭了蔡老师，他们才能抓住马校长的把柄，顺水推舟把马校长和有关领导一块整下去！"

耿守心急忙再问："他们还想整谁啊？"

王小红道："那还用问？你这么聪明的脑袋还猜不出是谁？"

耿守心摇了摇头，说道："我很笨！我哪能猜出是谁？"

王小红笑道："那你就先笨着点吧！"说完，她又咯咯咯地笑起来。

俩人就这样走走说说、说说走走，不一会儿的工夫，县五中那片郁郁葱葱、庄重秀丽的校园，连同校园边缘的山脉和村庄，清晰地进入到他们的眼帘里。

耿守心赶紧道："王小红，你骑上自行车先走吧！"

王小红故意打岔道："咱俩这样边说边走不是挺好吗？"

耿守心立刻正色道："让人看见会说闲话的！"

王小红突然咯咯咯地笑起来，边笑边说："看你这胆子！我就知道是因为这！那好吧，我先走了！"

说完，她优雅地跳上自行车，刚走两步又跳下来，回过身来说道："喂！今天我说的话……"

耿守心抢先答道："对外保密！"

王小红咯咯咯地笑起来，她重新跳上自行车，快速地向前骑去。她清脆动听的咯咯咯笑声，连同她骑车的优美靓丽背影，很快消失在茫茫晨雾中。

王小红透露的消息，让耿守心顿时开了眼界，更令他惊愕不已。他从没有想过这里面竟有那么多复杂缠绕的关系。他有些害怕，也有些莫名的振奋和惊喜。他想，黄河边长大的孩子不应该畏惧浪涛旋涡，既然自己已经被别无选择地推进这波涛汹涌、暗流纵横的陌生水域，那就甩开膀子、劈波斩浪、奋勇搏击！让波涛和风浪尽情地冲刷磨炼自己——

23 不再沉默

耿守心回到学校后，他先在床上躺了一会儿，同学们还没有回来，偌大的宿舍里只有他一个人。

他躺在床上，反反复复回想着昨天晚上和今天早晨发生的事情。他想：事情果然非常复杂，没想到一连串地牵扯到这么多人和这么多事。

他又想：蔡老师应该没有太大问题，关键是有人想整马校长，所以才拿他开刀，正像有人想伤害自己是为了伤害蔡老师一样的道理。

他还想：王小红的表舅果真见多识广，这么复杂的问题，一下子就让他看穿了底，及时阻止了王小红她爹上食堂管理员及其岳父的当，也挽救了她这个表外甥女。

他甚至想到了教导处李主任让代班长捎话打算吸收史宜春入党的事，搞不好这里面不是忽悠史宜春，就是有什么见不得人的勾当和目的。

他也想到了李老师等待调回省城的事，就冲李老师的深厚背景和她那心直口快、秉公仗义的脾气，料想教导处李主任只不过想拖拖她调回的时间，出口恶气，而不敢拿她怎么的。

他更想到这会儿蔡老师应该在哪里，见了面应该怎么汇报，是直截了当地和盘托出？还是看看蔡老师的心情再慢慢汇报？或者看着蔡老师生气了，立马停止，换个时间再作考虑。总之，不能让蔡老师太过生气和伤心，一定要想办法把这件事情尽可能办得妥当仔细。

他正想着这一连串事情的时候，王小红在门口敲了敲门。他下床走到门口，王小红小声告诉他："刚才忘了告诉你，我爹说了，你再回家的时候，抽空去我家坐坐。"

耿守心不解道："王叔叔有什么事吗？"

王小红突然生气道："我不知道，你去问他！"说完，头也不回地离去。

耿守心站在门口怔怔发呆。他心里想：这王小红也真是的，刚才还有说有笑，怎么说发脾气就发脾气，让人没有一点心理准备。

耿守心回到宿舍后，再次躺在床上，他又重新考虑起刚才的那些事情和问题。他想着想着，不知不觉闭上了眼睛，进入沉睡……

"咣当"一声，宿舍的门打开了，耿守心立刻从睡梦中惊醒，只见耿守平气喘吁吁跑进来埋怨道："守心！你回学校也不叫我一声！害得我一路上跑着过来的！"

耿守心揉了揉眼睛，坐起身来歉意道："我来得早，想让你在家里多陪陪叔叔婶子。"

耿守平道："我多听广常大爷告诉他后，我才知道你先回学校了。这不，急得我连早饭都顾不得吃，就过来追赶你！"

耿守心笑道："那太好了！既节约了家里的粮食，也创造了中午让我请你吃饭的机会！"

耿守平继续绷着脸道："吃饭是小事。你看昨天多危险，要不是我和王小红及时赶到，说不定高二班的那两个同学就打了你！以后你可得注意，再出门的时候一定得叫上我，可不能放松了警惕！"

耿守心笑着点了点头。他想：有这么好的兄弟在一起，真值！

正在这时，王小红在门口喊道："耿守心，蔡老师叫你过去！"

耿守心一边答应着，一边快步往外走去。耿守平小声问道："王小红和你一块来的？"

耿守心答道："不是！她骑着自行车，咱哥们儿可是靠着两条腿！"

耿守平自言自语道："王小红家里没有自行车啊？是不是借她们大队的？"

耿守心急急忙忙来到语文教研组办公室后，蔡老师正在那里焦急地等待着耿守心。

蔡老师示意耿守心把门关好后，着急地问道："耿守心，昨天是不是有人打了你？"

耿守心立刻意识到刚才王小红已经把昨天路上发生的事情告诉了蔡老师。

耿守心下意识地点了点头，随即又赶紧轻描淡写地解释道："其实也没啥大问题。高二班的两名同学拦住不让我走，说要和我辩论，可我家里有急事，没时间和他们辩论，就这样大家呛呛着相互开起了玩笑，他们推了康在行两下，没有动手打我们。"说完，他轻轻笑了笑，像没发生任何事情似的。

耿守心知道：昨天他已经答应过李同学"到此为止"，尽管昨天广林大爷说过"有时要主动进攻",但他觉得李同学和高个子不是自己"进攻"的对象,他不能对他俩做"失信于人"的事。

"是这样吗?对老师可要说真话!"蔡老师突然面色严肃地盯着耿守心追问。

耿守心的脸立马红起来,他低下头,看着地面,支支吾吾补充道:"那个高个子同学……抓住了我的衣服领子,但……但……但没有动手打我。"

蔡老师再问:"就这些?"

耿守心怯生生回答:"就这些。"

蔡老师和缓了一下口气:"这就对了!对老师一定要说真话!不然,我怎么相信你。"

蔡老师看着仍在低头的耿守心,继续问道:"他们为什么不让你走?他们要和你辩论什么话题?"

耿守心继续支支吾吾道:"他们问我……问我为什么……公社调查组来学校时……把您夸得跟花似的。"

蔡老师立即皱起眉头,继而笑了笑,说道:"我有那么好吗?再好也不能用花形容啊!你是怎么说的?"

耿守心继续低头答道:"我说蔡老师是个好老师。"

蔡老师再问:"他们还问什么了?"

耿守心答:"没问什么。后来,王小红和耿守平赶了过来。再后来,他们骑车回了学校,我们赶回了家里。"

蔡老师想了想后,接着又问:"这事你跟家里说过没有?"

耿守心答:"没有!"

蔡老师停了一会,看着仍在低着头的耿守心说道:"没说就没说吧,说了家里也会惦记。这件事,绝不是同学之间简单的开开玩笑、推推搡搡、抓抓脖领那么简单,如果王小红、耿守平不及时赶到,说不定他们就动手打了你们。那结果将会更加严重,影响也会更加恶劣,在县五中的学生中发生这种事情是绝对不能允许的。校领导回来后,我会立即向他们汇报,在学校处理这件事情之前,一定要注意对外保密。另外,你再离开学校的时候,要找同学一起陪着,路上要特别当心,决不能再发生这种事。"

耿守心点了点头。

蔡老师接着说道:"有些事情可以简单处理,有些事情不能简单处理。究竟应该怎样处理,关键要看这件事情是不是具有简单的性质。昨天这件事情,看似非常简单，其实并不简单，如果学校不能及时对相关同学进行严肃批评教育，坚决遏制这种试图动手打人的不良现象和苗头，接下来就很可能在我们县五中的同学们中，滋生蔓延出打斗的恶劣影响和严重事件，那就一定会出大麻烦、大问题！"

耿守心静静聆听着蔡老师的分析和推理，心里突然间轻松坦然了许多。他对向蔡老师说出这件事，心里正在难过和自责，总觉得自己"失信"了李同学，当听到蔡老师如此分析和解释后，他忽然觉得这样认识和处理才是正确的。

蔡老师继续道："耿守心，你和同学们对我的关心、理解和称赞，我非常感谢。我过去对你们说过，我还远远不是一名好老师，顶多是一名愿意当个好老师的老师！离开学校这段时间，我自己总结反思了很多，虽然我对过去的工作问心无愧，但更多的还是检讨和自责。我总感到自己还应该做得更多一些、更好一些，让同学们的进步更大一些、更快一些，但由于自身能力和水平有限，在一些方面确实存在着辜负组织、领导和同学们信任期待的地方。下一步，我会很好改进和努力，力争成为一名真正的好老师，让组织、领导和同学们都满意！让我们班的工作学习更出色！"说完，他看着耿守心，爽朗地笑起来。

耿守心抬起头，眼睛里充满了对蔡老师的特别感动与敬佩。他万万没有想到蔡老师在受了那么多委屈和痛苦之后，不仅没有丝毫埋怨和牢骚的意思，反倒这样更加严格地解剖和鞭挞自己，一往情深地尊敬组织和领导，一往情深地热爱工作和教学，与那些挖空心思、嫉贤妒能、只想着个人利益的个别领导和老师相比，真是天壤之别！蔡老师真的太高大、太令人敬佩了！

耿守心动情道："蔡老师，我们大家都知道，您这段时间受了许多委屈和折磨。可我想不明白的是，您为什么没有一丝的抱怨和意见，反倒这样更加严格甚至更加苛刻地要求和责备自己？"

蔡老师立刻哈哈大笑起来："耿守心，你能看到、想到、问到这个问题，说明你在用心观察，确实动了脑筋。老实说，我是受过一些委屈，也有过不少痛苦和折磨，可这世界上谁又没有受过痛苦、折磨和委屈？人只要做工作，只要迎难而上，总会有一些不尽如人意的地方，总会遇到一些矛盾、痛苦和委屈，我上次对你们说过，这些矛盾、困难和问题是客观存在的，是必然会有的，既然这样，我们当然不能用杞人忧天或者怨天尤人的眼睛去看待，而应该用乐观向上、积极坦然、实事求是的心态去面对。从心理学角度讲，积极向上的心态容易使人聪明智慧，低落消沉的情绪容易使人智障蠢笨，我们要想对事物做出正确客观的认识和判断，就必须用积极向上的心态去认识和对待这一切，你说对不对？"

耿守心听着蔡老师如此深刻而又不乏幽默的表述，笑着答道："您说得对！"

蔡老师继续道："另外一个方面，这些委屈和痛苦，看起来是组织造成的，其实又不是组织造成的。为什么？因为组织有章程、有政策、有规定摆在那里，但在落实执行这些章程、政策和规定中，由于参与的各级组织的领导们的自身理论水平、思想觉悟、道德品质、工作能力不一，组织开展工作的方式方法和效果也肯定不一。所以，在工作中出现一些偏颇和误差在所难免，我们当然不能把个人因此遭受的一些委屈和痛苦，强加在整个组织身上，如果非要找个'责任承担者'或者'问题归属对象'的话，那也只能是组织里面的某些或者某个领导，而决不能是整个组织！一个人的脚部受伤了，我们只能说他的脚部需要治疗，而不能说这个人的所有器官都需要治疗，我们见过因为腿部坏死而截肢的人，但没有见过因为腿部坏死而被枪毙的人！我们党提倡积极的党内思想斗争，坚决反对那些与我们党的宗旨、原则、政策和纪律相背离的一切人和事，我们党大力加强各级领导干部和全体党员的思想政治理论学习，努力提高各级党组织和党员领导干部的政治水平、思想觉悟和工作能力，根本的原因也在于此，你说是不是这个理？"

耿守心对蔡老师深入浅出、富有哲理的辩证阐述早已听得兴致盎然、如痴如醉！他虽然还不能完全理解"党"和"组织"究竟是怎么回事，但他知道"中国共产党是伟大、光荣、正确的党！"这是父亲耿广常、支书耿广林和老师们早就反反复复向他灌输教诲的大道理。蔡老师在受到委屈和折磨后，再次现身说法讲出这些富有深刻哲理的话语，确实是从一个崭新的高度和更加丰富生动的侧面，对他进行了一次极其深刻的人生导向、灵魂铸造和精神洗礼！正是因为蔡老师的这些话，在他还未成熟的思想和灵魂深处，深深扎下了一辈子"忠党、爱党、信党"的苗壮种子！以至于在未来经受的许许多多大风大浪和起起落落面前，他始终保持了坚定的政治立场和清醒的政治认识，从未对党、对党的信仰、对党的事业、对党的决策等，有过丝毫的动摇和瞬间的怀疑。

蔡老师说完后，耿守心立刻兴奋道："蔡老师！您说得太好了！一下子又让我明白了许多道理！不过，我还想知道'党'和'组织'究竟是怎么回事？有何关系？我们应该怎样正确认识？"

蔡老师笑道："党是由千千万万个党员按照党的章程组成的一个巨大政治组织。同时，为了实现党的组织和领导，依照党的章程规定，从中央到地方，党又建立了许许多多党的各级组织。但党不是哪一个基层组织，更不是哪一个人，如果非要说出哪个组织或者哪个人最能代表党，我认为就应该是中共中央委员会和党的最高领导人。我们常说'党是伟大、光荣、正确的党'，那是因为党代表了广大人民群众的根本利益，这些都在党的章程、政策和纪律中得以充分展示，而且党正在领导人民从胜利走向新的、更大的胜利。我们忠于党、热爱党、坚信党，就是要自觉拥护党的领导，自觉投身党的事业，自觉贯彻党的各项路线、方针和政策，在党需要自己时，毫无保留、无悔无憾地贡献出自己的一切！这就是我对党和党组织的理解和认识。"

耿守心再次兴奋道："谢谢蔡老师！您给我澄清了许多模糊认识，让我明白了更多更深的道理。有人说，相信公社或者学校里的哪一级组织或者哪一位领导，就是相信党，现在看来，压根就不是那么回事儿！"

蔡老师哈哈大笑道："耿守心，我知道你是一个爱学习、爱思考的好学生。我讲的这些道理，只从理论上明白还不够，必须通过长期的实际生活磨炼，特别是饱经委屈和痛苦生活的折磨后，才能获得根本的进步和真正的提高，到了那个时候，一个人正确的世界观、人生观、价值观才能真正形成，对党的忠诚、信仰和信念才会始终不渝、永恒不变！我希望你好好学习，努力养成勤于思考的好习惯，通过自己的不懈攀登，真正成为一个有思想、有追求、有价值、有作为的人！"

耿守心重重点了点头，咬了咬嘴唇，说道："谢谢蔡老师！我一定加倍努力！"

蔡老师微笑道："今天我们就谈到这里吧！"他摆手正打算让耿守心离开的时候，突然想到了什么，他停下正在摆动的手，关切地问道："你昨天回去，家里有什么急事吗？"

耿守心犹豫了一下，紧接着说道："是有一件事情想向您汇报，可说出来，又怕影响了您的心情和身体。"

蔡老师立刻笑起来，他紧盯着耿守心问道："什么事啊？居然还能影响我的心情和身体？"

耿守心道："那我说了，您可别生气。"

蔡老师笑道："你说吧！我不生气。"

于是，耿守心一五一十、原原本本地把昨天晚上回家后父亲告诉他公社领导专门赶去大队说的话，特别是"如不立即改正，就按退学处理"的事情，向蔡老师做了详细汇报。

蔡老师一边听着，一边脸上失去了笑容，待耿守心说完，他的脸色已经变得铁青，手指微微发颤，停了好大一会儿，他终于猛地拍了一下桌子，高声骂道："真混账！什么东西！"

耿守心从没有见过蔡老师如此生气，他战战兢兢说道："蔡老师，您别生气！都是我不好，我让您生气了！"

蔡老师站起身，望着窗外再次愤愤道："这是阴谋！这是诡计！如果他们这样做，就是丧尽天良！就是目无党纪！就是与无产阶级和贫下中农势不两立！"

闻听此话，耿守心更加紧张了！他低下头，不知所措地站在那里。

过了好一会儿，蔡老师终于回过头来看着耿守心，语气有所缓和地问道："你爹是怎么说的？"

耿守心小心翼翼答道："我爹让我听您的，努力搞好自己的学习！"

蔡老师紧接着再问："他没说别的？比方说怎么应对和处理？"

耿守心怔了一下，立刻想起广林大爷和守才哥哥说的那些话："我们大队的党支部书记耿广林大爷和革委会主任耿守才哥哥也知道了这件事，他们说，其实，这也是件好事……"

蔡老师急忙打断道："什么？他们说这是好事？怎么回事？你快说说！"

耿守心道："广林大爷说了，在这件事上，既要积极防守，也要主动进攻，有时主动进攻比积极防守效果更好。广林大爷还说了，如果抓住这个机会，据理力争，主动进攻，说不定就会柳暗花明、旗开得胜，让对方溃不成军、一泻千里！守才哥哥也说了，天塌不下来，天要真塌下来，他和广林大爷陪着我爹和全大队的贫下中农们一起顶着！"

蔡老师突然兴奋起来，他高兴地再次追问道："他们还说什么了？"

耿守心答："广林大爷说，他这两天就去公社找刘维忠书记和赵格文主任。他说，他就不信这正理板不直！"

蔡老师高兴地一拍桌子，哈哈大笑道："好！实在是好！耿守心啊，你这一说，我哪有什么气生？简直是高兴得畅快淋漓、欢天喜地！哈哈哈！"他边说边大笑起来，那爽朗开心的笑声，耿守心似乎第一次听到。

蔡老师停住笑声后，一字一句道："耿守心啊，你生长在一个好大队，你有这么多好亲人，你要永远记住和感恩他们！"

耿守心答道："蔡老师，我记住了！"

蔡老师接着道："这件事千万不要往外说，学校这边我会处理。我相信，天理总会有，黑暗很快就会过去！你目前所要做的只有一件事：就是继续抓好班里的工作、继续抓好自己的学习！"

耿守心答道："蔡老师，我记住了！"

蔡老师让耿守心离开办公室后，自己也前后脚地赶去了校长办公室。耿守心知道：蔡老师已经有了好主意，蔡老师是高高兴兴、哼着歌曲离开自己办公室的。

蔡老师和耿守心分手后，他一身轻松、满面笑容地走进了校长办公室。

马校长正坐在办公桌前生闷气，见蔡老师走进来，无精打采地抬起头来问道："蔡老师，你有事？"

蔡老师笑着点了点头，马校长指了指办公桌对面的椅子，蔡老师坐了下去。

蔡老师微笑道："马校长，有件事需要向你汇报一下。"

马校长一脸困惑道："我现在还在停职，你给我说了，我能帮你解决什么问题？"

蔡老师没有接马校长的话茬，继续道："有件事情真是离奇，我给您说了，也许就会解决这一系列的问题……"

马校长有些好奇地看了看蔡老师，继而苦笑了一下，但没有作声。

蔡老师接着道："高一（1）班的学生耿守心，昨天差点被高二（1）班的两名学生打了。"

马校长顿时吃惊道："怎么回事？"

蔡老师道："他们半路上拦住耿守心不让走，说要和他辩论，耿守心家里有急事，不想和他们辩论，就这样呛呛着推推搡搡起来，而且抓住了耿守心的脖领子……"

马校长再问："他们要辩论什么啊？"

蔡老师答："还不是因为学校这些乱七八糟的事。"

马校长生气道："真是岂有此理！学生发生的问题，根子就在老师那里！"

蔡老师又道："还有更离奇的事情呢！"

马校长问："还有什么事啊？"

蔡老师道:"公社革委会李副主任,前两天专门找到耿守心所在的生产大队,要求他父亲好好管教管教耿守心,不要在学校里领着同学们瞎闹腾,如果不立即改正的话,就按退学处理!"

马校长立刻惊得睁大了眼睛,他忽地站起身来,急着问道:"有这回事?是谁到公社汇报的?他们有什么权利这样处理一个优秀的学生?"

蔡老师道:"这些事情我只能向您反映,您看看应该怎么处理?"

马校长离开座位,在房间里急急踱起步来。过了一会儿后,他忽地转过身来,对蔡老师说道:"我看这样,你先回去,告诉耿守心,这件事情暂时对外保密,一定要一如既往地继续搞好学习!另外,我还要告诉你,接下来无论出现多么麻烦的意外事情,你都得给我沉住气!一定要不急不躁、冷静对待、正确处理!"

蔡老师急忙问道:"怎么回事?出了什么问题?"

马校长道:"他们可能会找你。"说完,马校长坐回座位,但没有继续说下去的意思。

蔡老师见状,立即起身告辞。当他心神不定地回到自己办公室后,断然没有了刚才兴高采烈去找马校长的样子。他既没有从马校长那里得到"耿守心挨打、退学的事情应该怎么处理"的明确答案,更不知道马校长"有些事要冷静对待、正确处理"的叮嘱究竟是啥意思。

正在这时,李老师一边哽咽着,一边走进了他的办公室。

蔡老师赶紧起身搬过椅子,焦急道:"李老师,发生了什么事?"

李老师一边擦泪,一边说道:"真是无耻!无耻!"

蔡老师再次追问道:"你别哭,究竟是怎么回事?让别人看见了会有议论。"

李老师怒冲冲地边哭边道:"身正不怕影子斜!我才不怕什么别人议论!"

正在这时,教导处李主任轻轻敲了敲门,他站在门外一边微笑,一边喊道:"蔡老师,你到我办公室来一下。"

蔡老师小声嘱咐了李老师几句后,匆匆赶去了李主任办公室。

李主任端坐在自己的办公桌前,见蔡老师敲门走进来,微笑着指了指办公桌对面的椅子,说道:"蔡老师,你先坐下,有件事情,我代表学校和你谈一谈,希望你不要着急和生气。"

蔡老师立刻想到刚才马校长说到的"有些事"。他满脸疑惑道:"李主任,你说吧,没关系!"

李主任笑了笑，慢条斯理道："今天上午，学校接到县教育局的电话通知，他们提到了张贴到县教育局大院一张大字报的事，大字报上有你和李老师的名字，主要反映你和李老师存在男女作风问题……"

闻听此言，蔡老师的脑袋立马"嗡"了一下，他立刻意识到刚才李老师为什么哭哭啼啼走进他的办公室。他当即打断李主任的谈话，厉声道："无稽之谈！下流之作！卑鄙可耻！荒诞至极！"

李主任再次笑了笑："我当然知道这不是事实。既然有群众已经贴出了大字报，而且已经造成了一定不良影响，县教育局为此专门打来电话过问此事，学校也只能遵照服从、认真对待、积极处理，你说是不是？"

蔡老师涨红着脸，据理力争道："既然李主任知道这不是事实，那就应该直接回复县教育局纯属诽谤、没有此事！你说'认真对待、积极处理'，是何意思？"

李主任依旧气定神闲，继续微笑道："我也想这样回复县教育局，可人家电话里说得很明白，对待已经造成一定影响的群众反映，一定要先做调查，再下结论，否则，就是对群众的不负责任……"

蔡老师再次打断道："既然已经知道不是事实，再作调查难道不是画蛇添足?！既然已经造成了一定影响，难道再做调查不是造成更大的影响?！这难道就是对某些造谣诽谤者不负责任、胡说八道的负责任?！"

李主任继续微笑道："你先不要冲动和着急！我这也是没有办法的事！既然上级已经要求了，我们只能遵照服从、按部就班地加以落实，这对咱们学校、对你和李老师，也是负责任，你说是不是？"

蔡老师再问："学校打算怎样调查？是不是非要搞得人尽皆知、满城风雨?！"

李主任笑道："学校的意见是：你暂时不要接手高一（1）班的班主任工作，仍然由李老师代理，至于接下来怎样调查，学校还要开会研究，你目前要做的，就是针对群众反映的问题，进行认真的检讨和反思。"

蔡老师再次怒不可遏高声道："我检讨什么？反思什么？我们又不存在这个问题！这是对李老师和我的极端不负责任！真是岂有此理！"

李主任突然收住笑容，拉下来脸来说道："这是组织的决定，而且公社分管领导已经同意！希望你能愉快服从，也能听得进组织和领导对你的特别呵护和一番好意！"说完，他站起身来，那是"起身送客"的样子。

蔡老师二话没说，立即起身，头也不回地气呼呼径直走了出去。

中午食堂开饭时，高一（1）班就餐的同学只有耿守心、王小红、耿守平三个人。

耿守心道："今天我请客，你们两个不用排队了，找个位置坐下等着就行！"

耿守平道："不用了！咱们还是个人吃个人的吧！"

王小红笑了笑，说道："就让耿守心买吧！耿守心，你多买点好吃的，我早晨可没有吃饭啊！"

耿守平看着王小红问道："你连早饭也没有吃，这么早赶回学校有事？"

王小红笑道："没事。就是想骑着自行车，看看早晨沿途的风光和一路的晨曦！"说完，咯咯咯地笑起来。

耿守心打好饭菜后，端过来摆在饭桌上，三个人边吃边开心地聊着天。

食堂管理员端着一盘西红柿炒鸡蛋走过来，微笑着小声道："你们三个学习真够刻苦的，这么早就赶回学校了。这是我专门炒来慰问你们的。"说完，他特别对着正坐着吃饭的王小红笑了笑。

王小红没有抬头，也没有搭理，依旧旁若无人地继续坐在那里吃饭。

耿守心、耿守平赶紧站起身，笑着说道："谢谢管理员！我们的菜够吃了，您还是端回去吧。"

食堂管理员看了看四周，小声道："别让别人听见，这是我专门炒给你们吃的。我就喜欢学习好、刻苦上进的同学。可惜你们是农村户口，如果家在县城，又是城镇户口的话，那你们以后肯定能做大事！"说完，他又看了看王小红。

王小红依然没有理睬，继续自顾自地大口吃饭。食堂管理员把盛着西红柿炒鸡蛋的盘子往王小红面前推了推，王小红立即用筷子把盘子重新推回原位。

耿守心看到气氛有些尴尬，赶紧打圆场似的笑着对食堂管理员说道："谢谢您的关心和好意。我们买了这么多菜，已经够吃了，您还是把这盘西红柿炒鸡蛋端回去吧，免得浪费。"

食堂管理员没有接耿守心的话，继续道："耿守心，我知道你学习最好，也明白许多道理。这做人啊，就像这西红柿炒鸡蛋似的，锅里的油热了，是先放鸡蛋，还是先放水，都要讲究个规矩顺序。要是先把水放进去了，肯定这油就会溅出来，炒不成鸡蛋不说，还会伤着人，你说是不是？"

耿守心知道食堂管理员话里有话，他正想着怎么回答的时候，王小红忽地一下站起来，端着自己的饭碗径直走出了食堂，那样子显得特别不屑和生气。

　　食堂管理员的脸立刻红起来，不知所措地站在那里。

　　耿守心赶紧遮掩道："这王小红吃得也太少了，她可能教室里有急事儿！"

　　食堂管理员笑了笑："没有关系，这盘西红柿炒鸡蛋你们两个人吃吧。"说完，就往食堂里面走去。

　　耿守心知道王小红没有吃饱，他和耿守平对视后，两人端着饭菜和那盘西红柿炒鸡蛋，一块匆匆赶去教室。

　　王小红正坐在教室里生闷气，看着耿守心和耿守平端着饭菜和那盘西红柿炒鸡蛋走进来，起身去夺西红柿炒鸡蛋的盘子。

　　耿守平侧身闪过后，对着王小红笑道："西红柿炒鸡蛋没有错，倒掉了多可惜！"

　　王小红气不打一处来，立刻愤愤道："我怕他放进了不能吃的东西！"

　　耿守平正在愣神的时候，王小红冷不丁地抢过盘子，直接扔进了教室门口的垃圾筐里。

　　耿守心放下饭菜后，走到垃圾筐前，捡出盘子，回脸看着王小红说道："盘子没有错，这可是公家的。"

　　王小红咯咯咯笑道："只要他粘着，我看就有错！"

　　耿守心笑道："他是食堂管理员，每天都要烧菜做饭，既然这样，那我们现在就扎起脖子，等着饿死！"

　　王小红继续咯咯咯笑道："我看可以！不过，我要先吃饱了再说，不然，待会儿扎脖子没有力气！"她边说边坐在饭菜面前，大口大口地猛吃。

　　星期一上午，高一（1）班的第一节课是语文课，蔡老师还没有来到教室，同学们不知发生了什么事，大家都在相互交头接耳地小声议论。

　　耿守心见状快步跑出去，他来到语文教研组办公室，没有看见蔡老师，他又跑去理化教研组办公室，看到了两眼通红的李老师。

　　耿守心怯生生急忙问道："李老师，蔡老师没去教室上课，我在哪里能找到蔡老师？"

　　李老师抬头看了看耿守心，说道："今天的语文课，改上自习课。另外，有件事情你去通知一下，你们的班主任暂时还是由我代理。"

　　耿守心答应后，见李老师没有再说什么，就匆匆退了出去。他回到教室后，把"改上自习课"和"班主任仍由李老师继续代理"的事情通知了大家，就坐回了原位。

康在行趴在耿守心耳边悄悄说道："出大事儿了！昨天我在公社里听说有人在县教育局贴出了蔡老师和李老师的大字报，说是什么'作风问题'！"

耿守心吃惊地睁大了眼睛："这是真的？"

康在行答："千真万确！决不骗你！"

耿守心再问："谁写的大字报？"

康在行答："没署名字，只写着县五中革命群众。"

正在这时，蔡老师匆匆忙忙跑进了教室，他一边快步走上讲台，一边歉意地笑着说道："同学们，对不起！我睡过了头，迟到了！下面开始上课！"

耿守心看着蔡老师，见他脸色苍白，双眼充满了血丝，像是一夜没有睡觉的样子。蔡老师的头发上仍然残存着点点闪亮的水珠，肯定是刚刚匆忙洗漱完毕。蔡老师的声音沙哑得厉害，一定是蔡老师昨晚抽烟过多的原因。

蔡老师的讲课依旧激情盎然、滔滔不绝、旁征博引、绘声绘色，没有半点因为自己再次陷入"麻烦"后而有的苦恼和烦闷。

蔡老师丰富的语言、清晰的逻辑、生动的比喻，连同优雅的手势，很快把全班同学的注意力吸引过去。

晚饭后，耿守心、耿守平正在院子里散步，代又生和康在行匆匆跑过来："耿守心，我们找你半天了，没想到你俩在这里！"

耿守心问："有事吗？"

代又生着急地说道："听说你前天回家，半路上有人打了你？"

耿守心笑了笑："没有动手打人，只是抓住了我的衣服领子，不碍事的。"

康在行急忙道："你还说不碍事？我看已经动了手，这根本就不是小事！"

代又生道："我同意康在行的意见！耿守心，我俩昨天在公社里听到不少消息，我看这事都缠到一起了，咱们得赶紧商量个对策，来个迅速主动反击！"

耿守心笑了笑，没有吱声。他当然也想主动反击，广林大爷说过"既要积极防守，有时也要主动进攻"的深刻道理，可蔡老师昨天刚刚说过"这事暂时对外保密"和"眼下只有一件事，就是抓好班里和你个人的学习！"

康在行见耿守心没有接话，着急道："耿守心！你这人哪里都好，就是有时考虑问题太不果断、太过仔细，有点顾虑重重、婆婆妈妈的。"

耿守平也帮腔似的上前说道："我看代又生、康在行说得在理。如果昨天我和王小红没有及时赶到的话，他俩肯定打你了。"

耿守心见三个同学如此异口同声、言之凿凿，他犹豫了一会儿后，再次解释道："昨天蔡老师问过我这件事，他希望这件事暂时对外保密，一心一意抓好班里和咱们个人的学习。"

大家听到蔡老师如此安排，一下子沉默下来。

代又生想了一会儿后，再次说道："既然这样，我们也正想找你商量，咱们几个同学是不是一块过去看看蔡老师？"

耿守心笑着拍了一下代又生的肩膀，说道："这是个好主意！咱们把史宜春、王小红一块叫着过去。"

康在行立刻兴奋道："咱们现在就去！我去找他俩，你们三个在蔡老师宿舍门口等着我们。"

当耿守心、史宜春、王小红、代又生、康在行、耿守平赶到蔡老师宿舍的时候，蔡老师正在吃晚饭。

蔡老师的宿舍比较小，除了一张单人床、一张写字吃饭两用的小桌子外，只有两个装满各种书籍的大书柜。

蔡老师把同学们让到床沿上坐下后，笑着说道："我的宿舍比较小，但对我个人来说，已经足够了！"

史宜春指着挂在墙上的一幅刚劲遒媚的毛笔字幅，笑着问道："蔡老师，'无欲则刚'这四个字是您写的？"

蔡老师笑道："这是我老师写的。毕业留校时，老师送给我的工作寄语。"

王小红问道："蔡老师，这四个字的寓意是什么？"

蔡老师答道："这四个字出自民族英雄林则徐的一句话，他告诫我们后人，为人处世不能有世俗的个人欲望，这样才能在是是非非特别是大是大非面前，做到刚正不阿、大义凛然、一身正气！"

代又生接上问道："蔡老师，这四个字的意思是不是说人只要心底无私，就应该主持公理和正义？就应该一往无前、无所畏惧？"

蔡老师笑道："是这个意思。"

代又生又问："耿守心前天回家的路上，被人无端揪住了脖领子，还要动手打他，康在行、王小红、耿守平在场可以作证，我们是不是应该替他主持公理正义？"

蔡老师看了看耿守心，没有说话。

康在行立刻接上道："前天下午我全程在场，王小红、耿守平后来也赶了过来，要不是我当时拼命死拉，王小红、耿守平他俩及时赶到制止，高二（1）班的那个高个子，肯定动手打了耿守心！"

史宜春急着插话道："这是真的？那太可恶了！耿守心，你为什么不告诉我们大家啊？究竟是为了什么啊？"

耿守心笑了笑，没有说话。

代又生接上道："还不是因为他们硬拦着耿守心要求辩论，耿守心家里有急事不想和他们辩论，如果不是康在行告诉我，我还不知道他们居然做出如此蛮横霸道、无理挑衅的事。我建议咱们赶紧写张大字报，好好说说这件事，坚决把个别人的嚣张气焰打下去！"

王小红立即响应道："对！对！对！决不能客气！不然，还不知道他们以后怎么肆无忌惮、变本加厉呢！"

耿守心见状赶紧插话道："我不主张这样做！问题虽然发生在高二（1）班的那两名同学身上，但根子肯定不在他们这里。如果同学们因为我被欺负贴出了大字报进行反击，不仅会损害我们班和高二（1）班的同学友谊，更重要的是，还会影响冲击了我们班的复习和考试。我想，我们的当务之急，应该是全心全意抓好班里的复习和考试。"

史宜春接着耿守心的话道："耿守心的话不无道理，我建议咱们再考虑考虑。"

代又生很不高兴地瞪了一眼史宜春，揶揄道："考虑什么？挨打受欺负的不是你史宜春，是耿守心！我们现在必须立即组织反击！绝对不能客气！如果我们现在软了，就会大大助长他们的威风，大大湮灭我们的志气！这既不利于咱们班的坚强团结，更不利于咱们班的复习考试！这才叫无欲则刚、无欲无私！正气才能压得住邪气！毛主席教导我们说：凡是错误的东西，凡是毒草，凡是牛鬼蛇神，都应该进行批判，决不能让他们自由泛滥。你们说，是不是？"

王小红、康在行、耿守平连声叫好："对！对！对！支持！支持！支持！"

史宜春立马涨红了脸，急着解释道："我也是这个意思。"

蔡老师一直在旁默默观察并倾听着自己几个学生的争辩和讨论，他没有吱声，也没有制止。他联想到昨天发生的那件"莫名其妙的可恶事情"，已经意识到"如此消极等待"并非"上策"和"可取"，在目前情况下，或许"主动出击"对解决当前这些棘手的问题更为有利。作为老师，他当然不能主动鼓励自己的学生去书写、张贴大字报，因为眼下学生们的主要任务是全力以赴地搞好复习考试。但作为人尽皆知的社会政治纪律，他又不能公开对学生自发书写、张贴大字报进行干预和阻止。

这会儿，蔡老师真正有了些矛盾和犹豫。他想了一会儿后，看着同学们投来的焦急渴盼目光，若有所思道："作为老师，我当然不能公开支持或者公开阻止你们刚才讨论的这个问题。我只希望你们千万不要忘记了自己的学习。同时，做任何事情，都要实事求是、合情合理。如果你们决定了，我希望耿守心不要参加，更不要署上他的名字。"他怕因此激化那两名高年级同学与耿守心的个人矛盾，他想更好地保护耿守心。

代又生立刻笑道："我们完全理解蔡老师的意思。"

同学们告别蔡老师回到宿舍后，由康在行起草、王小红润色、耿守心把关、代又生誊写、高一（1）班除耿守心之外全体同学署名的《试问：这样做还有没有学长的样子——兼问根子在哪里?》的大字报很快张贴了出来，并立即引起了全校教职员工和同学们的广泛声援和纷纷议论。

教导处李主任听说高一（1）班再次贴出大字报的消息后，非常恼火和气愤！他第一时间来到大字报前反反复复看了几遍，并立即把耿守心、王小红、康在行和耿守平叫到办公室详详细细询问了一番，然后，把高二（1）班的李同学和高个子喊到办公室猛批了一顿。末了，他对李同学和那个高个子脸色铁青地厉声说道："将视情予以严肃处理!"

李主任严厉批评李同学和高个子的消息，很快传到了食堂管理员那里。食堂管理员忙不迭地跑进了李主任的办公室，他和李主任两人悄悄说了好长时间，然后笑嘻嘻地走出了李主任的办公室。

随着各种矛盾和问题的日趋表面化，县五中的政治局面也愈加生动尖锐起来。量变必然引起质变，物极自然导致必反。在县五中马校长特别是耿家口生产大队党支部书记耿广林和革委会主任耿守才的主动参与下，局面迅速向着激浊扬清、惩恶扬善的方向发展。但事物的发展，并不如想象的那样一帆风顺、水到渠成、自然而然——

24　绝地反击

　　公社党委书记刘维忠的办公室里，刘维忠书记正和公社革委会主任赵格文商量着事情。

　　耿家口大队党支部书记耿广林和革委会主任耿守才，气呼呼地走进了刘维忠书记的办公室。

　　人未落座，耿广林就满脸涨红、一脸怒气地高声说道："这官当大了，是不是就可以不讲道理？"

　　刘维忠见耿广林、耿守才气冲冲走进来，连忙起身相迎，他一边赶紧招呼着坐下，一边拿过杯子倒满水递过去。

　　刘维忠前些年在耿家口大队蹲过点、驻过队，他和耿广林、耿守才非常熟悉。因此，耿广林、耿守才进到他的办公室，自然少了诸多礼节和客气。

　　耿广林接过水杯，看到坐在办公室里的公社革委会主任赵格文，依旧怒火中烧地说道："赵主任也在这里啊！你那个李文元副主任也太不像话了，根本不把我们贫下中农放在眼里！"

　　赵格文抬起头，看了看连门不敲就径直走进来而且高声大语的耿广林，皱了皱眉头，淡淡问道："怎么回事儿？你说说听听。"

　　耿广林喝了口水，接上说道："我们大队的一名学生在县五中上学，就因为他和同学们写了一张大字报，参加了两次辩论，李副主任就专门大老远地赶到我们大队，让他父亲好好教育教育他，还说如果不立即改正，就按退学处理。这叫什么话？还讲不讲道理？"

　　赵格文立马好奇地向上扶了扶眼镜，盯着耿广林问道："你说的都是真的？"

　　耿广林立刻有些不快，紧接道："我们耿家口的人，从来不说假话！不信你问问刘书记！"

刘维忠赶紧上前解释道："广林书记我了解，前些年我在他们大队蹲过点、驻过队，说起来我和广林书记那可是老熟人、老朋友了，他可是有一说一、有二说二的人！"

刘维忠说这话，一是向赵格文解释他和耿广林的特殊关系，刚才不顾礼节地直接进门、高声大语情有所因；二是委婉地告诉耿广林，你别着急，有话慢慢说，咱们是老熟人、老朋友，我定会全力地支持帮助你。

赵格文立刻明白了刚才耿广林、耿守才直接走进办公室来的缘由。他低头想了想，情绪有所缓和，掏出烟盒，抽出一支点上，轻轻吸了两口后，再次问道："你们大队的那个学生叫什么名字？他有没有违反学校的纪律？"

耿守才接上道："我们大队的这个学生叫耿守心，全大队没有一个不夸他的。去年考高中他是全公社的第二名，上学期考试全年级第一，现在当班长，从来没有违反过学校的任何纪律。"

耿守才有意把耿守心的情况作了"拓展性"介绍，间接告诉了两位公社领导他和耿广林此行的"特别重要意义"。

赵格文似乎想起了什么，他突然抬起头，凝视着耿守才，问道："他的班主任是不是蔡一庆？"

耿守才答："好像是。"他当然知道耿守心的班主任是蔡一庆，但他不想把此行的目的与蔡老师"扯上关系"。

赵格文再次追问道："你说的这些事情是不是真的？"

耿广林更加不高兴起来："赵主任，你要不信，可以去问！"

赵格文颇不高兴地瞥了耿广林一眼，但没有作声。正在这时，县教育局副局长何文武和县五中校长马明芳走进了办公室。

刘维忠立刻笑道："你俩来得正好！马校长，你们县五中是不是有个学生叫耿守心？他的学习怎么样？有没有违反学校纪律？"

马校长赶紧毕恭毕敬道："是有个学生叫耿守心，耿家口生产大队的。他的学习很好，全年级第一，没有违反学校纪律。刘书记、赵主任，你们两个领导方便不方便？我正想向你们汇报一下有关耿守心的问题。"

刘维忠看了一眼赵格文，赵格文知道这是征询他的意见的意思。

赵格文吸了两口烟，停顿了片刻，用嘴角冲耿广林、耿守才努了努后，说道："他们二位是耿家口大队的支部书记和革委会主任。你现在说吧，让他俩也一起听听。"

263

马校长回身冲耿广林和耿守才点头笑了笑，接着说道："上个星期六的下午，耿守心在回家的路上，被高二年级的两名学生拦住强行要求辩论，耿守心因为家里有急事不肯，他们抓住耿守心的脖领子就要打人。其实，这不是一件大事，关键是高一年级的同学们为此在学校贴出了大字报，学校的师生们看后反应强烈、议论纷纷，要求防微杜渐、从严处理，而且要查出幕后指使的人……"

赵主任抬起头来瞪了马校长一眼，不耐烦地打断道："这点小事儿，你去找李副主任，由他处理！"

何副局长赶紧笑着插话道："刚才明芳去找过他，我也在场，李副主任回答了两条：一是由学校主持工作的教导处李主任处理，二是由马校长直接汇报给刘书记和赵主任，一切听从你俩的指示。"

马校长急忙再次补充道："我来公社汇报是教导处李主任安排的，他的意见是让我向公社领导请示汇报，看看应该怎么处理？"

赵格文再次瞪了马校长一眼，正要张口说话，耿广林满脸怒容，猛地一拍椅子扶手，忽地站起身来，厉声说道："真是岂有此理！这半路上还有人想无缘无故地打我们大队的孩子！实在太过放肆！"说完，他把水杯重重放回桌上，气哼哼地坐回了原位。

刘维忠赶紧站起身来打圆场："广林书记，您别生气。这件事情我们一定认真研究、从严处理。"

刘维忠一边说话，一边再次回眼看了看赵格文。

赵格文正在很不高兴地盯着耿广林。他对耿广林不够恭敬的随便插话和不太得体的情绪发泄，实在不太满意。

耿守才见状立即站起身来，软中带硬道："刘书记，你最了解我们耿家口的人，我们是'没事不惹事，有事不怕事，事来了，弄到底'的人！如果耿守心被学校无缘无故地退学了，如果耿守心被人毫无道理地欺负了，广林书记和我肯定带着耿家口大队的全体贫下中农们，到公社里来讨说法、问清楚。我们倒要看看，咱们公社和县五中还是不是共产党和贫下中农的天下？还有没有公道和正义！"他边说边激动起来，用犀利的眼神狠狠回瞪了一眼赵格文。

赵格文是个文弱书生，他是靠写文章走上领导岗位的。在他前几年的"发家"和"奋斗史"里，很少与目不识丁、粗言快语的农民直接打过交道，更没见过眼前这两个脾气暴躁、口气生硬、说干就干、一弄到底的人。他有些胆怯了、畏惧了。他知道：如果耿家口的贫下中农们真的集体到公社或者县里喊口号、讨说法，那绝对是个影响非常轰动的"严重政治事件"。他将会"一夜间"滚下台去。想到这，他用疲软的眼神，求救似的看了看公社党委书记刘维忠。

刘维忠立刻明白了赵格文的意思。他走到耿广林和耿守才跟前，笑着说道："广林书记，守才主任，你们看这样好不好？你们先到隔壁会议室里休息片刻，我和赵主任、何副局长先研究个意见，然后尽快通知你们。"

耿广林站起身来，满脸怒容、双目圆瞪，气呼呼说道："可以！但要查出幕后黑手，从严处理！否则，我们耿家口的贫下中农绝不答应，绝不客气！"说完，他和耿守才一块气哼哼地走了出去。

耿广林原打算自己一个人到公社来找刘书记，耿守才担心把事情弄僵，惹刘书记生气，这才坚持着陪他一起来。没承想，还真派上了用场，把"一唱一和""双管齐下""接二连三"发挥到了极致。他俩进到公社大院后，正巧遇见公社革委会副主任李文元，两句话不和，叮叮咣咣吵了一顿，这才气呼呼地来找刘书记。他俩不是喜欢吵架的人，但也绝不是害怕吵架的人，既然事情已经弄成这个样子，他俩只能"一不做、二不休"地在刘书记"这个老朋友"的办公室里淋漓尽致地大发了一通脾气。

马校长被刚才耿广林、耿守才"天不怕、地不怕"的火爆性格和凌厉气势惊呆了。他万万没有想到这两个文化不高、穿着土气的农民，说出的话居然那么厉害，拿捏的分寸居然那么精准。让一贯盛气凌人、口若悬河的赵格文瞬间没了主意、乱了方寸。耿广林、耿守才走出刘书记办公室后，他也匆匆跟了出来。当然，在隔壁的会议室里，张校长特别主动热情友好地向耿广林、耿守才大大称赞了好一阵子！

刘维忠书记的办公室里只剩下了刘维忠书记、赵格文主任和何文武副局长三个人。

刘维忠微笑道："你们两位可能不太了解耿家口的耿广林和耿守才，他俩可是耿家口说一不二、顶天立地、最有威信的人。耿家口早年因为黄河滩分地的事儿，几次与邻村集体械斗，那可是抢过铡刀、舞过铁棍的人。"

赵格文早已心虚胆怯，但仍嘴上逞强地插话道："就没有政府和公安了？"

刘维忠笑了笑，接着说道："耿家口人最讲道理，是邻村仗着多出一倍的男劳力欺负他们，在实在没有办法的情况下，他们才群起械斗，没承想，居然每次他们都还赢了。政府也只能大事化小、小事化了地不予追究、淡化处理。"

何文武笑着接上道："这事我也听说过，周围的几个生产大队，因为这事都很高看佩服他们！"

赵格文抽了口烟，神态有些落寞，随后息事宁人道："刘书记，你看这事怎么办？我的原则是：千万不要让他们闹到公社来，再闹到县里去。"

刘维忠笑了笑，看着何文武和赵格文，说道："既然这样，我的意见是：打架的事由学校从严处理；退学的事，到此为止，今后不再提起。"

何文武插话道："我感觉学校教导处李主任不愿意出面处理这件事，所以才推到了公社里。"

赵格文抬头看了看刘维忠和何文武，生气道："那就让马明芳去处理。"

刘维忠微笑道："可现在学校是由教导处李主任主持工作啊。"

赵格文立即应声道："那就即刻恢复马明芳的校长工作，其他的事情，边工作边调查边处理。"

刘维忠、何文武相视一笑。刘维忠紧接着说道："我同意赵主任的意见，即刻恢复马明芳校长的工作，其他的事情边调查边处理。刚好何副局长也在这里，现在我们就向你和县教育局报告备案。"

刘维忠说完，看了看赵格文、何文武没有什么强调和补充，就急忙走出了办公室。他要把公社领导的决定尽快告诉耿广林、耿守才，并通知公社相关部门立即电告县五中传达落实。

刘维忠书记的办公室里，赵格文一边抽着烟一边站起身来，来回踱了两圈后，依旧余怒未消地对着何文武说道："这个李文元也真是的，考虑到他对学校工作比较熟悉，和县五中的教导处主任李中宽是同村的，俩人说得来，才安排他分管教育口的工作，没想到净给我惹麻烦、出难题。就这么屁大点的事儿，李中宽给他咬咬耳朵，他就想拿退学吓唬人。也不问问这个学生是不是耿家口的人。"

何文武笑了笑，没有接话，他飞快地换了个话题说道："赵主任，我这次来公社的任务也完成了，明天我想到县五中做个调查研究，然后尽快赶回县里。"

赵格文立即停住踱步，笑着说道："老何啊，这次委屈辛苦你了。你回去后，请代我向县里的领导们问好致意！"

"马校长恢复工作"的电话通知，瞬间传到了县五中，得知这一消息的教职员工们，奔走相告，像是遇到了天大的喜事。

蔡老师"第一时间"走进了马校长的办公室，两手抱拳，对着马校长笑道："马校长，祝贺！祝贺！恭喜！恭喜！"

马校长赶紧站起身来，一边热情招呼蔡老师坐下，一边满脸兴奋道："真是想不到啊！想不到！……"

蔡老师急忙问："想不到什么？"

马校长哈哈大笑道："想不到文化不高、穿着土气的一介农民，居然比我们还有水平，还有智慧，还有胆识，还有魄力！"

蔡老师不解道："怎么回事？"

马校长赶紧把门关上，然后绘声绘色地叙述了他去公社的前后经过和所见所闻。他说到了教导处李主任想把这个"出力不讨好、两头落埋怨"的事情推给他。他说到了公社革委会主任赵格文、副主任李文元如何对他不屑一顾、盛气凌人。他说到了耿家口大队党支部书记耿广林、革委会主任耿守才如何据理力争、正气凛然、敢作敢为，让口若悬河、目空一切的公社革委会主任赵格文顿时哑口无言、无可奈何、胆怯心虚、垂头丧气。末了，他十分动情地一再说道："谁说农民没有文化？这就是文化！谁说农民没有智慧？这就是智慧！谁说农民没有胆识？这就是胆识！我们这些读了几本书的所谓知识分子，真应该好好地向他们学习、学习、再学习！"

蔡老师笑了，他边笑边急切问道："耿守心的事情怎么处理？"

马校长笑道："那还用说？退学的事，到此为止，今后不再提起！打人的事，由我这个校长，组织调查，从严处理！刘维忠书记特别强调：一定要让耿家口的广大贫下中农们满意！"

蔡老师笑了！这笑，一扫这几天的阴郁和苦闷。这笑，甚至使他忘记了"有人去县上贴了他和李老师大字报"这件事。

正在这时，教导处李主任轻轻敲门后走了进来，他把一沓文件和"呈批件"放在马校长办公桌上，毕恭毕敬道："马校长，这是最近上级下发的文件和学校各部门的呈批件，请您过目批示。关于学校下一步的安排，我等您的指示。"

马校长看了一眼李主任，淡淡道："今天下午召开各部门负责人会议，传达上级文件，部署下一步工作。"

李主任立刻恭恭敬敬答道："好！我现在就去通知！"

高一（1）班的教室里，同学们正在上自习，蔡老师、李老师笑着走了进来。

蔡老师走上讲台后说道："同学们，根据校办公会议精神，为了更好地搞好咱们班的复习考试，由李老师和我共同担任你们的班主任！"同学们听后，立刻掌声如雷。

李老师接上补充道："马校长特别强调，蔡老师为第一班主任，我为第二班主任。"蔡老师和同学们再次笑着鼓起掌，那冲破教室的响亮掌声特别让人兴奋和惬意。

蔡老师接着说道："希望耿守心和班委会的同学们切实履行职责，把班里的复习考试抓好抓紧！"说着话，他特别微笑着看了一眼耿守心。

耿守心笑着做了回应。他已经从刚才蔡老师、李老师的欢声笑语里，不仅知道了蔡老师、李老师已经走出了前两天的"意外阴霾"，而且知道了马校长已经恢复工作，学校的许多事情正在逐步恢复正常、走上正轨，他甚至由此联想到自己"被退学"和"前几天险些被打"的事情，学校应该有了明确意见或正在有条不紊地积极处理。

史宜春也笑了。但他的笑容有些勉强和不安。他知道自己"入党"的"靠山"——教导处李主任已经不再主持学校的工作了，而且下一步李主任的"应有归宿"和"可能结局"也将是个不大不小的问题。他清晰地听到刚才蔡老师"破天荒"地只点了"耿守心"和"班委会"的名字，没有点到自己和团支部的名字，他正在若有所失地紧张思考判断着接下来可能发生的一切以及自己应该如何正确应对。

两位老师讲完话后，蔡老师径直走下讲台，来到耿守心身边，小声说道"你出来一下"，然后就和李老师微笑着离开了教室。

耿守心跟着两位老师来到了语文教研组办公室。蔡老师笑着说道："耿守心，一切的不快都已经过去！我和李老师现在只告诉你两句话：一是好好复习考试，力争考出最好的成绩；二是勿忘家里人的嘱咐，永远感恩你的乡亲。"

李老师笑着插话道："我再补充一句：永远记住老师们对你的关怀、期待和哺育！"

耿守心恭恭敬敬答道："我记住了，谢谢两位老师！"

晚饭后，耿守心、代又生、康在行、耿守平四个人在校园里散步。

康在行笑道："这次我们可算出了口恶气！高二（1）班的那两个同学已经蔫了，听说他们今天上午被马校长叫去狠狠臭批了一顿，接下来他俩还要在班里做深刻检讨，学校下一步将视情对他俩进行严肃处理。"

耿守平接上道："就该这样！尤其是那个高个子，那天样子可凶了。"

代又生道："还不是仗着他姐夫是食堂管理员，背后有教导处李主任撑腰支持。现在马校长恢复工作了，说不定下一步就把他俩做退学处理。哈哈哈！"

"退学？"耿守心冷不丁地追问了一句。

康在行愤愤道："退学那是轻的，我看应该开除学籍！"

代又生接上解释道："因为他俩违反了学校'不允许打架'的规定纪律，而且造成了恶劣影响，这也是为了以儆效尤，今后不再发生更为严重的问题。"

耿守心立即不安道："可是，他只是抓住了我的衣服领子，没有动手打啊？"

康在行坚持道："只要他用手抓了，这就是动手了。难道还真让他把你打得头破血流才算动手打人啊?!"

耿守心没有吱声，他的心里有些难过。他知道：一个农民的子弟进入高中读书，该是多么不易。

晚自习的预备铃声响过后，耿守心没有回教室，他来到了语文教研组办公室，找到了蔡老师。

蔡老师微笑着让耿守心坐下说话，他摇了摇头，站着说道："蔡老师，我想请您向马校长说一声，那天高二年级同学要打我的事，让他俩做做检讨就行了，千万不要让他们退学，农民的子弟能够上高中，实在不容易。"

蔡老师慈祥地凝视着耿守心，笑了笑后，说道："你真是这样想的？还是你们家里的意思？"

耿守心答道："这是小事，我没有告诉家里，家里也没有提起。"

蔡老师想了想后，微笑道："那好吧！我去告诉马校长，就说是你的请求和建议。"

耿守心高兴地说了声："谢谢蔡老师！"他向蔡老师深深鞠了一躬后，快步跑出了语文教研组办公室。

期末考试开始了，高一（1）班又是一连五门考试。这次考试在马校长的再三要求和强力督促下，又恢复了严格的考场秩序和考试纪律。高一（1）班的考试成绩在全年级名列第一，耿守心也再次取得了年级总分第一。

寒假结束后，高一（1）班自动升级到高二（1）班，原来的高二（1）班升级到高三（1）班。除了挂在教室门口的"年级班别"标牌外，其他都没有变。

学校的政治气氛，明显好了许多。教室外面的墙上虽然仍有人张贴大、小字报，但多数是关于教学、管理和后勤保障的意见和建议。

教导处李主任寒假期间被免职调往县一中担任老师了。听人说，李主任在接到调令后，专门找马校长长谈了一夜。离开学校的时候，那样子显得特别可怜和落寞。

食堂管理员这段时间的情绪特别低落和消沉，整个假期没有离开校园半步，每天除了喝酒就是抽烟。听人说，教导处李主任接到调令后，专门找到食堂管理员谈了半天，他把食堂管理员骂得狗血淋头，最后两人不欢而散。

蔡老师、李老师的气色和精神非常好，见到同学们高高兴兴、喜眉尽展，每天除了上课就是备课，办公室、教室、食堂、宿舍"四点一线"。

马校长的工作可忙了！听人说，马校长恢复工作后，专门为"蔡老师和李老师大字报的事"跑了一趟县教育局，代表学校郑重保证："绝无此事，无中生有，纯属诽谤和谣言！"听人说，李老师的爸爸也听说了这件事，他非常恼火地几次给在地委当领导的老战友打电话，希望"立案调查，严肃处理"，在"上压下挤"的情况下，县教育局赶紧顺水推舟，回禀地委领导"查无此事，纯属诬陷！"。又据说，李老师调回省城的事情也有了突飞猛进的进展，应该最近就能顺利实现。

耿守心和他的同学们，在蔡老师、李老师的组织带领下，全力以赴抓好班里的工作和学习，他们的脸庞上，充满着兴奋与喜悦，感觉这一切都应该顺理成章、自然而然。

然而，有一天，学校里突然传出两件事：一是李老师的调令已经到达学校，这两天就将赴省城报到；二是县一中的个别学生，在县教育局贴出了批判县五中马明芳校长、蔡一庆等老师的大字报！

第一件事，师生们觉得这很正常，李老师早就应该调回省城工作，因为她的对象和父母在那里。第二件事，师生们觉得简直难以理喻、极其不可思议！你县一中的学生有什么资格和权力管到我们县五中来？难道"扫天下"就是"不问青红皂白、胡乱扒拉地把筷子伸进别人的饭碗里"？！

师生们为此议论纷纷、怒不可遏！校团委的有关领导和高年级的许多同学主动联系低年级的同学，商量着如何到县教育局与他们展开辩论。

蔡老师听到这一消息后，急忙找到耿守心、史宜春、王小红和代又生，着急问道："怎么回事？听说你们几个也要去县里参加辩论？"

史宜春摩拳擦掌、抢先答道："是的。他们也太不像话了！听说大字报上除了骂人，就是骂人！而且还点了您和校长的名字！"

蔡老师接着问道："是谁牵头组织的？有没有耿守心？"他显然对上次耿守心在校长办公室带头辩论记忆犹新，他甚至由此联想推理到学生们这次去县里参加辩论，县一中的"有关人"很可能"重点针对"耿守心。

史宜春接着答道："是校团委副书记、高三（1）班代班长他们牵头组织的，耿守心是他们指定的筹备组成员之一。"

蔡老师看了看耿守心没有吱声，他对耿守心有些莫名的牵挂和担心。

代又生接上道："咱们班的同学们都想去，目前只确定了我们四个人。"

王小红精神抖擞道："蔡老师，您放心！我们已经商量好了，到了那里，我们只摆事实、只讲道理、以理服人！"

蔡老师又问："县城那么远，你们怎么去？"

史宜春再次抢先答道："高三年级已经借好了十几辆自行车，当天去，当天回。"

代又生接着补充道："我们从食堂买了干粮，用水壶装满热水，一块带去！"

蔡老师再问："如果发生不安全的情况怎么办？"他边说边又看了看耿守心，显然他又想到了上次耿守心险些被打的事。

代又生笑道:"谅他们也不敢!我们和高年级的同学们在一起!"

王小红也笑着插话道:"实在不行,我去找俺表舅,请他出面亲自处理!"

一直没有说话的耿守心,当然知道蔡老师心里想什么,他赶紧笑了笑,对王小红说道:"事情到不了那一步,咱们不用麻烦你表舅。我们一定按照蔡老师过去嘱咐的那样,不打棍子,不扣帽子,不抓辫子,只讲道理,以理服人。"

蔡老师听完四个学生的汇报,叹了口气,从兜里掏出钱夹,抽出两张拾元人民币递给耿守心,说道:"这钱你拿着,如果路上饿了的话,买些东西吃。"

耿守心犹豫了一下,还是接过了钱,他把钱放进了自己的上衣口袋里。他知道:蔡老师的家庭负担比较重,这钱应该是蔡老师半个月的工资,他打算从县城回来后,再原封不动地还给蔡老师。

第二天,是学校例行的学农劳动时间。去县城参加辩论的二十几名同学,在高三(1)班代班长的带领下,举着印有"县五中"字样的鲜艳红旗,骑着十几辆自行车,一大早,就向县城方向浩浩荡荡飞速驶去。

三个小时后,大家终于赶到了县城,同学们骑车的速度逐渐慢了下来,一个个睁大眼睛,惊奇地四处环顾,口中赞叹着这座美丽而陌生的城市。

王小红坐在史宜春骑的自行车上,史宜春只顾左顾右盼,车骑得摇摇晃晃,王小红很不高兴地埋怨道:"这有什么好看的?不就是高楼和马路嘛?"

史宜春笑着答道:"我可不像你,经常来县城,本人可是头一次!"

坐在耿守心自行车上的代又生接过话道:"我和耿守心也是头一次来县城,也没像你那个样子!咱能不能骑快点?赶上前面的代班长他们?"

史宜春笑了笑没有吱声,他依然我行我素地慢慢骑着自行车,好在前面领头的代班长已经主动停了下来,不然会被他们落下很远的距离。

过了两个路口,又绕了两个弯后,同学们终于走进了县教育局的院子。

县教育局的院子里已经挤满了人,在印有"县一中"字样的红旗下,聚集了许多群情激昂的学生,他们一边高呼着口号,一边大声发表着各式各样的议论。

两名干部模样的老师走近一名领头的学生跟前笑着小声说道:"高战力,你能不能带着同学们先回学校?你们提出的问题,我们好好研究研究,然后再去学校回答你们。"

高战力立刻高声说道："你不要小声告诉我一个人，我们县一中的同学从来都是顶天立地、不搞阴谋诡计！"接着，就有许多同学高声附和着喊道："要光明正大，不要搞阴谋诡计！"

县五中的同学们走进院子后，有同学飞快地跑去告诉了高战力。高战力皱了皱眉头，说道："不理他们！今天就找教育局的领导解决我们提出的问题。"

代班长和耿守心等几名同学商量后，代班长走到办公楼门口一名干部模样的老师跟前小声说明了来意。那名干部笑了笑，嘱咐了几句后，就回到了办公楼里。

代班长走回县五中的队伍后，同学们正在七嘴八舌地议论：有的说，县一中的师生太多了，和他们相比，咱们没有一点气势。也有的说，你瞧瞧那个高战力，根本不理咱们，搞不好写大字报的事，就是他捣的鬼。还有的说，这可咋办？弄不好咱们今天就白来了，解决不了一点问题。

代班长无计可施地看了一眼同学们，摇了摇头，叹了口气。耿守心见状，走近代班长身边悄悄道："咱们不妨先唱首歌，吸引吸引大家的注意力。"

代班长眼前一亮，随口说道："好主意！"

在代班长的组织下，王小红领头并指挥县五中的同学们齐声高唱起了广播里经常唱的歌曲，立即引起了在场老师和同学们的注意，大家纷纷向县五中的同学们围拢过去。

看着聚拢过来的老师和同学们越来越多，县五中的同学们主动停下歌声，代班长站在人群中间，高声说道："各位老师和同学们，我们是县五中的学生，我们今天来到这里，就是要向大家报告和证明一件事情，那就是县一中部分学生反映我校领导和老师们的那张大字报，纯属虚构，没有证据！事实是我校的领导和老师们，坚决拥护毛主席的革命教育路线，坚定执行党的教育方针，培养出了一大批合格的无产阶级革命事业接班人！……"

代班长正在慷慨激昂演讲的时候，有名同学高声喊道："他说的是谎话！他在为县五中的'白专分子'喊冤鸣屈！"

代班长笑了笑，高声答道："请拿事实！"

那名同学愣了愣，尴尬地看了看身边的高战力。高战力瞪了那名同学一眼，很不情愿地走过来，站在人群中间说道："代班长，我们很熟悉了，想不到你和他们站到了一起。"

代班长笑了笑，对高战力说道："高战力，我从来都是和正确的一方站在一起。"

高战力道："那蔡一庆是怎么回事？他是不是'白专典型'？你我都了解他的过去。马明芳作为校长，他为什么对蔡一庆祖护包庇？是不是有什么勾当和目的？"

代班长道："蔡老师不是'白专典型'……"

高战力当即打断代班长的话，讥讽道："那你去年为什么带头写大字报对他进行批判？请给解释！"

代班长立刻满脸通红，张了张嘴没有出声，人群中瞬即爆发出一阵哄笑声。

高战力一边举起双手示意大家停止哄笑，一边高声对众人说道："老师和同学们，县五中的个别领导和有关老师，他们口头上高喊马列主义毛泽东思想，实际上干着修正主义的勾当，他们推崇'白专道路'，保护'白专典型'，培养'白专学生'，打击迫害坚持走毛主席革命教育路线的领导和老师，是可忍，孰不可忍！我们县一中的同学揭发批判他们的复辟行为，就是捍卫毛主席的革命教育路线，捍卫无产阶级'文化大革命'的胜利果实，我们热烈欢迎各位老师和同学们继续支持我们的正义之举和革命行动！"他的话音刚落，现场立刻响起一片热烈的掌声和欢呼声。

正在这时，一直站在后排的耿守心挤到人群的前面，他对着正在得意洋洋、神气十足的高战力微笑道："高战力，口号谁都会喊，标签谁都会贴，关键要拿证据。"

高战力发现耿守心突然走到他的面前，顿时有些惊愕地说道："你叫耿守心，我认识你，但是今天我不想和你辩论。"

耿守心笑道："可是，你已经和我们辩论了。正确的做法是保持继续，而不是选择逃避。"

旁边有同学立即起哄地高声喊道："和他辩论！继续！继续！"

高战力很不高兴地看了一眼那名带头高声喊叫的同学，不情不愿地对耿守心问道："你想辩论什么？"

耿守心答道："就辩论你刚才说的问题。"

高战力道："我知道你喜欢蔡一庆，蔡一庆也喜欢你。"

耿守心立刻笑着反唇相讥道："难道你不喜欢你的老师？你的老师也不喜欢你？"

高战力的脸立马涨红了，急着争辩道："我当然喜欢自己的老师，但这不是辩论的主题！"

耿守心立即接上道："可这个话题是你提起的。"

高战力张了张嘴没有出声。

耿守心接着说道："你说蔡老师是走'白专道路'的典型，你有什么证据？"

高战力说道："他是省城大学的高材生，他发表了许多论文，他还懂外语……"

耿守心当即打断高战力的话，对着他和大家说道："高材生就是走'白专道路'的典型？懂外语就是走'白专道路'的典型？许多留学回来投身革命斗争和社会主义建设的广大知识分子，哪一个不是高材生？哪一个不懂外语？如果没有他们翻译马克思、恩格斯、列宁的光辉著作和各门科学知识，我们怎么学习革命理论和建设本领？你说这话究竟站在了哪个立场上？你说这话究竟是什么意思？"

高战力自知一言不慎说漏了嘴，仍然拉不下面子继续申辩道："如果蔡一庆不走'白专道路'，他为什么在省城大学受到批判？"

耿守心继续笑道："蔡老师在省城大学是否受到批判，你我都不在场，难以引为证据。但你上次去我们学校时，说到蔡老师在省城大学受到批判的原因时，可不是因为这件事，你总不能偷梁换柱，搞篡改主义？"

已经缓过神来的代班长笑着上前插话道："当时我也在场，高战力不是这样说的。"

这时，人群中突然有人说道："不要偷梁换柱，搞篡改主义！说说原因，究竟是怎么回事？"

高战力的脸色更加难看了，他急着解释道："蔡一庆不与他的老师划清界限，是被组织处理下放来县五中任教的。"

耿守心笑着高声说道："这是你的个人理解。我们学校的领导早就当众说过，蔡老师来县五中任教，是正常的工作调动。我们应该相信你高战力同学的解释？还是应该相信组织和领导的解释？你能不能拿出可靠的翔实证据，证明你的解释和观点不是错误的？"

高战力扬了一下头，对着耿守心和大家高声说道："那你说，蔡一庆为什么不在省城教书，非要来到这偏僻艰苦的县五中教书？不是被处理、被下放，又能是什么原因？"

高战力话音刚落，人群中立即有人附和道："就是！就是！这里面肯定有问题！"

耿守心笑着看了看周围的老师和同学们，对着再次洋洋得意的高战力高声说道："毛主席教导我们说，知识青年到农村去，接受贫下中农的再教育，很有必要。成千上万的知识青年，坚决响应伟大领袖毛主席的号召，怀揣报国梦想，告别城市，走向农村，难道他们是被组织下放处理的？许多立志报国的优秀革命知识分子，他们主动离开工作生活条件优越的大城市，积极投身到国家最需要、最艰苦的地方去工作，立志奋发图强，彰显报国之志，难道是被组织下放处理的？我们在场的许多老师和同学们的家长，不少是从大城市来到咱们县城和农村工作的，难道他们是犯了错误、有了问题？请给解释。"

耿守心的话音还未落地，立即被现场的一片掌声和叫好声打断，许多人连连高声说道："说得好！说得对！"

高战力的脸色再次涨红起来，正在不知所措、颇为尴尬地站在那里。

耿守心继续道："高战力，你刚才说，我们学校的领导打击迫害坚持走毛主席革命教育路线的领导和老师，有什么证据？"

此时的高战力早已经乱了方寸，失去了斗志，他见耿守心这样追问他，只能强打着精神，遑遑地口不择言道："比方说，他们迫害了李中宽老师，这难道不是证据？"

耿守心继续笑道："什么叫迫害？咱们应该先给它个定义。难道正常的工作调动就是迫害？难道从偏远的县五中调到工作生活条件更好的县一中工作就是迫害？这与你刚才对蔡老师工作调动的认识和理解是不是太过自相矛盾？难道李中宽老师的工作调动是我们县五中的领导们能够决定的？"

这时，旁边的一位老师插话道："说话不能前后矛盾。调县城工作，这哪能是迫害？我申请调县城工作两年了，还没有调来。"

高战力很不高兴地回头看了看那名老师，说了句："你知道什么?!"

耿守心接着说道："高战力，既然你说到李中宽老师，那么我问你，你是不是和他有亲戚关系？"

耿守心话音刚落，围在旁边的县一中的许多同学，惊得立刻睁大了眼睛，屏住了呼吸，继而有人小声说道："怪不得高战力那么主动积极……"

高战力突然特别愤怒地瞪了耿守心一眼，近乎咆哮着说道："耿守心，我不跟你辩论！我早就知道你是个打不烂、摔不破的'破毡帽头子'！咱们后会有期！"说完，他怒冲冲挤出人群，向着大门口的方向，快步扬长而去。

耿守心看着高战力远去的背影，笑道："各位老师和同学们，我们今天到县教育局来，不是想和县一中的老师和同学们进行辩论，而是要和他们交流学习心得，建立革命友谊，畅谈在毛主席革命教育路线指引下，我们两校取得的光辉成绩！前几天，县一中部分同学在这里贴出的那张有关我校领导和老师们的大字报，没有事实证据，纯属受人蒙蔽！如今，我校的革命教育形势，不是小好，而是大好，桩桩件件，件件桩桩，无不凝结展示着新的气象和新的成绩！我们热烈欢迎老师和同学们前往我校参观指导，我们相信，你们或许带着问号和疑虑前往，但一定会带着满意和赞叹而归！我们同时相信，在上级领导、各位老师和同学们的关心、帮助、指导下，我校将和县一中以及其他兄弟学校一起，肩肩相并，手手相连，不断夺取我县革命教育事业的更大胜利！"话音刚落，现场立刻响起一片热烈的掌声。

刚才与代班长在办公楼门口说话的那位干部模样的老师走过来，拍了拍耿守心和代班长的肩膀后说道："这名小同学讲得不错！大家对你们的误会消除了，你们的目的也达到了。你们学校的领导刚才打电话过来，让你们赶紧回去。"

王小红笑着挤到前面说道："张叔叔，你好！"

那名干部模样的老师笑着说道："王小红，你也来了？何副局长正在办公室里开会呢，你是不是需要上去？"

王小红笑了笑："不去了，刚和我表舅见面没几天，我和同学们一块回去。"

代班长笑着和那名干部模样的老师握手告别后，招呼着县五中的同学们往外走去。代又生紧走两步捅了捅代班长的后背说道："代大班长，咱们是不是再唱首歌？"

代班长笑道："好啊！"

王小红赶紧道："那咱们就唱《打靶归来》吧！我来起头！"

随着王小红清脆悦耳的歌声，县五中的二十几名同学立刻高声响亮地唱出："日落西山红霞飞，战士打靶把营归，把营归……"

　　现场顿时响起一片热烈的掌声，直到同学们排着整齐的队伍走出大门，那歌声依然回荡在县教育局的院子里、大门外、马路边，直到慢慢消失。

　　耿守心和他的同学们被迫无奈的主动反击，取得了不小的胜利，他们从中受到了启发，更受到了鼓舞、锻炼和教育。他们在老师的辛勤哺育教导下，在家长和乡亲们的关怀帮助下，顺利完成了两年半的高中学业，满怀对未来的美好憧憬与百倍信心，斗志昂扬地拥抱新的生活，朝气蓬勃地走进了广阔天地——

25   毕业回村

时间过得真快啊!

转眼到了一九七五年夏季,耿守心和他的同学们,也迎来了高中即将毕业的日子。

明天就要毕业离校了,同学们依依不舍地聚在教室和宿舍里。大家相互交流着两年半来的感受和体会,畅谈着彼此的感情和友谊,不少同学相互赠送着钢笔、小手绢、笔记本等纪念品,有的男同学拿来崭新的汗衫或背心,忙着让同学们签字留念,更有许多女同学,她们相互不停地交谈着,手拉着手,肩靠着肩,有的甚至流下了难舍难分的泪水……

蔡老师走进了教室,同学们自动围拢过去。

蔡老师坐在同学们中间,微笑着问大家:"就要毕业了,同学们回家准备干点什么呀?有没有推荐上大学的机会?"他一边问着大家,一边特意多看了几眼耿守心。

耿守心笑了笑没有说话。

已经担任一年团支部书记的代又生笑着抢先答道:"耿班长说他打算回村当生产队会计,在广阔天地里大展作为!"

蔡老师微笑着看着耿守心说道:"这倒挺好!有理想、有抱负、有志气!如果有机会推荐上大学的话,你可千万不要放弃!"

耿守心顿时羞红了脸,急忙解释道:"蔡老师,我那是随便说的。当生产队会计需要社员们选举,如果选不上,我就好好种地。推荐上大学的机会,还是留给家在公社驻地大队的代又生他们吧,我们那么偏僻的小村子,可没有那个福分和机会。"

耿守心说完,冲代又生笑了笑,算是对代又生刚才把自己"拎出来先烤"的一种"友好回怼"。

代又生笑着正想接话,康在行急忙插话道:"耿班长,你放心,如果代又生真有那个机会，谅他也不好意思去！到时候我一定做通他的思想工作，让他把名额让出来给你，谁让你是我的好同桌和咱们年级学习工作最好的人呢！蔡老师，各位同学，你们大家同意不同意？"

康在行话音未落，代又生抢先猛拍了下桌子，笑着高声说道："坚决支持！完全同意！哈哈哈！"

教室里顿时笑声一片，掌声如雷！

同学们笑声停下后，蔡老师微笑着问王小红："小红啊，你准备毕业后干点啥呢？"

王小红看了一眼坐在桌子对面的耿守心，笑道："我也回去种地。如果有可能的话，回大队当团支部书记。"

"哈哈哈！"代又生边笑边道："我们的王小红副书记比我有志气！上次改选团支委的时候，我俩的票数一般多，她一客气，我就捡了个大便宜，当起了团支部书记！我说她平日里为啥老跟我对着干，原来是因为我抢了她的团支部书记！哈哈哈！"

王小红接上笑道："去你的！没良心的！本副书记白白支持了你这个书记！"

蔡老师和同学们又是一阵哈哈大笑！

正在这时，已经担任校团委副书记的史宜春笑着跑进教室，他边跑边兴奋地高声喊道："同学们！同学们！好消息！好消息！"

代又生回头看了一眼史宜春，不耐烦地高声问道："什么好消息？一惊一乍的！蔡老师在这里，没有一点规矩！"

史宜春立刻歉意地笑着挤到蔡老师身边，向蔡老师和同学们说道："蔡老师，同学们，刚才马校长参加了校团委会议，他在会上明确表示，要把咱们班的在校成绩和表现，写进学校校志！"

康在行立刻惊得睁大了眼睛，急忙说道："这么说，咱们班的光辉事迹要记入县五中的不朽历史，永垂千古了？"

代又生笑道："那还用说！这里面肯定先写上你康在行的名字！哈哈哈！"

王小红疑惑地看着蔡老师问道："蔡老师，他们说得可是真的？"

蔡老师笑着答道："学校已经研究过了，你们在校的成绩和表现很突出，理当如此。"

同学们闻听，教室里立即响起热烈的掌声和欢呼声！

蔡老师接着补充道："不过，不见得写上你们每个人的名字，但肯定有咱们班的事迹。"

王小红笑道:"我就说嘛,同学们这么年轻,我们就'永垂千古'了,也不太合适!"

教室里又是一片笑声和掌声。

毕业离校的日子终于到了。同学们拎着大包小包的行李,相互握手拥抱,依依不舍,挥手告别,先后离去。

任课老师和稍后离校的同学们,送走了一批又一批毕业回村的同学们。

耿守心没打算先行离校,他一批批地送走了班里的几乎所有同学,看着宿舍里没人了,他一个人打扫完宿舍卫生,后又默默走进教室、走进运动场、走进食堂和食堂后面的小树林里……

他边走边回想着这两年半来高中生活的美好时光、点点滴滴和不懈足迹。他想到了许多人、许多事,他想到了新生报到时的激动和兴奋,他想到了两年多来的火热生活与跌宕起伏,他想到了教室里的孜孜不倦和奋发追求,他想到了被迫无奈书写大字报和与他人的激烈辩论,他想到了蔡老师、李老师等许许多多老师的不倦哺育与殷切教诲,他想到了同学们的张张笑脸以及给予他的无私帮助、信赖与激励,他更想到了今后的路将会非常漫长,他憧憬着未来生活的美好与种种挑战,他决心在自己的家乡这个广阔天地里施展作为,像耿家口的祖祖辈辈们一样,去自觉传承践行耿家口人的"初心"和"根本",努力做一名对家乡、对社会、对国家有作为、有贡献的人……

当耿守心心潮起伏、思浪滚滚地在校园里转了一圈回到宿舍,准备背起行李叫着在隔壁宿舍等他回来的耿守平一起回村的时候,蔡老师、史宜春、代又生、王小红、康在行和耿守平出现在了他的面前。

蔡老师笑着拍了拍耿守心的肩膀,说道:"耿守心,大家知道你在校园里留恋转圈,在向你学习生活过的每一个地方道别。我没有让同学们叫你,现在你回来了,总可以向母校说声再见了吧?"

耿守心的眼圈顿时红了起来,他看着蔡老师和同学们,眼睛里闪出泪花,他强忍着惜别时的阵阵疼感,脸上露出微笑,向蔡老师说道:"蔡老师,您多保重!学生这就回家。"说完,他向蔡老师深深鞠了一躬。

蔡老师再次拍了拍耿守心的肩膀,笑道:"今天,我亲自送你回家!"

蔡老师边说边拉起耿守心的手,那样子,就像慈爱的父亲送别远行的儿子!

耿守心动容了!他忍不住流出泪来。蔡老师掏出手绢递过去,他谢绝了,他掏出自己的手绢边擦眼睛边说道："蔡老师，您甭去了！我们大队可远呢，我和守平一起回去就行！昨天，我俩约好一起回家的。"

蔡老师笑道："今天不仅我送你回家，他们几个也一起送你回家。"说着话，他指了指身边的同学们。

耿守心疑惑地看着大家问道："你们几个不是已经回家了吗？怎么又回来了？"

史宜春笑道："我知道你没走。回家放下行李后，就骑着自行车急急赶了回来！"

代又生指了指康在行，哈哈大笑道："我俩也是！"

康在行接过耿守心的行李，笑道："你是我的同桌，也是我最好的同学和兄弟，不送你到家，我怕路上再有人拦截你！"

一句话，引得大家哈哈大笑起来！

耿守心又看了看王小红，王小红急忙解释道："你别看我！我和他们三个是一伙的！"说完，自己先咯咯咯地笑起来。

大家说走就走。蔡老师带着耿守心的行李骑车走在前面，其余的六名同学分乘三辆自行车跟在后面，四辆自行车飞速地向耿家口奔去！

耿守昌、耿守卫已经提前回到了大队，社员们正在村头的树荫下叽叽喳喳地聊天议论。

大伙儿见四辆自行车从远处飞驰而来，有人说："该不是公社领导们又来咱们大队检查工作了吧？"有眼尖的人说："看样子不像，有个骑车的像是守心这孩子。"

自行车队说到就到。当蔡老师和耿守心一行来到跟前的时候，大伙儿这才发现，原来他们是县五中的老师和同学们。

大伙儿立即涌上前来，围着蔡老师和耿守心、耿守平问这问那，高兴得合不拢嘴。

有人说："守心啊，你爹在大队部里。广林书记、守才主任好像也在等你。"

耿老五媳妇使劲儿盯着王小红，看了一遍又一遍，紧接着快言快语笑道："闺女啊，你可真俊！你家是哪里的？以后嫁到我们耿家口来当媳妇吧？婶子我给你当媒人！"

王小红笑了笑，没有半点扭捏地大方答道："好啊！大婶子，那就拜托您老了！"立刻引得大伙儿哈哈大笑不止。

　　蔡老师、耿守心和同学们告别大伙儿后，一行人直接来到大队部里。

　　早有小孩子们提前跑到大队部里报告了消息。这会儿，耿广林、耿守才、耿广常正在笑呵呵地站在大队部的院门口，等待并迎接着蔡老师和一同来村的同学们。

　　耿广林、耿守才、耿广常见到蔡老师和同学们后，立刻高兴地迎上前来热烈握手，耿广林拉着蔡老师的手，大家一起走进大队部会议室落座后，耿广常立马给蔡老师端过一杯茶水，耿守心、耿守平也为同学们一一送上茶水。

　　耿广林笑着说道："谢谢蔡老师！谢谢同学们！今天，我是'三个知道''三个不知道'！"

　　蔡老师一边喝水一边笑着问道："广林书记，哪'三个知道''三个不知道'啊？"

　　耿广林笑道："一是知道孩子们毕业了，但不知道今天回来；二是知道孩子们肯定回来，但不知道这么多人送他们回来；三是知道肯定有人送他们回来，但不知道蔡老师亲自送他们回来！"话音刚落，大家立即大笑不止。

　　笑声未停，耿守才边笑边补充道："广林叔，蔡老师，我再增加'一个知道、一个不知道'。"

　　蔡老师笑道："守才主任，你请说。"

　　耿守才道："刚才小孩们来报告，我知道蔡老师和同学们来了，但不知道还有一个这么俊俏活泼开朗的女同学也跟着一起过来了！"

　　说完，会议室里顿时笑声更加热烈。

　　耿广林看着王小红笑着问道："闺女啊，你叫什么名字？家住哪里？和守心、守平是一个班的吗？"

　　王小红站起身来正要回答，蔡老师抢先摆手止住："你先不要回答。"随后，他看着耿广林笑道："广林书记，我早就听说你们大队的三位领导足智多谋、见多识广、能察会看、能掐会算，今天，我想请三位大队领导猜猜她叫什么名字、家住哪里，大家说，好不好？"

　　会议室里立刻再次笑声、掌声响起！

　　耿广林看着耿守才、耿广常，笑道："这怎么猜啊？又没有见过面，这闺女该不是附近哪个生产大队的吧？"

　　耿守才笑着接上道："应该是，但又不敢贸然确认，广常叔，你看这闺女是谁？"

　　自打王小红走进大队部的院子，耿广常立刻意识到这个活泼俊俏开朗的姑娘应该就是王小红。当耿广林笑着看他特别是耿守才问他"这闺女是谁"的时候，他略一思忖，继而笑道："应该是前王庄支部书记的女儿王小红。"

话音刚落，蔡老师和同学们立刻笑着鼓起掌来！

蔡老师一边笑一边说道："果不其然！果不其然！今天我算是领教了你们的智慧、眼光和见识！佩服！佩服！"

王小红也笑了，她笑得特别开心，她边笑边刻意多看了几眼耿广常，接着又特别看了一眼耿守心。

耿广林接着笑道："守心啊，你看，这么多同学跟着蔡老师一起送你们回来，你把他们也介绍介绍吧，好让我们都认识认识。"

耿守心起身把同学们一一介绍后，耿广林笑道："欢迎同学们来到我们这个偏僻的小村子，谢谢你们陪着蔡老师送我们的孩子们回家！我知道你们都是好同学、好朋友、好兄弟、好兄妹，希望你们今后常来我们大队做客，守心、守平他们一定会热情接待你们。今天晚上，我们三个人就陪着蔡老师和你们大家一起，一醉方休，不醉不归！"

会议室里立刻再次响起热烈的掌声！

蔡老师笑着站起身来，看着耿广林、耿守才和耿广常说道："刚才，广林书记、守才主任说了'四个知道''四个不知道'，让我非常温暖和开心！我想顺着这个路子说说我的'两个想到''两个没想到'：第一个是，想到了耿家口大队的领导们非常有见识、有能力、有水平、有魄力，之前马校长和耿守心多次对我说过你们的许多事，让我非常感动和敬佩！但没想到这次来到耿家口生产大队，亲眼看到、亲耳听到，三位领导是这么的热情、这么的好客、这么的幽默、这么的仔细！第二个是，想到了耿守心学习应该非常出色，两年半前的升学考试，我来咱们联办中学巡查时见过他，也专门调看过他的卷子。但没想到这两年半来，在各位领导和父老乡亲们的悉心关怀教导下，他不仅学习成绩一直名列全年级第一，而且为人正派、忠厚诚恳、侠肝义胆、机智过人，在全班享有很高威信，让我这个班主任特别骄傲、欣慰和满意。耿守心不止一次对我说过，我们耿家口的人，就是要坚守耿家口人的'初心'和'根本'。今天，我作为他的班主任老师，还要再加一句，那就是：希望耿守心不懈学习，勤学多思，顽强奋发，努力做一名有境界、有思想、有格局、有抱负，对社会、对国家有作为、有贡献的人！"

耿广林笑着对耿守心说道："你们蔡老师就是比我们有文化、有水平、有见地，他对你的这些教导和嘱咐，你一定要给我牢牢记在心里！"

耿守心立即起身，看着广林书记和蔡老师，咬了咬嘴唇，重重点了点头。

蔡老师笑着继续说道："今天他们高中毕业了，我和同学们把耿守心、耿守平送回了大队里。一是感谢大队领导和家长们对学校和我个人的巨大信任、帮助和支持。二是欢迎各位领导和父老乡亲对我的工作提出宝贵意见和建议。三是我们今天认识了、熟悉了，欢迎各位领导方便的时候常去县五中做客，我一定热情款待你们！"

耿广林边带头鼓掌边笑着说道："蔡老师客气了！我们感谢您还来不及呢，哪有什么意见可提！如果非要说一点建议的话，那就是欢迎您这个见多识广的大知识分子，继续多多关心培养我们大队考上县五中的学生们！"

蔡老师立刻哈哈大笑起来，他边笑边带头往门口走去。耿广林、耿守才、耿广常见状赶紧拉住蔡老师的手，一再盛情挽留，晚饭后再走。

耿广常着急地说道："家里已经通知过了，正在炒菜做饭呢，蔡老师和同学们一定要吃完饭再走！"

蔡老师笑道："耿守心是我和同学们今天送回家的唯一学生。同学们今天刚刚毕业，学校和家里的事情比较多，有的同学没有回家就先来到了这里，各位领导今天的盛情挽留我们先行收下，改日咱们一定好好欢聚！"

耿广林看着蔡老师坚持要走，就冲耿守心、耿守平说道："既然蔡老师坚持要走，那咱们就改日再聚！守心、守平，你们俩替我们把蔡老师和同学们送到村口。回来后，把守昌、守卫一块叫过来，我给你们布置任务！"

耿守心、耿守平笑着答应后，他们一起把蔡老师和同学们送到了村口。耿守心还想坚持往前送，蔡老师笑道："你俩快回去吧！广林书记还要给你们布置任务呢！"

代又生、康在行笑道："耿大班长！千万别忘了咱们后会有期，再来你们大队的时候，一定要请我们喝酒！"

耿守心笑着答道："不醉不休！醉后不走！"

王小红似乎还有话说，史宜春一再催促道："王小红，赶紧上车，咱们好追上前面的蔡老师！"说完，他冲耿守心、耿守平笑着挥了挥手。

蔡老师和同学们骑上自行车走了。耿守心和耿守平还在村头不停地向他们挥手。

耿守平道："守心，我刚才看见王小红好像有话要对你说。"

耿守心笑了笑："咱们这个女同学喜欢标新立异，想法比较独特，有话她以后来家里说。"说着话，两个人就往回走。

耿守心、耿守平把耿守昌、耿守卫叫到大队部后，广林书记、守才主任、广常会计正在乐呵呵地说着刚才的事情。

耿广林道："蔡老师这个人可不简单！那可是省城大学的高才生，来到咱们县五中教书那可是受委屈了，也不知道他什么时间能够调回去？"

耿守才点着烟，猛抽了两口后，说道："像他这种情况，咱县五中有两三个，看现在这形势，他们一时半会儿调不走。不过也好，咱县五中有水平的老师多了，咱自己的学生学习容易进步。"说完，三个人哈哈大笑起来。

耿守心、耿守昌、耿守平、耿守卫四个人到齐后，耿广林笑着说道："你们四个都到齐了，今天我就说两句话：一个是，你们的学习都不赖，表现都很好，为咱们耿家口争了光、添了彩，咱们大队又多了几个有文化、有知识的好学生，我们三个和全大队的父老乡亲们都为你们高兴！二个是，你们都回家了，就把心都放下来，把身子扑下来，一心一意为咱们大队的发展做些好事情。这两年，咱们大队也有了不小的发展和变化，接连毕业了两届初中生，不论今后你们想干点什么，都要先好好地参加生产队的劳动，让大家伙儿都知道你们更有知识、更有能力、更有水平！下一步，咱们大队团支部也要组织换届改选，希望你们几个积极参加，好好改改咱们大队共青团工作的落后面貌，至少在咱们这个管理区要有个好名声！再一个，麦收后生产队要组织改选，看看能不能选上生产队会计或者记工员什么的，那就看你们个人的能力、水平和本事。总之一句话，你们是咱们耿家口大队的子孙，既不能忘了'初心'和'根本'，也不能忘了埋头苦干地多做些好事情！"

耿广林说完，他看了看耿守才和耿广常。耿守才接过话题微笑道："咱们大队团支部的工作实在太落后了！上次开会又受到了公社团委的点名批评，大队的年轻人几乎没有一个人愿意领头干，让我这个老头子总兼着这个名不副实的团支部书记可不行！广林叔，我的意见是，咱们趁热打铁！趁着守心兄弟他们几个刚刚毕业回来的热乎劲，咱们赶紧把大队团支部的换届改选完成，你看行不行？"

耿广林哈哈大笑道："我这一说，你就要撂挑子不干了？那可不行！无论如何，你也得先把他们扶上马，再送一程！"

耿守才笑着接上道："反正我是不干了！扶上马、送一程倒还可以。不过，您这个党支部书记应该先给团支部弄个屋子，配两张桌椅，再添点乐器才行！"

耿广林笑道:"原来你在这里等着我哪!那行!让小卖部搬到大队部后院去,让卫生室也换个僻静的地方给大伙儿看病,腾出的那两间屋子,给团支部做办公室和活动室用,你俩看,行不行?"说完,他笑着看了看耿守才和耿广常。

耿守才一拍大腿笑道:"还是广林叔英明!"

耿广常笑着点了点头,但没有作声。

前几天,耿广林已经私下对耿广常说过耿守心毕业后接任团支部书记的事情,但没有说腾出两间房子给团支部做办公室和活动室用,更没想到耿守才刚才这一突然的"将军",促使耿广林立马做出了"腾出两间房"的决定。

大队部的会议结束后,耿守心回到家中,他看到爷爷奶奶正在高兴地和邻居们说着话,便一头扎进厨房,帮助正在做饭的母亲拉起了风箱。

守心他娘问:"听说今天有个闺女一块送你们过来的?"

耿守心答:"嗯。"

守心他娘再问:"那个闺女叫啥?"

耿守心答:"我同学。"

守心他娘笑着又问:"她没回自己家就过来了?"

耿守心答:"嗯。"

守心他娘还问:"她说什么了吗?"

耿守心答:"没。"

守心他娘仍问:"她和你老师、同学一块走的?"

耿守心答:"嗯。"

守心他娘有些不高兴了,生气道:"你这孩子!问你个话,就会说那一两个字!"

耿守心没有作声。

耿守心仍在想着刚才耿广林、耿守才在大队部提到的"改选团支部"的事情:耿守心没打算回到大队当团支部书记,他只想当个生产队会计,他想像父亲那样写写算算、名闻乡里。可刚才耿广林、耿守才那话里的意思,分明是想让他当团支部书记,这可是个新情况、新问题。他早就听父亲说过,大队团支部的工作很难做,一是团员积极性低,二是没有活动经费,三是家长们不支持,别说组织义务劳动,就是个把月开次团员大会也很难把人凑齐。

他又想到了王小红的事:毕业前,王小红几次想找他单独说说话,都被他借故"事情太多、以后再说"而没有给她机会。他知道王小红比较喜欢和他在一起，可他从心里觉得男女同学应该保持适当的距离。王小红今天进到村子后的一言一行，他都听到和看到，但他实在想不出下午在村头分手时王小红那欲言又止的样子究竟是啥意思……

正在这时，耿守心的大弟弟跑进厨房说道："哥，咱爹回来了，叫你过去！"

耿守心对大弟弟说道："你帮咱娘烧会儿锅，我看看就回。"

耿守心走进堂屋后，耿广常指了指放在桌上的两个崭新笔记本，说道："这是你同学送给你的。外面包着报纸，人多没有注意，差点让我把它和报纸一块放到柜子里去。"

奶奶笑道："大孙子哎！里面写的什么呀？念给爷爷奶奶听听。"

爷爷坐在葡萄椅上，捋了捋胡子，微笑着眯起眼睛，冲耿守心慈爱地看着。

耿守心打开笔记本，刚扫过一眼，就赶紧合上，匆匆拿起向里屋走去。

奶奶笑问："大孙子哎！听说下午来了个闺女，是不是她送给你的？上面写的什么啊？连爷爷奶奶也瞒着？"

耿守心没有答话，他坐在桌边，看着第一个笔记本扉页上写的字：

> 时光如梭，转眼即逝。我留恋和你同学的时光，因为我看到了智慧与勤奋，看到了担当与勇气，也看到了真诚与友谊……
>
> 未来的路，如果有你同行会更好，我们相互鼓励，广阔天地，肩肩相靠，手手相连，定会大有作为……
>
> （我不想署名字，因为你知道我是谁）
>
> 1975 年 5 月 26 日

耿守心一眼看出这是王小红送给自己的笔记本。她那娟秀的字体，善于用省略号代替文字的"表达习惯"，还有她那喜欢让人琢磨的"署名方式"，不是她？又是谁！他立刻想到在村头分手的时候，王小红想跟他说话的事。

耿守心合上第一个笔记本后，又翻开了第二个笔记本。在笔记本的扉页上写着：

> 送给我最好的同学和兄弟：
>
> 我很庆幸在这两年半的高中时光里，拥有你这么一个最好的同学和兄弟！我非常感谢你把担任校团委副书记的机会让给我，我将

永远珍惜你的这份真诚和友谊！

史宜春

1975 年 5 月 25 日

耿守心笑了笑，他合上笔记本，顺手把两个笔记本一块锁进了自己的抽屉里。

一家人吃晚饭了，奶奶还在说着刚才的事："大孙子哎！那笔记本上写的什么呀？快给奶奶说说听听。"

耿守心一边吃饭一边答道："没写什么，就是相互鼓励，友谊万岁！"

守心他娘看了一眼耿守心，埋怨道："这孩子学问长了，反倒没礼貌了！你奶奶问你话，你应该好好回答才是！"

耿广常看了自己老伴儿一眼，把话接过去说道："孩子自己的事，咱大人不用管那么多。"

爷爷也顺着自己儿子的话帮腔说道："我大孙子现在可是大人了，咱做老人的不用操那么多心。"

奶奶立马笑道："其实，我就想知道下午跟过来的那个闺女是谁。我听耿老五他媳妇说，那闺女长得可俊了，人也可活泼大方……"

守心他娘立刻把话接过去问道："孩子他爹，今天来的那个闺女是谁呀？"

耿广常有些不耐烦地看了自己老伴儿一眼，说道："他同学，没问名字。快吃饭吧！我吃完饭还要去大队部办事呢。"

耿守心看了看父亲，突然悄悄笑起来。他心里想：我知道父亲看过同学送给我的笔记本，不然，他不会一再帮我主动掩饰。而且，今天下午父亲明明当众猜对了王小红的名字，现在又装作不知道，奶奶和娘的一再追问，被父亲三言两语就打发了过去，实在是厉害！

奶奶看着耿守心莫名其妙地偷笑，不解道："大孙子哎！你笑什么呢？"

耿守心赶紧止住笑后，遮掩道："没什么，我听今天下午广林大爷、守才哥哥那说话的意思，像是让我到大队团支部工作，也可能当团支部书记？"

奶奶笑道："听你广林大爷的！叫你干啥就干啥呗。"

耿守心接着说道："可是，这大队团支部书记必须经过团员们民主选举，不能党支部书记指定谁就是谁，他那样不符合选举规定，指定的团支部书记也没有威信。"

耿广常不高兴地瞪了儿子耿守心一眼，插话道："快吃饭吧！你广林大爷比你懂，他知道怎么做！上了两年半高中回来，别觉得自己什么都懂，以后要好好虚心学习才是！"

爷爷听后先是有些不高兴地皱了皱鼻子，他最反对儿子批评自己的大孙子。可想了想后，又觉得儿子这话在理，就又眯起眼睛笑着对耿守心说道："大孙子哎！你爹说得也对，以后要好好虚心向大人们学习才是。"

耿守心赶紧回答："爷爷，我记住了！"

耿守心是幸运的。农民的孩子高中毕业后回村务农，是再正常不过的事情，但像他这样人还未回到村里，大队党支部就已经筹划着让他负责团支部的工作，确实十分稀少和罕见。然而，这并不是一件风光和容易的差事，一大堆意想不到的困难和挑战，正在目不暇接地接踵而至——

26　团支书记

大队党支部书记耿广林办事真够利索的！

没几天工夫，耿家口的小卖部和卫生室就先后搬出了大队部的院子，腾出的两间东屋让社员们好好粉刷了一番，摆上了办公桌、柜子和椅子，又让人从公社供销社专门买来了一套崭新的锣鼓乐器。

又过了两天，耿广林安排耿守才通知全大队里的所有团员，晚饭后到大队部集合开会。

召开团员大会的那天晚上，为了渲染气氛，耿广林让人专门把大汽灯挂在了院子里，安排锣鼓手们敲起了新买的锣鼓，随着"咚、咚、咚""哐、哐、哐""嚓、嚓、嚓"的清脆响亮乐器声，许多看热闹的男女社员和小孩子们纷纷涌进了大队部的院子。那场景，就像过年或者大队部里有了喜事一样的热热闹闹、欢天喜地。

团员们到齐后，耿守才把大家叫进了大队部会议室，他笑着对耿广林说道："广林叔，全大队团员一个不落，全部到齐！您看，是不是现在开会？"

耿广林笑道："一个不落？这么快都到齐啦？这可是件稀罕事！"

耿守才笑答："我叫人数了几遍，没有一点问题！一共二十五个人！"

耿广林道："既然这样，你再最后主持一次！"

耿守才笑道："行！一切听党支部书记的！"

在场的团员们笑着鼓起掌来，而且特别用力。

耿守才清了清嗓子，声音格外洪亮道："各位团员、各位同志：我这个兼职团支部书记，已经向大队党支部书记提出了辞职。现在，根据党支部书记的指示，我以老团支部书记的身份，再最后主持一次团支部大会。下面，让我们以热烈的掌声，欢迎党支部书记给我们做重要指示！"

说罢，现场立刻响起热烈的掌声和欢笑声！

耿广林笑着站起身来，看着耿守才笑道："你这个主持人可真省事，怪不得今天我们要开这个会议!"

话音刚落,耿守才带头和团员们一起哄堂大笑起来。

耿广林边笑边接着说道:"我们今天召开这个会,只有一件事,想必大家都已经知道了,不然,大家也不会来得这么快、这么齐!你们说,是不是?"

团员们笑道:"是!知道!团支部换届选举!"

耿广林笑问:"光知道这个还不行,你们知道应该选谁当书记?"

团员们边笑边纷纷答道:"耿守心!"

其实,当大队党支部决定组织团支部换届改选的消息传出后,团员们早就私下议论开了。有的说,咱们团支部总这样下去可不行,应该赶紧选个有朝气、有能力的团员担任团支部书记。还有的说,耿守心不错,在咱们大队好评如潮,而且在高中担任班长,学习也名列全年级第一。在团员们纷纷议论应该选谁担任团支部书记的时候,耿广林、耿守才也放出风来,把团支部交给耿守心最放心、最合适、最满意。如此上下结合,耿守心自然成了担任团支部书记呼声最高的人。

耿守才笑着插话道:"广林叔,我看不用投票了,团员们的意见这么一致,我和守心兄弟直接交接就行了!"

耿广林笑道:"那可不行!咱们得符合团支委换届选举的规矩和程序!"

团员们笑得更厉害了。

耿广林挥手止住团员们的笑声后,接着说道:"大队团支部是咱们大队党支部的后备军。这些年,在守才主任这个兼职团支部书记的带领下,在团员们的共同努力下,团支部做了一些有益的工作,也取得了一些成绩。但由于我这个党支部书记关心支持不够,也还存在一些问题。下一步,也就是从今天开始,咱们先换届选举出好的团支委,配强配好团支部领导班子,然后再由团支部团结领导全大队的团员和青年们一道,扎扎实实地多做些实事好事,实现团支部工作的踏步!我和守才主任商量了一下,团支委选三个人,希望大家选出最有能力、最有水平、最热心团支部工作的人。团支委选出后,咱们再确定谁当团支部书记、组织委员和宣传委员。你们大家有没有意见?有意见现在就提!"

团员们高声齐答:"没有意见!"

耿广林道:"那好!现在开始选举!"

耿守才把提前准备的选票——发给团员们后,团员们开始纷纷找笔写名字。

有的团员不会写字，他们找到耿守昌、耿守平、耿守卫等团员说道："帮俺写上耿守心的名字，然后再写上他和你。"

投票结果很快出来了：耿守心获得全票；耿守心、耿守平和上届团支委张桂兰当选团支委。

耿守才笑着把投票结果递给耿广林："广林叔，你看？和咱猜得差不离！"

耿广林笑道："让他们三个先分分工，定下后，我再一块宣布！"

当选团支委张桂兰首先举手咯咯咯笑道："让守心当书记，我当组织委员，俺搞不了宣传，俺不识字。"

耿守才笑着问耿守平："你的意见呢？"

耿守平站起身来，笑道："完全同意！"

耿广林和耿守才对视一眼后，站起身来，笑着说道："既然这样，那我就代表大队党支部正式宣布：新一届耿家口生产大队团支部委员会换届选举完毕。团支部书记耿守心，组织委员张桂兰，宣传委员耿守平，大家鼓掌欢迎。"

顿时，大队部会议室里掌声、笑声再次响起。

耿广林接着说道："虽然党支部宣布了，但还要报公社团委批准。不过，守心啊，你们三个从现在开始工作。另外，大家也看到了，东屋已经腾出来了，那就是你们团支部新的办公室和活动室。待会儿，守才主任把团支部的印章、屋门的钥匙和其他材料一块交给你们。"

话音未落，会议室里又一次响起热烈的掌声和欢呼声。

笑声停止后，耿广林接着说道："还有一件事，大队专门给你们团支部配备了一套新的锣鼓乐器，也把咱们这个大汽灯，一并交给你们使用管理！"

会议室里再一次响起热烈的掌声和笑声。

耿广林看着耿守才和耿守心说道："你俩也说说吧！"

耿守才站起身来笑道："我只说一句话。来，守心兄弟，我现在就把钥匙、印章、团旗和材料移交给你。"

耿守才说完，把早已准备好的钥匙、印章、团旗和一堆材料递给了耿守心，然后笑着坐回了原位。

耿广林不解地看着耿守才问道："说完了？"

耿守才笑道："完了！"

团员们再次响起一片笑声和掌声。

耿守心接过印章、钥匙、团旗和材料后，顺手递给了耿守平。

耿广林笑道："守心啊，你也说几句吧！"

耿守心看了看耿广林和耿守才，说道："我也只说一句话：谢谢广林大爷、守才哥哥和大家对我们三个人的信任和支持！我们三个人一定会和全大队的团员青年们团结一道，在大队党支部的领导下，脚踏实地工作，牢记耿家口人的'初心'和'根本'，让大队党支部和全大队团员青年都满意、都放心！"

说完，他向耿广林、耿守才和全体团员深深鞠了一躬。在场的所有人立即报以热烈的掌声！

团支部换届选举大会结束后，耿广林、耿守才和团员们相继离开后，新当选的团支委耿守心、张桂兰、耿守平三个人没有走，他们把大队党支部交给团支部的物品和乐器搬到了东屋，简单打扫整理房间后，三个人坐在办公桌前，讨论研究起了下一步的工作计划和措施。

耿守平抢先道："做团的工作我可没有经验，以前光顾着学习了，下一步怎么办，守心，我听你的！"

耿守平能够担任团支部委员，对他来说，确属意料之外。上学这些年，他担任过班里的学习委员等职务，但没有做过团支部的工作。这次换届选举前，虽说有人提出过让他担任团支部委员，但他从没往心里去，更何况他早就听说大队团支部的工作不好做，他不想给自己找麻烦、惹是非。刚才，他看到耿守心毫无悬念而且"全票"当选团支部书记后，心里立刻萌发出"特别的热情和冲动"，他决心陪着自己的老同学、好兄弟耿守心一起迎难而上、竭尽全力。

张桂兰笑着接上道："你俩都是高中生，有文化，有知识，俺可是个大老粗，以后你俩可别笑话俺！"她边说边笑了起来，那"咯咯咯"的笑声甜得像蜂蜜。

张桂兰当选团支部委员，既属意料之外，也属情理之中。她是上届团支部的委员，虽说上届团支部的落后面貌，她也负有一定责任，但因她为人热情、处事果断、直言快语、泼辣能干，曾经提出过一些好的建议未被采纳，所以这次换届选举，团员们仍以高票保留了她的支部委员。张桂兰容貌端庄秀丽、为人活泼热情、处事侠肝义胆，确实在团员青年中享有很高威信。但可惜的是，她没有上过学，属于心里透亮、明白事理但"目不识丁"的好团员、好青年。

耿守心、耿守平闻听张桂兰的"咯咯咯"笑声，忽然像发现了什么似的相互对视了一眼。

耿守平笑道："你这一笑，让我想起了我们班的同学干小红，她的笑声饱含韵律，不过，你的笑声更加香甜！"

张桂兰依旧"咯咯咯"地笑道："净瞎说！你这是笑话俺！俺笑就是笑，嘴里又没吃糖，哪来的香甜？"

耿守心笑道："你俩的笑声各有特点，听起来都很悦耳动听，也都很阳光灿烂！"

张桂兰"咯咯咯"地笑得更厉害了。边笑边说："你们有文化的人就不一样。一个是韵律、香甜，一个是悦耳动听、阳光灿烂，你俩这是合起伙来开涮俺。"

说完，三个人哈哈大笑起来。

笑了一会儿后，耿守心道："好了，咱不说笑了！我的想法是，咱们三个人在一起工作，只要我俩能经常听到你的开心笑声就好，你俩说，是不是？"

耿守平道："守心说得对，我们一定要愉快开心地工作，我也是这个意见！"

张桂兰道："你俩说话都是一套一套的，听着就让人心里舒坦！"

耿守心道："我和守平没有做过团支部的工作，桂兰是老团支委了，经验比我们多，情况比我们熟，只要咱们三个人紧密团结在一起，人心齐，泰山移，我相信，咱们团支部的工作应该能让大队党支部和团员们都满意，你俩说是不是？"

张桂兰看了一眼耿守心，快言快语道："守心，刚才守平也说了，你说怎么干，我俩就跟着你怎么干！"

耿守心道："众人拾柴火焰高，咱们还是要一起商量着干！我的意见是，咱们应该先理出个路子来。"

张桂兰、耿守平先后说道："我们听你的！"

耿守平一边拿过笔和团支部会议专用笔记本，一边说道："你说吧，我记下。"

耿守心赶紧道："你先别记！我先提个路子，你俩再纠正补充，如果咱们大家都没意见的话，你再记，反正咱们大家一起商量着来、一起摸索着干！"

张桂兰、耿守平点头同意。

于是，耿守心把这几天反反复复想好的思路说了一遍：首先，建好自上而下的团支部工作队伍，用"网格"的形式把全大队的所有团员青年串联团结起来，让每一名团员青年都感到自己置身于组织和队伍之中；其次，利用黑板报等形式，积极宣传报道广大团员青年中涌现出的好人好事，使全大队广大团员青年都感到组织对自己的关心、重视和激励，从而调动鼓舞起紧密团结在团支部周围、积极做好工作的信心和志气；最后，在此基础上，组织广大团员青年开展喜闻乐见、丰富多彩、切实有效的活动，以此进一步增强全大队广大团员青年的向心力、凝聚力和战斗力，并在全大队逐渐营造和形成关心团支部建设、支持团支部工作的良好舆论和精神氛围。

耿守心一口气把话说完后，耿守平立刻兴高采烈道："守心，你的这些思路和主意真好！我就想问你：这些东西是你脑袋里天生就有的？还是这几天琢磨出来的？"

他猜想：上次三位大队领导找四个同学集体开会后，大队党支部已经暗示换届改选后由耿守心担任大队团支部书记，这些思路和想法应该是耿守心之后考虑形成的。

耿守心笑道："我哪有那本事？还不是向领导、老师和同学们请教学习的！"两年后，当他回过头来重新总结反思自这开始的团支部工作实践时，确实也是这样认识总结的。当然，这些事情，后面再提。

事实上，自打上次在大队部开会后，耿守心已经明显感觉到耿广林、耿守才打算让自己担任团支部书记，这事他从父亲耿广常那里已经得到了默认。这几天，他听到大队团员青年们的不少议论，有人甚至当面管他叫"书记"。他想，既然这样，那就好好工作，要当就当一名称职的团支部书记，也好为广林大爷、守才哥哥争口气！几天来，他就如何当好团支部书记，想了很多，他想到了史宜春、代又生和王小红的许多好做法，他更想到了自己上课时学过的代数、几何、物理和化学题。他想，老师们在课堂上早就讲过，世界是有规律的，只要抓住规律，所有的问题都能迎刃而解，难题就不再是难题。老师们讲过的解题思路真好啊！运用"原理"和"公式"，通过"已知"求出"未知"，知道了圆的半径，就能算出圆的面积，"勾股定理"实在太好了！知道了直角三角形的两边长度，就能求出第三边的长度，这难道不是在告诉自己做好团支部的工作同样可以如法炮制、以此类推？他想：一个物体之所以静止，那是因为它受到的合力为零，如果加大某一方向的力量，物体肯定沿着力的方向加速前进。大队团支部的工作，目前之所以困难重重，首先是因为"车头"的牵动力不足，如果团支委一班人紧密团结，把劲鼓足，带领全大队团员青年在喜闻乐见、丰富多彩、求实求效的道路上快步前进，应该不是问题。就这样反复想着、想着，他的工作思路逐渐条理清晰起来。刚才，他把自己的工作思路一说，就立刻受到了同学耿守平的热情赞誉和坚定支持。

耿守平表态后，张桂兰立刻跟上笑道："守心的思路是个好主意！不过，有些话我还没有听明白，比方说，什么叫'网格'？什么叫'勾股定理'？什么叫'催化剂'？什么叫'舆论氛围'？"

耿守心赶紧解释道："'网格'在咱们这里，也就是团支部工作的组织联络机制。社员们下河用网捕鱼，光有上面的拉网绳还不行，必须用线一个个地把网眼织出来，最后和垂铁连在一起，才能把网撒到河里捉鱼。网眼越密，捉到的鱼就越多，网眼越稀，捉到的鱼就越少。其实，借助'网格'的连带密布作用做好团的工作，也就是这个道理。"

张桂兰立刻咯咯咯笑道："你这一说，俺就明白了，做团支部的工作，是该用这个法子。"

耿守平接上道："守心刚才讲的'勾股定理'和'催化剂'，是我们上学时学过的几何定理和化学名词。守心的意思是说，在一定条件下，我们可以通过'原理'和'公式'，运用'已知'求出'未知'，甚至在一定条件下，我们添加'酵母粉'，可以使面粉发酵得更快些，'酵母粉'在这里就是'催化剂'！"

张桂兰再次咯咯咯笑道："你看，和你们有文化的人在一起，就是不一样！你这一说，我全明白了！可惜的是，我知道得太少，真怕拖了你们的后腿！"

耿守心立刻接上道："你比我们更有实践经验，更了解大队团员青年们的实际，我们应该好好向你请教学习，不存在你拖我们后腿的问题！"

张桂兰咯咯咯笑道："你这一说，我就放心了！不过，你刚才说到黑板报的事情，我看是个难题，咱们全大队只有两块黑板报，而且那两块还是学校的。"

耿守心信心满满道："没有关系！我请广林大爷帮助咱们解决，从村南头到村北头，再泥十几块黑板报出来，应该没有问题。"

张桂兰顿时忧心忡忡道："这倒是个好主意，可就怕社员们不愿意？人家好好的干净墙面，让咱们给泥出个黑板报，黑不溜秋的！那多难看、多丧气！"

原本挺开心的耿守平，一听这话，也有点儿心里直打鼓道："这个事，可能真的不太好办！咱们是否应该再好好考虑考虑？"

耿守心胸有成竹道:"如果实在不行,我建议先从咱们三家的墙上泥起。"

一听这话,张桂兰立马停住笑声,忧愁满面道:"就怕俺爹那个老封建不同意!不瞒你俩说,我每次晚上出来开会,我爹从来都不同意!今天开会要不是守才主任提前给他打过招呼,我肯定坐不到这里!"

耿守平立刻不解道:"为什么呀?这又不是干坏事!"

张桂兰突然脸红红道:"俺爹是个老封建,他说大闺女天黑了不能出去串门子!"

正在这时,两个小孩子跑进屋来说道:"桂兰姑姑!桂兰姑姑!你爹找你来了!"

张桂兰赶紧站起身来,向耿守心、耿守平歉意道:"对不起!我得赶紧回去了,我爹他肯定生气了!"

张桂兰话音未落,张桂兰她爹一边嘟囔着,一边快步走进屋里:"人家开完会都回家了,你还待在这里!一个大闺女家家的,也不怕人家说闲话,害得我到处找你!"

耿守心、耿守平赶紧起身让座,张桂兰她爹脸色"阴转晴"道:"哦!你们在开会啊?天这么晚了,我闺女还没有回去,我和她娘都很着急。"

耿守心赶紧解释道:"桂兰是大队团支部新当选的支部委员,我们三个正在商量下一步的工作计划,又麻烦您老人家亲自跑一趟,实在对不起!"

张桂兰她爹边说"这也太晚了",边看了看桌上的会议记录本,继续道:"明天早起她还要下地割麦子呢,你们两个商量吧,她得先跟我回去了。"说完,冲张桂兰看了一眼,头也不回地走出门去。

张桂兰无可奈何地看了一眼耿守心,又冲着她爹的背影生气地指了指,然后,紧跟着她爹走出门去。

三个人本来正在研究工作的兴头上,没承想,让张桂兰她爹冷不丁地当头泼了一盆凉水!

耿守心看着耿守平没有说话。耿守平摇了摇头,叹了口气,坐在桌边托起了腮帮子。

俩人沉默了好大一会儿,耿守平心灰意冷道:"我爹给我说过,大队团支部的工作可难做了!其实,你真不应该接这个团支部书记,若不是你今天当了这个团支部书记,我才不当这个团支部委员陪着你!"

耿守心看了看耿守平,内心五味杂陈,突然又涌出些激动和兴奋:身边有这样的好兄弟帮衬真好!实属幸运!

耿守心想了一会儿后，说道："既然我们已经接手了团支部的工作，再苦再难，我们也应该坚持到底！广林大爷、守才哥哥多次说过，咱们耿家口的人，就应该不怕苦、不怕难、说到做到、言而有信！因为这是咱耿家口人的'初心'和'根本'！"

耿守平苦笑道："你说得也对！可这一大堆困难，刚刚又蹦出这么一件谁都没有想到的事，咱们三个人开会都凑不齐，你说，这工作还怎么推进？"

耿守心挺了挺胸，笑道："车到山前必有路，船到桥头自然直，咱们就一件件地往前推！"

耿守平重新拿过团支部会议记录本，说道："你说吧，咱们下一步应该怎么办？先干啥，后干啥，我记下，回头再找张桂兰征求意见。"

耿守心道："我的意见是：咱们还是先解决当务之急！明天我去找张桂兰她爹说说，看看老人家的思想疙瘩究竟在哪里？"

耿守平摇了摇头："我听说她爹可是个老顽固，一提晚上让他闺女出来开会，一般人他都不愿搭理！"

耿守心笑了笑："你放心吧！我会全力以赴的！力争给你带回个好消息！"

第二天一大早，天刚蒙蒙亮，耿守心就提着镰刀匆匆赶往村西的麦地里。赶到张桂兰家的自留地头后，他看见张桂兰和她爹正在忙活着割麦子。

耿守心跑过去主动搭讪道："张大爷！您家的麦子长得真好啊！您肯定施了不少肥？"

张大爷看着耿守心拿着镰刀跑过来，笑着问道："你没去生产队里干活，怎么来到了这里？"

耿守心笑道："我先过来给您老帮帮忙，早饭后我再去生产队里割麦子！"

他边说边挽起袖子，帮张大爷割起了麦子。

张大爷赶紧上前拦住耿守心道："割麦子可是个技术活，你这刚毕业的学生，可别为了给我帮忙，割着自己！"

耿守心笑道："张大爷，您放心！我过去割过麦子，不信，我和您老比比？"他边说边快速地向前割去。

张大爷不放心地看着耿守心割过的麦茬和麦子，自言自语道："没想到守心这孩子割麦子也是一把好手，他爹他娘可真是生着了一个有出息的好孩子！"

看着太阳逐渐升高的样子，张大爷赶过来叫住耿守心说道："守心啊，好孩子！你看看，把你累成了这个样子，浑身上下的衣服湿透透的！你赶紧回家吃饭吧，吃完饭，好去生产队里割麦子！"

耿守心直起腰，擦了一把汗后，说道："没有关系！我再帮您割两趟，回家吃饭的时候，我帮您一块拉回去。"

耿守心飞速地割了两趟后，张大爷实在过意不去，他拉住耿守心的手说道："孩子啊！我知道你有事要给我说，是不是？"

耿守心笑了笑，说道："没啥事！团支部开会占用了桂兰的时间，我理应过来给您弥补，您说是不是？"

张大爷笑了笑："你真是个懂事的好孩子！以后她再去团支部开会，我保证不拦着，但是，必须由你亲自和我说，而且保证不出任何问题！"

耿守心笑道："张大爷，您放心！我一定让您老人家放心满意！"

正在麦地另一侧割麦子的张桂兰跑过来说道："耿守心，你快回家吧！你要是累病了，俺家可承受不起！"说完，她"咯咯咯"地笑起来，那笑声和笑脸甜得特别像蜂蜜。

张大爷瞪了一眼正在咯咯笑的张桂兰："傻闺女，笑啥呢？没有一点大姑娘的样子！刚才我和守心说了，团支部再开会的时候，你就去，但不能出问题，早去早回！听见了没？"

张桂兰瞪了她爹一眼，继续咯咯咯地大声笑道："听见了！爹！不出问题！"随后，她小声对耿守心说道："能出什么问题？他净想入非非！"

耿守心帮张大爷把割好的麦子拉回村里后，就跑回了自个的家里。

奶奶见耿守心衣服湿得透透地回到家，心疼道："刚到生产队里干活没几天，你悠着点儿，别累着！"

守心他娘也赶过来说道："你去哪里割麦子了？你爹在生产队里干活，怎么没有见到你？"

耿守心一边狼吞虎咽地吃着饭，一边说道："我去帮张桂兰她爹割麦子了，吃完饭我就去生产队里。"

奶奶不解道："你帮他家干活为啥？他又不给你工分。"

耿守心答："昨天晚上开会，占用了张桂兰的时间，我去给她家补上，也好让张大爷今后多多支持我们团支部的工作。"

奶奶着急道："我还从来没有听说过这种稀罕事！团支部开会是大队里的事，你去给她家干活补上？你爹没白没黑地开了那么多会，也没见谁过来给咱家干活补上！"

守心他娘也接上说道:"今天起这么早,我还以为你去生产队里干活了呢!这要是传出去你给张桂兰家干活,人家还不得笑话你有毛病、缺心眼儿啊!"

耿守心看了看奶奶和娘,没有吱声,他拿起馒头,夹了几根咸菜,拎着镰刀向外跑去。

守心他娘高声喊道:"你去哪里?"

耿守心一边跑,一边大声答道:"去生产队里割麦子!"

当耿守心气喘吁吁地跑到生产队麦地的时候,第三生产队队长耿广旺笑着走过来问道:"守心啊,你怎么才来啊?刚才你爹还问你去了哪里。"

耿守心笑了笑:"广旺大爷,我来晚了!晚上记工的时候,我少要工分。"

耿守心一边说着话,一边弯腰挥镰向麦子割去。周围的社员们笑着提醒道:"割慢点!别累着!你可是刚刚毕业的高中生!"

耿守心笑了笑没有答话,自打弯下腰后,他就一直"刷、刷、刷"地向前割去。

生产队队长耿广旺有些不放心地走过来看了看,笑了笑后,说道:"看来,守心这孩子,割麦子的技术还真可以!"

中午休息时,生产队把做好的馒头、菜和汤送到了地头,社员们自动围拢过去。大伙儿一边轮流着打饭,一边笑着对耿守心说道:"守心啊,你割麦子的速度这么快,是不是想要十分工?"

耿守心笑答:"不是!能给我记八分工就行!"

耿老五媳妇拿着一个馒头快步走过来,她一边塞给耿守心,一边心疼道:"傻孩子!快吃吧!我知道你等着大伙儿打完饭后你再打。你刚来生产队里干活,一定要悠着点、省着劲!你割那么快干什么?看把你累的!衣服全湿湿的!"

耿守心赶紧站起身,一边推辞一边笑道:"谢谢老五婶子!你先吃吧!我等会儿。"

耿老五媳妇坚持把馒头塞给耿守心,耿守心推辞不过,正在伸手接馒头的时候,耿老五媳妇突然发现了什么似的,上前紧紧抓住耿守心的手,连连对大伙儿高声说道:"啧!啧!啧!你们大伙儿看看,守心这孩子的手,已经磨出了好几个大水泡!让我看着就心疼!你们说,这怎么能行!"她边说边拉着耿守心一双布满水泡的手给大伙儿看,那表情和声音,都显得特别难过和心疼!

耿守心不好意思地赶紧把手缩回来，笑道："老五婶子！没有关系！一点儿不疼！"

社员们正在纷纷劝说耿守心割麦子一定要悠着劲儿的时候，生产队队长耿广旺和大队会计耿广常走了过来。

耿广旺笑道："守心啊，你还是个学生，刚开始干活不能太使力气，否则身体吃不消，要慢慢地一步步来才行！"

耿老五媳妇再次拉起耿守心的双手说道："队长啊！你看看！这孩子的手已经磨出了好几个大水泡，看着就让人心疼，生产队里可要给他记上十分工！"

耿广常看了一眼耿守心，面无表情道："他老五婶子，磨几个水泡没有关系，以后磨出茧子就好了！小孩子干活不能偷懒耍滑，咱孩子还小，哪能给他记十分工？"

耿老五媳妇立马白了耿广常一眼："看你这当爹的！一点也不心疼！该不会是守心小的时候，你从别处抱来的吧？说给俺们大伙儿听听！"

一句话，把社员们逗得哈哈大笑起来。

旁边一位社员立即接上道："老五媳妇，该不会是你年轻的时候把孩子弄丢了，让广常会计给捡回家了吧？"

耿老五媳妇哈哈大笑道："就是！广常会计，现在该把孩子还回来了吧？我已经给他相中了一个好媳妇，就是他毕业回来那天一块来大队送他的那个俊俏闺女！守心啊，你愿意不愿意啊？婶子给你当媒人！"

耿守心顿时羞红了脸，他端起饭碗，飞快地跑到了一边。

耿老五媳妇哈哈大笑道："守心这孩子脸皮太薄了！这以后怎么结婚娶媳妇啊？你那个女同学既俊俏又大方，说话又好听，我看你俩很合适，婶子我还真想当你俩的大媒人！哈哈哈！"

耿广常也笑了。他边笑边说："谢谢他婶子！咱孩子年龄还小，先跟着大伙儿干几年活再说吧。"

耿广旺笑着插话道："要说结婚，守心的年龄是小了点。可这订婚，他的年龄也不算小了。咱们附近的这几个生产大队，比他年龄小的小伙子订婚的有的是！咱可不能让人家挑剩下，再随便找个闺女娶回家里。"

耿老五媳妇接上道："就是！俺娘家的侄子比他年龄还小呢，俺哥哥都已经抱上了大孙子！"

旁边有社员插话道："你侄子那是未婚先育，不合规矩！"

耿老五媳妇当即转身瞪起眼睛回敬道："怎么不合规矩？我过门的时候，俺那口子比守心这孩子还小呢，现在不照样生儿又育女？政府也没人上门找俺俩的事，俺两口子天天过得滋滋润润的！你们大伙儿说，是不是？哈哈哈！"

晚上收工后，耿守心没有回家，他把镰刀交给父亲耿广常后，就径直跑去了村南头的耿守平家里。他把耿守平叫到院子的外面，俩人一起商量起了团支部泥黑板的事。

耿守平道："今天我给俺娘说了，她好像不太愿意。"

耿守心问："婶子为啥不愿意？"

耿守平答："她说，家里不是大队部，墙上泥块黑板总觉得不是那么回事。再说了，黑黢黢的，有点丧气。"

耿守心问："广仁叔叔咋说的？"

耿守平答："我没敢问他，怕他对我发脾气。"

耿守心说："张桂兰开会的困难已经解决了。不过，咱们还得想点保证女团员不出任何问题的办法和措施。"

耿守平突然特别高兴道："守心，你可真有本事！昨天晚上回来，我还对我爹说起这件事。他说，张大爷那个老顽固，想要做通他的思想工作，门都没有！没想到，你不出一天的时间，就解决了这个大难题！"

"什么大难题呀？你们两个也不去屋里说？"刚刚收工回家的一队队长耿广仁对耿守心、耿守平笑着问道。

耿守心赶紧迎上前去："广仁叔叔好！我和守平正在商量团支部的事。"

耿广仁道："那就去屋里说吧，晚饭在我们家一块吃。"

耿守心笑道："饭不吃了！不过，我们团支部的工作遇到了难题，想请叔叔出出主意。"

耿广仁笑了笑道："说吧，只要我能帮上的，一定没有问题！"

耿守心道："我们想宣传宣传大队团员青年们的好人好事。"

耿广仁笑道："这是好事啊！"

耿守心为难道："可是没有场地。"

耿广仁不解道："还需要场地？"

耿守心解释道："我们想把好人好事写到黑板上。"

耿广仁再问："大队部有两块啊？"

耿守心为难道："可那是学校的。"

耿广仁再道:"再泥一块啊?"

耿守心笑答:"就一块黑板,宣传和看到的人太少了。"

耿广仁又道:"那就多泥两块啊?"

耿守心再答:"都放在一起,没有多少意义。"

耿广仁停顿了一下后,说道:"这就有点难了。"

耿守心诚恳道:"所以,我们才请叔叔帮忙出出主意、解决解决难题!"

耿广仁沉吟了一会儿后,说道:"我们生产队的墙上倒是可以帮你们泥块大黑板,你再找找另外三个生产队,如果他们也愿意,应该能够解决你们的难题。"

耿守心立刻高兴地拍了一下脑袋,对耿守平说道:"我们怎么没有想到这个好办法呢?广仁叔叔的主意真好!一下子解决了我们的大难题!"

耿广仁回屋休息后,俩人继续谈论着刚才的话题。

耿守平不解道:"守心,就这四五块黑板能解决多少问题?咱们原来可是打算至少泥十块黑板的?"

耿守心笑道:"我想过了,婶子的话不是没有道理。咱们现在只能一步步地来,等到这几块黑板的宣传效果出来后,全大队的社员们才会心悦诚服地关心支持我们,到那时,我们再多泥几块黑板也不迟。"

耿守平笑了:"守心,你说得对!我全力支持你!"

又过了几天,在耿守心、耿守平的积极努力下,四个生产队队长都同意对团支部泥黑板的想法给予支持。他们让社员们在生产队屋子的外墙上各泥了一块水泥大黑板,又刷上了黑漆。耿守心、耿守平利用工余时间,端端正正地在黑板上用红漆写上了"耿家口大队团支部宣传栏"几个大字。

与此同时,耿守心、张桂兰、耿守平又马不停蹄地组建了四个团小组,选出正副组长,连同团支部职责、团小组职责和团支部各级骨干人员名单,一并在五个大黑板上首批用粉笔公布出来。

这一下,立刻吸引了全大队社员特别是广大青年团员们的兴趣和注意!

有识字的社员说:"大队团支部开始活动了!你看,写出了这么多人的名字!"

有不识字的社员说:"上面写的啥啊?花花绿绿的,看着挺新鲜,有点儿意思!"

更多的社员指着上面没有名字的团员青年说道:"你也不长点出息!看看

上面这么多人名，怎么没有你的名字？"

已经当选第三团小组长的耿小二，这几天特别有精神！他除了白天到生产队干活外，晚上的时间几乎全部用在了精神抖擞地找本生产队团员青年谈话上，说是"一定要在全大队的四个团小组中勇夺第一。"

耿老三看着儿子不再贪玩，而是为了大队团支部工作忙里忙外的样子，叹了口气，面露喜色道："他要早知道这么卖力，我也不生这么多闲气！"

耿老三的老伴儿笑着说道："你可不要打击咱孩子的积极性，他跟着守心这孩子学习，今后或许会有长进和出息！"

团支部工作的"第一炮"打响后，耿守心、张桂兰、耿守平的工作劲头更足了。他们几乎三天两头地利用晚上时间组织团小组长们开会，了解工作进展情况，研究解决问题的方法和措施，广泛收集团员青年中涌现出的好人好事。这些好人好事由各团小组上报团支部后，宣传委员耿守平从中挑选出比较典型突出的稿子，由耿守心、耿守平分别修改后，第二天再由他们两人分别誊抄在五个黑板上。

利用黑板报广泛宣传团员青年好人好事的做法，很快引起了全大队社员特别是广大团员青年们的积极反响和高度关注，但也由此引发了一连串的"小问题"。

耿小二首先提意见了："我们团小组的工作做得最好，上黑板报的好人好事也应该最多，为啥我们受表扬的稿件和第一团小组的差不多？是不是耿守平这个宣传委员存在本位主义或者以权谋私？"

耿守平涨红着脸解释道："我们没有搞平衡，只看有没有突出事迹！"

有的社员也提意见了："我那孩子光顾着做好人好事了，家里的活不想干，你们说，应该咋处理？"

还有的社员干脆找到大队部里："广林书记，你能不能给团支部说说，让他们写篇稿子，表扬表扬俺那孩子？！"

这些意见和反映，耿守心当然看在眼里，也急在心里。他想：全大队社员都来关心支持团支部的工作确是好事，但如果不及时引导、有效拓展、积极采取更加合理的措施应对解决这些问题，就有可能把已经调动起来的积极性湮灭下去。

党支部书记耿广林对团支部换届改选以来出现的新面貌、新气象、新成绩，看在眼里，喜在心里，特别是当他听到来自四面八方的一片赞扬声，更是情不自禁地多次对耿守才、耿广常说道："没想到他们几个还真有本事！也说明咱们没有看错人、选错人！"

团支部开会有时传出的讨论声、欢笑声、争论声，耿广林当然听进了耳朵里。有天晚上，他在大队部的院子里转了两圈后，走进了团支部的办公室，看着正开会的耿守心说道："守心啊，大队里想给你们划出几亩河滩地，你们同意不同意？"

耿守心和正在开会的团支委、团小组长们立即站起身来，兴奋地睁大了眼睛，耿守心更是喜出望外道："谢谢广林大爷！我们正愁没有活动经费！"

耿广林笑道："给你们地种，不只是解决活动经费，而是给你们搭起一个更大的舞台，让你们把团员青年的积极性更好更强地吸引在一起，既展示你们团支部的工作活力和凝聚力，也为团支部在下一步有了经费以后，为咱们大队的文化生活多做一些好事、实事！"

耿守心若有所思地点了点头："我们一定尽心竭力！"

耿广林离开后，团干部办公室里立刻沸腾起来！大家群情振奋、七嘴八舌地议论开了：咱们种什么庄稼？从哪里找种子？是义务劳动？还是从大队里开工分……

耿守心听着团干部们的纷纷议论，他琢磨开了：种什么庄稼好说，适合什么种什么；种子也好办，只要有地有收成，借哪个生产队的都不是难题；关键是这劳动力的事情需要好好掂量掂量，社员们凭工分分粮食，如果记工分，团支部没有这个权力，如果不记工分，组织团员开展义务劳动，三次、五次还好说，时间一长，肯定会出问题。

耿守心想了一会儿后，有些为难道："我同意大家的意见。咱们在黄河滩地上种高粱，我看，这种子咱们先从生产队里借，秋后收了高粱，再如数加利息地还给他们。关键是：这劳动力……"

张桂兰和耿守平异口同声道："义务劳动！大家不要工分！再说了，守心和咱们团支部也没有这个权力！"

团小组长们纷纷表示赞同："对！咱们就义务劳动！也让全大队的社员们看看咱们团员的思想、觉悟和干劲！"

耿守心立刻兴奋道："既然大家都同意，那咱们就先定下义务劳动，至于以后怎么办，等咱们团支部有了经费后再说，你们大家同意不同意？"

团干部们纷纷道："同意！同意！同意！"

第一团小组长耿守柱抢先道："种高粱的时候，我们团小组负责到生产队里借耧!"

耿小二着急道:"那不行!你们生产队离黄河滩远,借耧的事,由我们第三团小组负责到底!"

第二团小组长耿守成接着道:"我们团小组负责借几面红旗,到时候插到地边上,这样有气势!"

第四团小组组长耿守法笑道:."你们都有事干了,那我们就借绳子、扛种子!"

耿守平笑道:"我建议咱们也把团旗带上,种地的时候,全体团员统一在大队部集合,排着队,唱着歌一块走过去,这样更有气势!"

张桂兰咯咯咯笑道:"你们这么一说,咱团支部可真够热闹的!要是早这么做,周围这几个大队的团支部,哪个也没法给咱们比!"

耿家口大队团支部的工作轰轰烈烈地展开了,团员青年们抖起了精气神,呈现在全大队社员们面前的自然是昂扬的朝气和冲天的干劲!可事情从来都不是那么顺顺当当的,总有一些预料之中、意料之外的麻烦困难等着你!你瞅,这不就出现了一连串的困难事、麻烦事——

27　这可咋办

第一件困难事，还是出自张桂兰她爹。

自打上次耿守心给张桂兰她爹割过麦子后，张桂兰她爹确实没有再次阻拦张桂兰到团支部开会。但随着时间的延长，团支部的活动增多，张桂兰几乎三天两头晚上不着家，虽说张桂兰她爹经常听到社员们对团支部工作的一片好评，但他高兴之余，心里也在反复打鼓：一个大闺女家家的，经常这样晚饭后出去，深更半夜回来，实在不成体统！再加上人们风言风语地传出团员义务劳动时的一些玩笑话，更让他心里越来越不肃静，甚至也更加担心和生气。

终于有一天，他再次板起面孔对张桂兰说道："你去团支部开会可以，但不能再参加团支部义务劳动，这大闺女、小伙子的经常在一起，说说笑笑，打打闹闹，再让人家看见了，时间一长，不出毛病，也出毛病！不是问题，也是问题！"

张桂兰不解道："能出什么毛病和问题？"

张桂兰她爹立即瞪起眼睛，厉声道："你一个小闺女家，知道什么？我是你爹，我说了，你就得听！"

张桂兰无奈，只能把她爹说的话原原本本学给耿守心、耿守平听。

耿守平怅然道："我看张大爷的问题还是出在不放心上！其实，咱们这些团员，一个个都很端端正正、规规矩矩，根本不存在不放心的问题！"

耿守心沉重道："前几天，我听几个女团员也说过这种话，好像她们家里也不放心。"

张桂兰叹了口气，茫然道："唉，咱们做点事可真难啊！没想到家里人也这么不理解、不支持！"

耿守平心灰意冷道："如果张桂兰不参加劳动，其他几个女团员也会慢慢退出，剩下的这些团员，参加劳动的积极性肯定会大打折扣，这团支部的工作还怎么干啊？想想就扫兴、就没劲！"

第二件困难事，出在耿守心、耿守平的同学那里。

团支部换届改选时，耿守昌原以为自己也能进入团支委工作，要么当个副书记，要么当个委员什么的，没承想，竟因一票之差，败给了一直学习表现不如自己的耿守平，心里老大不平衡、不服气。选举团小组长时，他得票最高，但他还是拉不下面子地坚辞不干，说啥也没同意。团支部的工作轰轰烈烈展开以后，虽然也点燃了他的激情和冲动，但看着越来越红火、越来越广受好评的团支部工作，他心里又生出些莫名的不舒服、不平衡，总觉得"老给别人抬轿实在没有出息"。参加义务劳动时，他总是借故来得最晚，走得最早，平时喜欢和女团员开点过分的玩笑，或者私底下说点风凉话、败劲话，有时确实很扫大家的兴。这不，刚刚担任生产队会计的他，已经向耿守心请起了长假："守心，我的工作实在太忙了！以后可能很难再参加团支部的活动，希望你千万不要误会和生气。"

另外一个同时当选生产队会计的耿守卫，有些不高兴地瞥了耿守昌一眼，但当他看到耿守心投来的征询目光时，很不自然地顺着耿守昌的话说道："守心，我的事情也比较多，团支部开会时，我一定想办法参加，但参加义务劳动这件事，可能存在麻烦和困难，还请你多加理解和体恤。"

坐在一旁的耿守平，很不满意地插话道："你俩都是团员，一块儿请假不参加团支部的活动，那得多扫大家的兴？团员们肯定会议论。"

耿守昌斜看了一眼耿守平，很不耐烦，甚至多少有些"显摆""理直气壮"且"振振有词"道："我是生产队的会计，放着生产队的事情不管不问，总在团支部里参加活动，你觉得在理？你觉得能行？"

张桂兰快言快语接上道："没说不让你这个生产队的大会计管生产队的事情，可你也是团员，团支部的活动应该积极参加，至少不能长期缺席！"

耿守昌撇了撇嘴道："张桂兰大支部委员，你说得可倒轻松惬意！团支部的活动三天两头就有，你不让我在生产队里挣工分，难道你让我们家扎起脖子喝西北风？"说完，他站起身来，抬头又挺胸，径直扬长而去。

第三件困难事，出在了耿守心自己的家里。
这件事情还是由奶奶关心大孙子耿守心引起的。
老人家看着自己的大孙子天天早出晚归地在外忙活，除了白天到生产队里生龙活虎地干活，就是晚上不知疲惫地到团支部组织活动，或者半夜半夜地到社员家里找团员青年们谈心，她心疼地对正在看书的耿守心说道："大孙子哎！你也不知道个累？这要是累出个毛病来，爷爷奶奶可心疼！你可是我们的宝贝孙子！"

耿守心一边看书，一边笑道："奶奶，没有关系！您别心疼，我不累！"

守心他娘接上道："孩子啊，你到生产队里干活我就不说了，那是挣工分，而且社员们还给你评了十分工，比别的年轻人都多。可在团支部里组织活动，你还是悠着点好，千万别叫人家说闲话、落埋怨、传出的事情不中听，最后伤了别人，也害了咱自己！"

耿守心有些不高兴道："娘，我知道了！"

守心他娘见一提团的工作儿子就不耐烦，立刻再次埋怨道："你就会说知道、知道！你们团支部那么多年轻人，男男女女、黑天白夜地总在一起，要是弄出个不好，再传出个闲话来，你可怎么向人家交代？人家还不得骂死咱？不要一提团支部的事情你就不爱听！这事你可得注意！"

耿守心更加不耐烦道："娘，行！行！行！"

奶奶突然想起什么似的问道："大孙子哎，我怎么听人家说，你们团支部干活的时候，有两个大小伙子压了人家闺女身上，大半个村子都传开了，你快说说，这是怎么回事情？"

守心他娘立刻急着接上道："有这回事儿？"

原本一直眯着眼睛打盹的爷爷也突然睁开眼睛，说道："成何体统？这也太没规矩了！大孙子哎！快说给爷爷听听！怎么回事？"

耿守心立刻想起前几天下午团支部在黄河滩上种高粱的那件事情。没承想，这事已经传开到半个村子，而且那么离谱和邪乎，简直难以理喻。

耿守心赶紧合上书本，笑着解释道："我们团支部在北边黄河滩上种高粱，地没干，团员们拉着耧耩地，耧腿被淤在泥里的草根绊住了，大家猛一使劲，耧腿断了，几个人摔在地上，后面拉耧的男团员冷不丁压在了前边拉耧的女团员身上，大家都粘了一身泥，事情就是这个事情，过程就是这个过程，哪像他们说得那么邪乎和离奇！"

奶奶立刻笑起来："哈哈哈！原来是这回事啊，我大孙子要是不说，我还以为你们团支部出了丢人的事儿！这人多嘴杂，说啥的都有，真是吐沫星子淹死人！"

守心他娘没有笑，她接着说道："反正你得注意点！这男男女女的青年人

310

总在一起，如果再传出点事儿来，咱可担待不起！"

奶奶道："我还听外边的人说了，这团支部的工作是搞得不错，可团支部总组织年轻人干些不记工分的事，也不是个法子！人家还说了，是不是守心这孩子以后想接广林书记的班，当大队的党支部书记？"

守心他娘道："孩子他爹回来也这样说过，大队里有不少人这样议论呢，这可不是什么好动静、好消息！"

耿守心站起身，伸了个懒腰，哈哈大笑道："我连党员都不是，怎么可能当大队的党支部书记？这真是秦朝的白起打了宋朝的林冲、气死了三国的周瑜！"

守心他娘立马生气道："我们说话，你别不爱听！人家还说了，今天入党，明天就可以当大队的书记。你一个小孩子刚刚高中毕业半年多，什么都不懂，别叫人家背后捕风捉影、说三道四！"

正在这时，耿广常回到家里，他坐在椅子上，点燃了一支烟，看着耿守心说道："你们团支部的工作，也得讲究个循序渐进、步步为营、因地制宜。你广林大爷倒是经常表扬你，可你也不能总是冲着表扬去！家里人说话你要听，不要总觉得自己全有理！"

守心他娘看着耿广常问道："孩子他爹，你是不是又听到什么消息了？"

耿广常一边抽烟一边道："广林哥想退，大队里有人想接他的班，可他又不放心，这不，有人又扯上了咱孩子！我早就对他们说过，我孩子还小，刚刚高中毕业，啥都不懂，我们就想着让他好好干活挣工分，以后结婚成家生孩子，这些事情别往我们身上扯，我们没有那兴趣。"

奶奶接上道："咱孩子可没有当大队书记的本事！你看看人家他广林大爷，大事小事都能摆平，老老少少都很服气，就连那些死不论理的人都怕他，广实他媳妇多刁钻、多厉害啊，在他面前从来不敢说半个'不'字！除了他，咱大队谁也挑不起这个担子，包括咱孩子！"

爷爷皱了皱鼻子，吭了一声，慢慢睁开眼睛后，说道："我看我大孙子挺好！这帮年轻人当中，就数他最听话、最能干、最懂事，这些年轻人都维护他、支持他，他广林大爷也最喜欢他！你们说，他怎么挑不起这个担子？"

耿广常闻听老人这么说，赶紧插话道："爹，咱大队的情况比较复杂，可不像外面人看见得那样顺溜平整、没啥问题。咱孩子干得是不错，大伙儿对他的评价也不低，可这说闲话、背后使反劲的人也不是没有。前几天，我听广林哥说过，因为几个团员请假不参加义务劳动的事，还有人把状告到了他那里。咱孩子当团支部书记这才半年多,这要是时间长了,说不定多少人在背后扇歪风、拨是非、提意见呢!"

奶奶紧接道:"还有这种事?我大孙子没白没黑地带头参加义务劳动,居然还有人去广林那里告状?这心眼怎么长得这么歪、这么黑?再这样下去,那可真是个大问题!"

守心他娘立刻接上道:"咱孩子做事不长心眼、没有心计!干啥事只知道带头往前冲,不知道给自己留出后手和退路。爹、娘,你们真得好好说说你们孙子!"

正在闭目养神的爷爷再次睁开眼睛,他看了看正在看书的耿守心,慈爱地说道:"大孙子哎!我看这团支部的事情,你还是先消停消停、歇息歇息,看看外面的动静,听听大伙的议论,再说下一步咋处理。"

耿守心再次合上书,抬起头,他默默看了看爷爷,但没有作声。他知道:爷爷的话,代表了四个长辈的最后意见和一致结论。

这一连串的困难事、麻烦事,让耿守心有些错愕、有些懵,也有些伤心。

他觉得:自己和团员们的辛苦努力,理应得到全大队社员特别是家长们的理解、认可和支持,因为自己和团员们的辛勤付出,根本上还是为了整个大队,即便不能等额回报,至少也不能在背后设置障碍、拉扯后腿、说三道四!社员们在生产队里劳动记工分,团员们在团支部劳动纯属义务,自己和团员们又没做错什么,为啥非要无中生有、添油加醋、浮想联翩地给团支部和自己泼脏水?自己过去在学校也是这样做的,获得的那可是老师和同学们的一致表扬和赞誉,可回到大队里,为啥自己和团员们也是这样做的,得到的则是不一样的评价和结局?

他在想:怪不得过去许多人说团支部的工作不好做、做不好,现在看来确实是真的。其实,自己原本也没想当这个团支部书记,只不过是广林大爷、守才哥哥的一片期待和好意,还有大队全体团员们的一致信任与支持。可如今,"套上拉套"已经半年多了,在艰难的时候,如果自己主动"卸下拉套",退缩生畏,这哪有一点儿男子汉的样子!况且,自己作为耿家口的子孙,理应牢记耿家口人的"初心"和"根本",广林大爷对自己的期望又是那么高,常常教导自己"要迎难而上""要甘受折磨、痛苦和委屈",自己当初也表过态、发过誓,如果在这点困难和委屈面前就败下阵来当逃兵,那岂不辜负了广林大爷和守才哥哥的期望,岂不让全大队的社员们笑话自己?团员们跟着自己这半年多的辛苦劳动成果，岂不付之东去？是男人，就必须说到做到！就必须言而有信！说什么也不能做那畏葸不前、临阵胆怯的事！

既然这样，自己必须坚决挺住，而且要想方设法排除万难，勇敢坚定地走下去！可解决这眼下的困难和问题，又该采取怎样的办法和措施？

晚上，耿守心一个人坐在团支部办公室里正在愁眉不展地苦思冥想，突然，大队支部书记耿广林笑眯眯地走进来，他看着正在发呆的耿守心，和蔼地问道："守心啊，怎么就你一个人在这里？是不是遇到了什么困难和问题？说给大爷听听？我也好替你出出主意。"

耿守心赶紧起身恭敬道："广林大爷，守平他们刚刚回去。这么晚了，您还没有回家歇息？"

耿广林笑道："本来想回去的，看着你这屋里的灯还亮着，我就进来了。"他边说边坐在耿守心搬过的椅子上，面庞慈祥可亲。

耿守心顿时有些感动了！在困难的时候，任何一个人的主动问询和关怀，都很容易打动对方的心，更何况是耿守心非常敬重的耿广林！于是，耿守心赶紧把团支部最近的工作向耿广林做了简要汇报，但他没有提到困难和问题。

耿广林笑道："团支部的工作做得不错嘛！有声有色、绘声绘色、很有成绩。可你还没有说遇到的困难和问题呢？是不是正在想办法克服它，还是压根儿就不想对我提？"

耿守心赶紧笑道："广林大爷，我知道什么也瞒不过您。我们团支部确实遇到了一些困难和问题，但这些困难和问题肯定是难免的。您过去常说，人要不怕困难，经得起折磨，受得了委屈和议论，永远不能忘记'初心'和'根本'。我们如果连这点困难和问题都克服不了，怎么能做好工作？怎么能对得住您！"

耿广林听后立刻哈哈大笑道："你说得在理！我知道你们遇到了一些困难和问题，但没想到你们团支部竟有这种决心和志气。好！你是个好孩子！"

耿守心立刻羞涩地低下了头。他心里想：广林大爷虽然这样夸赞我们，可许多团员已经被压得垂头丧气，我这里尽管决不服输，可至今仍然没有一点路子。蔡老师过去多次讲过矛盾和困难的普遍性原理，只有不屈不挠、迎难而上，才能最终取得胜利。可眼下这些缠人的问题和困难，绞尽脑汁后依然没有半点脾气，想想眼下的处境，实在够难受的。

耿广林沉吟了一会儿后，微笑道："孩子啊，这做人和做事一个道理。你做得比别人好，别人就嫉妒你、就怨恨你、就有意见、就反对你。这些怨恨和意见，有的人是早有不快，有的人是临时起意，有的人是就事论事，有的人是断章取义，根本就是心理失衡、羡慕妒忌！总归，你只要侵害到他的个人利益，或者让他心里不太舒服，而不管这件事情的来龙去脉、是非曲直，总之，他就是有意见，他就是要反对你！"

耿守心立刻惊得抬起头来，睁大了眼睛。他没想到耿广林一上来就直插要害、入木三分。

耿广林笑了笑，接着道："遇到别人的妒忌和反对怎么办？我看，无非是三个法子：一是不去管他！就当没有这回事，该怎么的，还是怎么的。二是动动脑筋，变着法地绕过去。三是一往无前、勇敢面对、坚决顶回去。这就像走路一样，前面遇到了挡路的大石头，咱们的路还要走，怎么办？要么直接踩着过去，要么从边上绕着过去，要么搬开大石头后再过去，总之，你必须过去。至于是踩着过去、绕着过去还是搬开后再过去？那要看咱们怎么方便、怎么得劲、怎么省力。比方说，咱们有没有这个时间？有没有这个必要？有没有这个力气？你说对不对？"他边说边哈哈大笑起来。

耿守心没有笑，他在仔细聆听琢磨着耿广林话中的层层剖析和里面蕴含的深刻道理。

耿广林继续道："当然，话是这么说，但做的时候一定要小心，一定要注意。因为不论踩着过去、绕着过去还是搬开石头后再过去，都有困难和风险，都必须格外警惕和注意。那个大石头，既然摆在路上很久了，不是别人不知道，而是过去的人没有搬动它，或者想搬没有搬走，或者看见它后又退了回去。你要想搬，就要花费很大的力气，这是第一。第二，你要想绕过去，就要当心边上有没有危险，能不能绕过去。第三，踩着过去，当然要冒风险，有时也费力气，还得看值与不值。总之，你要做许多人想做而没有做过的事，就要有许多人没有的决心、细心、耐心、勇气和毅力。有时还要甘于冒险、甘于吃苦、甘于吃亏。当然，还要特别小心和注意。"

耿广林边说边笑呵呵地站起身来，在屋里踱起了步："孩子啊，你高中毕业刚过半年多，以后的路还很长，这些道理你慢慢地琢磨体会。不过，你给我记住了：再怎么琢磨，也不能忘了咱耿家口人的'初心'和'根本'！再怎么琢磨，也不能忘了咱做人做事的原则和分寸！再怎么琢磨，也要抖起精神、迎难而上、一心一意地为了咱们耿家口的父老乡亲们多做些好事和实事！"

说完，他爱抚地凝视了耿守心一阵子后，慢慢向门口走去，刚走两步，重又转回身来说道："你们团支部应该从表现积极的青年中多发展点团员。团员多了，相互照应着方便，义务劳动也可以分期分批地组织，落实在每个人身上，也不是太重的负担和多大的事。"

耿守心立刻兴奋地笑起来，不由自主地说了句："谢谢大爷！您的这个办法实在太好了！可以解决我们很多困难和问题！"

经过党支部书记耿广林的"点拨"和指导，团支部立即紧锣密鼓地开展起了吸收青年积极分子入团工作。

耿守心先是三番五次地跑到公社团委汇报情况，一下子要来了五个团员发展名额，后又马不停蹄地召开团支部扩大会，向团小组长们布置吸收优秀青年入团事宜。

张桂兰、耿守平和四个团小组长可忙坏了！他们从递交入团申请书的青年中反复比较挑选出最优秀的积极分子，一遍又一遍做"没有入围"青年们的思想工作。尽管这样做了，仍有不少青年很有意见，他们盼望着"立刻入团"，参加团组织生活，搞得团干部们没有一点脾气。

耿守平着急道："守心，我都已经找他们说过三遍了，可人家就想这批入团，你说该咋处理？"

张桂兰焦虑道："张桂英听说这批不能入团，已经不搭理我了！昨天我去她家，她爹她娘也对我待答不理的！"

耿守心叹了口气："公社团委张长远书记对咱们已经很照顾了，别的生产大队只给了两三个发展名额，可一下子给了咱们五个发展名额，咱哪能'得了灶窝上炕头'，干那得寸进尺的事！"

三个人默默相对，一时没了主意。

突然，张桂兰猛地拍了一下自己的脑袋，咯咯咯地笑着说道："我倒有个办法，不知道合不合规矩？咱们让超龄的团员赶快退团，空出的名额发展新团员，应该能够解决这个难题。"

耿守平摇了摇头："你那办法不行。前几天我找过几个超龄的老团员提起过这件事，可他们没有一个答应的。"

耿守心不解道："为什么？"

耿守平笑道："他们说，没有入党，又给退团了，还不让社员们笑话啊！让大家伙儿说俺思想不进步、表现不积极，那还在大队里怎么待下去？"

张桂兰咯咯笑道："他们说的倒也在理！咱们大队的人就怕大伙儿说自己

不先进、不积极!"

耿守心想了想后说道:"我倒有个办法,咱们把超龄的团员名单报上去,只让超龄团员自个知道,不对外公布,团支部组织活动,照常通知他们参加,你们说,这些人会不会同意?"

张桂兰和耿守平笑道:"他们应该同意,这也是团章明确的规矩,这个办法好! 可真有你的!"

经过这一"技术性"腾挪处理,再加上耿守心到公社团委张长远书记那里死磨硬泡、反复汇报,终于,耿家口团员的发展名额又"私下破例"地增加了三个人。

八名新团员入团宣誓那天,大队党支部书记耿广林亲临现场,在会上发表了慷慨激昂的讲话,给了新团员和大队团支部很大的鞭策与激励。

大队团支部的团员队伍扩大了,团支部面临的许多困难和问题也迎刃而解了。为了解决女团员家长们"不放心"的问题,耿守心专门安排女团员三人一组,结成"互帮对子",要求她们"开会时,相互通知;路途中,结伴而行;活动时,寸步不离;有问题时,相互证明。"为了解决"团员义务劳动大量占用到生产队挣工分"问题,耿守心专门安排耿守平拟制了详细的义务劳动计划和参加人员名单,并对参加义务劳动的团员和次数,一一登记造册,分期分批公布落实。

秋天到了,团支部在黄河滩上种下的那片红高粱,终于有了喜人的丰收景象。沉甸甸的高粱穗,压弯了粗壮的高粱秆,饱满的高粱米,撑破皮囊向人们开怀畅笑。这一大片火红的高粱地,从东面遥远的山坡上,就能看到它红光璀璨、分外耀目、夺人眼球的丰收样子。

当兴奋的团员们挥舞着锋利的镰刀,相互帮衬着把高粱穗割下的时候,那满脸绽放的开心和喜悦,比遍地的红高粱还喜庆、还红火,比饱满的高粱米还鲜亮、还喜色! 团员们怀抱着自己的丰硕劳动果实,脸上无不沉浸洋溢着特别的幸福、惬意与兴奋!

当团员们欢欣鼓舞,不由自主地高唱着歌曲,拉着一车又一车满载硕大高粱穗的地排车走过村头的时候,围观的社员们岂止是赞叹和羡慕,更是满满的祝贺、骄傲与赞誉。

大队部的三名领导,自然是更加开心和兴奋。

耿广林拿起一只沉甸甸的高粱穗笑着对耿守才、耿广常说道:"大家都说它是高粱穗,可我觉得它不是高粱穗。"

耿守才不解道："它叫什么？"

耿广林笑道："它叫咱们耿守口团员青年的希望和成果！它叫咱们耿家口团员青年的决心和志气！"

耿守才笑了，边笑边立即接上道："半年多前，我也没想到会是这个样子。可是今天，团支部真就干成了这个样子。守心兄弟真是不简单啊！可喜可赞可贺！"

耿广常笑了，他边笑边说："主要是广林哥指路正、领导得好，还有守才的大力关心、帮助和支持，也靠了他们大家的团结和努力。"

有人说：好事不出门，坏事传千里。其实，在耿家口及其附近的几个生产大队，好事、坏事同样传得飞快，而且瞬间即至。

这不，回村后不久担任了前王庄大队团支部书记的王小红，听说耿家口大队团支部播种了大片高粱，而且还有了喜人的收成，她二话没说，立即换上外出开会时才穿的那件大红风衣，急急忙忙骑上自行车，风风火火直奔耿家口大队团支部而去。

王小红和耿守心经常在公社团委的会议上见面，两个人也时常会前会后像过去一样聊上几句。王小红期盼着俩人的感情和友谊再热一热，"温度"和"浓度"再升一升，可耿守心总是依然如故地和她保持着不远不近的"固定距离"。王小红特别想把自己团支部的工作做得鹤立鸡群、出类拔萃，也好让耿守心"低下高傲的头"，对自己刮目相看、格外注意。虽说她费了很大力气，工作受到了上级的一些表扬，可总感觉并没有引起耿守心的特别在意。王小红憋着劲儿地一定要干出点名堂来让耿守心对自己"另眼相看"，可她哪里知道，自己越是着急，这心里就越是没底。王小红十分关注也特别愿意听到公社团委对耿家口大队团支部和耿守心的表扬，可不知怎么的，每每听到这些表扬，她心里总又生出些莫名的不安和郁闷。她就是这样把自己陷入无法脱身的"矛盾旋涡"里。当王小红听说耿家口大队团支部种了许多高粱地，又收获了许多高粱后，她的心里再也平静不下来，她想亲眼看看究竟、探探虚实，耿守心究竟在玩什么"套路"和"把戏"？王小红几乎是心事重重、七上八下、火急火燎赶往耿家口大队团支部的。

王小红知道耿家口大队部的位置，没用打听，就直接推着自行车走进了耿家口大队部的院子。

有小孩子早就认出了身穿大红风衣走进院子里的王小红，连忙跑去大队团支部办公室报告消息。

耿守心、耿守平带着团员们去黄河滩拉高粱了，只有张桂兰一个人在团支部办公室里留守值班、照看粮食。

小孩子们跑进大队团支部后说道："桂兰姑姑！桂兰姑姑！外面有个穿大红衣服的姑姑要找守心叔叔。"

张桂兰快步从团支部办公室走出来，看到一个身穿风衣、亭亭玉立、容颜俏丽的姑娘正向团支部办公室走过来，立马笑着迎上说道："你找守心？快请进！快请进！"

王小红看了看眼前同样端庄秀丽、热情大方而且张口直呼"守心"的姑娘，满眼问号地微笑道："我找耿守心。请问，你是？"

张桂兰连忙笑道："哦，我叫张桂兰。和守心是一起的，请问你找他什么事？"

王小红心里"咯噔"一下，立即上下打量起张桂兰，紧接着问道："你和耿守心是一起的？"

张桂兰咯咯咯笑着解释道："哦，我忘了告诉你，守心是团支部书记，我是团支部委员，我们每天在一起，所以是一起的！"

王小红虽然暂时放下了心，但又突然沉重起来：这么漂亮的姑娘和耿守心每天在一起，很难说不发生什么问题。怪不得耿守心总对我不冷不热、保持距离。但愿他俩没有什么"特殊关系"。如果没有还好说，如果有，那我必须让她引起"特别、特别的注意"！

想到这，王小红赶紧用非常认真的口吻自我介绍道："我和耿守心是高中的同班同学，也是关系很好和比较特殊的那种同学。耿守心现在哪里？"

她故意把"同班同学"和"关系很好和比较特殊"加重了语气，她要让张桂兰这个漂亮姑娘迅速"猜测联想"到自己和耿守心可能存在的"那种特殊关系"。

"噢！你这一说我想起来了，守心和守平过去说过他们有个特别漂亮的女同学，大概就是你！他们还说咱俩有点像呢！咯咯咯！"张桂兰边说边坦然开心地笑起来。王小红刚才的"特别字眼"和"特别语气"，她根本就没有进过脑子。

王小红没有笑。她心里琢磨开了：这个张桂兰可真是有意思！我刚才说的话，她压根儿就没有听进去！不过也好，耿守心当着她的面居然提到过我，说明他心里对我有"特别的痕迹"，看来对她也不是特别在意。但转念一想，耿守心当着这么漂亮的姑娘提我干啥？是不是在拿我和她相比？顿时，心里又生出些"酸意"和警惕。

王小红站在那里正在使劲琢磨的时候，张桂兰早就搬过一把椅子，她飞快地擦了擦，咯咯咯笑道："你看我们这屋里脏的，只要一刮风，满桌子、满椅子都是尘土。你赶紧坐下歇会儿，守心带着团员们去黄河滩拉高粱了，一会儿就回，我先收拾收拾、整理整理。"

王小红没有坐，她仍在静静观察着张桂兰，心里没着没落、七上八下的。

张桂兰不好意思地朝她笑了笑："你们都是高中生，有文化，会说话，俺可比不上你们，在俺们大队团支部，俺们大家都听守心的。他说一，我们不说二，大家可团结、可有干劲了。这不，他带着团员们去干力气活了，我只能待在这里守守摊、看看门、打扫打扫卫生什么的。"

张桂兰一边说着话，一边打扫起房间的卫生，她先是整理桌上的书籍本子，后又擦拭桌子，然后清扫地面，一看就是在家经常操持家务而且特别勤快有序的样子。

王小红一边看着，一边想着：这张桂兰可真够能干的！看样子，她不仅早已把团支部当成了自个儿的家，而且俨然就像一个特别眷家的主妇，物品收拾得那么整齐规矩，卫生打扫得那么熟练彻底，里里外外照顾得那么贴切仔细，身边如果有这么一个好的帮手相助，怎么能干不好工作？家里如果再娶上这样的能干媳妇，肯定特别满意。王小红想着想着，心里陡然再次增加了许多失落、不安和醋意。

张桂兰打扫完房间的卫生，又赶紧洗了个茶杯倒上水，一边递给王小红，一边笑道："你看看，我们团支部的工作可红火了。这是守心写的工作计划，这是守心制定的工作措施，这是守心……"

没等张桂兰把话说完，王小红咯咯咯笑着插话道："这是守心设计的团支部生活专栏，这是守心画的插图，这是守心写的毛笔字，对不对？"

张桂兰咯咯咯笑道："你猜得真对。这些可全都是他的主意。我和守平都特别佩服、赞成和支持。"

两名姑娘面对面地咯咯咯笑声，虽然韵律和节奏十分相似，但表情和寓意决然不一。

张桂兰的笑，是爽朗开心的笑。她觉得眼前这个穿戴、气质和长相都很出众的美丽姑娘，虽说是耿守心的同学，但肯定是个"吃商品粮""有来头"的上级领导干部，哪怕是个一般干部，自己也必须紧紧抓住这个机会，好好宣传宣传耿守心和自己的团支部。她知道：但凡全大队的团员青年，任谁都会这样做，这绝不是"本位主义"的自夸自好，而是"感情使然"后的实话直说。更何况，她本身就是非常了解情况的团支部委员呢！

王小红的笑多少有些五味杂陈、逢场作戏。她知道：张桂兰当着自己的面，已经表现出对耿守心不加掩饰的特别崇拜和亲近，就冲这一点，已经让自己心里老大地不满意。她也知道：张桂兰对自己的身份已经有了某种误解，不然也不会介绍照顾得那么主动和仔细，当然，在外人或者生人面前，不厌其烦、见缝插针地夸奖自家人好，对每一个爱家眷家的人来说都很正常，也是常理，目的就是让外人或者生人羡慕和赞美。殊不知，你这么漂亮的一个姑娘如此夸奖耿守心，岂不是让我心里更加难受和失意？想到这，当过演员的王小红立刻来了"变脸法"，她咯咯咯笑着演起了戏。她想对张桂兰来一番"折腾"和"调戏"。

于是，王小红继续微笑着向张桂兰问起了耿家口大队团支部的工作和耿守心的事。

张桂兰自然求之不得，她赶紧眉飞色舞、兴致勃勃、对答如流甚至添油加醋地一一汇报介绍开了团支部和耿守心的事：

"我们团支部的活动可多了……"

"我们团支部的工作特别受到团员青年们的拥护和欢迎！特别受到大队党支部的关心和支持……"

"耿守心的威信可高了！男团员、女团员和全大队的青年们都特别喜欢他……"

"耿守心每天可辛苦了！除去到生产队里干活，就是来团支部和我们大家一块组织活动……"

"耿守心可有才气了！遇到困难，总是能找到办法解决……"

"我们团支部收获了好多高粱，现在可算有活动经费了。下一步，我们团支部还准备搞几项全大队团员青年喜闻乐见的文化宣传活动……"

张桂兰正边说边笑、滔滔不绝向王小红介绍这一切的时候，王小红突然打断问道："张桂兰，你说，你们大家都很喜欢耿守心，这是真的吗？"

张桂兰笑道："当然是真的。我就可喜欢耿守心了！"

王小红立即站起身，说道："我不等他了，你忙吧，我先走了！"说完，起身向门口快步走去。

张桂兰疑惑地看着王小红的背影，急忙道："守心一会儿就回来，你再等等吧!"

王小红没有理她,依旧快步向门口走去。刚到门口,与满头大汗匆匆跑进来的耿守心撞了个满怀。

耿守心立马歉意道:"对不起!王小红,不知道你今天过来,让你久等了!哈哈哈!"

王小红抬头看了看耿守心,脸上立刻涌出微笑道:"我知道你是个大忙人,俺可不敢提前惊动你!"

张桂兰看着满头大汗的耿守心,赶紧拿了毛巾递过来,心疼地埋怨道:"守心,看你又出了这么多汗!衣服全湿透了,当心着凉感冒!"

耿守心接过毛巾,边擦汗边对张桂兰道:"你俩认识了吧?她是我高中的同学王小红,前王庄的大队团支部书记,一个秀外慧中、不让须眉的女强人!"

张桂兰咯咯咯笑道:"认识了!认识了!原来你们是同学啊?看王小红书记这长相、这气质、这穿戴、这谈吐,我刚才把她当成上面来咱这里检查工作的大领导了!现在看,她比上边的那些大领导更有水平、更有气质!咯咯咯!"

王小红听着张桂兰如此快人快语、不遮不掩的回话,也跟着笑起来:"张桂兰这一误会,我倒偷偷学习了你们团支部的许多宝贵经验、新鲜做法。要不然,我真可能白来一趟、虚此一行啊!咯咯咯!"

耿守心从两位姑娘的说话和笑声中,已经察觉到刚才发生的"幽默"和误会。他接上笑道:"王小红,既然我回来了,那就进屋再坐一会儿吧?"

王小红看了看张桂兰,又看了看耿守心和院子里的团员们,笑了笑后,说道:"你们大家都回来了,你还这么忙,我改日再过来吧!"说完,抬脚继续往外走去。

耿守心、张桂兰也跟着一前一后地往外走去。

刚刚拉高粱回来的男女团员们,正在院子里好奇地纷纷向耿守心、王小红、张桂兰这边张望,并小声地嬉笑议论。

王小红看到后,默默笑了笑,她突然停下脚步,对正在帮她推自行车的耿守心说道:"耿守心,你先等等,我和张桂兰说句悄悄话,你可不要介意!"

说完,她丢下一脸困惑的耿守心,笑着把张桂兰拉到一边,咬起了耳朵:"耿守心和我是关系很好的同学,但不是一般意义上的那种好同学,而是那种特别要好、彼此相互喜欢而且以后很可能走到一起、组建家庭的那种特殊同学。你听明白了没有?"

张桂兰闻听，脸颊立刻涨红起来，她看了看正望着她嬉笑的王小红，强堆生硬笑容地回复道："我知道。你误会了！我还有事，先回屋去了！"说完，头也不回地快步向团支部办公室走去。

耿守心有点懵！他疑惑地看了看快步走回屋去的张桂兰，又看了看正在得意扬扬、满面春风的王小红，急步推车走到王小红身边，低声问道："王小红，你刚才对她说什么了？"

王小红一边朝外走着一边笑道："没说什么！姑娘之间的秘密，男同志最好不要打听。"

耿守心更懵了！这是什么事吗？大庭广众之下，团员青年们纷纷嬉笑议论之中，两个姑娘一句咬耳朵的悄悄话后，一个得意扬扬、喜形于色，一个垂头丧气、满脸绯红，你让我这个近在咫尺的男小伙子如何摆脱得了、如何解释得清！

终于，他俩一前一后走出了大队部的院门口。终于，他俩并排来到了村路口的大石头旁。

耿守心再也忍不住了，他停住车，叫住依然在抿嘴偷笑的王小红，面对面坐在石头上，再次提起了刚才的话题。

耿守心急切道："你刚才对她说什么了？"

王小红笑答："没说什么。"

"没说什么她怎么会那个样子？"

"那你问她。"

"可现在我是问你啊？"

"先别问我！我还想问你呢？"

"问我什么？"

"你和她什么关系？"

"同志关系！"

"我看未必！"

"那你说什么关系？"

"我看是特殊关系！"

"怎样特殊？"

"非同一般的特殊！"

"有何证据？"

"你自己清楚。"

"特殊又怎样？"

王小红突然站起身来，双目冷对道："我不允许！"

耿守心依旧坐着，语调平和地笑道："为什么？"

王小红盯着耿守心道："明知故问！"

耿守心把目光移往别处，笑道："莫名其妙！"

王小红依旧盯着耿守心，笑道："装不知道！"

耿守心低下头，想了想，站起身来，推起自行车向前走了几步后，突然停住自行车，对着身后的王小红说道："你不了解张桂兰，她就是那种大大咧咧、心直口快、敢作敢为、敢爱敢恨的样子。"

王小红立刻紧走两步，俩人并排后急问："你说什么？敢爱敢恨？什么意思？"

耿守心赶紧解释道："我说的敢爱敢恨，不是恋人间的那个敢爱敢恨，是爱工作、爱同志、爱正义、爱劳动、恨敌人、恨落后、恨坏人坏事……"

王小红生气地打断道："别解释了！写出字来，都是一个，谁知道她是哪个爱和恨！"

耿守心笑了笑，没有吱声，他重又缓缓向前走去。

王小红紧走两步后接着说道："我也是心直口快、大大咧咧、敢作敢为、敢爱敢恨，而且还高中毕业、能歌善舞、热情洋溢、感情执着、始终如一，你这怎么解释？"

耿守心立刻接上道："所以，我们才是很正常的同学和同事关系，难道不是？"

王小红的脸腾地红起来，她愤怒地瞪了一眼耿守心，夺过自行车，说了句："我一直把你当成最知己、最亲密、最要好的同学和朋友看，没想到你这个人这么愚昧不悟、难以理喻、无情无义！"

说完，王小红飞身跳上自行车，径直快速扬长而去。

耿守心望着王小红离去的背影，叹了口气。他心里想：王小红当大队团支部书记这么久了，怎么还这么冲动？说翻脸就翻脸，说生气就生气，有什么话不能好好说吗？再有，我刚才的话也没毛病啊？你王小红和张桂兰才刚刚认识，就把人家气成那个样子，难道我问问都不行吗？再说啦，我和你王小红也没有什么特殊关系呀？大家都是好同学、好同行，难道这种关系不是很正常的同志关系吗？

耿家口大队团支部收获大红高粱后，不仅解决了团支部的经费困难问题，而且收获了大队党支部、全大队广大社员们的广泛称赞和普遍好评，特别是受到了来自公社团委张长远书记的点名表扬和充分肯定。

这些消息被团员们带回各自家里后，一些对团支部工作持怀疑批评态度，包括对耿守心个人目的持猜测非议的家长们，顿时哑口无言、没了踪影，转而破涕为笑、大加赞誉，并迅速转变为对团支部工作和耿守心个人的肯定与支持。

奶奶听到街头巷尾的这些议论后，高兴地回到家里，笑着对自己的老伴儿和守心他娘一五一十说道："我刚才在村头听人说，昨天耿老五他媳妇那帮子人还在村头议论，说咱孩子带着全大队的那些团员青年干得真不错！这才半年多的时间，大队里的那些小伙子、小闺女们都很佩服他、听他的，大队的年轻孩子们心更齐了，做好事的劲头更足了，村上的风气也更正了！他们还说，团支部义务劳动收获了好多高粱，卖了好多钱，前几天团支部开会的时候，他们把从公社供销社买回来的袜子、手绢和茶缸子，发给了那些表现好、出工多、干活积极的小伙子、小闺女，把那些孩子们高兴得不得了！有的孩子他娘干脆从家里把团支部发的奖品拿出来给大伙儿看，甭提多开心、多高兴了！还有，耿老五他媳妇指着那些一块聊天的大老爷们说，看看人家守心这孩子，你们哪个能行？哪个能比？弄得那些大老爷们一个个红着脸地哈哈大笑！我大孙子可真是给咱家添了光、争了气！"

守心他娘笑着接上道："前两天，耿小二他娘来咱家借东西，一直坐着不想走，就想多给我说会儿话。她说，耿小二这半年懂事多了，也听话了，除了到生产队里干活挣工分，就是忙着团支部的事，天天早起晚睡的不知道累，总说一定要当模范、当先进，决不能拉了大队团支部的后腿！她儿子还说了，全大队的年轻人，他谁都不服气，就服气咱孩子！临走前，耿小二他娘又拉住我的手，一再说，让咱孩子好好教教她孩子，如果耿小二再长点文化，或者学点什么手艺就更好了。唉！这些年轻人也不知道中了哪门子的邪？怎么那么喜欢拥护咱孩子！"

爷爷眯着眼睛高兴地听着婆媳俩的聊天，心里甭提多高兴、多舒坦了！他捋了一遍胡子，又捋了一遍胡子，直到老伴儿走到近前，推了推他，笑着说道："老头子，我们娘俩刚才说的话，你听见了没有？可别睡着了冻着！"他才睁开眼睛，看着自己的老伴儿说了句："听着哪！不过，我还是要提醒提醒咱孙子！"

世上的事情就是这么奇怪：所有的努力，只要没有收获，总会伴随着一些莫名其妙的批评、抵触和非议。而一旦取得成功，所有那些乌七八糟的议论、障碍和阻力，都会瞬间自我消失，继而迅速转化为推之不去的肯定、赞扬与支持。

耿守心和他的伙伴们，靠着大队党支部书记耿广林的关怀、引导和支持，靠着在困难中不懈的探索和努力，他们终于迎来了团支部工作的快速发展和收获日子。但在这条道路上，依然不是四平八稳，更不是一劳永逸，还真有些新的磕磕绊绊和不尽如人意——

28　铁杵磨针

一九七五年冬季，根据大队党支部书记耿广林的安排和要求，耿守心提议团支部组织开展文艺宣传活动。

这一提议立即得到了团支委和团员青年们的广泛拥护、热情欢迎和坚决支持。但真正坐下来讨论具体怎么办的时候，则遇到了不少难题。

张桂兰不无惆怅道："我连字都不识，让我说个快板书，台词怎么背？"说完，她很不好意思地咯咯咯笑起来。

耿守平也跟着一筹莫展道："要说唱个歌，我们不少人都会，但要唱得准，再编排个文艺节目什么的，那可真是个大难题！"

第三团小组长耿小二跃跃欲试但也有些气力不足道："要是演个《智取威虎山》《沙家浜》的片段，我可以扮演解放军、新四军和土匪、匪军的打来打去，倒也没有什么问题，可这大段大段地唱戏，我的嗓子实在顶不上去！"

第一团小组长耿守柱笑道："小二，听说你会拉二胡，是不是真的？"

耿小二笑道："那是闹着玩的！根本没有准调子，更上不了台面子！"

耿守平接过话："你要真找准了调子，上得了台子，那还能待在咱大队里？早去了公社或者县剧团里。"

耿小二为难道："再说了，我那个二胡是自己做的，上次薅马尾巴做弦的时候，差点儿挨踢！"

他的话音未落，逗得一圈人哈哈大笑起来。

耿守心想了想后，说道："我看这样吧，咱们冲着困难解决困难，冲着问题解决问题！桂兰说到不识字，这在咱们大队的团员青年中是很普遍的。我的意见是，咱们顺便利用晚上时间办个文化补习班，教大家学习认字，你们说，可不可以？"

耿守平插话道："可咱们没有课本？也没有教室啊？"

耿守心道："课本我来编写，教室请咱大队的小学支持。"

张桂兰笑道："这个主意好！我第一个报名参加，也第一个坚决支持！"

耿守平和在座的团干部们纷纷表示同意。

耿守心接着说道："老师就由我和耿守平担任。"

耿守平摩拳擦掌笑着说道："好，我同意！"

耿守心又道："守平说到的唱歌问题，小二说到的唱戏问题，我看，我们都可以尝试。教唱歌的老师我去请，教唱戏的事咱们跟着大队里的留声机学习。我想，用不了多长时间，咱们就能学会。另外，咱们团支部给小二买个二胡，让他赶紧练起来，我相信，不出二十天，他一定会让我们大家听到准调子！"

耿小二拍着胸脯道："如果这样，我保证不出半个月，一定能拉出个准调来，保证让守心和你们大家都满意！"

第二团小组长耿守成插话道："我还有个建议，咱们能不能成立个文艺宣传队？下设乐队组、演出组和保障组，让大家各管一摊、各负其责、各尽其力！"

耿守心笑道："你的建议很好！我看，文艺宣传队队长由宣传委员耿守平担任；乐队组长由第三团小组长耿小二担任；演出组长由第一团小组长耿守柱担任；保障组长由第二团小组长耿守成担任。你们大家同意不同意？"

张桂兰和第四团小组组长耿守法着急道："我们俩干啥？你还没有说哩。"

耿守心笑道："你俩担任文化补习班的正副班长，全力组织好大家的学习！"

张桂兰咯咯咯笑道："那好，我负责组织参加文化补习的团员青年，保证人人到齐！"

耿守法道："我负责文化补习班的所有后勤保障，保证管好教室、汽灯和文具！"

团干部们的分工敲定后，大家各司其职地很快忙活开了，而且一个比一个更有干劲！

文艺宣传队队长耿守平立即召集演出组、乐队组和保障组的三位组长开会制定方案，确定进队人员，拟制学唱曲目，商量借购乐器数量种类，筹备演出服装道具，并一一赶到相关团员青年家里征求意见，落实任务，对不愿意参加宣传队的团员青年反复做思想工作，真可谓不倦又细致。

张桂兰和耿守法则反复商量着哪些人参加文化补习班，如何组织和管理，遇到家长反对怎么办等问题。然后，他俩分头行动，一一落实人员名单，虽然这项工作难度不是很大，但也费了许多周折，终于确定了三十多人参加夜校文化补习。

这几天，耿守心也没有闲着。他先向大队党支部书记耿广林汇报了团支部的打算和想法，得到了充分肯定赞许后，他又立即找到小学老师商量晚上借用教室的事，得到坚决支持后，他又马不停蹄地骑上自行车，赶到前王庄大队团支部，找到了他的同学王小红，邀请她牺牲晚上时间来耿家口大队团支部教唱歌曲。

令耿守心万万没想到的是——一向对他有求必应、特别关心、关注、支持的王小红，这次倒显得格外消极和不愿意。让"一路绿灯"兴致勃勃赶来的耿守心，刹那间碰了个不知如何排解的"软钉子"。

"你们团支部的工作已经很火了。现在又想把我拉去帮忙教唱歌曲，你是咋想的？"王小红摆出一副居高临下、兴味索然且明知故问的面孔问道。

耿守心笑了笑，言辞和语气都十分恳切道："咱们是老同学了，教歌、唱歌是你的强项，所以，我才过来求助于你。"

"要去也行！你打算给我什么回报？我得先看值与不值！"一向豪爽仗义的王小红，这会儿，突然板起面孔开始讨价还价地讲起了条件。

耿守心笑道："天天请你吃晚饭，完事后再给你们团支部送面大锦旗！"

王小红撇了撇嘴："这些东西俺不稀罕，俺就喜欢实打实的！"

耿守心不解地问道："要么再给你写个红聘书？或者我们写封表扬信直接送到公社团委张书记那里！"

王小红斜着眼看了看耿守心没有吭声，接着，她悠然自得地哼唱起了自己喜欢的流行歌曲。

耿守心心里突然生出些不快：我可是对求助王小红这个老同学最有把握的，没承想，在她这里反倒碰了个"莫名其妙"的"硬钉子"。自己给出的"那些条件"已经有些过分了，可她居然还不满足？是不是想"拿俺一把"或者"摆摆什么架子"！

想到这里，耿守心板起脸来生气道："王小红，我们是老同学了，我知道你过去很豪放、很仗义！可是，你今天的做法，我实在不能理解和接受！我就不信，我不能把你请了去！"

说罢，他没等王小红回话，立即站起身来，快步走出门外，骑上自行车，冲着公社飞奔而去。

王小红怔了一下，连忙站起身来，追出门外，看着耿守心飞速离开的背影，大声喊道："大傻瓜！死脑筋！你回来！我给你闹着玩的！今天晚上，我就过去!"

耿守心没有理她。他急匆匆赶到公社团委以后,敲开团委张长远书记办公室的门,恭恭敬敬笑着对张长远说道:"张书记,我们的工作遇到了一点困难,不知道能不能麻烦您?"

张长远站起身来,热情道:"耿守心,遇到什么困难了? 还需要我帮助你?"

耿守心笑道:"我们成立了一个文艺宣传队,想请前王庄团支部书记王小红帮助我们教唱几首歌曲。"

张长远笑道:"这是好事啊! 能有什么困难和问题?"

耿守心解释道:"王小红的工作特别忙,我怕她没时间赶过去,所以,想请您给她下个指示。"

张长远笑了,边笑边道:"你们不是高中的同班同学吗? 还用拐弯抹角地请我下指示?"

耿守心道:"过去是同学,现在是同事,我们都应该听您张书记的!"

张长远哈哈大笑道:"行! 真有你的! 我现在就写个纸条,你给她捎过去。"

耿守心接过张长远写好的纸条,飞也似的返回了前王庄大队团支部,交给了正在那里闷闷不乐的王小红。

王小红看了一眼纸条,重又塞回到耿守心手里。

耿守心不解道:"难道张书记的话你也不听?"

王小红板着脸道:"我又没让你去找张书记? 这个纸条跟我有啥关系?"

耿守心笑道:"我的面子太薄,所以,才不得不请出张书记给你下指示。"

王小红白了一眼耿守心,突然脸色绯红,随口说道:"你真是个大白痴! 我实在不想理你!"

耿守心无可奈何地叹了口气:"王小红,你是不是对我有意见? 还是我什么时候得罪了你?"

王小红"噗"的一下笑出声来,接着说道:"去你的! 大傻瓜! 我刚才已经对你说过了,今天晚上就过去! 不过……"

耿守心急忙问道:"不过什么?"

王小红脸红红地喃喃道:"不过……不过……你得听我的!"

耿守心笑道:"那当然! 你是老师,教我们唱歌,不听你的,能听谁的?"

王小红立刻没了笑容,怨恨道:"给你这个人说话真费劲! 怎么让我遇见你?"

耿守心怔了一下,没有接话。他心里想:这王小红怎么回事? 她又生气了，生气就生气吧，反正你今天晚上能过去教唱歌就行，其他的事情，随你咋的！

尽管团支部一切计划得很好，人员安排得也非常具体，但到了真正落实的时候，还真就出现了一些问题。

张桂兰火急火燎找到耿守心说道："守心，上文化补习班的人通知得好好的，可时间到了，来的一点不齐，特别影响大家的情绪！"

耿守平也急急忙忙跑过来说道："守心，王小红已经到了好大一会儿了，可咱们宣传队还少了好几个人，这可咋办？太丢人了！搞得我没有一点脾气！"

耿守心想了想后说道："你俩先别着急！我看，咱们先把这两个班合在一个教室，集体教唱歌，也算是文化补习班和文艺宣传队的开办典礼。告诉大家，教唱歌的时候千万不要扭捏，一定要放开喉咙高声歌唱，以此鼓舞、调动和展示咱们耿家口团支部的昂扬士气。只要今天晚上这响亮的歌声从这里传出去，明天晚上就一定会赶来更多的人！"

张桂兰和耿守平笑道："好！好！就这么办！"

果不其然！男女团员青年们经过张桂兰、耿守平的鼓舞和调动，响亮的歌声瞬间冲出教室，冲向耿家口漆黑寂静的夜空，也冲进了耿家口许许多多社员特别是广大团员青年们的耳朵里。

第二天晚上，经过团干部的再次通知后，参加文化补习班和宣传队的人数果然到得比较齐，但仍有两三个人特别是"金嗓子"耿广来没有来，引起了大家的纷纷议论。

第一团小组长耿守柱愤愤不平道："我已经通知耿广来四次了，他总是摆个臭架子！好像离了他，咱们宣传队办不成似的！"

耿守平也很生气道："他是唱得最好，可他也没有必要总耍大牌、端臭架子。办宣传队是大家的事，他这样做实在没有道理。"

张桂兰接上道："守心，我感觉他不太愿意参加，可能问题出在他的家里。"

耿守心看了一眼大家后，说道："还有谁不愿意来？你们告诉我，我想办法解决这些问题！"

团干部们凑了凑名单，一共三个人：一男两女。

耿守平为难道："这三个人都够困难的，最难的还是耿广来这个人。"

耿守心笑了笑："我先摸摸底。如果是思想问题，我就不信铁杵磨不成针！"

说干就干！耿守心当天晚上就赶到了耿广来的家里。

耿广来正在家里和他爷爷剥玉米，见耿守心敲门走进屋来，热情地站起身来，说道："守心，我知道你来我们家为啥事，可我实在没法过去。"

耿守心坐在地上一边剥着玉米，一边笑着说道："你猜得也对也不对！"

耿广来他爷爷笑着忧郁道："守心啊，你们团支部工作搞得是不错！可我这孙子也老大不小了，如今他连个媳妇也没有，如果跟着你们天天不着家，再让人家传出个笑话，更没有人给俺当媒人了！"

耿守心笑了笑，解释说："老爷爷，我觉得，广来叔之所以没有找到合适的对象，关键是姑娘们还没有发现他的优点和长处。如果他参加团支部宣传队，就冲他这副金嗓子，肯定会迷倒许多人！"

耿广来他爷爷再次笑了笑，接上道："这话说是那样说，可做起来不是那回事儿！不瞒你说，我年轻的时候也进过戏班子、唱过戏，也有闺女喜欢俺，可闺女家里不同意，总说唱戏的人不安分，害得我老大不小了才娶上媳妇，耽误了生儿子，也耽误了儿子给我生孙子！"

耿守心笑道："可现在是新社会了啊！唱戏搞宣传的人有很高的社会地位！再说了，咱大队的许多团员青年们都去了宣传队，如果广来叔不去，大伙儿还不得说他思想落后、参加活动不积极啊？那怎么会有姑娘看上他，这不得耽误您老人家抱重孙子？"

耿广来他爷爷哈哈大笑道："你说的倒也在理！要么这样办，今天晚上让他跟着你一块过去，到那里看看情况再说，如果缺了他能行的话，我看还是不要让他去！"

耿守心想了想后，说道："这样也行！不过，有件事情还要麻烦您老人家，务必请您同意！"

耿广来他爷爷笑道："有事麻烦我？不会也让我去唱戏吧？我都已经这么大年纪？"

耿守心笑道："那倒不是！我们排节目有唱不准调的地方，想请您老人家教上几句、把把调子！"

"哈哈哈！这倒可以！不过，这事儿只能在俺家里，我可不能去你们大队部里！"耿广来他爷爷笑着应允道。

耿守心笑道："那当然！晚上天黑路不平，我们也不敢麻烦您老人家过去！"

如此说好以后，耿守心告别耿广来他爷爷，和耿广来一起赶到大队部里。

大队部里的教唱歌正在热热闹闹地进行，王小红教得特别认真，团员青年们学得特别起劲。当有人不慎跑调时，台上台下、连同门口看热闹的男女社员和小孩子们，随即发出阵阵笑声。

耿守心和耿广来走进教室后，找了个后面的位置坐下来，他们一边跟着王小红唱歌，一边小声地谈论。

耿广来问："守心，教唱歌的是谁呀？"

耿守心答："我同学，王小红。"

耿广来道："她的嗓音不错，调子唱得很准，指挥得也很到位！"

耿守心笑道："那是当然！她可是班里的团支部书记和学校宣传队的主要骨干！"他想不失时机地提升耿广来的兴致。

耿广来顿时露出吃惊的样子，接着说道："不过，她的嗓子有些哑了，后面的调子可能顶不上去。"

耿守心看了一眼耿广来，鼓励道："也倒是！你带着大家顶上去！"

经过耿守心的鼓动，耿广来的劲头上来了，当歌曲唱到最后一句的时候，耿广来的嗓门力压全场，轻轻松松把高音顶了上去。

全教室的团员青年们立刻把头扭过来，当他们看到耿广来和耿守心一起坐在后面的时候，不知谁说了句："'金嗓子'终于来了！应该掌声鼓励！"接着，教室里就是一片热烈的掌声响起！

王小红笑道："后面的那个团员唱得不错嘛！如果大家都像你那样，我就可以直接坐在下面鼓掌欣赏了！"

又有人说了句："让耿广来自个儿唱一遍，好不好？"

大家笑道："好！"随后又是一片热烈的掌声响起。

王小红笑道："后面的那个男团员，我起头，你自己唱一遍，让大家听听！"

耿广来也没有客气。他站起身来，看了看耿守心投来的催促鼓励目光，王小红起头后，他响亮、明快且动作优雅潇洒地放声唱了起来：

"蓝蓝的天上白云飘，白云下面马儿跑，挥动鞭儿响四方，百鸟齐飞翔，要是有人来问我，我就骄傲地告诉他，这是我的家乡……"

当耿广来悠扬的歌声戛然而止的时候，教室里立刻爆发出热烈的掌声。

王小红笑道："好！从今往后，教唱歌的事情，咱俩负责，我主教，你副教，我有事过不来的时候，你主教！"她边说边指了指耿广来。

耿广来霎时涨红了脸，他侧眼看了看耿守心，耿守心立刻带头鼓起掌来，教室里再次掌声、笑声响起。

两个小时的教唱歌活动结束后，团员青年们纷纷离去。耿守心、王小红、张桂兰、耿守平一起来到团支部办公室，大家还在热烈讨论着刚才的事情。

耿守平笑道："守心，耿广来今晚能来真不容易！你看，许多人一看他来了，都提起了精神！咱们文艺宣传队这下可有主角和指望了，但不知道他能不能坚持下去？"

张桂兰接上道："守心，还有两个女团员需要去做工作。要么，我明天陪你一块儿去她们家里？"

耿守心看了看王小红没有接话，她生怕现在答应了张桂兰，又惹得王小红莫名其妙地生气。他知道：能把王小红请来教唱歌，实属不易。

王小红见耿守心看着她没有答应，立刻笑了笑，接上说道："耿守心，我能不能向你们提个建议？"

耿守心笑道："好啊！王小红老师，请提！"

耿守心故意把王小红称作"老师"，也好让大家特别是张桂兰不要对王小红"伸手过长"产生误会。

王小红立刻笑道："去你的！我是说啊，男女授受不亲。我觉得，去女团员家里做思想工作，还是张桂兰一个人去更合适！我听耿守平说，耿广来的思想工作最难做，可你已经把他的思想工作做通了，剩下的两个女团员，就凭张桂兰这见缝插针、循序渐进、潜移默化的特别感染、渗透、说服能力，应该没有任何问题！"

王小红话音未落，耿守平立刻哈哈大笑着接过话茬说道："王小红同学，真有你的！把形容描述做思想工作的成语和词汇，都用到了张桂兰这里，整得我都不知道你这是啥意思？"

张桂兰本来听了王小红"一系列成语和词汇"后有点懵，经耿守平这一反问，她立马回过神来，噢！敢情是拿我开涮呢！你不就是怕我和耿守心走得太近吗？你越是这样"吃醋"和担心，我越要和耿守心套套近乎，看你又能怎么的！

想到这，张桂兰看了一眼王小红，一边咯咯咯笑着，一边对耿守心说道：

"守心，这两个女团员的思想工作可难做了！除非你去，我可不行！为了避嫌，我陪着你一块去！咱们身正不怕影子斜，别人想说啥就说啥，想咋的就咋的！王小红书记，你说是不是？"说完，她又咯咯咯地笑起来。

王小红的脸腾地一下子红了，她一边尴尬地点着头，一边应付道："张桂兰说得有道理！耿守心，天不早了，我要回去了！"说着话，她抬腿向门口走去。

大家一起送王小红走到院子后，耿守平推起王小红的自行车，说道："守心，我去送送王小红，你和张桂兰先在办公室里等我一会儿！"

王小红若有所思地看了一眼耿守平，突然对耿守心说道："耿守心，我想和你说几句话，不知道你给不给机会？"

耿守心笑道："当然可以！洗耳恭听，敬请赐教！"

王小红笑了笑，她接过耿守平手里的自行车，笑着对耿守平说道："老同学！我想单独和耿守心说说去公社团委开会的事情。"

耿守平立马做了个鬼脸，笑道："明白！理解！希望你多多给他提提建议！"

耿守心、王小红俩人走出大队部院子后，沿着漆黑的村间小道向村口方向走去。

耿守心不解道："你想说啥？"

王小红笑答："两件事。"

耿守心问："一件是？"

王小红笑道："请你对我今天晚上的工作给出评价。"

耿守心道："非常之好！情理之中，意料之外，特别感谢！"

王小红笑了："谢谢你的表扬和鼓励！"

耿守心再问："二是？"

王小红笑道："请你与张桂兰保持距离。"

耿守心疑惑道："为什么？"

王小红笑答："女人直觉，莫要多问！"

耿守心也笑了："我俩关系，非常正常。刻意疏远，缺乏道理。"

王小红笑道："你听我的！"

耿守心不解道："为什么？"

王小红笑得更厉害了，边笑边说："上午你答应过'一切听我的'！"

耿守心一下子怔住了！王小红从耿守心手中接过自行车，飞快跳上离去。

伴随着她"咯咯咯"的不停笑声，身影慢慢在夜色中渐渐隐去。

第二天傍晚，大队里的社员们还在吃晚饭的时候，耿守心简单吃了点饭，就匆匆赶往耿广来家里。

下午在生产队劳动时，耿守心听人们议论说：耿广来昨晚之所以能去大队部唱歌，主要是顾及了耿守心的面子，如果今晚耿守心不去家里请他，他依然不去。

听到这些议论后，耿守心心里很不是滋味，也有些"打鼓"和生气：怪不得大家都说耿广来喜欢"摆臭架子"。可转念一想，人人各有各的难处，何况他爷爷昨晚说的那些话，句句实情，字字在理。既然这样，那我今晚再去，只要他能来，去一百次也可以。能把耿广来这个"金嗓子"叫来参加宣传队，不仅解决了"台柱子"问题，也解决了团员青年们对办好文艺宣传队的"热情"和"信心"问题。

耿守心赶到耿广来家里时，耿广来一家正在吃晚饭，耿广来他爷爷热情招呼道："守心啊，你还没吃晚饭吧？过来一起吃！"

耿守心笑道："老爷爷，我吃过了！您吃吧！"他边说边坐在筶篮边剥起了玉米粒。

耿广来端着饭碗走过来小声道："守心，今天晚上，我怕是去不了大队部里。"

耿守心小声问道："为什么？"

耿广来道："明天我家里去集上卖玉米，今天晚上要赶着剥出来，我走了，就没人剥了，家里人肯定生气！"

耿守心又问："要剥多少？"

耿广来指了指筶篮和簸箕里的满满一堆玉米道："就这些！你看，我今天晚上真的不能过去，希望你能理解和同意。"

耿守心再问："你家有地排车吗？"

耿广来答："有，在院子里。你要车子干什么？"

耿守心笑了笑："你先吃饭！吃完后，咱俩一块把它拉到团支部里。"他边说边指了指筶篮和簸箕里的那些玉米。

耿广来他爷爷听到耿守心和耿广来的对话后，笑着说道："孩子啊，可不是俺不支持你！你要把这些玉米拉到大队部里，如果让别人知道了，指不定多少人戳着俺的脊梁骨骂俺哩！俺可不能不识数、不讲理！"

耿守心笑道:"老爷爷,这不是广来叔家的玉米,是俺家的玉米!我把自己家的玉米贡献出来,给团支部比赛当道具,看看哪个团员剥玉米的技术最好、速度最快、能得第一!"

耿广来一家听后立刻笑起来。耿广来他爷爷边笑边道:"守心啊,真有你的!既然这样,老爷爷我就不客气了!若不是明天急着去集上卖玉米,若不是你这个孩子这么实心实意,说什么我也不能听你这个'馊主意'!"

耿守心说干就干!待耿广来吃完饭后,他们两人一块把筐篮和簸箕里的玉米拉到了大队团支部里。有早到的团员青年们立刻围上来问道:"这是谁家的玉米呀?拉到团支部里来剥了?"

耿守心笑道:"这是我家的!欢迎大家过来参加比赛,看谁剥得最好、剥得最快!最后我给奖励!"

有团员问:"守心书记,你奖什么呀?"

耿守心笑答:"我请'金嗓子'代我为获胜者献歌一曲!"

耿守心把剥玉米的事情安排妥当后,又匆匆赶往两个女青年家里。张桂兰已经在两个女青年家里做了好半天的思想工作,两个女青年和她们的家长们还在犹豫。他们见耿守心急急忙忙赶过来,两个女青年的家长突然不好意思地一前一后急着解释道:"绝不是俺们不支持你们团支部的工作,更不是觉得这活动组织得不好!俺是怕自己的闺女在外边玩野了不着家,家里的针线活没人做!你说是不是?"

耿守心笑着把话接过来:"这好办,让她们把针线活带上,拿到团支部我找人一块做,比比谁做的针线活更好、更细致!"

耿守心这么一说,两个家长没辙了,只能让两个女青年带着针线活一块来到了大队团支部里。

这下,大队团支部里可热闹了!有的忙着剥玉米,有的忙着做针线活,大家说说笑笑,乐乐呵呵,就像在哪个团员青年家里似的!

王小红赶过来后,她看见团员青年们正在忙着剥玉米、做针线活,一脸迷茫地看着耿守心问道:"耿守心,你们今天唱的哪出戏啊?不教唱歌了?怎么大家改成剥玉米、做针线活了?"

耿守心笑道:"我们这叫学习毛主席教导、落实'南泥湾精神',学歌、劳动两不误!"

王小红看了看正在忙着剥玉米的张桂兰,冲着耿守心问道:"那两个女青年来了吧?"

耿守心答道:"来了!正做针线活呢!"他顺手指了指。

王小红又问:"谁叫来的?"

耿守心笑道:"张桂兰!"

王小红笑了!她边笑边走到张桂兰身边说道:"张桂兰,你可真有本事!我早就知道你准能把她俩叫过来,我真的没有看错你!"

张桂兰看了一眼王小红,咯咯咯笑道:"我哪有那本事?还是守心厉害!他三言两语就把人家家长的工作做通了,这不!把针线活也带来了!"她的话里话外,充满了对王小红"多心"和"吃醋"的嬉戏。

王小红脸上的笑容瞬间消失了。她回头看了看耿守心,没打任何招呼,一个人板着脸径直出门向教室走去。

正在这时,急急忙忙走进大队部的耿守平见王小红一个人正在闷闷不乐地走向教室,上前笑着问道:"王小红,守心来了吗?怎么你一个人去教室?"

王小红头也不抬地答道:"他和张桂兰正在忙着剥玉米、做针线活呢!我来你们这里,根本就是多余!"

耿守平见王小红说了生气话,知道可能出现了误会,他赶紧走过来劝解道:"我们一定要特别理解支持守心!咱们都是老同学,相处了好几年,彼此性格脾气全知底。如今宣传队和文化补习班都办起来了,全大队上下都看着哩,摆在那里的困难就那么多,咱们不帮助他,难道让他一个人没白没黑地冲到底?那还谈什么战友感情和同学情义?"

王小红想了想,突然抬起头来笑道:"看你说的!我这不是比他还积极?一个人主动过来教室里?"

耿守平也笑了起来,边笑边道:"你先等着,我现在叫他们过来教室。"

经过耿守心、王小红、张桂兰、耿守平和大家的共同努力,第三天晚上的教唱歌和文化补习活动,不仅人员全部到齐,而且搞得非常成功、特有气势……

在送王小红回家的路上,耿守心高兴地说道:"今晚的气氛非常好,大家情绪饱满,歌唱气势如虹,连续学会了两首歌曲,真得好好谢谢你的特别支持和辛苦努力!"

王小红没有接他的话,突然板起面孔问道:"我不需要你的感谢,我只需要你对那两名女青年来大队部的全部过程做出如实解释。"

耿守心怔了一下,随即答道:"我把耿广来叫到大队部后,见那两名女青年还没到，就急着赶去她们家，谁知，张桂兰已经坐在那里，我们一起和她们的家长说了会儿话，又一块回到了大队部里。"

王小红再问："就那么多？"

耿守心再答："就这么多！"

王小红笑了，她边笑边说："不是已经说好让张桂兰一个人去找她们俩做思想工作的吗？怎么你又去了？"

耿守心道："我觉得，人到齐了，才会彰显出我们对王小红老师的礼貌和尊重！再说了，我们大队的人特爱面子，书记和委员不是一个分量，两个人去请，总比一个人去请显得对人家更重视、更给面子。"

王小红再次笑起来，而且笑得十分开心："耿守心，你真是越来越会说话了！好了，今天的事情过去了，你也该回家好好休息了！"

她说着话，含情脉脉的双眼，使劲儿地盯了耿守心几眼，接过自行车的时候，俩人的手不经意间相互触碰了一下，王小红瞬即触电般地闪开，脸颊立现羞涩难耐的样子，她飞快地接过自行车，头也不回地跳上飞身而去。

耿守心看着王小红这一连串的表情和动作有些发怔，他呆呆地站在原地默默地看着王小红匆匆离去的背影，他不知道王小红刚才的眼神、表情和动作为啥这样反常？他不明白王小红所有这一切的不自然表现，究竟是在传达什么意思？

耿守心赶回大队部后，团支部办公室里已经空无一人。他把团员青年们剥完的玉米粒和空玉米棒，装在地排车上，一个人匆匆送往耿广来家里。

当他敲开耿广来家屋门的时候，耿广来他爷爷满脸歉意地说道："守心啊，你可真是个好孩子！从今往后，我让我孙子好好全力支持你！"

经过两个多月的文化补习和宣传队排练，耿家口大队团支部终于迎来了再次收获的日子！

文化补习班结业那天，大队党支部书记耿广林和大队革委会主任耿守才亲临现场参加，他们笑着坐到后排，看着黑板上已经写满了密密麻麻的汉字，高兴地小声谈论。

耿广林问："守才啊，这些字你都能认下来吧？"

耿守才摇了摇头："多半能认下来，一小半不认识！"

耿广林笑着拍了拍耿守才的肩膀："要知道这样，你也参加这个文化补习班好了！"

说完，两个人哈哈大笑起来。

结业考试开始了。耿守心走上讲台，他一边用教鞭指着黑板上的汉字，一边点名提问坐在下面的团员青年们，除了个别青年回答错误引起现场一片笑声外，绝大部分参加文化补习班的团员青年们，都能熟练读出每个字的正确发音并能说出每个词的确切含义。

结业考试结束后，耿广林兴致勃勃走上讲台，他先是慈爱地看了耿守心一眼，然后对坐在下面的团员青年们笑道："虽然外面的天气很冷，可这屋里特别暖和，你们知道为什么吗？"

大家一头雾水地纷纷答道："不知道！"接着是一片小声地交头接耳的声音。

耿广林接着说道："因为这屋里有太阳！因为毛主席他老人家说过，你们青年人就像早晨八九点钟的太阳！"话音刚落，教室里立刻响起一阵热烈的掌声和欢笑声！

耿广林接着说道："两个多月前，守心告诉我团支部打算举办文化补习班的时候，我还有过犹豫，生怕大家坚持不下来，把文化补习班搞得虎头蛇尾，让全大队的人看笑话。可这两个月过去了，你们不仅坚持了下来，而且还学了这么多汉字，一个个成了有文化的人，真是可喜可贺、十分的不易！还有，你们团支部组织的文艺宣传队，我也看到了、听到了，这两个月下来可真是不简单！你们大家着的难、受的苦，付出的代价和努力，我感同身受、全装在肚子里！过几天，就要过年了，我听守心说，年前预演一场，春节后正式演出。我对他说了，不论预演还是正式演出，我逢演必到、场场参加、带头热烈鼓掌！你们同意不同意？"

耿广林的话音未落，耿守才、耿守心和在场的团员青年们，立即报以长时间的热烈掌声和欢呼声！

大年初三晚上，耿家口大队团支部文艺宣传队的演出正式登场了！

天刚擦黑，大队部邻边空地上临时搭起的简易舞台旁边，围满了前来观看演出的男男女女、老老少少，大家兴高采烈、指指点点着耿家口这从未见过的热闹景象和喜庆气氛。

大队部新购置的两盏大汽灯悬挂在简易舞台的左右两侧，把整个舞台照得锃亮通明。耿广林搬着椅子第一个坐在舞台下面的中央，满面红光地向纷纷赶来观看文艺演出的社员们打着招呼，大家相互抱拳作揖，互致着新年的问候。小孩子们则在舞台不远处"噼噼啪啪"地燃放起了烟花爆竹。宣传队的锣鼓手们"咚咚锵锵"地敲起了乐器。刹那间，这个向来以古朴寂静为特色的小小村庄，立刻陷入一派喜庆、欢乐、热闹、祥和的气氛之中……

一个半小时的演出结束后，耿广林在现场热烈的欢呼和掌声中，大步流星地走上了舞台。他站在舞台的中央，俯视着台下余兴未尽的黑压压人群，高声笑着说道："乡亲们！咱们耿家口开天辟地、头遭头回、祖祖辈辈、世世代代、从未有过的自己孩子们的文艺演出，你们觉得怎么样？"

大伙儿立马高声笑着喊道："好！好！好！"

有观众突然高声喊道："再来一场，要不要？"

大伙儿紧接着再次高声笑着喊道："要！要！要！"

耿广林笑着看了一眼站在舞台边上的耿守心，说道："守心啊，你听见了没有？大伙儿让你们再演一场！"

耿守心笑了笑，摇了摇头，又点了点头，没有作声。

耿广林笑着对大伙儿说道："我替他们团支部做主了！明天再演一场，欢迎大伙儿准时前来观看欣赏！到时候可别忘了穿暖和一点！"

现场随即报以热烈的掌声和欢呼声！

大年初四，耿家口第二场文艺演出后，前来观摩的王小红立即向耿守心笑着提出："耿守心，我爹说了，请你们明天晚上去我们大队演出！"

耿守心支支吾吾了半天没有答应。因为下午耿广林已经答应后李村等三个大队党支部希望文艺宣传队去他们那里演出的邀请。

没承想，王小红立即拉下脸来，生气道："耿守心，我帮了你们这么大忙，我既不要你们的感谢，也不要你们的表扬，难道别的大队请你们演出可以，我们大队请你们过去演一场都不行？"

站在一旁的耿守平见王小红生气了，立马走过来打圆场道："守心不是不想去演出，是怕给你和叔叔添麻烦！咱们可是老同学了，给你和叔叔添麻烦的事，咱哪能干？"

王小红白了耿守平一眼，继续板着脸对耿守心说道："我们不怕麻烦！耿守心，你给个痛快话！去还是不去？"

眼看事情僵在这里，耿守心只好笑着说道："你知道，我们编排的这十几个节目，实在比不上你在学校时的演出水平，如果你非要坚持让我们过去演出，那得先容我向广林大爷禀报一声，再说了，我也得先和大家商量商量才行。不过呢，如果真要去你们大队演出，你得先满足我们一个条件，你看行不行？"

王小红快言快语、直截了当道:"什么条件? 说吧!"

耿守心一本正经道:"你们必须提前张贴海报,而且海报上一定要特别用大字写上演出艺术指导、艺术总监王小红的尊姓大名!"

王小红"噗哧"一下笑出声来:"去你的! 别以为我不敢?! 也不看看本女同学的欣赏和鉴别水平!"她边说边笑边脸蛋娇羞绯红起来。

耿家口大队团支部文化补习班和文艺宣传队的巨大成功,不仅让这个沉寂多年的小村子突然热闹红火起来,而且耿守心和他的战友们的威信也在全大队乃至周边几个小村子里直线上升。喜事并不单至,好运结伴而生。这不,一副更加沉重的担子,正摆在耿守心的面前,他不得不在犹豫和彷徨之后,鼓足力量,奋力挑起,勇敢前行——

29 生产队长

一九七六年春节过后，田地里的农活还没有开始，一年一度的生产队队长改选如期而至。

这对于以种地为生、靠生产队吃饭、凭工分养活一家老小的社员们来说，那可是一件天大的事情！

耿家口第三生产队的社员们，除去不能参加生产队劳动的老人和小孩外，几乎一个不落地围坐在生产队那个既当耕牛饲场和仓库、平时又能聚集社员们开会的大棚里，七嘴八舌地商量讨论着改选生产队队长的事情。

现任生产队队长耿广旺，坐在大伙儿中间的凳子上，他一边小心扶着腰，一边慢腾腾站起来，看着众人，微笑道："这天一冷，我的腰就疼得不行！天热的时候干活还好点，一到了晚上或者冬天，简直疼得要命！"

旁边有社员立刻心疼地插话道："这都是你年轻的时候干活太猛落下的毛病！这老了老了，又遭这罪！看着就让人心疼！"

大伙儿纷纷接上道："就是，就是！你可千万要注意！腰疼可是个大毛病！"

耿广旺笑着看了看大家，继续说道："刚才我已经说过几遍了，就冲我这腰疼病，这个生产队队长，我说啥也不能再干了，你们大伙儿还是另外选个年轻合适的吧，总靠着我可不行！"

有社员立刻接上道："这生产队队长，可不是谁都能干的！往小处说，得懂得什么时间下什么种子、干什么农活！往大处说，咱生产队这二百来号老老少少的吃喝拉撒，全指望着生产队和生产队队长呢！我的意见是，生产队队长还是让广旺兄弟接着干，一来他有经验，是咱们生产队的老队长了！二来他人缘好、威信高，说的话、做的事，咱们大伙儿心里服气！至于他这腰疼病，咱大伙儿也都理解，平时让他多操操心，少干点活，也就过去了，你们大伙儿说，行不行？"

立刻有社员紧接上附和道："我也是这样想的！这生产队队长要是选不

好，地里再打不出粮食，咱们家的这些男男女女、老老少少，还不得跟着喝西北风！"

又有社员接上道："我看啊，咱们是不是多选一个副队长，让广旺队长在后面操操心、指挥着，让两个副队长在前面领着咱们干活，或许这样能行！"

耿广旺冲着说话的那三个社员笑了笑，赶紧打断道："你们三个出的根本就是孬主意！上级年年号召推荐选拔年轻人接班，可咱们生产队这几年老让我这个老头子领头，根本就不符合上面的精神！哪怕你们三个把门口拴牲口的那两个大石头说开了花，让咱们生产队里的这几头老牛跟着你们一块叫唤，我也不能再听！"

他边说边慢慢坐回原位，现场立刻传出男女社员们的一片笑声。

既然耿广旺已经下定了决心，大伙儿一时没了主意，纷纷低下头去，不再作声。

看着耿广旺铁了心不再当生产队队长，一名老社员打破沉寂，开口说道："广旺兄弟，你如果坚持不干这个生产队队长，也总该推荐个接班人、点出个名字，好让我们大伙儿讨论讨论、看看行与不行？"

社员们纷纷跟上道："是啊，你推荐个接班人，点个名字，先让我们大伙儿议议评评！"

耿广旺笑了笑："我当然有自己的想法和盘算，但我不能强加给大伙儿，还是你们自己先推荐推荐、点点姓名。"

耿广旺的一句话，又把现场已经有些活跃的气氛再次推进沉闷之中。社员们有的低头抽烟，有的小声议论，更多的人面面相觑、不再作声。

一直蹲在大棚门口抽烟的社员耿老三，见好长时间没人主动发言，他猛抽了两口烟，在门口的大石头上磕了磕烟斗，然后慢慢站起身来，走到耿广旺身边，小声说道："广旺队长，我倒有个主意，如果你继续当生产队队长，俺没啥意见。如果你实在不想干的话，能不能让守心这孩子接你？"

耿广旺看着耿老三笑了笑，正想说话，身后一名社员抢先说道："耿老三，亏你想得出！把这么重的担子压给一个刚刚毕业不到一年的孩子，这事肯定不行！"

耿广旺听出是他的好兄弟、好伙伴耿老五在说话，他突然很不高兴地扭过头去，朝耿老五猛瞪了一眼。

耿老五立即看出了耿广旺很不高兴的样子，他赶紧停住嘴，吐了吐舌头，没再继续出声。

　　说到耿老五，他和耿广旺还有些全大队无人不晓的"有趣事情"：耿广旺比耿老五年长两岁，俩人从小一起长大，属于那种"不是亲兄弟，胜似亲兄弟""两天不见面，彼此想得慌"的好伙伴、好兄弟！俩人因为性情相投，从小朝夕相伴，形影不离，白天一起玩耍，晚上同床共眠，十几年下来，几乎谁也没有离开过谁。耿广旺结婚大喜的那天晚上，闹洞房的人们早已散去，新娘空守洞房不见耿广旺的人影，无奈泪流满面地告诉了家人，大伙儿这才笑着赶紧跑到耿老五家中，把早已熟睡在耿老五被窝里的耿广旺拎起来叫回家里，耿老五不仅因此整整哭了半宿，而且令人啼笑皆非的"意见和条件"提了一大堆。随着年龄的增长，他们先后组建了家庭，特别是耿广旺担任生产队队长以后，虽说他俩的感情和友谊依旧，但因所处的位置、掌握的信息和考虑问题角度的不同，特别是耿老五媳妇大大咧咧、不分场合、直言快语的样子，耿广旺私底下没少对耿老五提过意见、发过脾气、使过性子。"一向惧内"的耿老五自然不敢回家对着媳妇如数转达，只能"改头换面"地一再劝慰提醒媳妇"千万要注意场合，尽量少在大庭广众之下抛头露面、乱发议论""要全力拥护支持广旺哥哥的工作，千万不能给他添惹是非"。在耿家口第三生产队，要说谁的群众威信最高，肯定非耿广旺莫属，但要说到比较受大伙儿尊重信赖的前五名社员，里面肯定有耿老五的名字。

　　是人都有这样的"毛病"——对自己尊重佩服人的意见，说啥都爱听；反之，说啥都要怼！这不，一向老实巴交、群众威信远不如自己的耿老三刚说了两句话，就被耿老五不问青红皂白地直直怼了回去。而耿广旺的眼睛只是一瞪，耿老五立马服服帖帖地停住了嘴。

　　耿老三见耿老五不同意自己的意见，赶紧笑着冲耿老五解释道："他老五叔叔，守心这孩子确实年轻了点，算俺没说。不过，这主意可不是俺出的，是俺孩子耿小二出的！"说完，他冲大伙儿笑了笑，然后讪讪地蹲回原处。

　　同样参加会议的耿小二把这一切看在眼里，他突然把心一横，在社员堆里忽地站起身来，愣愣地大声嚷道："老五叔叔！推荐耿守心当生产队队长是俺出的主意！耿守心在团支部的威信可高了，俺就服气耿守心！不信大伙儿选他试试，保准他会让咱们大伙儿满意高兴！"

　　耿老五本来不想再说话，可坐在身后的耿小二偏偏点了自己的名。无奈，他只能抬起头来看了看坐在前面的耿广旺，然后回身笑着答道："小二啊！这生产队可不比你们团支部，团支部教教歌、排排节目就行了，咱们生产队如果搞不好，那可是要砸了大伙儿饭碗的！不过啊，这事我也没有合计好，说到底，这也只是我个人的一点不成熟考虑。"

耿老五有意把自己刚才的意见往后撤了撤，他不想让他的好兄弟、好朋友耿广旺听后再次不满意。

他的话音刚落，有几名社员紧跟着附和道："老五说得有道理！守心这孩子是不错，可惜太年轻了！再过几年，兴许没有问题！"

正在这时，一直坐在女社员堆里听着男社员们发言，同时也清清楚楚看到耿广旺刚才对耿老五插话"不满意"的耿老五媳妇，突然站起身来，亮开嗓门，大声说道："大伙儿可别听俺那口子的！他要是有水平、看人准、有见的，早就像守心那孩子一样考上高中了。俺就觉得耿小二这孩子说得有道理。咱不说别的，就说大队团支部组织的这些活动，你们这些大老爷们哪个能比？那困难得多大呀！我听别的生产队的社员们议论说，光年前排练节目这两个多月里，守心这孩子就去了耿广来家里三十多次……"

有社员立即插话道："去干啥了？"

耿老五媳妇笑道："还能干啥？肯定是做耿广来和他家里人的思想工作了呗！这事要是换成咱们大伙儿，哪个有这个本事和耐心？……"

又有社员插话道："老五媳妇，你说的可是真的？让张桂兰说说我们才信。"

同样坐在女社员堆里的张桂兰咯咯咯地笑着站起来说道："老五婶子说的全是真的。守心去了耿广来家里三十多趟，还去了其他团员青年家里好多次呢！这些事情，守心不让往外说，咱们大伙儿可不要随便传出去。"说完，她又咯咯咯地笑着坐了下去。

张桂兰她爹很不高兴地瞪了张桂兰一眼，气哼哼道："说话就说话呗，笑个什么呀？一个大姑娘家家的。"

他的话，立即引起周围社员们的一阵笑声。

既然话说到了这里，有社员立即寻找起耿守心，大伙儿嚷嚷着让耿守心说说自己的想法和意见，看看他愿意不愿意挑起这副担子。

耿广旺再次慢慢站起身来，笑着看了看耿老五媳妇、张桂兰和那些要找耿守心现场表态的社员们，然后说道："守心去公社团委开会了，走时向我请了假。不过，他在与不在都不要紧，大伙儿尽管说说自己的看法和意见就是。"

这时，代表大队现场指导检查第三生产队队长换届改选的大队会计耿广常，从社员堆里站起身来，说道："刚才大伙儿说的话我都听到了，我这孩子当生产队队长不合适。他不仅年龄小、经验少、刚刚高中毕业不到一年，而且大队团支部的事情特别多，实在忙不过来！你们看，今天这么重要的会议，他都参加不了，大伙儿还是再推荐个合适的。"说完，他又坐了下去。

现场再次陷入沉默，过了一会儿，有社员说道："刚才广常会计说得不无道理，咱们大伙儿还真应该好好考虑考虑。"

有年纪大的社员紧接着说道："咱大队团支部干得不孬！十里八村都夸好，听说前阵子又受到公社领导表扬了。守心在生产队当队长又能咋样？咱可不能耽误了这个好孩子！"

站在会场中央的耿广旺，没有吱声，他皱了皱眉头，拍了拍脑门，重又慢慢坐回了原位。

会场里一片寂静，没有人吱声，大家都在紧张考虑。

又过了好大一会儿，耿广旺扶着腰慢慢站起身来，他缓步走到耿广常面前，小声说道："广常兄弟，你看这样行不行？如果你同意守心当这个生产队队长，我来好好辅佐帮衬他，他在大队里还继续当团支部书记，一肩挑，两边跑，咱不让生产队这边耽误了咱孩子！"

耿广常看着耿广旺使劲摇了摇头，说道："广旺哥，咱可不能那样做！他当不当团支部书记不要紧，关键是生产队队长这副担子太沉重，他挑不起！"

耿广旺见耿广常没有答应，叹了口气，回过身来，慢慢走回中间的位置，看着社员们说道："我看这样吧，咱们大伙儿干脆直接投票选举吧！除了我之外，大伙儿选上谁是谁！大队会计也来咱这里指导检查了，大伙儿谁都不能耍赖、言而无信！待会儿解散后，大家各回各的家，商量好后，赶紧把选票写完送回来，我和广常会计在这里等着，如果大家没有什么意见，咱就这么的！"

社员们纷纷起身道："就这样吧！看来也只能这样了！"社员们一边说着话，一边纷纷向各自家走去。

过了半个多小时的工夫，社员们接二连三地把写好的选票送回到了生产队的大棚里。经过耿小二和几名社员现场唱票监票，耿守心以超过半数的最多选票，当选为耿家口第三生产队队长，比耿守心长五岁的耿守祥以第二名的票数，当选为生产队副队长。

中午吃饭了。

一直端坐在葡萄椅里的爷爷，紧闭着眼睛想着自己的心事。自打社员们把耿守心当选生产队队长的消息告诉他后，他就一直闭着眼睛面无表情地端坐在那里。

奶奶坐在一旁劝慰道："孩子他爷爷，既然大伙儿选了咱孩子当这个生产队队长，那就让孩子好好干吧？不是后边还有他广旺大爷操心支撑着嘛？再说了，这也是大伙儿的一片信任和支持！"

守心他娘也接上说道："这孩子也不知道中了哪门子的邪？这么多社员投他的票，可他才刚满十七周岁！"

正在这时，从大队部赶回家吃饭的耿广常，闷闷不乐地坐在椅子上说道："咱们生产队改选生产队队长的事，广林哥和守才已经知道了，他们都感觉很意外，没想到会是这个样子。"

守心他娘着急地接上问："广林哥和守才是个什么态度呀？他们同意不同意？"

耿广常一边抽烟一边说道："广林哥没有表态，守才倒是说了几句。"

奶奶连忙问道："守才说了啥？"

耿广常道："守才说，这是好事呀，多个位置锻炼锻炼不是更好嘛，有经历才会长见识。"

守心他娘再问："守才的意思是不是说不想让咱孩子当团支部书记了？"

耿广常再答："那倒不是。不过，我也没听出来。现在看，这个生产队队长也只能干了，不当团支部书记或许是一件好事。"

一直闭目想事的爷爷突然睁开眼睛问道："我大孙子去公社开会怎么还没回来？"

说话间，耿守心怀揣着几个包子飞快地跑进屋里。他一边从怀里掏出包子递给爷爷奶奶，一边说道："我用大队给我的会议餐费买的，应该还没凉，爷爷奶奶快吃！"

奶奶边吃边道："不凉！不凉！还热乎着呢！我大孙子就是孝顺！每次开会舍不得在公社下馆子，非要用大队给的五毛钱餐费买回五个肉包子孝敬爷爷奶奶！饭店的包子就是香，这肉都是一块一块的！嘻嘻嘻！"

爷爷奶奶吃完一个包子后，耿守心赶紧递过去第二个。

爷爷一边接过包子，一边眯着眼睛笑道："大孙子哎！生产队里选你当队长，你下一步打算怎么个干法？给爷爷奶奶说说听听，看看在不在理！"

耿守心立刻怔住了！继而大笑起来："爷爷啊！你怎么也给孙子开起了玩笑？社员们肯定不会选我！再说了，我也没有那个本事和兴趣！"

奶奶接过话道："你爷爷说的是真的！既然大伙儿选你当了这个生产队队长，你可要给爷爷奶奶好好干！千万不能让兄弟爷们说咱的不是！"

耿守心赶紧看了看爹娘一脸沉默的表情，立马意识到爷爷奶奶不是在开玩笑，当即沮丧道："团支部的工作刚刚走上快车道，我正想着和大家一起多干些事情呢，怎么平地里又生出个岔道子！"

耿广常瞪了一眼自己的儿子耿守心，用筷子敲了敲桌子，说道："亏你还是个高中生！怎么能说出这种话？大伙儿拥护信任你，你应该感激感恩感谢才是！"

爷爷不高兴地瞪了自己儿子耿广常一眼，微笑着对耿守心说道："大孙子哎！你上午到公社开的啥会啊？是不是上级又有了新精神？"

耿守心看了一眼父亲耿广常，小心翼翼答道："公社团委张书记在会上点名表扬了团支部和我，他让我尽快写个事迹材料报给他，可能公社团委五四青年节前要表彰一批优秀个人和先进集体。"

耿广常面无表情地抬头看了看自己的儿子耿守心，欲言又止地叹了口气。

奶奶高兴地说道："我大孙子就是有出息！这才干了不到一年，就又受到公社领导表扬了！"

守心他娘接上道："孩子啊，你现在选上生产队队长了，团支部的工作你应该考虑考虑早点交出去。"

耿广常看了一眼自己的老伴儿，又看了看自己的爹娘，依旧没有作声。

爷爷默默吃了几口饭后，把筷子放在桌上，抬头微笑着对耿守心说道："大孙子哎，下一步究竟怎么办，一切听你广林大爷的！他叫你干什么，你就干什么！他不叫你干什么，你就不干什么！记住了没有？"

耿守心再次悄悄看了看面无表情的父亲后，赶紧答道："爷爷，我听您的！"

下午，大队部里，耿广林、耿守才、耿广常三个人正在谈论着全大队四个生产队队长改选的事情。耿广旺两手扶着腰，一扭一扭地慢慢走进来。

耿广林见耿广旺腰疼成这个样子，赶紧上前关切道："怎么？腰疼病又犯了？你没有去卫生室看看？"

耿广旺一边小心翼翼地坐在耿守才搬过的椅子上，一边微笑道："这是老毛病了！看过多少回了，也不管用！稍不留神，天气再一冷，这腰就疼起来没完没了，真是没有一点脾气！"

耿广林道："找块狗皮护上，没事多在家里躺躺，这腰可是大部件，干什么都离不开它，你可要多注意！"

耿广旺指了指棉衣里的狗皮护腰，笑了笑："狗皮护腰一直用着，本来也想在家躺着，这不，我们生产队上午刚刚改选完，广常会计也在场，大伙儿选的是守心。因为我想当面向大队领导们提点建议，这才一扭一扭地赶来这里。"

耿广林微笑道："你们生产队选举的事，我们已经知道了。既然你坚持要退，那就退吧，身体要紧！守心这里我再单独找他好好谈谈，下一步，你也要多多关心关心、辅佐辅佐才是！"

耿广旺笑道："守心是个好孩子！大多数社员都选了他，如果不是广常会计选前讨论的时候一再反对，估计会有更多的社员投他的票。"

耿守才不解地插话向耿广常问道："广常叔，你为啥反对守心兄弟当生产队队长呢？这不是好事嘛？多一个位置多一种锻炼和磨砺！"

耿广常笑了笑，摇了摇头，没有吱声。

耿广旺接上道："广常会计的理由就是孩子小、经验少，又担任大队团支部书记，两边忙不过来，怕挑不起这个担子。"

耿守才笑了，边笑边道："这也算个理由？自古英雄出少年，船到桥头自然直！实在不行，挑重要的！"

耿广林没有笑，他看了一眼耿守才，冲耿广旺问道："广旺啊，你还没有说你的建议呢？"

耿广旺看了一眼耿广常，微笑道："我上午会上就对大伙儿和广常会计说过，让守心这孩子继续兼任大队团支部书记，一肩挑，两边跑。可听广常那意思，他心里老大不同意。想推掉守心这个团支部书记，一心一意只担生产队队长这个担子！我怕耽误了守心这个好孩子，这才扶着腰、一扭一扭地来到这里，向广林哥、守才提提建议！"

耿广林突然哈哈大笑起来，他边笑边看着耿守才问道："守才啊，广旺的建议已经说了，你的意见呢？"

耿守才立刻怔了一下，随即哈哈大笑道："我当然同意广旺叔的意见！但这个事情，还是应该听听守心兄弟自己的意思。"

耿广林立即收住笑容，把头转向耿广常："广常啊，你和孩子什么意见？"

耿广常道："孩子和我的意见一样，既然大伙儿选他当了生产队队长，后面又有广旺哥辅佐操心，那就干脆辞去团支部书记，专心致志地在生产队里干活，也好让生产队里的兄弟爷们把心放回肚子里……"

没等耿广常把话说完，耿广林立马打断，劈头盖脸地问道："你这是什么话？怎么兼任个团支部书记就不能让兄弟爷们把心放回肚子里了？咱喝汤就不吃馒头了？咱吃饭就不穿衣服了？你在家里是孩子他爹，来到大队部里是大队会计，不是照样干得很好嘛！怎么就不能一肩挑、两头跑了？怎么上纲上线到就不能专心致志了？"

耿广林的这一连串追问和回怼，立刻把在场的三个人震住了，大家都没有作声。

耿广林面露愠色地继续道："我看，就按广旺兄弟说的意见办！守心团支部书记、生产队队长一肩挑、两头跑，都兼着！广常啊，你如果再有什么意见，守才啊，你去好好批评批评、教育教育他，别磨不开叔叔和侄这层面子！"

耿广林说完，他脸上的肌肉直颤，犀利的目光扫了一眼耿守才和耿广常，没留半点情面。

耿守才脸色一红，继而立刻笑道："我坚决拥护、坚定支持、完全同意广林叔的意见！广常叔，你要再有什么想不通或者别的什么歪把子意见，咱们爷俩私下单独教练教练？到时候，你可不要生你侄子我的气，也别对我提什么叔叔的意见！"

他的话音刚落，四个人一起哈哈大笑起来。

晚上，大队团支部办公室里，耿守心正在赶写着公社团委张长远书记索要的材料。

耿广林走进来，慢慢坐在椅子上，看了看正在奋笔疾书、专心致志的耿守心，轻轻问道："孩子啊，你在写什么呢？这么全神贯注，连我进来都没看见。"

耿守心立即站起身，满脸歉意道："广林大爷啊！对不起，我不知道您进来了。"

耿广林慈祥地看着耿守心，笑了笑，又看了看桌面上耿守心正在赶写的材料，问道："这是写的什么呀？"

耿守心立即恭敬答道："公社团委张书记要的材料。"

耿广林再问："什么材料？"

耿守心赶紧笑答："噢！我还没来得及向您汇报呢！"

于是，耿守心把上午到公社团委开会的主要精神和张书记的特别要求，向耿广林一一做了汇报，但他没有汇报自己也被点名表扬的事。他觉得，团支部的所有成绩，主要是大队党支部的支持和团员们的努力获得的，与自己没有太多的关系。

耿广林听后，特别开心道："这是好事啊！说不定咱们团支部今年还能评个公社先进什么的，那可就成了咱们耿家口'破天荒'的大好事。也说明你这孩子领头干得好，为咱们耿家口添了光、争了气！"

耿守心羞涩地低下了头，笑道："主要是广林大爷领导得好，团员青年们干得好才取得了这些成绩。"

耿广林哈哈大笑起来："孩子啊，今天晚上，我想占你点时间，咱爷俩说点别的事。"

耿守心立刻睁大了眼睛，静静等待着耿广林说下去。

耿广林道："今天上午，生产队选你当了生产队队长，我起初听到也很吃惊，甚至不想让你当这个生产队队长，那是个出力很难讨好的苦差事。但话说回来，既然老少爷们选上咱了，咱只能干，而且必须把它干好。咱可不能辜负了兄弟爷们的一片重托和信任。做人总要重感情、守信义、以诚相待、以心换心，不让大伙儿伤心失望才是。这也是咱们耿家口人的'初心'和'根本'，你说对不对？"

耿守心赶紧点点头，答道："大爷，您说得对！"

耿广林接着道："虽说生产队里比较忙，生产队队长这副担子比较重，但团支部书记这副担子你还必须给我继续担下去。我本不想给你一下子压这么重的担子，拔苗不能助长，但现在看，这倒霉的事儿让咱爷们摊上了，咱也只能硬着头皮、铆足劲往上顶、不漏气！你在团支部的工作，可以说有口皆碑，但也不是完全一片赞歌、风平浪静。有个别人心里不平衡那是肯定的。如今，你又当上了生产队队长，两副担子一肩挑、两边跑，更会有人在下面吹毛求疵、说三道四、不服气，你可一定要给我挺住了！再难，不许叫难！再苦，不许叫苦！再累，不许喊累！像过去一样，拿出成绩给大伙儿看看！你说，是不是？"

耿守心再次点头："是！我听大爷您的！"

耿广林接着道："孩子啊，我了解你！你是只想一门心思地把事情做好，很少分心去想那些乌七八糟的烦心事。可是，许多人不是这样，他们一边干着工作，一边打着自己的小算盘，扒拉着自己的小九九，他们干工作的背后，还有更多的个人盘算和目的。所以，许多人远不像你这样踏实、这样勤奋、这样专注、这样肯干、这样卖力。咱们干得比他们好，可不是因为咱们更聪明、更能干、更有水平、更有能力，而是他们把做事情、干工作的精力和心思分散了，抽出了许多去关心、关注、算计那些见不得人的个人私欲！要说这人，都有个人的想法，都有个人的目的，没有人漫无目的地去做事情。雷锋做好事的目的，就是为人民服务；毛主席他老人家更有目的，就是让全中国人民翻身得解放，过上幸福好日子，最终实现共产主义。如果有人问我耿广林干好工作的个人目的是什么？我一定明明白白告诉他：我耿广林就是想在全大队这八九百号兄弟爷们面前，图个好名声，落个好声誉，让大伙儿都过上幸福美满的好日子。你说是不是？"

耿守心笑了，那笑是特别开心、恭敬和深受启迪、被人理解后的笑。

"所以啊，图个好名声，可不是什么坏事。如果有人因此反对我，我一定会反问他：难道图个坏名声就好了？哈哈哈！有人说，这个人不图名、不图利，是个好同志！说谎！屁话！连个努力目标都没有？连个好名声都不图？连个好人都不想做？哪可能把工作干好？哪是什么好同志？根本就是一个糊涂人，或者坏人，在做坏事！但话说回来，如果只图虚名、只图私利，肯定遇到困难不敢闯，遇到矛盾绕着走，遇到得罪人的事不敢做，遇到硬钉子不敢碰。如果这样，那工作肯定做不好。这人肯定是个'老好人'，甚至还会偷偷摸摸地占点拿点、偷点骗点，最后贪污腐败，变成十恶不赦的犯罪分子。"

耿广林边说边哈哈大笑起来。耿守心也跟着笑起来。

"既然不能图虚名、图私利，那就要图实名、图公利！'虚'和'实'怎么分清？'公'和'私'怎样辨认？这实际上是个很困难的事。因为只有把两个东西放在一起相互比较了，才会分清哪是大小、哪是长远和公私。这么多年的经验告诉我，这些问题，说难确实很难，说不难确实也不难，关键看是不是出以公心，关键看是不是把自己的分内工作做好了。因为，只有一门心思地大公无私工作，才能全神贯注地真正把工作做好。因为只有不图个人名利私欲，才能敢于担当、勇于作为地把工作做好。领导和群众的眼睛是雪亮的，做好了工作，好名声自然会给你，做不好工作，说什么也没用。至于个别人，或者说不了解情况的人们怎么评说，那是他们自己的事。反正嘴长在别人脸上，想管咱也管不了，不听或者少听就行了，你说是不是？"

耿广林一边说着，一边再次哈哈大笑起来。

耿守心重重地点了点头，也跟着再次笑起来。他从耿广林深入浅出的层层剖析里，似乎骤然间明白了"只图个人名利"和"图个好名声、图个好公利"的根本区别和清晰界限在哪里。

耿广林接着道："图个好名声，也跟下象棋似的。双方都想赢，或者说，都想图个好名声。有人能看两步棋，有人能看三步棋，到了一定的时候，对方想吃咱的'车'，好！我让你吃！因为我比你多看了一步棋，你吃完我的'车'，我再下一两步，就可以'将'你的'军'，让你不得不举手投降、弃子认输。这世上，常常有人自以为比别人聪明，总想着少干点活、少出点力，或者占点别人和公家的小便宜，就感觉自己比别人能得不得了。其实啊，这人只要偷了懒、耍了滑、伸了手，该得罪人的时候不敢得罪，该顶住的时候不敢顶住，周围的人也不全是傻瓜，总有人看在眼里、记在心里，最后要想落个好名声，门都没有！"

"孩子啊，我今天还想给你说说，你当团支部书记这半年多了，干得很是不错，可有人也没少在我面前说过闲话、打过问号。什么图名啦、图利啦，等等，被我一律毫不客气地顶了回去。我说了，守心的好名声是你们大伙儿给的，与他个人有什么关系？守心干得好，你去公开骂他试试？看看这耿家口你还能不能继续待下去？我还说了，守心这孩子图的什么利啊？义务劳动不要一分工，你和你孩子参加过几次？有良心没有？让狗吃了？哈哈哈！反正，你大爷我就是这个偏脾气！他们有本事，随便使去！"

耿广林边说边笑，边笑边说。耿守心见耿广林伸手要喝水的样子，赶紧跑去大队部办公室，取出了耿广林的水杯倒满了水。

耿广林喝了一口水后，接着说道："孩子啊！不过呢，咱们也得注意！既然别人有反映，说明咱们触动了他们的利益。我在台上的时候可以保着你、护着你。我下台了怎么办？人总有打盹闹瞌睡的时候，我不在场，或者看不见，或者人家压根就不对我说，我怎么办？你怎么办？所以啊，咱们还真得长个心眼，留个后手，琢磨个法子，看看有没有两全其美、不伤害或者少伤害身边人利益又能把事情做好的路子？比方说，你们组织义务劳动有人有意见，你们办文化补习班和宣传队，我听到的意见就很少。这说明什么？说明你做了让他们看得见、摸得着又直接受益的好事情。这人啊，别看着个个不戴眼镜，其实，那眼睛不好使着哪！只看近处，不看远处，只顾眼前，不顾长远，现实近视得很哪！"

"现在，你又当了生产队队长，这生产队可不比团支部！团支部全是清一色的年轻人，你们几乎是一块长大的，什么话都好说，什么事都好做，可在生产队就完全变了样，身边不仅有年长的，还有年少的，除了叫爷爷，就是叫大爷、叔叔、哥哥或者大娘、婶婶、嫂子什么的，伺候不到谁、照顾不好谁，谁就会有意见。就甭提安排不周、派活不公、分配不均那些可能的麻烦事。再有，当生产队队长光猛劲带头苦干不行，还要知时令、识土壤、懂庄稼、会掂对，不过也好，这些事情你早晚都要经历，你广旺大爷他们也会随时随地帮衬你、指点你、提醒你，谅也不会出现多大的问题。"

耿广林边说边喝了口水，他放下杯子后，继续说道："孩子啊，做人很难。再难咱也要做个好人。再难咱也不能忘了耿家口人的'初心'和'根本'！这年把，你好好给我干着，你干出成绩了，老少爷们都服气了，你大爷我的腰板就挺得更直了。这话也就更好说了。到了那个时候，许多事情也就水到渠成、自然而然了。"

耿守心静静聆听着耿广林的教导和嘱咐，心里反复琢磨领会着他话里蕴含的殷切期盼和深刻道理。

这个夜晚，耿广林对耿守心说了许多、许多。他把过去时常称呼的"守心"直接改成了"孩子"。他知道，耿守心是他从小看着长大的，虽不是亲生，虽然自己对大队的孩子们也是同样关心，但对耿守心总有一种说不出、道不明的特别期盼、关怀和亲近。如今，耿守心长大了，小鸟扑棱着翅膀就要起飞了，他有些失落和不舍，又有些寄托和兴奋。他要把心里的话说出来，再给孩子正正向、提提劲、加加热、解解困。他想，长江总要后浪推前浪，耿家口的代代延续和发展壮大，总要一棒棒的有送又有接、有传又有递。

耿守心团支部书记、生产队队长一身兼、两头跑，这对许多刚刚高中毕业不到一年的农村孩子来说，简直是"天上掉下的大馅饼""做梦都不敢想的美事儿"。然而，耿守心可不是这样想的。他知道：这是机遇，更是艰难和挑战；这是平台，更是磨砺和考验。这不，上任的第一天，就让他遇到了不大不小的难题，而且这难题一个接着一个，简直没完没了、令人窒息——

30　首战告捷

耿守心从大队部回到家里时，爹娘已经熄灯睡下了。

他轻轻推开屋门，小心把门拴好，正要上床休息，守心他娘点着里屋的灯，说话了："孩子啊，你怎么才回来啊？今天晚上家里来了好几个人找你，你不在家，让你爹和我陪着人家待了一个晚上！这不，你爹和我刚刚躺下，还没睡呢。"

耿守心问道："谁来了？有啥事吗？"

守心他娘道："守祥过来了，想找你说说话。还有几个社员，大概想给你说说生产队的事。"

耿守心心不在焉且随口不快道："我还没上任呢，他们就过来说事了，这也太性急了吧？"

守心他娘立刻生气道："这孩子！怎么说话呢？你是生产队队长，不找你找谁？没人搭理你，你就满意了？"

经娘一说，耿守心立刻感到刚才的话没过脑子，他下意识地伸了伸舌头，没敢再次接话。

躺在床上的耿广常很不高兴且口气生硬地说话了："你在团支部干什么了？"

耿守心赶紧答道："我写了份材料，广林大爷找我说了会儿话。"

耿广常口气稍稍缓和些，追问道："你广林大爷和你说什么了？"

耿守心答："他嘱咐我，让我好好干。"

守心他娘插话道："你广林大爷本来不想让你当这个生产队队长的，可现在他也没有办法了。"

耿守心答："我知道！"

耿广常再问："明天就要上工了，你准备怎么个干法啊？"

耿守心答："还没想好。"

耿广常再次生起气来："那怎么能行？一点思路都没有，这不是胡闹、让大伙儿看笑话吗？"

守心他娘忍不住回了自己老伴儿一句："那你说说孩子应该怎么个干法啊？"

耿广常立即披衣坐在床上，对着耿守心喊道："你过这边来，我给你说说。"

耿守心赶紧来到里屋爹娘的身边，怯怯地看着一脸怒容的父亲。

耿广常盯着自己儿子耿守心说道："第一，要虚心！第二，要肯干！第三，要公道！第四，要不怕得罪人！明天开始上工，别忘记打铃！你记住了没有？"

耿守心怔怔答道："爹，我记住了！"

耿广常脸色和缓了些："好啦！你去睡觉吧！明天还得上工呢。"说完，他脱掉披在身上的棉衣，重新躺下，钻进了被窝里。

守心他娘有些不高兴地埋怨老伴儿道："你对孩子说话，从来就那么几句，而且还硬邦邦的！"她边说边吹灭了灯，不再理他。

第二天早晨，耿守心匆匆吃完饭后，他先急忙来到耿广旺家，见耿广旺正躺在被窝里，便上前关切道："广旺大爷！您的腰疼好点了吗？"

耿广旺见耿守心来了，向外慢慢侧了侧身，龇牙咧嘴微笑道："昨天折腾得多了点，这腰疼了一晚上，怕是今天连门也不敢出去了。"

耿守心赶紧道："我去叫医生，这样或许会好得快些。"

耿广旺立即叫住耿守心："你别管了，待会儿我让家里人去叫。今天上午生产队应该开个会，你去和大伙儿见见面，大伙儿既然选了你，你总该向大伙儿表表态，说说自己的想法和打算不是？"

耿守心心有余悸道："您不在场，我心里没底啊！"

耿广旺笑了笑："你只管去，没有关系，怎么说都行！说错了，大爷我给你兜着。再说了，大伙儿对你还是很信任、很支持的，不然也不会那么多人投你的票。记住了，自己心里咋想的，就咋说，其他的事情，等我病好了后，咱们再慢慢和大伙儿一起商议。"

耿守心告辞耿广旺后，又匆忙赶到副队长耿守祥的家里。他和正在吃早饭的耿守祥简单商量了上午开会的事情后，急忙来到了挂在村中大树杈上的那个铁铃前敲响了铃——这是生产队集合开工的铃声。

有社员从家里跑出来问道："守心队长！今天干什么活啊？需要带什么工具？"

耿守心笑道："不带工具，全体到大棚里开会！"

有小孩子们跑过来看了看耿守心，一边笑着，一边四处跑开，连连高声嚷道："新队长上任了！不带工具，全体到大棚里开会！"

耿守心笑着看着跑开的孩子们。心里想：这倒省事！不用自己挨家挨户通知了。

耿守心一路上和来来往往的社员们热情打着招呼地来到了生产队大棚后，副队长耿守祥也撂下饭碗前后脚地赶了过来。他俩坐在生产队大棚里的长条凳子上，商量起了今天开会和下一步生产队的事情。

耿守祥信心满满道："要说这生产队队长，倒也好干！咱们生产队不比别的生产队，这些年，经过广旺叔的调理，大伙儿的心劲比较齐，内部没有那么多弯弯绕的事，要说有点小毛病，就是个别社员有点小私心，平时喜欢沾点光、偷点懒什么的，没啥大毛病、大问题。如今咱俩担起了生产队队长、副队长这副担子，只要咱俩心齐力合、敢于碰硬，谅也不会出现多大的问题！"

耿守心笑了笑，谦恭道："广祥哥，你知道，我刚毕业不到一年，对咱们生产队的情况不太熟悉，更没啥经验。你懂的比我多，平时要多提醒、多指点，遇到大的困难和问题，一是咱俩多商量、多沟通，二是多多请教广旺大爷他们，再有社员们的帮助和支持，我们应该不会辜负大家的期望和信任。"

耿守祥笑着拍了拍耿守心的肩膀："守心兄弟！你甭客气！你有文化、有知识，又是队长，我听你的！遇到困难和麻烦，你告诉我，哥哥我一定冲锋在前！谅也不会有人敢随便给咱们两个出难题！"

耿守心再次笑了笑，但没有接话。他知道，眼前这个比自己年长五岁、同时也是生产队副队长的耿守祥，虽说没有多少文化，但为人比较豪放仗义，生产队的情况也比自己熟悉，虽然自己不喜欢用"硬碰硬"地方法对待和解决工作中遇到的矛盾和问题——因为大伙儿都是明白事理的人，而且大家的根本利益和目标非常一致，只要话说到了，理说透了，应该没有什么不可调和的矛盾和难题，用不着"硬碰硬"地伤和气。但他知道，由于自己的经验和阅历太过浅薄，对生产队的情况不够熟悉，他现在只能对耿守祥话中"敢于碰硬"和父亲昨晚说过的"不怕得罪人"这些话，将信将疑暂存心底。

说到耿守祥，耿守心和他并没有太多的交集。一是因为他俩年龄相差几岁，过去很少一起玩耍，二是因为耿守心的大部分时间主要是在学校度过的。但他知道，耿守祥是一个直性格、急脾气和敢作敢为的人。除此之外，他还知道耿守祥的家族比较大，他的爷爷生了三个儿子，他的父亲生了四个儿子，他排行最小。虽说他的家族比较大，锅勺也有相互碰撞的时候，但他家对外从来都是一个声音，表现得特别团结亲密，在第三生产队这个小小天地里，虽然他们从不欺负别人，但也从来没有挨过欺负。虽说耿守祥从小罩在家人特别是三个哥哥的保护之下，但穷人的孩子早当家，在他幼小的年龄就养成了自强自立和不甘示弱的倔强直率脾气，以至于看不出他有什么娇生惯养和蛮不讲理的样子。这次生产队队长改选，社员们正是冲着他公平公正、敢于碰硬的直率性格，才投了他的票，和耿守心搭起了班子。

俩人正在你一言我一语商量筹划着生产队下一步工作的时候，一向坚持原则且沉默寡言的记工员耿守群，急急忙忙走过来冷冷说道："守心兄弟！这个记工员我不干了！你们另选别人吧！"说完，没等耿守心回话，就急着离去。

耿守心连忙喊住问道："守群哥，为啥呀？"

耿守祥也生气地插话道："守群啊，不是我批评你，守心我俩刚刚当上生产队队长、副队长，你就撂挑子不干了，这不是让我们难堪、给我们出难题吗？你究竟是啥意思？"

耿守群冷漠地斜眼看了看耿守祥，没有说话，他依旧对着耿守心说道："守心兄弟，反正我是不干了，这话我过去对广旺叔说过，今天再给你说一次！"说完，头也不回地走到一边去。

本来心情挺好的耿守祥，见耿守群如此目中无人的样子，气不打一处来地盯着耿守群的背影，高声愤愤道："你不干拉倒！我们另选别人！好多人抢着当记工员呢！我们一个大活人，还能让你这泡臭尿憋死？"

已经走到大棚边上的耿守群没有接话，他一个人静静坐了下去。

耿守心笑了笑，没有吱声。他心里想：如果换人，也应该先问清具体原因再说；再说了，也应该先听听广旺大爷的意见才是。

耿守心回头看了看参加会议的社员们来得差不多了，对耿守祥微笑道："守祥哥，咱们先开会吧？其他的事情会后再议？"

耿守祥回答"也行"后，径直走到了会场中间，亮开嗓门，高声喊道："各位老少爷们，大家往一起凑凑，咱们现在开会！"

男女社员们嬉笑着慢腾腾地从大棚的门里门外聚拢到大棚里面坐下后，耿守祥清了清嗓子，涨红着脸，大声说道："刚才，守心队长和我商量过了，今天开会就两件事情：一是守心队长说说下一步的思路和打算；二是听听大伙儿的意见和建议。在正式开会之前，我先说两件事：一是以后再集合开会的时候，大伙儿要来得快一点，不能总是拖拖拉拉、慢慢腾腾、磨磨唧唧的。以后谁迟到了，晚上记工的时候吱一声，扣两分。二是守心和我是大家选出来的生产队队长、副队长，大伙儿一定要多理解、多服从、多支持，不能随便给我们弄难堪、出难题，更不能随便使性子、撂挑子。"他边说，边使劲儿地瞪了一眼坐在社员堆里的耿守群。

正在低头闷闷不乐的耿守群，听出耿守祥正在不点名地批评和盯着自己，不知哪来的劲头，他突然抬起头来，声音不大不小地回敬道："你是副队长，嘴长在你脸上，你想说啥就说啥，反正我就是不干了，你爱咋的咋的！"

耿守祥顿时火起，涨红着脸正想发作，社员们纷纷上前劝道："算了！算了！你俩都少说一句吧！头一回开会就闹成这个样子，多没意思！让守心队长先说说吧，我们想听听他是咋想的。"

耿守祥狠狠瞪了耿守群两眼，没有再次说话，他冲耿守心看了看后，气呼呼地坐回了原位。

耿守心也没想到"首次会议的序曲"会弄成这个样子。他稍稍低头想了想后，走到会场中间，先看了看余怒未消的耿守祥，又看了看耷拉着头的耿守群，抬头笑了笑，说道："我说早晨吃饭的时候，为啥自己的牙齿咬了自己的舌头，原因就在这里！"

一句话，把现场的男女社员们逗得哈哈大笑起来！

耿守心接上道："各位长辈、各位平辈、各位晚辈：首先，我和守祥哥哥非常感谢大伙儿选举我俩担任生产队队长、副队长！既然大伙儿这么放心地把这么重的担子压给我俩，我俩无论如何也得有信心、有决心，对得住大伙儿的期望和信任！"

他边说边再次看了看耿守祥，发现耿守祥也在抬头着看自己。

"新官上任总要表表自己的态度和决心，其实，我也没有什么好说的。目的只有一个，就是和全生产队的老老少少、兄弟爷们们一起，把咱们生产队的生产搞上去，种好庄稼，多打粮食，让咱们家家户户、男男女女，老老少少、高高兴兴、开开心心地过上好日子！大伙儿说，是不是？"

社员们纷纷笑道："就是！就是！"

"怎样才能做到呢？昨天晚上，我想了好长时间。刚才，我又和守祥哥好好商量了商量。如果我下面说得不对，守祥哥和大伙儿可以补充纠正。谁说得对，咱就听谁的！"

耿守心说这话时，他又特意看了看耿守祥，耿守祥的情绪明显有了好转，正在微笑着看自己。

"第一点，我一定学习、学习、再学习！既虚心向守祥哥哥学习、向广旺大爷学习，也虚心向全生产队的各位老少爷们学习！还请大家多多指点，不吝赐教！让我在你们的继续关心指导帮助下，挑好这副担子！第二点，我一定带个好头！逢事想在前头，劳动干在前头，克服困难走在前头，要求大家做到的，我首先做在前头！第三点，我一定公平公正，不徇私情！在咱们第三生产队这个大家庭里，我保证不谋私利，保证公平公道，保证一碗水端平！第四点，在维护咱们生产队和大伙儿的利益方面，我一定坚持原则，做在前头！遇到问题和矛盾，我决不绕着走！我会平等讨论、公开透明！如果遇到实在无法调和的矛盾和问题，我会坚持原则、讲究方法、说明道理、勇于斗争！真正做一名大伙儿拥赖信任的人！以上这四点，我保证说到做到，不放空炮！你们大伙儿说，这样行不行？"

耿守心话音刚落，社员们纷纷再次笑着说道："毕竟是高中生！说话一条一条的，我看这样行！"

这时，像昨天一样依旧蹲在大棚门口抽烟的耿老三，拿着烟斗站起来，笑着说道："守心啊，你刚才说的这几点，大爷我都同意！我现在就想问问你，咱们生产队一忙起来，你在大队团支部又当书记，一肩挑，两边跑，这事你打算咋处理？"

耿守心笑了笑正想回答，坐在人群中的耿小二突然站起来，抢先大声答道："爹！我看这事好处理！你和守心队长的角色差不离！"

社员们立刻笑着责备道："小二啊，你这话咋说的？守心是守心！你爹是你爹！他俩怎么差不离？"

耿小二笑着解释道："大伙儿误会了！我是说啊，我爹在家里是我爹，我爹在生产队里是社员，就像守心队长一样，两副担子，一肩挑，我爹不是照样干得很好哩！"

一句话，把大伙儿和蹲在门口的耿老三说得哈哈大笑起来。

又有社员问道："守心啊，你刚刚高中毕业不到一年，什么季节该种什么庄稼？什么土质该施什么肥料？庄稼长到什么时候该浇几茬水？应该不太熟悉，这事你打算咋处理？"

耿守心笑道："有广旺大爷、守祥哥哥和你们大伙儿操心关心，我不犯愁！一切听大伙儿的！"

正在这时，坐在社员中的前任生产队副队长孙又廷站起身来说道："守心兄弟！你刚才说的那四点都很好！可我总觉得，你刚才说的这句话是不是再考虑考虑？俗话说，众口难调，主事一人。你是生产队队长，不能逢事总听别人的。关键的时候，还是应该自己拿主意！"

有几个社员立刻附和道："又廷说得对！当队长可不能逢事总听别人的。不然大伙儿会瞧不起你！"

耿守心笑了笑，正想解释什么，坐在一旁的耿守祥，忽地站起身来，他先是瞪了孙又廷一眼，后又冲着那几个附和的社员大声说道："杀猪捅屁股，各有各的招！穿开裆裤子撒尿，偏要脱下裤子，各有各的路数！刚才守心队长说的话，我完全同意！我就不信守心队长这么恭敬谦虚，你们反倒忍心出他的洋相、看他的不是。如果大伙儿没有什么新的问题，我看咱们下面进行第二个议程：请大伙儿对咱们生产队下一步的工作提出意见和建议。"

耿守祥的话音刚落，立刻在社员们中引起一片笑声，接着，是一阵更加热烈的议论。

有社员说："咱们的自留地是不是也该调整调整了？"

有社员立刻反驳道："刚调过两年，我施的肥还没有用劲儿呢！"

又有社员说："工分是不是也该评评了？"

又有社员立刻反对道："刚评过半年，老折腾什么？搞得鸡飞狗跳、人心惶惶的！"

还有社员说："这生产队会计、饲养员、记工员、保管员是不是也该换换了？"

还有社员立刻质疑道："这又不是轮流坐庄？别老换来换去的！你想当啊？怎么的？"

社员们你一言我一语的热烈讨论，引起了耿守心的极大兴趣，他一边认真倾听，一边默默记在心里。

耿守祥则有些不高兴了。他看着社员们一片乱哄哄，甚至好几个人相互争论不休的样子，突然不耐烦地站起来，亮开嗓门，高声说道："大伙儿不要这么乱哄哄地开小会、发议论。谁要想说，站起来说，其他人好好听着。开会就像过年赶大集似的，像个什么样子！"

一句话，把大伙儿的议论热情湮灭下去。社员们你看看我，我看看你，没有人再说话，转而面面相觑。

这时，坐在社员中一直没有说话的耿老五突然站起身来，说道："我说两句吧。一是，你们生产队队长、副队长既然让俺们大伙儿提意见、提建议，就应该好好听听大伙儿是怎么说的，而不要太过讲究发言讨论的形式。二是，咱们大伙儿也应该注意，大家这样乱哄哄地吵成一团，各开各的小会，守心、守祥，他们究竟该听谁的？谁要说，站起来说，不要在底下争来争去，咱们开会也得讲究个质量和效率，你们大伙儿说，是不是？"

不少社员立刻附和道："老五说得在理！"

耿老五接着说道："我刚才也听出来了，大伙儿议论的无非就是这么几个问题：一是调整自留地，二是评工分，三是调换生产队会计、饲养员、记工员、保管员。当然，有的同意，有的不同意。我看啊，再说下去还是这些事，最后肯定需要你们队长、副队长自个拿主意！"说完，就坐了下去。

社员们纷纷附和道："就是！就是！"

耿守祥再次亮起嗓门："既然这样，大伙儿还有没有别的意见和建议？"

没有人吱声，会场一片沉寂。

耿守心和耿守祥相互对视了一眼，耿守祥再次走到社员们中间，说道："今天的会议到此为止！大伙儿刚才提的意见和建议，等守心队长我俩商量后，再决定怎么处理！"

社员们散去后，生产队的大棚里只留下耿守心、耿守祥两个人。

耿守祥耷拉着脸，首先说道："守心兄弟，我是个急脾气、直肠子，说得不合适，你可别介意！"

耿守心笑了笑："没关系！你是哥哥哩。"

耿守祥接着道："你安排大伙儿提意见、提建议本身没有错，可咱们生产队和你们团支部根本不是一码事。你看看，刚才讨论时候的那个会场秩序，简直就是一团糟！就像食盆子放在了饿疯了的猪圈里。有些人根本就在打自己的小九九，逢事只考虑个人的眼前利益，或者说，压根就没把咱俩放在眼里。还有那个孙又廷，张口闭口就是让你一个人下决心、拿主意。分明是想看你的哈哈笑，如果我不是看在他和我家拐弯抹角的亲戚份上，刚才，我真想狠狠地当众怼他一顿！"

耿守心笑道："其实，我倒觉得今天大伙儿提意见、提建议的气氛挺好，大家有啥说啥，没有把话窝在自个儿的心里……"

耿守祥急着打断道："咱们当生产队队长、副队长，必须要有权威！社员们说啥的都有，咱可不能拿不定主意。我们应该像广旺叔那样，说话掷地有声，干事说一不二！反正咱俩是生产队队长、副队长，主持公平公正公道，谁有意见自个儿找我们来提，我们才没闲工夫专门开会听他们的那些意见和建议！"

耿守心依旧笑着说道："守祥哥，咱俩可不敢和广旺大爷比。他情况熟悉，群众威信高，咱俩既年轻又没权威。再一个，咱俩的工作目标可是既要搞好生产，又要让大伙儿高高兴兴、开开心心不是？"

耿守祥有些不以为然，但想了想后，似有所悟地说道："你说得倒也没错，可我总觉得不是那么回事。"

耿守心笑问："广祥哥，你半夜爬过山没有？"

耿守祥不明就里地随口答道："哪有半晚爬山的？看不清路，那还不得摔到沟里去！"

耿守心笑了："这就对了！咱俩当了队长、副队长，特别是我，许多情况不熟悉，让社员们当场提提意见、提提建议，看看他们的现场表现和情绪，一来听听大家心里想什么、盼什么、有什么疙瘩和问题；二来听听大家有什么好方法、好点子、好主意。这些情况摸透了、熟悉了、掌握了，咱们下一步的工作就能有的放矢、对症下药、大刀阔斧、快步前进了，这对我们只有好处、没有坏处。你说，是不是这个道理？"

耿守祥突然拍了拍脑门，立刻笑道："噢！原来你是这样想的！守心兄弟，我还真小看了你！哈哈哈！"

耿守心接着说道："关于大伙儿今天提的意见和建议，你说咱们应该咋处理？"

耿守祥想了想后，说道："我的意见是：一朝天子一朝臣，一届班子一套规矩。生产队会计、保管员、记工员、饲养员全换，自留地重分，工分重评。反正这都是社员们自己提的意见和建议，与咱俩没有关系。谁有不同意见，他们自个儿相互提去！"

耿守心笑了笑："我看这样吧！我先找广旺大爷说说，听听他的意见再说，你看可不可以？"

耿守祥想了想后，说道："也行！你是队长，我听你的！"

午饭时，耿守心回到家后，新任队长、副队长召开"首次会议"的详细情况，早有社员传回家里。

奶奶一边吃饭，一边快言快语问道："孙子哎！我怎么听说生产队里开会乱哄哄的？大伙儿说啥的都有，是不是你们两个太年轻了，压不住阵式？"

守心他娘接上道："你老五婶子也过来说了，既然大伙儿选你当了生产队队长，你该拿主意时，就拿主意，少听他们一会儿这样、一会儿那样地乱发议论。"

耿广常一边吃着饭，一边不高兴地盯了自己老伴儿一眼，又看了看飞快吃饭的儿子耿守心，一副想要说话却又欲言又止的样子。

爷爷吃了几口饭后，慈祥地看着耿守心说道："大孙子哎！生产队遇到什么事情，先跟你广旺大爷说说，让他帮你说道说道、拿拿主意。"

耿守心一边快速吃着饭，一边想着自己的心事，一边心不在焉地回应着爷爷、奶奶和娘的问话。他打算饭后尽快赶到耿广旺家，说说上午开会的情况，问问他该怎样处理。

耿守心赶到耿广旺家的时候，耿广旺还没有起床，几名前来探望的社员们正在询问着耿广旺的病情，议论着生产队上午开会的话题。

社员们见耿守心赶过来，纷纷上前搭话道："守心啊，今天上午开会，你们让大伙儿提意见提建议很好，但要真正落实起来，肯定还有不少难题。"

已经了解情况的耿广旺躺在床上插话道："守心刚刚当上生产队队长，自然要听听大伙儿的意见建议。但大伙儿的话也不能全听全信，因为大伙儿的意见压根就不一致。咱们有些人实在不是那么回事，总喜欢站在个人的利益上琢磨问题，是不是想趁守心年轻不太了解情况，借机捞点个人的小好处、沾点集体的小便宜、钻点新任队长的小空子？这些问题，守心啊，你一定要引起戒备和注意！"

坐在坑沿上的耿老五接上道："广旺哥说得有道理！如果今天广旺哥在场，有些人肯定不会那么说，会议也不可能开成这个样子。守心啊，你们让大伙儿提意见、提建议没有错，但你们满脸不高兴地冲着大伙儿乱嚷嚷、发脾气，好像不太占理。你俩都是刚刚当上队长、副队长的年轻人，在老少爷们面前，说啥也应该注意礼节礼貌和客气，你说是不是？"

耿守心赶紧点了点头，笑着说道："老五叔说得是！都是我的不对！"

站在坑边的社员们插话道："守心倒是一直笑呵呵地认真倾听，他可没有发过什么脾气！"

耿老五笑道："守心是没有发脾气，可他是生产队队长，应该承担'一把手'的驾驭和责任！"他笑了笑后，冲着耿守心继续说道："再一个，你广旺大爷刚才也说了，社员们的意见和建议，你可听可不听，关键是要自己拿主意。"

耿守心笑了，边笑边说："老五叔！您说得又对又不对。广旺大爷可没有说让我自个儿拿主意，我的主意首先要听广旺大爷和咱们大伙儿的，您说对不对？"

一句话，引得耿广旺、耿老五和在场的社员们都笑了起来。

耿广旺边笑边从被窝里慢慢坐起来，接着说道："守心啊，我看这样吧，自留地的事，评工分的事，暂时缓一缓，慢慢听听大伙儿的意见再说！反正这段时间冬闲出工少，对大伙儿也没啥影响。调换生产队会计、记工员、饲养员、保管员的事，你和守祥先商量个意见出来，再让大伙儿议议。我的意见是，换换也行，调动调动积极性，省得老在一个位置上待腻歪了，没了动力，但一定要注意大伙儿的反应和情绪。你俩刚刚上来，可不能搞得社员们怨声载道、鸡飞狗跳的。另外，你在大队团支部还有一摊子事，是不是再增选一个妇女副队长？也好分担分担你俩的辛苦和担子。"

耿守心立刻笑道："广旺大爷，我听您的！"

耿老五接上道："再增选一个妇女副队长，我看十分必要！今天上午我还在考虑这个事，没想到广旺哥已经想到了头里。另外，要想调换好生产队会计、保管员、记工员和饲养员，那可不是一件容易事！一是他们这几个人干得还都不赖，二是不少人都想干，不少人又有意见，难就难在这里。既然你广旺大爷同意你们换，我们也不好反对，反正这里边的道道比较多，守心啊，你可千万千万注意！"

耿守心离开耿广旺家后，直接去了耿守祥的家里。他把耿广旺"再增选一个妇女副队长"和"换换生产队会计、饲养员、记工员、保管员也行"的意见告诉了耿守祥，俩人一起商量起了具体的调整方案和步骤措施。

耿守祥道："我觉得广旺叔的意见挺好！可现在的问题是，选谁当这个妇女副队长？怎样才能调换好这几个人？"

耿守心道："我倒有个办法，你看可取不可取？一是咱们先定个目标，保证有利于工作，有利于生产，保证大家开开心心、欢欢喜喜……"

耿守祥一筹莫展地插话道："难啊！世上哪有这种好事？增选个妇女副队长倒也好办，要想痛痛快快地调换好这几个人，确实是个大难题！有人想干，有人又不同意他们干，难就难在这里！"

耿守心没有接他的话茬，按着刚才的思路继续道："二是，咱先找这几个人开个会，听听他们的意见和想法，同时鼓励他们积极报名参加这几个岗位下一步的竞聘……"

耿守祥眼睛一亮，立即打断道："竞聘？什么意思？"

耿守心解释道："对！竞聘！就是个人先自愿报名，然后在社员们面前说说自己的想法和打算，接着让社员们提出问题，由他们回答和解释，再组织社员们现场充分讨论投票后，最后由队长、副队长研究确定具体的岗位和名字。"

耿守祥一拍大腿道："这倒是个好办法！"随后又顾虑重重道："不过，能干的不报名，不能干的倒报了名，最后选了个不合适、不满意的，那不更影响大伙儿的情绪？"

耿守心赶紧解释道："所以说，我们必须把有关的工作做在头里。"

"啥工作做在头里？咋做？"耿守祥再次来了兴致。

耿守心道："咱们觉得谁最合适，提前私下里先给他做做工作，鼓励他报名参加竞聘，但不要保证他一定竞聘成功，关键要看现场社员们的反应和他自己的努力。"

"这个办法倒挺好！不过，一个位置，找几个人报名竞聘合适吗？"耿守祥急不可耐地追问。

耿守心道："虽说多多益善，但我看，一个岗位，三四个人报名足够了，其中一定要有我们认为最合适而且私下做过工作的人。"

耿守祥又问："是投票还是现场举手表决？如果投票，票数要不要公开？如果不公开，有人会有意见，如果公开了，搞不好又有热闹看了！"说完，他和耿守心会意地笑起来。

耿守心边笑边道："我建议，到时候咱们灵活掌握，一切以竞聘出称职合适的人和让大伙儿开心满意为目的。"

耿守祥笑着点了点头，接着问道："你看，妇女副队长选谁合适？"

耿守心笑道："你的意见呢？"

耿守祥道："我看你们团支部的委员张桂兰不错，干活利利索索、风风火火，说话办事快人快语、不藏不掖，而且她肯定会支持你！"

耿守心笑了："同意你的意见！不过，增选妇女副队长的事，我要先报大队党支部广林大爷同意，然后才能组织社员们选举。大伙儿推荐妇女副队长的时候，你来主持，最好找个合适的档口，你亲自点出张桂兰的名字，看看大家的讨论和反应，再说是不是非要投票选举。"

耿守祥笑道："我看这样行！干这种事，我向来比较干净利索，而且保证让你满意！哈哈哈！"

俩人又商量了需要提前私下做工作的几个人员名单后，立即开始了分头行动。

耿守心先把与耿守祥商量的结果向耿广旺通了气，得到了耿广旺的充分肯定和赞许。耿广旺特别嘱咐说："开会的时候，让人提前通知我，我一定想办法到场，为你们坐镇抖气！"之后，他又迅速赶到大队部向耿广林请求了"增选妇女副队长"的事，同样获得了同意。

耿守祥则立即召开了生产队会计、保管员、记工员和饲养员会议，把社员们上午的意见如此这般地再次重复了一遍，鼓励加肯定地表扬了他们过去的辛苦和努力，并提出了希望他们积极报名参加下一步相关岗位竞聘的建议。

这些事情办完后，耿守心、耿守祥按名单分别找到几个社员提前私下做了思想工作，鼓励他们积极报名参加相关岗位竞聘，特别提到"能不能成功，关键看社员们的现场反应和你们自己的努力，反正我们特别看好你！"

为了"好事快办效果更好"，也为了防止夜长梦多、社员们议论纷纷，在这些事情连夜办妥后，他们决定第二天上午立即召开生产队全体社员会议。

其实，第三生产队岗位竞聘的消息，当天夜里就在社员中传开了，以至于耿守心吃过早饭刚刚敲响生产队集合的铃声，社员们就纷纷赶到生产队的大棚里，不仅人来得特别快，而且人数到得特别齐。

耿广旺是在耿守心的搀扶下走进会场的。他乐呵呵地和已经提前到达的社员们打着招呼，回答着大伙儿的关心和询问，笑眯眯地坐在社员们给他搬到会场中间的凳子上，然后，他又慢慢站起身来，让人把凳子往边上移了移。

看着参加会议的社员们到齐后，耿守祥走过来和耿守心耳语了几句后，亮开嗓门笑着说道："各位老少爷们：昨天开会，今天咱们继续开会！昨天大伙儿提了不少意见和建议，守心队长和我研究后，今天落实其中的一些建议！"

社员们纷纷笑道："毕竟是年轻人，干事就是麻利！"

耿守祥继续道："今天开会就两件事，一是增选一名妇女副队长；二是竞聘生产队会计、记工员、保管员、饲养员。前面的一项我来主持，后面的一项，由守心队长亲自主持，下面正式开始！"

有社员不解地问："不是一件事吗？怎么又增选妇女副队长啊？还得来来

回回地投票，怪麻烦的！"

耿广旺笑着接上道："守心一身兼、两边跑，太忙了！多个帮手，对咱们大伙儿是件好事！"

社员们见耿广旺如此表态，纷纷接上道："也行！那就从女社员中挑一个吧，看看谁更合适？"

有社员立即说道："耿老五媳妇不错！敢作敢为、快人快语！我看她当妇女副队长挺合适！"

耿广旺看了一眼耿老五，耿老五立马心领神会地大声说道："俺那口子不行！俺家里事情太多，顾不过来，还是选个年轻的！"

正在大家纷纷议论应该选谁的时候，耿守祥笑着说道："我看咱们年轻的女社员中，大队团支部委员张桂兰比较合适！"

正在这时，坐在人群中的张桂兰她爹一脸不高兴地摇了摇头，急着插话道："她不行！一个小闺女家，能懂啥哩？"

耿广旺立刻笑着接过话："张大哥啊！张桂兰要是个男孩子，我们大伙儿还不选她呢！我看啊，团支部的工作做得不错，她也出了不少力！不论你们大伙儿怎么着，反正我是完全赞成。"

既然耿广旺率先表了态，社员们纷纷接上道："就选张桂兰吧，我同意。她和守心队长合得来，团支部的工作做得多好啊，你们大伙儿说是不是？"

耿守祥看了一眼耿广旺，笑着问道："广旺叔，你看大伙儿都表态了，这票还需不需要继续投下去？"

耿广旺环顾了一眼社员们，笑着说道："我看不投票也行！大伙儿都没啥意见，咱们省点事，举举手，表表决，你们大伙儿说，是不是？"

社员们纷纷说道："举举手吧，反正我们同意，别再跑来又跑去。"

耿守祥笑道："既然这样，咱们举手表决！同意张桂兰担任妇女副队长的，请举手！"

话音刚落，社员们一下把手举了起来，其中包括张桂兰她爹。耿守祥笑着上前问道："张叔叔，你也同意？"

张桂兰她爹抬起头来，一副无可奈何的样子，低声说道："广旺兄弟开口说她行，我能有啥脾气？"

一句话，把现场的社员们引得哈哈大笑起来，那欢快热闹的气氛表明：社员们都很满意。

紧接着，耿守祥一本正经地高声说道："妇女副队长选完了，张桂兰副队长现在可以走马上任了!"他转过身,对着坐在妇女人堆里的张桂兰笑道:"张副队长,咱得把话说在头里!守心是队长,我是第一副队长,你是第二副队长,听见了没有?咱们两个可不能乱了规矩顺序!"

张桂兰立即咯咯咯地笑着说道:"知道了!俺也听你的!"

他俩话音未落,立即引起社员们的一片笑声,一扫前两次会议的沉闷压抑气氛。

社员们笑声停止后,耿守祥继续说道:"我的主持议题完成了。下面请守心队长亲自主持第二个议题。我领个头,咱们大伙儿破破例,掌声欢迎欢迎、鼓励鼓励!"说完,他带头鼓起掌来。

生产队的社员们原本没有鼓掌的习惯,经耿守祥如此鼓动带头,现场的男女社员们一边欢笑着一边跟着耿守祥热烈鼓起掌来。

耿守心脸红红地走到会场中间,他先来到正在边鼓掌边乐呵呵看着自己的耿广旺面前,弯下身去,轻声问道:"广旺大爷,咱们现在开始?"

耿广旺笑道:"开始吧!我们听你的!"

耿守心抬起头,走到中间位置,他先向社员们鞠了一躬,然后笑着说道:"头一次在咱们生产队听到大伙儿的掌声,很不习惯!很不自然!也很不好意思!"

现场的社员们立刻大声笑起来,那味道充满了特别的亲切和甜蜜。

耿守心接着说道:"昨天,大伙儿提出了调整生产队会计、记工员、保管员和饲养员的建议。为此,我和守祥哥立即作了认真研究,感到有许多合理的成分。这几个社员虽说干得都很不错,付出了很多努力,值得特别肯定,但依照大伙儿的意见和建议,也需要进一步鞭策和激励。为此,我们商量并征求部分社员的意见后,决定今天对这几个岗位进行公开竞聘。主要步骤和方法是:一是个人自愿报名,二是在大伙儿面前说说自己的想法和打算,三是社员们提出问题由竞聘者现场回答,四是社员们充分讨论后,视情投票或者其他办法现场表决,五是根据表决结果,由生产队队长、副队长研究并确定具体岗位名单。"

耿守心一口气说完后,他看了看副队长耿守祥,耿守祥立即站起来说道:"这个办法公开透明、公平合理,是守心队长亲自出的主意,我完全赞成、完全支持、坚决同意!你们大伙儿有什么意见,现在就提!"

社员们先是一阵兴奋的议论叫好,接着纷纷停下来,大伙儿想听听耿广旺是啥意思。

耿广旺笑了笑，看着大伙儿说道："老实说，这个办法过去没有搞过，是个新做法、新主意。守心刚才说了，我看比较公平合理，也能对竞聘上的人给予监督鼓励，倒是不妨一试。反正我是完全赞成的"

耿广旺的话音刚落，大伙儿纷纷再次接上道："这个办法好！应该试试！守心队长的脑子就是好使，想出这么一个好点子、好主意！"

既然社员们没有反对意见，那就立即开始。

在耿守心的组织、耿守祥的呼应、耿广旺的外围协助和社员们的阵阵欢声笑语声中，一个个竞聘生产队会计、记工员、保管员和饲养员的社员们逐个站起身来，按序说出了自己的想法和打算，并回答了社员们的一个又一个问题……

随着先后数名社员主动退出竞聘并获得现场社员们的一片掌声和叫好声后，四个竞聘岗位，很快集中到最后四个人：孙又廷、耿守群、耿小二和耿老三父子。

竞聘生产队会计的孙又廷说道："我有文化，初中毕业，过去担任过生产队副队长，有一定的工作经验，知道怎么配合生产队队长工作，大伙儿如果不信，可以问问广旺叔，看看我说得对不对？"他边说边看了看耿广旺。

耿广旺笑道："又廷说得对！大伙儿知道，又廷做事比较认真，但有时放不开手脚，太过仔细和谨慎。不过，他当生产队会计正合适！"

大伙儿纷纷道："那就选他吧！"

竞聘记工员、保管员的耿守群说道："昨天，我辞去了记工员，守心队长专门找我谈了谈。我告诉他，我昨天之所以辞去记工员，主要是因为守祥副队长的嫂子对我前段时间扣她工分有意见，这事虽说过去了一阵子，可昨天守祥选上副队长后，他嫂子见了我就装没看见，我一气之下才向守心队长提出辞职，事情就是这么简单，也没有什么别的问题。守心队长因为这事批评了我，也肯定了我，我觉得他说得有道理，自己应该好好干，为咱们生产队多出力、做贡献。所以，我今天竞聘两个岗位，一是记工员，一是保管员，究竟让我干哪个？全听大伙儿和三个生产队队长的意见。"

耿守祥笑着插话道："昨天守心队长已经把这事告诉了我，我为此狠狠批评了俺嫂子，我昨天的做法也太过简单草率，希望守群兄弟不要放在心里！"

大伙儿笑道："你看看！你看看！这话一说开，啥事都没有！要是不说开，还以为是什么大问题！"

竞聘记工员的耿小二摸了摸脑袋站起来，高声嚷道："守群哥！你究竟是竞聘记工员还是保管员？我可是竞聘的记工员！你让我咋处理？"

大伙儿笑道："小二文化比较深，当记工员更合适！守群老实公道，当保管员大伙儿肯定满意！"

耿守群笑道："那我就听大伙儿的！"

竞聘饲养员的耿老三磕了磕烟斗站起来，笑着说道："我年纪大了，觉也少了，过去喂过牛，有一定经验，如果大伙儿不嫌弃，我保证把牛喂得肥肥壮壮的！让大伙儿都放心、都满意！"

耿老五笑道："老三啊！当饲养员可要没白没黑地忙活，你老伴儿可能没啥意见，关键是你儿子同意不同意？"

耿小二连忙站起身来插话道："鼓励他当饲养员是俺出的主意！俺爹他没啥大毛病，就是特别喜欢牛，而且常常喜欢蹲在牛的旁边抽烟，有时熏得老牛直打喷嚏！"

一句话，惹得坐在耿老三周围的社员们哈哈大笑着责备起耿小二，会场的欢快热闹气氛，就像洪水猛地冲破了坝堤。

耿广旺笑得擦起了眼泪，边笑边说："耿小二真是个捣蛋鬼。这真话不分场合地点地胡乱一说，简直就是相声大师侯宝林的徒弟！我看啊，就让耿老三干饲养员吧，他过去喂过牛，喜欢牛，也有经验，应该不会出啥问题！"

许多社员纷纷点头同意，直说耿老三特别能干踏实。

耿守心看着大伙儿的意见已经比较集中统一，他把耿守祥、张桂兰两位副队长叫在一起小声商量几句后，走到耿广旺的身边轻声问道："广旺大爷，您看咱们是举手表决？还是投票处理？"

耿广旺微笑着看着社员们说道："各位老少爷们！我看还是举举手吧？这样方便，反正大伙儿的意见比较集中，应该没啥意见和问题！"

社员们纷纷说道："举举手吧！这样简单，今天这事做得高兴、干净、圆满、麻利！"

耿守心重新走回中间位置后，笑着说道："既然大伙儿的意见是举手表决，那就请大家举手对孙又廷、耿守群、耿小二、耿老三表达意见！同意的请举手，反对的不举……"

耿守心的话还未说完，社员们已经齐刷刷地举起了手，接着是一片掌声和笑声，人人情绪高涨，个个欢声笑语。

隔壁牛棚里的耕牛们，似乎也提起了精神，"哞、哞、哞"地叫个不停，那声音特别动听悦耳。

　　散会后，耿守祥笑着走到耿守心身边小声说道："守心兄弟，你的这个办法真好！这么难办的事情，让咱们三下五除二就轻轻松松搞定了。不仅竞聘上的社员们高兴，落聘的社员们也没有丢面子。而且还选上了咱们希望选上的人，大伙儿都很开心、都很高兴。"

　　耿守心笑了笑："关键是咱俩和大伙儿想到一块了，而且还有广旺大爷给咱们坐镇呼应、强力支持！"

　　耿守心担任生产队队长"初战"告捷后，得到的自然是社员们的广泛认可、两位副队长的拥护信赖和家里人的放心舒心。但这开心顺意、拍手称快的日子没有持续多久，随着社员们"私下议论"的纷至沓来，不仅在队干部、团干部和家人中引起相应的争论和分歧，而且也让耿守心不得不面对新的矛盾、新的选择和新的问题——

31　辞职之困

开春后，生产队的农活逐渐忙起来，广阔的农田里，一派生机盎然，到处都是社员们劳作忙碌的身影。

第三生产队自从改选生产队队长、副队长后，虽说社员还是那些社员，劳动还是那些劳动，田地还是那些田地，但大家的"精、气、神"确实有了迅速地改观：年纪大的社员们受到了更加广泛的尊重，年纪轻的社员们劳动积极性更加高涨，不论是在生产队大棚里召开会议，抑或社员们集体在田间劳动，总能听到不绝于耳的开心笑声，哪怕出工、收工集体走在路上，也常常看到生机勃勃、紧紧凑凑、欢声笑语、融洽和谐的队伍，引得其他生产队的社员们常常投来羡慕的目光。

生产队这些喜人的变化，耿广旺自然看在眼里、喜在心头。他庆幸自己没有看错人，他庆幸自己交好了班。虽说在生产队队长改选时，他没有直言推荐耿守心，但在会场上，他的一举一动，他的表情眼神，已经再清楚不过地告诉了社员们——自己认定的接班人就是耿守心！耿守心这孩子虽然年纪轻，但懂事听话、尊敬长辈、有集体观念，特别是他好学上进、勤于思考、注重团结、处事稳重，逢事讲究方式方法，把一些很难处理的矛盾和问题，化解妥处于无形无影之中。他心里想：如果这样下去，用不了多久，生产队的方方面面，耿守心就不用自己再过多操心，这该是多么好的事情！如果耿守心专心致志在生产队多干几年队长，说不定生产队的精神面貌会更加团结和谐、更加朝气凝聚，生产也会蒸蒸日上、红红火火，大伙儿的日子必然会节节攀高、年年提升！唉！只可惜耿守心还兼任着大队的团支部书记，如果大队团支部的工作再有新的进步和成绩，如果广林书记再有新的打算和考虑，如果耿守心的工作位置再发生什么调整和变动……自己的这些努力和大伙儿的盼望，岂不是白费！想到这，他开始检讨起自己当初主动提出"一肩挑、两边跑"的意见是否可取，甚至后悔不该在"木已成舟"的情况下，自己仍然不顾腰疼、一扭一拐地去大队部向领导们提出那些现在看来"完全不该做"的建议。

耿广旺的这些心思和想法虽然不动声色，但同样的想法和议论早已在社员们中纷纷传出，甚至引起了第三生产队领导班子的"激烈争议"。

傍晚收工后，劳累一天的社员们纷纷赶回家里，生产队的大棚里只剩下队长耿守心、副队长耿守祥、副队长张桂兰和生产队会计孙又廷四个人。

耿守祥心事重重道："守心兄弟！我得给你说件事，今天干活时，社员们又提到了你兼任大队团支部书记的事，大伙儿的意见是不想让你再兼任这个大队团支部书记了，想让你一门心思地带着我们大家搞好生产队的事情。"

孙又廷接上道："守心兄弟！我看大伙儿说得也在理。咱们生产队的形势现在这么好，应该继续红红火火下去！"

张桂兰咯咯咯笑着接上道："你俩说的这些话我也听到过，但我觉得那样不合适。守心当团支部书记在先，当生产队队长在后，要说辞职，也应该分个先后顺序。再说了，选生产队队长时，大伙儿已经说好让他'一肩挑、两边跑'的，咱们可不能出尔反尔、没了信用。"

耿守祥立即瞪了张桂兰一眼，突然提高嗓门道："你说这话我就不爱听！此一时，彼一时，现在这事已经严重影响伤害到了守心队长的形象和威信。不少人私底里说他是'飞鸽型''金鹿型'、有个人目的。你说，再这样下去，影响了咱们的工作和心情不说，总不能让大伙儿背后对守心队长胡乱猜忌、指指点点、说三道四。"

张桂兰不甘示弱地立即反击道："我可不管什么'飞鸽型''金鹿型''永久型'，也不管什么胡乱猜忌、指指点点、说三道四，那嘴长在别人脸上，想说啥，只管说去！我只知道，人如果没有了信用，啥啥也不行！再说了，守心兼任大队团支部书记，虽说团的工作干得红红火火，一再受到上级领导好评，可他从来没有耽误过咱们生产队的事情。"

耿守祥红着脸还想争辩，耿守心笑了笑，赶紧插话道："你们别争了，这事让我想想办法，看看怎么处理。"

耿守祥、张桂兰、孙又廷不约而同道："你有什么办法？"

耿守心道："大伙儿的心思我理解。不过，这事我应该先找广林大爷说说，看看他能不能同意。"

耿守祥和孙又廷立刻一前一后笑道："这就对了！如果广林书记同意你辞去团支部书记，大伙儿保准特别满意高兴！"

张桂兰心事重重提醒道："守心，如果你真这样做，我也不好说啥。不过，咱们大队团支部现在正在出成绩，你现在如果提出不干了，是不是你个人吃亏太多了？再说了，团干部们会不会有意见、有议论？这些问题，你可要细致考虑！"

晚上，耿守心回到家后，爷爷、奶奶、爹和娘又一次说到这些事情。

奶奶道："大孙子哎！咱这个团支部书记别干了！你看，大伙儿都想着让你天天带着他们劳动，社员们的信任，咱可不能对不起！"

守心他娘跟着说道："你老五婶子前天来咱家还说过这事儿，大伙儿说你'一肩挑、两边跑'，早晚是个'飞鸽型'，咱农民的根就在生产队，最好不要再管团支部的事。"

爷爷皱了皱眉头，睁开眼睛说道："大孙子哎！大伙儿的话你既要听，又不能全听！你最好找你广林大爷说说，听听他是啥意思。"

耿广常重重地抽了两口烟，低着头没有说话。他听到了生产队社员们的这些议论，也理解孩子此时此刻的心情。这段时间，耿守心的所作所为，已经让他这个做父亲的有了一定的欣慰和信任，他相信孩子能够在困难、矛盾和旋涡面前，找到正确的出路，努力前行。

晚饭后，耿守心像往常一样，来到了大队团支部办公室。今天晚上他要组织召开团支部扩大会议，专题研究一年一度的先进评比和总结表彰事宜。

团支委和团小组长们到得既快又齐，会议也进行得非常圆满顺利，不一会儿的工夫，就研究确定了上报公社团委的优秀团员名单、大队团支部决定表彰的先进团小组、优秀团干部和优秀团员名单及其相关事情。耿守心宣布散会后，团干部们并没有出现像往常一样打算很快离开的样子。

第三团小组长耿小二率先对耿守心问道："守心，我听说广祥副队长、又廷会计想让你辞去团支部书记，你究竟是啥想法？能不能给俺们大家交个实底？"

正在整理会议记录的耿守平猛地抬起头来，一脸问号地抢先打断道："小二，你刚才说啥？他们想让守心辞去团支部书记？"

耿小二悻悻道："我也是才听说的。我们几个人刚刚还私下说过，社员中确实有这些议论，但没想到他俩也是这种态度，不信你问问张桂兰，她知道得准确详细。"

一晚上没有笑声的张桂兰板着面孔说道:"他们说守心兼任大队团支部书记,不能专心致志当好生产队队长,早晚是个'飞鸽型',而且有个人目的。其实,他们是怕守心今后万一不在生产队干了,生产队里少了笑声和活力!"

耿守平一脸沮丧地焦急道:"怎么会有这种事情?守心,你是啥意思?快说说听听!"

耿守心笑了笑,平静道:"我觉得社员们说得不无道理,当生产队队长不可一心二用,应该专心致志。再说了,咱们团支部的工作已经走上正轨,换谁当这个书记,都能把咱们大队团支部的工作搞得有声有色,根本不存在问题。"

耿守平抬眼看了看张桂兰,问道:"你是啥意见?"

张桂兰道:"俺已经跟守心说过了,他要辞职,俺也不干了,俺不能让大伙儿说俺占着茅坑、另有目的。"

耿守平笑道:"既然这样,咱俩想到一块了。守心辞职,咱俩也辞职,请大队党支部和团员们另选高明接替!其实,如果当初不是守心当这个团支部书记,我才不会占着团支部委员这个位置!"

团小组长们也纷纷接上道:"团支部正干在兴头上,你们三个说不干就不干了?那咱们团支部可一点意思也没有了!我们几个也干脆辞职算了!咱们共同进退,反正咱们大家横竖也要绑在一起!"

正在大家垂头丧气、议论纷纷的时候,大队党支部书记耿广林走了进来,他一边坐在大家让出的椅子上,一边笑着问道:"什么事啊?这么热闹!谁要辞职?为什么呀?说说听听!"

耿守平满脸不快地抢先答道:"广林大爷!第三生产队的社员们不想让守心当团支部书记了!如果他辞职,我们大家也不干了!集体辞职,请您批准我们的申请,另选高明接替!"

耿广林笑着看了看耿守心,又笑着看了看张桂兰,说道:"你们两个生产队队长干得不错嘛!这才干了几个月,生产队的社员们就来大队团支部抢人了,有意思!"

张桂兰立刻羞红了脸,咯咯咯地笑道:"广林书记,哪是呢?他们是要给您抢守心,可不是抢我!我辞职,是因为守心要辞去团支部书记,我再干也没有意思!"

耿广林继续笑着说:"我知道!刚才守平已经说清楚了。不过呢,我很欣赏你这么一个女同志,还这么知进退、重感情、讲义气!"

一句话，把大家说得开心笑起来，一扫团支部会议室里的消沉郁闷情绪。

大家笑声停止后，耿广林看着耿守心，微笑道："守心啊，你是什么意见？说说听听。"

耿守心道："广林大爷，我想专心致志做好生产队的事情，再说了，团支部离了我，也没有问题……"

没等耿守心把话说完，耿广林微笑着把眼睛一瞪，立即打断道："守心啊，你忘记我过去对你说的话了？"

耿守心不解地赶紧道："什么话？"

耿广林道："咱耿家口的人，决不能忘了'初心'和'根本'，做事要守规矩、做人要重信誉、说话要讲道理！一句话：万事都要重情守义、规规矩矩、讲究分寸！"

耿守心如释重负地笑道："没有忘记。"

耿广林继续道："你想报答大伙儿对你的拥护信任，这没有错！你想专心致志当个好生产队队长，也没有错！这都是重情守义的表现，应该值得肯定赞许！但你当团支部书记才刚满一年，离换届还差一年，你就辞职不干了？这不仅说不过去，而且还坏了两年换届改选的要求和规矩。当然，你们生产队的情况特殊，难得社员们对你这么喜欢拥护信任，我这里当然可以网开一面，但这必须报公社团委批准。不过呢，我顺便告诉你和大家，公社团委张书记对咱们大队团支部可是关爱有加、特别期待！他那里能不能批准你辞职的事情，那可是另外一个问题。"

耿广林说完，他环顾了再次陷入沉默的团干部们，接着说道："世上的事情就是这么邪行，就是这么离奇，你干得不好，有人说三道四。你干得好了，还有人说三道四，不让说还不满意！发生在守心身上的这些事情，我早就听到了社员们的议论。这些问题，我过去对守心说过怎样对待和认识，今天，我当着你们大家的面，再说一次：任何人做任何事，都有个人目的，没有个人目的的东撞西撞，那是属苍蝇的！这个'个人目的'是好的，还是坏的，是应该批评的，还是应该表扬的，根本的判断标准，或者说唯一的判断标准，就是看他把工作搞没搞上去。工作搞上去了，群众和集体都受益了，这种目的，不仅不能受到指责、批评和怀疑，而且应该受到表扬、肯定和鼓励。工作没有搞上去，损坏了集体和群众的利益，个人目的再好，又有什么意义？你的目的是好的，谁又能够证明？又有什么价值？还有，什么'飞鸽型''金鹿型'，我看这种比喻根本不恰当、不正确、不合理！压根就是小农陈旧意识的故步自封、贪图安逸、不思进取！你们中的多数人都上过学，有文化，有知识，如果你们的父母当初不让你们上学，只想着在家种好那几亩地，你们能有今天的进步和出息？咱们耿家口还有什么发展后劲和潜力？今天我说的这些话，你们大家回去后做个宣传，也让大伙儿再提高提高觉悟、再接受接受教育！"

团干部们离开后，耿广林把耿守心单独留下来，他想听听耿守心的工作汇报，顺便再加些压、鼓些劲，或者在"是否应该辞职"这个问题上再引导一下耿守心的思路和认识。

耿广林端起耿守心从大队部取过的水杯，喝了口水，微笑着问道："孩子啊！给大爷说说，当生产队队长这几个月，你是怎么想的？怎么做的？为什么社员们这么拥护你、喜欢你、支持你？"

耿守心立刻羞红了脸，不好意思道："广林大爷，我做得哪有那么好？与您的要求和期望还有很大的距离，等过个一年半载，您再这样夸我，或许可以。"

耿广林笑了笑，紧接着问道："我问你：你是不是私底下找了几个年长的社员当顾问、当老师？其中包括你广旺大爷、耿老五叔叔几个人。"

耿守心答道："是。他们有经验、有威信、会处理各种矛盾和问题，非常值得我好好学习。"

耿广林又问："你是不是安排副队长耿守祥负责生产队的日常组织和管理？"

耿守心又答："是。守祥哥比我有经验、有热情、敢碰硬，况且我常常两头跑，有时还要外出开会，实在没办法投入全部精力。"

耿广林再问："你是不是组织了青年突击队？安排张桂兰和耿小二具体负责，而且开展了几次技术帮教比武，还做了讲评、发了奖品？"

耿守心再答："是。青年人有热情、有激情，但技术不精，组织社员们活跃一下生产队的气氛，有利于形成尊长敬老、比学赶帮的良好氛围。"

耿广林还想再问，耿守心不明就里地赶紧打断道："广林大爷，是谁告诉您的？我们这样做行吗？是不是社员们有什么意见？还是存在其他什么问题？"

耿广林突然哈哈大笑道："你做的这些事，我的耳朵早就被人灌满了！你这样做，哪有什么问题？不仅没有问题，而且你大爷我听后特别的满意和兴奋！"

耿守心笑了笑，低下头，没有再问。

耿广林接着道："孩子啊！这几个月下来，你这个生产队队长当得很不错！比我原来想象的还要好，还有长进。不过呢，我还是要特别提醒你：万事要量力而行，事事要把握分寸，做工作要学会有序展开、循序渐进，千万不能把自己和大伙儿搞得特别疲劳，一定要学会十个手指头弹钢琴！"

耿守心抬起头来，不解问道："十个手指头弹钢琴？"

耿广林笑了笑："对！十个手指头弹钢琴！比方说，团支部书记该干啥？团支部委员该干啥？生产队队长该干啥？副队长该干啥？等等，都应该划分得清清楚楚、仔仔细细，安排得既科学到位又明白精准，千万不能工作一来，你就带头手忙脚乱地往上冲，乱了'大拇指'的职责和分寸。不论当团支部书记，还是当生产队队长，其实，最重要的事情就是指好路、把好关、用好人、鼓好劲！而不是大事小情都亲力亲为、事必躬亲！"

耿守心若有所思地点了点头，然后突然笑着问道："广林大爷，我还是觉得，我这个团支部书记应该尽快辞去，不然社员们还会继续议论。"

耿广林下意识地怔了一下，先是板起面孔，继而微笑道："刚才，我当着你们几个团干部的面没有直说。其实，公社团委张长远书记已经和我说过几次了，他对你十分看重，打算对你重点培养、好好使用。如果你现在找他辞职，他不仅不会同意，而且很可能十分伤心生气。我的想法是，你最好现在别提，等过个年把，看看情况，再提不迟。"

耿守心停了一会儿，笑了笑，撒娇道："广林大爷，您可是刚才当着我们大家的面，已经说过同意我去找公社团委张书记的！"

耿广林笑了笑："傻孩子！你大爷我当然说话算数，但具体怎么做，那还不是你自己的事？"

耿守心怔了怔，诧异道："广林大爷，您可是经常教导我做人做事要讲诚信的啊？"

耿广林顿时语塞，但很快再次笑道："如果你非要去，那就去试试！"

耿守心笑了："广林大爷，那我明天到公社团委找张书记说说，看看他能不能同意，顺便把咱们团支部的表彰建议名单也一块儿报上去。"

耿广林拿着水杯，站起身来，向门口走去，边走边笑道："孩子啊！你哪里都好，就是有点犟脾气！不过啊，大爷我就喜欢你这个样子！"

第二天上午，耿守心匆匆吃过早饭，把生产队的事情安排妥当后，骑上家里的自行车，急急忙忙赶去公社团委。他打算好好向公社团委张书记说说，让他同意自己辞去大队团支部书记。

其实，有关"社员们希望他辞去团支部书记"的议论，耿守心早就听到了，甚至有的社员当着耿广旺的面，也提到过这件事，耿广旺不置可否地没有搭话，让他瞬间明白了耿广旺也有这种意思。他想：既然广旺大爷和大伙儿都是这样认为，自己最好还是辞去团支部书记，不论怎么说，这既是社员们对自己这段工作的肯定和赞许，也是大伙儿对自己的期望和信任。自己是耿家口的子孙，更是耿家口第三生产队的子孙，老少爷们对自己寄予这么大的期望和厚爱，自己理应全力以赴、专心致志地报答才对。换一个角度讲，担任大队团支部书记一年来，在公社团委、大队党支部的领导支持和团员青年们的共同努力下，已经取得了全大队上下有目共睹的可喜成绩，也给自己留下了可圈可点的一笔，见好就收、主动让贤，不失为一种觉悟，其实也是一种智慧，更何况在社员们希望自己辞去团支部书记的情况下顺水推舟，更容易获得社员们的好感和支持，也更容易在生产队队长这个位置上做出新成绩。广林大爷昨天晚上对自己说的那些话，虽然明明白白不同意自己辞去团支部书记，但他留下了"网开一面""需要公社团委张书记同意"的口子，如果自己向张长远书记汇报获得成功，相信广林大爷最后也会欣然接受和同意，因为广林大爷最希望自己不忘耿家口人的"初心"和"根本"，而不是自己"是否兼任大队团支部书记"！

想到这，耿守心飞快地骑着自行车，不大的工夫，就走进了公社机关的院子。

他刚把自行车停在公社团委的门口，王小红笑吟吟地从办公室门口迎出来，娇嗔道："耿守心，你怎么才来啊？我都等你半天了！没想到你这么磨磨叽叽的！"

耿守心一脸问号地看着王小红笑容可掬的样子，不解道："你怎么知道我要来？今天又没有会议通知，看你那么高兴的样子，该不会遇到了什么喜事？"

王小红咯咯咯笑道："那当然！今天一大早，公社团委张书记亲自给咱们两个大队打了电话，你们大队广林书记说你正在赶往这里。这不，张书记等你好大一会儿不见你的人影，这才忙着先去了公社党委刘书记那里，他让我在这里等着告诉你，回来后他再找你！"

耿守心赶紧问道："张书记找我有事吗？而且还这么着急？"

王小红怔了怔，笑道："你还蒙在鼓里？咱们管理区要成立团工委了！你当副书记，我当宣传委员，张书记上午找咱俩谈话，下午团委就发通知。"

耿守心一脸惊诧道："这是啥时候定下的事？我怎么没有一点消息？"

王小红笑道："我也是今天早晨才得到消息的！反正张书记已经找我谈过话了，没想到咱俩又在一起工作了，真是可喜可贺！今后还请老同学耿守心副书记多多关心支持！"

王小红说完，他看着耿守心开心地咯咯咯笑起来，那眼神格外的温柔多情，那面容格外的娇羞俏丽。

当王小红含情脉脉的眼神与耿守心错愕吃惊、傻愣愣盯着她的眼睛相遇时，王小红的脸颊突然变得分外娇羞绯红起来，她立刻不好意思地把头低了下去。

耿守心得知这一意外消息后正在不知所措地发呆，当他下意识发现王小红看他的眼神如此多情，羞红着脸蛋飞快地把头低下去的时候，他的心里禁不住猛地突然"怦、怦"跳了两下，立即手忙脚乱地把头飞速扭向了一边。

片刻之后，耿守心头也没回地对王小红低声说道："你先忙吧，我在院子里随便走走，等等张书记。"

王小红低头笑了笑，说道："我也没啥事情，陪着你一块在院子里走走，免得你一个人孤单乏趣。"

耿守心没置可否。俩人并排在院子里慢慢向前走去。

耿守心边走边想：这消息来得也太突然了！自己正打算找张书记辞去团支部书记，没承想，人还没有见到，平地里反倒冒出个"团工委副书记"！论起来，这当然是好事，也是喜事！既说明公社团委对大队团支部工作的肯定和赞许，也表明公社团委张长远书记对自己的器重和栽培。说不定这事广林大爷已经知道了，他可是早晨接到公社团委张书记电话的，广林大爷听后肯定非常高兴、非常开心！也许他顺便把我打算辞去团支部书记的事情告诉了张书记。如果张书记知道了这事会咋样？张书记同意还好说，如果张书记不同意，再批评自己辜负了组织和领导的期望与栽培，责怪自己不重情、不讲义，那可咋处理？再说了，社员们真心希望我专心致志当好生产队队长，也是对我的器重和厚爱，我也应该重情讲义，决不能辜负了他们！如今，这两件事情碰到一起了，只能由二选一，今天自己可真是遇到了大难题……

王小红看到耿守心一筹莫展、心事重重的样子，侧过脸来，不解地问道："耿守心，你是不是有啥心事？"

耿守心勉强笑了笑："没有。"

王小红也笑了笑。她想：耿守心可能在生产队遇到了不开心的事。于是，她关心地问道："你当生产队队长很累吧？一肩挑，两边跑，真不容易！"

耿守心理解王小红关心宽慰自己的心情，紧接着答道："还好！反正在哪都是挣工分、出劳力！"

王小红见耿守心没有继续谈论这个话题的兴致，赶紧换了个话题，问道："你们团支部的河滩地还在种庄稼吧？"

耿守心笑了笑："在种。"

"种的啥？"

"麦子。"

"长得咋样？"

"挺好。"

"那你们又要增加一笔不少的团费了。"

"应该是。"

"祝贺你！"

"谢谢你！"

王小红听着耿守心如此简洁的"应付性回答"，再侧眼看了看耿守心面色凝重、不太高兴的样子，心里陡然间生出些不快：你耿守心能有什么不开心的事情？不就是生产队和团支部两件事吗？我这么关心宽慰体贴你，你都不给我面子，究竟是啥意思？

但她转念一想：耿守心肯定不是冲着自己！刚刚见面时，他还对自己表现出特别的友好和热情，或许他突然间想到了别的什么烦心事，对此自己实在难以琢磨，想帮他也无从下手、无能为力。如果此时借故主动离他而去，有点太过唐突和欠妥，也显得不够友好和亲密。如果两人继续并行互不搭话吧，气氛又太过尴尬和沉闷，让人看见了还以为我们闹出了什么不愉快的事。耿守心就要当团工委副书记了，在这样的大喜事面前，料他也不会突然间遇到了什么大难题。既然这样，那我不妨找个耿守心肯定感兴趣的话题再问问。

想到这，王小红再次笑了笑，轻声问道："耿守心，你最近在看什么书啊？"

王小红的情绪变化，耿守心已经有所察觉，他觉得不能继续冷淡一向对自己热情、友好和关心的老同学王小红，应该赶紧做出情绪调整，尽快弥补刚才的怠慢。

当王小红问起自己最感兴趣的读书话题时，他立马打起精神，扭过头来，笑着答道："我家里没啥书。最近又重新看了一遍奥斯特洛夫斯基写的《钢铁是怎样炼成的》和高尔基写的《我的大学》。"

王小红见耿守心突然来了精神，她很满意自己提出的话题，于是，笑着接上道："我也看过《钢铁是怎样炼成的》，总感觉那里面的战争场面太血腥、太残酷！有点不敢直视。"

耿守心笑了笑："是有些血腥和残酷。可我觉得，没有战争的血腥和残酷，就没有和平的幸福与安宁。不过，这本书主要记叙的是保尔·柯察金的成长道路，它向我们展示了一个人只有在革命的艰难困苦中战胜敌人也战胜自己，只有把自己的追求和祖国、人民的利益紧密联系一起，才能创造出人间的光辉奇迹。也才会成长为真正的钢铁战士。你说是不是？"

王小红笑着点了点头，接着问道："《我的大学》主要写什么？"

耿守心道："《我的大学》是高尔基写的自传体小说，描写的是高尔基青少年时代的生活经历。这本小说，既有高尔基对小市民习气的深恶痛绝，也有高尔基对自由的热烈追求和对美好生活的强烈向往。高尔基在生活的底层与劳苦大众直接接触，接受革命思想影响并如饥似渴地从书中汲取知识营养，使他得以迅速成长。这本书里有许多高尔基的至理名言，讲得特别深刻、富有哲理。比如：'人的价值，全决定于他自己''人生的意义就在于人的自我完善''在艰苦的日子里要坚强，在幸福的日子里要谨慎''一个人应该在自己灵魂的深处树立一根标杆，从而把自己个性中与众不同的东西汇集在他的周围，显示出自己鲜明的特点'等等，等等。"

王小红听着耿守心滔滔不绝、如数家珍的叙述，看着耿守心有些激昂陶醉的样子，不由自主地咯咯咯笑起来。

耿守心侧眼看了看王小红，微笑道："你笑什么？是不是我哪里说错了？"

王小红边笑边道："没有！你说得很好！耿守心，你看过《巴黎圣母院》和《基度山伯爵》吗？"

耿守心答："没有！你有这两本书吗？"

王小红说："有。回头我给你送去。不过，你的《我的大学》，也要借给我看看才行！"

耿守心笑道："好！没有问题！"

正在这时，身后传来了公社团委张长远书记的声音："你俩在说什么啊？这么投机！这么起劲！"

耿守心和王小红赶紧回过身去。公社团委张长远书记正拿着笔记本笑吟吟地看着他俩发问。

耿守心赶紧上前道："张书记好！我们没说什么，我们正在等您。"

张长远并排走在三个人的中间，边走边道："守心书记，今天你来得为啥这么慢啊？我刚才等了你好大一会儿！"

耿守心答道："我安排好生产队的事情，才赶来这里。"

张长远笑道："守心书记，你这个生产队队长干得不错嘛！听说生产队的社员们都很喜欢你，社员们正在琢磨着怎么和团支部争抢你！就冲这一点，我就要好好表扬你！"

耿守心立刻意识到：广林大爷早晨接电话时，果然把这件事情告诉了张书记。他想，何不乘机向张书记提出辞去团支部书记的事。正当他要开口的时候，王小红抢先咯咯咯地笑道："张书记！您说的这是真的?"

张长远笑道："那还有假？当然是真的!"

王小红笑着看了看耿守心，说道："我还是头一次听说这种稀罕事！我的老同学耿守心实在了不起!"

张长远接着说道："守心书记是咱们公社最年轻的生产队队长，也是我们公社团干部的一面鲜艳旗帜!"

说话间，三个人走进了公社团委办公室。张长远指了指办公桌对面的两把椅子，耿守心、王小红相互看了一眼，张长远落座后，他俩也坐了下去。

张长远微笑道："守心书记，本来我想找你和小红书记一块儿谈，因为赶时间，小红书记已经提前谈过了，现在就剩下你。不过，小红书记还可以再听听，权当再次领会领会团委的精神。"他边说边对王小红笑了笑。

张长远接着道："守心书记，我今天找你来，就一件事：根据上级指示精神，公社团委决定在你们管理区组建团工委，团工委书记由公社团委下派的干部担任，团工委副书记由你兼任，也就是说，你依然兼任着你的生产队队长和大队团支部书记。这种安排公社团委已经研究过了，我们也征求了管理区党总支和你们大队党支部的意见，考虑到你不应该有其他意见和想法，刚才，我已经就管理区团工委班子的配备情况向公社党委刘维忠书记做了汇报，他完全同意。希望你不要辜负组织和领导们的期望，认真贯彻上级指示精神，积极挖掘调动个人潜力，全力支持配合好团工委书记的工作，与你们团工委一班人紧密团结一道，把你们管理区团工委真正建设成为全管理区广大团员青年热爱拥护的坚强战斗集体！顺便我还要提前通知你一下，今年公社团委的总结表彰，我们已经决定把你们耿家口大队团支部列为全公社十个先进团支部之一，你个人作为全公社十名优秀团干部之一，也准备同时进行宣传和表彰，在全公社这五十多个生产大队中，团支部和团支部书记将要双双受到表彰的，只有你们一个生产大队。当然，关于优秀团员的表彰等，待各团支部上报工作完成后，公社团委再另行研究决定，肯定少不了你们。希望你珍惜荣誉、再接再厉、努力学习、不断进取，继续抓好团的工作，创造新的更大的成绩！我就说这么多。你看，还有什么问题?"

耿守心一下子怔住了！他虽然从王小红那里已经提前知道了兼任管理区团工委副书记的事，但还不知道自己和团支部将要同时受到公社团委表彰的事。张书记虽然刚才提到了"生产队社员和团支部争人抢人"的事，但自己还没有来得及向张书记提出"辞去团支部书记"的事。面对组织和领导如此的器重和信任，面对社员们的呼声和建议，他不知道此时该不该提出"辞职"，还是换个时间再向张书记提起?

王小红见耿守心正在愣神，迟迟没有表态，赶紧推了推他的胳膊，小声道："耿守心，张书记问你话呢?"

如梦初醒的耿守心赶紧道："谢谢张书记和公社团委的鼓励和信任！不过，我建议组织上能不能重新考虑?"

张长远立刻惊得睁大了眼睛，不解道："为什么?"

耿守心答："我想辞去团支部书记！"

张长远的脑门瞬间拧成了疙瘩，再次追问道："出什么问题了吗?"

耿守心摇了摇头："没有！主要是社员们希望我……"

张长远当即打断道："希望什么?"

耿守心答："希望我专心致志当好生产队队长，不再担任团支部书记。"

张长远立刻哈哈大笑道："这个问题，广林书记在电话中已经告诉我了。社员们喜欢你、留恋你、怕你远走高飞，那是好事！如果社员们不喜欢你、向外推你，那倒真成了问题！我们的干部，就是要流动，就是要发展，就是要进步！如果一名干部或者一名同志，不服从组织或者工作需要，坚持留在一个小地方工作，一辈子不挪窝，或者一辈子不思进取，往小处说，那是小农意识在作祟，往大处说，那是目无组织纪律，而且是有害于革命事业发展的错误思想和糊涂认识！你想想，如果我们每个人都坚持在自己出生的家庭、大队里生活和工作，那全公社、全县、全省乃至全国的革命和建设，谁来服务? 谁来管理? 另外，如果一个同志的工作范围扩大了，服务层次提高了，从某种意义上讲，他的作为和贡献应该更多、更大。换一句话说，追求更广更大的工作和服务范围，既是我们每个人的正当合理要求，也是社会发展进步的不竭源泉与内在动力。难道你不想为国家、为社会、为人民多做一些贡献吗？哈哈哈！这个事情，今天就谈到这里。下一步，我希望你解放思想、放下包袱、轻装上阵，回去后，好好向社员们作些解释，同时要更加努力地学习和工作，坚持用正确的思想和理论武装自己，在党组织和上级领导的关心指导下，切实把团工委副书记、大队团支部书记和生产队队长的工作努力做好，以更加优异的成绩和贡献，让公社团委、管理区党总支和大队党支部以及你们生产队的社员们放心满意！"

　　"辞职之困"解脱后，耿守心从公社团委张长远书记那里又明白了许多道理。他深深感到，坚守耿家口人的"初心"和"根本"，绝不是小苗贪恋在苗圃里的葱茏和茂盛，而是按照园丁的挪移和栽培，在更广阔土地上的苗壮与苍劲！耿守心在苗壮成长，耿守心在迅跑飞奔，他在前进道路上流淌下了不竭的汗水，他在跋涉的征途中镶嵌着执着的脚印——

32　再回母校

转眼一年过去了。

当一九七七年盛夏到来的时候，耿家口大队随着国家翻天覆地的变化也发生了不小的改变。

前一年的九月九日，伟大领袖毛泽东主席的不幸逝世，让耿家口的广大贫下中农们悲痛不已！他们虽然知道地还要种、饭还要吃、人还要活，但总感觉"天塌下来"似的！随着"深入揭批"和"拨乱反正"新形势的蓬勃发展，全大队乃至周围大队的社员们，不断打破长期禁锢的"精神枷锁"，农业生产、精神面貌焕发出勃勃生机。街道上的许多"政治口号""巨幅标语"和"大、小字报"渐渐消失了，过去不敢说、不能说的许多话，也渐渐不再是人们谈论的禁区。人们的着装色彩和服装样式，由相对单调逐渐变成了五彩缤纷和样式各异。村庄里、田野里、街道旁，但凡有人聚拢扎堆儿的地方，到处都能听到、看到人们兴高采烈、绘声绘色描述着从城里或者外乡外村听到、看到的各式各样、耳目一新甚至不可思议、难以置信的崭新消息……

耿家口大队的领导班子没有变化，耿广林、耿守才、耿广常依旧各在其位、各司其职，按部就班地按照上级的部署推进着全大队的工作。但有一点不同的是，他们更注重学习上级文件、阅读报纸了，对外部的新鲜信息也更敏感、更关心了！他们虽然有时不太理解为什么党的现行的路线方针政策跟过去的不太一样，但多年的政治学习和思想觉悟，还是使他们深切感受到党员和大队干部，就应该在政治、思想和行动上与党中央和上级的各项路线、方针和政策保持高度一致。按照大队党支部书记耿广林的话说："理解的要执行，不理解的也要执行！不理解通过学习和提高思想觉悟去理解，在思想、政治和行动上绝对不能有任何反对的表示！在国家形势迅猛发展的新形势下，耿家口大队的党员和干部们，可不能落了伍、掉了队、丢了人！"

这一年，耿守心没有意外地仍然担任着管理区团工委副书记、大队团支部书记和第三生产队队长三项职务，只不过他充满朝气而又稚嫩的脸庞上，又多了些成熟、稳重和自信。

耿守心兼任管理区团工委副书记后，履行职责到位，工作踏实肯干，与管理区团工委书记配合融洽亲密，按照上级领导的要求，提出了不少好的意见建议，深受团工委书记和大家的信任与好评，并为此常常受到公社团委张长远书记的肯定和赞许。

大队团支部的工作，在耿守心的组织带领下，继续推行着过去行之有效的经验和做法，并结合新的形势和任务，按照上级的要求和部署，因地制宜地组织开展了许多团员青年喜闻乐见、丰富多彩的活动。耿家口大队团支部的工作，犹如猛虎下山一般，呼啸着夺得了公社团委、管理区团总支颁发的许多锦旗、奖状和荣誉，特别是他们组织全大队团员青年广泛开展义务劳动，夏天积肥种地，秋天收获粮食，平时和冬季开展文艺宣传等活动，极大地调动焕发了全大队团员青年的蓬勃朝气，不仅受到了大队三名领导越来越多的好评，而且受到了全大队社员们的广泛赞誉。

第三生产队的生产一如预料的那样平稳发展，社员们的精神面貌一如预料的那样融洽亲密。但不同的是，社员们中已经没有了对耿守心兼任其他两个职务的"指指点点"和"说三道四"。自打上次耿守心"辞职事件"发生后，特别是张桂兰、耿小二把广林书记的话原原本本叙述给社员们后，大伙儿似乎突然间明白了什么，又似乎重新想起了"如果谁能调到上面去，那是咱们大伙儿的福气"这一最简单、最朴素的基本道理。耿广旺借着劳动的间隙，几次主动对社员们说道："人往高处走，水往低处流，从古到今，天经地义。如果守心今后能够走出咱们生产队成为上面的一名干部，那咱们大伙儿该多有福气、多有面子！"如此一来，当耿守心兼任管理区团工委副书记后，社员们更多的是惊奇、称赞和恭喜，甚至耿守心经常为团的工作外出开会，大伙儿也觉得习以为常、引为荣誉。

一九七七年公社团委的工作总结和先进表彰活动照例进行，只不过耿家口大队团支部没有在公社进行表彰，而是被公社团委推荐到了团县委进行了表彰。当然，耿守心再次被公社团委评为优秀团干部，这种双双获奖，使耿家口大队团支部再次成了全公社唯一。

耿守心参加团县委总结表彰大会后，人刚进大队部，还没来得及回家，就接到了公社团委张长远书记打来的电话，要求他次日赶到县五中参加公社团委举办的团支部书记座谈会，并在会上谈谈自己如何运用自然科学原理做好团支部工作的经验和体会。

耿守心手捧电话哈哈大笑道："尊敬的张书记啊，我们团支部怎么做的您全知道！我哪里运用了什么科学原理和科学知识？这一招一式，全是按照上级的部署、您的安排和大队党支部的要求去做的。您撵鸭子上架，这不是让我给您和公社团委丢人现眼吗？"

电话那头，张长远也笑了起来："守心书记啊，你就甭给我客气了！我听说你在县五中学习是尖子，这两年，你的工作做得有声有色、红红火火、有条有理、风生水起，当然与各级领导的关怀和指导分不开，但与你过去在课堂上学习的自然科学知识肯定有着某种内在的必然联系。现在中央号召向科学进军，各行各业都要按科学规律办事，希望你在这方面做个总结和思考，把自己的工作好好捋一捋，以这个要求为题目，座谈时好好谈谈自己的做法和体会。"

听到张长远书记坚持这么说，耿守心无可奈何地只能答应下来："既然张书记您这样下指示，我也只能服从照办。但话说回来，如果到时候我说错了什么，您可要多加原谅和批评！当然，我会尽力而为！"

放下电话后，耿广林哈哈大笑着上前问道："孩子啊，张书记又给你安排什么任务了？你俩笑得这么开心！"

耿守心笑着答道："明天让我到县五中开会，张书记让我座谈时谈谈体会。"

耿守才重重抽了两口烟，笑着站起来说道："这先进也真不好当，动不动就让介绍经验，好在守心兄弟有这个能力和本事！哈哈哈！"

耿广常倒是一脸的平静，他抬眼看了看自己的儿子耿守心，声音不大不小地提醒道："谈体会时，一定要注意把握分寸，千万别把自己说得啥啥都好、天花乱坠！"

耿守心赶紧应道："那是！"

耿广林闻听耿广常的话，心里有些不太高兴，他看了看耿广常和耿守心，笑了笑后，责备道："广常兄弟啊，不是我说你，咱孩子做了，为啥不能说？再说了，咱孩子还没有去说呢，你就先戴个'紧箍咒'、来个下马威！你要是不放心，自个写个稿子让孩子在会上读读。我看，你还真不一定有那本事。哈哈哈！"

话音刚落，耿守才、耿广常也随着一起哈哈大笑起来。

耿守才边笑边说："别看广常叔识文解字、文化不浅，论起写经验材料，还真不如守心兄弟。不是因为别的，首先是咱们大队这么多年还没有在公社里介绍过经验、获得过先进。"话毕，三个人又一起哈哈大笑起来。

耿守心没有笑，他赶紧道："守才哥哥说得不对，这两年咱们团支部获得的荣誉和先进，都是在大队党支部、广林大爷和守才哥哥您的关怀、领导和支持下取得的，成绩和荣誉也是咱们整个大队的，您说对不对？"

耿守才立刻笑道："对！对！对！"

耿广林也笑着跟上说道："咱孩子说得有道理！"

耿广常也笑了，那笑里包含着对儿子的肯定和赞许。

第二天早饭后，耿守心从奶奶那里要了点钱，赶到生产队把事情安排妥当后，又跑到大队部办了点事，这才骑上自行车，匆匆直奔县五中而去。

自打高中毕业后，耿守心已经很长时间没有回过母校了。一来他实在太忙，抽不出时间自由支配；二来他在公社开会时，经常遇见县五中的老师们，闲聊之中，倒也减轻了许多思念之困。前段时间，他从到公社开会的县五中老师那里打听到蔡老师即将调回省城工作、而且很快就能办理转调手续的消息后，高兴得不得了。他打算从县团委开会回来后，尽快找个时间赶去学校看看蔡老师，没想到公社团委这次安排在县五中召开座谈会，给自己提供了这么一个好机会。

从耿家口到县五中的路他很熟，一路上归心似箭似的骑着自行车狂飞。路过公社集上的时候，他特意停下买了两盒点心和一兜早熟的瓜果，他打算送给蔡老师表达自己的祝贺和思念之意。当他再次骑上自行车飞奔后，一眨眼的工夫，县五中那座郁郁葱葱、令他心潮澎湃的美丽校园，就闪现在他的眼睛里。

耿守心没有去会议报到处报到，他径直拎着点心和瓜果赶去了自己非常熟悉的蔡老师办公室。

蔡老师办公室的门窗敞开着，里面传出阵阵欢声笑语，几名老师和已经赶到的史宜春、代又生、王小红正在围着蔡老师说这说那，断然没有了几年前耿守心在校时那种老师之间常有的以邻为壑、人人自危、不敢相互亲近的样子。

耿守心快步走进语文教研组办公室后，蔡老师立即发现了大汗淋漓、气喘吁吁跑进门来的耿守心。蔡老师站起身来，冲着耿守心笑容满面地责备道："耿守心啊，你可真是个大忙人。我和你的同学们在这里已经等你好大一会儿了，没想到你还是姗姗来迟！"

耿守心赶紧笑着歉意道："学生迟到了！学生惭愧！学生知罪！"

代又生跑过来接过耿守心拎的点心瓜果，哈哈大笑道："我说什么来着，耿班长就是比我们有心！我们三个过来看望蔡老师，两个肩膀顶着一张大嘴，人家耿守心这么大老远的，可是拎来了一堆瓜果和点心！"

史宜春笑着拿起一个香瓜闻了闻，顺口说道："耿守心挑瓜的技术真不错，和我的水平差不离！"

代又生瞪了一眼史宜春，揶揄道："你还好意思说水平？你买的香瓜在哪里？净玩虚的！"

史宜春脸色一红，讪笑道："我刚才是想给蔡老师拎过来的，看你双手空着，怕你不好意思，我才先放在宿舍里。我这样顾全你，反倒遭到你这个家伙的挖苦讽刺！"

一句话，逗得老师和同学们哈哈大笑起来。

蔡老师边笑边走到耿守心身边，抓住耿守心的双手，仔仔细细端详后笑道："两年不见，守心的个子长高了，也长结实了！看来，这耿家口生产大队，确是天宽地阔、营养丰富，让我们耿守心同学大展了作为！"

王小红笑着插话道："蔡老师，耿守心早已跳出他们耿家口生产大队了，他现在可是兼任着我们管理区团工委的副书记！"

蔡老师笑着看了看王小红，接上道："我知道。我还知道耿守心不仅担任大队的团支部书记，而且还兼任着生产队队长，同时还是公社连续两年的'双优秀''双先进'⋯⋯"

一名老师插话道："什么叫'双优秀''双先进'？"

代又生抢先回答："团支部和团支部书记双双被评为'优秀'或者'先进'的，就是'双优秀''双先进'。咱们公社这两年的'双优秀''双先进'，唯独耿家口生产大队团支部和耿守心书记一个人！"

老师们立刻惊得睁大了眼睛，纷纷向耿守心和蔡老师投来羡慕欣赏的目光，连连赞道："良师出高徒，强将无弱兵！祝贺！祝贺！不易！不易！"

耿守心立刻不好意思起来："谢谢老师！谢谢老师！全赖母校的教育培养！全赖老师们的哺育栽培！全赖同学们的鼓励支持！"他边说边向老师和同学们抱拳作揖，并笑着对王小红多看了一眼。王小红立马微笑着作了回应，她对耿守心没有忘记自己对他的特别帮助和支持心领神会。

代又生发现后，立马笑着接上道："耿班长说得对！不过，我和史宜春只有鼓励没有支持，王小红应该是既有鼓励又有支持！"他边说边对着王小红做了个鬼脸，王小红立即还以颜色地瞪了代又生一眼，然后脸色羞红地低下头去。

蔡老师笑道："母校的培养是一个方面，关键是所有这些外因，通过你耿守心这个内因才起了决定性作用！"

蔡老师说罢，大家再次哈哈大笑起来。

蔡老师边笑边拉着耿守心的手，走回自己办公桌旁，招呼大家坐下并一阵寒暄后，老师们见蔡老师和学生们有话要说，便向蔡老师和同学们打过招呼后，纷纷借故走了出去。

其他老师离开后，办公室里只剩下蔡老师和他的四个学生。耿守心赶紧向蔡老师问道："蔡老师，听说您要调回省城工作了？什么时候办手续？您走时，我一定过来送您！"

蔡老师笑道："商调函已经到了，但不是我原来的工作岗位，而是去省城大学的附属中学担任语文教师，这虽然不是我的个人意愿，但也是组织和有关领导们费了一番周折后才勉强确定的，我对此还是比较满意的。不过，我的老师和过去的一些同学们不希望我去这个单位报到，他们希望我再等等。而且这里的许多老师也舍不得我离开，所以目前还没有最后定下来。刚才，几位老师和你的同学们谈起这事，大家的意见也不统一。你既然来了，那就说说你的看法和主意。"

耿守心看着蔡老师微笑的面庞，心里突然有些意外、失落和难过，他没想到如此德才出众的蔡老师竟然也这样不顺。这让他一下子明白了为什么老师和同学们对此意见不一的原因。他犹豫了片刻，把早已准备好的"祝贺"话语重又咽了回去。

史宜春看着耿守心不太开心而又欲言又止的样子说道："耿守心，我和代又生是不赞成蔡老师去这个单位报到的。我们觉得，拖一拖，等一等，也许对蔡老师调回原来的岗位更加有利。蔡老师现在是咱们县五中的教导处主任，工作特别舒心开心，如果就这样调回了省城又换了个新岗位工作，尽管家里生活方便了，但过去的是非曲直没有真正理清，而且人生地不熟，一切还需从头开始，在过去安排蔡老师调来这里的那些人仍然掌权在位的情况下，对于蔡老师下一步的工作和事业，肯定会有一些意想不到的障碍和问题，倒不如蔡老师暂时先留在这里，等条件更加成熟、环境更加适宜后再调回省城不迟。"

史宜春向来对"事业""环境"十分看重，从他的推理和分析看，尽管依旧存在着两年前在校时的影子，但也不难看出如今的史宜春，确实更加成熟、世故和周到的样子。

代又生似乎不完全赞同史宜春的如此解释，他紧接着说道："史宜春刚才说的那些原因我也想到了，但我不愿意罗列那些太烦、太累的东西。世上的事情，从来就没有顺顺当当、痛痛快快的，既然如此，倒不如潇潇洒洒、痛快淋漓地先舒服舒服自己。我觉得，最主要的是，如果蔡老师调走后，我们再来学校，见不到敬爱的蔡老师，那心里该多空落、多难受、多没意思！"

代又生向来喜欢在理性思考之后，把感性的决策和率性的行动放在第一位。他依旧还是过去在校时那种不藏不掖、直来直去、快言快语、酣畅淋漓的样子。

王小红显然对史宜春、代又生的观点不以为然，她笑着撇了撇嘴后说道："你俩说得真好听！可惜你俩考虑问题太过狭隘，也太过自私！省城的天地广阔，省城的工作和生活条件与这里天壤之别，工作离不开生活，生活支撑着工作，人上了船，才会有更多的机会和更好的条件对未来的工作岗位进行重新思考和选择，等到所有的条件和环境具备了、适宜了，恐怕船上的乘客早满员了，即便能够勉强挤上去，也是个加塞填空。人往高处走，水往低处流，从古到今，天经地义。反正我坚决支持蔡老师调回省城工作，而且越快越好地到省城占个位置，越快越好地离开这里。"

王小红的话自然充满了注重生活和"位置"的浓重色彩，与其说，经过毕业后两年的实际生活锻炼，她对社会有了更深的理解和认识，倒不如说，她的言谈话语之中，多少蕴含着她父亲、她表舅等父辈们不断教育感染的影子。

王小红的话音刚刚落地，代又生立马瞪起眼睛反驳道："你这是什么话？毛主席教导我们说，农村是一个广阔的天地，在那里是可以大有作为的。毛主席可没有说过省城是一个广阔的天地，在省城是可以大有作为的?"

王小红笑了笑，正要反唇相讥，蔡老师摆了摆手，微笑道："你们说的各有各的道理，没想到你们这两年回乡经过农村再教育后，还真取得了不小的成绩。我看这样吧，咱们再听听耿守心的意思。"

耿守心笑了笑，说道："他们刚才的话使我很受启发，也明白了大家意见分歧的主要原因。不过，我想先听听师母是啥意思。"

蔡老师笑道："她当然希望我早点回去。不过，她对我何时调回省城不持异议。"

耿守心想了想后，看着蔡老师和三位同学说道："既然这样，我觉得这个问题需要认真考虑。刚才，史宜春说到的环境问题，我认为确实非常重要，但环境是可以改变的。代又生和我们大家一样，对蔡老师的感情深厚，他不愿意蔡老师离开的那些话，确实代表了我们大家的共同心声。不过，我觉得王小红的话应该更有道理。蔡老师过去多次讲过，物质决定精神，存在决定意识。从是否上不上船这个角度讲，上了船当然比不上船对今后的工作选择更加有利。我们大队的广林大爷说过，人不能忘了'初心'和'根本'，否则，就会迷失了方向和追寻，也难以持之以恒、始终如一。蔡老师过去多次对我们讲过，他的理想和追求就是站好'三尺讲台'，培养更多更好的革命事业接班人，我们当然不愿意蔡老师的追求和目标有丝毫的改变和偏移。再者，既然组织和领导上已经为蔡老师的工作调动做出了积极努力，我们就应该积极支持蔡老师服从这一岗位安排，因为蔡老师对过去自己受到的许多冤枉和委屈，从来不与组织画等号，只认为那是个别领导用权不公、用权失责的个人问题。我相信，随着国家的形势和政策越来越好，蔡老师的问题一定会得到最终的圆满解决。我们不应该建议蔡老师把这大好的时光用于烦心的苦苦等待，而应该支持蔡老师立刻投身更有意义、更有价值的工作、生活和岗位。"

代又生闻听耿守心如此说，立刻不悦道："耿班长，听你这话，是赞成蔡老师调离咱们这里？"

耿守心笑了笑："代又生，听你刚才那话，省城一定会很快搬来咱这广阔天地里？"

一句话，让代又生顿时语塞，大家立刻哈哈大笑起来。

史宜春边笑边说："要是这么说，我也赞成蔡老师尽快调回省城工作，毕竟那里天地更加广阔，就凭蔡老师的能力和水平，肯定会干出一番大事业！"

代又生立马涨红了脸，冲史宜春笑斥道："你这个史滑头，变得够快的！"

王小红一边咯咯咯地掩嘴偷笑，一边侧眼看了看耿守心，她多情的眸子里充满了对耿守心的赞赏与感激。

耿守心对着蔡老师再次说道："蔡老师，我正想向您汇报一个自己的进步和体会。"他边说边看了一眼王小红。他要说的这件事，王小红当时在场亲历。

蔡老师笑着睁大眼睛问道："什么进步和体会？说说听听。"

耿守心道："这还是去年发生的一件事，当时王小红也在现场亲历。我当生产队队长后，生怕自己一心不可二用，打算尽快辞去团支部书记，谁知找到公社团委张长远书记后，他不仅没有同意，反倒把我狠狠批评教育了一顿。"

代又生吃惊道："你干得好好的，为啥要辞去团支部书记？难怪张书记批评你！"

王小红笑着接上道："当时的情况是：他们生产队的社员们生怕他在生产队里待不长，不知道哪天像鸽子一样飞离生产队，所以大家建议他尽快辞去团支部书记……"

史宜春不得其解地打断追问道："生产队里有那么多社员，非耿守心当生产队队长不行？真是岂有此理！"

王小红笑了笑道："耿守心当生产队队长后，他们生产队的变化可大了！社员们高兴得不得了，生怕他下一步离开生产队，所以才有了社员们的纷纷议论和一再建议。这事起初我也不相信，后来听公社团委张书记说是他们大队党支部书记亲口告诉他的，我才知道这是真的！"

史宜春高兴地猛拍了一下耿守心的肩膀，哈哈大笑道："老同学，真有你的！实在了不起！"

蔡老师和代又生也跟上笑道："原来耿守心还有这么闪光的经典故事！"

耿守心不好意思地笑道："我干得没有那么好，主要是社员们总想着好好栽培我，生怕我出去后给生产队丢人。不过，我想说的是张书记批评教育我的那番话，我感觉他说得特别有道理！"

蔡老师问："他说了什么？"

耿守心答："他说，如果一个同志的工作范围扩大了，服务层次提高了，从某种意义上讲，他的作为和贡献应该更多、更大。他还说，追求更大更高的工作范围和服务层次，既是我们每个人的正当合理要求，也是社会发展进步的不竭源泉与内在动力。"

蔡老师哈哈大笑道："张书记说得很有道理！调回省城工作的事，我会很好考虑的。你们大家这两年回乡后的进步真不小，我听到看到这些后，真的非常非常的开心和满意！"

代又生茅塞顿开的也立刻笑起来："耿班长的精彩故事，或者说张长远书记的那番话，对我很有启示和教育意义。"

代又生话毕，大家再次笑起来。眼看到了午饭时间，耿守心和同学们起身向蔡老师告辞。

蔡老师把大家送到门口后，突然想起什么似的，对耿守心说道："耿守心，你等一下，我问你件事。"

三位同学离开后，蔡老师和耿守心走到门口花园处，蔡老师微笑着对耿守心问道："耿守心，你今年18岁了吧？"

耿守心答："再过几个月就19岁了。"

蔡老师笑了笑，再问："谈对象了没有？"

耿守心答："还没有。"

蔡老师说："很好！谈对象的事，千万不要着急！"

耿守心一惊："其实，家里倒是挺着急的，他们一再催促我，邻居和亲戚们也经常上门提亲。不过，我都没有同意。"

蔡老师哈哈大笑道："很好！这几个月你先给我挺着。实在不行，过完春节，再作考虑。"

耿守心抬头看着蔡老师，眼睛里露出困惑和不解。

蔡老师笑道："当前，国家的形势发展一日千里，科学要发展，教育要起飞，拨乱反正的新政策层出不穷、目不暇接，邓小平同志恢复工作后，相信在不久的将来，教育战线一定会发生翻天覆地的变化，多出人才，快出人才的各项政策一定会陆续出台实施。如果下一步国家有了好的政策和条件，你可一定要给我紧紧抓住机会，切莫辜负了时代的召唤，切莫辜负了我对你的期待！我想，在这几个月的时间里，好消息应该会到来，希望你耐心等待，千万不要着急。另外，回去后赶紧把高中的课本找出来认真复习，工作劳动之余，一定不要忘记了好好学习！"

耿守心重重点了点头："蔡老师，我听您的！"

蔡老师虽然没有明说下一步国家可能会出台怎样的教育改革政策，但耿守心明显感觉到，蔡老师分明是指国家下一步的高等院校招生中很可能废除"完全推荐"，至少在高校招生中很可能加入"考试升学"的份额和比例。因为耿守心知道，蔡老师一向对国家大事特别关心，对国家形势特别敏锐，而且在省城大学和省直机关，蔡老师有许多老师和同学在那里工作，消息来源特别多，信息内容特别准。

告别蔡老师后，耿守心先去会议报到处报了到，领到饭票后快步向食堂走去。打过饭后，他看到已经打完饭的史宜春、王小红、代又生正坐在一张靠边的桌子前向他招手，他走过去刚刚坐下，史宜春便立即侧过身来，小声问道："耿守心，蔡老师找你有什么事吗？该不会是给你介绍对象吧？"

一听这话，王小红、代又生立刻有了兴趣，不约而同地盯着耿守心。代又生好奇地调侃道："耿班长，这是真的？该不会是今年县五中要毕业的哪个漂亮小妹妹吧？"

耿守心笑了笑："史宜春猜得差不多。不过，不是给我介绍对象，只是问问是否谈对象而已。"他边说边抬头看了看三位同学，当目光滑过王小红的刹那，他发现王小红正在目不转睛地紧盯着自己，眼睛里饱含着特别的困惑与忧郁。

史宜春笑叹道："看来蔡老师为你的婚事着急了！我想不明白的是：我都已经结婚半年多了，你耿守心为啥还是不着急？"

代又生哈哈大笑道："谁像你史宜春那么没出息！就知道急着结婚生孩子！高中没毕业就催着找人介绍对象，毕业后刚见过几次面，就哭着闹着要结婚，好像上辈子没见过女人似的！"

史宜春笑着推了代又生一把，涨红着脸笑道："你知道什么！我这叫先下手为强，后下手遭殃！你今后要找的对象，可是我们这些先结婚的人挑完剩下的，你千万可别觉得自己占了多大的便宜！"

代又生立马还以颜色道："广大贫下中农都知道：饥不择食的样子跑到地里摘的瓜，往往是没长成的生瓜蛋子，而优哉游哉走到地里挑的瓜，才是里外香甜的大熟瓜！你还说自己挑瓜的技术好，我看你比耿守心差得太远了！哈哈哈！"

一听这话，王小红的脸色立马变得"丰富多彩"起来，她笑着打趣道："你们就喜欢拿女同志开玩笑！不过，代又生说的话倒有几分道理。"说完，没等别人接话，自己先咯咯咯地小声笑起来，而且边笑边瞅了一眼耿守心。

代又生立即接上道："王小红同学，我刚才指的可是男同学，你都是已经熟透的女同学了。作为老搭档、老同学，我还真是朝思暮想地经常着急着操心你的婚姻大事，你自个儿可不能太从容了！哈哈哈！"

王小红没想到自己支持了代又生，代又生反过来则拿自己开涮，没等代又生的话音落地，王小红立马止住笑声，方才阳光灿烂的脸上顿时浮现出些许的惆怅和不快。她瞪了代又生一眼，又扫了耿守心一眼，脸色羞红且有些惴惴不安地把头低下，自顾自地吃起饭来。

代又生立即感到自己开的玩笑有些过分了，于是赶紧笑着补充道："谁不知道咱们王小红同学是县五中最出众的大校花啊！再熟也永远是鲜灵灵、嫩生生的！没有对象的男同学们如果跑慢了，肯定很难追上！你们说，我说的是不是啊？哈哈哈！"

一听这话，王小红再次抬起头来，眼睛里又一次闪出愉悦的光芒。她笑着看了一眼代又生，娇斥道："去你的！快吃饭堵上你的臭嘴吧！"

耿守心和史宜春早已笑得喷饭不止。史宜春停住笑后，边吃饭边小声再次对耿守心问道："耿守心，蔡老师有没有催你？"

耿守心答："没有。"

史宜春不解道："为啥？"

耿守心看着代又生和王小红，笑道："代又生刚才已经做过精彩生动幽默的解释了。"

说完，四个人再次哈哈大笑起来。

耿守心没有把蔡老师的原话告诉给他的同学们。他想：蔡老师既然没有当着大家的面说这些话，肯定有他自己的考虑和道理，自己当然不能越俎代庖地替蔡老师和盘托出，这不仅因为自己非常尊重蔡老师，而且也因为这是一个人应该具备的起码素质和信誉。这之后，当国家正式出台"全国统一高考"的政策并再次在电话中听到蔡老师谈起这事时，蔡老师的解释让耿守心从新的更高层次领悟到了什么叫政治素养、政治品格、政治道德和政治纪律。

两年后再次回到母校见到蔡老师，耿守心和他的同学们都很兴奋。围绕蔡老师调回省城的各自见解，让蔡老师为自己的学生们两年农村再教育后获得的进步倍感喜悦与欣慰。耿守心和他的同学们的进步与成长当然不止于此，在接下来召开的公社团支部书记座谈会以及耿守心、王小红两人的"关系确认"上，再次彰显了他们的成熟、担当与责任——

33　掌声响起

　　下午，县五中上课的铃声响过后，公社团委举办的团支部书记座谈会如期召开。公社团委张长远书记进行简单动员后，五十几名团支部书记分成两个教室展开了座谈讨论。

　　张长远来到了耿守心所在的教室参加座谈。这个教室里还有王小红、代又生和另外二十几名团支部书记。大家把课桌围成一圈，后面摆放椅子，团支书们落座后，相互谈论着与会议无关的话题。当张长远书记快步走进来后，大家先是起立鼓掌，然后让出中间的位置，待张长远书记坐定后，团支书们才纷纷坐了下去。

　　张长远先是微笑着看了一圈参加座谈的同志们，然后侃侃说道："刚才，我在动员会上已经说过了，这次座谈交流，是公社团委年度总结活动的一部分。同志们在各自的工作岗位上积累了许多经验，也有许多认识和体会，在时间紧、任务重、要求高的情况下，我们只能采取这种办法组织大家面对面地学习交流，以期达到相互启发、借鉴、弥补和提高的目的。会议时间有限，只有两个半天，希望同志们珍惜时间，现在开始！"

　　张长远说完，会场里立即传出一阵窸窸窣窣的声音。有人拿出了提前准备的发言稿和笔记本，也有人清了清嗓子、坐直了身子。

　　张长远再次环顾了一圈后，微笑道："我看这样吧，咱们先从所在大队最北边的开始，依此类推！"

　　张长远的话音刚落，参会的团支书们立刻齐刷刷地把眼睛看向耿守心。

　　耿守心显然对张长远的这种安排没有准备，他原本正坐在那里"复习整理"着自己的"腹稿"，当听到张长远"从所在大队最北边的开始"的安排后，他慌忙站起身来，微笑着对张长远和大家说道："谢谢张书记按照'上北下南'的顺序安排我抛砖引玉！"

　　张长远和团支书们立即报以会心的笑声。

张长远边笑边道："守心书记，你先坐下！下面发言的同志也都坐着发言。耿家口大队团支部的工作，同志们有目共睹。在向科学进军、各行各业都要按照科学规律办事的新形势下，我希望耿守心书记今天的发言，不要再依照过去的惯常路子介绍经验体会，而是紧密联系团支部和自身的工作实际，谈谈如何借鉴运用自然科学知识在开拓局面、夯实基础、克服困难、推进工作方面的认识和体会。既然是座谈，在不影响发言同志发言、打乱发言同志思路的前提下，其他同志可以插话提问，这样有利于增强针对性，也便于随时交流、相互启发，以克服形式主义，以确保座谈效率。"

张长远话音刚落，团支书们立即报以热烈的掌声和笑声。大家显然比较反感教条式的"轮流重复性"发言，对这种更便于"随时提问交流"的"轻松座谈式"会议组织方式更提精神、更感兴趣。

张长远再次补充后，他对耿守心笑了笑，示意可以开始。耿守心立即接上道："既然张书记给我提出了这样一个要求，那我就试试看。好在张书记和各位在座的同志们都有这样的体会，我的汇报有错误和不周之处，还请张书记和同志们多多批评、指正和补充！"张长远微笑着点了点头。

耿守心道："课堂上，老师常常教导我们，做题目首先要看清题意，题目要求什么？已经给出了哪些已知条件？有哪些公式、定理和原理可以借用？按照公式、原理和定理需要求出哪些未知条件？最后推算出题目所要求的最终结果。运算中，老师们常常提醒我们，要特别注意这些条件的单位和换算，代数题一定要选好定义域，几何题一定要画好辅助线，化学题一定要注意不同物质在不同环境下的不同性质，力学题一定要注意分清力的大小和方向，如此等等。做数理化题目是这样，我理解，做团的工作也是这样。我刚担任团支部书记那会儿，我们大队团的工作比较消极沉闷，软件、硬件都比较欠缺，甚至召开全部到齐的团员大会也是问题。但我们有一个特别好的已知条件，那就是大队党支部的高度信任和坚定支持。我们充分利用这一已知的有利条件，按照上级团组织和大队党支部给我们制定提出的各项制度、规定和要求，也就是数理化中的原理、定理和公式，很快找到了工作出路，也就是找到了'运用已知''求出未知'的办法和途径。比方说，我们按照上级团委的要求，建立健全了团支部的各类工作组织，使较为松散的广大团员紧紧凝聚团结在了一起；我们借助大队党支部和各生产队的大力支持，建立并扩大了黑板报宣传阵地，广泛宣传团员青年中的好人好事，有效调动鼓舞起了广大团员青年的积极性、主动性；我们在大队党支部的关怀支持下，通过建立团支部生产田，广泛开展义务劳动、积肥种地等，既有效拓展了团支部经费的来源渠道，又在全大队展示了广大团员青年的紧密团结与蓬勃朝气；我们在公社团委、管理区团总支、大队党支部的大力支持和广大团员青年广泛拥护的基础上，积极开展文艺宣传、开办'文化夜校'等活动，使广大团员青年在喜闻乐见、丰富多彩的文化活动中，思想觉悟进一步提高，工作积极性进一步增强，良好的村风村貌进一步优化光大，从而赢得了大队党支部和全大队社员们的广泛好评和坚定支持，我们团支部也因此在全大队团员青年中进一步增强了向心力、凝聚力和战斗力。回顾这两年的工作，如果说上级团组织和大队党支部的领导、关心和支持，是我们取得成绩和进步的关键，广大团员青年的广泛参与和积极努力，是我们取得成绩和进步的保证，那么，我们团支部一班人积极运用和主动借鉴自然科学规律与科学方法开展团的工作，则是我们取得成绩和进步的重要方法与基本措施……"

正在津津有味听着耿守心发言的张长远，突然笑着打断道："守心书记，听说你们团支部举办文艺宣传队期间，你三十几次去一名文艺骨干家里做思想工作，是基于什么考虑？有没有用到过自然科学的原理？"

张长远的问话，立即引起了团支书们的莫大兴趣，有人觉得这肯定是在夸张，也有人觉得这绝对不可思议。

王小红见状立即举手插话道："张书记，根据您的指示，我当时也参加了耿家口大队团支部的相关活动，您刚才说到耿守心去一名文艺骨干家里三十几次做思想工作的事情全是真的。这事发生时，我在现场也琢磨过几次，耿守心究竟有没有必要这样做？他为什么有那么大的耐心和毅力？是不是非要这名文艺骨干参加不可？为什么耿守心不怕影响了自己在团员青年中的威信？"

王小红的话音刚刚落地，会场上立马传出一阵啧啧称奇的感叹声。

耿守心不好意思地笑了笑，接着说道："其实，领导和同志们都明白'铁杵磨针'的道理。要说我依据了哪些自然科学原理？当时，我确实想到了在高中上物理课的时候，老师曾经讲过的一个例题：一只小球从高处沿着两条平滑固定的路线下滑，一条是直线，一条是下弧线，从线段长短来看，弧线当然长于直线，但小球沿直线下滑到底端终点的时间，明显长于沿弧线下滑到同一终点的时间。这一物理现象告诉我们，同一物体完成两点之间的运动时间，距离最短的，未必是时间最快的。我们团支部举办文艺宣传队，只是实现丰富活跃全大队文化生活的一种途径、形式和载体，而不是根本的目的，即便把它作为'阶段性'目的，如何更好、更快地完成这一过程、实现这一目的，也是我必须考虑的首要问题。我们那名男青年是宣传队公认的'金嗓子'，他在参加文艺宣传队的团员青年中有着相当的影响力和感召力，我如果坚持'走直线'地硬生生地把他叫过来参加，也不是不可以，但他肯定少了参加活动的热情和爆发力，甚至还会把自身的消极情绪影响扩散到其他人。我虽然多次到他家里做工作，看似走了弯路、绕了圈子，甚至花费了很多时间和精力，但对鼓舞和调动更多团员青年参与文艺宣传队的积极性，确实节约了许多宝贵时间和精力。而且，我这种看似'走弧线'、费时间的做法，当时就感染、感化、教育、激励、鼓舞了许多人，甚至现在这种影响已经延伸到了我们团支部的各项工作里，对推动促进我们团支部下一步的工作和建设，绝对是一个很大的鞭策、正力、鼓舞和支持。从这种意义上讲，我的这种做法，不仅没有浪费我们的时间，降低我的个人威信，反而促进了工作，节省了力气，对团结教育全大队广大团员青年，对增强团支部的向心力、凝聚力和战斗力，具有很好的正面引导和积极教育意义。"

张长远哈哈大笑道："守心书记讲得很好！我相信对在座的同志们来说一定有很好的借鉴和启示意义。我们做团的工作，根本的任务就是教育人、激励人、引导人，我们只有把广大团员青年真正团结凝聚一起了，才能完成各级党组织和上级团委交给我们的光荣任务，也才能为党的事业培养输送一批又一批合格优秀的革命事业接班人。守心书记，你再说说你们团支委一班人为什么团结得那么好？关于这一点，你依据借鉴的是哪些自然科学原理？"

一提到团支部一班人的团结，立即在团支书们中引起了更大的兴趣。大家都知道：团支部工作能不能搞上去，关键是一班人是否团结，只要一班人真正团结了，工作没有上不去的。反之，但凡工作上不去的，肯定是一班人的团结没有搞好，因为任何一个班子中，总有几个想把工作搞上去的人。

代又生是公社驻地生产大队团支部的书记，他最近正为自己团支部一班人的团结问题着急上火。在此之前，他曾几次找到耿守心"打探绝招"，无奈"它山之石"无法攻"己山之玉"，目前仍然陷在支委之间"相互钩心斗角"的旋涡里。当他听到张书记向耿守心提出这一问题时，立即提起了特别的精神！他仗着自己和耿守心是老同学，对耿家口大队团支部比较熟悉的原因，他于是笑着举手插话道："张书记！耿班长，不！耿守心书记肯定依据的是化学课上的'催化剂'原理！我知道，他们团支部有个十分漂亮的女支部委员，特别能干，而且他俩同一个生产队，耿守心是队长，她是副队长，两人配合得特别默契亲密！哈哈哈！"

代又生的插话，特别是"十分漂亮的女支部委员"和"俩人配合得特别默契亲密"那些话，立即引起了团支书们的一片笑声，让现场顷刻间呈现出格外热烈的气氛。

张长远也笑了，边笑边道："守心书记啊！还有这么回事？这一点你可是对我'贪污'隐瞒了！我只知道你团支部书记、生产队队长一肩挑、两边跑，而且干得都很好，团员和社员们都很喜欢你，没想到你身边还有这么一个十分漂亮、默契亲密的女支部委员、女副队长陪着！这倒也好！男女搭配，干活不累！哈哈哈！"

王小红也笑了，她边笑边狠狠瞪了耿守心几眼。她的笑有些尴尬和勉强，甚至有些失落和气愤。她知道张桂兰是耿家口大队的团支部委员，但没想到张桂兰居然和耿守心是一个生产队的，而且还担任起了耿守心的"左膀右臂"，甚至俩人还配合得那么默契亲密。这件事，耿守心为什么从没有对自己讲？是不是他俩果真有什么瞒着自己的"猫腻"……

想到这，王小红突然有了要让耿守心当众"出出洋相"、借机出口"恶气"的打算和主意。王小红毕竟是多次走上舞台的文艺骨干，不仅脑子反应快，而且瞬间调整好了情绪。只见她笑容满面、添油加醋地看着张长远书记举手笑道："张书记啊，耿守心的那个女支部委员我见过许多次，不仅人长得特别漂亮，而且特别能说会道，特别热情洋溢！话里话外透露着对耿守心书记的特别喜欢、特别倾情、特别理解、特别信任、特别支持！咯咯咯！"

王小红这一绘声绘色的"特别渲染"，让现场的气氛更加热闹活跃起来。张长远哈哈大笑道："守心书记啊，王小红书记的这'八个特别'，用得可真够特别的！看来这事应该是真的。没想到你这么一个老实巴交、憨厚朴实、和姑娘一说话就脸红的团支部书记，私底下竟藏着这么一个才貌出众、志同道合的革命好同志！哈哈哈！"

张长远话音刚落，现场立即笑声掌声如雷，气氛更加火爆强劲。虽说参会的人员都是团支部书记，但毕竟都是年轻姑娘小伙子，大家对男女之间的话题更为敏感、也更感兴趣。

一向性格幽默且喜欢火上浇油的代又生，这时突然再次站起身来，高声说了句："我觉得，她和咱们的耿守心书记究竟是不是红颜知己，尚未可知！"

话音未落，再次把现场的火爆烈度高高掀起。

耿守心也笑了。他的笑是羞涩不安的笑，更是被现场同志们善意"戏弄"

后无奈的笑。他涨红着脸，用"企盼立刻打住"的眼光看了看王小红和代又生，后又对着张长远书记笑着解释道："张书记，您别听他俩的！我们是同学，他们拿我寻开心呢！我们这个女支部委员叫张桂兰，她是个作风正派、热情泼辣、踏实肯干的好同志，我们可是一直保持着非常正常、非常纯洁的同志和同事关系。"

王小红笑着刚想再次插话，张长远笑着摆了摆手，说道："守心书记啊，我完全相信你！刚才，你的眼神、表情和你们团支部的工作，已经再清楚不过地证明了这一点。同志们，我看这样，这个问题由我来答，如果大家有什么不同意见的话，待会儿再作说明、补充和解释。"

耿守心如释重负地赶紧道："谢谢张书记！"

张长远用静肃的眼神环视了一圈后，会场很快安静下来。迎着团支书们期待的目光，张长远侃侃说道："三角形的稳定性原理，想必同志们都已经知道。如果我们把耿家口大队团支部的三名支部委员作为三角形的三条边，或者作为一栋房子的三根支柱，那么，如果其中的两条边或者两根支柱位置不当、关系不正，或者干脆两条边、两根柱子合在了一起，那这个三角形、或者独立的三根柱子还存在吗？那这个房子还稳定吗？三角形不仅不会存在，房子也会一定会倒下来。所以说，耿家口大队团支部的工作如此出色出众，支部书记耿守心和支部委员张桂兰间的关系，当然只能是非常正常的同志和同事关系，而绝不可能是别的什么关系。你们说，是不是这个道理？"

团支书们立刻会心地笑了起来，并报以热烈的掌声。王小红的鼓掌尤为用力和热烈，她边使劲儿地热烈鼓掌，边热情友好地多看了耿守心几眼。她的眼睛里闪烁着释然、兴奋、多情和歉意的光彩。

张长远继续道："从耿家口大队团支部的突出成绩，我们不仅完全可以判定他们支委之间的关系是非常正常的，而且也完全可以判定他们的支委班子是紧密且坚强团结的。也就是说，他们支委之间既有明确的共同目标，又有各自的合理分工与相互的默契配合。他们间的团结，是在同一面旗帜下的坚强团结，是在坚持原则基础上的坚强团结，是有合理分工且相互密切协作下的坚强团结。他们既不是孤立的'为了装点门面'而团结，也不是简单的'为了一团和气、彼此相安无事'而团结，是完全有利于工作的团结！"

会场里鸦雀无声，团支书们静静聆听着张长远的讲话以及他讲话中蕴含的深刻意义。

"我们有的团支部之所以不够团结，委员之间存在相互猜忌、相互掣肘、相互拆台、相互扯皮的问题，我看，如果用三角形的稳定性原理来解释，就是对这一科学原理理解得不深不透、支离破碎。三角形是由三条独立的线段构成的，它们首尾相连、互不重合，共同维持着三角形的固有形状和特有性质。在这里，我们一定要特别注意是三条线段、首尾相连、互不重合，而不是一条或者两条线段、互不连接、相互取代。我们有的团支部，书记与委员面和心不合，或者搞亲亲疏疏，或者搞老死不相往来，根本就不存在彼此紧密相连这一说。我们有的团支部，书记角色独大，不注意充分调动发挥委员的助手作用，甚至存在部分取而代之，或者干脆弃之不用的种种现象，把三条线段弄成了两条或者一条线段。我们有的委员之间，相互拆台，相互掣肘，相互使绊，不能紧密团结、同心合力，根本就不是一个三角形，而是三条独立的线段。所有这些，不仅极大地破坏了团支部一班人的应有凝聚力、向心力和战斗力，而且与三角形的特有性质和稳定性原理也是完全相悖的。试想：在这样一种环境和状态下，团支部一班人怎么能够搞好团结？团的工作怎么能够合力推进？当然，我们团支部一班人的团结和工作，也不完全等同于三角形，三角形是数学形态，它是没有生命的，而团支部是广大团员青年的社会活动组织，她是有旺盛生命力的。在团支部内部，书记有书记的职责，委员有委员的分工，从工作原则上讲，书记是带头人、是主心骨，对委员有组织和引导作用，而委员则是配角、是参谋、是助手，在工作中必须服从书记的指导和领导。也就是说，团支部内部如果出现不够团结的问题，必须就事论事、客观分析，不能武断而定、一概而论。但世界上的道理又是相通的，无论自然科学，还是社会科学，基本的规律和道理都是一样的。就团支部来说，书记不能因为起主导作用就忽视甚至抹杀了委员的助手和配角作用，委员也不能因为自身负有一定的职责使命，就擅自扩权，不服从甚至拒绝书记的主导和领导作用。在这方面，我希望大家都要好好开动脑筋，紧密结合自身存在的问题，在向科学要知识、要方法、要出路中，努力找到解决问题的'金钥匙'。耿家口大队团支部和耿守心书记的做法和经验，非常值得同志们参考、借鉴和学习。"

座谈会结束后，耿守心和他的同学们来到语文教研组办公室向蔡老师道别，并约定蔡老师调回省城时，大家再来这里相聚欢送。

四个人走出校门后，史宜春一人向南，另外三个人同路向北，大家各自骑上自行车，分别向自己家的方向赶去。耿守心一人骑车走在前边，王小红、代又生并排骑车跟在后边。

代又生一脸兴奋地对王小红说道："王小红同学，没想到这次参加座谈会的效果这么好，大出我的意料！我原本请假不想参加，幸亏张书记没有批准，不然，还真有些遗憾和后悔！"

王小红侧脸笑着看了看代又生，揶揄道："今天的太阳打西边出来了？从你代又生的嘴巴里还能吐出这样的闪光词句？咯咯咯！"

代又生立刻一本正经道："看看！看看！你这个最善解人意的王小红同学对我的成见太深了！这哪像一个战壕里的老搭档、老同学、老战友？我代又生可是从来不说假话的！"

王小红"扑哧"一声笑道："那你说说好在哪里吧？我洗耳恭听、再受受教育！"

代又生道："我觉得这次会上的干货、实货、真货比较多，假话、套话、虚话比较少。特别是张书记的'团支委三角形原理'和耿班长的'小球下滑时间与路径长短无关'的生动比喻，让我这个'喜欢鸡蛋里挑骨头'的聪明脑袋，突然有了茅塞顿开的感觉，现在琢磨起来，还真有点意思！"

王小红笑道："你要这么说，我觉得我的收获是挺大的。一是再次感到了好好学习的极端重要性，因为这世上的学问和道理都是相通的。二是张书记看问题确实比较深、比较透、比较准，因为……"她说着说着突然把话停住，继而又是一阵咯咯咯的笑声。

不明就里的代又生，再次侧眼看了看莫名其妙戛然而止而且脸蛋突然绯红的王小红，立刻意识到了什么，于是哈哈大笑道："因为耿班长和张桂兰是正常的同志和同事关系，而你吃醋了、误会了！是不是？哈哈哈！"

王小红立即扭过头，白了代又生一眼，再次咯咯咯笑道："去你的！才不是呢！你可真是象牙不在狗嘴里！"她边说边抬头看了一眼骑车走在前面的耿守心。

耿守心没有参与代又生、王小红间的说笑，也没有听见他俩正在说啥，他正在仔细琢磨掂量着另外一件事情：昨天中午四个同学一起吃饭说笑时，他突然意识到代又生和张桂兰这俩人真是天生的一对：一个诙谐幽默，一个热情洋溢，一个不藏不掖，一个直来直去，一个侠义多情，一个敢爱敢恨。如果把张桂兰介绍给代又生做对象，没准还真能成就幸福美满的一对。但当他想到蔡老师对自己的叮嘱后，瞬间又泄了劲：如果下一步国家的高校招生政策真的发生了变化，就凭代又生这个聪明劲，说不定真能考上大学，那岂不是苦了张桂兰和代又生两个人，这"两地分居"的日子那可是十分的艰辛！再一想，搞对象的事情真的很难说，能碰到一个特别合适对眼的人确实不容易，邻村张大爷早年考学留在了省城工作，他爱人和孩子后来也一起从老家搬了过去，现如今一家人在省城工作生活得特别幸福舒心。既然这样，不妨先和代又生通通气，看看他是啥意思，反正婚恋这种事全由他们自己做主，自己只是居中搭线传话，成与不成，全在他们两个人。

想到这，耿守心放慢了车速，代又生、王小红很快追了上来，三人并排后，耿守心冲代又生问道："代又生，你有没有对象？现在想不想谈？如果想谈，我可以帮你。"

代又生侧脸看了一眼耿守心，笑道："耿班长，你是什么意思？是想为我当红娘？还是想让出一个漂亮姑娘支持支持我这个可怜兄弟？"他边说边侧脸哈哈大笑着看了一眼王小红。

王小红立马杏眼圆瞪，笑斥道："代又生！你想啥呢？黄鼠狼想吃天鹅肉，天下可没有那么好的事！"说完，自个儿咯咯咯地笑起来。

代又生立刻哈哈大笑道："王小红同学，我可没有想啥，这可是你自己不打自招、自我暴露的！哈哈哈！"

王小红闻听，当即羞红了脸，她瞬间意识到自己一不小心，掉落在代又生挖好的"陷阱"里，随即再次咯咯咯笑起来。

耿守心继续道："代又生，咱不开玩笑了！你如果真没有对象而且现在想谈的话，我打算把我们团支部的委员张桂兰介绍给你。她这个人你见过，各方面条件都很优秀，个人素质、性格品质特别适合你，只是她没有上过学，文化少了点，不知你是否有意？"

王小红一听这话，立刻喜出望外，赶紧一脸兴奋地看了看代又生后，插话道："文化浅点有啥关系？又不是选生产队的会计！我和张桂兰可是在一起待过两个多月呢！我对她特别了解，她长得特别漂亮就不说了，关键是她这个人特别善解人意，做事特别有板有眼，待人接物特别周到细致，为人特别侠肝义胆，在团员青年中特别有威信，说话做事特别干净利落，而且不漏不滴！如果你代又生真能把她娶回家，她肯定是个特别能干的家庭主妇和良母贤妻！"

代又生去过三次耿家口大队，张桂兰给他留下的印象特别好、特别深，耿守心的主动牵线，既让他深感突然，也令他特别开心。但当听到王小红绘声绘色的"特别补充"后，他突然浮想联翩，于是笑着调侃道："王小红同学，你刚才说了九个'特别'吧？比昨天会上还多了一个'特别'呢！你这一'特别'，让我不能不特别地想一想……"说到这，他故意停顿了一下。

王小红急着插话问："我说的可是真话！你想啥呢？"

代又生继续道："我想你究竟是啥意思！该不会是拐弯抹角、借刀杀人地消灭你的这个'特别竞争者'吧？哈哈哈！"

王小红立刻再次满脸绯红起来，咯咯咯笑道："去你的！我是真心为你好！谁知你狗咬吕洞宾，不识好人心！肉包子扔给你这个饿狗吃，还说是人噎了你！"

代又生哈哈大笑着正想回应，耿守心抢先道："代又生，你好好想想，如果你感觉合适、家里也没意见的话，告诉我一声，我帮你俩牵牵线。如果双方都同意的话，咱们再找个年纪大的当媒人。"他们知道：在他们这个年龄，私下牵牵线还可以，但要正儿八经的当媒人，必须找个年纪大些的人。

代又生笑道："那好吧！"停顿一会儿后，他突然顾虑重重道："这事先不要告诉张桂兰，免得我家如果不同意的话，伤害了人家张桂兰这个好姑娘不说，也对不起老同学你！"

王小红立刻纳闷道："这么好的姑娘，你家会不同意？"

代又生忧郁道："不瞒你俩说，我爹想让我去县里当工人，已经托了人，对方提出的条件是，我必须答应娶他的闺女当媳妇。"

王小红不解道："你见过那个姑娘吗？她长得啥模样？有没有张桂兰好看？"

代又生郁闷道："见过一面，人长得就那么回事，当然没法跟张桂兰比。为这事，我现在还和我爹怄着气。"

王小红着急道："你爹怎么会这样？找对象的事情那可是攸关你一辈子的大事情……"她似乎还想说什么，当看到耿守心冲她摇了摇头后，立即停住了嘴。

耿守心看着代又生很不开心的样子，接上笑道："代又生，谈对象、当工人的事情，确是你一辈子的大事。我觉得，这些事情你还是应该多和家里好好商量商量，尽可能达成一致。我刚才说的这件事，你和家里好好合计合计后，拿个主意，我等你的消息。"

代又生点了点头："好吧！我尽快告诉你。"

代又生说完，耿守心猛蹬了两下自行车，再次走到了代又生和王小红的头里。

代又生看了看走在前面的耿守心，心里突然有些五味杂陈。这倒不是因为他爹"拿自己的婚事当条件，给他到县里谋差事"，而是他想到了耿守心与王小红和张桂兰之间的事。王小红、张桂兰对耿守心的"特别热情与友好"，他是知道的，这倒不是因为耿守心曾经对他说过什么，而是他和耿守心、王小红同学两年半，包括他几次去耿家口大队见到张桂兰后明显感觉到的。他曾几次对耿守心装聋作哑似的消极被动旁敲侧击予以调侃和"启发"，但耿守心从来不予搭茬和回应。他知道：耿守心远不像史宜春那样是个"想法"和"心计"颇多的人，耿守心内心单纯干净得几乎可以用纯粹形容和描绘。他不知道耿守心为啥如此这般地躲闪来自两位姑娘的特别友好与主动，在他去耿守心家里做客并留宿一夜后，从不知疲惫的耿守心母亲那里终于找到了问题的答案和原因——原来这一切都是因为耿守心的兄弟们太多、家庭负担太重、耿守心无力也不敢接受两位好姑娘的主动友好与热情给予。如此看，张桂兰似乎对耿守心更合适，因为他俩毕竟同在一个生产队，啥啥都清楚，啥啥都便利。可转念一想，如果他俩真正走到一起，意外的困难和麻烦会不期而遇的例子比比皆是。无论怎样，耿守心把这个好姑娘介绍给自己，着实令他心里非常感动和欣喜。他突然为耿守心的友好、热情和处境感到难过和惋惜，他觉得自己应该仗义帮帮老同学，他决定赶紧促促王小红，让她主动、主动、再主动，抓紧、抓紧、再抓紧！

想到这，代又生突然脑袋一转，侧脸看了看王小红，小声笑道："王小红同学，你说耿守心为什么把张桂兰介绍给我？可我觉得他俩更合适，你说是不是？"

王小红当即板起脸，摇了摇头，果断说道："我觉得他俩不合适！俗话说，兔子不吃窝边草，况且他俩还是一个生产队的。再说了，他已经打算把张桂兰介绍给你。"

代又生笑道："一个生产队的又能怎么的？俗话说，近水楼台先得月，人人各扫门前雪。依我看，我们应该做做他的思想工作，把张桂兰介绍给他，你说是不是？"

王小红立马生气地瞪了代又生一眼，怒斥道："代又生！你什么意思？我不想再理你！"说罢，她猛地把头扭了过去。

代又生立刻哈哈大笑道："王小红，你别生气！我的意思是：你如果真心喜欢耿守心的话，建议你一定抓紧时间、穷打猛追、再接再厉。否则，一旦我家里不同意，你很可能就没戏！"

王小红侧脸看了一眼代又生，"扑哧"一声笑道："去你的！就喜欢玩邪的！"

说话间，三个人来到了公社政府驻地的生产大队，耿守心、王小红谢绝了代又生的挽留，俩人再次骑上自行车，继续向着他们家的方向奔去。

同伴中少了代又生，骑行的气氛一下子沉闷下来。耿守心低头骑车走在前面，王小红在后面默默紧跟。

离开公社政府所在生产大队后，面前是一条高低不平的乡间土路。这条土路既是北面几个生产大队与公社驻地连接的必经之道，也是周围几个生产大队社员们下地干活、拉运庄稼、驱赶牲畜的田间道路。土路的两侧栽满了整整齐齐的柳树和杨树，既把田地和道路做个区分，也供社员们劳动间隙休息乘凉、放置农具、栓停牲畜之用，这样一来，原本不太宽阔的土路就显得更加狭窄和拥挤。一心赶路的耿守心和王小红，也只能骑骑走走、走走骑骑地慢慢行进。

趁着下车步行的当口，满怀心事的王小红终于忍不住紧走两步，追上耿守心后问道："耿守心，问你件事，蔡老师昨天单独找你说话，是不是只问了你谈对象一个问题？"

耿守心顺口应道："是。"

王小红再问："他没有催你吗？或者说，他没有说现在不需要谈的理由？"

耿守心侧眼看了看王小红，笑道："蔡老师当然没有催我。理由嘛，昨天代又生已经告诉了你们。"

王小红咯咯笑道："我才不信呢！他那是拿史宜春寻开心呢！"

耿守心笑了，但没有接话。他想，王小红果然十分聪明敏锐，一下子就看出了问题的漏洞和罅隙。

王小红接着说道："如果蔡老师只问了这一个问题，那他完全可以当着我们大家的面一块问，蔡老师既然只留下了你一个人，那他肯定还说了别的问题。"王小红无懈可击的推理，显然经过了仔细考虑。

耿守心再次笑了笑，依然没有作声。他没想到王小红的推理这么严密，思维这么缜密，或者说，她对有关自己的这件事情这么注意。回想两天来王小红的种种表现，耿守心分明感到，她对围绕自己的一切，尤其是自己和张桂兰的关系以及自己"是否谈对象问题"比过去更加敏感，也更加在意，甚至代又生开玩笑涉及她应该谈对象的问题时，她也不像过去那样大大方方地直接回怼，而是选择沉默和逃避。他不知道围绕在王小红的身边，究竟发生了哪些问题。他知道：自上初中开始，王小红对自己就很有好感，上高中后更是如此。高中毕业两年来，虽说俩人分别在两个生产大队劳动，除了到公社和管理区开会外，很少能在一起，但她对自己的关注、关心和帮助，不仅没有丝毫变弱和减少，反倒与日俱增，更似突飞猛进。耿守心当然不是傻瓜，他自然知道这一切是为了什么，但他无力、也不敢正视和接受王小红的这种特别友好、亲近和美意。他觉得自己配不上她，就像一个小鸟笼子根本装不进大凤凰一样的道理！自己的兄弟们多、家务事重，母亲多年的辛劳忙碌他很清楚，他必须给母亲选一个好妻子帮衬，把家中里里外外、越来越多的烦琐事务很好打理，只有这样，自己才算是一个不忘耿家口"初心"和"根本"的孝顺孩子。王小红面容姣好、聪明伶俐、多才多艺，她的社会活动能力比自己差不了多少，如果俩人走到一起，把她每天憋在家里起早贪黑地操持家务，对她很不公道公平，她也不应该受到这样的压制和委屈，如果俩人因此再常常生气，那自己真是天大的逆子！想到这些，他只能把王小红对自己的主动亲近和特别友好深埋心底，表面上熟视无睹、装聋作哑，一切按常人常理常事地被动处理。

王小红见耿守心默不作声，知道他已经默认。既然耿守心不愿意多说，再问已经没有意义。王小红想了想后，突然再次笑道："耿守心，既然你已经默认了，那我就不再多问。不过，如果你有兴趣的话，我想告诉你两个好消息，而且都与你特别有关系。"

一听这话，耿守心立马来了情绪。他看了看王小红，笑道："两个好消息？还与我特别有关系？当然愿意洗耳恭听，你尽管说就是！"

王小红笑了笑，以不容商量的口吻道："那咱们找个僻静地方，千万别让人看见后说三道四！"

这当然正中耿守心的下怀，但对"找个僻静地方"仍心存疑虑。耿守心看了看王小红不容置疑的样子，只能默默点了点头，俩人随后骑上自行车，王小红在前，耿守心在后，飞快地向着黄河防洪大堤的密密树林骑去。

到达黄河防洪大堤后，他俩找了个稠密的树荫停下，放好自行车后，俩人面对面坐了下来。这里离村庄比较远，果然十分偏僻安静，除了黄河的涛声和风吹树木庄稼的唰唰声外，不见一个人影。

王小红看着坐在对面的耿守心，心情突然十分畅快，她一边得意地薅着身边的小草，一边含情脉脉地看着耿守心说道："耿守心，你昨天会上的发言真好，我听得特别认真仔细，后来我和张书记他们一起散步时，张书记还特别表扬了你。"她说这话时，双颊微微发红，当看到耿守心正在目不转睛地看自己时，她突然羞涩起来，脸红红地把头低了下去。

耿守心没有接她的话，只是浅浅地笑了笑，接着催促道："王小红，你的两个好消息是……"

王小红抬起头，咯咯咯地笑着打断道："要说可以，但你必须答应我一件事！"

耿守心了解王小红有时喜欢用"讨价还价"的方式作"开场白"，于是说道："行！我答应你！"

王小红笑了笑："不许反悔！"她边说边伸出自己的食指。那是小孩子们"相互拉钩发誓"时的样子。

耿守心笑了笑，也伸出自己的食指，两只手指拉住晃动了几下后，笑道："好！我不反悔！"

王小红笑道："那我先说第一个好消息：张书记下一步可能把你借调到公社团委里……"

耿守心立即兴奋地打断道："这是真的？你怎么知道的？"他知道王小红从不欺骗自己，对这种从天而降的"大喜事"，自然更是如此，但他还是忍不住追问了一句。

王小红接着道："昨天晚饭后，我们几个人陪着张书记散步时，他亲口说的。不过，张书记说还要走程序，包括你们大队党支部广林书记和公社的主要领导们都要同意。"

耿守心想：这倒也是，对这种人人都想得到的好机遇、好事情，张书记肯定不会太随意！走程序就走程序吧，自己放平心态等着就是。

耿守心再次追问道："第二个好消息是……"

王小红笑道："我表舅说，国家的高招政策可能要发生重大变化，也许下一步推荐上大学的时候加入考试，也许在推荐上大学的名额之外，增设通过考试录取的名额和比例。"

耿守心立刻高兴地猛拍了一下自己的大腿，笑道："这太好了！谢天谢地！"

耿守心虽然从蔡老师那里已经知道了这种可能性，但那毕竟是蔡老师自己的判断和推理。而从王小红这里得到的消息，那可是已经担任县教育局局长的她表舅亲口说的。他觉得，这不仅再次证明了蔡老师的睿智和判断，同时也表明了这种可能性是很高的，这实在是个好消息！

　　俩人一阵兴奋与美好的畅想之后，王小红接着道："不过，我还听到一个可能对你不太好的消息。"

　　耿守心立刻脸色"晴转多云"，忧心忡忡道："什么不太好的消息？"

　　王小红忧郁道："公社主管教育的李文元副主任，最近可能要提拔为公社代理主任，他和县五中过去的教导处主任李中宽是同一个村的。"

　　耿守心立刻心里一沉，急着问道："这是真的？你听谁说的？"

　　王小红答："这是真的。听我表舅的同事们说的。"

　　耿守心立刻低头沉默起来，刚才的极度兴奋顿时没了踪影。他想：李文元副主任和李中宽主任的关系肯定不一般，不然，他不会随意听信李中宽主任的一面之词，大老远地专门赶到大队部去找自己的父亲。李文元副主任过去确实对自己很有成见，不然，他不会在没有详细调查研究的情况下，就对父亲说出"如不立即改正，就按退学处理"那句话。如果不是广林大爷、守才哥哥和学校的领导老师们全力以赴、据理力争，说不定自己早就被退了学、回到了大队里。不过，既然自己没有被退学，想必李文元副主任后来也明白了其中的原因和道理。但愿像他这样的大领导，没把自己这样的小农民放在心里，但愿在自己下一步可能借调公社团委帮助工作这件事情上，不要给自己用反劲、使绊子。

　　看到耿守心一筹莫展、心有不安的样子，王小红心里突然难过起来。她想了好一会儿后，抬头宽慰道："本来我不想告诉你的，想了想后，还是告诉了你。不过，我觉得像李文元副主任这样的大领导，不应该是个心胸狭隘、鼠肚鸡肠、固执己见的人。也许经过这两年的时间，他早就忘记了过去的那件事，在你下一步借调到公社团委帮助工作这件事情上，他不应该给你出难题、为难你。"

　　耿守心笑了笑："你说的有道理，但愿事实如此。"

　　既然王小红也这样认为，耿守心当然只能把心放平，而不能再现杞人忧天、一筹莫展的样子。

　　看看早已偏西的太阳，耿守心慢慢站起身来，一副打算立即离开、各回各家的样子。

　　王小红立刻不高兴起来，她瞪起眼睛，埋怨道："耿守心，我的话还没说完呢！你刚才答应我的事，是不是想要反悔？"

　　耿守心这才想起刚才答应过的话，他笑着重新坐下来，一脸的尴尬和歉意。

王小红笑道："这还差不多！"

耿守心催促道："需要我做啥，你直管说。能做的，我一定做；不能做的，我也说出个理由和原因。咱们不能回去太晚了，那样家里会着急。"

王小红笑着看了看耿守心，突然有些踌躇和不安，她低头想了想，面色绯红道："我觉得，我们应该重新确认一下咱俩之间的关系。"

耿守心不解道："咱俩的关系不是很好吗？还需要重新确认？"

王小红立刻抬起头，双目圆瞪道："你不要揣着明白装糊涂，今天你必须给我一个准消息！我爹我娘一直催促着我找对象，最近，亲戚们又给我介绍了好几个，可我心里只有你！"说完，她目不转睛地紧紧盯着耿守心。

耿守心的脑袋立马膨胀起来，脸红红道："王小红，我知道你对我好，可我觉得自己实在配不上你！再说了，这半年我不能找对象，春节过后，我才可能考虑……"

王小红不由分说地当即打断道："我从来没有觉得你配不上我！你家的兄弟多、膀子多、人多好办事！不像我们家，只有我和弟弟两个人，干活都缺劳动力，如果被人欺负了，也没人替俺帮忙和出气，俺就喜欢像你家兄弟们这么多的！"她边说边用火辣辣的眼神直直盯着耿守心。

耿守心一下子感动了，也心醉了。这么多年来，他还是第一次听到"兄弟多、膀子多、人多好办事"这句暖人肺腑、让人动情的话，而不是自己和家里人常常听到的"兄弟多、家庭负担重、麻烦事多"那些看似同情可怜、实则居心叵测、心怀妒忌的闲言碎语。他忘情地回眼凝视着王小红，眼睛里充满了从未有过的特别感激、感动与兴奋。

王小红感受到了耿守心突然间爆发出的强烈心理和情绪变化，当她看到耿守心眼睛里射出的那种前所未有的炽热光芒后，面庞再次绯红娇柔起来，而且羞涩地很快把头再次低了下去。

一阵短暂的沉默之后，王小红低着头，喃喃道："耿守心，你为啥非要半年后才找对象呢？是不是与国家高招政策改变后打算报考大学有关系？"

一直凝视着王小红的耿守心，听到这话后，慢慢把头低了下去。他知道：虽然蔡老师对自己抱有特别的期望，虽然自己也很想跨入能够继续深造的大学之门，但目前毕竟八字没有一撇，甚至国家的高招政策是否改变、怎么改变都还是大问题。刚才和王小红的美好畅想，那只不过是一时的冲动与兴奋，真要坐下来仔细盘算，特别是与"确定恋爱对象"这个大问题相联系的时候，自己必须负责又负责、仔细又仔细。

王小红见耿守心没有接话，她抬起头来，再次追问道："你为什么不说话？是不是还有什么别的原因？你这哪像一个男子汉的样子？"

耿守心最怕别人说自己不像男子汉。他立即抬起头来答道："我答应过蔡老师，我不能失信咱们的老师！"

王小红突然笑起来，边笑边道："我早就猜到了是这个原因！你家的老人们应该早就盼望着你尽快结婚成家，除了蔡老师，不会有别人。不过，我表舅说过，他不希望我现在恋爱结婚，他希望我等到新的国家高招政策出台后，如果条件允许，积极报考大学，不论能不能考上，到了那个时候，再考虑恋爱结婚。"

耿守心赶紧道："这不是很好嘛！那你干吗那么着急？"

王小红顿时愁眉不展道："可是我爹我娘不同意。他们说，上大学的事情想都别想！这天底下的大好事哪能轮得到我们一个偏僻农村的小农民？上大学的话要是传扬出去，肯定会让全大队的社员们笑掉大牙，还得说我们不守本分。他们非要逼着我赶紧定下自己的婚事，还说闺女大了必须当婚，不然大队里的社员们会说闲话，他们也没办法出门！"说着说着，王小红的眼圈突然红起来，泪水渐渐浸满了她的美丽眼睛。

耿守心最看不得别人流泪，更何况对方是一个对自己一往情深而且心里只装着自己的可爱女孩。他赶紧劝慰道："王小红，你别哭！有什么话慢慢说嘛？再说了，不是还有你表舅吗？请他做做你爹你娘的工作，肯定没有问题！"

王小红突然抽泣起来，一边抽泣一边失望道："我表舅做过我爹我娘的工作，可是没啥效果。我爹我娘只答应考大学的事情到时再说，但找对象的事一天也不能再拖。前几天，又有人上门给俺介绍了几个对象，其中还有一个在部队服役的，你说，我这该咋办呢？"说着说着，她抽泣得愈加厉害起来，而且有些失控的样子。

耿守心难过极了，也紧张害怕极了。他想：谈对象的事情是自己的终身大事，自己断不可以私自做主，必须由爷爷奶奶和爹娘点头同意，这是耿家口的规矩，自己必须牢牢遵循。蔡老师是自己特别尊敬的好老师，他对自己的期望很大，已经答应"春节后再谈对象"的承诺不能逾越半分。王小红对自己一往情深，从上初中开始就对自己的一切特别关心关注，尤其是她刚才说的那些掏心掏肺的话，让自己深为感动和振奋。要说自己对王小红没有好感，那是假话，自己过去之所以不敢接受王小红的主动和感情，那是因为自已"自惭形秽"。现如今，这个扣子已经解开了，在她面临如此巨大的艰难、痛苦和折磨面前，作为一个男子汉，自己断然不能继续再袖手旁观、麻木不仁。

想到这，他抬起头来对王小红说道："王小红，你别哭！有什么事情咱们可以慢慢商量……"

谁知，不劝还好，一劝王小红哭得更加厉害起来。

耿守心一看实在没辙了。他想了想后，突然十分害怕紧张地小声说道："王小红，有人过来了！"他边说边做出赶紧躲避的样子。

这一招果然很灵！王小红立马止住了哭声，睁着满含泪水的双眼急切地小声问道："人在哪里？"并慌张地四处察看。

耿守心"扑哧"一声笑道："逗你玩呢！谁让你老哭呢！"

王小红见状，佯装生气地娇斥道："耿守心，真有你的！人家这样难过，你还这样逗我！"说着话，她把薅掉的小草团成一团，向耿守心掷去。

耿守心接住草团后，笑道："遇到天大的难事，也不能总哭个没完没了。我觉得，正确的做法应该是，遇到什么问题，咱就解决什么问题！"

王小红立即道："你说得好听！你说怎么解决？除非你答应和我重新确定关系，否则，我就没办法坚持过去！"

耿守心道："重新确定关系是我们各自的终身大事，必须由我们双方的家长同意。不过，你刚才说的话让我非常感动，如果你真心想和我一起面对未来的生活和挑战，我愿意和你重新确定关系。但是，你必须答应我一个条件……"他也学起了王小红"讨价还价"的样子。

王小红紧接着问道："什么条件？"

耿守心郑重道："我们间的特殊关系，现在只能装在我们两个人的心里。等到春节过后，如果没有意外和我们俩人没有意见的话，我们再向各自的家长提出；如果双方家长也没有意见的话，我们再正式确定并公开我们的关系。"

王小红打断道："为什么要等那么长时间？我现在怎么回复我的家人？"

耿守心道："我既然同意重新确定我们的关系，我当然必须对你今后的一切负起责任。至于现在，你不妨先告诉你爹你娘，说你已经有了意中人，如果春节过后没有什么变化和双方家长都同意的话，双方再正式确定关系。"

王小红想了想后，笑道："真有你的！我想问你？你是不是想考大学？还是有什么其他的打算和考虑？"

耿守心答道："事情未至，先不必说。反正我像你一样感情专一，我们都应该努力学习，积极上进，牢记做人的'初心'和'根本'，争取做一名对国家、对社会、对家庭有作为、有贡献的人！"

王小红笑道："既然这样，那我就依你！不过，你说的话，可一定要守信！"

耿守心笑道："我们耿家口的人，从来都把'守信'作为自己的'第一行为准则'，亏你这个想做我们耿家口媳妇的姑娘，竟还存在如此莫名其妙的疑问！"

耿守心和王小红私下确定新的"个人关系"后，对双方来说，这既是一件称心的好事，也是一件痛苦的"坏事"。他们双方各自把对方正式装进心里，发奋努力工作和学习。同时，耿守心从天而降的一件又一件倒霉事、麻烦事，不仅无情折磨着耿守心，也同时强烈撕扯着王小红的心——

34　一语成谶

许多事情的发生，真是不可捉摸。预料会发生的事情，果真就清清楚楚出现在那里。

公社团委借调耿守心帮助工作的事情，在公社团委张长远书记雷厉风行的运作下，很快就有了起步和推进。

张长远书记先是亲自打电话找到耿家口大队党支部书记耿广林征求意见，耿广林自然是全力支持，一百个赞成同意，而且一再夸奖张书记慧眼识真金，恰如昔日伯乐在世。

耿广林放下电话后，自然是心情舒畅、喜上眉梢、乐不自禁，他兴奋地对耿守才和耿广常连连说道："咱孩子这下可真是有出息了！也亏了张长远书记慧眼识人！只要咱孩子好好干，早晚会成为公社的正式干部，说不定下一步还会有大的发展、大的作为！"

耿守才猛劲儿抽了两口烟，一边吞云吐雾，一边高兴道："那是当然！那是肯定！我早就说过，守心兄弟爱学习、有才气、有志气！干啥都能干出名堂，干啥都能弄个第一！他要是总窝在咱们这个大队里，那才是天不开眼、那才是活得没劲！也是咱们耿家口这八九百口社员没有福气！现在可好了，只要守心兄弟能够到公社团委帮助工作，用不了多少时间，他准能再创个奇迹！"

耿广常心里的高兴劲就甭提了！但他仍然一如既往、面平似水地浅浅笑了笑。他知道：自己孩子借调公社团委帮助工作的事情，只是走完了征求基层意见的第一步，公社领导研究决定那才是最关键、最要紧的必需程序，现在还远远不是击掌相庆、欢欣鼓舞的时刻。即便自己的孩子真的去了公社团委帮助工作，他仍然还是耿家口的人，根本没有什么大不了的。他看着耿广林、耿守才喜不自禁的样子，微笑着接上说道："广林哥、守才，我觉得，这孩子在咱大队也挺好的！有广林哥、守才你们关怀照顾，以后我再给他娶个媳妇，他再生上几个孩子，家里的日子过得也差不哪去！"

耿广林瞪了耿广常一眼，笑怨道："广常啊！不是我说你！别看你文化程度比我高，满肚子净墨水，你的这种想法，压根就是典型的不思进取的小农意识！"话音未落，三个人随即哈哈哈大笑起来。

公社团委张长远书记从电话中得到耿家口大队党支部书记耿广林"赞成、支持、同意"的答复后，笑着放下电话，拿起已经写好的"借调报告"，满怀欣喜地走进了公社党委刘维忠书记的办公室。

刘维忠看了一眼张长远双手递过的借调报告，笑了笑，随手提笔签上了"同意"两个大字。张长远正想离开，刘维忠微笑道："耿守心这个小伙子我知道，是棵好苗子！希望你们好好带带，多给他压点担子。哦，对了！这个报告让文元同志也看看，最好让他也签个字。"

张长远应声"好"后，快步走了出去。他原本只打算请公社党委刘维忠书记签批，因为党委主管共青团工作，况且借人这种小事远不像选调干部那么严格正规，公社里的许多部门，从下面借人帮助工作的比比皆是，正常情况下，只要接、放单位双方同意并向主管领导打个招呼即可，没有那么多烦琐复杂的程序。既然刘维忠书记特别强调嘱咐了，张长远没有犹豫，径直走进了公社革委会代理主任李文元的办公室。

李文元见张长远拿着呈批件走进来，"吃吃吃"笑道："长远同志，你们共青团的工作干得不错，在咱们公社，可以说有口皆碑！有什么需要我做的，你只管说，我这里一律大开绿灯、保证全力支持！"

李文元知道：他这个"代理主任"要想去掉"代理"两个字，少不了方方面面的呼吁和支持。最近这段时间，他只要见到各个部门的负责人，几乎全说这些"肯定、赞赏加支持"的话语，全用这些"关心、友好加鼓励"的词句。

张长远赶紧笑着感激道："谢谢文元主任的关心和支持！我这里有份借调报告，烦请主任关心签批。"

李文元再次"吃吃吃"笑道："借人这种小事还需要我签批？你们团委和放人单位私下协商一下不就行了？搞得还挺烦琐正规。"李文元知道：他的这种看似埋怨的口吻，实则为下属解套放权，自然会赢得对方的尊重、欢愉和信任。

张长远笑道："刘维忠书记刚才已经签过了，他的意见是请您也来签审。

我们的工作特别需要您的大力关心和支持!"他故意把"签批"改成了"签审",并笑着把借调报告递了过去。

李文元立刻高兴地又次"吃吃吃"笑起来,他一边笑着,一边接过借调报告,看也没看,顺手拿过桌上的笔,紧挨着刘维忠书记的批示,直接快速写下了"赞同维忠同志的批示"九个大字,并署上了自己的名字。

张长远看着李文元已经签批的报告,笑着拿起报告说道:"我们借调的这名团支部书记已经考察一年了,总的感觉各个方面都很不错,他也是我们公社连续两年的双优秀、双先进。我们团委正好缺人手,现在把他借调过来帮助工作,不论对解决我们眼下的当务之急,还是在全公社形成良好的选人用人导向,都很有示范借鉴意义。"

李文元继续"吃吃吃"地笑道:"你说得很有道理!我完全赞成、全力支持!既然这个团支部书记是个人才,那就好好培养、大胆使用!哎……对了,这个小伙子是哪个生产大队的?他叫什么名字?"

张长远道:"他叫耿守心,是耿家口生产大队的。"

李文元一听这话,脸色迅速"由晴转阴"。他站起身来,从张长远手中拿回借调报告,反复看了几遍,然后面色尴尬地"吃吃吃"笑道:"长远同志,你看这样好不好?这个报告先放在我这里,回头我找维忠书记再好好合计合计。"

张长远道:"既然李主任有指示,那就听您的。不过,这个人您可不能安排给别的部门和单位,我们团委眼下正缺这样的人。"他故意把李文元留下借调报告的理由作了"合理的想象和推测",同时也再次强调和提醒耿守心确实是公社团委想要的人。

李文元笑着重新坐回座位后说道:"我知道。一有消息,我会立即通知你。"

张长远走出李文元办公室后,心里越琢磨越不对劲。本来已经签批的报告,为啥一提到"耿守心"和"耿家口生产大队",李文远又把报告要了回去?莫不是里面有什么猫腻和问题?想想也不应该啊?耿守心的背景十分清楚简单,工作涉猎十分清晰单纯,他来公社,要么到团委开会,要么到团委办事,从没听说过与李文元打过交道,更不可能惹李文元生气。是不是耿家口大队的哪位领导与李文元有过什么不快和过节?即使他们之间再有什么不快和过节,这事也不应该牵扯到耿守心?怎么突然间生出这等莫名其妙的歪岔子?本来按照正常的工作习惯和签批程序,临时借人这种小事根本不用请示到他那里，既然刘书记特别交代嘱咐了，自己只能照办，李代主任按照常理也应该只是依照刘书记的批示意见履行一下"赞同"的手续，没承想，在这最不应该出问题的地方反倒弄出了问题。全公社万余名团员青年，目前公社团委正式配备的干部只有三个人，眼看着日夜忙活得拉不开栓，好不容易选了个合适的现在又卡了壳。另选别人吧，借调耿守心的事不仅已经传扬出去，而且现在还搁置在这里。不另选别人吧，眼下的工作又这么吃紧，你说闹心不闹心！他知道，刘维忠书记近期可能要调离公社去县上任职，刘书记之所以特别嘱咐自己请李代主任签批，无非是想为公社团委下一步的工作创造更好的环境和条件埋下伏笔，没想到这个"伏笔"如今反倒成了公社团委借人的意外障碍和阻力。

张长远回到团委办公室后，他想是不是赶紧向刘维忠书记汇报一下刚才的情况，犹豫再三，终于没去。他想：既然李代主任已经说过他去找刘书记合计商量，如果自己再去，确实有点多余和犯忌。他又想是否应该赶紧给广林书记打个电话说说情况，让他不要着急，想了想后，拿起的电话终又放下，他觉得说与不说应该一个样子，只要时间一拖，广林书记自然知道遇到了难题，自己对他说了，反倒容易让已经出现的"岔子"有可能产生新的麻烦和问题。

张长远原本也是一个农民，高中毕业后因为表现突出，被组织层层推荐上了地区师范学校。也许因为他在班里担任团支部书记，各方面表现都非常突出的缘故，毕业分配时直接进到地区团委工作，可他更愿意到基层接受锻炼，组织上又把他分到了团县委，在团县委工作两年后，根据他的德才表现，组织上再次安排他到公社团委担任书记。他到公社团委已经三年多了，获得了上下一致的好评，也取得了许多成绩，但他始终有些烦心事，那就是总也看不惯机关的那种推推拖拖、疲疲沓沓的坏风气。他觉得：事业都是干出来的，不是拖出来的，更不是推出来的。他也知道：自己作为一个小公社的小团委书记，要想改变周围的这种环境，根本没有可能，适应外部环境、在自己说了算的这个小天地里改改风气，不仅没有问题，而且也应该是自己安身立命、伺机寻求突破的"最佳场地"和"最好武器"。张长远的性格脾气和工作作风与耿广林十分相似，都是那种做人坦坦荡荡，做事从不拖泥带水的人。他和耿广林见过几次面后，发现两人性格相近、意气相投，很有一种相见恨晚、惺惺相惜的意思。上次他和耿广林通过电话后，就急等着公社领导签批后，第一时间把"过来报到"的好消息告诉耿广林，也好再次证明自己不仅爱才惜才，而且是个办事特别干净利索、勇于担当的人。现在倒好，自己只能毫无办法地折磨自己，要说心里不难受，那是假的。

李文元自打张长远走出办公室后，他就呆呆地坐在那里。他的心里很矛盾、也很着急。矛盾的原因是：耿家口大队的耿广林、耿守才因为过去耿守心退学的事情对自己没大没小地发了脾气，不止如此，公社革委会主任赵格文因为这事还专门在班子会上把自己狠狠批了一顿，说自己不问青红皂白地犯了官僚主义、主观主义，若不是他及时弥补纠正，肯定会闹出难以收拾的"严重政治问题"。所有事情搞清以后，虽然自己没有再说什么，而且在县五中李中宽主任调离这件事上自己还主动投了赞成票，关键是在赵格文被免职、究竟谁来接任公社革委会主任这件事上，也许因为这个问题，把自己这个理应顺利接任主任职务的第一副主任最后搞成了"代理主任"。按理说，冲着耿守心的德才表现，把他借调公社团委帮助工作没有任何问题，可就是实在咽不下耿广林、耿守才"以下犯上"这口窝囊气！说到为啥着急？李文元当然知道耿广林、耿守才的火暴脾气，也了解耿家口大队"说一不二、敢作敢为"的那些陈年往事，他害怕这件事情一旦被对方抓住把柄、捅出娄子，或者惹怒耿广林、耿守才后大发脾气，他们再带人闹到公社来，自己这个代理主任要想去掉"代理"两字不仅比登天还难，能不能继续在这里工作也是问题。他想：自己必须尽快想出个万全对策，既不让耿守心借调成功，以此让耿广林、耿守才有苦说不出，借机出口恶气，又不能把事情搞大了，以至于把自己的政治前途搭进去。

李文元静静想了好大一会儿后，他拿起电话，匆匆忙忙给下属的几个部门和单位打了电话，问清他们有无借人和借调意愿的情况后，急急忙忙赶去了刘维忠书记的办公室。

刘维忠见李文元走进自己的办公室，立刻笑着站起身来，热情道："文元同志，你这一走马上任，我可是轻快多了！早知如此，组织上早就应该给你压压担子！"

李文元立刻"吃吃吃"笑着恭敬道："谢谢刘书记！在你的麾下当兵，我非常知足！如今成了你的助手，还得感谢刘书记的抬爱和栽培！"

李文元话音未落，两个人对视着"哈哈哈""吃吃吃"地大笑起来。

刘维忠一边笑一边指着沙发说道："你这么忙还赶过来，是不是有什么事情？坐下说。"

李文元一边坐到沙发上一边说道："刚才公社团委长远同志拿过来一份借

调报告让我签批,我琢磨了一下,感觉里边还有一些问题,一是公社各部门借调和想借调的人员比较多,二是据我所知,基层对此很意见,他们总觉得冲击了一线的工作和生产,要求从严对待和处理。我琢磨了半天,实在拿不准主意,所以才过来向您请示汇报,还请刘书记提提要求、做做指示。"

李文元说罢,刘维忠先是皱了皱眉头,后又笑了笑,说道:"长远同志先到了我这里,我没有细问就签了字,我嘱咐他再找你去把把关、签个字,没想到你还真发现了问题。我看这样吧,你知道我很快就要离开这里了,这件事应该怎么处理,你自个儿拿主意。不过,我的意见是,这件事情一定要冷处理,既要一碗水端平,又要照顾到机关和基层的实际,团委这边的工作要做好,耿家口生产大队那边也要保证不出问题。"

其实,刘维忠签字时已经有了自己的盘算和主意。他之所以让张长远把借调报告拿过去让李文元签字,一是他知道李文元对耿广林、耿守才很有意见,他不想瞒着李文元把耿守心借调到公社团委帮助工作因此怨恨自己;二是他想借此再次了解认识一下李文元,或者再给李文元一次选择的可能和机会。如果李文元顺水推舟签字了,他完全可以就此在耿广林面前大大称赞李文元,既疏通了他们两人的关系,也为自己埋下了与李文元个人之间的友谊种子。如果李文元借故拒签,那也再次认清了李文元的为人胸怀和境界,同时提醒自己务必加倍小心。另外,如果因此加深了李文元和耿家口大队领导们之间的沟壑与矛盾,对自己也不一定是件坏事,或者说,让自己抓住了李文元的短处和把柄,可以使自己今后处于更加有利和主动的地位。刘维忠担任领导多年,虽然有着很好的党性和修养、觉悟和人品,但对这种心照不宣、秘不外传的统领部下、驾驭群体的手段和能力还是有的。

刘维忠高姿态地表白了自己意见后,李文元赶紧"吃吃吃"笑着恭敬道:"那当然。一切听刘书记的!我的意见是先拖上一段时间再说,决不能在刘书记光荣调县工作、新老交替这个节骨眼上出现任何麻烦和问题。"

刘维忠笑了笑,没有接话。李文元看着刘维忠似要低头看文件的样子,赶紧起身告辞,走了出去。

公社团委即将借调耿守心帮助工作的事情,很快从大队部传到了大队团支部和第三生产队。团干部们自然是一派欢欣鼓舞,团干部们觉得团支部的工作受到了上级的肯定,耿守心到公社团委帮助工作不仅说明在团支部工作很有奔头,而且只要自己干好了工作,再也不愁被组织埋没。第三生产队的社员们听到这个消息后，虽然有些恋恋不舍，但更多的还是祝贺和恭喜。耿守心家里人听到这个消息后，自然是非常高兴，但面对社员们的恭喜与祝贺，他们则表现出特别的平静与矜持。因为耿守心告诉过家里人，公社革委会主管教育的李文元副主任已经走马上任公社代理主任。

晚饭后，耿广常卷了支烟，坐在椅子上，他看了看自己的儿子耿守心，似有所思道："借调公社团委帮助工作的事，你可不能太当真！这世上的事情，哪块云彩都有雨。生产队和团支部的事情，你一定要像过去一样抓好抓紧，千万不能让人背后议论……"

话未落地，守心他娘疑惑地打断道："孩子他爹，你是不是又听到什么了？"

耿广常道："今天上午，广林哥去公社办事，他专门抽空去了趟公社团委，问了问孩子借调的事，张书记告诉他千万不能着急，可能会拖上一阵子。"

奶奶笑道："咱们公社那么多社员，那么多事，拖上一阵子也是应该的。到公社照相馆照张相，还得等上十天半个月才能取回照片来，何况这个事呢。"

爷爷一边闭目剔牙，一边皱了皱眉头，然后睁开眼睛问道："原来我听说公社团委火急火燎地要借我大孙子过去帮助工作，怎么现在又要不明不白地拖上一阵子？是不是公社的哪个领导不太同意？"

耿广常看着两个老人道："今天广林哥回来倒是没有说啥，不过，我看他那不太高兴的表情，似乎有些不太顺利。"

奶奶立刻着急道："究竟为啥？你没有问问？"

耿广常笑了笑："广林哥是个直来直去、不藏不掖的人。需要说，他自然会说。他没说，我问了，反倒显得咱们沉不住气。"

奶奶笑道："那倒也是。"

爷爷坐在椅子上微闭双眼，沉吟了一会儿后，再次缓缓睁开眼睛道："大孙子哎！你爹刚才说得在理！咱农民的根就在耿家口、就在生产队。你借调公社团委帮助工作的事，咱就当没有这回事。现在最要紧的就是赶紧稳下心来，像过去一样，把生产队和团支部的事情做好，千万不能让你广林大爷凉了心、让社员们背后乱议论！"

耿守心重重点了点头，说道："我听爷爷和俺爹的。"

第二天上午，耿守心带领社员们正在地里干活，王小红突然骑着自行车匆匆赶到地头，下车后，她手里一边晃动着文件一边高声喊道："耿守心，你过来一下，公社给你们团支部的文件。"

耿守心知道：如果没有要紧事，王小红是不会赶到生产队，特别是在社员们众目睽睽之下到田间地头的，这也是他俩上次在黄河防洪大堤树林里重新"确定关系"时约定的。他看了看社员们投来的好奇目光，顺口说道："前王庄大队的团支部书记，肯定上级有急事，我过去看看。"

有社员笑道："该不会是公社团委调你去上任吧？"

耿守心回头笑着应道："那都是大家开玩笑时的随口一说，根本就没那回事儿。"

耿守心边说边走向地头，顺手从王小红手中接过"文件"，一看他立即明白了，这哪里是什么文件，分明是几张涂涂画画后的稿纸。

王小红小声急促道："我找你有急事，咱们找个地方说话！"

耿守心回头看了看正朝这边观望的社员们，小声说道："你先去我们那天待过的黄河防洪大堤的树林里吧，我这就赶去。"

耿守心重新走回社员们的劳动队伍中，向副队长耿守祥安排了几句，借故到大队部办点急事就离开了队伍。他先绕了个弯儿，然后才急匆匆地赶去了黄河防洪大堤的小树林里。

已经骑车提前赶到的王小红，正在急切张望等待着耿守心的到来。两人见面后，王小红急急忙忙道："耿守心，你借调公社团委帮助工作的事，果真卡在了李文元那里……"

耿守心"咯噔"一下，立即打断问道："你听谁说的？究竟怎么回事？"

王小红道："咱俩上次见面后，我看你忧心忡忡的样子，就让我表舅问了一下你借调公社团委帮助工作的事。他今天早晨打来电话说，是李文元使得坏、做的梗。其实，李文元倒不是完全冲着你，而是冲着你们大队的广林书记和守才主任。不过，公社团委张长远书记倒是蛮使劲的，一直盯着没有松口。我表舅说了，看样子这事有点悬，即便最后真的成功了，也会拖上很长一阵子。"

耿守心着急地再问："他为什么要冲着广林大爷和守才哥哥呀？有什么道理吗？"

王小红道："还不是因为上次他们俩为你退学的事在公社里和他大吵了一架，没想到这人这么睚眦必报、鼠肚鸡肠、小心眼儿！"

耿守心又问："李文元代主任不同意的具体理由是什么？"

王小红撇了撇嘴："他要想不同意，那理由还不多的是！听我表舅说，他之所以没同意，主要因为公社各部门要求借调的人比较多，如果单给公社团委开口子，怕对其他部门不好解释。其实，这是李文元使的坏，公社党委刘书记早就同意了，转到他那里后，反倒被他以'必须一碗水端平'给冠冕堂皇地卡住了，你说气人不气人！"

耿守心想了想，微笑道："要是这么说，李代主任的理由还是正当合理的。如果单单给公社团委开口子借人，对其他单位确实不好解释。世上的事情，只要公平公道，一碗水端平，不论别人能不能接受，在我这里，没有一点问题！"

王小红看着耿守心如此情况下，居然还能笑着说出这种话来，立刻埋怨道："李文元这是明目张胆地打压你！你不仅不着急，居然还能笑着说出这种话来，真不知道你心里是咋想的！"

耿守心继续笑道："张长远书记借调我到公社团委帮助工作的事，原本就不在我的期盼和计划之内，能去更好，不能去也没什么大不了的。我是一个农民，我的根在耿家口、在生产队，还是那句话，咱们做事决不能好高骛远，做人做事一定要脚踏实地。"

王小红再次撇了撇嘴，生气道："我可不是你那样想的！世上的事情，你不争取，肯定没有机会，即使天上真的掉馅饼，你不伸手去接，也落不到自己手里。本来我这么着急地赶过来告诉你，就是想和你商量下一步应该怎样应对，比方说，是不是赶紧告诉广林书记和守才主任，请他们出面去公社努力努力。没承想，你反倒是这样不冷不热、一切听天由命的消极态度，想想真是没劲！"说完，她把头扭向一边，不再搭理耿守心。

看着王小红十分生气幽怨的样子，耿守心再次笑了笑。此时此刻，耿守心完理解王小红的心情，他甚至知道，王小红早就把他当成自己家的人。老实说，尽管这事耿守心早有预料，可一旦真正变为现实，他不难过那是假的。但此时的耿守心已经有了足够的免疫力，这不仅因为父亲之前的提醒和爷爷的嘱托，也有他对这件事情的反复判断和一再推理。他想：王小红提醒自己向广林大爷和守才哥哥说说这件事断不可取，因为父亲已经说过广林大爷去公社团委回来后情绪低沉的消息，广林大爷和守才哥哥对自己那么好，是人就不能做那"往自己人伤口上撒盐的事"！

想到这，耿守心看着王小红说道："王小红，你刚才说的事我想了想，我不能把这事对广林大爷和守才哥哥说，我觉得广林大爷应该已经知道了这件事，应该怎么办，不应该怎么办，广林大爷肯定自有主意。如果我去找他，只会让他更加难过和生气，这不是我这个被他关怀备至的晚辈应该做的。我的意见还是刚才说的那样：一切听从组织安排，认认真真做好当下的事。"

王小红回过头来问道："当下的什么事？"

耿守心笑道："干好团支部和生产队的事。"

耿守心说完，王小红失望地再次把头扭开。耿守心刚想解释什么，只见王小红已经推起自行车，不打招呼地径直离去。当她走出小树林骑上自行车的刹那，耿守心从王小红的背影中，看到了她小声抽泣并擦抹眼泪的样子。

耿广林自从在公社团委和张长远书记见过面回到村里后，他的心里很不是滋味儿。张长远虽然没有明说公社李文元代主任在耿守心借调公社团委帮助工作这件事上设了卡、做了梗，但耳聪目明的人一听、一看便知，问题肯定出在了李文元那里。回到大队部见到耿守才、耿广常后，耿广林只是照着葫芦画瓢似的把张长远说的话重复了一遍，没有透露半点自己的判断和推理。回到家后，他又像演电影似的把张长远说过的话前前后后回放了一遍，真真切切感到这个问题肯定出在了李文元那里。他想，既然李文元不依不饶地借机报复耿守心，肯定不是冲着这个上下都夸好的小孩子，而是冲着自己！既然这样，那就坚决顶回去！怎么顶？如果直接去公社找李文元讨说法肯定不行，他一定早就准备了一大堆冠冕堂皇的理由等着自己。既然直着顶不行，那就换个方法顶回去，反正不能亏了守心这个好孩子！他想着想着，突然眼前一亮：耿守心已经年满18周岁了，那就赶紧吸收他入党，稍稍稳定后，再把自己这个党支部书记的担子给他压上去！不过，为了避免横生枝节和可能的议论，这件事情只能先上后下、悄悄推进，等到公社党委刘书记那里首肯后，自己再立即组织召开支部党员大会⋯⋯

耿广林想好以后，第二天一大早，他没给任何人打招呼，就直接赶去了公社党委刘维忠书记那里。

刘维忠书记见耿广林走进了办公室，热情地站起身来招呼道："广林书记，老朋友了！好长时间没有见你，还真想得慌！不知你的身体怎么样？大队里忙不忙？今天怎么有空来我这里？"

耿广林笑着坐在沙发上，起身接过刘维忠端过的茶水，边喝边笑道："刘书记太忙了，不敢过来打扰你！上次和你见面还是一个多月前，那时您在主席台上做报告，我在下面听指示。看着刘书记今天满面春风的样子，想必你又有了喜事和好事！"

刘维忠哈哈大笑道："什么事也瞒不过你这个智多星、千里眼，你是不是听到了我即将调回县上工作的消息？"

耿广林本能地怔了一下，随即哈哈大笑道："还真是让我猜着了！祝贺！祝贺！恭喜！恭喜！不过，您这一走，公社里又少了个我能说上话的知心领导和朋友，实在可惜！"

刘维忠笑道："谢谢你的信任和友谊！县城离咱们公社不远，你得空去县里坐坐，到时候我一定请你喝上两杯，咱俩也好好叙叙感情和友谊！"

耿广林笑了笑，接着说道："那是，那是！不过，在您离开公社之前，有件事情还要麻烦你……"

刘维忠笑着看了耿广林一眼，他知道耿广林"无事不登三宝殿"，大概是为耿守心借调团委帮助工作的事，于是笑道："如果是你个人的事情，我一定全力去办。如果是工作上的事情，最好等新任领导来了再提。"

耿广林闻听此话，心里立马"咯噔"了一下。不过，他很快再次哈哈大笑道："刘书记，你知道，我这个人公事、私事一把抓，家里、家外一个样，根本就分不清楚哪是公家的、哪是个人的。"

刘维忠明显迟疑了一下，紧接道："既然这样，那你就说说听听。现在能办的，我立马就办。现在不能办的，我给你参谋参谋也行，总不能让你空手而归！"

耿广林见刘维忠如此回答，他也只能把此行的来龙去脉讲了出来："我们大队的耿守心是生产队队长和团支部书记，小伙子非常全面，干得不错，群众威信也高，全大队上下都说好。我的意见是：他现在已经年满18周岁了，尽快给他入党，然后再把我的担子压给他，你看可以不可以？"

刘维忠听着耿广林的话，面部突然抽搐了一下。他知道耿广林找他的目的很可能是耿守心借调公社团委帮助工作的事，但没想到耿广林根本没提这件事，而是提出了尽快吸收耿守心入党并把大队党支部书记的担子压给他的事。他知道：如果自己主动提出并答应耿守心借调公社团委帮助工作的事，耿广林的这个新问题就会自行终止，可现在自己已经告诉李文元一切由他做主，自己当然不能出尔反尔。如果答应耿广林提出的这个新问题，那需要公社党委集体研究和等待每年两次的正常审批机会，即使"特事特办"，那也需要党委主要领导们先行研究同意，就冲李文元对耿广林的很深成见和矛盾，要想获得他的同意，根本就没有可能和机会。他也知道：在李文元和耿广林的个人矛盾这件事上，耿广林在理，李文元不在理，但世上的评判和站队，并不全看在不在理，而是看对自己有没有利，自己属于哪个坐标系。耿广林是个侠肝义胆、公道公正的好人，但我实在不能站在你的立场上帮助你，这不仅因为我一个人做不了主，而且也因为自己就要调离公社去县里，我不能因为这件事搞得李文元对我有意见，背后骂我的不是。

想到这，刘维忠给耿广林水杯里加了些水后，笑着说道："广林书记，你这可是给我出了个大难题！你知道，入党不仅要看条件，还要走程序和批次，即便我这个党委书记在会上提出'特事特办'，那也需要个理由和规矩。你广林书记身体这么好，群众威信这么高，就是说破天，大伙儿也很难相信为什么非要现在让耿守心入党把你换下去。你看，我说的是不是这个理？再一个，今年上半年的入党名单党委已经研究完毕，下半年我早走了，到了那个时候谁还听我的？你说是不是？"

耿广林喝了口茶，笑了笑，紧接道："刘书记，你刚才提到的'特事特办'，我看，这是个路子！"

刘维忠立刻一怔，笑道："你什么意思？"

耿广林道："我不干了，现在就辞职！耿家口生产大队总不能没有党支部书记，你说情况特殊不特殊？需不需要赶紧研究处理？"

刘维忠了解耿广林的性格和脾气，没有想好的话不说，说出的话肯定坚持到底。他后悔自己刚才说出了"特事特办"这句话，没想到一下子让对方抓住了辫子。

刘维忠沉吟了片刻后，笑道："咱们是老朋友了，既然你把话说到这里，那我也就直截了当、干干脆脆地答应你！不过，党委会上我会积极争取'特事特办'，至于能不能最后通过，那由不得我和你。通过了，咱们都高兴。通不过，你肯定知道问题出在哪里。世态炎凉，人走茶凉，在哪个地方都是一样的。"

既然刘维忠把话说到这份上，耿广林想想也算达到了此行的目的。他和刘维忠寒暄几句并约定在家接等党委研究结果的电话通知后，起身离开了刘维忠书记的办公室。

刘维忠书记果然没有失信。耿广林离开后，他立即走进了公社革委会代理主任李文元的办公室，把耿家口大队党支部书记耿广林要求辞职并推荐耿守心入党和接替他出任大队党支部书记的事情详细说了一遍，并加上了自己的分析、判断和考虑。

李文元先是愕然地吃惊了一番，后又"吃吃吃"笑道："耿广林干支部书记有年头了，退下来歇歇也好，中央要求积极培养、大力选拔优秀年轻人，倒也非常符合上级的精神。既然耿广林要求辞职，那总应该有个文字的东西。至于'特事特办'的事情，只要您刘书记点头同意了，我这里没有任何问题。不过，既然需要上会研究，肯定需要耿广林的书面辞职申请，不然，党委会怎么讨论？"

刘维忠笑了笑，没有吱声。他从李文元刚才的表情、笑声和话语中，立即生出些意外和不快。他原本指望李文元主动提出并欣然同意公社团委借调耿守心帮助工作的事，或者对耿广林的辞职表达些许惋惜和留恋之意，毕竟耿广林担任大队党支部书记多年，在耿家口大队有很高的群众威信，在全公社的五十多名支部书记中也有很好的口碑。没承想，这个李文元居然顺着杆子爬起来，而且连头也不回。他断然没有想到李文元是这样一个心胸狭窄、鼠肚鸡肠、睚眦必报的人。既然你李文元非要坚持让耿广林写出书面辞职申请，那也没有什么大不了的，只要你同意耿守心入党的事情"特事特办"，在我没有调离公社继续担任党委书记之前，想必你也翻不起什么大的波浪，搞不成什么阴谋诡计！

想到这，刘维忠起身回到了自己的办公室，他迅速拨通了耿家口大队的电话，告诉耿广林尽快写份辞职申请交来公社里。

刚刚回到大队部还未坐稳的耿广林，接完刘维忠打来的电话后，他看着正在埋头整理账目的耿广常说道："广常啊，哥哥要给你说件事。不过，这事最好只有咱们两个人知道，先不要告诉其他人。"

耿广常立即停下手中的笔，抬起头来不解道："广林哥，发生了什么事？这么秘密！"

耿广林笑了笑："也没什么。我不想当这个支部书记了，过去提过几次，你们总是反对，这次我好好想了一阵子，说什么也要把这个书记辞去……"

耿广常立刻吃惊地站起来，急急打断道："为什么啊？你是不是遇到了什么麻烦事？"

耿广林笑道："年龄大了，思想旧了，跟不上形势了，也该换个年轻人接班了。"

耿广常急道："是不是大队里有人说闲话？还是上边有人给你出了难题？"他显然联想到公社革委会代主任李文元过去与耿广林发生口角的事。

耿广林哈哈大笑道："都不是！是我自己不想干的。我已经找公社刘书记说了，他刚才来电话就是让我写个辞职申请书，公社党委会上方便研究讨论。我很久没动过笔了，你帮我简单写上几句。"

耿广常立即神情沮丧起来，他卷了支烟，点上猛抽了两口，低头陷入了沉思。他想：这事来得也太突然了！怎么之前没有一点迹象？广林哥究竟遇到了什么难题？这可不像他的性格脾气！再一个，广林哥辞职之后谁来接替？他有没有考虑？如果考虑过了，为啥没有让守才和我一起讨论讨论？如果没有考虑好，就这样匆匆忙忙辞职，显然不是他的做派和样子。这里面究竟发生了什么事？非要逼着广林哥这么坚决地辞职。该不会是里面又牵扯到了自己的孩子？

想到这，耿广常立刻抬起头来，问道："广林哥，公社刘书记是不是说过咱孩子借调公社团委帮助工作的事？这几天我和他娘还在说，孩子去不去公社都一样，其实，他还不如在家里待着好。他在家里待着还能帮我干点活，如果去公社帮助工作，家里还真少了个壮劳力。"他想到了前两天耿广林去公社见团委张书记回来后一直情绪低沉的事。

耿广林当然理解耿广常话里的意思。他立刻笑道："我没有问，刘书记也没有说。今天咱俩不提孩子的事，什么时间提再说，到时候我会提前告诉你。"

耿广常再问："你去公社见到李文元代主任没有？他对你辞职的事情怎么看？"

耿广林再次笑道："我哪有时间去看他！我只在刘书记的办公室里待了一小会儿。广常啊，你别问了，就按哥哥的意思替我写个辞职申请吧，下午我好给刘书记送过去。"

耿广常再次低头沉吟了一会儿后，突然抬起头，果断道："广林哥，我觉得这里面肯定有情况。这个辞职申请我不写，而且也决不同意你辞职！咱们应该怎么干，还是怎么干！如果上级想换掉咱们，那就请他们拿着文件，说个理由出来。如果下面对咱们有意见，不想让咱们干了，那就让他们当面过来说说清楚，看看能不能把这方的说成圆的？我就不信这世上的事情还能那么邪门、不讲道理！"耿广常突然情绪激动起来，一反常态的疾言厉色，倒也很少见地完全坦露出了他那倔强的性格与执拗的脾气。

耿广林默默注视着怒火中烧、脸色煞白的耿广常，内心深处突然涌出一股暖流，进而飞快地传遍全身。他满脸涨红地动情道："广常啊，好兄弟！我知道，你和哥哥一样都有那股不服输、只服理的坏毛病、臭脾气！可现在不是使性子、耍脾气的时候！我这样做，也是为咱耿家口大队这八九百口男女老少爷们考虑……"

　　说话间，耿守才走进了大队部，他看了看面红耳赤的耿广林和脸色煞白的耿广常，不明就里地笑着问道："出什么事了？你俩生这么大气？还说为咱们全大队这八九百口男女老少爷们考虑。咱们平时不就是这样做的吗？谁又在背后乱说闲话了？说说听听，咱们可不能客气！"

　　耿广林立刻哈哈大笑道："没有谁说闲话。还不是我那口子，听见风，就是雨。你婶子对我整天在大队里忙活很有意见，今天还和我吵了几句，我不这样教育开导她，她哪能提高觉悟、端正认识？你说是不是？哈哈哈！"

　　耿家口大队党支部书记耿广林，确是一个爱才如命、拳拳公心、一身正气而又表里如一的好人。然而，他的这种公心和执着，在掌握公权力且心怀叵测、鼠肚鸡肠、玩弄权术的个别当权者面前，不仅无法有效施展，而且必然为人诟病、被人所害。这不，围绕耿家口大队党支部书记耿广林提出的"辞职"和"特事特办"一事，公社党委会上当真展开了一场不期而遇、唇枪舌剑的激烈争论——

35　波谲云诡

耿广林是一个言出必行、说到做到的人。既然耿广常不愿意帮自己代写辞职申请，那就自己动笔。

中午，他回到家，简单吃了点饭，从孩子那里要来笔和纸，急急忙忙写起了辞职申请书。因为长时间没有提笔，已经有了提笔忘字的坏毛病，他又从孩子那里要来字典一遍遍查起来。孩子看他很费劲的样子，问他要不要帮忙，他把孩子撵出门去。老伴儿问他写什么，他答说了你也不懂，该忙啥忙啥去。就这样吭哧了半天，撕碎了好几张纸，终于写完了辞职申请，认真看了几遍后，他满意地装进口袋里，骑上自行车，飞快地向公社赶去。

耿广林赶到公社大院后，公社机关的干部们正在午休，刘维忠书记办公室的门紧锁着，他索性坐在办公室前的台阶上等。

终于，他看到公社机关的干部们陆陆续续走进了院子。他站起身，向认识的干部们热情打着招呼，一次又一次谢绝了干部们请他到办公室里坐等的邀请。

说话间，刘维忠、李文元在几名干部的簇拥下走进了院子。刘维忠看到耿广林后，热情地向耿广林打着招呼。李文元也笑着向耿广林点了点头，虽然他的表情算不上热情，但外人绝对看不出他们间的裂痕和关系不谐问题。

耿广林随着刘维忠走进办公室后，从口袋里掏出辞职申请书递了过去，笑道："这半页东西让我忙活了一个中午，就冲我这文化水平，也不能再当这个支部书记！"

刘维忠拿过看了几遍后，神色忧郁道："广林书记，我知道你的性格脾气，但我还是想再劝你几句。你能不能不辞职？咱们有什么问题就解决什么问题。你在大队里工作这么多年了，功劳苦劳都有，你不当书记了，耿家口的社员们肯定觉得跟天塌下来似的！你现在的身体精神这么好，阅历经验这么丰富，一下子闲起来不说，这些宝贵的经验浪费了该多可惜！咱俩是老朋友了，我才对你说这些知心话，要是换作别人，他想辞职就辞职，与公社里我们这些领导又有多大的关系？你说是不是？"

耿广林哈哈大笑道："刘书记，你说的既在理又不在理。在理的地方我就不说了，不在理的地方我倒想提一提……"

刘维忠笑着看了耿广林一眼，打断道："我还不知道你？不让你说，你还不得掀桌子！哈哈哈！"

耿广林道："你刚才说到'有什么问题就解决什么问题'，这确实是个好主意。我们大队现在遇到了哪些困难和问题，你当书记的全知道，只管解决就是，让我自己说出来多没意思，那不是怀疑你刘书记的高明和智慧？你说是不是？"

刘维忠哈哈大笑道："要说高明和智慧，你老兄比我不知强上多少倍！只不过我走上了国家干部这条道，而你愿意在家当个老农民，要是咱俩换个个，你早就三下五除二地不知道高升到了哪里！"

俩人哈哈大笑着闲聊了一会儿后，耿广林见刘维忠总是绕开"耿守心借调公社团委帮助工作"这个敏感话题，于是，他直接笑着说道："刘书记，别的话咱们不说了！我们现在面临的问题，就是请你按照上午说过的'特事特办'的方法去解决。我相信，就冲你的智慧、能力和人品，帮我们做成这件事，应该没有任何问题。"

刘维忠先是笑了笑，后又紧紧皱了皱眉头，说道："我知道你是个十头壮牛也拉不回来的人。既然这样，我保证只争朝夕、全力以赴，但愿天遂人愿、尽如你意！"

耿广林离开刘维忠的办公室后，刘维忠立即把党办主任叫进办公室，安排他速速通知在家的党委委员赶到会议室开会。

公社党委委员们陆续赶到会议室后，党办主任先是清点了参会人数，后又赶到党委书记的办公室请刘书记开会。

刘维忠进到会议室后，看看在座的党委委员已经超过了半数，他呵呵笑了几声后说道："临时开个会，就一件事，耿家口大队党支部书记耿广林同志提出了辞职，他推荐现任生产队队长、团支部书记耿守心同志接任，可耿守心同志还不是党员，所以，他们请求党委'特事特办'，看看能不能立即吸收耿守心同志入党。当然，如果我们批准耿守心同志加入党组织，他们会尽快召开支部党委大会进行改造。下面请同志们发言，研究完，咱就散会。"说完，他看了一眼坐在自己旁边但隔了一个空位的李文元。

李文元自从被组织宣布代理公社革委会主任后，一直保持着低调和谨慎。他现在坐的这个位置，还是他当副主任时坐的位置。前任主任赵格文被免职后，那个位置一直空着，刘维忠几次让他坐过来，他总是笑着推辞。有人说他这是低调和本分，也有人私下说他是怕落下赵格文一样的结局。不过，只要离开党委会议室到别的地方参加或者主持会议，位置该咋坐咋坐，他从没有过谦辞和客气。

上午，刘维忠从他的办公室离开后，他虽然倍加热情恭敬地送到了门口，但对刘维忠表现出的明显不快已经看在眼里。回到办公室后，他绞尽脑汁地琢磨了好几遍，但总也理不出个头绪。他分明感到刘维忠希望他主动提出并同意耿守心借调公社团委帮助工作的事，但他实在不愿意从已经走出一段路的地方再退回去。他想：我现在虽然是个代理主任，但早早晚晚也会去掉那个"代"字，从现在开始，我必须树立自己的风格和权威，在我这里，下属们必须做到有令必行、有禁必止，不然，会让大家瞧不起。既然公社团委张长远已经知道了我的心思，那我无论如何也要坚持到底！更何况张长远还是公社党委委员，在县里乃至地区都有熟人和关系。这个耿广林也真是个老偏头！虽然他和耿守才没大没小地顶撞了我，或者说，我这个"代"字很可能与这事扯上关系，但我还真没想把他现在弄下去。现在倒好！既然你自己主动提出辞职，那就顺水推舟成全你，反正与我没有半毛钱的关系。至于耿守心入党的事情是不是需要"特事特办"，能不能办成，那要看委员们的意见和会上的讨论，我虽然同意了刘维忠"特事特办"的提议，但那不过是出于礼貌和规矩，放在谁身上，谁又能明确提出反对？他又想：刚才刘维忠对自己明显不快和生气，别看刘维忠就要调走了，可他现在仍然是主持党委工作的书记，如果他调到县里再安排个重要岗位和职务，那肯定对我去掉这个"代"字构成不利！不行！我必须好好想想下一步应该怎么办？决不能一步错步步错，最后把自己再搭进去。

想到这，李文元拨通了县革委会一位好朋友的电话，寒暄客套了一番后，小声询问对方刘维忠书记下一步高就去哪里。对方同样小声告诉他，没有安排具体职务，大概是个闲职，与赵格文的问题有无关系未曾可知，听说县委组织部宣布调离命令的干部，这两天就去你们公社里。

李文元放下电话后，不由自主地吃吃笑了几声。笑过之后，他摸着自己的脑门儿，突然感觉有了主意。他立即简单收拾了一下桌上铺展的文件、笔和笔记本，起身匆匆走了出去。他要找自己靠得住、信得过的党委委员交流情况、通报信息、统一思想、协调行动，以便在下一步可能很快召开的公社党委会上密切配合、步调一致。

其实，耿守心借调公社团委帮助工作的事，实在是一件提不上话头的小事，可李文元由着性子走出第一步后，现在已经不得不把这件事与"对耿广林出口恶气""树立自己的形象"和"在干部中立威"紧紧联系一起。

心胸狭窄、睚眦必报的人都有这种毛病和特点：从来把自己的"面子""尊严""是不是顺气"看作天大的事，而不管是否有利于工作、是否有利于大局、是否合乎情理。

当李文元看到刘维忠讲完开场白并看了自己一眼后，吃吃笑了两声，一反常态道："刘书记上午跟我说过这件事。我的想法是先听听同志们的意见，三人行必有我师，我也好丰富丰富、修正修正自己的认识。"

刘维忠颇感意外地瞥了他一眼，转向坐在对面的组织办主任王四有说道："既然文元同志等等再说。王主任，那你先发个言？"他故意没有称呼李文元为"主任"，而是直呼"文元同志"，对组织办的王四有主任则直接称呼"王主任"，显然对李文元刚才的发言有了不满和意见。

王四有抬头看了看刘维忠和李文元，笑了笑，说道："这件事情实在太突然！耿家口大队一向团结和谐、四平八稳，与耿广林个人很强的工作能力和很高的群众威信密不可分。他的身体和精力都很好，这样说辞职就辞职，实在有点说不过去。是不是他遇到了什么困难和问题？自己不好说、不便说，才想出了这个邪主意。我的意见是：组织上能不能再找他谈谈，看看究竟发生了什么问题，如果组织上能够帮助解决尽力帮助解决，同时不要让他辞职，也不失为一件两全其美的好法子。"

武装部田雷厉部长紧接道："耿广林这个同志我了解，确实是个好的同志！不过，他干得好好的，为什么要提出辞职啊？有没有什么具体理由和原因？"说完，他也看了看刘维忠和李文元。

刘维忠插话道："他倒写了个辞职申请，主要理由和原因是，自己年龄大了，多年养成的思维习惯和老经验多了，在新形势下应该推荐吸收年纪轻、有闯劲的青年人进组织、带队伍，这样有利于耿家口大队的发展和后劲。"

刘维忠的话音刚刚落地，李文元吃吃吃地笑着说道："耿广林说得倒也在理，很符合上面的要求和精神，党的十一大就要召开了，看来他还是紧跟了党和国家的大形势。"

刘维忠皱了皱眉头，他看了看坐在自己斜对面的团委书记张长远说道："长远同志，你有什么意见？"

张长远立即道："我同意刚才王主任和田部长的意见，我不赞成耿广林同志辞职。一是咱们公社比他年龄大的支部书记有许多，他说自己年龄大的理由不成立。二是他经验丰富、能力很强、群众威信很高，特别是他思路开阔、敢闯敢干，而且对年轻同志倍加呵护、知人善任，在新形势下，我们正需要这样的基层主心骨和一线带头人。"他有意把自己的话定义在"基层"和"一线"上，以避免不必要的歧解和误会。

李文元抬头看了看张长远，又看了看主管农业和水利的公社革委会副主任魏农水，笑道："老魏啊，你也说说吧。刚才刘书记说了，研究完，就散会，我那里还有一大堆急等着办的事。"说完，他把身子往后一仰，吃吃吃地笑了几声。

魏农水本来打算刘维忠点名后再发言，可刘维忠自打进到会议室连看也没有看自己一眼，心里多少有点不舒坦，当他听到李文元点出自己的名字后，咳嗽了两声，亮开嗓门说道："以上各位说得都很好。不过，我想说点不同意见。耿广林的经验确实非常丰富，能力也很强，群众威信也很高，但这也成了他常常以下犯上、听不进上级领导批评和意见的依仗和借口。过去的事我就不说了，就说前段时间，他们大队的水利工程实在太差了，我还没说两句，他差点给我翻了脸，说什么黄河滩的情况特殊，三年两淹，不全浪费钱？你们听听，搞农业不兴修水利能行吗？就他们那几条灌水渠、排水沟，怎么才能赢得农业的大发展？"

刘维忠笑着打断道："农水同志，你刚来时间不长，耿家口的情况确实非常特殊。他们地处黄河滩，上级每年下拨的兴修水利经费很少，大队里筹集资金也很困难，他们只能先把有限的经费和劳力用在刀刃上，然后再一步步地寻求改变、突破和发展。"

魏农水立刻笑道："我知道刘书记在耿家口大队蹲过点，情况比我熟悉，我收回刚才个人的不成熟意见。不过，耿广林听不进上级领导的意见，说翻脸就翻脸，有时还仗着和刘书记的个人关系比较特殊，动不动就到刘书记那里告状，这样目中无人、以下犯上，让我们底下的领导很难办。"他显然已经无所顾忌地把刘维忠和耿广林扯到了一起，这也是上午李文元和他见过面后的共同意见。

李文元闻听此话，先是吃吃吃地笑了几声，紧接着插话道："良药苦口、忠言逆耳啊！老魏说的意见，我也深有同感！如果耿广林同志也在现场，我肯定会直接告诉他这些明确意见。最近，我也在想，如果刘书记不调走那该多好啊！我们学着上级的文件，听着刘书记的指示，让咱咋干，咱就咋干。可现在的情况是，刘书记就要调走了，我们大家还真该为全公社下一步的更好、更快发展，仔细掂量掂量，好好盘算盘算。"他故意把刘维忠即将调离的事情与会议的主题牵连一起，看似恋恋不舍、自然而然，实则为在座的各位委员提个醒，委婉告诫大家不要站错了队、上错了船。

刘维忠明显不高兴地轻轻敲了敲桌子，看了一眼李文元后，说道："文元同志，你扯远了！咱们还是言归正传。"

正在这时，组织办的一名年轻干部拿着"电话通知记录"匆匆走了进来，他先交给组织办主任王四有看过后，又快步走到刘维忠身边，他一边递给刘维忠，一边小声说道："刘书记，县委组织部要求公社各部门主要领导和各大队党支部书记参加，他们急等着您的回复和意见。"

刘维忠看了两遍"电话通知"后，对那名干部说道："一切服从县委组织部的指示和安排，我没有任何意见。"

那名干部离开后，在座的委员们立刻神色各异地向刘维忠投来询问目光。刘维忠踌躇了一会儿后，笑道："县委组织部明天上午来人宣布我调离公社的通知，他们要求公社各部门的主要领导和大队党支部书记参加，不得随意请假。好了，咱们下面继续开会！"

刘维忠说完，他看了一眼突然陷入沉默且若有所思的各位委员，再次笑着说道："我原则上同意耿广林同志提出的辞职申请，也原则上同意他们提出吸收耿守心同志入党'特事特办'的意见。不过，这需要党委的集体决定，在这个事上，我不能搞一个人说了算。"他显然破例地提前亮出了自己的意见，以便快马加鞭地把这件事情做完，也好给明天的会议准备留出足够的时间。

刘维忠的话音刚刚落地，魏农水立刻不失时机地紧接道："既然刘书记不搞一个人说了算，那我就再说点与刘书记不一样的意见。我同意耿广林同志的辞职申请，我对是不是现在就吸收耿守心同志入党持保留或者反对意见。至于下一步谁担任耿家口大队的党支部书记，不妨先等等上级的精神，或者新任公社党委书记到任后，再由新班子拿出具体意见。"说完，他看了李文元一眼。

李文元紧接道："上午刘书记找我说这事时，我说自己没有意见。刚才听了同志们的发言后，我受到了很大的启发、教育和感染。古人说，见贤思齐，择善而从。毛主席说，有则改之，无则加勉。既然这样，我同意刚才老魏同志说的意见。耿守心这个年轻同志确实很不错，也有很好的发展潜力，越是这样的年轻同志，越要在基层摔打锻炼，这样才能有更好的发展。至于什么时间吸收他入党，一靠他的继续努力，二靠组织的关心培养。对于他过去取得的那些成绩，公社团委和长远同志已经给予了充分肯定和表彰，如果我们为此再'特事特办'地吸收他入党，显然破坏了我们半年一次研究入党的规矩和程序，也有点太过勉强和突然，这就是我的个人意见。"说完，他把身子再次往后一仰，吃吃笑了两声后，直直看起了天花板。

另外两名没有发言的党委委员，看了看刘维忠和李文元，不知所措地笑了笑，颇为尴尬道："咋样都行，我们没啥意见。"

刘维忠立即追问道："具体哪样？究竟是啥意见？"

两名委员笑了笑，没有吱声。其中一名委员起身走到李文元跟前，低头轻声笑道："李主任，待会儿散会后，我去你的办公室，你可要给我留出足够的汇报时间。"

李文元笑着点了点头。随后，他从兜里掏出烟盒，抽出一支点上，一边吞云吐雾，一边看着刘维忠笑道："刘书记，我那边还有一大堆事，明天县里还要来咱们公社开会。您看，是不是请您最后做个总结和指示？"他显然已经不把刘维忠放在眼里，干起了越俎代庖、下指挥棋的事。

刘维忠突然涨红了脸，他瞪了一眼李文元后，怒冲冲站起身来，厉声说道："此事不再研究。散会！"说罢，头也不回地第一个走出了会议室。

公社党委会的第二天傍晚，王小红匆匆赶到了耿家口大队，她打听了几个人后，终于找到了耿守心的家，她站在院子门口踟蹰了半天没敢进去，好不容易见到一个过路人，才请人家把耿守心叫出了门。

耿守心从屋里匆匆赶出后，看到一脸惆怅的王小红站在那里，立刻惊讶道：“王小红，你怎么来了？也不提前打个招呼，是不是有什么急事？咱们到村北小树林里去说。”

说罢，他不由分说地带头往村北小树林走去。王小红默默跟在后边，和他保持着不大不小的距离。

他们两人来到耿广常家的自留林里后，耿守心看看四周没人，再次小声急问：“你是不是刚刚哭过？遇到了什么难事？快说说听听！”

王小红忧伤道：“我爹今天上午去公社开会，刘维忠书记已经调回县里了，新任公社党委书记还没有到位，公社的工作暂时由李文元主持……”

耿守心笑着打断道：“这与咱俩有啥关系？领导们走马灯似的换来换去，这本身就是很正常的事，用不着咱们为这事难过伤心。”

王小红立刻生气道：“我还没说完呢，你就打断了我的话。你是不是怕咱俩在这里待的时间长了，让别人看见，对你说三道四？”

耿守心再次担心地向四周看了看，笑道：“你快说吧，家里有人等着我，回去晚了，他们一定着急！”

王小红接着说道：“我爹去了公社团委张长远书记的办公室，顺便问了问你的事。张书记告诉他，你借调公社团委帮助工作的事可能遇到了大麻烦，这事最终能不能成功，他心里没有一点底……”

耿守心再次笑道：“这事我早就知道了，而且你上次也说过。成与不成看天意，反正对我没有太大关系。咱们农民的最大出息，就在生产队里好好种地。”

王小红不耐烦地白了耿守心一眼，继续道：“其实，这不是主要的，关键是昨天下午公社党委会上专门研究了你和广林书记的事。”

耿守心立即吃惊问：“公社党委还专门研究了我和广林大爷的事？究竟是咋回事？”

王小红道：“广林书记已经提出了辞职，他推荐你入党，然后接任他的大队党支部书记。”

耿守心更加吃惊道：“怎么会有这回事？我怎么没听说一丁点儿消息？”

王小红接着道：“刘书记在会上表示同意广林书记的意见，对立即吸收你入党的事‘特事特办’、超常规处理，可会上好几个人不同意他的意见，他们只同意广林书记辞职、不同意立即吸收你入党，李文元甚至说到希望你长期扎根在基层、好好摔打磨炼。你说，这可怎么办？"

耿守心立刻心惊肉跳道："最后有没有形成明确的结论和意见？"

王小红道："刘书记最后只说了这事不再研究，散会后就气呼呼地走出了会议室。听说他后来还去了李文元的办公室，在那里和李文元声音不高不低地争吵了几句。张书记说，这些事情以后究竟怎么办，可能要等新任公社党委书记到任后再作处理。不过，现在主持公社工作的李文元，也可能会借机提前处理。总而言之，你和广林书记可是遇到了大麻烦、大难题！"王小红一口气把话说完，眼圈已是红红的吓人。

耿守心难过地把身子靠在树干上，低下头去。这对他来说，不啻一次从未有过的晴天霹雳。

他想：怪不得这两天父亲总是不明不白地发脾气，原来他可能已经提前知道了底细。父亲也真是的！知道底细也不对家里人说一声，至少不应该瞒着我这个当事人。他又想：广林大爷为啥也不提前对我说一声？他过去可是常常非常喜欢找我说话的。他还想：这下可真是遇到了大麻烦！借调公社团委帮助工作的事不仅八字没有一撇，现在看来已然全无可能。我入党和担任大队党支部书记的事，自己可是从来没有想过，半年前向广林大爷递交入党申请书的时候，那可是我们团支部的几个委员一块交上去的。现在倒好，世上没有不透风的墙，过不了几天，这事肯定在全大队传得沸沸扬扬、难以收场。大伙儿肯定说我工作积极是假，有个人图谋、个人野心是真！过去所有的辛苦努力，纯属沽名钓誉、自私自利。这以后，自己怎么再当这个生产队队长和团支部书记？自己怎么还能像过去一样，在耿家口再继续待下去？爷爷、奶奶和爹娘可都是最爱惜脸面的人，他们已经活了半辈子，如今我又给他们招惹来这么多闲话、麻烦和是非，这哪是一个男人、一个孝顺孙子、一个孝顺儿子应该做的事！眼前的王小红对自己情真意切，她如果以后真的走进了自己的家门、和自己结成夫妻，就冲自己这个窝囊劲，怎么能对得住她的一番执着、苦心和好意？那可是拉着别人陪葬的丧良心事！

耿守心想着想着，蹲了下去。他的心里太难过了，从未有过的痛苦和难过。

他过去曾为不能推荐上高中而痛苦流过泪。可是今天，他的难过和痛苦胜过那时的几百倍、几千倍。

他想哭，但止住了。他想：我是一个男子汉，决不能轻易流泪。更何况

441

眼前站着一个与自己感情很深、命运相连、眼泪欲滴的王小红，无论如何也要打起精神、强撑过去。他又想：蔡老师说过，凡事要讲究方式方法，直着不能解决的问题，就绕着弯地去处理，一切的出路在于机动灵活、实事求是。可是，解决这眼下塌天之灾的出路究竟在哪里？他绞尽脑汁、苦思冥想，仍然一无所获，索性坐在地上，把头深深埋在了两个胳膊里。

站在一旁的王小红看着耿守心十分痛苦难过的样子，终于忍不住小声啜泣起来，她边哭边道："耿守心，这可怎么办啊？我下午知道这个事情后，已经在家里哭了好几回了。我爹我娘也感觉到了咱俩的关系，他们劝我不要难过，说不定你会想到好主意。可是现在，看着你这么痛苦难过的样子，我心如刀割、泪不能禁。咱们俩的命怎么这么苦啊？当个好人怎么就遇到这么多麻烦事、倒霉事。本来我想找我表舅说说，可他已经去了地委学习，听说好长一段时间后才会回来，现在根本联系不上，写信也不知道地址。你说，这是不是要把咱俩往死里逼！"

听着王小红边泣边诉的话语，耿守心羞涩难过地把头更深地埋在两个胳膊里。他感觉自己非常没用、非常丢人，根本对不住眼前的这个深深爱着自己的女孩。他想：我不能再连累王小红了。我必须当机立断与她断绝一切关系。这绝不是自己不喜欢她，恰恰相反，正是因为深深的喜欢才不能不这样绝情处理。我一个人遭受这天大的苦难足够了，如果再把王小红牵扯进来，不仅自己愧疚终生，而且也会痛苦翻倍。

想到这，他猛地抬起头来，看着王小红说道："小红同学，我决定了，咱俩的关系恢复以前的同学关系，同时祝愿你早点找上一个如意对象，我在这里提前祝福你。"

王小红立马吃惊地瞪了耿守心一眼，泪眼汪汪地厉声质问道："你说什么？亏你还是耿家口的人，我真是瞎了眼，看错了人！"

耿守心赶紧解释道："蔡老师说过，友谊的种子埋在心里，会长出更多的友谊；痛苦的种子埋在心里，会长出更多的忧愁和烦闷。在黄河里一个人劈波斩浪容易游到对岸，而要驮着一个人进到水里，要想游到对岸，那不知要经受多大的风险和耗费多大的力气……"

王小红再次厉声打断道："够了！少给我说这些咬文嚼字、莫名其妙的话！俺只知道讲信用是做人的第一道理！况且，你多一个帮手，会有更多的办法、更大的力气！"

　　闻听此言，耿守心立马站起身来，言词凿凿道："不再说了！我已经决定了！你现在可以回去了！"说罢，他丢下王小红一个人，径直往家里走去。

　　王小红傻了！也怔了！她无尽的泪水从已经红肿而忧伤的双眼中涌出，流过脸颊，串串滴在衣服上。她的心里难过极了！她知道刚才耿守心那些无聊而缺乏情理逻辑的冠冕堂皇的理由，不是他的真心话，她确认耿守心"违背承诺"地主动放弃自己，正是他真心地深爱着自己。

　　想到这，她的泪水如磅礴的大雨，滚滚从双颊流下，滴到衣服上，滑落在地下，渗透到土里，她伤心欲绝地坐在地上，更加剧烈哀伤地痛哭起来……

　　耿守心离开王小红后，并没有直接走回家里。他绕了一个圈，躲在不远处的大树后面，偷偷窥视着正在痛哭流涕的王小红。王小红悲伤欲绝的样子，让他心如刀绞、难以控制，几次眼泪浸满了眼睛，他又即刻把泪擦去。

　　他想：作为一个男子汉，绝对不能轻易流泪。尽管有人说过"男儿有泪不轻弹，只因未到伤心处"，可自己断然不能这样认为。因为男人的泪水，代表着无奈和胆怯，代表着迷茫和逃避。他又想：王小红真是一个好姑娘，专注多情，心细如丝，她完全把自己当成了自家人，在自己的所有同学和朋友中，除了她，谁还能在自己遭受这灭顶之灾的时候，如此牵肠挂肚地为自己难过流泪？自己刚才就那样轻率地和她断绝了关系，是否太过绝情、无理和无义？他开始反思责备自己，但很快再次说服了自己。他觉得：自己的做法没有错！这既是为了保护王小红，也是坚守耿家口人的"初心"和"根本"！不然，那才叫没了良知、坏了良心！

　　大约过了十几分钟的样子，王小红终于停住哭泣。她站起身来，拍了拍裤子上的泥土，慢慢向清河边走去。

　　耿守心立马心惊肉跳起来。王小红这是想干什么？难道是她一时想不开，打算跳河寻短见？不行！我必须立即上前阻止！

　　说时迟，那时快！耿守心一个箭步从大树后冲出来，急急忙忙向王小红跑去！

　　这时，王小红已经走到河边，只见她慢慢挽起袖口，小心翼翼地向河边的石头上踏去。

　　她这是干什么？耿守心一边琢磨着，一边把脚步放慢下来。哦！她不是想跳河，她是想用河里的清水清洗自己红肿的双眼和满脸的泪痕。想到这，耿守心折身躲到河边的大树后，再次向王小红悄悄望去。

只见王小红踏在河边的石头上，撩起河里的清水洗了几下手后，用手捧起水，往自己脸上又洗了几次，然后站起身来，折身上岸，顺着村边的小路，慢慢向南，也就是她家的方向走去。

这下，耿守心一下子把心放回了肚子里。他不动声色地悄悄尾随着王小红，一直走到了村子的最南头，一直看着王小红的身影慢慢消失在茫茫夜幕中……

耿广林的辞职申请和主动推荐，确实是举贤荐能、无可挑剔的一番好意。但在心胸狭窄、怀恨在心的李文元那里，则当成了可以借题发挥的"复仇石子"。人的命运转折，有时依赖长久的苦苦坚守，有时则是神不知、鬼不觉的瞬间之事，而后者常常决定于命运掌控者的一句话甚至一个动作或眼神。这不，耿守心为此陷入前所未有的痛苦、挣扎与折磨之中，他在彷徨中等待，他在痛苦中犹豫，他不知道自己还能不能站起来，他不知道自己的人生出路在哪里——

36　艰难日子

耿守心不知道自己是怎么走回家门的。他回到家后，等他的人们已经离去。

奶奶见大孙子回来了，赶紧上前问道："大孙子哎！你怎么才回来呀？是谁找你了？好几个人在家里等了你半天，不见回来，他们都走了。"

守心他娘接上责备道："什么事这么要紧啊？出去了这么长时间，也不知道回来先打声招呼，让人家在这里白白等了你这么长时间，做人做事怎么能这么随随便便、不懂礼数、没有规矩！"

坐在椅子上闭目养神的爷爷，听见耿守心回来的动静后，先是皱了皱鼻子，后又睁开眼睛看了看自己的大孙子，欲言又止了一番后，再次闭眼养起了神。

耿广常倒是非常平静，他漠然地看了一眼自己的儿子耿守心，顺口说道："孩子肯定有自己的事情，他想说就说，不想说，咱们也别问。孩子长大了，老人们哪还能操恁多心？"说完，站起身，直接走出门去。

守心他娘赶紧道："你去哪里？"

耿广常头也不回地答道："我去大队部里。"

此时的耿守心早已一声不吭、心事重重地回到了自己的里屋，他翻看了几页书后，实在看不进去，索性吹灯脱鞋上床，钻进了被窝里。

看着里屋的灯熄了，奶奶立刻郁闷道："这孩子今天怎么了？满脸的不高兴，问啥也不吱声，这么早就钻进了被窝，是不是遇到了不高兴的事情？"

守心他娘紧接着困惑道："最近也不知道是咋了？他爹平白无故地总发无名火。今天，这孩子又莫名其妙地耷拉着脸。我问他爹，他爹不说。咱问这孩子，他也不吱声。这还没到睡觉的时候，就钻进了被窝，连书也不看了，究竟出了啥事情？"她边说边走进里屋，看着已经闭眼躺在被窝里的耿守心问道："出啥事儿了？为啥这么没精神？"

耿守心没有答话，折身把头扭向里边，顺手把被子蒙在头上。

守心他娘无奈地叹了口气，退出了里屋。坐在外屋的爷爷奶奶，立马长吁短叹了一阵子后，在小孙子们的搀扶下，走去前屋休息。

耿守心躺在被窝里没有睡觉，或者说，他压根就没有丝毫睡意。他在反复琢磨着王小红今天晚上说过的每一句话，他一遍遍推理判断着今后可能发生的各种议论和可能遇到的各种难题。他想到了对今后可能发生的一切装聋作哑、置之不理，但他很快否决了这种想法。因为生活在耿家口大队这样一个环境里，那样做只能是既骗别人又骗自己，正像一个人脸上有了脏东西，继续熟视无睹地招摇过市，引来的只能是更多人的围观和蔑视。生活在这个世界上的人，如果没有了脸面和尊严，那岂不像乞丐或者行尸走肉一样的无味无趣！他又想到了逢问必答、逢疑必释，反正自己又没做错什么，谅别人也不能把自己怎么的，但他很快否决了这个主意。耿家口的人们不会随意听信他人的利己解释，只会专注于自己的判断和认识。在追求"名声"和"口碑"的人群环境里，要想挑战众口一词的"公认"和"结论"，无异于螳臂当车、不自量力。再说了，怎么回答？如何解释？弄不好只会搞得自己更加被动，甚至是画蛇添足、满城风雨。他还想到了找广林大爷说说心里话，在他那里或许能够找到解决难题的办法和钥匙，因为他不仅是自己非常尊敬的长辈，而且是一个特别有办法、有主意、有威望的人，但他很快再次否决了这个念头。他知道，广林大爷一定像他一样正在为眼前的事情难过和生气，病友之间应该同病相怜，而不应该伤口插针，更何况广林大爷为了自己才接二连三地得罪了李文元，才有了后面这些没完没了的"人造难题"。他同时想到了是不是对爷爷奶奶和爹娘说说，反复推敲之后，他觉得这断不可取。父亲大概已经知道或者至少很快就会知道这一切，可他从来没有对家里人提起过，肯定有他的道理。如果自己对爷爷奶奶和爹娘说了，那一定会惹爷爷奶奶和爹娘非常生气，而且从目前发生的情况看，这样做也根本解决不了任何问题……

他又想到了王小红。她现在干什么？是不是也像我一样躺在被窝里，自己蒙上被子偷偷哭泣？如果她只是为了我遭受这天灾人祸伤心难过倒还好说，如果再加上我们俩由此断绝关系而遭受更大的折磨和痛苦，那我真是罪不可赦、极其可耻。她是一个那么好的姑娘，自打上初中开始，就对我感情专注、有情有义。这么多年下来，不仅没有丝毫改变，而且更加柔情似水甚至"变本加厉"。我怎么能那么绝情地说出和她分手的话？要说也应该是她先说，而不是我先说，因为不是她对不起我，而是我对不起她。他开始再次深刻反思和强烈谴责自己……

不知什么时候，耿守心的眼睛浸满了泪水，他没有把泪水擦去，而是任凭眼泪尽情流淌。他觉得：自己这样心里好受些，反正蒙着被子，没人看见，这会儿无所谓自己是不是男子汉、大丈夫，他要偷偷地做一回本真的自己。

这会儿，他突然想到，世上应该没有人不流眼泪，只不过有人当着他人的面，有人是在私下里，有人流泪是为了赢得别人的同情和怜悯，有人流泪是为了摆脱自己的痛苦和愁闷。他相信：广林大爷、守才哥哥、父亲、蔡老师、王老师等许多人，他们伤心难过的时候，也会偷偷流泪，只不过有时偷偷地流在脸上，更多的时候则是流在心里。

他继续想：接下来应该怎么办呢？是凭着自己的性子，不管不顾地任其自然释放，不管他人投来何种蔑视的目光抑或稀奇古怪的纷纷议论？还是一切恢复既往，就当没有发生过这件事，待到方方面面都有了充分展示后，自己再相机巧妙应对和恰当处理？他突然间觉得自己有了思路和主意。他高兴地擦去眼泪，起身钻出被窝，点着灯后，打开了抽屉。他把蔡老师写给他的那"八个字"找了出来，仔仔细细琢磨领悟着"艰难困苦，玉汝于成"的深刻含义。

他想：蔡老师真是太英明、太睿智了！自己刚刚进入校门，他居然就看透了我的底细，而且知道我今后特别需要这"八个字"！蔡老师遇到了那么多的无情打击和苦难折磨，不仅没有叫冤叫苦，而且从未说过"畏惧"两个字，和他相比，我的这点困难又算什么？同样的男子汉，我必须向他看齐学习！不然，我一定会辜负了蔡老师对我的一片殷切期望，也肯定会忘记了广林大爷对我一再叮嘱的耿家口人的"初心"和"根本"。

对了！我必须想方设法坚决挺住，哪怕天大的困难，我也决不能退缩畏惧！一切就按刚才想好的办，尽快恢复既往，依然斗志昂扬、满怀激情、欢声笑语地走出家门、走向街头、走向团支部和生产队，满面笑容地融入团员和社员们之中，尽最大力气当好这个生产队队长和团支部书记，而不论别人是否会有议论，这就是我耿守心的本真自己。

想到这，他的情绪更加好起来，人也特别提起了精神。他随手拿过高中的课本，仔仔细细翻看起来，那些熟悉的圈圈点点和特别的符号标注，那些从黑板上抄下来的提纲和大意，它记录着自己高中时代的执着、勤奋和汗水，如今再次翻阅起来，更有一种特别的亲切、陶醉和激励……

就这样看着、想着，一遍遍在草稿纸上习作着，天蒙蒙亮了起来。母亲起床的声响惊动了他，他站起身来，伸了伸懒腰，快步向院子里走去。他拿起扫把，开始打扫院子。

守心他娘起床后走出屋门，看到正在扫院子的耿守心，心疼道："孩子啊，你是不是一夜没睡？"

耿守心笑道："哪里呀？后来睡不着了，起来看了会儿书，算是补上昨天晚上早睡的损失。"

守心他娘看着儿子笑着回答，心情突然释然开来，接上笑道："你爹和我都没睡好，我一夜净想你昨晚为啥不高兴的事情。"

耿守心哈哈笑道："现在都过去了，是因为我同学的事。"

守心他娘接着问道："哪里的同学？因为啥事？"

耿守心道："说了你也不认识，我应该替同学保守秘密。"

守心他娘立即责备道："哪有那么多秘密！连你娘也瞒着，这孩子真是不懂事！"

正在这时，屋内传出耿广常喊话的声音："孩子们的事情，你别多问，他会自己正确处理！"

守心他娘立刻悻悻道："你俩真是亲爷俩，都是一个坏毛病、臭脾气！"说罢，她忙着去前屋给公公婆婆请安和倒尿盆了。

耿守心打扫完院子，又担起了水桶。他要把缸里的水挑满，这是他每天起床后、到生产队敲铃前的固定程序。

"公社党委会"和"刘维忠调离大会"的消息在耿家口大队并没有立即引起什么波澜和注意。一是耿广林虽然接到了会议通知，但因为自己已经提出辞职而没有去公社参加会议。二是公社机关干部和大队党支部的书记们，眼下最为关心和议论的话题是公社主要领导的调整和使用，而不是区区一个生产大队的领导辞职和一名青年人的入党问题。三是由于耿广林的好人缘、好名声，个别听到耿广林辞职消息的公社机关干部和大队党支部书记们，了解其中的微妙和跌宕过程后，大都以怜悯同情的心情，主动且讳莫如深地保守着秘密。

但耿广林可不是一般人，他很快就知道了两次会议的详细情况和主要精神。这消息虽然刘维忠在电话中浅浅地告诉过他，但更准确或者说如临现场的栩栩如生描绘，绝对不是来自刘维忠那里。

耿广林笑了！他笑得非常开心！他边笑边想：这个李文元果真是个心胸狭窄、鼠肚鸡肠、睚眦必报的小人。过去还想好好服从支持他，现在好了，一切明明白白摆在那里，自己再也不用委曲求全地难为自己，耿家口大队的发展，虽然离不开上级组织的关心和领导，但绝对不是离不开你！公社和上面的领导多的是，有什么事我找其他领导反映汇报，就不找你。你还能把我怎么的？反正我在大队里靠工分吃饭，靠劳动养活自己。至于那个毛头小子魏农水，他是一个刚刚走出地区农机学校没几年的人，虽然肚子里有点小墨水，但缺乏实际生活锻炼，整个人一身书呆子气、小孩子气，相信时间一长，就冲他那直筒子脾气，我俩一定能处好关系。现在看，这个大队党支部书记还不能就这样随随便便辞去，好在刘维忠书记留了一手，没有把我的辞职申请交给组织办或者其他哪位领导，而是直接撕碎后扔进了垃圾篓里。你李文元如果真要以此逼着我辞职，那我就到公社里和你当众说个一二三四，实在不行，咱俩就一切从头说起。我就不信你那些以上欺下、狐假虎威、鼠肚鸡肠、丢人现眼的事情，公社领导和机关的干部们会不管不问、不嗤之以鼻。

他还想：虽然公社团委张长远书记没有松口耿守心借调公社团委帮助工作的事情，但冲李文元会上说的那些话，孩子借调的事情，不是没有了可能，就是遥遥无期。借调和不借调，其实也没有什么大不了的！包括耿守心在内的耿家口的任何一个人，从未指望着借调那里去工作，事到如今，实在没有任何必要难过和伤心。要说心里有些不舍和难过的，当属张长远和守心两个人。守心这边倒好办，我先问问他爹广常兄弟，实在不行，我再亲自出马找找孩子，我相信这孩子一定会听我的话，他可是我从小看着、喜欢着长大的。张长远那边我可就鞭长莫及了，他的性格和脾气与我非常相似，都是一头"不达目的、誓不罢休"的犟驴，既然这样，那就一切由他吧！说到底，他也是见过世面、唯才是举、侠肝义胆、古道热肠的难得好人。

大凡成功和执着的人，普遍具有这样的性格和特点：他们勇于坚守自己的选择，那是因为他们看清了常人看不清、看不准的路，因而喜欢力排众议地顽强执着和苦苦坚守。他们有时也会陷入短暂的迷茫、困顿和苦守之中，那是因为他们还没有看清眼下的路，而一旦看清眼下的路障和方向，他们断然不会半点犹豫，定然会奋力前行、拔脚远足，哪怕是再往回走上几步。因为他们的最终目标，不是苦苦跋涉在路上，而是路那头已经摆放好的璀璨、幸福、成功和满足。

耿守心在生产队里劳动已经三天了，一切总算平平静静地过去了。社员们像往常一样有说有笑地干活，没有人当着耿守心的面提起那些外边、哪怕是大队部发生的任何事情。

耿守心想：或许社员们真的不知道公社里发生了什么事情，如果这样最好，只要时间一长，天大的事情都会慢慢淡化，如果以后有人再提出这件事情来，自己也会游刃有余地巧妙应对，看来自己当初那个痛苦不安的夜晚，倒真是有点杞人忧天和过度自扰了。

想到这，他突然再次思念起王小红。他开始痛恨自己当初那个决绝的傍晚，既伤了王小红的心，也伤了自己的心。

他又想：我这是怎么了？过去很少想起王小红，即使偶尔想到，也会像其他同学一样地在脑海中翻滚一阵子后自然消失，可是现在，她居然悄悄走进而且正在撕扯我的心！是自己对她愧疚吗？好像不全是。因为理智告诉我，当初那样做原本就是为了保护她，不想让她和自己一起痛苦地走下去。是自己怜悯她的失声痛哭吗？好像也不是。王小红多愁善感、喜欢流泪，自己和同学们早已司空见惯、见怪不怪，几乎没有人太当回事。

难道……难道……难道是自己对王小红的特别牵挂？或者这就是自己与王小红间的"爱情"？想到这，他的脸突然涨红起来，也燥热起来。他看过小说里描写男女爱情的许多优美词句，那是柔情、甜蜜和幸福的精巧结合，那是不舍、牵挂和凄婉的精致描绘。他虽然觉得那些词句很华丽、很优美，比喻得很朦胧、很陶醉，有时跌宕起伏得让人撕心裂肺，有时细腻得连针也插不进去，以至于让他幼小单纯的心灵透不过气，甚至让不谙世事的自己浮想联翩、梦入非非，但他从没有过切身的直接感觉，如今，他似乎有了亢奋的感受和血脉偾张的体会……

他想：如果王小红立即出现在自己的面前该多好啊！我保证三言两语就能让她破涕为笑、转悲为喜，然后统统忘掉这几天的痛苦、揪心和不快，沿着过去俩人商定的目标，携手合一，大步流星地继续……

晚上，他再次来到大队团支部办公室。屋门刚刚打开，张桂兰和耿守平也紧跟着走了进来。三个人像往常一样简单收拾打扫了办公室的卫生后，坐在桌边聊起了天。

耿守平心情郁闷道："守心，不知道你听说没有？你去公社团委帮助工作的事没戏了。"

耿守心笑了笑："我知道。公社里各部门借调和想借调的人比较多，领导们只能从严把关、统一考虑。"

耿守平接着道："可是，我还听说你入党的事也遇到了大麻烦、大问题……"

耿守心再次笑道："你俩知道，我可没有想过现在入党的事。上次递交入党申请书的时候，还是广林大爷提出要求后，咱们三个一块写后交上去的。"

张桂兰接过话题愤愤道："真是林子大了什么鸟都有！如果守平不说，我还不想说。守心入党的事，社员中已经有人传开了，而且传得有鼻子有眼、特别离奇！什么守心想抢班夺权当大队的党支部书记？什么过两年还想进到公社里？什么因为这事公社书记和公社主任吵了架？什么因为这事让广林书记生了气？……"

耿守平立即打断道："你说的这些我也听到了，其实，还有比这更邪乎的！有人说，别看守心平时工作怪卖力、做人怪老实，其实早有打算、另有目的。还有人说，守心这样抢班夺权、自私自利，大队的领导们肯定非常生气，说不定过段时间，就把他的团支部书记免去……"

张桂兰立刻惊讶道："这些话我倒是没有听说过！看来别的生产队传得真够邪乎的！"说完，她满眼忧愁地看着耿守心说道："守心，你可真是遇到了大麻烦！人言可畏、吐口唾沫淹死人，你可咋办啊？我一想起来就难过，想着想着就流泪。"她边说边眼圈红起来，一副垂泪欲滴的样子。

耿守心赶紧笑道："其实，你俩说的这些我都知道。有些事情是真的，有些事情是假的，咱们可信可不信。"

耿守平立刻吃惊道："守心，你知道这些事？我们怎么没看出来呢？"

耿守心继续笑道："事情发生前我不知道，事情发生后我知道的。你俩今天对我说了这么多，我心里特别感动和感激！"

耿守平着急道："感谢的话不说了！关键是你下一步应该怎么办？张桂兰，你说是不是？"

张桂兰依旧惆怅道："反正我也没啥好主意，一切全听守心的！他要继续干这个团支部书记和生产队队长，俺也继续跟着干，他要不干了，俺也不干了！反正俺是一个女的，过几年就要嫁出去。"

耿守平立即着急道："看看你又来了不是？我觉得咱们千万不能这样处理！如果咱们这样做了，就等于把守心往火坑里推，让他再也爬不起。我的意见是：咱俩继续陪着守心好好干下去，而且要干得更有名堂、更有志气！你说是不是？"

一听这话，耿守心立刻笑道："守平真是说到了我的心坎里。我的情况你俩全知道，咱们这样没白没黑地干，究竟是为了名？还是为了利？究竟是为了咱们全大队？还是为了我们自己？是非自有曲直，公道自在人心，我相信明眼人一看就知。我们只有继续好好干，才能证明我们是出以公心，而不是谋取私利，我们必须一如既往、斗志昂扬地继续好好干下去！"

张桂兰依旧一筹莫展道："你说得可振奋人心，在咱们团支部没有问题，但在生产队那可是另外一回事……"

耿守平立即接上道："在生产队又能怎么样？他们还能把守心活活地生吃了？我就不信！"

张桂兰继续道："今天上午，为这事我还和有的社员吵了架、生了气！他们当着守心的面不敢说，总在暗地里捕风捉影地瞎嘀咕，特别伤人！"

"谁在背后瞎嘀咕人啊？说说听听！"耿广林边笑边说，边迈步走进了团支部的办公室。

三个人立即站起身来，让出座位。

耿广林笑着坐下后，他先看了看耿守心，又看了看张桂兰和耿守平，说道："外面传的闲话太多了！谁要相信这些，那还不把人活活气死！依我看，凡是背后瞎嘀咕人的人，没有一个好东西！至少是存心不正，没有胆子！你们说，是不是？"

三个人微笑着作了回应。

耿广林继续道："你们三个刚才说的话，我在外面听到了几句，我觉得你们说得挺有道理，也挺有意思，所以进来听听，也想和你们聊上几句。"

耿广林从耿广常那里已经知道了耿守心最近两天的情绪变化。他觉得，守心这个孩子确实进步不小，是个可塑可造之才，自己确实没有看错人。刚才他在院子里散步，听到团支部办公室里有人说话，站在窗下听了几句后，这才折身走进屋里。他想：当着团支部几个人的面说说也好，一是当面表扬表扬耿守心，这样一来，至少在团支部，相关的误会和传言就会自动散去，二是给大家讲讲里面的道理，既让他们抖起精神把下一步的工作做好，也好让他们把自己的话传给生产队的社员们，让大伙儿也提高提高认识。

耿广林看着三个青年人频频点头的样子，接着笑道："别看这世界上对人的分法多种多样，什么黄种人、白种人、黑种人、棕色种人，什么老年人、青年人、少年儿童，什么男人、女人、双性人，什么好人和坏人，高人和矮人，瘦人和胖人，等等。要让我分，其实就三种人：一个是往前拉车的人，二个是往后拉车的人，三个是坐在车上嘻嘻哈哈、叽叽喳喳的人；或者说，一个是生产粮食的人，二个是糟蹋粮食的人，三个是坐享其成的人。你们说，如果按照我这个分法，守心是哪种人？"说完，他笑着看了看张桂兰和耿守平。

张桂兰和耿守平立刻笑道："守心肯定是第一种人！"

张桂兰后又解释道："守心每天带头干活，出的力比谁都大，流的汗比谁都多，挣的工分则跟大伙儿一样多，肯定是积极生产粮食的人！"

耿广林突然收住笑容道："可有人不这样认为。他们说守心流汗、出力是为了给自己多分粮食，是为个人着想，是自私自利的人！"

张桂兰立刻不满道："这是谁说的？俺去找他，他怎么能这么没有良心！"

耿守平也接上生气道："他们挣工分又是为了谁？他出力不一定比守心多，挣的工分不一定比守心少，他们这才是为自己着想！我看他们才是心存私心、自私自利！"

耿广林继续道："他们还说了，守心看起来平时工作挺积极、挺卖力，其实就是想着抢班夺权，好顶我这个大队党支部书记！"

张桂兰、耿守平更加气愤道："纯属胡说八道！根本就是放屁！而且没有一点道理！是谁说的？"

耿广林突然哈哈大笑道："是第二种人说的。也就是往后拉车和糟蹋粮食的那些人！"

张桂兰和耿守平听后，也立刻跟着"咯咯咯""哈哈哈"地笑起来。

耿广林接着说道："毛主席他老人家最喜欢用阶级分析的方法分析人。我们即便不用这种方法分析人，世上总归有积极的、落后的、不积极也不落后的人。不积极的人肯定要反对积极的人，积极的人肯定也会反对不积极的人。既然相互反对，那反对的方式方法就会多种多样，而不会特别讲究特定的形式。当然，积极的人一般采用比较合情合理的方式方法反对不积极的人，而不积极的人则会采用一般不那么合情合理的方式方法反对积极的人。你想往前拉车，你想多生产粮食，往后拉车和糟蹋粮食的人，就会说你的方向不对、目的不纯。看透人情世故、大千世界后，其实就是这么一回事儿！所以说啊，你要想堵住落后人的嘴，或者不让人家反对你，一是做不到，二是即使做到了，也会花费很大的周折和力气。守心这孩子做得非常好，你们大家都看在了眼里、记在了心里，所以你们支持他、帮助他，和他坚定地站在一起，对那些不负责任的瞎嘀咕、乱议论，旗帜鲜明地坚决反对，说明你们也是积极的人，我对此非常高兴和满意！我相信，有你们这么好的团结和觉悟，咱们大队团支部的工作一定会越做越好，一定会让上级领导、大队党支部和全大队社员都满意！"

"在这里，我们还要特别注意第三种人，也就是既不积极又不消极、一味享受粮食美味，或者说坐在车上递递毛巾、喊喊口号的那些人。这些人很多，他们既不当枪头，也不当枪尾，他们有时候给往前拉车的人加油，有时候又给往后拉车的人鼓劲，他们既给往前拉车的人递毛巾，也给往后拉车的人递毛巾。他们的目的只有一个，坐山观虎斗，留个便宜给自己。比方说，咱们大队有关守心的这些谣言和议论，这些人有的也参与了进去，他们虽然传得有鼻子有眼，但根本拿不出事实、站不住脚，既不合情也不合理。所以说啊，对待社员们的这些传言和议论，我们千万不能一概而论地恼怒生气，而应该首先坐下来静静想一想，究竟是哪些人传的？如果是积极的人传的，我们应该引起高度重视和注意；如果是消极的人传的，我们不必太在意，更不要往心里去，以免影响破坏了我们的好情绪；如果是既不积极也不消极的人传的，我们则需要既重视又不重视地去恰当处理。毛主席说过：'凡是敌人反对的，我们就要拥护。凡是敌人拥护的，我们就要反对！'说的也是这个道理。今后，如果你们再遇到社员们中有这种谣传和议论，先想想他们是哪部分人，然后再恰如其分地去处理。我相信，只要时间拉长，守心一如既往地继续当好人、做好事，这些不好的误会、传言和议论终会自行散去。"说完，他看着耿守心笑了起来，那笑声里饱含着深深的慈爱、鼓励和信任。

一直静静聆听、没有说话的耿守心赶紧道："谢谢广林大爷的教导，我一定把您的话记在心里！"

耿广林开门见山、打比方式的疏导和教育，对耿守心来说，恰如一剂强心针，起了很大的疏困和激励作用。他压抑的心情进一步释然开来，他的精神和劲头进一步昂扬自然起来。他想：只要自己继续这样做下去，天大的困难都会迎刃而解，所有的困难和问题都不应该再成为困难和问题。

理论的推理和想象的演绎，永远比不上活生生的现实来得更加生动和淋漓。随着时间的延伸，特别是相关五花八门消息的陆续传来和人们无休无止的猜测议论，社员们的怀疑和蔑视情绪不仅表现在脸上，而且也显现在行动中。他们开始有意无意地疏远耿守心，也常常有社员对耿守心安排的活计讨价还价、推三阻四。过去常常见面打招呼的一张张笑脸，逐渐变成了部分的熟视无睹、冷若冰霜，或是背后的嘀嘀咕咕、指指点点。过去常常登门造访的一些熟客，很长时间见不到踪影。甚至连耿守心一些自认为比较要好的兄弟和朋友，也常常和他刻意保持着距离、不再热乎。耿广旺、耿老五等一些年长的社员们私下询问过耿守心这些事，但只要话语中涉及公社和大队的领导，大家总是摇头叹息、讳莫如深……

其实，想想有啥？耿守心刚当生产队队长半年后那会儿，社员们也曾因为生产队里突然有了新面貌、大伙儿提起了精神气而一再动员耿守心辞去团支部书记。现在和那时并没有什么两样？生产队队长还是生产队队长，耿守心还是耿守心，不正应了大家的心？可人群和社会的现实常常表现得并不那么单纯、简单和理智，大伙儿关注的不仅是此一时彼一时。彼时大伙儿真诚挽留，此时想走没有了机会；彼时耿守心天宽地阔，此时耿守心没了出路。当然，大伙儿更关心关注的是耿守心在这一过程中是不是能够体现出应有的发展动力、发展能力和发展潜力。

每天生活在这个群体环境里的耿守心，的的确确感受到了一种强大且无形的空前压力。他眼睁睁看着躲开他的社员们有些不知所措，他一次次面对匪夷所思的冷淡目光和讨价还价的口吻开始乱了手脚。他毕竟还是一个心地纯净、不谙世事的青年人，他怎么可能像历经沧桑、透悉世事的年长者们那样从容不迫、熟谙世事？坚守一天，并不意味着能够坚守三天，坚守三天，更不意味着能够坚守一周。耿守心在迷茫惆怅之中开始了动摇、彷徨、焦虑和苦闷……

环境的力量就是这么神奇！它能在瞬间摧枯拉朽地改变左右着一个人，而无论这个人的内心多么强大，抑或这个人的意志多么坚定，只要他生存在这个环境里，只要他还想继续活下去，他就不得不忍受环境的煎熬和炼狱！要么，他就此消沉罢兵。要么，他顺势拔地而起。总之，他必须适应环境赋予的铁定守则和内在规律。

耿守心面对的巨大心理落差和外在压力，与其说是他内心自然敏锐的正常反应，倒不如说是人们背后的议论纷纷、当面询问质疑以及工作生活中频频遭遇的那种蔑视、贬低和冷淡集中灌注施加到他内心深处的"混合体"。

社员们的纷纷议论和耿守心的情绪变化，让耿守心一家很快知道了事情的原委，自然也引起了耿守心一家的焦虑、苦闷与担心。

晚饭后，一家人愁眉不展地再次聊起了天。奶奶首先忧心忡忡道："你说，这都是什么事吗？我说我大孙子为啥整天愁眉苦脸的，原来这么多人在背后议论他，要不是外面聊天的人告诉我，我现在还蒙在鼓里。"

守心他娘接着埋怨道："我也是才知道的。咱孩子也真是的，我早就对他说过，做人做事一定要留出后手和退路，可他就是听不进去，只会一根筋地带头往前冲！现在倒好，弄出这么大的动静，让大伙儿背后说闲话，眼看到了结婚娶媳妇的年龄，谁还愿意上门给咱孩子当媒人？"

耿广常点燃一支烟，很不高兴地瞪了自己的老伴儿一眼，接过话题说道："你别说那些没用的！咱孩子怎么样你知道，出了事一味地埋怨责备孩子，不是解决问题的样子！"

耿广常了解事情的全部，他也没有料到最后居然弄成了这个样子。他心里自然非常难过和苦闷，但他清楚知道当务之急是应该怎样正确对待和妥善处理这些困难和问题。

守心他娘见耿广常如是说，叹了口气，没再吱声。

耿广常抬头看着低头沉默不语的耿守心说道："孩子啊，我的话虽是这么说，不过，你也不是没有问题……"

坐在椅子上闭目养神的爷爷突然不高兴起来，他先是皱了皱鼻子，后又睁开眼睛打断道："要我看，我大孙子没啥问题！他工作认真、干活积极，这就是毛病和问题？工作不认真、干活不积极，那才是毛病和问题！"说完，气哼哼了两声，重又把眼闭上。

耿广常赶紧接过话题解释道："爹，刚才你儿媳妇说得不是没有道理。咱做任何事情，既要抬头看路，又要低头拉车。你大孙子可不是这样的，他只知道低头拉车，不知道抬头看路，结果把车拉进了沟里。如果社员们一两个人议论倒也罢了，可现在这么多人议论纷纷，那能不是问题？"

爷爷睁眼看了看自己的儿子耿广常，皱了皱鼻子，没再吱声。看得出，尽管儿子耿广常说得有些道理，但他仍然不太满意。

守心他娘赶紧岔开话题问道："广林哥那边有啥动静？"

耿广常道："昨天广林哥从公社开会回来，说到了中央召开十一大的事情，今后发展党员，一是从严掌握，二是党员要有一年的预备期，预备期的党员没有选举权和被选举权。广林哥本来想退下来让咱孩子接替他，可现在咱孩子连个预备党员也不是，他只能再接着干下去。"

耿守心立刻抬起头，说道："我又没想现在入党？更没想过要当大队党支部书记！"

耿广常立即生气道："那你写入党申请书干啥？是不是吃饱了撑的？自己

写了入党申请书，又说自己没想现在入党，真是岂有此理！"

耿守心分辩道："写入党申请书的人多了，难道大家都想现在入党？我可不戴这个帽子！"

闻听耿守心如此顶撞自己，耿广常立马瞪起眼睛，怒气冲冲道："你怎么能这么说话？申请不申请是自己的事，什么时候发展入党是组织的事，既然你自己递交了申请书，就代表向组织表达了随时接受组织挑选和考验的态度，你这样认识问题，实在没有道理！"

奶奶和守心他娘赶紧劝道："孩子啊，你爹说得有理，你应该好好听话才是！"

耿广常继续道："我看他的问题不光在这一点上，还有别的问题！"

耿守心立即说道："爹，那你说什么问题？"

耿广常再次暴怒起来，他猛地一拍桌子，厉声道："如果你不在县五中瞎闹腾，李文元副主任能专门找来咱大队里？如果你广林大爷、守才哥哥不去公社找他们评理，你能顺顺利利地完成高中学业？如果不是因为你的这些破事，你广林大爷能得罪了公社里的李副主任？如果你广林大爷不希望你尽快到公社团委帮助工作，他能想出这么一个'割自己肉喂你吃'的主意？你以为这事只让你一个人受到了委屈和伤害？其实，你广林大爷受到的委屈和伤害比你大十倍！现在公社里召开支部书记会，公社机关干部和大队党支部书记们议论纷纷，要不是你广林大爷心宽气正，早就发了脾气！所以啊，凡事不要光想着自己，要多想想别人，尤其是打小爱护你、喜欢你的广林大爷！亏你还是咱耿家口的人，常说自己不能忘记耿家口人的'初心'和'根本'，以后你要再有这些无情无义的想法和念头，看我打断你的腿！"

闭目养神的爷爷睁开眼睛看了看儿子耿广常，又看了看大孙子耿守心，说道："大孙子哎！你爹他说得对！咱做人做事一定要讲良心、明事理、重情义！"

耿守心立刻委屈地哽咽道："爷爷，我没有那个意思！再说了，我上高中的时候，也没有过瞎闹腾……我爹、广林大爷和守才哥哥他们都知道那些事……"

耿广常再次一拍桌子，高声怒道："没人听你的解释！你该干啥干啥去！"

耿守心再一次受到父亲的强烈暴怒和指责，既让他惶恐不安，又让他倍感委屈。他走进里屋，反反复复回想这些天来发生的所有事情。他觉得，父亲应该是最理解他的人，因为父亲不仅知道事情的全过程，而且自己还是他一直视若"掌上明珠"的孝顺儿子。如果自己还有最后的"精神支撑"，在大队部肯定是广林大爷，在家里就是自己的父亲！可父亲为什么知其所以然而不说所以然，偏偏把"在高中瞎闹腾"这样的"屎盆子"扣给自己？这既不合情，又不合理！自己对广林大爷一向特别尊敬，从无丝毫造次，父亲怎么能那么无端地指责和曲解？还有，父亲为什么不让爷爷、奶奶和娘听我的解释，就这样咆哮武断地赶我出去……

他陷入空前的迷茫与困顿之中！他的内心在颤抖，他的血流在提速，他的魂灵在凄鸣！他在痛苦中不断挣扎、纠缠与徘徊，他开始怀疑这个真诚、质朴和友善的世界，他不知道自己还能不能迈过这个坎！他渴望从梦魇中尽快醒来，因为他对人生和这个世界还充满期待……

此时此刻，他再一次想到了王小红。她的心地是那么善良真诚，她的眼神是那么光彩透明，她的情感是那么专注细腻，她的笑声是那么浪漫多情。她的一颦一笑，富有诗一般的韵律与节奏，让人浮想联翩、久久不能释怀；她的一举一动，充满火样激情与水样柔情，让人立感热烈，又顿觉温情；她的细致与周到，让人感受到春天般的温暖。她的敏锐与果敢，让人顷刻间冰雪消融；她的理解与温柔，犹如夏日的花儿灿烂茂盛；她的缜密与坚定，恰似秋日的果实争妍跃动，特别是她对自己的一往情深，犹如滔滔黄河之水汹涌澎湃，尤其是她遇折不挠的执着性格，恰似巍巍群山连绵不绝令人心潮涌动……

如果王小红能在自己的身边该有多好！正像她说过的那样：我们携手并肩，面对一切的厄运与挑战，向着共同的未来目标、大步流星！

这次打击，对耿守心来说实在太大了！正所谓，畅顺之路，得到的是兴奋与平庸；颠簸之途，得到的是沉淀与提升。耿守心苦思冥想之后，他对人群和社会的认识又有了新的跃升，但真正让他绝地奋起、劫后余生的则是改变党和国家命运的"一件大事情"——

37 天赐良机

一九七七年十月二十一日，历史将永远铭记这个伟大而光辉的时刻！

这一天，《人民日报》头版头条发表了"高等学校招生进行重大改革"的新闻报道并配发了《搞好大学招生是全国人民的希望》的评论员文章，宣布中断十年的高校招生考试制度正式恢复。

这一天，全国各地的人们，从工厂到农村，从部队到学校，从机关到基层，随着中央人民广播电台的光速电波传播，瞬间听到了这个翘首以待、望眼欲穿、激动人心而又突如其来的重大消息！

中央人民广播电台第一次播报这个好消息时，耿守心并不知道。他正悲痛欲绝、烂醉如泥地酣睡在床上，而且已经整整睡了二十四个小时。

前一天上午，他到公社团委开会，张长远书记正式告诉他：借调公社团委帮助工作的事情，虽经种种努力，终于不成，只能到此为止。他落寞地回到大队团支部办公室后，心情更加压抑苦闷。他原本指望通过张长远书记的再次努力，能够意外获得借调公社团委帮助工作的机会，以摆脱目前的艰难窘境，也算好事多磨，终归有成。可现实瞬间将他的美好梦想击打得粉碎。

他千般无奈、万般忧伤之时，突然想到像其他社员们一样借酒浇愁。于是，他赶去小卖部，赊了一瓶高度"景芝白干"，进到办公室后，对口喝了下去。他想用水一样的火焰，烧尽自己的惆怅和不快。他想用熊熊的烈度琼浆，麻木自己多苦多难的心。

然而，初次饮酒的耿守心，终于抵挡不住"景芝白干"的巨大威力。他很快就有了头昏脑涨、步履不稳的浓浓醉意。没有办法，他只能步履蹒跚、摇摇晃晃地赶回家里，躺在床上，和衣而睡。

不知过了多久，守心他娘走进屋来，看到床前一大片呕吐物和蒙头酣睡的耿守心，急忙连声焦急道："孩子啊，你怎么喝酒了？看看吐了这么多，究竟又出啥事儿了？"

耿守心醉意朦胧道："没啥事……喝了点酒……现在就想睡……"说完，把脸扭向里侧，再次把头蒙在被子里。

耿守心这一睡，就是一天一夜，二十四个小时。任谁叫也不起，惹得一家人怨声载道、唉声叹气。

第二天下午，奶奶突然笑嘻嘻地走进屋来，边推依旧蒙头大睡的耿守心，边说道："大孙子哎！快起床！院子里有个俊俏闺女找你！"

耿守心一听这话，立马从梦中惊醒，迅速翻身下床。他知道：奶奶说的这个俊俏闺女肯定是王小红。如果是村上的哪个闺女，奶奶自然会叫出名字。

耿守心疾步走出屋门，看到院子里手拿两本书、正在笑眯眯盯着自己的王小红。

王小红咯咯笑道："我不请自来，你会不会怪意？"

耿守心笑道："你说的这是哪里话？欢迎！欢迎！请进！请进！"他边说边做出请王小红进屋来坐的手势。

两人进到屋后，奶奶仔仔细细端详着王小红并寒暄了一阵子后，知道两名年轻人有话要说，就借故走了出去。

王小红笑道："奶奶真是个细心人！这么仔细地盯着我看，让我特别不好意思。"

耿守心笑道："我奶奶对来家做客的陌生人都是这样，她说这叫待人礼貌热情，也容易记住人。特别像你这样的漂亮姑娘，当然更该如此！"

王小红再次咯咯笑道："你对我那么绝情，奶奶记住、记不住又能咋地？"

耿守心立马尴尬道："一切往前看！过往的事情不提！"说完，自个儿先笑了起来。

王小红接着说道："不论提与不提，这些都已经成为无法改变的过去，不论你对我怎样，可我心里一直装着你。"她边说边从兜里掏出一个厚厚的信封递给耿守心："这是我最近写给你的一些信，但请你一定注意对外保密！"

耿守心接过信封正要打开，王小红笑着阻止道："你先不要打开，以后没人的时候再看，但我不希望你看后再给我还回去。"说完，两个人立马再次笑起来。

耿守心想：王小红这些天肯定过得非常艰难凄苦，她是一个心细如丝、感情热烈奔放的人，因为自己的这些倒霉事情，让她也跟着痛苦和难过，心里实在万分羞愧。耿守心知道：经过这些天的痛苦和折磨，自己对王小红的感情已经有了质的飞跃和升华，他觉得自己的生命中再也离不开眼前的这个人。想到这，他起身走去里屋，把信锁在了自己的抽屉里。

耿守心坐回后，低头继续想着刚才的事。王小红笑着打开沉闷道："我今天来你家，也没别的事，就是给你送来两本书，希望你尽快看看，好好复习，力争考出最好成绩！"说完，她把手中的《代数》和《几何》，交给了耿守心。

耿守心立即抬头吃惊道："准备什么考试？"

王小红睁大眼睛诧异道："这么大的事情你还不知道？国家已经发布了重大的高考消息！"

"什么高考消息？"

"高校招生实行重大改革，全面恢复招生考试！"

"你说的可是真的？"

"那还有假？中央人民广播电台已经播报了这个好消息，说不定现在正在重播呢！"

耿守心急不可耐地立即打开摆放在条几上的台式收音机。顿时，一个浑厚激昂的男中音传出：

> "今年，高等学校的招生工作进行了重大改革。采取自愿报名，统一考试，地市初选，学校录取，省、市、自治区批准的办法。凡是符合招生条件的工人、农民、上山下乡和回乡知识青年、复员军人、干部和应届高中毕业生，均可自愿报名，并可根据自己的爱好和特长，选报几个学校和学科类别，让祖国进行挑选……"

耿守心边听边兴奋地跳起来，一边有力挥舞着自己的胳膊，一边哈哈大笑道："真乃苍天有眼！真乃天助我也！真乃苍天不绝苦命正直执着之人！谢谢党中央！谢谢邓小平！也谢谢给我带来这个好消息的王小红！"说罢，他眼含激动的泪水，深情地向贴在房屋中央的领袖画像深深鞠了一躬。

王小红看着耿守心如此欣喜若狂、兴奋不已的样子，笑道："看把你高兴的！咱们已经毕业两年了，如果报了名再考不上，那该多丢人！"

耿守心信心满满道："毛主席说过，世上无难事，只要肯登攀；自信人生二百年，会当水击三千里。他老人家还说过，无限风光在险峰。只要我们下定决心，加倍努力，勇于接受挑战并战胜自己，就一定会和全国的青年学子们在同一个起跑线上，考出自己的最好成绩！"

王小红忧心忡忡道："可是，我爹我娘已经改变了主意，他们不想让我参加考试了。他们说，如果考上了倒还好说，如果考不上，那该多丢人！再说了，咱们已经毕业两年多了，高中课本上的许多知识已经忘得差不多了，现在再翻出来从头复习，心里实在没有底气。"

耿守心笑道："这可不像你王小红说的！在黄河滩的小树林里，咱俩谈到可能的高校招生改革时，你曾和我一起憧憬过美好的未来。前些日子，在村北的小树林里，你还对我说过多一个帮手，会有更多的办法，更大的力气。现在国家已经决定全面恢复高校招生考试，而不是我们过去想象的部分推荐、部分考试，我们就应该勇敢而热烈地拥抱这个美好时代的召唤！我相信，全国的考生们和我们一样存在同样的困难和问题，只要我们迎难而上，同心协力，相互鼓劲，就一定能取得令我们自己和家人骄傲的好成绩！"

王小红笑道："既然这样，那我回去告诉我爹我娘，就说是你的主意！"

耿守心不置可否地笑了笑。他知道：王小红对自己前些日子的"决绝"心结已经打开，她既然想把自己的话告诉她爹娘，说明自己在两个老人的心目中已经有了"足够认可"的地位和分量。

两个人又兴奋异常地聊了一会儿后，王小红起身告辞。耿守心没有多留。他觉得俩人的关系还没到那种可以公开的程度，至少他还没有禀报并得到爷爷、奶奶和爹娘的同意。

耿守心把王小红送出院子后，一直默默注视着王小红绰约欢快的背影在密密的林荫小道中消失。

耿守心重新回到屋里后，他先从抽屉里拿出王小红写给自己的信，打开看到：

"耿守心：我恨你！没想到你对我那么绝情、那么无理！……你虽然没有对我山盟海誓，但天地可以作证，我在心里可是一直深爱着你！我相信你也会把我深深装在自己的心里。因为你不是一个麻木不仁、无情无义的人……

不期而至的重大灾难，让我们有了山崩地裂的感觉……我曾为此流下数不清的痛苦泪水……然而，我愿意义无反顾地与你并肩作战、不离不弃，直到苍天睁眼、乌云散去……然后，我们手拉着手、肩并着肩、背靠着背，陶醉徜徉在这些美好曲折的难忘回忆里……

我说过，多一个人，多一分力量，多一份智慧。可你为什么选择孤身奋斗、独自面对？是不是不愿意让我和你一起面对如此的痛苦和艰难？还是借机冠冕堂皇地把我远远推去？抑或还有别的什么考虑……（止笔于午夜两点）"

"亲爱的耿守心：请允许我第一次这样称呼你。一天的痛苦折磨终于又来到了晚上，我躺在床上久久无法入睡……现在已是凌晨一点钟，你一次又一次地走进我的脑海里……我想着你的现在，留恋着你的过去，推想着你的未来，当这一切从脑海中不停盘旋闪现的时候，泪水再一次流出我的双眼，打湿我的枕头……

刚才，我禁不住失声痛哭起来，惊动了早已熟睡的爹娘。我娘过来问我为什么哭。我告诉她，刚才作了噩梦。其实，我压根就没有睡……

我真想自己快快从噩梦中醒来！让我们共同迎着朝阳，坐在小清河边的树荫下，欢声笑语地看那日落日出、花落花开……（止笔于午夜三点）"

"亲爱的心：亲戚家又来给我介绍对象了，还是上次说过的那一位。他是部队的一名班长，听说人长得挺帅……可我一点也不愿意听他们那些声情并茂的夸张描绘，我觉得他们把婚姻当成了集市上的买卖，没有一点应有的感情趣味！我的心里只有你！

心：我现在特别想见你……让我们重新携手，忘记不快，肩并肩地走向未来……因为我爱你！（止笔于午夜十二点）"

"亲爱的：你在干什么呢？是在团支部加班吗？还是在生产队开会？社员们对你还有没有议论？……我知道你的日子非常艰难，我知道你常常一个人坐在桌边默默发呆，也知道你常常半夜半夜醒来……我又流泪了！……我真的非常非常爱你！……（止笔于凌晨两点半）"

……

耿守心一口气看完这十几封信后，早已是泪流满面。他一边擦去泪水，一边把信装好放在抽屉里。同时默默想到：我必须迎难而上、好好复习，力争考出最好成绩，不辜负王小红对我的这片苦心厚意！

想罢，他立即取出所有的高、初中课本和王小红送来的《代数》和《几何》，整整齐齐摆在桌上，同时列表制定了详细的复习计划和任务目标。他要破釜沉舟、背水一战，不达目的誓不罢兵！

守心他娘已经做好了晚饭，正在静静等待家人们就餐。奶奶笑盈盈走进来，掀开里屋的门帘，对着正在看书的耿守心问道："大孙子哎！今天来咱们家的那个俊俏姑娘是谁呀？看着怪讨人喜欢的！嘻嘻嘻！"

守心他娘立即敏感道："哪里来的姑娘？她来咱家干啥？"

耿守心回过头来笑道："我同学！来咱们家送书的。"

坐在椅子上的爷爷忽然睁开眼睛，眯眯笑了笑，顺手捋了捋自己的胡子，一副格外高兴的样子。

这时，耿广常走进屋来，人未落座，就冲里屋喊道："孩子，你出来一下，有事告诉你！"

耿守心应声走出里屋。耿广常道："今年国家高校招生统一考试，择优录取。你尽快去报名，好好准备，务必给我考出最好成绩！"

耿广常话音未落，一家人立刻惊得睁大了眼睛。

爷爷赶紧道："快打开戏匣子，听听广播里有啥精神！"

收音机打开后，一家人立刻围拢近前。收音机里再次传出耿守心已经听过的那些激动人心的声音。

奶奶立刻笑道："我说这孩子今天怎么这么高兴啊？原来上大学又要考试了，这真是天大的喜事啊！我还以为他是见了那个俊俏姑娘后才高兴的。嘻嘻嘻！"

守心他娘接着笑道："这真是苍天有眼啊！让我儿子又有了升大学的考试机会！我儿子这些天受了这么多的苦和罪，如果就这样没完没了地折腾下去，他这辈子也很难再有出头的机会，真是谢天谢地啊！"她说着话，忙不迭地从柜子里找出两把香，走到院子里供奉玉皇大帝的石桌旁，点燃后插进香炉里，虔诚地跪了下去，口中念念有词地磕起头来。

坐在屋里的耿广常笑了笑，没有吱声。守心他娘回到屋里后，耿广常说道："你磕头跪天我不反对，可这是党中央和邓小平同志下的决心、定的决策！要谢，也应该先谢共产党、先谢中央的领导同志，是不是？"

守心他娘立刻笑道："那是！"她一边说着话，一边在条几上的香炉里插满点燃的香，看着墙壁正中间的领袖画像，虔诚地再次跪下去，一连磕了好几个头。

奶奶一边扶起已经磕完头的守心他娘、一边冲着自己的大孙子耿守心说道："大孙子哎！你看你娘今天多高兴啊！你可是不知道啊，你和你爹不在家的时候，你娘为了你的事，这些天可是偷偷流了不少泪！"她边说边哽咽起来。

爷爷见状，立马笑着责备道："这大喜的日子，你怎么还哭了？大家应该高高兴兴才对啊！"

奶奶赶紧止住哭声，擦了擦眼泪后笑道："俺想起俺儿媳妇这些天遭的罪、流的泪，心里就难过。这下可好了！俺大孙子又能参加升学考试了，而且是考大学！嘻嘻嘻！"

耿广常沉吟一会儿后，看着耿守心问道："孩子啊，高考的时间很快就到了，你打算下一步怎么复习？这个团支部书记和生产队队长是不是还要继续当下去？"

耿守心看了看爷爷、奶奶和娘后，果断道："我打算辞去生产队队长，暂时保留团支部书记。因为只有破釜沉舟，断了后路，才能敢打敢拼、一鼓作气！"

爷爷皱了皱眉头，微笑道："我看啊，辞去生产队队长的事先不要对外说，咱一定要给自己留出退路和后手。再说了，你一辞职，弄得满城风雨，大伙儿更要说你的不是。"爷爷显然已经吸收了儿子和儿媳妇过去的意见，把留出"退路和后手"提醒给了自己的大孙子。

奶奶笑盈盈立刻接上道："你爷爷说得是！"

守心他娘道："看书复习有没有劲头，关键看自己是不是真心努力。学习没有劲头，你就是辞去了生产队队长，也考不出好的成绩。"

耿广常抽了口烟，思忖片刻后，微笑道："既然你爷爷、奶奶和你娘说了，那你就听大家的。不过，考试前一个星期，你可以请假在家里复习。家里来来往往的人比较多，你也可以一个人搬到西边咱家的空屋子里去复习。"

耿守心点了点头，笑道："我听爷爷、奶奶、俺爹、俺娘的！"

晚饭后，耿守心和弟弟们一起，来到村西边的自家空屋子里打扫卫生，安放床铺和桌椅。这个屋子是耿守心用了两个冬天的空余时间，一车一车推出的高高地基，房子刚刚落成半年，耿广常原打算把它留给先结婚的儿子居住，可是现在，只能先让耿守心在这里复习。

床铺和桌子刚刚摆放好，耿广常走了进来，他支走了耿守心的几个弟弟后，说道："孩子啊，我得告诉你几句话，这样你也有劲头复习。第一句是：

这世上的事情，可不全是讲道理的。许多人不是看它的过程，而是看它的结局。你在高中的事情我知道，如果就事论事来说，你没有错，也可以说全占理，但如果放在更大或者更特殊的范围来讲，也许就欠考虑、缺方法、少道理。因为那件事，现在既影响伤害了你广林大爷，也影响伤害了你，不论怎么解释，这就是摆在面前的现实。要知道，天下所有的事情都是由人处理的，一个人一个处理方法，遇到有觉悟、有水平、有胸怀的人，处理得会好些，但要遇到没觉悟、没水平、心胸狭隘的人，处理得肯定会坏些，我们不能不承认这个现实。所以说，人们常说'遇事要讲究方法、策略和对象'，'过去的事情就让它过去'，说的就是这个道理。第二句是：现在国家出台了通过考试上大学的好政策，这对你和咱们全家是一个难得的大好机遇。报名、考试必须参加，你多我小的时候就想上大学，可是你爷爷奶奶没有给我机会，现在你有了，你多我一定全力支持你！虽说你想破釜沉舟、背水一战，不达目的誓不罢休地报考大学，可咱们做人做事一定要留出'退路'和'后手'，因为不怕一万就怕万一。因为无论在团支部还是去生产队，你都需要一如既往地继续当好这个带头人。至于你报考大学的事情，我看先不要对外讲，万事秘则成，不秘则不成，如果弄得满城风雨，最后自己再考不上，那肯定骑虎难下，更加丢人。而且你也会过更苦、更难、更尴尬的日子……"

父子俩在这个房间里足足谈了一个多小时。在耿守心的记忆中，这是父亲单独和他谈话时间最长的一次。多少年之后，每当想起这个特别的夜晚，耿守心总是心潮澎湃、感奋不已。

艰苦的日子开始了！

耿守心不得不一边参加正常的生产队劳动，一边起早贪黑地"偷偷复习"。

复习过往的功课，对于许多丢弃课本很长时间的学子们来说，确实是件十分头疼困苦的事。对于初、高中学习成绩优异的耿守心来说，也是如此！不过，耿守心在这单调、麻木、枯燥、乏味、学习资料匮乏而又不得不每天参加劳动后身体十分疲惫的环境和条件下，很快找到了复习功课的可行规律和内在乐趣。

白天，他像往常一样到生产队敲铃上工，和社员们一起愉快而紧张地劳动，只不过他随身携带了需要复习的课本，休息时看上几页。有社员问他是不是想考大学。他笑了笑说，是怕忘记了过去学的知识。晚上，他有时也去大队团支部办公室开会，借着会前会后的时间，悄悄默记课本上的"原理""定理"和"公式"。他把更多的晚上时间，花在了在西边屋里的悄悄刻苦学习。困了，他在房间里来回踱步，默背课文上的大段文字，既减少了睡意，又增长了知识。渴了，他舀起水缸里的凉水喝上几口，既解渴又提神。他常常不知困倦地趴在桌边一学一夜，有时半夜醒来，发现自己坐在桌边，煤油灯已经缺油熄灭，他重新把油加满，抠抠自己的鼻孔，发现全是黑的，嘿嘿笑了几声后，用冷水洗把脸，再次精神抖擞、兴致盎然地复习。

耿守心不偏科，语文和数理化统统喜欢。为了提高自己的复习兴趣，他采用了交叉复习、全面推进的学习方法。数学题目做累了，改看语文，大段大段地背诵语文课本累了，再改做物理或化学题。不到二十天的时间，耿守心把初、高中的语文和数理化等课本通通复习了一遍，重新演做了所有习题，并画表列出了课本上的所有数理化公式。

耿守心在按照自己制订的复习计划向前扎实推进的同时，他又开始了向第二个学习目标的挺进和冲刺——他要把王小红送给他的《代数》《几何》上的所有例题统统记住，习题全部做会，而且把《化学元素周期表》全部默记，见到所有类似的数理化题目，不仅能够迅速反应，而且必须做到立即动笔，确保一做就对。

这段时间，王小红也来去匆匆地找过两次耿守心。她爹她娘已经同意她报考大学。她每次都带来一些复习资料，包括学校老师们用蜡纸刻写后油印的。耿守心看到这些复习资料如获至宝、兴奋不已。他既看到有些题目非常简单，因此信心大增；也看到了一些陌生的古怪题目，让自己百思不得其解，有了挑战的冲动和兴奋。

又经过一段紧张的苦苦复习后，耿守心终于迎来了县五中报考大学毕业生回母校集中补习功课的机会。他没有见到蔡老师，党的十一大召开后，蔡老师已经调回省城大学工作了，而且重新回到了过去的岗位。他在县五中见到了史宜春、代又生、王小红、耿守昌、耿守平以及其他许许多多熟悉的同学们。大家相互开着玩笑，憧憬着美好的未来，鼓舞激励着彼此一定要考出最好成绩的斗志。两周的功课补习结束前，县五中组织了高考模拟考试，耿守心不出所料地获得了语数理化最高分和总分第一名。

这一下，耿守心在县五中再次轰动起来。

老师们说："没想到耿守心这么厉害！毕业两年多了，还能在这么多届学生中考出这样的好成绩，实在了不起！蔡一庆老师如果知道了，不知该有多高兴。!"

立刻有老师给在省城大学工作的蔡老师打电话说了此事。蔡老师当即请人找来耿守心接听电话。蔡老师在电话那头笑道:"耿守心啊!我听到了你模拟考试的突出成绩后特别高兴。国家提供了这么好的条件和机会,你一定要给我牢牢抓住!当初,我告诉你要找出过去的课本抓紧时间复习,现在看来你做得不错,给我添了彩、争了气!下一步,你要继续努力、再接再厉,参加全国统一高考时,力争考出令我、你全家和广林书记自豪骄傲的最好成绩!"

耿守心笑道:"谢谢蔡老师!您走时也没有告诉我们,现在大家非常想您!"

蔡老师笑道:"当时走得太匆忙,也怕耽误了你们。不过,如果你们报考省城大学的话,说不定今后我们又能在一起!"

耿守心呵呵笑了几声后,突然想到一个问题。他笑着问道:"蔡老师,向您请教一个问题:您当初为什么把国家可能进行的高招改革只告诉了我一个人?而没有告诉史宜春、王小红、代又生他们。"

蔡老师哈哈大笑道:"虽然那时有人已经私下传开了这种可能,但我还不敢确认。你知道,我是一个党员,也是一名人民教师,我对我说过的话,必须负起完全的责任。你和他们都是我的学生,对你个别说说倒还可以,了不起就是督促一下你的学习。但如果听这话的人多了,再纷纷扬扬传出去,在学校和公社弄得一发不可收拾,那就真成了问题。因为党和国家还没有正式出台高校招生改革的政策,我必须在思想、政治和行动上与党中央保持高度一致,你说是不是?"

耿守心赶紧笑道:"谢谢蔡老师!您又让我明白了一个重要规矩和深刻道理!"

放下电话后,耿守心重新回到了教室。同学们正在七嘴八舌地纷纷议论"应该报哪个学校""选哪个专业""报考的学校应该选在省外还是省内?是地区还是县里?"大家见耿守心走进来,许多同学自动围拢过去。

史宜春笑道:"耿守心,你打算报哪个大学和专业?看看咱俩能不能报在一起?"

代又生立马上前调侃道:"史字才刚写了一竖,你就想着上大学了?想和耿守心报一个学校,也不怕他把你给挤没了?哈哈哈!"

史宜春把头一扬,脸红红道:"你懂什么?我这叫火力侦察、刺探消息!

耿守心报的学校，我肯定不报，免得以后少了通信联系！我可不像你这个家伙，这次考试偶尔砸了锅，就搞得自己垂头丧气！亏你毛主席语录背得那么多，都不知道'排除万难、去争取胜利'！"

一句话，引得教室里哄笑声起。

有个应届同学走过来说道："耿守心，学长好！我想请你介绍一下自己的学习方法和体会。"

旁边有同学立马介绍道："李优秀可是我们年级的学习尖子！"

耿守心笑道："我哪有什么方法和体会？考试就那几道题，让我瞎猫碰着了死耗子。如果再考一次，说不定你们这些在校的同学肯定就得第一！"

王小红接上笑道："耿守心说得对！这次我虽然考得比预想得好，其实我和代又生的学习差不到哪去。"

代又生哈哈大笑道："王小红同学这话说得有水平，咱俩过去的成绩应该差不离！"

一九七七年十二月十日，耿守心和他的同学们终于迎来了高考的日子。

这一天，耿守心早早起床，他重新浏览了一遍自己列出的初、高中数理化公式，然后换了身干净衣服，把准考证、课本、笔和草稿纸装进书包里，吃过早饭后，骑上自家的自行车，向着自己的考点——相邻公社的中学飞奔而去。

他的心情是激动兴奋的，过去考试前也常是这样。他知道，在自己看过的所有课本和学习资料中，已经没有不会做的题目，关键是千万不能再出现过去有时发生的掉以轻心、粗心潦草、麻痹大意等情况。

进入考点后，眼前是一片黑压压的参考学生，同学们大都背着书包，手持准考证，站在考场外的空旷场地上，三人一团、五人一伙地轻声聊天等候。耿守心在人群中走了一圈，看到几名熟悉的同学后，大家聚拢一起，聊起了今天可能的考试题目。

正在这时，七八十名从省城来公社插队的下乡知识青年走进了校园，他们身着只有在公社供销社才能看到的漂亮服装，操着一口的标准普通话，兴奋地围聚在一起，高声谈论起了今天的考试，而且时不时地夹带着几句外国语。

耿守心顿时心情忐忑不安起来。他觉得自己的知识面与这些下乡知识青年同学相比，肯定不在同一个水平、同一个档次。这次高考，自己很可能败北。他发现站在身边的其他同学们，似乎突然间也有了这样的感觉，大家一个个落寞灰心地不再言语。

第一场考试结束前，耿守心提前二十分钟走出考场后，他向四周看了看，发现除了自己外，没有其他同学提前交卷，心里一下子有了底。耿守心的提前交卷，倒不是为了卖弄显摆自己，而是他答完题目又仔细检查两遍确认无误后，觉得应该尽快投入下一科的考试准备，才交卷走出了教室的。

第一场考试结束后，所有考生走出了教室，大家忙着相互核对答案、分享体会，有的兴奋激动，更多的是垂头丧气。

王小红笑着跑过来对耿守心说道："耿守心，你答得怎么样？咱俩对对答案。"

耿守心笑道："应该差不太多。我看咱们还是赶紧准备下一科的考试。"

王小红咯咯笑道："我答得也不错，感觉挺容易的。所有考试结束后，咱俩再好好对一对。"

一连两天的高考终于结束了。耿守心心情轻松地走出考场后，和同学们一起骑车回家。路上，史宜春神情沮丧道："耿守心，我这次算是考砸了。有几道数理化的题目从来没有见过，根本就不会。要是和你同桌就好了，说不定还能悄悄对对答案，占占你的便宜。"

代又生怏怏不乐道："要说这，还是李优秀那个家伙有福气。他和耿守心分在了同桌，听说考数学的时候，他偷偷瞄了耿守心的卷子后，立即更正了错误，这家伙肯定因此增加了不少分！"

耿守心当即正色道："李优秀的成绩不错，他的考试与我没啥关系。"

耿守心知道自己的考试应该不错，一是考卷上的许多题目类型他都见过，只是绕了个弯，或是换了换符号和数字。二是他和同学们核对答案后，发现自己的错误很少，除了自己没有学过的内容外，其他应该没有什么问题。但意料之中、十拿九稳的《大学录取通知书》并没有出现，他和他的全家为此再次陷入无比的迷茫与痛苦之中，他的灵魂和躯体也再一次经受了人生以来最无情、最残酷的沉重打击——

38 决不沉沦

耿守心高考结束回到家里后，等待的日子是焦躁苦闷的……

好在耿守心每天特别忙，除了到生产队劳动，就是到团支部开会，闲暇时间，还能时不时地与王小红见上一面，交换着彼此的信息，畅想着美好的未来，回忆着难忘的过去。

这段时间，代又生来过一次耿家口，俩人酒后，代又生对耿守心说了许多知心话，几乎流下了泪。其中自然谈到了他与张桂兰的关系问题。他说，他爹已经知道了他高考不太好的事情，老人家盛怒之下，坚持让他到县里当工人，看来他也只能顺从父母的意见，答应了与那位帮忙人闺女的婚事，生活在现实残酷的当下，自己实在无法左右自己，只是可惜了与张桂兰这么一个好姑娘的姻缘，只是辜负了耿守心这么一个好同学、好兄弟的美意。

终于有一天，公社传来消息，通知耿守心两天后到县人民医院参加高考体检，这不啻是一个天大的幸福霹雳。

耿守心几乎第一时间跑去告诉了王小红，没想到王小红也接到了同样的通知，而且告诉他全公社只有十个人参加这次体检，同年级的同学中只有她和耿守心两个人。

耿守心不无惋惜道："我觉得咱们这几个同学考得都不错，怎么参加体检才这几个人？"

王小红笑道："我听我表舅说，今年大学招生的人数特别少，高考刚刚恢复，许多事情来不及准备，如果不是邓小平同志坚持，说不定就会推迟到明年或者后年。咱俩能够参加高考体检，说明我们已经进入了录取范围，真是谢天谢地。"

耿守心道："你表舅在县教育局工作，他肯定了解上面的内部消息。"

王小红笑了笑道："我表舅早已经调到别的县了，他每天工作特别忙，前两天去地区开会时，他看到了公开张贴的考生入围名单，才把电话打给我父亲。他说，你的名字也在上面，而且排在比较靠前的位置。"

又过了两天，耿守心终于等到了去县人民医院参加体检的时间。

按照体检安排，王小红上午体检，耿守心下午体检。耿守心早早吃过午饭后，就一路顶风骑车地匆匆赶到了县人民医院。进到医院后，他发现一向非常明亮的走廊突然异常昏暗，而且灯光直闪。他知道这已经是下午三点多钟，而且自己这几个月熬夜看书比较多，视力下降得厉害，他打算拿到体检表后，先做其他检查，把视力检查放在最后面，以便留出足够的视力恢复调整时间。

正在这时，一名穿白大褂的医生走过来叫住他，看过他的体检表后，没说啥话就把他直接领进了眼科检查室。

一番检查后，耿守心的视力被确定为0.8。检查视力的医生笑道："这是看书看的，以后要多注意保护眼睛。有可能影响个别专业的录取，但大多数专业没啥问题。"

耿守心听罢，心里立马有些颓丧起来。他拿起医生填过的体检表，闷闷不乐地走出了眼科检查室。

正在这时，公社人民医院的张医生走了过来。他和耿守心很熟，俩人也很聊得来。张医生见耿守心一脸郁闷发呆的样子，立即上前问道："耿守心，你的体检情况怎么样？有没有问题？"

耿守心尴尬地笑了笑："刚开始检查视力，就出现了问题，真是极其倒霉。"

张医生一边接过体检表，一边接着问道："出了什么问题？"

耿守心道："视力0.8。医生说，可能影响个别专业的录取。"

张医生看过体检表后，说道："这样吧，我去找找医生，看看能不能让你重新检查一次。或许是因为你从家里往这急急赶路，让风吹的。你能考出这么好的成绩，如果在视力上拉了后腿，实在可惜！"说完，他拿着体检表急忙往眼科检查室走去。

正在这时，一个熟悉的身影从耿守心身边闪过，对方边走边狠狠瞪了耿守心一眼，那眼神里充满着特别的仇恨与敌意。哦，是高战力！他怎么也来到了这里？是不是也参加了高考？或者是来医院里办事……

耿守心立刻萌生出一种不祥的预兆。这倒不是因为高战力可能参加了高考，或者来这里办事。而是因为他在刚才"那一时刻"的突然出现，特别是他说过"后会有期"和他刚才眼睛里射出的那一连串痛恨与敌意。

想到这，耿守心突然心里一惊！他立刻意识到不应该进行复检，以免弄巧成拙、横生枝节。但在这时，张医生微笑着走出了眼科检查室，连声招呼着耿守心赶紧进去。

无奈之下，耿守心只能忧心忡忡、心神不宁地再次走进了眼科检查室，虽然视力没有太大变化，但医生重新检查后，把结果修改为1.0。

耿守心告别张医生后，继续马不停蹄地进行着其他科别的检查。所有检查顺利完成后，耿守心匆匆忙忙把体检表交去了高招体检办公室。他敲门走进高招体检办公室后，发现高战力正和一名干部模样的同志说着话。高战力见耿守心走进来，斜瞟了耿守心一眼后，直接走了出去。

干部模样的同志接过体检表看了两眼后，立即神情严肃地对耿守心问道："你叫耿守心？是不是你刚才体检的时候托了医生、走了后门？"

耿守心立刻心惊肉跳起来，赶紧实话实说道："第一次检查没看太清，医生同意后又检查了第二次。"

干部模样的同志盯着耿守心继续严肃问道："你是不是在医院里有认识的医生？是不是他替你找了眼科的大夫？"

耿守心再次心惊胆战、有一说一道："是有一个认识的医生，不过……"

干部模样的同志突然不耐烦地打断道："好了，不说了！"他边说边要过耿守心的准考证看了看，说道："这里没你的事了！你回去吧！"

耿守心无精打采地离开高招体检办公室，走到走廊的尽头处，一个人仔细琢磨起了刚才的事情。他想：这个突发事件肯定与高战力背后告状有关，不然，刚才那个干部模样的同志不该张口就用"是否托了人、走了后门"这样"非常敏感"而又"性质可能十分恶劣"的话问我。要知道，"走后门"那可是人人喊打、人人痛恨的丢人事。他又想：这件事情是不是需要赶紧告诉张医生，让他多少有些警惕和戒备？但转念一想，张医生又没做错什么，发现问题后建议复查，那是医生的天职，只要不是私自篡改体检结果，无须承担任何责任。如果自己把这件事情告诉张医生，等于又给他添了新麻烦、出了新难题，张医生如此热情友好地主动帮助自己，自己可不能做那图谋私利、不仁不义的事。

耿守心想好以后，骑车离开了县人民医院，一路上反反复复回想着刚才事情的经过。他觉得：如果有错，也是自己的错，而不应该把自己的错误归咎给高战力。他还觉得：如果自己不参加复检，根本就不会发生后续的这些问题，有了错误就要接受惩罚，出现问题就该勇于承担，这既是耿家口人"初心"和"根本"的内在要求，也是天底下再正常不过的起码道理。至于自己会不会因此取消上大学的资格，那就一切听天由命、静候裁赐。

对于许多志在必得、一路畅顺的莘莘学子来说，等待大学录取通知书的时间是漫长的，对于突发状况、心存忧虑的耿守心来说，自然更是如此。

终于，公社里不少参加体检的同学纷纷接到《大学录取通知书》的消息接踵而至，但没有耿守心的。耿守心一家像热锅上的蚂蚁一样，日夜期盼，望眼欲穿，焦急地等待着耿守心的《大学录取通知书》尽快寄来家里。

又过了两天，王小红突然高高兴兴来到了耿守心家，她拿出自己已被地区师范学校录取的通知书，着急问道："耿守心，你的录取通知书到了没有？是不是哪个地方出了岔子？还是公社邮局不小心压到了哪堆报纸里？"

耿守心苦笑道："我爹和我去公社找过几次了，公社教育组也没有收到，邮局的收件名单上根本就没有我的名字。"

奶奶在旁忧心忡忡道："闺女啊，你的命真好！上了大学，以后出来可以当个老师，风不打头、雨不遮脸的。你看看我这大孙子，到现在上大学的一点动静也没有，把他爷爷和我，还有他爹他娘，整天愁得唉声叹气的。"

王小红赶紧劝道："奶奶，您不要着急！耿守心比我们考得都好，他上大学应该没有任何问题，或许他的录取通知书正在路上，不像我这个学校，离咱们家这么近。"

奶奶立刻笑道："好闺女，你可真会说话！你这一说，我心里又透亮了！这段时间，我每天跟生病似的。"

这时，耿广常走进屋来。王小红赶紧起身道："叔叔好！我来您家看看耿守心。"

耿广常笑着回应后，示意王小红坐下说话。他拿过王小红的《大学录取通知书》仔细看过两遍后，笑着说道："你爹你娘生了个好闺女，叔叔祝贺你！今天上午我又去了趟公社教育组，从现在的情况看，守心这孩子今年上大学的可能性已经没有了。至于明年是不是需要继续复习和考试，以后家里再商量。我要说的是，你们两个是好同学、好朋友、好兄妹，这就足够了！你以后放假回家的时候，欢迎你来我们家做客，叔叔也会让守心去看你……"

王小红神情愕然颓丧地刚想插话，门外有社员走进来，把耿广常叫了出去。

奶奶望着耿广常的背影，疑惑不解地看着耿守心说道："大孙子哎！你爹刚才说这话是啥意思？"

耿守心漠然地看了看奶奶和王小红后，把头低了下去。

奶奶见着两个年轻人缄口不语、垂头丧气的样子，唉声叹气了几声后，借故走了出去。

耿守心当然明白父亲话里的意思。父亲不仅明白无误地告诉自己今年已经没有了上大学的可能和机会，而且明年能不能继续复习和参加高考也是问题。特别是：父亲已经对自己和王小红的关系亮出了红灯，他不同意再"继续下去"。

此时的王小红早已没有了刚进门时的喜悦和兴奋，如果不是现在在耿守心家里，说不定她早就两眼汪汪、垂泪欲滴。

她在想：刚才出门的时候，爹娘已经说过了，如果耿守心也能考上大学，他们就同意这门婚事；如果考不上，她的婚事必须另作考虑。他们不能眼睁睁地看着自己的宝贝闺女往火坑里跳或者嫁不出去。为此，她跟她爹激烈争辩了几句，若不是登门道喜的人络绎不绝地涌进家里，她肯定还在家里顶撞着父亲。耿守心也真够倒霉的，接二连三遇到了这么多烦心事、困难事。如果上大学可以换作他人顶替，自己宁愿让耿守心代自己去上学，自己在家里种地。她又想：耿守心的父亲可真是个聪明绝顶的人。过去，他没有见过我就知道我是谁，今天见到我，就像知道我爹我娘刚才说过什么话似的。这样的长辈实在不得了。我和耿守心的个人关系，要想让他改变主意，那可真是个大难题……

想到这，王小红的眼睛突然浸满了泪水。她看着仍在低头默不作声的耿守心，一边啜泣一边说道："耿守心，我们的事情怎么办啊？你可要拿个大主意。我的意见是：无论天高地远、天塌地陷，但求不改初衷，彼此相守永远！"

耿守心低头点了点头，又摇了摇头，继而苦笑道："天绝我辈之路，我又能有什么法子？你已走上康庄大道，我仍在独木桥头困守，如今这独木桥今后能不能走又另当别论。我不能害了我和全家，再害了你和你的家人。爱情，虽说是这个世界上最美好的情感，但它必须靠外部的客观现实支撑，否则，爱情就会成为转瞬即逝的笑话或者彼此的永远伤痛。关于咱俩的关系，我不想现在匆忙定论，我想给咱俩留出足够的思考时间，各自分别静心想想，多听听家长的意见，等你离家赴校前，咱俩再做定论……"

王小红一听这话，立刻怨愤道："耿守心，你的这种想法根本就是门当户对、自我颓废。亏你还上过高中，懂得许多道理，难道你就不知道奋起直追、改天换地？"

耿守心低着头没有接话。他当然明白：自己决不会自我颓废。但现实又活生生地摆在那里。他不能"画饼充饥"似的把自己的"决心"和"可能"、以"勾画"或"渲染"的形式，作为对善良痴情的王小红进行"哄瞒"或者"欺骗"的资本。立大志人人都会，成功则需要天时、人和、地利。"门当户对"固然不对，甚至对于幸福的爱情来说，是应该完全抛弃的，因为婚恋的目标是寻求生活的真诚与和谐，而不是彼此家庭物质或社会地位的平衡与相似。但他知道，邻村张大爷为了夫妻团聚，前后费了很大周折，花费了许多气力。同时，自己作为一个男人，绝对不能依附于女人拖累配偶，这不仅会使自己没有一点颜面，而且与耿家口的传统文化完全相悖。

俩人沉默了一会儿后，耿守心起身拿过手绢，递给仍在默默流泪的王小红："你擦擦泪，赶紧回家吧！叔叔婶子一定在惦记你！再说了，你家里肯定有许多人在等你。"

王小红没有接耿守心递过的手绢，她掏出自己的手绢擦了擦眼睛，站起身来，凿凿道："我还是那句话：多一个人多一个帮手，多一个人多一份力气！"说完，她径直向门外走去。

耿守心把王小红送走后，没有回家，而是直接走去了村北的自留林里。他想像父亲一样，看看摸摸这些父母亲手栽种的树木，平复一下跌宕烦闷的心情，思考一下面对的问题，特别他要找出下一步的出路，看看应该怎样应对和前进。

突然，一群麻雀落在树枝上，耿守心抬头向它们望去。麻雀们上蹿下跳、叽叽喳喳欢叫个不停，那喜悦热闹的样子，俨然没有丝毫畏惧凛冽寒风的意思。

他想：这大冷的天气，麻雀们居然不在暖暖的鸟窝里厮守，反倒顶风冒寒飞出来，要么觅食，要么锻炼身体。一只小小的麻雀况且为了自己的生存与世代延续，如此不畏严寒、挑战天地，一个活生生的男人，理应更当如此。他抚摸着树皮，再次想到了爷爷奶奶、父亲和母亲，他们这一辈子非常不容易。他们遭受的挫折、经受的苦难，虽然自己无法亲身感受，但作为他们的血脉传人和长子长孙，理应牢记他们的嘱托，为他们创造幸福的未来，让他们由衷的幸福欣慰。眼前是出现了一些意外的巨大困难，可这些困难又算得了什么？自己不是学习成绩不好，而是体检时出了问题，只要自己不屈不挠、接受沉痛教训，相信在不远的将来，自己完全能够重新站起。只有这样，才能让爷爷奶奶、父亲母亲幸福开心，也才是自己对长辈们的最大恭敬和孝顺，这既是起码的人伦常情，也是耿家口人的"初心"和"根本"。

他又想：自己没被录取肯定与高战力告状有关，不然，自己早就应该被大学录取。自己决不能把这件事情告诉家里，更不能因此怨恨高战力或者推责张医生，因为自己违反了"体检规则"，自己的错误，还要委责于别人，世上没有这样的道理。不过，下一步的事情应该怎样办？与王小红的关系应该咋处理？虽然自己对这些问题已经有了初步的想法和打算，但必须征得全家特别是父亲的支持和同意，从今天下午父亲的说话看，这些事情还真是些大难题……

耿守心正在树下苦思冥想的时候，大弟弟跑过来喊道："哥，咱娘让你回家吃饭。吃完饭，广林大爷、守才哥哥在大队部等你。"

耿守心和大弟弟赶回家后，爷爷、奶奶和爹娘已经坐在桌边动起了筷子。

守心他娘显然已经知道了自己儿子没有考上大学的消息，与其说，她是陪着家人一起吃饭，倒不如说，她是一边慢慢吃饭一边默默流泪。

耿广常看了自己的老伴儿一眼，不耐烦道："要吃就吃，不吃就去别的屋里。别在这个地方抽抽泣泣，你叫咱爹咱娘怎么吃下饭去？"

爷爷抬起头来，不高兴地皱了皱鼻子，对耿广常喝斥道："你怎么能那么说我孙子他娘？她心里难过，还不许她流泪？天下哪有这样的道理！"

耿广常怔了一下正想解释，奶奶赶紧打圆场道："我儿媳妇心里难过，做饭的时候在厨房里就在偷偷流泪。想想也真是的！我大孙子怎么这么倒霉？要说他考得不好，连来咱家的那个俊俏闺女也不相信，可人家已经拿到了大学录取通知书，咱孩子的通知书连个影子也没有？你说能不急人！要说他得罪了人，咱孩子这么老实周到，他又能得罪谁？天不睁眼，谁又能有啥脾气！"

爷爷抬头看了看耿守心，缓缓问道："大孙子哎！你下一步打算怎么办？说给爷爷奶奶听听。"

耿守心抬头先看了看父亲耿广常，然后对爷爷说道："爷爷，我想继续复习，参加下一次的考试。我不相信我过不了这个坎，我不相信我进不了大学的门！"

耿广常抬头看了看自己的儿子耿守心，叹了口气，重又把头低了下去。他不是不想让耿守心继续复习，他也相信自己儿子的实力，可他担心儿子在已经承受了内外巨大压力的情况下，还能不能再继续承受新的更大压力。

爷爷立刻瞪了自己的儿子耿广常一眼，铿锵道："爷爷听你的！只要你想学，爷爷奶奶就支持你！我这辈子最后悔的事，就是你爹小时候想上学，我没有供他，这事全家要记一辈子！"他的意思很明白：儿子啊！你可不能再犯我过去的错误，那是我一辈子后悔的事！

奶奶立马跟上道："就是！就是！"

耿广常心有所触地抬起头，深情地看了看自己的父亲，他低头想了一会儿后，再次抬起头来，说道："爹，我也同意咱孩子继续复习考试。可现在大队里议论很多，说啥的都有，什么'黄鼠狼想吃天鹅肉，哪有那么容易'，什么'咱们一介农民，还是少想那中状元的事'。广道哥今天遇到了我，还说到守昌这次也没考上大学的事。他说，孩子没考上，他一点也不难过，甚至心里偷偷有些宽慰。他说，如果守昌考上了，他自个儿今后出去享福了，家里挣工分的事靠谁？咱孩子的压力已经很大了，如果再加上这些内外压力，我不知道他能不能挺过去……"

奶奶插话道："他广道大爷说得也不是没有道理。咱家孩子多，生产队里分粮食靠工分，我们老两口年纪大了，眼看着他爹他娘年龄也不小了，我大孙子真要是上学走了，家里挣工分的事靠谁？想想还真是个大难题。"

一直没有说话的守心他娘，擦了擦眼泪后，突然说道："我觉得，俺爹刚才说得有道理。只要咱孩子想上学，家里再苦再累也得供。咱们家现在是挺难的，好在孩子们都在慢慢长大，也就是这几年的困难，以后的日子会慢慢变好的。"

耿广常抬头看了看自己的老伴儿，没有说话，但他的眼神里充满了特别的感动与欣慰。

奶奶唉声叹气道："如果我大孙子再复习半年，那可苦了你们夫妻俩。一想到你们俩这些年为了拉扯我这些孙子们受的罪，我就想流泪。"说完，奶奶突然哽咽起来。

爷爷立刻不高兴道："我孙子他娘不哭了，你又没事找事的抹眼泪。这饭还怎么吃？"说完，他用筷子使劲敲了一下桌子。

奶奶立马止住哭声，嗔怨道："我也没说不让你大孙子复习，我就是可怜我儿子和我儿媳妇儿!"说完,她生气地把碗一推,走出门去。

爷爷恼怒地看着奶奶的背影,顺口说道:"爱吃就吃,不吃拉倒!只要我大孙子想学,就必须让他复习!"

耿守心简单吃了点饭后,收拾完碗筷,和父亲一前一后地赶到了大队部里。耿广林、耿守才已经提前赶到,正坐在那里等候,见耿广常、耿守心先后走进来,耿广林首先笑着说道:"孩子啊,这次考大学,看来出了点问题,也许是报的学校和专业出了情况,也许是录取的时候弄丢了你的卷子、搞错了你的名字,总而言之,这次你没有考上大学,实在非常可惜!依我看,过去的事情就让它过去,至于接下来应该怎么办?我想先听听你的意思。"说完,他慈祥和蔼地凝视着耿守心。

耿守心先是抬头看了看父亲耿广常,然后说道:"广林大爷、守才哥哥,我想继续复习!只是……"他有意停顿了一下,再次看了看父亲耿广常。

耿广林立即问道:"只是什么?"他扭头看着耿广常说道:"广常啊,你是不是还在犹豫?你是不是不想让孩子继续复习考试?我还是那句话,你如果让孩子放弃了继续复习考试的机会,你肯定会后悔一辈子!"

耿守才接上道:"别人愿怎么说就怎么说!他想放屁也只能放在自己裤子里!守心兄弟学习这么好,国家的政策又这么好,如果放弃了多可惜!这可是守心兄弟一辈子的大事!但话说回来,如果守心兄弟自己不想复习考试了,那倒是另外一回事……"

没等耿守才把话说完,耿广林立即插话道:"我今天晚上把孩子叫过来,就是想告诉他:无论什么情况,一定要继续复习考试。即便孩子真的不想再学了,我也准备好好说说他,让他务必回心转意,决不能放弃这次复习考试的机会。"

他边说边转过身来对耿守心说道:"孩子啊!咱耿家口人的'初心'和'根本'你是知道的,那就是树雄心、立大志,有困难、不放弃、闯难关、夺胜利。你刚才的想法很好,很符合你大爷我的意思。你爹有些想法和顾虑,我是知道的,今天下午,我们三个在这里已经谈了整整两三个小时,分析了方方面面的利和弊。既然你想复习,国家政策又允许你参加考试,我看还是继续复习、继续参加考试。至于大队里的那些闲言碎语,能不听就不听,听了也不要放到心里去。在这个世界上,事前说三道四的大有人在,干成后就会众口一词地赞誉支持。大伙儿都喜欢看最后的结果,可我觉得过程是最为重要的。没有过程，人也就不需要活着，任谁到头都是个死。好在现在离下次高考的时间只有半年，中间你需要我们做什么？尽管跟大爷提。我和你守才哥哥保证全力支持你。下一步，团支部的工作可以多多安排别人去干，生产队的工作也可以让两个副队长多挑挑担子，自己留出更多的时间搞好复习。你大爷我就不信咱们耿家口大队出不了个大学生！比你学习差的孩子们能考上大学，你就考不上去！"他边说边涨红了脸，面部肌肉微微颤动，最后猛地拍了一下桌子。

耿广林说完，他看了看正在大口抽烟的耿守才，耿守才立马心领神会，再次猛抽一口烟后，接上道："广林叔刚才说的这些话，也正是我的意思！更多的话，我不再多说了。我就想说一点：广常叔，我和广林叔知道你家眼下的困难比较多，但你也要看到今后的发展和趋势，这才几年的工夫啊，守心兄弟就长这么大了！再过几年的时间，你的儿子、儿媳妇、小孙子们肯定会站满一院子！到了那个时候，你会觉得自己过去无论受过多大的苦、遭过多大的罪，都值得！有些人对你说的那些风凉话、泄气话，你千万别往心里去！有的人是'吃不到葡萄骂葡萄酸'，有的人是'光想打自己和老婆的那个小主意、小算盘'，他们既没有把眼界放长，更没有把眼界放宽，根本就是只顾自己的个人主义、自私自利、小农意识！我相信，只要守心兄弟再复习半年，考上大学一定没有问题！真到了那个时候，咱大队的这些社员们，肯定又是一片好评、一片羡慕、一片赞叹！"

耿广常早已感动不已，他激动地抬起头来，动情地看了看耿广林和耿守才，然后对自己的儿子耿守心说道："孩子啊，你广林大爷、守才哥哥为了你继续复习的事专门抽出晚上时间找你谈，说明了什么？说明了他们对你的关心和厚爱！说明了他们不想看着你继续颓废沉沦！说明了他们希望你拿出百倍的信心和志气，不服输、铆足劲、顶上去！为咱们耿家口争光！为父老乡亲们争气！既然你广林大爷、守才哥哥这样说了，我同意你继续复习、参加考试。不过，我也把丑话说在头里，如果下次你还考不上大学，这辈子考大学的事情到此为止！你同不同意？"

耿广林、耿守才立刻哈哈大笑着插话道："如果再考不上大学，说明咱没有那个福气。真到了那个时候，咱啥话也不说，就是一门心思地在家好好种地。"

耿守心咬了咬嘴唇，站起身来说道："谢谢广林大爷！谢谢守才哥哥！我明白了你们和俺爹的意思！"

耿守心确实把自己逼到了绝路上。他不能退！因为他是耿家口的人，应该坚守耿家口人的"初心"和"根本"；因为那是沉沦和逃避，这是他打小最为不屑和蔑视的。他决意进！可在这重重内外重压下，他能不能顽强挺过去？"人有逆天之时，天无绝人之路"，但有时并不全是这样的。这不！耿守心、王小红间的恋情由此出现的意外羁绊，使他们不得不面对戛然而止、跌入痛苦深渊的残酷现实——

39　缱绻决绝

王小红考上大学的消息，轰动了前王庄，也轰动了公社北部的几个生产大队。人们交口称赞：王小红这闺女真有本事！也有福气！她爹她娘可真是生了一个孝顺争气的好闺女！比俺那儿子可强百倍！

一来一去的赞扬声，让王小红她爹喜上眉梢、乐不自禁，再加上登门提亲的亲戚、朋友、邻居们走马灯似的络绎不绝，更让他提起了精神。

这不，上次提亲的那位亲戚又赶来家了，人刚进门，就高声笑语道："小红这闺女可真是有本事、有福气。这边刚收到大学录取通知书，那边的小伙子就又提了干。人家现在可是部队的排长了，听说管着几十号人呢！这门亲事你要是再不答应，咱这十里八村的乡亲们肯定会笑话你。她叔她婶，你们说是不是？"

王小红她爹她娘一边赶紧热情招呼亲戚坐下说话，一边手脚不停地忙活着冲茶又倒水。

王小红她爹笑道："我看这个小伙子不错，人长得也挺精神，上次若不是我闺女反对，现在早就定下了这门亲事。"

王小红她娘笑着接上道："她大姑，你这么操心，俺都不知道怎么谢你！这边她爹没啥意见，但不知道人家男孩子的父母怎么考虑？"

亲戚立刻眉飞色舞道："人家早就相中了王小红，到处打听过好几次。男孩子这次回家探亲，就是想定下这门亲事。若不是男方催得紧，我哪能这么着急着过来？我看人家的条件真不错，就是男孩子文化低了点，其他啥也不比咱们差，就是以后转业到地方工作了，那也是城市人。"

正在旁边一筹莫展、心事重重的王小红，冷不丁地插话道："城市人多了，又不是人人都能当夫妻。我还是原来那句话，现在不考虑！"

一听王小红这么说，王小红她爹立刻怒火中烧，猛地拍了一下桌子，怒吼道："自古儿大当婚，女大当嫁，孩子的婚事父母做主。你这么不懂礼数、不识抬举，我岂能容你。今天你大姑来了，你是同意也要同意，不同意也要同意！这门亲事，就这么定了！"说罢，狠狠地瞪了一眼王小红。

亲戚见状，赶紧上前劝慰道："小红她爹，你别生这么大气！这事虽说比较急，但也不是必须今天定。我看啊，你们两口子再做做小红的工作，千万不能让孩子上了大学就心高气傲，把婚姻大事当画看。说到底，这夫妻二人那是要在一起实实在在地过一辈子！我家里事情比较多，就先回去了，后天我再过来听准信。"说完，她笑盈盈地站起身来，朝门外走去。

王小红她爹她娘赶紧起身相送。王小红她娘抓住亲戚的手，笑道："她大姑，谢谢你！我看他爹没啥意见，过两天保准给你好消息！"

王小红她爹立刻插话道："她大姑，我看这么的，你回去后告诉男孩子的父母，就说我们同意！如果他们没有啥意见，可以安排两天后换字定亲（注：'换字定亲'为当地民间男婚女嫁前的婚约正式签字仪式）！"

亲戚立刻哈哈大笑道："这样行！这样行！其实人家也是这个意思。我回去再给他们说说，让他们好好准备准备！"

送走亲戚后，王小红她爹她娘重新回到屋里。王小红她爹缓了缓口气道："孩子呀，我和你娘一把屎一把尿地把你拉扯培养这么大不容易。你现在虽然考上了大学，毕业后还是要分回到咱县里。我和你娘就生了你们姐弟俩，这养老送终、床前床后伺候的事情不能只留给你弟弟一个人。人家男方的条件多好啊！人长得高高大大、帅帅气气，别说在部队当兵是个好材料，就是回家种地也有使不完的力气。刚才你大姑说了，就是人家以后转业了，安排到咱县里工作，那也是城市户口、城市人。你们隔三岔五地回家来，生了孩子我们帮你们照看着，一家人其乐融融，这才叫过日子。孩子他娘，你说是不是？"

王小红她娘侧眼看了看低头不语、一脸愁容的王小红，接上说道："孩子啊！你爹说得是！两口子过日子可不是你说我笑地逛大街，也不是你们上学的时候听完老师讲课就考试。上次你大姑来咱们家提亲，你不同意，我们都没说啥，可现在人家干得好、提了干，咱们不该再有啥顾虑。你今天这个不高兴的样子，我和你爹知道你心里还是装着那个耿守心，我和你爹也知道他是个好孩子，可他没有考上大学，时运太背，以后还要继续在家当农民，你跟了他只会受苦受难、一辈子没滋没味，能有啥意思？……"

王小红突然抬头打断争辩道："什么叫没滋没味？什么叫没啥意思？你俩说点新鲜的，别老重复那几句！自己是个老农民，还嫌弃人家是农民，我听着很没劲！你们知道什么叫破釜沉舟、置之死地而后生吗？你们知道什么叫待价而沽，不飞则已，一飞冲天吗？说了你们也不懂！真是没意思！"说完，她立即起身，气哼哼地向里屋走去。

王小红她爹见状，气得猛地拍了一下桌子，看着王小红的背影高声怒吼道："这门亲事就这么定了，由不得你！后天定亲换字，这两天你必须好好在家给我待着，哪里也不许去！"他看了自己的老伴儿一眼，叮嘱道："你给我好好盯着她！千万不能让她出去！"说完，站起身来，气呼呼地走了出去。离开院子前，他特意转回屋里找了把大锁头，把院门紧紧锁死，拿着钥匙扬长而去。

王小红回到里屋后，原打算等爹娘消气后再去找找耿守心，她要把家里的突发情况尽快告诉他，让他赶紧下定决心、不再犹豫。她知道：耿守心心里装着她，只不过目前彼此有了反差和距离，让耿守心觉得自己高攀不起。她决心想方设法排除耿守心的困惑和疑虑，让两个人的感情尽快恢复从前那样子，尽速定下两个人的婚事，然后说服耿守心重新鼓起信心和勇气，力争在下一次的高考中取得好成绩。爹娘刚才的话她已经听过千百遍，她知道那是真心话，但她觉得未免太世故、太俗气，新时代的青年人应该有更高的理想和追求，决不能像圈在笼子里的小鸟一样不知道咋样飞。她仔仔细细想好后，偷偷看了看正在厨房里做饭的母亲，顺手拿起一本书，悄悄向外走去。可走到院子门口，她发现院门已经紧紧锁死，她知道这是父亲决计把自己困在家里。

这可怎么办？如不立即告诉耿守心，就凭父亲那气势汹汹、说一不二的样子，两天后，自己只能心有不甘地成为别人家的媳妇。不行！我必须想方设法告诉耿守心。

想到这，王小红重新回到屋里，速速写了一张纸条，夹在书本里，爬到梯子上，小声叫住了过路的一名同学，让他尽快赶到耿家口，交给家住村南头的耿守平。她知道耿守平和耿守心关系很铁，也知道耿守平见信后会立即交给耿守心，同时知道耿守心看信后会立即做出反应。她想让耿守平作为自己和耿守心之间的传信人，以免耿守心亲自登门造访时，自己父母做出不当反应后，让耿守心难堪和伤心。

耿守平接到王小红捎来的书本后，没有立即打开，笑着对正在吃饭的爹娘说道："我同学王小红真有意思！自己考上大学了，还不忘鼓励我复习！可她哪里知道，我现在只想在家里好好种地！"

耿广仁立刻怨怼地说了句："看你那没有出息的样子!"

守平他娘接着道："王小红给你送的什么书？里边夹没夹东西？"

一句话提醒了耿守平，他匆匆拿过书本翻起来，看到夹在里面的纸条后，立即起身说道："我不吃饭了! 有急事，我得赶紧出去!"说完，把筷子一丢，快步向外跑去。

守平他娘冲着耿守平的背影怨责道："这孩子! 也不知道看见了什么东西，连饭也不吃了，就急着跑出去!"

耿守平赶到耿守心家后，把书本和纸条交给了耿守心。耿守心拿过一看，上面写道：

亲爱的心：刻不容缓! 十万火急!

我参我娘已经决定后天给我换字定亲（还是上次那个当兵的）。可是，我心里只有你一个人! 我俩能不能继续我们的爱情征程，我现在就等你最后一句话! 因为，我参我娘已经把我牢牢锁在家里⋯⋯

我热切期盼：你绝处逢生、奋起直追后，我们俩在大学相会，无论你在天南，还是地北，我俩的心紧紧连在一起! 无论我们面前是顺境，还是逆境，是富足，还是贫穷，我愿意与你携手并肩、心心相印，结为百年之好，志在幸福连理!

这是我的庄严承诺，对此我无怨无悔!

望你速速定夺、快拿主意!

深深爱你的红

耿守心连续看过两遍后，苦笑了两声，低下头去，沉默不语。

耿守平着急道："王小红真是个好姑娘! 没想到她对你这么痴情专一! 守心，你要是再不同意，实在太过可惜! 她现在肯定急等着你的回话，你是不是赶紧下个决心？"

耿守心抬起头来，双目闪出泪光，喃喃道："我知道她是个好姑娘，可现在我俩已经有了实实在在的反差和距离，她爹她娘之所以把她强锁在家里，说明两位老人不同意她和我的婚事。强扭的瓜不甜，强套的牲口不拉犁。我不能因为这件事情让她和自己的父母产生难愈的裂痕。亲戚给她介绍的那个小伙子不错，我应该选择主动回避，成全她和那个小伙子的婚事。我不能为了自己的一己私利，让心爱的人跟着自己受苦受难一辈子！如果那样，我们的日子将会非常艰难，我也会痛苦愧疚一辈子！"

耿守平唉声叹气了一阵子后，说道："我怎么回话啊？你是不是也写个条子？我赶紧给她送过去！"

耿守心想了想，拿过笔和纸，急急写道：

王小红同学：来信收悉。

首先，我要热烈祝贺你！祝贺你在即将跨入大学大门之时，与那个帅哥换字定亲、喜结连理！

其次，我想与你共悟共勉的是：生活在现实世界的人，不能离开物质而生存；彼此美好的情感固然值得珍惜，但它永远不可能取代残酷的现实；孝顺是人之大善大美大德，顺从父母的意愿才有可能成为孝顺的人。

最后，祝你生活美满、学业有成、万事如意！

请记住：无论我们地处天南海北，作为老同学，我定会真诚地为你祝福、加油、鼓劲！

（随信退回全部信件、书籍和资料，还请不要误会）

耿守心于即日

耿守平忧心忡忡道："你这样写，王小红肯定哭得一塌糊涂！咱们都是老同学，你这样做，特别伤人！"

耿守心咬了咬嘴唇，说道："世上本无齐美事，吾辈又能奈何谁？当断不断必受乱，负心负己不负人！"

耿守平无可奈何地站起身，拿过耿守心递过的书籍、资料和一个厚厚的信封，头也不回地径直离去。

王小红从院门缝里接过耿守平拿来的信看过后，顿时泣不成声、泪如雨下、不能自已。

耿守平赶紧劝慰道："守心知道你对他的感情。其实，你也知道他是怎么想的。咱们三个是老同学，大家都知道他是一个非常感性而又特别理智的人。面对如此艰难的局面，他选择主动退出并不一定是件坏事。如果你俩继续坚持下去，肯定会闹得整个家庭和全大队沸沸扬扬、鸡犬不宁，大伙儿保准会怨声载道，骂你们不孝顺，守心和你一定承担不起！我听说守心打算继续复习，参加半年后的高考，说不定他考上大学后，你俩书信往来，频叙友谊，倒也是一件乐事，你说是不是？"

王小红一边哭泣一边说道："我们的命怎么这么苦啊？我们怎么净遇到这些难办的事啊……你回去后告诉耿守心，他写的这封信不算数……我一定等到男方上门接我定亲的时候再作决定……请你回去后赶紧做做耿守心的工作，让他答应我们俩继续在一起……不论谁反对，全都没用！我才不管他们怨声载道、鸡犬不宁……还有，请你后天上午十一点钟之前，务必赶到我家来，告诉我耿守心的最后决定……你看行不行？"

耿守平答应后，两个人先后离开了院门口，一个回到屋里继续哭泣，一个直接赶往耿守心家里。

耿守平赶到耿守心家后，耿守心正在蒙头大睡。耿守平顿时火起地直接拉开了被子，张口埋怨道："守心，你可真够意思！王小红正在家里痛哭流涕，你却在这里蒙头大睡！"当他转眼看到耿守心红肿且满含泪水的双眼时，立刻换了口气，唉声叹气道："唉！这都是什么事嘛！她父母也真够势利的，搞得你们俩一个个都哭成了泪人！"

耿守心哽咽道："这与她父母没有关系，天下的父母都是一样，哪有不疼爱自己儿女的父母亲？要怪就怪我不争气！我自己的责任，哪能推给别人？"

耿守平道："你说得倒也在理。不过，王小红刚才说了，你写给她的那封信不算数，她要等我后天中午给她捎去你最后的消息。她还说了，只要你同意，不论谁反对都没用，她一定陪你坚定走到底！我想，你是不是再好好考虑考虑，王小红这样的好姑娘实在难找，如果现在错过了，你肯定会后悔一辈子！"

耿守心默默点了点头，又摇了摇头，说道："你让我好好想想，后天你去她家前，我再给你最后的定论。"

耿守平离开后，耿守心继续卧床大睡。晚饭时，耿广常看着耿守心垂头丧气、无精打采的样子，一脸不快地训斥道："你看看你这个状态！哪有一点男子汉的样子！只要自己以后有出息了，到哪里找不到一个好媳妇？"

爷爷瞪了耿广常一眼，慈爱地看着耿守心微笑道："大孙子哎！你爹说话虽然难听，但也不是没有一点道理。我听你奶奶说，那个闺女挺俊、挺会说话的，可惜咱们家时运不济，也怪不得别人。至于你俩的事情今后怎么办；

你自个儿拿主意，爷爷奶奶听你的。"

守心他娘听说这件事情后，心里一直非常难过和惋惜。这会儿，她垂泪欲滴地插话道："孩子啊，你可千万要想开！咱家笼子小，装不进王小红那样的大凤凰，你下次能不能考上大学还很难说，人家现在可是大学生，真要硬生生地把人家娶进门来，未必是件好事。"

奶奶难过道："那个闺女真不错！我看了就喜欢！咱们大队里的这些闺女们，哪个也比不上她，真是可惜了！"说完，她掏出手绢，擦起了已经闪出泪花的眼睛。

两天后，耿守平早早来到耿守心的家里。俩人在里屋说了好长时间，耿守平义愤填膺、搜肠刮肚地说了好多话，耿守心始终不温不火、面色平静地重复那几句：过去的事情就让它过去吧！物质决定精神，存在决定意识；父命难违，我们都必须做一个孝顺的人！为别人着想考虑，是最好的成就造福自己；留下永久的思念，倒也可以燃旺彼此的不懈斗志；把美好的东西放在圣坛上祭拜，她将永远美好，如若把它强行取下贴身留用，未必就会继续美丽……

耿守平摇了摇头，唉声叹气了一阵子后，拿起耿守心让他转交王小红的一卷衣服布料，走出门去。

耿守平赶到王小红家时，已经接近中午十一点钟。王小红家的院里院外已经站满了人，大伙儿一个个笑逐颜开地进进出出，显得特别紧张有序。

王小红她爹看见耿守平跑进来，立马热情招呼道："耿守平啊，你可来了！小红说什么也不换衣服，把我急得已经发了好几次脾气！她正在屋里等你，你快点进去劝劝！"

耿守平走进里屋后，王小红立马眼睛红肿地把其他人撵了出去，关上门后，接过耿守平递过的衣服布料，急切问道："耿守心怎么说的？他是什么意思？快说说听听！"

耿守平沉吟了一会儿后，说道："咱们都是老同学，守心的性格脾气你是知道的。事到如今，他又能怎么办？这块布料是他送给你的，不就说明了一切问题。"说完，他把头低了下去。

王小红再次追问道："难道他就没说一点点办法吗？比方说，他是不是先让我等着他？拖上一阵子后再说？再比方说……"

没等王小红把话说完，耿守平抬起头来打断道："守心说了，他祝你婚姻圆满、学业有成！他还说了，笑着走向未来，会拥有幸福和光明；真正美好的感情，不是相互的占有，而是彼此心灵的息息相通……"

王小红绝望道："他怎么能这么说？即便他不珍惜这些年来我对他的真挚感情，他也该珍惜自己从小到大对一个女性的初次爱情投入和我们两人的共同美好初衷！我现在就去找他！我要让他当着我的面一一说清楚！"说罢，起身推门就要往外走。

耿守平赶紧上前拉住道："王小红，你现在千万不能冲动！院子里里外外都是人，如果让大家看了笑话，不仅会很伤你父母的心，而且也会让守心更加雪上加冰！你知道，守心现在心里特别难过，过去我从未见他流过泪，这几天我可是见他哭过不少次。要说性格的刚强和执着，你俩有一拼，但说到理性和沉着，他比咱俩强上好几倍。他说了，物质决定精神，存在决定意识；父母之命，我们必须牢牢遵守；人活在世上，不是单为挑战和改变祖祖辈辈为了生活生存总结探索并约定俗成的那些规矩和传统，而是在学习、理解并适应这些文化传统的基础上，不断增长才干和本领，在顺应时代发展的滚滚洪流中，为改革、完善、弘扬和光大那些优秀的文化传统尽力气、做正功。他还说了，美好的男女恋情，正如小清河里的朵朵浪花，让人赞叹不已、如痴如醉，但若把它装进盆里、碗里，浪花将会瞬间消失，河畔边的美好赞叹也将会偃旗息鼓、成为永恒的记忆……"

王小红立即打断争辩道："我对他的感情绝不是一朝一夕的冲动，而且以后也会永永远远不变！他这样理解形容我们间的爱情，实在太不中听！"

耿守平立即笑道："可能是我的转述有错误。不过，我看得出他对你的感情是极其真挚的，这一点没有任何怀疑！他说过，你对他的最大要求和期望，不是结为百年之好，而是希望他奋发图强、倍加努力、考上大学、走出一条闪光的人生道路，让你引以为终生的自豪与欣慰！"

王小红听过这话后，重新走回桌前，两眼泪汪汪地喃喃道："我知道他会说这些，也知道他很难改变自己的判断和决定。我若没有考上大学该多好啊！本来我爹我娘不让我考，可他偏偏动员我考，没想到他的鼓舞、鞭策和憧憬，瞬间变成我的巨大勇气和动力，我考上了，他却意外落榜了。我俩真是命苦啊！有情人难成眷属！不知道下辈子还有没有可能……"她边说边抽泣起来。

耿守平立刻紧张劝慰道："王小红，你可千万不敢再哭了！眼睛现在已经红肿得厉害，如果再让人看见、听见你这样哭，闲言碎语肯定少不了，这不仅对你不好，对你父母也不好。守心说了，情感是世上最美好的东西，如果不让理智牢牢掌控，势必会冲出笼障伤害自己。时间不早了！你应该赶紧洗把脸，换换衣服，你走后，我再回去，说不定守心还在家里急等着我的消息。"说罢，他推门向外走去。

王小红赶紧喊住耿守平，说道："耿守平，你等等，把这些书籍资料捎给耿守心，就说我祝愿他充满信心、绝地奋起、披荆斩棘、尽快步入大学校门！告诉他，他是这个世界上我最欣赏、最信任、最关注、最期待的人！"说罢，她把已经捆得整整齐齐的一摞书籍资料递给了耿守平。

耿守平接过书籍资料后，笑着说道："这么沉啊，你是打算报复守心？还是想累死守心？"笑罢，推门走了出去。

又过了一会儿，男方接亲的人准时赶到，院子里立即响起噼噼啪啪的鞭炮声。

只换了一件简单干净衣服的王小红从里屋走出来，看了看自己的爹娘，跟着接亲、送亲的人走了出去。耿守平随着长长的人流拥挤着走到清河边，目视着王小红、他的家人与接亲的人们一起乘上船去。

当王小红跨步走上船头的刹那，她的眼泪突然顺着她的脸颊滚滚而落，她抬头望着耿家口的方向，边哭边大声喊道："心！此生无缘结连理，来世再做好夫妻！"

耿守平拎着一摞重重的书籍资料，匆匆赶往耿守心家里。他对正在低头看书的耿守心怨怨道："你这是做的什么事嘛！我好说歹说，王小红才止住了哭声。没承想，她刚一上船，就又哭起来，而且边看着咱家的方向，边大声喊道：此生无缘结连理，来世再做好夫妻！搞得船上的人面面相觑、面红耳赤，弄得岸上的人交头接耳、议论纷纷……"

耿守心忙问："岸上的人议论啥了？会不会对王小红和他父母产生不利？"

耿守平道："还能议论啥？有的说，这闺女怎么回事啊，这大喜的日子还哭哭啼啼？也有的说，该不是他喜欢上耿家口的大队团支部书记耿守心了吧？要说那个耿守心确实不错，既然自己同意和人家这个小伙子换字定亲，就不应该朝三暮四、乱了分寸！还有的说，王小红这个闺女也不知道咋想的？听说定亲的那个小伙子是部队的干部，管着几十号人呢，别看王小红长得这么好看，她要是没考上大学，人家还看不上她呢！不过，我也听到了他们大队的几个干部和团支部的人说的话，他们说，王小红真是个敢作敢当、感情专一、重情重义的好闺女！"

耿守心突然低头沉默起来，他在反复推理判断着王小红接下来可能发生的种种事情。

耿守平终于忍不住沉默，再次怒责到："守心，你这个人哪里都好，就是有时候考虑问题太多、太细致！别看王小红是个女的，她比你可是有胆、有识、有魄力！我听王小红说过好多次，只要你同意，她就非你不嫁，谁挡也没用，她才不管家里家外的那些瞎议论！可你呢？类似的话我从没有听你说过一句！你想想，我说的对不对？"

耿守心依旧没有作声，继续低头沉默不语。

耿守平接着道："你看看王小红，她对你多重情、多重义！人家知道你不答应，非但没有任何埋怨责备，反倒把她的这些书籍资料全部捎给你。她说了，祝你充满信心、绝地奋起、披荆斩棘、尽快步入大学校门。她还说了，在这个世界上，你是她最欣赏、最信任、最关注、最期待的人！可是你呢？理性过了头，特像一个无情无义的残酷人！"

耿守心缓缓抬起头，喃喃道："此生无缘结连理，时运难济岂怨人？今生情怨今生了，跪祈来世成鸳侣！七尺男儿自当强，誓拔凯旋慰红心！"

耿守平立刻愤愤道："你现在还咬文嚼字地说这些文绉绉的话有什么用？听着费劲，想想更没劲！"说完，起身告辞，怒气冲冲地走了出去。

耿守心、王小红间的爱河共沐就此结束了。这是一个悲戚的故事，也是一个无法逃避的结局！时运不济，命运如此，他们稚嫩的肩膀还远远扛不住社会、家庭等种种社会现实和人群舆论的沉重压力。耿守心面对这一系列突如其来的巨大痛苦和重压，他选择了顽强抗争！经过半年的再次苦苦复习，曙光终现，耿守心如愿以偿地跨入了高校之门。然而，令人击节叹赏的喜剧，绝不是这样毫无悬念、轻松自然地演绎——

40　感恩天地

失去王小红的时光，对耿守心来说是漫长、悲凉而凄苦的……

当耿守平怒气冲冲离开后，耿守心的心一下子掉进了旋涡里。他犹如在波涛汹涌的黄河里游泳一样，遇到了硕大的旋涡，自己苦苦挣扎，而周围没有一根可以抓住的木柱、绳索，甚至一根稻草都没有，他只能无助地随流旋转着沉下去。他突然意识到自己不能就这样沉入河底，然后掩埋在毫无生机的百年沙泥里，他必须拼尽全身力气勇敢抗争，他必须摆脱这个旋涡，他必须用自己的血肉之躯游出这滚滚的浑水，然后走进阳光灿烂的天地……

他突然想起几天前广林大爷对他说的话："在这个世界上，事前说三道四的大有人在，干成后就会众口一词地赞誉支持，大伙都喜欢看最后的结果，可我认为过程是最重要的……"广林大爷说得实在太好了！其实，自己早该明白这个道理！学校里同学们孜孜以求的攻关学习，成绩的好坏，根本取决于最后的考试成绩。考大学也是这样，几百万人的考试，最后考上的不到百分之七，如果不是分数决定了取舍，又怎么可能分出学习的落后与先进？人的命运太变幻莫测了，区区几分甚至一分，就能决定一个人能否考上大学，就能决定一个人是留在原处还是继续前进。要说这些浅显的道理自己早已明白，可是今天想来，倒觉得这些道理特别新鲜，甚至隐藏着不为常人所知的更深哲理和更深奥秘。对！我必须绝地而后生，靠成绩把握自己人生的难得机遇，靠成绩改变自己的人生命运。广林大爷、守才哥哥和爹都已经说过了，考大学的机会，我还有最后一次，我必须机不可失，牢牢抓住生命的缰绳，刻苦磨炼自己的意志，勇敢挑战自己的身体，尽情释放自己的能量，以不辱耿家口父老乡亲和全家人的希望重托，拼命也要成为耿家口第一个考进大学的人。广林大爷说得多好啊！"咱耿家口人的'初心'和'根本'，就是树雄心、立大志，有困难、不放弃，闯难关、夺胜利！"自己是耿家口的忠诚子孙，志当为耿家口增光添彩，决不能做辱没了耿家祖宗的不肖子孙……

　　刚才，耿守平愤怒的离去，自然有他对自己和王小红关系处理的认识和道理。他是一个好同学、好兄弟！我们从小一块儿长大，彼此非常默契熟悉，他对我的特别信任和深厚情谊，任何时候都不需要怀疑。他和王小红是感性了点，甚至冲动起来有时不够理智，但正因为这样，自己才深深地喜欢他，喜欢他忠厚朴实、勇敢仗义、表里如一的可贵品质。他刚才发的那些脾气，肯定是受到了王小红的强烈感染并看到了我的冷静处理，我做的可能太过理智和不近人情，而王小红展示的则是未加修饰的淋漓尽致，以至于产生了巨大的情感体验和反差，使他觉得我没有担当、无情无义。殊不知，我脸上流出的是泪水，心中滴下的是血水，所有的失落与悲伤，早已经深深铸刻在了我的肉体和灵魂里。好兄弟啊！我已经失去了王小红，我现在特别需要你，我们同是耿家口的忠诚子孙，我需要你给我最大的理解和宽慰，我需要你给我最大的帮助与支持……

　　王小红现在在哪里？她在干什么？是不是已经"换字定亲"了？如果一切圆满顺利最好！如果出现意外，那我真是个天大的罪人！忘记我吧！亲爱的王小红！请允许我在心里第一次这样偷偷称呼你！自上初中开始，你就对我展示了特别的关注、感情与友谊，高中毕业后，我们同为团支部书记，你又义无反顾地给了我特别多的理解、帮助和支持。我知道这是为什么，我不会对你的关心帮助冠以特别的政治名词去形容和描绘。我知道，你深深爱着我，你也应该知道，自黄河防洪大堤小树林里我们那次谈话起，之前我想爱不敢爱，之后说我不爱那是假的！可是现在，一切都已经过去，全部化作了美好甚至撕心裂肺般的阵阵痛苦回忆。王小红：我不会忘记你的话！我一定充满信心、绝地奋起、披荆斩棘，尽快步入大学的校门。我会永远记住你对我的褒誉与鼓励，以不负"我是你最欣赏、最信任、最关注、最期待的人"。王小红，忘记我吧！这种忘记是你美好生活的开始，也是我俩爱情悲剧的落幕，让我们各自珍惜眼前的大好时光，一切从头开始，按照日出日落的自然规律，昂首阔步地勇敢走下去……

　　既然一切从头开始，那就立即起步前行。

　　耿守心擦干已经满面的泪水，重新整理了自己的书桌和课本。他把王小红捎来的那一摞重重的书籍和资料，整整齐齐摆放在自己的书桌上。他要让王小红的书籍和资料，看着自己顽强刻苦地学习。他已经把王小红深情的双眸和靓丽的身影，化在了这一摞厚厚的书籍资料里。

　　如果说，一九七七年的高考复习，耿守心凭借的是志向、决心、兴趣和毅力；那么，一九七八年的高考复习，耿守心则更增加了卧薪尝胆、不辱期待、发愤图强的浓重成分。

这种内在动力的巨大变化，既使耿守心的复习强度有了跨越式的提升，也使耿守心的复习效率实现了质的变化。不到三个月的时间，耿守心不仅重新习作了手头所有书籍资料的全部习题，而且高中语数理化课本以及王小红重新捎来的《代数》《几何》两本书，他都能立即说出哪篇文章、哪个例题、哪个原理、定理和公式，在哪本书的哪一章、哪一节和哪一页里……

耿守心如痴如醉地忘我学习，深深打动甚至彻底感动所有了解情况的村里人，随着相关负面议论的逐渐减少，正面的一片赞叹声纷至沓来、接踵而至。

"你看看守心，学习真够认真刻苦的！白天下了工，一个人就躲进西边屋里学习。昨天半夜我上厕所，还看见他屋里的灯亮着。他如果再考不上大学，真就没了天理！"

"守心学得太苦了，你们能不能劝劝他？再这样下去，非搞垮身体不可。上不上大学没关系，咱们耿家口老辈子没人上过大学，世世代代不就是这样过来了？如今大伙儿的日子过得挺好的，别太硬碰硬地折磨自己。"

"你们看看人家守心！学习多自觉、多刻苦啊！整夜整夜地不睡觉，哪像你们这些孩子学习这么不认真！你们要是赶上人家守心的一半，你爹你娘也会谢天谢地！"

社员们的这些议论，很快传到了耿守心的家里。

晚饭前，奶奶高兴地笑道："街上的这些人也真有意思！过去说我大孙子心比天高、命比纸薄，还考不过一个闺女。现在倒好，全改成了我大孙子有决心、有志气！嘻嘻嘻！"

守心他娘接着说道："老五他媳妇昨天来咱们家，一再让我劝劝大儿子，千万别光顾了学习，累坏了身体。她说，这身体可是自己的，生产队里干活离不开身体，以后娶媳妇、生儿育女也离不开身体，可别一门心思地只想考大学，最后把身体累垮了，到头来鸡飞蛋打，更让大伙儿说不是！"

闭目养神的爷爷听到后，慢慢睁开眼睛说道："老五他媳妇说得不是没有道理，这事儿咱们也该提醒提醒孩子。"

刚刚赶回家吃饭的耿广常，一脸不高兴地坐在椅子上，耷拉着脸说道："这孩子也真是的！自己生了病也不告诉家里，卫生室的医生找我去要钱，我才知道他拿了几回药，而且都是治头疼的……"

奶奶立刻焦急道："我大孙子生病了？这可了不得！我得赶紧去看看！他一个人在西边屋里复习，没人照看，可别出了啥问题！"说完，站起身来，跌跌撞撞快步向外走去。

守心他娘也立即跟着站起来，随着婆婆急急忙忙向外走去。

耿广常高声喊道："你们别去了！我刚才看过他了，没大毛病，应该是看书看的！"

奶奶回过头来说道："你说得倒轻巧！我不亲眼看看我大孙子，放不下心！"说完，婆媳俩继续向外走去。

正在这时，耿守心念念有词地低头走进了院子。

奶奶立即上前关切道："大孙子哎！你可急死奶奶了！你生病了，怎么也不告诉家里？"

耿守心依旧"氢、氦、锂、铍、硼、碳、氮、氧、氟、氖、钠、镁、铝、硅、磷、硫、氯、氩、钾、钙……"地背个不停。

守心他娘立即大声责备道："这孩子！你奶奶问你话呢？怎么跟傻了似的！"

耿守心立刻回过神来，笑了笑，说道："我没听见。奶奶你说什么？"边说边搀起奶奶的胳膊，一同向屋里走去。

一家人落座后，晚饭正式开始。奶奶首先道："大孙子哎！你是不是生病了？还欠了卫生室那么多次药钱，人家不跟你爹要账，我们还不知道呢！你怎么好好的突然头疼起来了？快给奶奶说说听听！"

耿守心笑道："奶奶，没关系的！医生说我是看书看的，我从卫生室拿了止疼片，吃后就好多了！"

爷爷担心道："大孙子哎！你可是爷爷奶奶的宝贝孙子！这复习可不是一天两天的事，你这么没白没黑地学习，如果累垮了身体，那可要误了大事！"

守心他娘埋怨道："你爹的文化不算浅了，我可没见他像你这样不要命地学习！哪有你这样的？人家学习后变得聪明乖巧了，你学习后反倒像个傻子似的！刚才走路嘴里还念念叨叨，你奶奶问你话都没听见，再这样下去，那可了不得！"

耿广常不高兴地瞥了自己老伴儿一眼，接上说道："哪有你这样说话的？拿我跟大儿子比什么？我上学的时候，咱们还没结婚呢！你怎么知道我学习不刻苦、不认真？真是岂有此理！"

守心他娘立刻笑起来，边笑边说："我是听耿老五他媳妇说的。不过，她说也是听别人说的……"

奶奶笑了起来："我儿子小时候学习也是这样刻苦认真，他一大早就自个儿从被窝里爬起来，坐在凳子上咿咿哇哇地念俄语，听着就像赶驴似的！嘻嘻嘻！"

爷爷先是皱了皱鼻子，后又捋了捋胡子，说道："孙子们都长这么大了，以后就别提我儿子小时候的事了。反正一说到我儿子小时候上学的事，我心里就难过、就后悔！现在好了，我的孙子们都长大了，大孙子还要考大学，可算给我争了一口气！"

耿广常笑了笑，望着自己的父亲说道："爹，我想你大孙子的学习，还是让他自己掌握，他现在学的这些东西，我根本不会。再说了，管得了一会儿，管不了三天，管得了三天，管不了一个月，反正再有两个多月就考试了，就让他自己掂量着办吧！"说完，他扭头看着耿守心说道："孩子啊！你得知道自己身上的责任和分量，考试成绩怎么样，对你和全家固然很重要，但如果因此搞垮了自己的身体，那就是因小失大、得不偿失、丢弃了根本！"

耿守心笑了笑，说道："爹，你放心吧！我会注意的！"

春天已经过去，夏日已经来临。随着气温的节节攀升和高考日期的日渐临近，耿守心的复习愈加的艰苦和紧张，时间也显得特别宝贵。

白天，他怕被人打扰，借着生产队午歇的间隙，把门从外面紧锁后，从窗户里跳进去，满身大汗地拼命学习。夜晚，他怕被人看见干扰他的学习，用棉被把窗户紧紧遮挡，自己偷偷锁在屋里复习。蚊虫的叮咬、难耐的困顿、头疼的煎熬、大汗的淋漓，让他不由自主地流过许多泪，但擦干泪水后，依旧是顽强的冲锋、持续的奋进。

这段时间，他从新成立的片区联办高中又找来一些复习资料和考试卷子，逐一进行了认真的习作和演算，不仅做出了所有题目，而且发现了不少出题和例题运算错误。他向学校及时作了反馈，以避免影响考生们的复习或把考生们带入歧途。几次交流后，学校领导对耿守心给予了很高的评价，当即决定请求耿家口大队给予支持，聘请耿守心来片区联办高中担任数理化教师，并安排他和另外一名数理化孙老师一起，具体主抓迎接高考学生们的数理化教学和复习。

耿广林听到这一消息后，当即欣然同意，并高兴地哈哈大笑道："你们这些有文化的人，就是慧眼识人！县五中过去有个蔡一庆老师、公社团委有个张长远书记，现在又加上你们这些片区联办高中的老师们，一个个都是进过大学校门的人，一看就知道耿守心这孩子是个有文化、有知识的人！你们让他去学校教书，我完全赞成、坚决同意！不过，他是不是辞去生产队队长我不敢说，但这个团支部书记肯定不能辞去！无论怎么样，我肯定让他明天去你们那里报到，你们尽管好好大胆使用就是！"

当天晚上，耿守心接到了耿广林让他明天一大早赶到片区联办高中担任数理化教师的通知。他虽然不愿由此耽误了自己的复习进度，但还是没有犹豫就答应下来，因为耿广林已经向学校表达了"完全赞成、坚决同意"的明确态度。他想应该尽快辞去生产队队长和团支部书记的职务，但向耿广林汇报后，耿广林没有批准他辞去团支部书记，与两名生产队副队长和耿广旺商量辞去生产队队长职务后，也没获同意，他只能名不符实、偷斤短两地把两个担子继续担下去。

第二天一大早，耿守心按时赶到学校，正式受聘担任起了片区联办高中迎接高考学生们的数理化教师。

高中课堂是耿守心非常熟悉的地方，加之他对高中数理化课程非常熟知，自然对担任高中数理化教师也就没有了陌生和畏惧。几堂课下来，耿守心的"厉害"名声，立马在学校纷纷传扬开来。一些听过耿守心讲课的老师们课间课后频频夸赞"耿守心确实名不虚传、厉害得很"，更有学生们纷纷拿出过去不会做、老师也没有解出的题目请教耿守心，没承想，这些难题居然没有难倒耿守心！

这下，同时主抓另外一个迎接高考班的数理化孙老师不高兴了。他专门找到耿守心，委婉地提醒耿守心"要把握好分寸"。耿守心自然明白里面的意思，回到自己班后，他要求学生们全力抓好自己的学习，不要把其他班学生不会做的题目拿来自己班里。学生们哄堂大笑道："听说过学生们分班学习，没听说过题目也可以以班划分，高考的时候可都是一张卷子……"耿守心当场笑起来，他立即觉得自己的要求实在太过荒唐、缺乏道理。

话是这么说，可关系还得妥善处理。耿守心为了和孙老师搞好关系，他不得不把学生们提出的各种数理化难题，当场不做解答，而是先统一抄下来，自己课后一一书面解答后，先交孙老师"审阅把关"，再拿回班里向学生们细致解答。如此一来一去，两个班的迎考学生们都获得了快速提高，孙老师也表现出了特别的高兴和满意。

耿守心到片区联办高中担任教师，虽说每天与课本题目打交道，少了生产队的许多繁重体力劳动，但确实也影响了他的个人复习进度，他不得不为了完成教学辅导任务，把自己大量的宝贵时间花费到一些根本没有多少难度系数题目的反复演算和耐心讲解上。当他看到学生们如痴如醉地学习，当他看到校领导们投来的欣赏目光，当他看到学生家长们的殷切期待和特别感激，他觉得自己的付出特别值。

有一次，他回大队团支部开会，耿广林见到后，高兴地笑道："孩子啊，学校的校长又表扬你了！说你水平很高、教得很好！还说许多学生家长到他那里表扬了你。不过，校长也说了，聘请你到学校担任教师，他现在有点后悔，怕因此耽误了你自个儿的复习。"

耿守心笑道："没有关系！和学生们在一起很有意义。我虽然帮助了他们，其实，他们也帮助了我，至少我每天都能陷在读书学习的浓厚氛围里。"

耿广林笑道："孩子啊，如果你想回来，咱就立即回来！学校那边我去说，你可不要不好意思！"

耿守心笑了笑，说道："广林大爷，当你看到那些学生们求知若渴的灼灼眼神时，你也会义无反顾地坚持下去！"

长时间的苦苦学习，加上酷热天气的煎熬，使已经很瘦的耿守心身体更加缺乏营养，他终于因免疫力低下患上了"带状疱疹"，一长片红红的斑斑点点出现在他的腰部、腹部，瘙痒疼痛得钻心，坚持几天后，他终于抵挡不住疾病的困扰，再次无奈地走进大队卫生室。医生发现后埋怨道，这病应该早治，以后要增加营养，别太拼命学习。带状疱疹痊愈后，由于久坐的缘故，加上天气炎热裤裆长时间潮湿，他的裆部又患上了严重的"湿疹"，医生看到他两条大腿根部已被挠得渗出血的红肉，再次埋怨道，见过玩命的，没见过你这么玩命的！再这样下去，你的健康可就真成了问题！

其实，这还不算啥，挠一挠，挺一挺，几天过后，药到病除，一切恢复从前。最要命的是：耿守心的腰部突然长了个大疖子！别说坐着看书学习，就是站着走路都会疼得龇牙咧嘴。这可怎么办？卫生室的医生说，咱这里只有消炎药、止痛药，你可以先吃吃试试，如若不行，等疖子长大一些后，再到公社人民医院去做手术。无奈，耿守心只能拿了一些消炎药回到家里，谁知这些药根本不管用，眼看着高考临近，他只能忍痛继续刻苦复习……

一九七八年的高考终于来到了！耿守心再次满怀信心地走进了考场、参加了考试。这次考试，他几乎没有提前交过考卷，而是做完后一遍又一遍地反复校对。他对这次考试的答卷比较满意，但也留下了终生的羞愧和懊悔：按照惯常的语文试卷，作文往往是最后一题，他答完前面的题目后，把剩余的时间全部用在了精雕细琢的作文上，而不知道卷子的背面，还有"古文翻译"的题目，走出考场和同学们核对答案时，他才知道自己疏漏的那篇"鹬蚌相争，渔翁得利"的古文翻译题目，恰恰是自己非常熟悉的。

高考成绩终于发榜了！那是耿守心被父亲耿广常用地排车拉去公社人民医院给腰部疖子做手术的日子！

耿广常拉着已经做完手术的耿守心从公社人民医院走出后，沿路听到许多人谈论着高考发榜的事。耿广常回头看了看躺在车上的耿守心，唉声叹气了两声后，低头慢慢向前拉去。躺在车上的耿守心，紧张的心瞬间提到了嗓子眼，心脏扑通扑通地跳个不停！他终于忍不住小声对耿广常说道："爹，咱也去看看发榜吧？"

耿广常"嗯"了一声，调头绕了个小弯，把车拉进了公社机关的大院子。

院子里早已是人山人海、人头攒动，张贴着大红榜的高墙下，更是被人群围得密密麻麻、水泄不通！耿广常只能把耿守心留在人群的外围，自己一个人忧心忡忡、提心吊胆地慢慢向前挤去。

他先来到张贴红榜的最后面，由下往上看，一个名字、一个名字，看得特别仔细。他的腰是弯曲的，动作是迟缓的，他不敢向四周观看，生怕遇见熟人。他看完两张红榜后，不由自主地向耿守心这边看了看，耿守心立马发现了父亲紧张、不安、焦躁和疑惑的样子。

耿守心看不见红榜上的名字，因为那字写得太小也离得太远，他只能看见进进出出、熙熙攘攘的拥挤人群和在人群中挤来挤去并不时回头看他的父亲。他想通过父亲的背影和表情，判断出红榜上有没有自己的名字、处在什么位置。耿广常的回头，则显然是通过儿子的状态和表情，判断是否有人已经告诉儿子的考试成绩和名次。

就这样慢慢地等待和期盼，伴随着难耐的焦躁和不安，耿守心终于看到了父亲耿广常挤到了最后一张、也就是第一张大红榜的前面……

突然！耿守心发现父亲耿广常笑着转过身来，满面红光地挤出人群，朝自己走来。他知道：父亲肯定看到了自己的名字！也许在第一张大红榜上，也许在第二张大红榜上。因为父亲在看到自己儿子的名字时，喜欢再看看比自己儿子成绩好的还有谁，他虽然已经放下了自己悬着的心，但他更希望自己的儿子向比他学习更好的同学看齐。

耿广常走近耿守心后，先是浅浅地笑了笑，然后说道："上面有你的名字，403分，咱回家吧。"边说边拉车走出了公社的院子。

403分！简直不可思议！只比自己的估分少了5分！如果自己再答上那篇"鹬蚌相争，渔翁得利"的古文翻译，至少应该能得410分！耿守心一下子有了些许激动，但他仍难掩兴奋地轻轻问道："爹，我排名第几？"

耿广常平静道："好像在前面。你好好躺着，别动了伤口！"他当然知道自己的儿子是第一名，但他不想让儿子和自己在这络绎不绝、人来人往的大庭广众面前，表现得那么失态、兴奋和激动。

父子俩走在回家的路上，耿广常一路拉车走得特别有劲。走着，走着，耿广常突然不由自主地再次哼唱起那首他非常熟悉和喜欢的歌曲《洪湖水，浪打浪》：

"洪湖水呀，浪呀么浪打浪啊，洪湖岸边是呀么是家乡啊，清早船儿去呀去撒网，晚上回来鱼满舱……"

父子俩回到家后，屋子里已经坐满人。耿广常没有进屋，他一个人留在了院子里。

耿守心被人扶进屋后，大伙儿你一句我一句地说笑个不停："你看看！你看看！这有志气的人就是不得了！考高中时，考了个全公社第二名！现在考大学了，又考了个全公社第一名！"

耿老五媳妇哈哈大笑道："我说什么来着？守心这孩子干啥啥行！刚开始复习的时候，有人还说三道四地讲怪话，现在看，他们的那些风凉话，现在只能当屁听！"

一句话，把大伙儿引得哈哈哈大笑起来。

耿老五媳妇看着耿守心说道："守心啊，这以后，你再也不用我这个婶子给你介绍对象找媳妇了，大学毕业后，还不定找个多好看的城市姑娘给我们领回来呢！"话音未落，大伙儿又是一阵笑声。

有社员边笑边道："他老五媳妇，你原来打算介绍给守心的那个王小红就挺好看的……"

耿老五媳妇立马打断道："别提那个闺女了，人家已经结婚了！"他扭头再次看着耿守心笑道："孩子啊，要找，咱就找个比她更俊的！哈哈哈！"

耿守心苦涩地笑了笑，一股悲切苍凉的滋味顿时笼罩在心头，让他顷刻间阵阵心疼和难受。半年来，耿守心虽然时常想到王小红，但理智告诉他，那些已经永远属于过去，断不能再次缠绵悱恻，应该各自安好，各肩使命，迎接一轮又一轮太阳的诞生……

正在这时，张桂兰、耿守平急急忙忙走进屋，一边兴奋异常地向耿守心恭贺道喜，一边连连问道："这大热的天！你爹拉着一车干草去干啥了？"

耿守心困惑地摇了摇头："不知道。"

守心他娘接上道："他去集上卖草了，说要给他大儿子把供销社的那件衣服买回来。这垛草可是俺大儿子上工歇息的时候，顶着日头从地里割回来的。"

耿老五媳妇立马诧异道："那车草得卖十多块吧！什么衣服这么贵？"

守心他娘道："他爹说了，多了不卖，就卖六块钱！俺儿子看上的那件学生服也是六块钱。上次去供销社，他看上了，可他爹没钱不让买，现在赔钱也要买回来。"

一句话，说得大伙儿唏嘘不已，说得耿守心两眼立马浸满了泪水。

多好的父亲啊！头顶着炎炎烈日，放弃吃饭休息，刚从公社拉着自己的儿子回来，现又默默地一个人拉着一车干草赶去集上卖掉，来来回回那可是二十多里地！对于经济十分拮据的家庭来说，钱是非常珍贵的，可他宁肯赔本也只卖六块钱，因为他只想用这满车的干草换回那件儿子已经看上的学生服。世上的父亲都很伟大，赞美父爱的歌曲一曲接着一曲，这会儿，耿守心才真正亲身感受到了父亲那一向庄重严肃的面孔下，蕴藏着多么炽热、多么深刻、多么朴素、多么强烈的舐犊之情、爱子之心！

耿守心很快康复了。他完成了高考志愿填报，参加了高考体检和考生政审，一切恰如预想的圆满顺利。所有的期待，就等着大学录取通知书的尽快到来。

这一天，耿守心正在课堂上为学生们讲课，校长匆匆走了进来，他一边安排学生们自习，一边把耿守心叫到门外，兴奋道："好消息！好消息！刚才公社打来电话，你已经被解放军 C 学院提前批次录取！现在你赶紧回家，抓紧准备准备，两天后去省城报到复查身体，然后跟随学院的首长们去大学学习……"

耿守心不知道自己是怎么走回家的。他只知道自己一路泣不成声。

他想到了自己这些年来遭受的种种折磨和痛苦。他想到了广林大爷、守才哥哥、父亲和全家，还有蔡老师的殷殷期待与切切重托。他想到了火热的高中生活，他想到了毕业后这两年的难忘日子。他想到了走进他生命、给他温暖关怀和帮助的许许多多人……

他特别想到了：如果自己离家上学了，年迈的爷爷奶奶、身体不太强壮的父亲、多病的母亲，还有自己没有长大的弟弟们应该怎么办？一家人可是靠着生产队的工分分粮食、过日子……

他的心像针扎一样疼，没有一丁点儿已被大学录取后的欢欣与兴奋。

正在院子里纳凉聊天的乡亲们看到耿守心泪流满面地走回来，一个个大惑不解地围上来劝解询问。守心他娘着急地问道："孩子啊，你哭什么呢？出什么事儿了？是不是又没考上大学？"

耿守心一边流泪一边道："我已经被大学录取了，两天后去省城报到复查身体，然后直接去大学学习。我走后，家里的日子可怎么过啊？"说完，他再次痛哭起来。

守心他娘赶紧笑道："傻孩子！这是大喜事啊！咱们全家和村上的乡亲们不就盼望着这一天吗？快别哭了！我还以为你又没考上呢。"

乡亲们赶紧围住耿守心，一边问这，一边问那，一个个笑得合不拢嘴。那场景、那气氛，就像自己的儿子考上大学似的。

当天晚上，耿守心应约来到大队部，耿广林、耿守才、耿广常已经坐等在那里。大队已经接到了公社"耿守心已被大学录取"的正式通知，他们决定晚上好好和耿守心谈谈，权当壮壮行、鼓鼓劲。

耿广林首先笑道："咱们耿家口终于出了第一个大学生，这真是天大的喜事！本来我想叫孩子去我家吃顿饭，也算给孩子饯饯行，可是时间太紧没法安排，有些话又想好好嘱咐嘱咐，我和守才商量后，只能采用这种干说话、不吃饭的庆祝方式！"

耿广常立刻插话道："广林哥、守才，俺爹说了，明天晚上请你俩去我家吃饭，到时再多叫几个人。孩子如今考上了大学，多亏了广林哥、守才和全大队的乡亲们！"

耿广林笑道："这样安排也行！"耿守才也笑着点了点头。

耿广林接着说道："孩子啊，你这一步步走来真是不容易！从你很小的时候，我就喜欢你、关注你，或者说，你是我们一天天看着长大的。两天后，你就要到省城报到复检了，然后跟着首长们去大学学习。临走前，我和你守才哥哥还有几句话要嘱咐嘱咐你！第一句话是：你是咱耿家口的人，是咱耿家的子孙，无论你走到哪里，都不能忘了耿家口人的'初心'和'根本'！看到天上的风筝没有？无论风筝飞得多高、多远，也得知道有根线始终在牵着自己，否则，这风筝就会变成一张纸片，随风飘摇，漫无目的，最后落进水里、土里、泥里！第二句话是：你上了大学，就是公家的人、国家的人，今后做人做事，一定要上对得住党、国家和人民，下要对得起家乡、父母和良心！孩子啊，我多次说过，人不能没有良心！如今你能考上大学，那可是全靠了党和国家的好政策，全靠了这一路走来生养你、关怀你、教导你、帮助你的人！你要为党增光、为国尽忠，让家乡和你父母都满意、都放心！第三句话是：做人做事，一定要守规矩、讲道理、重情义！这世上的事情，千变万化、高深莫测，你一个人出门在外，一定要注意把握好方向，守住底线和分寸。万事万物，都有它的规矩和底线，咱不能越，越了就是违反纪律。有人的地方就有道理，只有讲道理的人，才能严守规矩。咱老家是孔孟之乡，咱可不能辱没了自己祖宗的道德和品位。是人都有感情，我也知道你很重情义，只有重感情、重情义的人，才能获得朋友的帮助和支持，你也才能更好更快地进步！关于孔孟的那些文化、道德和伦理，你这个全公社高考第一名的学生，肯定知道得比我多、理解得比我深……"

耿守才急忙插话道："广林叔！我听公社教育组的干部们说，守心兄弟这次高考，不仅是咱们公社的第一名，也是咱们县的第一名！"

耿广林立刻哈哈大笑道："那我孩子更是了不起！没想到咱这个全县最北边、离县城最远的小村子，不放卫星则已，一放就放了个最大的！哈哈哈！"

几个人兴奋地又聊了一阵子后，耿广林笑道："守才啊，看来你掌握的情况比我多，你接着我刚才的话题往下说。我先想想，待会儿再说。"

耿守才点燃一支烟后，猛抽了两口，站起身来，哈哈大笑着接上道："刚才，广林叔说了三句话，我接着说第四句：守心兄弟，做任何事情，务必全力保证最好的结果！事情没干成，说啥也没用，事情干成了，啥啥都有用。这话虽然听着难听，但世上的事情就是这么回事，不信也没用！你当生产队队长的前前后后，你领着团员们办文艺宣传队、种高粱的前前后后，你这两次考大学的前前后后，不都是这样吗？过去的那些闲话碎语、议论纷纷还少吗？可事情办成后呢，全没了踪影，全变成了一片叫好喝彩声！第五句话是：

做任何事情都要保持克制和冷静。你一个人出门在外，以后遇到的人，那可是天南地北、五花八门、形形色色的人！千万别把外面当家里，千万别把任何一个人都看作自己的亲弟兄！看着友好的人，不一定友好，看着热情的人，不一定热情！大家来自天南地北，各有各的脾气性格，吃不准、摸不透的时候，一定要小心翼翼地试探着慢慢前行。"说完，他猛抽了两口烟后，慢慢坐了下去，没再吱声。

耿广林立马笑着问道："守才啊，接着说，刚才说得挺好的！怎么坐下不说了？"

耿守才笑道："广林叔刚才说了三点，我最多只能说两点，我可超不过书记叔叔的见解和水平！"话毕，大家立刻哈哈大笑起来。

耿广林一边哈哈大笑着，一边站起身来，他使劲儿摇着手中的蒲扇，笑道："那我再说第六句：君子多正道，小人爱邪门。什么意思呢？君子一事之前，既要保证把事情办成办好，也要保证采用正确的方法和途径。小人可不是这样，他们只想获得成功，什么投机取巧、蝇营狗苟、邪门歪道、见利忘义、违法犯罪的馊路子、臭点子、坏主意都敢想、都敢用！举个例子来说吧，要说这能力和水平，公社的那个李文元还真不错，可惜他这个人的品行实在不太端正，心胸太过狭隘、做事太过官僚、脾气太过豪横！'文化大革命'中狂整老干部，现在，他的公社代主任也被免了，直接调回县里给个闲职挂起来，这也算是咎由自取、天地公正……"

耿守才立即打断道："广林叔，听说刘维忠书记上调了？这是真的？"

耿广林笑道："那还有假！昨天我俩还通过电话，他现在调到外县当了县委副书记，还邀请咱们去他那里做客呢。我昨天还听说公社团委的张长远书记也要上调了，很可能调回县里担任团县委书记。张书记这个人可是不得了，爱才惜才，知人善任，年纪又这么轻，以后肯定会获重用！"

耿广林说罢，大家又是一阵热烈的议论。耿守心借机赶紧给每个人的水杯里加满水。

耿广林喝了口水，慈爱地看了看耿守心，继续道："咱们言归正传，我继续说第七句：孩子啊，咱们一定要认认真真做事、本本分分做人，宁肯别人欠咱们的，咱们决不欠别人的。你和前王庄王小红的关系处理得就很好，我后来听说后很满意！你这样做，既没有伤了王小红她爹她娘的脸面，也没有影响了自己的学习，而且以后两家人见面还会比较正常客气。今天下午，我和王书记刚刚见过面，他听说你这次的高考成绩后，满脸的难过和羞愧，直

504

说自己没有文化、目不识人、实在可惜。我当场就说了，这样也挺好，如果当时两个孩子苦苦坚持，先不说孩子们今后会怎样，至少你们老两口子还不得寻死觅活的？哈哈哈！"

耿守才笑道："就冲王书记那个死要面子、脾气又大的样子，肯定他会那样做！现在这样多好，他可是因此受到了刻骨铭心、家里家外的严厉且重复性教育！哈哈哈！"

耿广林、耿守才相继哈哈大笑时，耿广常浅浅地跟着笑了笑。耿守心低下头，没有笑，看得出，他心里还在为此难过和伤心。

耿广林看出了耿守心的心思，笑了笑，接着说道："孩子啊，这些事情都过去了，就别想她了。下面我说第八句：今后无论遇到多大的困难，都要始终保持昂扬向上的乐观主义精神，都要坚持到底！毛主席非常伟大！那可是千古圣人！我看《毛泽东选集》，给我的教育启发很多，其中他的革命乐观主义精神是我最感兴趣的！孩子啊！人越往上走困难越多、风险越大，要想保持清醒的头脑、旺盛的斗志，就必须始终保持昂扬向上的革命乐观主义精神。你乐观了，困难就胆怯、就退让了，你也就更容易取得胜利了！你说是不是？我就简单说这几点，剩下的两点，让你守才哥哥说说！"

耿守才再次猛抽了两口烟，笑道："最后两点是不是让广常叔说说？"

耿广林哈哈大笑道："他们父子俩，啥时间不能说？给大学生上课的机会，咱俩可一定要好好把握！"

一句话，又让大家哈哈大笑起来。

耿守才再次站起身，笑着说道："第九句是：对孝顺也要有正确的理解和认识，不能太过僵化、教条和偏颇！古人云，床前床后伺候老人是孝顺。要我看，现在社会变了，能为父母增光添彩、能让父母高兴那才是最大的孝顺！过两天，你就要离家去上大学了，肯定不能床前床后地守着爷爷奶奶和父母亲，对孝顺的理解和认识也一定要改过来。今后，你只要好好学习、奋发向上，为国家、为社会做出更大的贡献和成绩，让家里的老人们引以为自豪和骄傲，那就是最大的孝顺！第十句也是最后一句：还是我过去多次重复的那句话：人欺负，咱礼让；再欺负，咱退让；还欺负，拼到底！守心兄弟，你是一个不惹是非、愿讲道理的人。现在，你一个人出去上学了，以后还要在城市里生活和工作，肯定不容易，但你一定要记住，你是咱耿家口的人，是孔孟文化熏陶和毛泽东思想武装的人，做人做事一定要守道德、明仁义、讲道理、懂规矩，如果真遇到那些不讲道理、不守规矩而且蛮横欺负你的人，你既不能胆怯，又要据理力争，实在不行的话，再依法依纪地抗争到底！不论外面的天地多么广大，总有天规天道在那里！广林叔、广常叔，你们说是不是？"

耿广林哈哈大笑道："大伙儿都说守才是个小诸葛，依我看，守才刚才讲的这几条，确实透彻在理，确是名副其实！"说完，他再次用慈祥的目光，深情地凝视着耿守心，铿锵道："孩子啊！在你离家上大学之前，我们就给你说这十句话，权当为你壮壮行、鼓鼓劲！希望你好好学习、前程似锦，永远不要忘了咱们耿家口人的'初心'和'根本'！"

耿守心离家上学的日子终于到了！

这是一个阳光明媚的早晨。火红的太阳刚刚从东边的大山处冉冉升起，霞光顿时射向蔚蓝色天空中的朵朵白云和耿家口大队四周的草草木木、山山水水。

今天的天气格外晴朗，空气格外清新，空中几乎没有一丝雾霭和灰尘。对面连绵高山上的树木和岩石清晰可见，几乎能看到山里正在行走的人。北面黄河的洪水已经漫过了整个堤坝，东面小清河也已经与黄河混为一体，随着阵阵微风吹过，但见水中群山的倒影不断地跳跃闪烁，显得别有一番情调趣味。滔滔的黄河早已没有了往日的咆哮嘶鸣，伴着水面的大幅拓展，河水正静悄悄地挟裹着千里之外的黄土泥沙，从大山脚下静静流过，似乎生怕惊扰了生活生长在这方水土的人们。

浩渺的洪水已经涌进了耿家口的大半个村子，好在耿家口经过多年的建设和发展，除少数院落外，大多已经连结成片，乡邻们能够沿着高高的土路或者狭窄的小道相互串门走访，而不是淌水、游泳或乘船。

耿守心早早起床后，他先沿着村中的小道向宗族长、广林大爷、守才哥哥和村上的一大串长辈——道别，然后赶回家里吃饭。

早饭后，他穿上父亲两天前刚刚买来的学生服，向爷爷奶奶磕头跪安后，拎着小提包，和父亲一块向外走去。

院子里已经涌进了许多人，乡亲们的脸上一个个洋溢着特别的留恋与兴奋。

正当耿守心向大伙儿——告别的时候，已经接任大队团支部书记的耿守平急急忙忙拿着一个崭新的笔记本跑进院子，高声叫道："守心！你走得也太早了！刚才我们大家在团支部开会，商量着怎么送你。耿小二他们好不容易借了个照相机，大家正想和你一块照张相。若不是我提前赶到，恐怕这个笔记本也没法送给你，那岂不是我们大家这两天的努力统统白费！"他边说边把笔记本递给耿守心。

正说着话，张桂兰带领着团干部们跑进了院子。既然团支部来了这么多人，而且还带来了照相机，那就赶紧合个影吧！在乡亲们的劝说下，耿守心和团干部们随着"咔嚓、咔嚓"的快门声，永远定格在了那张珍贵的胶片上，也永远留存在了他们共同的美好记忆中……

宗族长来了！耿广林来了！耿守才来了！耿广旺来了！耿守祥来了！第一、第二、第四生产队的正副队长们也来了！许许多多的男女社员们都来了……

院子里立刻挤满了更多的人，许多人不得不转移到院子外边的小路旁和河边的树林下等候。他们要用自己最真挚、最淳朴、最温暖、最熟悉的语言叮嘱耿守心，他们要为耿家口祖祖辈辈第一个考上大学的耿守心祝好、壮行、祈福！

看到家里来了这么多人，爷爷生怕耽误了大伙儿自个儿的事情，立即高声催促道："大孙子哎！你们赶紧走吧！别忘了向兄弟爷们问好道别！"

耿守心赶紧拎起提包，向爷爷、奶奶、娘，还有满院子的父老乡亲们深深鞠了一躬后，随着父亲快步向停在岸边的小船走去。站在沿路等候的人们立刻围拢过来，大伙儿一一微笑着向耿守心一遍遍、一次次地祝福着、嘱咐着、叮咛着……

耿守心终于登上了岸边的小船！小船调转船头，向着太阳和远处的大山方向驶去。突然，奶奶剧烈的哭声传出了院子，滑过了水面，抵达了船边，耿守心忍不住回头看了一眼，他看见娘和乡亲们正在围拢劝解着痛哭的奶奶……

耿守心流泪了！这泪水，是他不舍爷爷、奶奶和父母亲的泪水！也是他不舍这片可亲、可敬、可爱故土和乡亲们的泪水！

在父亲耿广常的陪同下，耿守心顺利抵达了省城。他报了到，参加了身体复查，一切圆满顺利。第二天，耿守心将随同解放军C学院的首长们乘火车直奔学院学习。

次日，当耿守心和他的同学们排着整齐的队伍，走上火车站站台的刹那，他看到了慈祥可亲的父亲耿广常正站在站台上微笑着等候他。

507

耿守心进入车厢落座后，起身向带队首长请了假，重新回到站台上，他想听听父亲临别前嘱咐自己的话。

耿广常只是看了看自己的儿子耿守心，然后从兜里掏出五十元钱，说道："孩子！这是你爷爷奶奶、你娘让我带给你的。你拿着，别忘花，不够的时候写信要，我再寄！"

耿守心没有接钱。他知道这五十元钱对自己家的分量和重大。他迎着父亲慈爱催促的目光，说道："爹，首长说了，我们每月有五元钱的津贴费，到学校后就发。"

耿广常犹豫了一会儿后，抖动着手，重新把钱装回衣兜里。突然，他一脸平静且郑重地说道："孩子啊！记住爹两句话：一是到学校后好好学习，千万不要想家！二是无论什么时候，咱不贪财，也不恋色，如果出了别的什么问题，实在不行，你就回家！"

说完，耿广常深情地凝视了自己的儿子耿守心一眼后，扭头往站台的出口方向走去，直到噙满泪水的耿守心看着父亲的身影慢慢消失在站台的远处，他的耳畔还在鸣响着父亲耿广常刚刚说过的"那两句话"！

列车的笛声响了！

巨大的钢铁洪流，伴随着站台上的悠扬乐曲，慢慢向前滑动，由慢变快，逐渐提速。

耿守心心潮起伏地站在列车的窗口，他忽然发现了父亲的身影，耿广常正在站台上微笑着向他挥手！

耿守心激动地向父亲笑了笑，猛烈地舞动着双手，直到看不见父亲耿广常的身影。

耿守心望着窗外飞逝的楼房、街道、群山、沃野，回想着越来越远的家乡故土，心里默念道：

亲爱的爷爷奶奶和爹娘、亲爱的耿家口父老乡亲们：我一定不负你们的教导和重托，好好学习，天天向上，立志爱党报国，不忘初心根本，努力做一名对党、对国家、对人民有用的人！

（初稿于 2021 年 1 月，修改于 2021 年 10 月）

后 记

　　我的第一部长篇小说《守心记》就要面世了，对此，我感到十分欣慰与振奋。孩提时代，家里书案上常常摆放着厚厚的小说，父亲如痴如醉阅读的样子总让我感到特别新奇和神秘。小学时，我借助字典开始阅读小说，从此，便进入认识外部世界、走进人心内部世界的广阔天地。从那时起，我立志也要写出自己的小说，怎奈之后要么思想简单、认识肤浅，要么工作繁忙、缺乏空闲，总之无法成行。年过花甲后，特别是对纷繁复杂的社会现象有了较为深刻的理解、反刍、认识和解剖后，我利用较为充沛的时间，集中精力完成了儿时夙愿，如今回想起这一过程，倒也聊以宽慰。

　　这部小说并不是我创作长篇小说的终止，而是我的开始。因为人生的意义不在于对时光的简单贪婪，而在于利用有限时间对社会做出力所能及的贡献。在第一部长篇小说的创作过程中，我亲身感受到了来自方方面面的关心和支持，其中既有我的领导，也有我的家人，还有我的同事和朋友。我在国务院参事室任研究员的好朋友，同时也是河南大学、上海交通大学博士生导师的知名文化学者孟云飞教授一直对此给予热情关注并为本书作序。在此，我向大家一并致以深深的感谢和崇高的敬意！

　　本部小说面世后，将会接受所有亲爱读者们的检验，我期待能够过关，并获得较为不错的成绩，与此同时，我也期盼着来自各个方面的批评和建议。这些批评和建议，将会成为我不断前进的源泉和动力。在此，我提前感谢关心、关注这部小说的广大读者朋友们！

庞茂金

2022 年 12 月 28 日于北京